跟着团长上战场

张艳荣◎著

中国言实出版社

图书在版编目（CIP）数据

跟着团长上战场 / 张艳荣著.－－北京：中国言实
出版社，2021.2

ISBN 978-7-5171-3784-9

Ⅰ.①跟… Ⅱ.①张… Ⅲ.①长篇小说－中国－当代
Ⅳ.①I247.5

中国版本图书馆CIP数据核字（2021）第024959号

出 版 人	王昕朋
责任编辑	罗　慧
责任校对	史会美

出版发行　中国言实出版社

地　　址：北京市朝阳区北苑路 180 号加利大厦 5 号楼 105 室

邮　　编：100101

编辑部：北京市海淀区花园路 6 号院 B 座 6 层

邮　　编：100088

电　　话：64924853（总编室）64924716（发行部）

网　　址：www.zgyscbs.cn

E-mail：zgyscbs@263.net

经　　销	新华书店
印　　刷	三河市华东印刷有限公司
版　　次	2021 年 3 月第 1 版　　2021 年 3 月第 1 次印刷
规　　格	710 毫米 ×1000 毫米　1/16　25.25 印张
字　　数	414 千字
定　　价	98.00 元　　ISBN 978-7-5171-3784-9

　　张艳荣，中国作协会员，辽宁省作协理事，鲁迅文学院第十七届中青年作家高研班学员、中国青年作家学会理事。曾出版长篇小说《命令无情》《特务》《你用战

剑翻耕土地》《关东第一枪》《繁花似锦》等。小说获辽宁文学奖，多次获《解放军文艺》优秀作品奖，多部作品被改编成影视剧本。《战火青春》荣获2017年首届"中国青年作家杯"影视剧本一等奖。

目 录

上部

引　子 / 3

第一章　绝望的冲喜 / 5

第二章　浪漫的晨曦 / 38

第三章　战地生命 / 58

第四章　在血与火中成长 / 92

第五章　金达莱花开了 / 181

下部

第六章　咱们结婚吧 / 257

第七章　胜利的年代 / 313

第八章　野玫瑰的春天 / 324

第九章　承载和平 / 345

1

上

部

引子

　　展厅里挂满了丁香的战地摄影作品和她撰写的战报，已是耄耋之年的于剑飞伫立在丁香的肖像前，仿佛又见丁香冒着枪林弹雨拍摄的英姿。雷大夯搀扶着九儿走到他身边，他们胸前挂满了军功章，九儿把手搭在他的臂弯里，他们三人相互搀扶着，步履蹒跚地从一幅照片走到另一幅照片，最后驻足在他们三人合影的照片前。这是丁香为他们拍摄的第一张照片。那时，他们多年轻啊，十七八岁，从李子屯出来革命，刚到新一团……

　　展厅回荡着优美的乐曲，多少往事涌上了于剑飞的心头。随着这乐曲他仿佛又听到了丁香在战场上唱的《马赛曲》，还有那个风流倜傥的国民党军官肖扬唱的《我的太阳》。同样的高亢嘹亮，同样的激情旋律。于剑飞在歌声中仿佛又听到了当年的冲锋号！他又看见了战士们把红旗插在了胜利的最高峰……

　　想到肖扬，于剑飞眼前自然浮现出欧阳鹿的身影。那个傲慢得像白天鹅一样的国民党女军医，她和肖扬真就应该是一对，一个赛着一个的趾高气扬。于剑飞轻声笑了两声，他无限感慨，这俩人哪！他抬头看见欧阳鹿的照片，着一身笔挺的国民党军服，那个年轻漂亮哟！于剑飞的眼睛湿润了，唉，欧阳鹿啊，你不该爱上我呀，也许你是为我死在朝鲜的，想你啊！我的战友！

　　人们都说时间是遗忘的最好良药，然而对于剑飞来说就是他闭上眼睛的那天也不会忘记往事，因为往事里有他的生死战友：丁香、欧阳鹿、肖扬……他有时候也想，他们不在了，我怎么还活着。

　　悠扬的东北小调《小看戏》回荡在展厅的上空。已是白发苍苍的九儿和着音乐轻声哼唱：

> 姐儿巧打扮哪，去把戏来观，模样那个长得哟，赛如天仙。哎哟，打扮起来多么体面啊，依得儿呀得儿哟哟哟得儿唧叮当，哎哟打扮起来多么体面哪。
>
> 青丝如墨染哪，眉毛长又弯，天生的那个小脸蛋哟，可是那么新鲜，哎哟，葡萄眼睛水一般哪，依得儿呀得儿哟哟哟得儿唧叮当，哎哟葡萄眼睛水一般哪。
>
> 樱桃那个小口啊，玉米银牙生，唇上的那个胭脂，一呀嘛点儿红，哎哟，回头一笑俩酒坑哟，依得儿呀得儿哟哟哟得儿唧叮当，哎哟回头一笑俩酒坑啊。
>
> 姐儿去看戏啊，走出门外边，未曾那个上车呀，女婿把她揽，哎哟，小伙儿赶车一溜烟啊，依得儿呀得儿哟哟哟得儿唧叮当，哎哟小伙儿赶车一溜烟啊。

雷大夯给九儿打着拍子，他好像又看见梳着条大辫子的姑娘，站在李子屯李子树下歌唱……

美国老兵查尔斯回国后不久就去世了，他死在自己的公寓里，好几天后才被别人发现。他手里握着丁香的照片，在板门店照的那张，放在心口的地方。丁香穿着翻领的列宁式军装，戴着军帽，扎着蝴蝶结的两条麻花辫，一边一个地搭在肩头，一脸灿烂的笑。

第一章

绝望的冲喜

（一）

　　于地主的管家，当了汉奸，于地主不但不制止，反而支持，因为对他家有好处。鬼子抢粮食，就不会抢他家的，于地主何乐而不为呢？管家顶个汉奸的帽子，他受益，他才不管那套事呢，能保住他的家产就行。其实，于地主祖上是习武的，但到他这辈上他不习武了。他一向认为头脑简单的人才四肢发达。的确，他很精明，他家的地到他这辈上突飞猛进。他的管家比他坏，欺男霸女，无恶不作，最近管家替日本人做了不少伤天害理的事，管家是抗联地下党想要除掉的汉奸。

　　于地主有个儿子跟他截然不同，而爷俩也像仇人相见分外眼红。当爹的说我怎么会生出你这么个隔路的儿子，儿子说我怎么会有你这样缺德的爹。于地主的儿子从小酷爱剑，取名叫于剑飞。九儿是于地主家的童养媳，大于剑飞三岁，扎着两条大辫子，勤快能干，不离前后地伺候于剑飞。雷大夯是于地主家的小长工，十六七岁。他爹死了，为了抵债，他娘把他送进了于家。雷大夯想起爹的死，心里就透着一股寒气。

　　东北的春小麦是春天带着冰碴种，到八月份就收。每到麦收人们就抢收，就怕鬼子来抢。穷人们盼望着麦收，饿得前心贴后心的肚子，正等着食物果腹。雷大夯的爹娘刚把麦子收回家，管家就领着鬼子进门了。大夯娘扑到麦子口袋上，麦子是她的命根子，这一年到头就指望着这麦子。麦子要是让鬼子抢去了，不但交不上于地主家的租子，连日子也没了，怎么活呀？

鬼子叽里呱啦举起刺刀向大夯娘后背刺去，大夯爹见状扑到了大夯娘身上，刺刀不偏不倚从后背刺进大夯爹的心脏，大夯娘头挨了一枪托子昏死过去……

大夯娘就是咬碎牙也得给男人置副棺材，无奈她只好向地主借高利贷，发送男人。于地主背着手拿腔作调地说："我不是不借给你钱，你孤儿寡母的还不起啊，你家今年的租子还没交呢，想必你也交不起了，交不起也得交，想法交租子吧，不然我要收房子了。算了，你回去吧。"于地主一甩袖子转身要走。

大夯娘扑通跪下："东家你就行行好吧。"

管家弓着腰站在于地主的身后，他多了句话："老爷您看这样行不行？"

"说。"于地主倒背着手，站住了脚步，没回头。

管家像个哈巴狗似的凑上前："要不把钱借给她，让她家的雷大夯到咱家当长工，抵债。老羊倌死了，正缺个放羊的。"

"那小子多大了？"

"十六七了吧，正是干活的好光景。"

于地主盘算着说："也行。"

"还不快谢恩。"管家指着大夯娘说。

大夯娘明知道这是把孩子往火坑里推，但她还是谢恩了，穷啊！没办法啊，先顾死人吧，入土为安哪。

于地主走了，管家哈下腰，伸出手，握住大夯娘的手。看上去是扶大夯娘，其实他是早就看上大夯娘了，他是趁机占大夯娘的便宜。他握得太死了，大夯娘使劲才抽出手，管家又顺势摸大夯娘的脸。大夯娘吐了他一脸唾沫，骂了句汉奸。

雷大夯进了于家，从此一根放羊的鞭子就别在了雷大夯的腰上，风里来雨里去，名副其实的一个小长工。这不秋天又到了，有更多更累的活等着他。管家让他今天把羊放到地里就去拉黄豆。早上吃饭时，每人一碗黏粥，一个大饼子。大夯把黏粥喝了，趁别人不注意，把大饼子藏进怀里。天蒙蒙亮，他就赶着马车上地了，他先偷偷回趟家。大夯娘自从大夯进了于家门，身体就一天不如一天。雷大夯知道娘在家没有吃的，他一进门，从怀里掏出大饼子，递给娘说："娘，给，吃吧，还热乎呢。"

娘强撑着从炕上爬起来，说："儿啊，你吃饱了吗？娘不吃，你吃吧，你正在长身体，还得干活。"

雷大夯吧嗒吧嗒嘴说："娘，我吃得可饱了，于地主家的饭可劲造，娘，你快吃吧。"

娘放心了，接过大饼子，大口大口地吃了起来。雷大夯看在眼里，酸在心头，憋着眼泪，说了声"娘我走了"。到了外屋，舀了一瓢凉水，咕嘟咕嘟灌了一肚子，眼泪跟着也就冒了出来。他也饿着肚子，那碗黏粥稀得跟水似的。于地主抠啊，伙计们多，本来熬好的又黏又稠的一锅粥，临出锅了，再倒上一桶凉水，一搅和，稀不冷噔，扛喝，干灌个大肚子，一泡尿滋出去，肚子里啥玩意也没了。

雷大夯这个恨啊，他恨于地主，恨管家。管家领着鬼子上他家抢粮食，打死了爹，管家是于地主家养的一条狗。大夯这么一捋巴，罪魁祸首还是于地主，他更恨于地主了。

于地主在屯里仇人很多，要说最恨他的人还是雷大夯。雷大夯想于地主咋有那么多的地，那么多的宅子。啊呸，还有那个地主少爷于剑飞，整天装模作样，又习武又弄墨的，浓眉大眼，长得跟好人似的，将来跑不了跟他爹一样，是个小地主。

雷大夯赶着马车直奔黄豆地。他个头不够高，坐着赶车，马屁股挡着他，啥也看不见，他就站着赶车。装好黄豆往回赶时，黄豆摞得老高，用绳子勒结实了，雷大夯就坐在黄豆垛上，居高临下，这回马屁股挡不住他了。坐在黄豆垛上晃晃悠悠、软软和和，还挺得劲。他举着鞭子，喊了声驾，马就撒欢地跑。他觉得好玩，过瘾，连喊驾，想让马跑得更快些。马还真听话，嘀啦呱啦一溜烟似的，势不可当。什么坑啊包的，一越而过。在奔向一个更大的坑，越过一个更大的包时，就这么上下一忽悠，就把雷大夯忽悠下来了，结结实实摔了个狗啃泥。鼻青脸肿，差点把骨头摔断了。

于地主这个骂管家呀，都是你出的馊主意，拿个毛头小子抵债，整个一个饭桶，这回他摔死了，我那债怎么抵，我这不是鸡飞蛋打一场空吗？于地主说雷大夯是饭桶，真没屈了他，他真能吃，还哪顿都吃不饱。他就是不到于地主家扛活，他娘也没办法让他吃饱。送到于地主家虽然吃不饱，但搭拉着，死不了，送到于地主家抵债就算对了。可雷大夯不这么想，他的胸膛每天都被愤怒塞得满满的，伺机向于地主讨还血债。

管家在于地主那受了气，自然要拿雷大夯撒气。雷大夯躺在马棚里，管家上去就是一脚，说："装死啊你小子，咋没摔死你呢，赶不了大车给我放羊去，要不你别想吃饭。"一听不让吃饭，雷大夯噌地坐起来，哭叽乱叫地说："不让吃饭我能好吗？我要是死了你们不是更赔吗？那债谁还，于地主更饶不了你。"

"呀？你小子还挺会狡辩，我就饿着你，让你活不了死不成，看你能咋地。"管家骂他。

雷大夯咣当又倒下了，说："那我就死给你看，你把我饿死了，让于地主做了亏本的买卖，看你怎么交代。"

管家抖着手说："嘿，你个小兔崽子还挺会要挟人，好，好好，给你个大饼子，赶紧给我放羊去，就知道他娘地吃。"

雷大夯照样每天去放羊。他和于剑飞每天早上都能在大门口相遇，而要去的方向却相反，要去做的事也天壤之别。一个背着书包到东面的镇子上学，一个拎着鞭子到西面的洼地放羊。一个绫罗绸缎，英俊倜傥，一个衣衫褴褛，愁眉不展。每当这个时候，于剑飞的身后准跟着他的童养媳九儿。九儿像个小母亲似的边帮他整理衣帽，边千嘱咐万叮咛。每到这个时候雷大夯都要回头多看几眼九儿，因为她是他的同类——穷人。他反倒同情她，可怜她。他愤愤不平，他认为她应该和他在一起，为他嘘寒问暖，为他洗衣做饭。想到这，他不禁看了下自己的周围，除了大羊就是小羊羔。而于剑飞身后跟着九儿，于剑飞走远了，九儿还留恋地站在大门口招手致意。

雷大夯冲九儿的方向啐了口唾沫，狠狠地说了句："没出息。"

九儿听了，甩着两条大辫子，一扭身，瞥一眼雷大夯说："我愿意，就你有出息，整天戳羊腚。"

傍晚，雷大夯赶着羊回来了。

太阳刚被大地含进去一半，余晖直接铺在大地上。大地的景色柔和了起来，因为铺了一层橘黄色的晚霞。那霞光格外鲜亮，那光芒好像是从大地和天边衔接的缝隙间照射出来的，再反射到太阳身上。太阳好像是个巨大的光芒承载体，当光芒越集越多，太阳实在承载不了了，那橘黄色霞光就溢满了西天。越溢越多，成朵成片，有的不小心挤成碎片，散落在大地上，于是大地也身披万道霞光。

雷大夯赶着羊走到于地主家的大门口，就看见剑飞和九儿在大门口的两棵李子树下又蹦又跳，他们完全被暖色的晚霞包裹了起来，连同那两棵李子树。雷大夯不禁看看自己的周围，除了羊咩咩地叫，没什么显眼的了。

这晚霞也偏心，好像只照富人不照穷人。雷大夯来气了，快走几步站在了他俩的身后。这晚霞好像特别娇气，像水中的月亮，一碰就散，容不下雷大夯这第三个人。雷大夯走近了反倒看不见霞光了，只看见于剑飞指指点点，霸道地说我吃这个李子，我还吃那个李子。九儿像接到命令的士兵，用弹弓指哪打哪，叭，叭，一颗颗李子应声落地，可准了。她再跑上前，拣起地上的李子，"噌噌"在衣襟上蹭两下，把李子的霜蹭掉，递给于剑飞，给，大少爷吃吧。于剑飞又说我不吃这个，我要吃那个，九儿就忙不迭地打。他俩都看见雷大夯来了，但谁也没理他。屯子里的李子都打了，这两棵于剑飞不让打，他要留着让九儿拿弹弓打给他吃，好玩。

雷大夯看着就来气，凭啥这李子让他这么糟蹋着吃？

正当九儿比画着打李子时，雷大夯拿起墙角的竿子，脚下呼呼生风，腾空而起。竿子上下飞舞，围着李子树转了一圈，一眨眼的工夫，三下五除二，这棵树上的李子全落地了。他站定，拿眼睛瞟了一眼九儿，意思全有了，你不是说我没出息吗？只会戳羊腔吗？这回我给你露一手。接着他又把眼神收了回来，不看九儿，长长嘘了口气，意思也全有了，你爱咋咋地，我让你给他打李子，他自己没手啊？我给你打光了，看你还打啥？

九儿的手和弹弓就那么僵在了空中，她张着嘴，瞪着眼，错愕地看着雷大夯，虽然她没说一句话，但厌恶的意思也全有了，没有比你再烦人的了。僵在空中的手没着没落地放下了，她原地跺一下脚，瞪着雷大夯，眼神分明在说，看大少爷怎么收拾你。

大少爷没收拾他，直视着他，慢慢走近他。走近了，他把衣服一撩，露出了腰，腰间银光一闪，晃得雷大夯倒退了一步。于剑飞的手往腰间这么一搭，嗖——抽出一只剑。这个剑很特别，软得像绳子，能缠在腰间，抽出来舞的时候它柔中带刚，闪闪发光。只见于剑飞也腾空而起，剑围着另一棵李子树转一圈，如蜻蜓点水，也是一眨眼的工夫，所有的李子都落了地。谁也没说话，片刻的静音。雷大夯愣了下，随后他撩了一眼于剑飞，眨巴眨巴眼睛，从后腰里拔出放羊鞭子，继续轰他的羊，临走扔了句话："没胜没负，平了。"

"慢着，你那棵树上还有一个李子呢。平了？说得倒轻巧。"于剑飞慢悠悠地说。

雷大夯眯着眼睛抬头看了半天，不相信地问："哪呢？蒙谁呀？"

于剑飞嘿嘿笑了两声，不是什么好笑，轻蔑地笑，他用手一指树，说："就你这眼神还玩鹰哪？"于剑飞话中有话了，第一，你眼力不如我；第二，你落下一个李子武功不如我；第三，虽然打李子跟玩鹰不挨着，但跟武功挨着。雷大夯果然看到了那个李子，还真不容易被发现，也许这是整棵树上最小的一个，夹在两片树叶中间。那没办法，大小它也是个李子。

九儿听了"眼神"和"玩鹰"就哈哈大笑，因为她听过这个笑话，是于剑飞实在闲得慌给她讲着玩的。可笑的是雷大夯还没心没肺地问："玩鹰是啥意思啊？"九儿和于剑飞大笑，于剑飞说让九儿告诉你。九儿乐不得的，她喜欢讲，她正愁没地方显摆呢，因为这笑话是于剑飞讲给她听的。她倾慕于剑飞有文化，这个笑话是有文化的人讲给她的，她当然要记住，验证记住的唯一标准就是原封不动地讲出来。讲出来还有另一个目的，就是让于剑飞知道我九儿也很聪明，不是棒槌。于是九儿讲得很认真，很卖力："从前吧有个人，眼神不好。有一天赶集，他媳妇说你把这只鸡拿到集上卖了，他说行，就把鸡往胳肢窝这么一夹，上集了。到了集上，他走到卖刀鱼的摊位前，问，喂，你这剑多少钱一把？卖刀鱼的那个人上下打量了他一番，最后眼神落到了他胳肢窝夹着的鸡身上，翻了翻眼皮说，就你这眼神还玩鹰呢？"

讲完了，九儿和于剑飞又是一阵笑。雷大夯没笑，愣愣地望着他俩笑，样子有点傻，显然没听懂。九儿不高兴了，本来想在大少爷面前显摆显摆，这倒好，讲完了，人家不笑，说明讲笑话的人没本事。听笑话的，你不笑，就是你不捧场，那讲笑话的人要多没面子有多没面子。

雷大夯不是不捧场，他开始是想听来着，可他的眼神碰到九儿的嘴就溜号了。他光看九儿说话的嘴和表情丰富的脸了，看着就舒服，舒服到一种欣赏和崇拜的程度。他就这么看着她出神入化了。他就想，这么好的闺女怎么就伺候这地主家的少爷了？还竟然是他的童养媳，真是好事净让他于地主家占尽了。

九儿白了雷大夯一眼，脸"呱嗒"拉下来了，回院提个篮子，自顾自地蹲在地上拣李子。于剑飞目不斜视扬长而去，那意思还用说嘛，跟你这种没文化的人在一起掉价。反过来说，他雷大夯没听懂就没达到于剑飞的目的，所以很没意思，扫了于剑飞的兴，那还不把雷大夯晾那。而对雷大夯来说，于剑飞高不高兴他不在乎，他在乎的是九儿。他知道九儿不乐意了，可他真听得稀里糊涂，他也不能跟着傻笑呀，他是个不会说谎的人。他赔着小心说："九儿姐，要不你再讲一遍，这回我准笑。"

"不讲。"九儿像蹦豆般地蹦出这两个字。这话说得越简洁，话越冲。九儿说："还讲啥呀？大少爷都走了，讲给谁听啊，讲给你这个小长工听？不值。"

羊冲着雷大夯咩咩地叫，他低着头悻悻赶着羊走了。边往羊圈走边想，九儿刚才是怎么讲的来？他就这么一路努力回忆着、理顺着。吃晚饭时想，睡觉时还想。他躺在土炕上翻来覆去烙饼，还是想不出个所以然来，屋里没灯，他就摸黑想。

雷大夯从炕上爬起来，他想也许屋里太黑了，把脑子憋住开不了窍，所以想不出来，其实他这是肚子疼怨炕歪。他跑到院子里，借着月光想，还真是月光显灵了，雷大夯终于理出头绪了，他自己跟自己讲：有个人眼神不好，去卖鹰，不对，是去卖鸡……我知道怎么回事了。他自己先坐在地上笑了一通，还嫌不够，又站起来笑了一通，后来又捂着肚子跺着脚笑了一通。笑得差不多了，他"噔噔"跑到九儿的窗前。看屋里没点灯，没敢进屋，但他憋得实在难受，他要告诉九儿那个笑话他懂了。迫不及待，他等不到天亮。他就趴在窗户上压低声音，但掩饰不住兴奋，他喊："九儿，你睡了吗？你讲的笑话我明白了，那个卖鱼的把鸡看成鹰了，还笑话人家眼神不好。哈哈哈，咯咯咯，太好笑了。"他即使压低了声音，三更半夜的，听上去这声音也够大的，还咯咯地笑，听着就瘆得慌。

九儿这个气呀，隔着窗喊："雷大夯，你快走，我都睡了，你赶紧回去睡觉。"

"九儿，我是说……"雷大夯还是不死心，没等他说完九儿就打断了他的话："你说啥你说，你给我滚犊子，你再不走我喊人了。"能不喊人吗，一个大姑娘家窗前，你大呼小叫的，啥玩意啊。雷大夯没想那么多，他只想告诉她这事，他就弄不明白了，他的好心总也得不到九儿的回应。

（二）

秋天一完，冬天说到就到了。

冬天对穷人来说是残酷无情的，雷大夯穿着破棉袄，冒着小雪，又去放羊了。

雷大夯到了洼地，把羊散开了吃干草。他把腰间的麻绳紧了紧，顺手拎起一根棍子，东一下，西一下练起武来，也看不出哪路棍术，乱七八糟的，尘土倒搅起多高。也难怪，穷得就剩下一张嘴了，谁肯做他的师傅，这都是他自己悟出来的招数。可怜他饿着个瘪肚子还有心思练武。但闲下来就冻脚，大冬天的，他只穿了双单鞋，前面露脚趾头，后面露脚后跟。天又特别冷，小北风飕飕地溜着，像小刀子。雷大夯脚冻得跟猫咬似的，他见有羊撒尿，他就把脚伸过去，让冒着热气的羊尿浇在脚上，呀！暖和。可过后小北风一吹，又冻成了冰。这么循环了几次，也不是回事，这时肚子也饿得咕咕直叫。管家说放羊也不是扛大个，用不着吃那么多，吃多了也是白搭。管家给带的一个大饼子还不够塞牙缝的。他的恨又上来了，他想这时候的于剑飞准穿着羊羔皮坎肩，围着冒热气的火锅正吃酸菜涮羊肉呢，我在这挨冻受饿，他爹的于剑飞，你这个小汉奸，小地主，我让你吃，我让你吃……他又拎起棍子像疯了似的东砸、西砸，好像就砸在于剑飞涮羊肉的锅上，真解恨。他完全失控了，闭着眼睛呼呼一顿乱砸，只听"咔嚓"一声，作到头了。小羊羔一声惨叫，他想，该！锅砸碎了！睁开眼一看不是，是一只小羊腿被敲断了。小羊嗷嗷惨叫，已动弹不得了。他抖着手里的棒子说："这下坏了，这下坏了，回去老地主不要我的命，管家那个汉奸也准要我的命。怎么办？怎么办呢？"他急得在地上直转磨磨。不管他怎么急，身上冷，肚子饿，这件事是急不没的。这时他看着断腿的羊，眼睛直发蓝，就像狼见到了羊。他豁出去了，大不了一死，先吃饱了再说，就是死也不做饿死鬼。哈哈，于剑飞，你吃羊肉，我也吃。这时，他再看那只羊已经变样了，变成外焦里嫩的烤全羊，正摆在他家的饭桌上，她娘还招呼他，儿啊，吃呀。这时的雷大夯，馋得都快流出口水了，他手里的棒子不抖了，着实地握了握，对准断腿的小羊羔，"咔嚓"一棍子把小羊羔削死，然后拢上火就烤，半生不熟他就吃上了。那个香啊，别提了，一只小羊被他吃得只剩下骨头。他还恨自己，我咋不是一只狼呢，能把骨头也吃了。他吃饱了，不冷了，那个感觉——美！他拍着鼓起的肚皮，值，真值，撑死了也值。

晚上，管家查羊少了一只。管家问他，羊呢？他说不知道，还装傻充愣，说可能落在路上了。管家让他去找，他心说，上哪找啊，在我肚子里都快变成屎了。他假装到大洼地找了一圈，把那堆羊骨头埋了，怕被管家发现。

于地主来气了，完蛋操的穷小子，吃我的，喝我的，连个羊都看不住，给我吊起来打。这小子也真扛打，撸了那么多鞭子愣没吭声。但他心里使劲喊，打吧，我肚子里有一只羊垫底我怕谁呀。管家打累了，说关他三天三夜，不给他饭吃。雷大夯急呼："喂，喂，不给饭吃不行啊，我死了不要紧，那债谁抵呀？"这回管家没上他的当，说三天饿不死你。

第二天，九儿照样送于剑飞去上学。走到大门口，于剑飞停住脚步四下望了望："唉？放羊那小子咋没来呢？"

"叫管家吊马棚里了，把羊整丢了一只。"九儿拍打着于剑飞的衣服说。于剑飞任她拍着，那表情已习惯九儿这样的动作。

于剑飞接着往大门口走："活该！"他又折回来，问九儿："这么说他被吊一宿了？"

"啊。"九儿答。

"走，我去看看。"

"你不上学了？有啥好看的。"

"看热闹，看这小子老实没，让他跟我梗脖子。"于剑飞在前面连跑带走，九儿在后面紧追："唉，大少爷，你快去上学吧。"于剑飞根本不理她，就像是没听着。

于剑飞一脚把门踢开，嚷嚷着跨进马棚，一副狂妄不羁的样子。他抬头看着雷大夯，哈哈大笑："怎么样？吊的滋味不好受吧？就该剥了你的皮。"

雷大夯被吊得耷拉个脑袋，他听了于剑飞的话，强把脑袋抬起来。他就烦他这种牛哄哄的样子。他看见九儿跟在他的身后，他实在太饿了，两个胳膊也吊麻了，他本来守着大少爷是不愿意服软的，但他管不了那么多了，他赖叽着说："九儿，姐，好姐，你把我放下来吧，我实在受不了了，我饿死了。"

九儿心就有些软了，她看着于剑飞，没敢说话。于剑飞说："你看我也白搭，不放。"

雷大夯继续嚷："姐，我饿呀，给我拿点吃的吧。"

九儿还是看于剑飞，嗫嚅着说："要不我给他拿点吃的，别出人命，吊一宿了。"

"你没看他还跟我牛呢吗？他还是不饿，不行，就治治他。"于剑飞指着雷大夯说。

九儿毕竟是个女的，心软，但她还不敢强求大少爷，只能说雷大夯："雷大夯，你真饿了吗？"

"我都快饿死了。"雷大夯赖叽着说。

九儿说："那你就向大少爷服个软，别总跟大少爷梗脖子。"雷大夯听了这话，不但不服软，还瞪着眼睛喊："我凭啥向他服软，我就不服。"

于剑飞咬着牙说："好，吊死你。"

雷大夯没被吓住："有本事咱就一对一地练上一回，分出个胜负。"

"练就练，谁怕谁呀？"于剑飞从腰里唰把剑抽出来。

"你就这么吊着我，你就是一剑捅死我，算哪门子英雄？"雷大夯在激他。于剑飞跳起来，一剑削断了吊雷大夯的绳子。雷大夯掉在地上摔得嗷嗷直叫唤。于剑飞又挑断他手腕上的绳子，说："来吧，起来呀，本少爷陪你练练，不敢了？"

"我饿。"雷大夯握着发麻的手腕说。

九儿看着于剑飞说："我去给他拿点吃的。"九儿看于剑飞没有拦着的意思，转身跑了出去。一会儿工夫拿回两个大饼子，说快吃吧别让管家看见。雷大夯一把夺过来，狼吞虎咽地吃开了。他噎得直伸脖子，还抢着说："你俩比管家好多了，这管家太坏，简直是个野兽。"

于剑飞摆弄着手里的剑说："管他叫野兽，太便宜他了，他就是个畜生。"

雷大夯解恨："你也骂管家，有种。"

"他本来就不是啥好人。"于剑飞不屑地说。雷大夯伸出大拇指："我佩服你这个是大少爷，替穷人说话。"

"我老师说了，富人和穷人在人格上是平等的。"于剑飞倒背着手，一副大学问的样子。

"啥是人格？"雷大夯第一次听到这个词。

"人格嘛就是……"于剑飞挠着脑袋也说不出个道道来，"这么说吧，说太深了你也听不懂,听好喽,穷人和富人都是人。"雷大夯就爱听这句话,拉着于剑飞的手激动地说:"哎呀,你老师是神吧,让我也见见他呗。"

"我老师是人不是神,他还教我武术呢。"

雷大夯听了这话哈哈大笑:"上次你把李子打下来我就没整明白,你到底是真会武功还是假会武功?"

"上次你不是输了吗,输那么惨还没弄明白?你可真够笨的。"于剑飞损他。

"不行,咱得重新练一回。"雷大夯两个饼子下肚缓过神来了。

"练一百遍你也是输。"于剑飞针对他。

"就你长得跟个大姑娘似的,还专门有个童养媳伺候你,你也练武?从你爹那儿你家就不习武了。"

于剑飞没接茬,他手握剑指着雷大夯说:"接招!"

雷大夯也不含糊,拉开了架势,顺手操起一根棍子说:"来吧!"只见棍子呼呼生风专扫脚脖下,而剑像闪电在耳边窜来窜去。马棚的草被棍、剑带起的风卷得满天飞舞。两人不分上下,于剑飞想这打到什么时候是个头啊?于剑飞看着飞起的草,计上心来。他用脚向空中踢起一捆草,用剑在空中砍成数段,快如流星,再用剑把草弄乱。雷大夯的眼前呈现出了另一番景色,这散开飞舞的草像蝴蝶、蜻蜓、蚂蚱一起向他飞来,好看极了,绚丽极了。他满眼都是,他还看见了白云在天上跑,羊在草地吃草,他在捉蚂蚱。他这一愣神,有个冰凉的东西抵在了他的喉间,他想完了。只听于剑飞大喝一声:"一剑封喉!"说完,嗖一下收回了剑,缠在腰间,点到为止。雷大夯愣了下,等回过神来,想,这就完了?我就这么输给他了?他划拉划拉落在头上、身上的草,恍然大悟:"不对呀,大少爷,那不行,你耍花招了,要不叫那一捆草迷我的眼,我能输吗?"于剑飞笑了,他觉得这小子挺有意思,挺好玩。此刻他对这个穷小子有了好感和兴趣,冥冥中他有种直觉,他与这小子有种特殊的缘分,将来也许生死与共,也许水火不容。这是两个只有十七八岁的男人第一次较量所产生的微妙感觉。从这一刻起,在人生的旅途中他们将有千丝万缕的关联,斩不断,理还乱。有时人也想快刀斩乱麻,可于剑飞和雷大夯的关联不是乱麻,是长流水,偏偏快刀斩不断长流水啊!

于剑飞从来没见过这样的棍术,就问:"雷大夯,你是哪家的棍术?"

"我自己憋出来的。"雷大夯憨笑着说。

"走，我领你去见我的老师。"于剑飞很兴奋，他觉得雷大夯是个习武的料，既然是块好料，就得拿到懂料人的面前。于剑飞拉起雷大夯的手就走，雷大夯挣脱了他的手说："大少爷，等会儿，还有吃的吗？我还没吃饱呢。"

于剑飞损他："挺能吃啊你，饭桶。"

雷大夯不知好赖地竖起大拇指，神气地说："哥们不是吹，我一顿能吃一只羊。"

于剑飞恍然大悟，上去揪住他的耳朵说："好哇，我家的那只羊原来是让你吃了。"

雷大夯边忍着痛边说："嘘……小点声，别让于地主听见。"两个人就憋不住大笑，哈哈……

九儿担心地说："大少爷，你把他放走了，管家知道就完了。"

雷大夯才不管这些，撒腿跑在前面。

于剑飞跑着说："你就说我干的，他敢炸屁？"

于剑飞领着雷大夯见到了他的刘震老师，刘震是抗联留在当地的地下人员。抗联跟鬼子周旋了这么多年，终因外无来援，内无给养，为了留火种，缩小目标，大部队分成若干小队。一部分去了苏联，另一部分化装成老百姓，潜伏在当地，暗地跟鬼子斗。刘老师让雷大夯练了一路拳脚，夸他是个习武的料。刘老师握着他俩的手说，孩子们，将来你们都是国家的顶梁柱，投身革命吧。这时上课铃响了，刘老师让剑飞和雷大夯坐下，雷大夯做了一次旁听生。刘老师站在讲台上讲，同学们，脚下是我们的土地，可是日本帝国主义的铁蹄从东北一路踏遍了我中华大地，他们烧杀抢掠，奸淫我同胞姐妹，同学们，这是我们的祖国，岂容他们在此践踏。雷大夯不分青红皂白，气呼呼站起来，刘老师，我爹是日本鬼子杀死的，老师你让我们咋干我们就咋干。刘老师摆摆手示意他坐下，说有你们这些热血青年，中国是不会亡的。

雷大夯从学校回来后，怎么也忘不了刘老师说的话。他的心也更加不安分了，有想法了，就觉得在不远处有他的盼望和方向。

当然，大少爷和小长工始终不是一个待遇，于剑飞是上学之余练武术，而雷大夯只能放羊之余偷着跟刘老师习武。这天晚上，雷大夯把羊圈好了，偷偷地溜出了于地主的家，直奔学校。上次刘老师讲革命道理没怎么听明白，这次好好听听。刘老师又给他讲了很多，讲到等把日本鬼子赶出中国后，我们就建立一个新中国，人人平等，不分贫富贵贱。雷大夯第二次听老师讲革命道理，他兴奋地跳了起来。还有这好事，穷人可以闹革命，革恶霸地主的命。把他们的地分了，分给像我这样的穷棒子。这都是我做梦想要的，怎么青天白日地就出现了呢？他掐一把自己的大腿，痛！是真的，不是做梦。他问那啥时候革呀？咱今天晚上革行不？咱先把于地主家的羊烧一个吃喽。说完他吧嗒着嘴，馋死了。刘老师笑着说革命并不是单纯吃一只羊，是追求人人平等、自由，让穷人不受压迫和剥削，还要把日本鬼子赶出中国。雷大夯说刘老师你快说咋样收拾日本鬼子，我能做啥？刘老师说你真想为抗日做点事？雷大夯说是。刘老师说那好，你不是在于地主家当长工吗，你密切监视着管家的行动，有情况及时告诉我，来不及告诉我就告诉于剑飞。从现在开始你就是我们的同志了，切记，一切都是秘密的，不要暴露自己，保护好自己。雷大夯说没事，放心吧刘老师。这事好办，我跟管家总见面，不是我监视他，他总监视我，就怕我少干活了。临走雷大夯说，刘老师我问你个很重要的事，刘老师说你说。雷大夯说，革命了，九儿就不用当童养媳了吧？就不用伺候于剑飞这个地主羔子了吧？提到"革命"，雷大夯马上想到了九儿，他打心眼里想让九儿解放、自由。他单单没有想到自己还在被压迫、被剥削，在他心里九儿最重要。刘老师笑了，说对，天下的穷人都得解放。雷大夯眼里放出了希望的光芒，他要把这个好消息告诉九儿，他想九儿听了定会跟他一样高兴。

他一溜烟地往于地主家跑，直奔大少爷的住处。他知道这时候九儿准伺候于剑飞呢。果真他看见九儿正给于剑飞端洗脚水，他隔着窗小声喊九儿。九儿放下盆转身出了门，问："干啥呀？"

雷大夯没头没脑地说："九儿，穷人要翻身了，自由了，革命了，你不用给他洗脚了。"他把现学到的词一股脑儿全搬出来了。九儿没给他好脸："这都啥玩意啊，上次你在我窗外喊，我就挨骂了，你又来了。快走。"雷大夯趴到九儿的耳朵，得意而又神秘地说："还有，鬼子蹦跶不了几天了。"他见九儿不相信的样子，忙小声说："这话是刘老师说的，刘老师的话还有假？！别伺候他了，还给他打洗脚水，他自己不会呀。"雷大夯把刘老师搬出来，他以为九儿会像他似的听刘老师的话，因为刘老师是替穷人说话的嘛，九儿也是穷人。

"那咋的？我给你洗，你长那骨头了吗？你快走吧，要不我又该挨骂了。"

九儿不领情，反倒熏他一脸灰。

雷大夯还逞能："谁骂你了，告诉我，我收拾他。"他以为听了两次革命道理就顶天立地了。

"我的事不用你管，管好你自己就行了。"九儿抹搭他一眼，不耐烦地说。

"我知道你是向着我的，你心好，还给我拿大饼子吃。"雷大夯不忘九儿对他的好。

"那是我可怜你。"这时于剑飞不耐烦地喊水凉了，九儿颠颠往屋跑，"行了，我不跟你说了，快睡觉去吧。"

雷大夯碰了一鼻子灰，蔫蔫地走回了长工棚，他躺在四面漏风的长工棚里百思不得其解，原本他和九儿都是苦出身，她咋就不跟自己一条心呢？他就这么翻来覆去想着，不知不觉睡着了。他做了个梦，梦见他还是去找九儿，告诉她革命的事，九儿还是正给大少爷洗脚。梦中的九儿可勇敢了，听了他说的革命道理，一脚把洗脚水踢翻，拉起他的手就跑。后来他梦见自己穿着于剑飞的羊羔皮坎肩，胸前戴着大红花，跟九儿拜堂成亲。他的母亲坐在正堂，一改往日的愁容，脸上笑成了一朵花。正当他和九儿夫妻对拜的时候，管家不知从哪冒出来了，一脚把他踢翻在地，还用盒子枪指着他的脑门。到最后和九儿拜天地的人换成了于剑飞。雷大夯这个气呀，气醒了，一睁眼天亮了。他爬起来，喝了点棒子面粥，吃个大饼子，就去放羊了。

临出门时又碰见了九儿送于剑飞上学。九儿喋喋不休地左一个大少爷长，右一个大少爷短，呸！好不亲热。雷大夯见了肺都要气炸了，于是他不咸不淡地说："于剑飞，刘老师说穷人要革命。"他这是提醒于剑飞，你剥削人的日子不长了，别得意了。自从他听了刘老师的课，他就憧憬着革命美好的未来。

"啊呸，叫我大少爷，听见没，你知道啥叫革命啊？"于剑飞扯着脖子跟他较真。

"革命就是分你家的地，分你家的羊，给我。"雷大夯握着拳头，抻着脖子，一副不怕你的样子。

"就这些呀？你也不配革命。革命你得往大处说，那就是把日本鬼子赶出中国。哎呀，上次我带你去，你都听啥了？好了，等我于剑飞革命回来了再教你吧。"

雷大夯本来想搬出革命给于剑飞致命的一击，这一击不但没把于剑飞击倒，倒给了他发挥的话题。于剑飞的革命比他雷大夯的大了去了，这是雷大夯万万没想到的。雷大夯更觉得革命是个好东西，它居然能让桀骜不驯的大少爷跟他这个穷小子有了共同的话题。雷大夯还是不想输给于剑飞，他说："刘老师还交给我革命任务了呢。"他说完这句话也后悔了，刘老师让他保密，他怎么拿出来显摆了。

"就冲你这句，你就不配革命，得保密。你的任务，关键时刻还得交给我，刘老师是不是这么告诉你的？我是你的上级。"于剑飞十足的大人气，说完得意扬扬地走了。雷大夯迷惑地嘟囔："啥上级呀？"他不懂，刘老师是说有啥事告诉于剑飞。他不服气地哼了两声，他生气于剑飞咋就比他懂得多。至于九儿，她才不管革不革命，她只管伺候好她的大少爷，这是她未来的丈夫，是她的靠山和主心骨。她也恨于剑飞的爹，净办缺德事。她更恨管家，屯里有姿色的大姑娘小媳妇没几个能躲过他的手掌心的。

雷大夯边赶羊边琢磨革命这个问题，虽然关于革命没说过于剑飞，但从于剑飞那学了不少道理。气归气，他结合昨天晚上和九儿拜堂成亲的梦，只要革命了就一定能实现。革命真是个好东西，它能让人使劲地展望未来，往大了展望革命是抽象的，大得无边无际，大到具体不到一个东西上。革命往小了展望不就具体了嘛，他雷大夯无论展望到天南地北，到最后还是展望到九儿身上，娶九儿过日子啊！这革命具体到九儿身上，雷大夯对未来就充满了希望。

一天夜里，雷大夯睡得正香，管家一脚把他踢醒了，说滚起来，干活去。雷大夯揉着眼睛嘟囔："半夜三更的干啥玩意呀，让不让人活了，我就不信一辈子抵不清你们的债，还用着半夜干活了？"管家上去又一脚，说："快起来，快点，啰唆啥。"听口气十万火急。雷大夯穿好衣服走到院子里，看到五六辆大马车停在院子里，车上装得满满的。管家说快卸车，小点声，麻溜的。雷大夯抓起麻袋扛在肩上，他掂量出来了，麻袋里是黄豆。箱子里是啥呢？这么沉，可能是枪。他就问和他一起卸车的家丁，家丁照他脑袋就是一巴掌，说小兔崽子瞎打听啥，干活。卸完了车，家丁问管家，明天啥时候去王屯？管家说明晚天黑就走。雷大夯听到王屯，心里咯噔一下，王屯是鬼子的据点，莫非管家要把这粮食和枪给鬼子送去？

第二天清早，雷大夯赶着羊在大门口等于剑飞，一会儿，九儿送于剑飞过来了。雷大夯紧走几步迎上去，还给于剑飞造愣了，每回见到瞪眼睛，今天咋的了？雷大夯急三慌四地说，哎呀大少爷，你咋才出来，我有情况要说。于剑飞伸出一个手指"嘘"，小点声，他回头对九儿说你回去吧。他这才对雷大夯说，以后有情况先对暗号，看周围没人再说，记住了？雷大夯点点头。这会儿，于剑飞在雷大夯面前就是个老江湖了。于剑飞说让我想想，咱俩以后的暗号是啥呢？哦，这样，你见到我说"今天天气真好"，我说"晴空万里无云"，然后再汇报情况，听懂了吗？雷大夯说听懂了。于剑飞说那好，说一遍。雷大夯说："今天天气真好。"于剑飞接："晴空万里无云。好，汇报情况。"

雷大夯说昨天晚上管家往你家卸了五六马车黄豆还有枪，一个家丁问啥时去王屯，管家说今晚天黑。雷大夯把昨晚的情况详细地说了一遍。于剑飞说好，我知道了，千万别对别人说。说完背着书包向镇上跑去。

雷大夯没把这事再放在心上，他照样放他的羊，盼着早点回于地主家能吃上顿饱饭。天刚黑，雷大夯赶着羊回来了，他刚把羊圈进圈里，管家就来吆喝他装车。等装完车天完全黑了，管家和家丁赶着车往外走。雷大夯想弄清楚点，问了句你们上哪去？管家说你少多嘴，小心把你的舌头割下来。

到了后半夜，雷大夯听见大门响。他就假装拉肚子，跑到院子里，只见管家领着家丁丢盔卸甲地跑了回来。管家连滚带爬往于地主屋里跑，还一边骂，他妈的谁走漏了风声，差点要了我的命。这帮人进了于地主的屋，雷大夯就猫腰趴在窗根听，只听于地主噼里啪啦摔着茶碗，吼道："管家，你换回来的金条呢？"只听管家哭丧着说："路上遇到抗联了，全抢光了，亏我跑得快，要不我就见不到你了。"

"一群废物，你一年的工钱没了，滚！"于地主吼。

管家又说："老爷，有个事我差点忘了，皇军明天到咱屯抓花姑娘，给咱屯五个名额，让咱们协助，务必得完成。"于地主很生气，骂："他妈的小日本也是的，不睡觉你困，不吃饭你饿，不整事你能死啊，整天这么花姑娘花姑娘的，谁受得了啊，真他妈不是人揍的。这事你看着办吧，就当我不知道，我顶不起这个骂名。"管家唯唯诺诺，连声说是是。雷大夯刚想跑，就被出来的管家看见了，管家大喊一声："谁？站住！"雷大夯站住了，捂个肚子说："是我，我肚子疼，拉肚子。"管家围着他转着圈，喝道："放屁，我看你鬼鬼祟祟倒像个奸细，哦，对了，我们今天晚上的事是不是你给抗联通的信？"雷大夯赖叽叽地说："天地良心啊，你整天看着我，像看贼似的，我除了放羊就是干活，哪有工夫和抗联勾结啊。"

"你少给我装傻，没有家贼引不来外鬼，把他给我吊起来。"家丁又把雷大夯吊在马棚里了，吊就吊吧，咋整，也整不过人家，反正也吊习惯了。雷大夯听了"家贼"心里偷着乐，心想最大的家贼就是你家的大少爷，嘻嘻。

早上起来，九儿照样送大少爷上学。大少爷走到大门口，驻足张望，说雷大夯今天怎么没在这等我，他每天不跟我顶几句嘴能舒服吗？九儿说雷大夯又被管家吊起来了。于剑飞问咋回事？九儿说不知道，反正大清早我就听他在马棚里喊，什么今天天气真好，今天天气真好，没完没了地喊这句话，大少爷你看这天阴得，像盖口黑锅似的，都快要下雨，他还吵吵今天天气真好，有病。于剑飞听到不禁小声跟了句，晴空万里无云。他撒腿向马棚跑，九儿也不知咋回事，跟在后面喊，大少爷，你不上学吗？干啥去？

于剑飞一口气跑到马棚，雷大夯见到他咧开嘴就哭，吊这一宿够他受的，他边哭还边说："我嗓子都喊破了，你才来，今天天气真好。"管家说这打了半天怎么还是这句话？于剑飞知道雷大夯有情况，他表示听懂了赶紧接："晴空万里无云。"

于剑飞冲管家厉声喝道，把他给我放了。管家说大少爷这回不行啊，他可不是损失了一只羊啊，这回亏大发了，老爷差点剥了我们的皮。于剑飞说我不管，你把他给我放了，你听见没有？管家表面低三下四，但就是不放人。于剑飞不耐烦了，唰地抽出剑跟他们动起手来。九儿看情况不好就慌慌张张跑去找于地主，见到于地主她说老爷不好了，管家和大少爷打起来了。于地主问咋回事？九儿就开始编瞎话，管家又把雷大夯吊起来，大少爷看羊在圈里饿得嗷嗷叫，就让管家放人，好让大夯放羊，管家不放，就打起来了。于地主笑笑，说这小子长出息了，啥时候知道关心家里的事了，难得，我去看看。

于地主背着手站在马棚外，他们停了手，其实管家和家丁谁也没敢动手，都在躲于剑飞的剑。管家跑出来站在于地主面前，于地主绷着脸说你整天跟个小长工较啥劲，有本事谁抢了你的粮食你跟谁拼命去。管家说老爷，我怀疑他跟抗联勾结。哼哼，于地主冷笑，就他这脑袋也配跟日本人玩猫腻，你不想想，那雷大夯拉屎能把心拉丢的主，脑子缺根弦，没心没肺的，就知道吃大饼子，他也配跟抗联勾结？赶紧把人给我放了，让他放羊去，我的损失够大了，再把我的羊饿死了，小心你的脑袋。

　　管家乖乖把雷大夯放了，雷大夯被吊的时间长了，手脚都麻了，站不住。于剑飞上去扶住他，趁机在他耳边问啥情况。雷大夯趴到他耳朵小声说鬼子今天袭击咱屯，抢花姑娘。于剑飞松开雷大夯就往大门外跑，雷大夯没人扶立马瘫地上了，他瘫在地上喊："哎，你别走啊，谁扶我呀？"

　　"你自己慢慢爬吧。"于剑飞边跑边说。

　　"我爬不动啊。"雷大夯咧嘴喊。

　　"让九儿扶你，我不赶趟了。"于剑飞说完这话就不见人影了。

　　九儿把雷大夯扶起来，他还一个劲地嘟囔，大少爷啥玩意，给我扔这就不管了。九儿说，你别不知足，不叫大少爷吊死你。雷大夯嚷，我是有功的。九儿说你有个屁功，放羊把羊弄丢喽，拉黄豆把自己摔喽，你还有功？管家早就想收拾你。雷大夯刚想解释，想起于剑飞说保守秘密，寻思寻思算了。雷大夯一只胳膊搭在九儿的肩上，九儿就这么搂着他，连拖带拽地走。雷大夯第一次这么近地靠着九儿，他闻到一股很好闻的气味。那是来自九儿身上的，他陶醉了，忘了伤痛，他扭头对九儿笑笑，憨憨的。九儿说伤这样还笑呢，不怪老爷说你没心没肺。雷大夯说于地主他是狗眼看人低。九儿说不准你这么说大少爷的爹，要不我就不管你了。雷大夯想跟她发火，你咋那么能给于地主打溜须呢，但他没敢说出口。不管怎么说雷大夯还是想笑，能不笑嘛，此刻他一点也不恨管家了，多亏了管家把他打成这样，不然他能有这待遇吗？他能这么近地靠着九儿，闻着她身上李子花样的香味。

　　九儿把他扶到了长工棚，九儿说你先躺着，我给你做碗面去。雷大夯感激地点头，说姐你快点，我都饿死了。九儿白他一眼，说就知道吃。

　　一会儿，九儿端来一碗热腾腾的面条。雷大夯伸出手接碗，可那手肿得像个胡萝卜，拿不住碗。九儿说我来喂你吧。九儿就这样挑起一筷子吹吹，再放到嘴边试试热不热，再送到雷大夯嘴边。雷大夯就这样张嘴、闭嘴、嚼面条，像个受宠的小宝贝。九儿就这么喂着喂着，把雷大夯的眼泪喂出来了，眼泪噼里啪啦掉在碗里。穷人家的孩子受苦受累、被人吆来喝去惯了，给点温暖就激动得受不了。这一刻他打定了主意，将来他一定要娶九儿当媳妇，给九儿盖上三间土房，一个小院。院里鸡飞狗跳，还有孩子。再置几亩田地，八月收麦子，十月收黄豆。冬天看雪花，吃着烧土豆，嘿，美死了！这成了雷大夯最美好的展望，展望自然带出了九儿，九儿是他展望的主题，他的展望永远不跑题——

九儿。

九儿说你看你咋还哭了，是不是痛啊？雷大夯呜呜滔滔地说不是。九儿说那是为啥？雷大夯说你对我这么好，我娘都没这样喂过我，我一辈子也忘不了你。九儿说就为这事啊，一个大男人不值，这有啥。说着就扯着袖角给雷大夯擦了两把泪。接着说，你呀，以后学精点，别老往管家的枪口上撞，吃一百个豆咋不知道腥呢。九儿这个样子就像个知疼知热的小大姐。雷大夯从这开始高兴的时候就叫她姐。

雷大夯激动地说："姐，你不懂，我这是革命，等我革命有本事了，我就带你逃出这于家大院，咱们远走高飞。"他说这话眼里就闪烁着两簇火苗，直往外蹿。

"你瞎说啥？我哪也不去。"九儿有点生气。九儿这话一出口，雷大夯眼里的火苗"噗"就灭了，像泼了瓢凉水，澎湃的心一下就渺茫了，渺茫得无着无落的。

雷大夯当天就被管家逼着去放羊了。第二天他早早就起来了，于家可不养闲人。雷大夯和于剑飞又在大门口遇上了，雷大夯一脸的伤，嘬着嘴，冲于剑飞直梗脖子，他对昨天于剑飞把他扔地上还耿耿于怀。于剑飞说你梗啥脖子，没有我，你还吊在马棚里晒干鱼呢。我救了你那么多次你还没谢我呢。雷大夯可不管谢不谢的事，他关心的是鬼子昨天抢人的事。于剑飞兴奋地问雷大夯，你猜打死几个鬼子？雷大夯摇头。于剑飞就伸出两个手指，雷大夯说两个，于剑飞说二十个。太好了，雷大夯拍手叫好，问都是刘老师他们干的？于剑飞说对，只可惜这次又叫管家那个汉奸跑了，刘老师说早晚收拾他。噢，对了，刘老师还表扬你了，说你干得不错。雷大夯眼里溢满了幸福的光，他不好意思地低着头说，谢我干啥，也不是我打的鬼子。那刘老师也没说让咱啥时候参加战斗？于剑飞说刘老师说咱们现在就是在战斗，是非常重要的战斗。雷大夯更兴奋了，惊呼，真的！他们俩不约而同地伸出右手，重重击了一掌。

远远站在一边的九儿看见他们俩这样也高兴，有时她也弄不明白，这两个人好的时候跟一个人似的，臭的时候跟臭狗屎似的。九儿今天也高兴，看着一个高高兴兴去上学，一个连跑带颠去放羊，瞅着心里就舒坦。九儿喜欢唱歌，高兴她就唱。虽然嗓子不怎么样，但她能喊，多高的调都能喊上去，虽然不在调上，但她敢唱，她唱起歌来心里就美滋滋的，就认为自己唱的哪句都在调上，她认为她的歌声是天下最好听的。自从雷大夯到了于家，九儿更坚定了这一点，她是全天下歌唱得最好的姑娘。只要她一唱歌，雷大夯就张着嘴，傻瞪着眼，那专注劲，让人一看就受鼓舞。于是九儿就更来劲地唱。唱完了，雷大夯准鼓掌，夸九儿唱得好，说九儿你的歌声咋那么像百灵鸟呢，我放羊一听到百灵鸟叫就想起你唱的歌。每当这个时候九儿就用手绞着她的大辫子，低着头不好意思地抿嘴笑，心里甜丝丝的。九儿知道雷大夯可不是个会夸人的人，也不会虚情假意，他是打心眼里夸自己唱得好，不会有假。这样一来极大地鼓舞了九儿唱歌的热情。九儿就爱唱那个东北小调《小看戏》，雷大夯百听不厌。九儿开始不满足了，心想，如果大少爷也喜欢听就好了。要命的是，她错误地认为，大少爷也喜欢听，只是不像雷大夯那么没学问，啥玩意都表现在脸上，大少爷就显得含蓄稳重多了。

九儿站在那棵李子树下亮开了嗓子，又是早晨，听着格外地脆生，悠长。

　　姐儿巧打扮哪，去把戏来观，模样那个长得哟，赛如天仙。哎哟，打扮起来多么体面啊，依得儿呀得儿哟哟哟得儿哴叮当，哎哟打扮起来多么体面哪。

这歌声透过李树林子甜丝丝地传到雷大夯的耳朵里，雷大夯抱着羊鞭子怎么也听不够。九儿嗓门那个亮哟，震得树林都打战。雷大夯自从到于地主家当长工，尽管看不惯九儿对于剑飞那股勤劲，但他不是打心眼里烦九儿，他认为她是被逼。自从那次他把羊偷吃了，被管家吊在马棚里，九儿给他说情，他更喜欢九儿了。在他心里九儿就像春天白色的李子花，虽然不艳丽，但透过那素静的花瓣，那淡雅的清香就缓缓地流动在空气中。只可惜九儿是于地主家的童养媳，只好眼巴巴看着干着急。

九儿唱完了，觉得不过瘾，她想再唱一遍。这时她看一个家丁正急匆匆从外面回来，一脸的不怀好意。这些家丁都让管家带坏了，不知管家又出啥坏主意了，他们昨天刚吃了败仗，正一肚子邪火没地方发。九儿想唱歌的兴致荡然无存，她索性回屋，还有一大堆活要等着她呢。当她路过管家屋的时候无意间听到家丁对管家说："大管家，我看了，就那娘们儿一个人在家，病了，在炕上躺着。这时候去正好，那个穷小子雷大夯也去放羊了。"九儿听到这，心里咯噔一下，她知道怎么回事了，这管家对大夯娘还没死心。只听管家得意地说了句走。九儿麻溜躲到一旁，管家出了屋门，得意地走出了大门口。九儿快步跑着追到大门口张望，见管家直奔雷大夯家的方向。大夯爹死的时候管家就诱惑大夯娘说，如果从了他就掏钱发送大夯爹。大夯娘人穷志不短，宁死不从。大夯爹死后，他总找机会下手。

九儿在大门口急得直转圈，她知道管家的阴险毒辣。她也怕管家，但她顾不了那么多，撒腿向雷大夯放羊的大洼地跑去，见到雷大夯，她气喘吁吁地说："雷大夯快……快……快点回家，管家上你家了。"

"他上俺家干啥？"雷大夯傻愣着问。

"哎呀，你傻呀，还不是为了你娘。"

"啥？"雷大夯眼睛瞪圆了，操起棒子就往家跑。九儿跟跄地跟在后面喊："大夯，你可别胡来呀，大夯……"

雷大夯哪还听得进去，风一般直奔家门。他到了家，咣当一脚把门踢开。只听管家骂骂咧咧，妈的，死了，这臭娘们儿，真死心眼。雷大夯只见娘躺在地上，手里握着一把剪子，脖子旁流了一摊血。雷大夯一句话没说，抡圆了棒子。管家惊回头，瞪着眼睛错愕地看着他，还没弄明白怎么回事，只听扑哧一声闷响，管家的脑袋就开瓢了。管家连吭都没吭，两腿一蹬死了。

雷大夯也害怕了，嘴里声声叫着娘，转头往外跑。雷大夯鬼使神差地一口气跑到镇子上，他找到了正在镇上上学的于剑飞，见到于剑飞他没头没脑地说："我……我把管家削死了。"

"好！好，削得好，你行啊！"于剑飞听到这个消息乐得直拍雷大夯的肩膀。他见雷大夯没反应，傻愣愣的，他也回过味来了。于剑飞想到了雷大夯的安危，他知道他爹还有鬼子是不会放过雷大夯的，他着急地说："管家死了？呀！你还不快跑，再不跑就没命了。"雷大夯跺着脚："我往哪跑啊？"于剑飞也急，在原地直搓手，是啊，往哪跑啊？他还是想起一个人来，拉起雷大夯就跑。雷大夯也不问，跟着跑。他们去找刘老师了，见到老师，于剑飞就把雷大夯打死管家的事说了。刘老师说本来我们是要秘密除掉他的，这样一来，麻烦就大了。他拉着雷大夯的手，塞给他一些钱说："孩子，别怕，你不是向往革命嘛，那你就进关吧，找咱们的抗日队伍，新四军或八路军。老师是党从关里派来抗日的，等完成了这里的任务也去找队伍，咱们队伍上见。盼望着你带着队伍打回东北，把小鬼子彻底赶出中国。鬼子没有几天蹦跶头了，他们偷袭了美国珍珠港，美国就要对他们宣战了。"

雷大夯不懂啥珍珠港，他就知道他娘死了，他哭着说他不能走，他得把娘埋在爹的坟边。

刘老师说孩子，别哭，你必须走，再不走就有危险了。你娘的事你放心吧，有老师呢，老师会安葬好她的。于剑飞听说找队伍他说他也去，再说在革命这件事上他绝不能落在雷大夯的后面，应该是本少爷先革命，再带动这个小长工革命。

"刘老师让大少爷跟我一块走吧，我自己害怕。"雷大夯虽然死看不上于剑飞，但有些时候他还真离不开于剑飞。

刘老师说："剑飞呀，咱队伍上可苦啊，如果你去就要坚持到底，绝不能当逃兵。"

"放心吧老师，苦我不怕，我家有的是钱，我回家背上一口袋钱，有钱还怕啥。"于剑飞还没完全理解刘老师的意思，刘老师也没时间给他解释太多了："剑飞如果真想走就不能回家了，跟大夯赶紧走。"两个人格外懂事地点点头，深深地给刘老师鞠了一躬，拉起手向外跑。

在大洼地，九儿抱着羊鞭子正伸着脖子往这边张望，她替雷大夯看着羊。她正惦念着雷大夯，到底怎么样了？正望着，她看见雷大夯和于剑飞在屯外的小路上跑。她就喊雷大夯。于剑飞拉着雷大夯说快跑，别理她。九儿喊了几声见他俩不搭腔，索性丢下羊鞭子追他俩。于剑飞拉着雷大夯跑得更快了，说别让她追上，快跑。九儿在后面连喊带追，跟头把式。雷大夯几次想停下来都被于剑飞拉走了，雷大夯边跑边回头张望九儿。突然九儿绊倒了，雷大夯甩开于剑飞的手停下来央求说："咱带九儿一起走吧。"

"不行！"于剑飞斩钉截铁。

"带她走吧，咱俩走了，她留这多可怜啊？"

"她是个女的。"于剑飞扯着他就走。

雷大夯甩掉他的手："女的怕啥，你不带，我带。"

"好，雷大夯，这可是你说的，是你要带她走，从今往后她跟我可没有一点关系。"

雷大夯傻呵呵地说："咋没有关系，她不也是你的童养媳嘛。"于剑飞推他一把："你傻呀，那是我多的意思，我可不想让她当我的媳妇。我跟你一起走也是想甩掉她，要不年底我爹就要给我俩圆房。"雷大夯寻思更得带九儿走了，九儿也许不稀给他当媳妇呢，跟我一样，是被于地主逼的。他执意要带九儿走。于剑飞说那咱可说好了，这九儿跟我一点关系也没有了，你得做证啊。雷大夯说你就放心吧。于剑飞说一言既出，雷大夯说驷马难追，俩人击掌为定。

雷大夯跑过去扶起九儿说："九儿走，我带你走，从此不受于地主家的压迫了。"

"你俩做啥呀？往哪走啊？我可不走。"九儿惊讶。

"我把管家整死了。"雷大夯说。

"那你还不快跑。大少爷干啥去？"九儿推雷大夯。不管雷大夯怎么编排于地主家，九儿关心的还是于剑飞。

"我俩一起走，你走不？"雷大夯说这话就是怕九儿不跟着走，故意说大少爷也走。

"行，我跟你们一块走，"九儿比他俩大，想得多，"走了不知啥时能回来，咱们给咱的家乡磕个头吧。"说着她拉着大夯和剑飞冲着家乡梆梆磕了三个头。这一年九儿二十一岁，比雷大夯和于剑飞大三岁。她不是跟雷大夯走，而是跟于剑飞走，她心里打定主意，这一辈子于剑飞走到哪她就跟到哪。

（三）

这一路上他们穿林子走小路，于剑飞叫苦连天，他虽然烦九儿，但他离不开九儿的伺候。一会儿喊九儿我饿，一会儿喊九儿我困了，还摆大少爷的臭架子。而九儿乐此不疲，雷大夯就是看不惯，一个劲地嘟囔，于剑飞呀，于剑飞，你是缺胳膊还是缺腿，让人家伺候，真不嫌碜碜。

他们带出来的那点钱很快花光了，于剑飞净吃好的，雷大夯和九儿都省给他吃，整个带出来一个小祖宗。他们走了几个月，连走带扒火车，终于进关了。

他们三个实在太累了，还饿得要命，打算进到一个屯子找点吃的。可是刚走到屯口，就见两个鬼子押着五六个姑娘迎面走来，他们三人刚想躲起来，可两个鬼子已狼哇地向他们跑来，是看见九儿了，嚷着花姑娘，花姑娘，抓花姑娘。雷大夯和剑飞上去挡在九儿前面，鬼子刚要举枪射击，于剑飞和雷大夯使了下眼色。雷大夯像风一样刮向鬼子，一棒子扫了鬼子的脚，鬼子失去了重心。于剑飞随即一剑抵在鬼子的喉咙，但怎么也狠不下心刺进去。看管那群姑娘的鬼子见状向这边举枪射击，子弹贴着雷大夯的耳边飞过。雷大夯急了，冲于剑飞喊："你还愣着干啥呀？熊包，整死他。"说着握住于剑飞的手一剑刺死了鬼子。另一个鬼子还向他们继续射击，雷大夯就地一滚，滚到鬼子脚下，一棒子削在鬼子的小腿上，鬼子回手用刺刀扎雷大夯。于剑飞光忙着让姑娘们快跑，没管雷大夯这边。雷大夯也是第一次跟鬼子过招，心里也没底，他喊于剑飞："大少爷，快来帮我呀！"

"你连个鬼子都舞扎不过，完蛋操，看我的。"别看于剑飞嘴上说得硬，但让他亲手杀人，他还真有点手软。鬼子见势不妙，抱头鼠窜。雷大夯刚想一棒子结束鬼子的命，不料于剑飞一剑挡住了他的棒子说："放了他吧，他都害怕了。"雷大夯跺着脚："他是你家亲戚哪？"

九儿吓得还在那筛糠呢，于剑飞埋怨起雷大夯来："我说不带九儿来，你非得带她，咋样？惹麻烦了吧。"他指着九儿："你看她，吓成那样，真没用。我看哪，想继续带她走，就得把她头发剪了，换上男人衣服，要不，没个走。"

九儿怎么也舍不得把自己的长辫子剪了，再把自己弄得男不男女不女的，砢碜死了。雷大夯也不赞成，指着于剑飞吼："亏你想得出，两个大男人就保护不了个女的。"

"我们出来不是为了保护这个女人的，我们要进关找队伍。"于剑飞又给他讲大道理。

"我就带她走，你爱咋咋地。"雷大夯来横的了。

"那好，我再说一遍，她以后的一切都与我无关。"于剑飞也不相让。

"我知道了，不就是童养媳的事吗。"雷大夯最关心的也是这件事，他不想让九儿将来成为于剑飞的媳妇，九儿怎么能嫁给这个小地主呢，那不白瞎了。

九儿噘着嘴，看着他俩没说话。她说什么？她那么想跟着于剑飞，可于剑飞就不想要她。她不想跟雷大夯好，可雷大夯却时时处处为她着想。她心一横，不管于剑飞啥想法，我反正是从小许配给于剑飞的，这辈子非跟他不可。

不管于剑飞和雷大夯怎么吵，目前还是一个整体，谁也离不开谁。他们走进屯子，找到个废弃的破房住下，先将就一晚上。不料睡着睡着突然听到鸡飞狗叫，接着又听到有人喊鬼子进屯了。原来鬼子挨家挨户抓人，人们乱作一团。

屯子里火光冲天，鬼子把人们集中到场院，他们不分青红皂白先拉出几个人当着大伙的面用刺刀捅死，然后再拉出一批。杀人最多的那个鬼子就是于剑飞白天放跑的那个。于剑飞这个后悔呀，后悔得直掐自己的大腿。那个鬼子杀完人，又哇啦哇啦叫着找大辫子的花姑娘，找八路。他认出了九儿，一把就把她揪了出来。然后把九儿捆到柱子上，逼她说出于剑飞和雷大夯，说这俩小子杀死了皇军，他俩是八路。鬼子打九儿，九儿就是不说。有个汉奸说她再不说就扒了她的衣服。

于剑飞仔细观察了一下，加几个汉奸也就十多个人，这一场院的老百姓也太老实了，他们手里是拿着武器，但咱也不能这样任他们宰割呀。于剑飞看了眼雷大夯，鬼子刚要撕九儿的衣服，于剑飞和雷大夯使了个眼色。他俩像两条蛟龙从人群中腾空而起，点着人的脑袋直取鬼子的性命。于剑飞一剑结果了他放跑的那个鬼子，又一剑挑断了捆绑九儿的绳子。雷大夯像拍西瓜似的结果了一个鬼子机枪手。鬼子当时傻了，冷不丁的他们没反应过来，他们始料不及啊。因为每次面对赤手空拳的百姓都是任他们宰割，几个人就收拾一堆老百姓，谁知今天跑出两个愣头青。

老屯长见状也来劲了，这几年净受小鬼子气了，他大喊一声："乡亲们，跟小鬼子拼了！"乡亲们如潮水般涌向敌人，短兵相接，鬼子的机关枪哑巴了。男人们夺过鬼子的刺刀，把那曾经刺进自己胸膛的刺刀向鬼子头上砍去。女人们尖叫着用牙咬，生生地咬掉鬼子的耳朵和手指。孩子们抱着鬼子的大腿不放手，嘴里喊着爸爸妈妈快来……

于剑飞的剑上下飞舞，当一个鬼子死死掐着老屯长的脖子时，于剑飞踢翻鬼子，一剑扎进鬼子的胸膛。他噌又把剑拔出来，一注血热乎拉地喷在他脸上，把眼睛都糊住了，他硌硬得直恶心。这时有个鬼子在后面照他的脑袋就是一枪托子，于剑飞晃了几晃倒下了。鬼子刚要补一刺刀，九儿见了眼珠子都快冒出来了，她大喊一声，一镐刨在了鬼子的头上，鬼子顿时脑浆迸射，九儿也不知哪来那么大劲。

雷大夯真是棍扫一大片，这回雷大夯也记住了，不能让鬼子有一个活着的，整个场院血流成河，鬼子都被打死了，而老乡们也所剩无几，鬼子毕竟是训练有素的军人。

九儿疯了似的摇着于剑飞，于剑飞没有反应。九儿放下于剑飞又去找雷大夯，大夯——大夯——九儿使劲地喊。回答她的只有女人的哭声和孩子们的叫声。九儿疯了似的在死人堆里扒拉，忽然在死人堆里她看见有一只脚伸在外面，她认识这只脚，走到天边她都认识，奇大无比，这是雷大夯的脚。九儿顺着这只脚开始扒拉，使劲搬掉压在他上面的死人，终于雷大夯暴露在她面前。这哪是人啊，浑身上下都是血，脸像个血葫芦。九儿捧着他的头，用袖子胡乱擦着他脸上的血，这才露出点底色。九儿拍着雷大夯脑袋，脑袋还是囫囵个的，这就好。在九儿的呼唤声中雷大夯慢慢睁开眼睛，九儿乐得一个劲地拍他的脸。雷大夯说别拍了怪疼的。九儿说疼就好，疼就好，知道疼就没死，快点，快去救大少爷。雷大夯听到九儿的呼唤就像打了针强心剂，急切地问大少爷怎么了，不会死了吧。九儿哭着说你快去看看吧。雷大夯摇晃着站起来，他踢踢腿，伸伸胳膊，咦，还好使。他俩跑到于剑飞跟前，雷大夯用手试着于剑飞的鼻息，还有气，他背起于剑飞说："九儿，走，咱离开这里，快走。"

"上哪去呀？"九儿茫然地问，

"我也不知道，先走吧，你没看这都是死人吗。"雷大夯边走边说。

"要不咱回家吧。"九儿害怕了。

"那可不行，咱还得找到队伍呢。走吧，找个地方先住下，等大少爷醒了再说，反正这儿是不能待了。"这时候雷大夯才觉得这个大少爷很重要，到关键时候还得他拿主意。他多盼望他早点醒来，好领着他和九儿往前走。

天亮的时刻，他们走到了一个镇子，草草找个地方住下，这一住就是十来天。他们的行程在这搁浅了，因为于剑飞醒倒是醒了，但他不但失去了记忆，而且变得魔魔怔怔，整个一个傻子，就知道吃，而且吃起来不知道饱。难为了九儿，像看孩子似的看着他。雷大夯凭着一身力气在镇子上找了个出大力的活，勉强维持三个人的生活。虽然雷大夯以前总跟于剑飞抬杠，但于剑飞这样他也失去了主心骨。九儿也急，总在这待着也不是回事，得想个办法。

有一天，九儿倚在门口等雷大夯回来。为了三个人的嘴，雷大夯就得干活。因为于剑飞又吵着饿了，九儿也变不出吃的，他就盼着雷大夯早点回来。雷大夯每次回来都从怀里掏出包吃的，他俩先看着于剑飞吃，于剑飞不吃了，雷大夯和九儿就你推我让，到最后九儿还是让着雷大夯吃，因为她是姐，再说雷大夯要养这个"家"啊。他身体垮了，她和于剑飞也就没有指望了。

九儿倚着门框，想着心事，盼着雷大夯早点回来。她远远见一队迎亲队伍吹吹打打走过来。当花轿走到她的眼前时，她心里涌出种莫名的激动，她想什么时候天下太平了，自己变成花轿里的新娘，让于剑飞吹吹打打地也娶她一回。她望着迎亲的队伍，期盼着，憧憬着。想到这，她不觉脸红心跳。她心里明镜似的，如果让于剑飞心甘情愿地娶她，这辈子是不可能了。她的感觉告诉她的，有些事感觉往往是最准的，不需要语言，不需要视觉，心就能感知得到。可是命在这摆着呢，她将来必须嫁给他。要不是跑出来，原定他们年底就圆房。九儿是一百个愿意，不单单是因为于剑飞是大少爷，也不单单因为他长得英俊，她喜欢他的原因远远超出了这个范围。她大于剑飞三岁，从小在一起长大，又从小就知道这是她未来的小丈夫，尽管当时还不完全知道什么意思，但她在意识当中早就完全把他当作自己的中心了，事事处处让着他、向着他、照顾他。当她懂事之后，知道丈夫就是要跟她在一起过一辈子的那个人，她更疼于剑飞了。羞涩归羞涩，她真是喜出望外，大家户的小姐未必能嫁给这么好的男人。她更觉得自己不配，不配她也不会退出，正因为不配，她才怕失去于剑飞。九儿心里也打定了主意，命运把我推到了你身边，我就绝不撒手，谁叫我是你的童养媳，我就死死抓住"童养媳"这个理由不放，你到哪我到哪，走到天边我也跟着。

雷大夯一回来，九儿忙着给他打洗脸水，拍打着他身上的尘土说："大夯，你看大少爷总这样咋办啊。"

雷大夯洗着脸说："那咋办，我也是盼他好了咱好走，老在这窝着算咋回事。"

在院子玩的于剑飞跑进屋，看九儿帮雷大夯脱掉满是土的外衣，他不干了，上去给雷大夯一脚，抱着九儿说："这是我姐姐，我姐姐。"他以为雷大夯跟他抢姐姐。这时的于剑飞就像三岁的孩子，跟在九儿的身后姐姐、姐姐地傻叫。他倒变乖了，一会儿也离不开九儿，别人喂饭他不吃，就让九儿喂，一天吃喝拉撒睡都得九儿伺候。

雷大夯平白挨一脚，本来干一天活够累的，扯着脖子喊："你真傻假傻，你傻你咋不踹你自己呢。"于剑飞傻瞪着眼又踹了他一脚。雷大夯举着拳头就要揍他，被九儿拦住："你咋还跟他一样。"

雷大夯急挠地说："你用不着向着他，他跟咱也不是一路人，他是地主家的少爷，你想他能对你好吗？地主多狠哪，他傻了还欺负咱呢。气急眼就把他扔这。"

"不准你这么说他。"

"你没看他就把你当使唤丫头嘛。像他这种地主人家，半拉眼睛就没把咱穷人当人看。"

九儿的脸就拉下了，她绝不允许别人这么诋毁她的大少爷，在她心里于剑飞早已是她的男人了，只是早晚走个过场而已。而在雷大夯的心里一直这么固执地认为，九儿是被逼的，一旦她明白这个理了，她就会为自己在于家受的苦累讨回个公道，让"童养媳"见鬼去吧，她会重新找到跟她对心思的人。雷大夯不止一次地想，这个对心思的人就是他雷大夯，早晚有一天他会和九儿成双成对的。

到了晚上雷大夯还是跟于剑飞睡在一个屋里，反正每天晚上倒霉的都是雷大夯，不知道因为啥就挨于剑飞的踹，他要是还手九儿就说他。今晚于剑飞闹腾得厉害，把雷大夯踹下炕好几次，雷大夯也没轻揍他，他就咧着嘴哭。九儿推门进来，责怪雷大夯，你就不能将就着点，他都这样了，就没见过你这么小心眼的人。雷大夯还一肚子委屈，我小心眼，哪天我不挨他打，谁扛得了啊，我刚睡着他就打我，明天我还得干活，还得养活他。九儿说你先睡去吧，我照顾他。雷大夯也没想那么多，把门一摔出去了，爱谁照顾谁照顾，我是不伺候了。

雷大夯不放心，又返回来了，说："那他不得揍你呀？"九儿说："没事，你睡去吧。"

"那我先睡了，太累了。"雷大夯走到门口他还是有点顾虑，"九儿，你睡去吧，还是我伺候他睡觉。"这时于剑飞傻呵呵地嚷着："姐姐别走，姐姐别走。"雷大夯站着不走，"大夯，他都这样了，还能把我咋地呀，等我把他哄睡了再去睡，你先睡去吧，啊。"九儿说。

雷大夯打着哈欠说："那行，我先睡了，有事叫我。"于剑飞又开始傻嚷姐姐睡觉，姐姐睡觉，困。九儿给于剑飞盖着被说："大夯，睡去吧，没事，他也困得不行了。"

雷大夯躺在九儿的房里，一开始他还睁着大眼睛，一会儿眼皮就打架了，不知不觉睡着了。他实在太累了，这几天净扛麻袋了。他一觉就睡到了天亮，他是被一种尖叫声惊醒的。那尖叫声太刺耳了，这声音介乎于男人与女人之间的混合声，让人无法辨别到底是男人叫还是女人叫，令人毛骨悚然。雷大夯扑棱从炕上坐起来，他使劲辨别声音从哪里来，他断定是从于剑飞房里传来。他跳下炕，奔出屋，一脚把门踹开。他被眼前的情景惊呆了！于剑飞光着身子蹲在地上，像女人似的双臂交叉护着前胸，不断地尖叫。九儿坐在炕上衣衫不整，怕雷大夯看见似的，急忙把个白褥单放进包裹，低着头不敢看雷大夯。于剑飞见雷大夯进来，冲他大喊："雷大夯，你们这是干啥？"雷大夯倒不明白了，问他："谁干啥呀？你明白了？"于剑飞又拿出大少爷的牛劲，说："这到底是咋回事？我……我怎么跟她睡在一起了？"于剑飞的这句话让大夯确信他明白过来了。雷大夯说："你被小鬼子打蒙了，变魔怔了，九儿照顾你睡觉，每天是我，昨晚你非……"雷大夯看着光腚的于剑飞，再看发呆的九儿，他说着说着，也整不明白了，把自己说糊涂了。于剑飞带着哭腔一个劲地说不是的。他说这话像个无助的孩子，受了莫大的委屈。雷大夯也觉得不是那么回事，问九儿："这是怎么了？"九儿脸就红了，说："大夯没你的事，你先出去吧，我跟剑飞说。"

于剑飞抓住雷大夯的手急赤白脸地说："雷大夯你别走，我不能单独跟她在一起，这是扯淡！荒唐！这不算！"于剑飞噌地站起来，一看光着屁股，麻溜捂住又蹲下了。他猫着腰："九儿你把脸转过去，我穿衣服。"九儿把脸别过去。于剑飞胡乱抓着衣服往身上穿，气愤地看着他俩说："不管怎么说，你们俩给我听着，我现在还是你们的大少爷，还是你们的主人，你俩还得指望着我领你们找队伍，你们就这么稀里糊涂把你们大少爷给办了，胆子也太大了，想不想活了。我永远不会跟九儿圆房的，不管现在还是将来。雷大夯，出来那天咱俩是怎么说的？今后她的一切都与我无关，这是你答应的吧？今天的事谁也别说出去，说了对谁也没有好处。"于剑飞思维混乱，语无伦次。他这时候还抱着侥幸心理，不是真事，指定不是真事，是做梦，净自己吓唬自己了。

"谁说算数了，人家九儿就是照顾你，你昨晚作得厉害。反正你明白过来就好，咱们接着找队伍去。"雷大夯听于剑飞说这话，心里也没把这当成啥真事。

九儿系着衣领扣，收拾着被褥，蔫了吧唧地说："到了这份上，咱把话说明了吧，大夯，我告诉你吧，你姐不是原来的你姐了。"

雷大夯不解："咋地了？"

于剑飞把裤腰带系利索了，扭头要走，说："收拾收拾，咱出发。"

雷大夯早就待腻歪了："好啊，九儿，走啊。"

九儿看于剑飞想把这事掩过去，那怎么行呢，她一个大姑娘，不明不白变成这样，现在不说，以后更说不明白了。雷大夯是个愣头青，不挑明他是不会明白的，好在他算个证人吧。

九儿坐在炕上不挪窝，雷大夯说九儿快下炕走啊。九儿不说话，把脸别过去，偷着把一条白褥单捏在手里，犹豫不决地掂量着。她嗫嚅着说："大夯，这件事我必须得说，尽管难开口，我也得说，因为我没有办法，就算你给我做主，或是个证人吧。九儿命苦，没有爹娘，你就算我娘家兄弟吧。我和剑飞昨晚、昨晚，圆房了……"

于剑飞先傻了，说话从来不结巴的他，这会儿说话也连不上句了："这、这、这是咋回事？这不是真的，不是梦吗？"尽管他嘴上质问怀疑，听九儿这么说，他已经知道是真的了。

雷大夯先看于剑飞，再看九儿，就这么来回看了半天，他的眼睛瞪圆了，用瞪着的眼睛质问九儿，尽管眼睛不会说话，可比说出的话可怕。

九儿忙说："你不用瞪着眼睛想吃人，他不是故意的，他那时候还没清醒，你别怪他。这事就咱们三个知道就行了。再说了，我们俩早晚的事。"

这回轮到于剑飞急了："九儿你别瞎说呀，我没有。"

"我知道你不想承认，可能你真的不知道，你不承认我怎么办？我一个大姑娘家，让我以后怎么……见人，"九儿把白褥单，摊在于剑飞面前，"你看，我没讹你，就说我不要脸，我也不能拿这事瞎说呀。"

于剑飞看着白褥单的点点落红就傻眼了，听老人说过，姑娘第一次……

雷大夯的手当时就哆嗦了，他痛苦地大喊一声："于剑飞，你个畜生，你把事真的给干了，我揍死你！"雷大夯一拳把于剑飞揍倒在地。

于剑飞委屈地喊："我不知道。"

这时，九儿跳下炕，拦在雷大夯面前："你们俩别再打了，事已经这样了，再说我们早晚有这么一天。"

于剑飞推开九儿："我没想有这么一天，我不想跟你圆房。当时我傻你也傻呀？在你清醒的情况下你应该制止。"

九儿看了眼于剑飞，更小声地说："反正我是你的人了，你不能不管我。"

于剑飞仰头喊了声天啊，抱头蹲在地上。挨了雷大夯的打，于剑飞也无心还手，他努力回想白褥单的事。他想起来了，他昨晚做了个梦，梦见他被鬼子追杀，子弹嗖嗖地打在他身上，浑身冒着血，但就是没死。他撒丫子就跑，不知怎么就跑回了家。他跳进了后园子的池塘里，池子里还开着荷花。他在池子里把衣服脱掉，痛痛快快洗了个澡。畅快极了，他尽情地舒展着，畅游着，仿佛到了极乐世界。更让他欣喜不已的是，只见一个仙女翩翩飘落在他身边。这个女人媚若晚霞，倩如玫瑰。特别那双眼睛，他这辈子都忘不了，水汪汪的春波荡漾。更奇怪的是两人一见如故，好像早就见过，今天是重逢，早就预谋好了今天要见面。于剑飞轻轻挽起女人的手，情不自禁咏起一首晏几道的词：

> 彩袖殷勤捧玉钟，当年拚却醉颜红。
> 舞低杨柳楼心月，歌尽桃花扇底风。

这个女人接着咏：

> 从别后，忆相逢，几回魂梦与君同？
> 今宵剩把银釭照，犹恐相逢是梦中。

于剑飞拉她入水，女人的裙带漂浮在水面，俩人如鸳鸯戏水。于剑飞折下两片大荷叶盖在两人的身上，他们漂在水面上，鱼儿在他们的脚趾间穿行。于剑飞处在一种涅槃境界，只见女人嘴角动动笑了，这一笑如飞石搅乱了于剑飞的心湖。女人的眼睛眨了下，撩人心魂。女人又笑了下，于剑飞有种非常强烈的渴望：拥她入怀！这种渴望已经变成了冲动，来不及思索和掩饰，他刺啦撕开女人的衣裙，伴着哗啦的水声，一切都付诸行动了……

一切都风平浪静时，于剑飞不经意地抬头，他惊得妈呀一声，水池边围了一圈小鬼子。他们端着枪狰狞地狂笑，于剑飞吓得魂飞魄散，尖叫着醒了。当他醒来看到的情景比见到鬼子更可怕，他赤身裸体地躺在九儿的身边，居然在一个被窝里，太可怕了。脑袋嗡地炸了，他蹿出被窝，一个高跳下炕，这时雷大夯踹门进来了。就这么个经过。一个梦，一晚上，改变了一切，让他和九儿的关系有了质的飞跃。

他就不明白了，自己做个梦就把坏事干了？即使自己在梦中把坏事干了，那个人也不应该是九儿呀？明明是另一个女人，怎么醒了就换人了？但梦中那个人是谁他也不知道，现在想还觉得挺熟悉。他恨自己怎么就做了这么个没出息的梦，那种没出息的感觉现在还记得一清二楚，不赖雷大夯骂自己畜生。他自己还不知道这是正常的生理反应——遗精，不正常的是他的梦遗付诸了行动，竟修成了"正果"。从出来那天于剑飞跟雷大夯就说"九儿的一切与我无关"，没想到这倒霉的生理反应居然跟九儿联系上。谁跟谁有没有关系不是说说的事，有些事想逃是逃不掉的。

雷大夯见于剑飞光愣神不吱声，雷大夯认为就是他做了亏心事不敢吱声，他更来气了："于剑飞你真不是人，你居然把事给办了，你在这事上倒不傻，我看你是装傻充愣，我——"他又一拳揍过去，打在于剑飞的脸上。于剑飞也还了他一拳说："你还打我，我够冤的了，其实我心里咋想的你最清楚，这不是我愿意的，我跟你说过，她的一切与我无关。"

"到现在你还说种混账话，说啥都晚了，九儿怎么就瞎了眼看上你了。"雷大夯对九儿真应验了那句话，"情人眼里出西施"。在雷大夯眼里九儿的缺点都变成优点了，他觉得九儿是那么无辜，是地主少爷欺负了她，他甚至责备自己昨晚咋就贪睡了呢。

于剑飞甩着手喊："她不是我的媳妇。"在于剑飞心里媳妇是很神圣的。

"那她是我媳妇呀？"雷大夯也瞪着眼睛喊。

"雷大夯你你领着她跑吧，我这辈子做牛做马报答你。"

"放屁，不可能了。"雷大夯脖粗脸红地嚷。

"你可把我害了。"于剑飞摊着两手说。

九儿走到他俩面前："你俩别打了，也别吵了。我生是于家人，死是于家鬼。"说完她拿把剪子咔嚓咔嚓把自己的大辫子剪了，又补了几剪子，直到短的像个男人，"现在好了，你们走到哪我跟到哪，现在我们是三个男人，我再不会给你们添麻烦了吧。"九儿横下了一条心，一切再清楚不过了。该是谁的就是谁的，想不要都不行。于剑飞再说啥都是多余的了，他也懒得说了，他只想离开这里，一时一刻也不想留在这个"新房"里，还是办正事找队伍吧。他们三个当天就出发了。九儿临走，环顾这个"新房"，她想，该着，也许这就是老人们说的冲喜吧，于剑飞这不明白过来了吗？

昨晚的事只有九儿最清楚。于剑飞拉着九儿的手睡着了，九儿抽出手他就醒，她就在他的身边将就着躺下了，不觉她也睡着了。就一个小破被，盖在于剑飞身上。九儿睡着就冻醒了，她犹豫了下，扯着被角就钻进了于剑飞的被窝，真暖和。被窄，她就紧紧依偎着于剑飞，她想反正他啥也不知道，很快就又睡着了，睡得很实。等她感觉到有人趴到她身上时，一切都来不及了……她想喊雷大夯了，她干张嘴没喊出声。她不知道自己在这件事上怎么那么懦弱，她竟然没吱一声，甚至都没敢喘大气。当时她想，她的大少爷是魔怔还是明白了？如果明白了该多好，她是那么心疼她的大少爷，不，应该说是她的丈夫。她想，我是他的童养媳，从小就许给他了……这事就别声张了，声张了我一个姑娘家脸上也挂不住。如果于剑飞醒过来，那就算我九儿有福气，生米做成了熟饭，他就是想反悔也来不及了，再说他不会不管我。他要是真这么混混沌沌傻下去，那就是我的命，哪那么容易跳上枝头就做凤凰了？我本来就是个穷丫头，苦命的人，不管遇到哪一种情况，我都心甘情愿。九儿就这样半推半就过了昨晚，这话她烂在肚子里不能说。不料想，事情没按她预想的方向发展，她是想蔫不噔地把这事瞒下，天知地知，你知我知，雷大夯都不让他知道。可喜的是于剑飞真醒过来了，可叹的是他醒过来倒一惊一乍地不干了，埋怨九儿。那么九儿想瞒都瞒不住了。主要是于剑飞的态度寒了九儿的心，九儿必须为自己争，这才把那条象征他们成为真正夫妻的"白褥单"拿出来……她已经是他的人了，对一个屯子里出来的丫头来说何其重要，她一辈子就得跟着他，至死不移。

第二章

——

浪漫的晨曦

（一）

他们三人几经周折，这天走到了一个叫杨柳庄的地方。他们来的这天正好是新一团成立的日子，整个杨柳庄沸腾了。

新一团是由其他部队抽调和当地武装力量组成的新生力量，它的成立标志着游击战向大规模、大兵团作战转移的新起点，也是我军向正规化、多兵种发展的转折点。这是大方向，话是这么说，可是落实到实际难啊。临时组建的这个团就像寡妇过日子，缺男人，少帮手。大多数是新兵蛋子，拿过烧火棍子，没拿过枪。即使拿过枪的老兵也是兄弟部队筛选下来的老弱病残。不管怎么说也是一个新团的成立，就叫新一团吧。驴粪蛋子外面光呗，动静得整大点。

杨柳庄锣鼓喧天，彩旗飘舞。老百姓和新四军共同庆祝这个喜庆的日子，有扭秧歌的，有唱歌的，有说快板的，有发传单做宣传的，还有正在报名参军的。

雷大夯来劲了，进了杨柳庄就走在最前面，他连蹦带跳还一个劲回头喊："大少爷，你看，新四军，刘老师不是说让咱找新四军吗，这不是找着了吗？快走哇。"他们走到人群前面，于剑飞小声嘱咐他两："从今往后别管我叫大少爷，别说九儿是女的。九儿你要想在队伍里混就别暴露自己女儿身，听见没？"两个人听话地点点头："走，咱到那边报名参军去。"

走到报名那，雷大夯抢着说："新四军，我们三个要参军。"于剑飞用胳膊拐了他一下，纠正说："叫新四军同志。"雷大夯不好意思挠着头皮重新说："新四军同志，我们要报名参军。"

负责报名的黑子打量着他们仨，指着九儿说："这个小鬼不行，太小了。"九儿虽然大他俩三岁，但这一路折腾，看上去又黄又瘦。

于剑飞听了新四军的话喜出望外，终于可以甩掉九儿了，他赶紧溜缝说："对，她太小了，让她回家吧。我们不让她来，她就是不听话，非来。"他扭过头对九儿说："咋样，九儿，这可不是我们不带你，是新四军同志不要你，你赶紧回家吧。"

九儿白了于剑飞一眼，对新四军说："新四军同志，我都二十一了，他俩才多大呀，你这人不公平，偏心眼，他俩行我就行，我不行他俩也不能行。"说完嘴噘多高。九儿想，我当不成，你俩也别想，死活就跟你们在一起。

雷大夯就怕九儿生气，他连忙帮九儿说话："哎呀，新四军同志，你可不能让她回去呀，她可苦了，没爹没娘，在地主家扛活，差一点被地主打死，如果你不收她，她回去就死路一条。再说我们从东北来的，她一个人也没法回去。"

"帮狗吃食。"于剑飞嘟囔，但于剑飞坚定一个原则，不管怎么样他都不能说出九儿是女的，在这兵荒马乱的年头，女人太不方便了。

黑子听了雷大夯的话，寻思了一下说："好，你们三个都收了。"九儿和雷大夯相视笑了。于剑飞替他俩填写名字，因为他俩不识字。九儿没姓，九儿很小就到了于家，谁也不知道她姓啥，那年九月份进的于家门，就叫她九儿。黑子想了下指着于剑飞对九儿说："你就跟他姓，姓于。"

于剑飞急了："不行，我才不跟她一个姓呢。"

"你瞅你个小气劲，姓你的姓咋地了？你还能少块肉啊？"黑子笑着说。

"跟我一个姓得了，姓雷。"雷大夯像捡着什么便宜似的。他不这么说还好点，他这么一说九儿正式宣布，从今往后她就姓于了，姓定了于。她认为这是天经地义，因为于剑飞是她丈夫，她是于家的人，姓于不是正根正蔓嘛。是上天的安排也好，是人为的捉弄也罢，反正于剑飞越想逃离九儿，九儿越跟他有千丝万缕的牵连。

新一团成立大会刚结束，他们三个就分到二营四连，九儿女扮男装就这样混进了革命队伍。九儿打枪不怕，训练不怕，最犯愁的是在这男人堆里隐瞒女儿身。事事处处都要小心，稍不留神就得露馅。她是为了跟于剑飞跑出来当兵的，但她真正成为一名战士的时候，她突然意识到，这才是她想要的。她庆幸跟于剑飞跑出来，要不她这个穷丫头跟大少爷更不能相提并论。奇怪的是她好像天生就是玩枪的料，第一次射击她就打了十环。黑子也不相信，让她再打，还是十环。她自己也不相信，一个劲地问自己，这是我吗？是我打的吗？黑子拍着她的肩说好小子，是个好枪手，要你就算对了。

黑子就让她给新兵们传授射击经验，九儿抿抿嘴，有些腼腆地说，这射击就像拿弹弓打李子，我在老家拿弹弓打李子可准了。弹弓打得准，枪就打得准。九儿小时候没什么玩具，她进于家门的时候六七岁，兜里就揣个弹弓，没事的时候就打着玩。黑子不满地摇头，说九儿，让你总结经验，你就说弹弓，你要从你那小小的弹弓走出来，否则你没有大出息。你知道枪有多少种吗？九儿抱着怀里的老步枪傻乎乎地摇头。黑子如数家珍地扳着手指说，什么机关枪、冲锋枪、歪把子枪……哪个枪都比你手里这杆老步枪厉害，这老步枪在这些枪面前充其量就是个烧火棍子。你要向这些枪看齐，别老盯着那弹弓子，往下你要和这些枪打交道。关于枪还有这么多说头，枪在九儿的眼里第一次放大了。她渴望那些枪，想拥有那些枪。她想一个女人这辈子有幸能跟枪打交道是件多么威武的事。曾经沏茶倒水、洗衣做饭伺候人的手能拿枪了，这枪响起来比老家的鞭炮可脆生多了。这要是天天放枪，那热闹劲还不跟天天过年似的啊！还是咱们队伍上好。从此九儿更爱枪了。

雷大夯更不用说了，甩开膀子大干。他没有亲人没有家了，这么长时间，他总算找到家了，队伍就是他的家，可知足了，整天乐呵呵的。于剑飞看他这副乐相就说，你喝傻老婆尿了？雷大夯也不在乎，就是傻乐。

于剑飞可在这待够了，十几个人一个大通铺，晚上睡觉你就听吧，咬牙的，放屁的，打呼噜的，说梦话的，此起彼伏。铺下一溜鞋，散发出一股臭脚丫子味，熏得人直恶心。吃得不好，穿得不暖，他这个大少爷哪遭过这罪呀，来时那雄赳赳气昂昂的劲没了。在他的想象当中，当兵就要穿笔挺的军装，骑高头大马，大马靴一蹬，腰挎洋枪，嘿，多神气。可现在，于剑飞泄气了，他几次想打退堂鼓。雷大夯知道了，指着他吼："于剑飞，你真是你爹的儿，你跟你爹也差不到哪里，你想的那些不都是国民党享受的事吗？那你是瞎了眼投错门了，那你就当国民党去吧。"

"废话，咋地，共产党天生就应该受穷啊。你才革命几天啊，就教训起我来了，不知天高地厚，你跟谁出来的，别忘了，是我！"

"我也不跟你说了，反正共产党的队伍就这样，你爱受不受。刘老师咋告诉你的，来了就别后退，你走就是逃兵，我敢拿枪毙了你，你信不信？"

"我不信，你毙我试试？熊样，没有我你好使吗？你跟我来这套。"于剑飞有气没处去撒，见九儿往这走，他喊："九儿把我的袜子裤子洗了，臭死了。"

"你这叫剥削，"雷大夯指着他。于剑飞回了他一句："她愿意让我剥削，你管得着吗？"九儿也不给雷大夯长脸，乖乖拿起于剑飞的褥单、臭袜子和脏衣服就往河边走。雷大夯喊："九儿，你放下，别给他洗，你现在已经是革命战士了。"九儿在于剑飞面前没什么革命战士，她就是她，是于剑飞温温柔柔的媳妇，一辈子服侍他。她盼着呢，总有那么一天他们会光明正大地在一起，现在于剑飞还小，让队伍上知道了遭人笑话。再说于剑飞对他俩的事正犯着茬儿，她不想跟于剑飞别着来，所以先暂时不公开这事。等于剑飞岁数再大点，顺过劲来，自然就水到渠成。所以，九儿对雷大夯的指责只当耳旁风。她没理雷大夯，继续往河边走。雷大夯见九儿没有停下的意思，紧追几步喊："九儿等等我，我帮你洗。"

（二）

这一天，新一团接到上级命令，鬼子要进犯我根据地，这股鬼子非常猖獗，经常趁我不备进犯根据地残害百姓，为首的小队长是个中国通，所以他行动起来比较敏捷，上级命令新一团必须彻底干净消灭这股敌人，清除根据地后患。

新一团领导部署，由二营打前锋，一营接应。也就是说二营不好使了，一营就上，是骡子是马拉出来遛遛。临出发时一营还拿二营营长赵富打趣："喂，打不过别愣撑着，还有我们哪。"

"你们哪，只配打扫战场。"你别看二营长赵富吹得挺响，其实他净给人家打扫战场了。他没打过几次胜仗，大伙都取笑他，他脸上挂不住，这次他主动请战，为的是扳回点面子。团首长考虑也应该让他二营出来遛遛了。

　　二营占据有利地形，居高临下。赵富传达命令，都给我隐蔽好喽，听我指挥，等鬼子进沟喽再打。赵富下定决心，这次豁出命二营也要打个漂亮的歼灭战。

　　鬼子也很狡猾，刚进沟就止步了，前面骑马的两个军官交头商量了几句，其中一个拿起望远镜往山上望。赵富压低嗓音说，都别动，听我指挥。于剑飞压低着脑袋抬眼注视着鬼子，他见骑马的军官一挥手，鬼子队伍一分两半。一半鬼子约有二十来个，打头走在前面。这些鬼子走到一半了，后面的鬼子还原地不动。这可难坏了赵富，打吧？后面的鬼子就跑了，不打吧，前面的鬼子眼瞅着出了沟就进屯了。黑子说营长，咱打吧！再不打鬼子进屯了。赵富把帽子一把抓掉说，他妈的，鬼子真狡猾，打——

　　战斗一打响，战士们都很英勇。但新一团才成立，一些战士还都是新兵，没有战斗经验。前面的鬼子听到枪声有点乱，而后面的鬼子却很稳，他们不但有组织地放枪，还稳稳地支上了小钢炮。那玩意才败家呢，射程较远，机动便捷，支上座板就能打，一轰一片。咱们除了几挺轻机枪，就是清一色的搂一下响一下的步枪。这些新兵里打得最准的要数九儿，有的新兵关键时刻连枪栓都拉不开。赵营长开始骂黑子，净吃干饭了，咋给我训练的新兵。他看这阵势，胡噜着脑袋，心想：真的让一营说着了，又现眼了。鬼子中间距离拉得比较大，无法集中火力，打起来就吃力。后面的鬼子又用小钢炮轰，战士们被炸得仰面翻天的。

　　于剑飞捂着脑袋，猫腰冲到赵营长跟前说："营长，你是想把鬼子全剃呀？还是搂一下打一下地受洋罪？"

　　营长急得都火上房了："废话，快说，有啥好招？"

　　于剑飞说："营长，那咱就从两个侧面冲下去，把鬼子往中间赶，咱用刺刀挑，那鬼子的小钢炮不就全废了吗？"

　　营长看一眼这个小家伙："那咱就跟鬼子拼了？"

　　"拼吧，不拼就得把咱都轰光。"黑子插话。

　　于剑飞又说："鬼子就怕咱的冲锋号，声势整大点。我和雷大夯都会武把操，他从右肋插，我从左肋插。雷大夯先把鬼子的小钢炮收拾喽，我断了鬼子进屯的路，咱们两路把鬼子往中间赶，一举歼灭他。营长你说咋样？"

　　营长眼睛瞪得溜圆说："咋样，就这么干，豁出去了。臭小子，有你的，挺鬼呀你，好！整！叫雷大夯。"

雷大夯提枪猫腰跑过来，急赤白脸地说："营长，咱打不过人家呀，那小钢炮太败家了。"

赵富说："就是让你收拾小钢炮。你和黑子带一队人，从右面冲下去，拿下鬼子的小钢炮。于剑飞带一队人从左面冲，从两面扎口袋。"

于剑飞、雷大夯和黑子异口同声喊是。

"司号员，吹号！"赵富喊。

冲锋号一响，战士们如下山的猛虎，与敌人搏杀在一起。雷大夯拎个棍子，他直奔放钢炮的鬼子，抡圆了棒子，打向敌人的头，就如拍在熟透的西瓜上。于剑飞的剑左杀，右杀，像闪电，剑剑致命。九儿力气小，不是鬼子的个，她也不知在哪缴获了一只短枪，躲在角落放冷枪，她这冷枪放得还真地道，在鬼子的刺刀下救了不少战友，她看哪个鬼子占上风，她就搂他一枪，往往被按在下面的战友还不知怎么回事，鬼子身子一软就趴下了。两头夹击，鬼子自然往中间跑，最后形成了一个包围圈，鬼子在圈里像迷失了方向的困兽只会转圈，只有挨打的份了。打到最后就剩下日本小队长了，他还不服，拿他那日本武士道精神说事，他指着于剑飞说："你的和我拼，玩赖的不要。"那意思就是，咱俩一决雌雄，别人不能上，枪也不能用。

于剑飞抹一把喷在脸上的血，说好！本少爷今天就陪你玩玩。雷大夯和黑子他们都挡在于剑飞前面，一步步逼向日本小队长。赵富喊住了他们，说于剑飞敢不敢跟他干？于剑飞的眼睛藐视着敌人，从牙缝里狠歹歹地挤出一个字：敢！

雷大夯他们退到一边，自然地围成个场子。于剑飞和鬼子小队长对视了一秒钟，俩人咣啷亮出了自己的看家武器。剑和战刀咣当就砍在了一起，两人憋足了劲，砍在一起又分开，再砍在一起。那真是刀光剑影。鬼子的刀直劈于剑飞的脑门，只见于剑飞剑尖点地整个身子腾空翻起，叭叭两脚蹬在鬼子小队长的肩背上，如蜻蜓点水，鬼子一个趔趄。还不等鬼子转过身来，于剑飞的剑在鬼子的左右耳一闪，如毒蛇吐出的芯子。鬼子只觉两耳凉飕飕的，再摸，两只耳朵已经没了。其中一只还挑在剑尖上。这是轻功。

鬼子倒没顾自己的耳朵，哇啦哇啦说："中国功夫！好！"又挥着刀向于剑飞劈来，鬼子的功夫也不错，他的战刀步步紧逼。只听剑和刀在空中叮当地响，打得难解难分。这时雷大夯急了，这么打啥时候是个头啊，别让于剑飞吃亏了。他想起第一次跟于剑飞过招，就是被他扬起的那捆草乱了心的，要不怎么能输给他。这时候他咋不耍花招了？这小子就是个窝里横。雷大夯对于剑飞喊："乱心封喉！"于剑飞听了，他左右前后使了几个假动作。鬼子眼睛就不够用了，有点乱，有点蒙。于剑飞以迅雷不及掩耳之势，剑带着寒光直取鬼子的喉咙。冰凉的剑抵在鬼子的喉咙，剑尖刺破了鬼子的皮肤，血顺着剑尖滴了下来。于剑飞把剑收了回来，想饶他一命，逼视着他说："投降吧。"不想鬼子的刀又迎头劈来，于剑飞手疾眼快，抬剑，一剑封喉。鬼子直挺挺地倒在地上。

都是些新兵蛋子，看鬼子死了，蹦高地欢呼。正乱着呢，有个受伤的鬼子从死人堆里抬起头，正向营长瞄准，九儿见了大喊一声："营长趴下——"九儿话音未落人已蹿出去了，把营长撞倒，九儿的子弹也跟着出膛了，正中鬼子抬起的头。好悬哪！战士们一哄而上，把九儿抛起来，再抛起来……咱们出了个神枪手。

营长走过来拍着九儿的肩说："九儿同志，枪法准哪，小样儿，还救我一命，说，有啥要求？本营长都满足你。"

"营长，那我可真说了。"九儿摆弄着手里的盒子枪说。

"让你说你就说，说。"营长高兴，九儿把盒子枪举在营长的眼皮底下说："营长，这枪归我吧，我稀罕它。"九儿反复摸着盒子枪，爱不释手。

"呵！我们的小九儿要求不低呀，这可是游击队的待遇，行，我批准了，以后就当我的警卫员。"九儿啪一个立正："是！"九儿已忘记了自己是个女人。

在回去的路上，九儿觉得有些反胃，一股酸水涌了上来，险些吐了。雷大夯走过来扶着九儿问怎么了，九儿说没事，可能是累了。回去以后又反复了几次，这回九儿有些发慌了，觉得事情不妙，很可能怀孕了。九儿考虑再三，决定不说出去，第一，她不想给组织添麻烦；第二，组织知道了也许就不让她当兵了，那样她就不能跟于剑飞在一起了，她就会和千千万万个女人一样在家苦苦等着丈夫的归期；第三，她怕影响于剑飞的前程。再有，在于剑飞不同意的情况下她愣把这事说出来，她怕真的从此失去于剑飞。她想一点一点地感化于剑飞，直到他接受她。果子不熟硬拧，不是苦就是涩。

九儿也生气自己，怎么就怀孕了？怎么就赶那么巧？烦人。既然来了，就要挺住。九儿本来老猪腰子就正，她把事情瞒了下来。以后她想吐的时候就咬牙坚持，不让同志们看出来。她拼命吃饭，强壮身体。她拼命训练，锻炼意志。这玩意就这么怪，你越想保，也许打个喷嚏就掉了，你越不把它当回事的，骑马打仗都掉不了。那时候伙食差，营养不足，孩子就小，加之军服肥大，九儿又在腰间紧紧缠着绑腿，一时半会儿还看出来。

九儿可没那么娇气，从小就皮实，从来不知道什么叫生病。到了部队更结实了，浑身上下透着一种成熟的饱满，就像秋天的红高粱，瞅着就喜庆。她也知道怀孕生孩子不是个小动静，特别在这战火纷飞的年代。在这一群男人当中，怎么生？在哪生？生的时候会出现什么情况？这些事九儿通通不去想，想有什么用，就是想破了脑袋又怎么样。就是在老家生又能怎么样，未必安全。记得鬼子那次进屯子，有个女人生孩子，孩子还没生出来，就被鬼子挑了。这兵荒马乱的，哪里安全？女人就不生孩子了吗？难不倒我九儿，只要能和于剑飞在一起，什么我都认了。九儿坚定这一点，车到山前必有路，船到桥头自然直。至于这路怎么开，船怎么直，九儿把它们完全交给老天了。九儿知道这就是句宽心的话，宽心的话也有它的好处，往往有些人靠着这宽心的话撑下去。九儿就是个例子，她靠着这宽心的话在艰苦的环境中孕育着生命。

（三）

这一仗下来，于剑飞、雷大夯、九儿可成了名人。军分区（当时为淮海军分区）战地记者丁香来采访他们。以前于剑飞是看不上九儿，但没有参照物，他也就说不出九儿哪不好，何况九儿那么巴结他，讨好他，努力地做到尽善尽美，弄得于剑飞就是横着挑竖着挑也挑不出毛病，但他就是觉得不对劲，究竟错在哪，也说不出个所以然来。丁香的出现，于剑飞恍然大悟。在老家时，于地主也曾这样劝于剑飞，儿啊，爹知道你看不上九儿，九儿的身份是低贱了点，可你娶她当老婆，不会遭罪的，她会一辈子对你服服帖帖。这九儿里打外开的，是个过日子好手，爹看不走眼，在农屯，娶媳妇还不图稀她这吗？你娘死得早，咱这个家不就少这么个人嘛。于剑飞说那你就把她留在这个家里，你别逼我娶她当老婆。于地主说她是你的团圆媳妇，早晚是要跟你圆房的，大户人家都是这么过来的。于剑飞说你别费心思了，我早晚是要离开这个家的。于地主怒吼，你哪也不能去，你走我就敲折你的腿。于剑飞跟他顶，那你管不着。于地主知道这小子从小就不服他管，他就压压火哄着唠，儿啊，你哪也不用去，你先圆了房，等以后你有中意的，爹再给你娶。咱先占下一个。再说，咱把她养大了，你不要，那不便宜别人了。这找老婆就像买瓢，一大堆瓢在那摆着，你挑来挑去，拿不定主意买哪个，一会儿，好的都让人家挑走了，最后你就拣个漏瓢。当时，于剑飞还真就含含糊糊地认同了这个道理。今天看见了丁香，他才恍然：爹呀，合着你是编个故事来唬我，这"好瓢"都在后头呢，我差一点让你给蒙住。

于剑飞没见到丁香之前他是在爱情的隧道里摸索、向往，爱情在隧道里是模糊抽象的。出隧道了，爱情就清楚、具体了，丁香就是于剑飞隧道那头的曙光。于剑飞第一次发现队伍上的好处，原来队伍里还有个丁香，出来得真值！他第一眼见到丁香就觉得她长得好看，那种好看跟别人的不一样，犹如水洗过的，是那种干净的好看，那干净如清波荡过于剑飞的心。

于剑飞再仔细看丁香，他惊呆了。他的眼珠子一直没离开丁香的脸，他觉得这张脸熟悉，在哪见过？特别是那双眼睛，如雨后的玫瑰般迷人，又如一泓秋水多情而纯净。那嘴角向上弯，笑得温情而朦胧，真如细雨蒙蒙中的丁香花，暗香飘动般醉人。但他心里清楚得很，压根没见过。那露在军帽外的两条麻花辫，扎着蝴蝶结，又多了几分俏皮和英姿。有意思的是丁香竟然跟他对视了十秒钟，这短短的十秒，让一颗男人的心有种飞翔的冲动，他调动他所有的想象飞快地搜索——在哪里见过她？丁香说着话，莞尔一笑，于剑飞恍如隔世，就是在那个时候见过她！但他不敢说出口，而且永远不能说出口。于剑飞想起了那个梦。

他就想，九儿换成丁香多好。每天送我上学的人是她，我们在大门口恋恋不舍地分手，不，我们不分手，我们手牵着手去上学。现在也行，最好我们不在队伍上。这队伍太穷，我都吃不消。我们俩一起走，干什么去呢？当然还是念书，去更远的地方念书，最好是漂洋过海……

还是丁香的问话打断了于剑飞的胡思乱想："请问三位英雄，是什么动力让你们这么勇敢？"

"我说，"雷大夯抢着答，"我爹是鬼子杀死的，我受尽了地主的压迫。我恨，我恨得牙根痒痒，今天可逮着鬼子了，非揍他个稀巴烂。"雷大夯握着拳，瞪着眼，眼里冒着愤怒的火花。雷大夯看同志们受他的感染个个摩拳擦掌，义愤填膺，更鼓舞了他的士气，他不知道怎样才能表达自己热血沸腾的感受，但他也整不出啥词了，他想起赵营长讲讲话卡壳了，想不起词了就喊口号。他认为这招最好，赵营长平时最爱喊的那句口号最能表达他此时此刻的心声，他挥舞着拳头高呼："打倒日本帝国主义——还我河山——为父老乡亲报仇——"

真是一石击起千层浪，雷大夯的效果达到了，同志们的口号此起彼伏，震天动地。还真把丁香给蒙住了，丁香也挺受感动，心想：听说这新一团是临时搭伙，没想到还真有人才。一个小新兵，不但作战勇敢，话说得也嘎巴溜脆。口号声落了，丁香又说了些话，无非就是些鼓励的话，但这些话一旦从丁香的嘴里说出来就带着党中央毛主席的指示精神，那时候的战地记者可非同小可，宣传力度大，掌握精神快，把握方向准。丁香把目光投向于剑飞，今天他可是主角，但他今天特别反常，不管你这边如何的群情激奋，都没影响他沉默不语。丁香想：这是一个与众不同、有思想的英雄，我先不打搅他，过后再采访他。她问雷大夯和九儿："在这次战斗中你们都非常英勇，以后还会有更残酷更激烈的战斗，那么你们对今后的革命道路有什么打算？"

雷大夯一听是结束语了，那得正儿八经地答。雷大夯关键时也不瞎放炮，知道深浅。他知道自己这两下子，喊口号行，讲大道理就是心里想得出来，嘴也说不明白。他也羡慕于剑飞讲起话来头头是道，他也恨自己，嘴笨得跟棉裤腰似的。他看看九儿，九儿看看他，俩人眼神一交流，决定出来，一致推荐于剑飞回答，要不说他俩横着瞅竖着瞅都应该在一个锅里搅马勺。于剑飞在他俩眼里一直都是个有文化的人，这么重要的问题非他莫属，他们三人当中只有于剑飞能担此重任。他俩异口同声地说："让于剑飞说吧。"然后眼睛里流露出无限期待的目光。

而于剑飞像梦游似的轻吟："从别后，忆相逢，几回魂梦与君同，今宵剩把银钏照，犹恐相逢是梦中。"于剑飞吟完这几句，心说，噢，对了，想起来了，就是在梦里见过她。一点没错，就是我做的那个梦，梦里的那个女的就是她。于剑飞还沉浸在自己的思索中。

雷大夯听了，眉毛拧成了个疙瘩，一跺脚，小声嘟囔："这说的叫啥玩意呀？驴唇不对马嘴，乱七八糟的。叫我都会说，多杀敌，再立新功。这都是现成的大道边子话，我雷大夯这样的大老粗都会说。"

丁香马上替于剑飞掩饰说："哦，说得好，你是说继续杀敌立功，为全人类的解放事业贡献自己的一生，为实现共产主义而奋斗终生。"丁香带头鼓起掌来。多亏了于剑飞的声音比较低，同志们没听出个所以然来。雷大夯、九儿挨得近，好在他们是自己人。就是雷大夯这个傻狍子一着急嘴就秃噜扣，让九儿掐了一把，立马刹住了闸。要不丁香这错误犯大了，作为一名有经验的战地记者，不是被采访者回答错误，而是你记者问话有问题，是你的诱导，才离题万里。战争年代，活的就是一口气，绷的是一根筋，精神起主导作用。说得稍有不慎，就是动摇军心。当时的媒体除了广播就是报纸，当然记者在媒体唱的是重头戏，是一个军政的咽喉。丁香这次采访算是失败，尽管别人没听出来，她对自己是不满意的，想尽快结束这次采访。

　　九儿也不解地看着于剑飞。对九儿来说，于剑飞的进步就是她最大的荣耀。虽然别人不知道他俩真正的关系，但她内心已经和于剑飞是一家人了，是牢不可分的一家人。于剑飞在她眼里须仰视方可见，今天她眼里的大秀才是怎么了？傻了？话都不会说了，真是让她大失所望。这露脸的机会怎么就砸锅了呢？百思不得其解。她当时就是想破脑袋也想不到原因在丁香头上。丁香当时在她眼里，文静漂亮得就像个洋娃娃，甚至不食人间烟火。

　　丁香想借掌声结束采访，不料雷大夯打断了丁香的掌声，他说："丁香记者，你再问我点啥吧，我指定能答好。"雷大夯这个不甘心哪，这么好的机会让于剑飞给整砸了，太可惜了，还不定哪辈子有这样露脸的机会，不行得说说。他早就憋了一肚子话想说，就怕说不好，给九儿丢脸，现在听了于剑飞的回答，他胸有成竹，好赖白话两句也比于剑飞说得强。丁香笑着说："雷大夯同志自告奋勇要发言，好啊，雷大夯同志，你们第一次参加战斗，就这么……"还没等丁香说完，雷大夯就咧开大嘴岔子抢着说："那我们三个可不是第一次打小鬼子了，我们三个从老家跑出来，在找咱们队伍的路上就跟小鬼子交两次锋了。那家伙，血流成河，比这可惨烈多了。"他指着于剑飞："他胆小，第一次打鬼子还不舍得把人家整死。"他又指九儿："她胆更小，老招笑了，吓得蹲在地上直筛糠。就我胆子大，晒干了有倭瓜那么大。"他还用手比画着，同志们哄地笑了。于剑飞听雷大夯这么一咋呼，完全清醒了，对雷大夯说："别净说些没用的。"

　　"谁净说没有的了，我本来胆子就大嘛，我在老家还打死过汉奸呢。"

　　"得得得，打住！"雷大夯瞪着眼睛还想瞎嘞嘞，被于剑飞制止了，于剑飞怕雷大夯一激动把他爹于地主抖搂出来，"你就知道围着你那一亩三分地绕，能不能找点大方向。"于剑飞转过头，面向同志们，郑重其事地说："我们三个新兵懂得啥，都是咱们部队培养了我们杀敌本领，还有咱们赵营长带兵有方，指挥得当，我们才打了这样大的胜仗。今天的胜利也是同志们并肩作战的结果。今后我们更坚定地跟着共产党、跟着毛主席、跟着咱们自己的队伍打天下，把日本鬼子赶出中国，为实现全人类的解放事业奋斗终生！战斗！战斗！再战斗！"

同志们掌声雷动，赵富营长带头把巴掌拍得山响，一个劲地夸于剑飞，这小子会唠，是块料。赵富营长就爱听这个，经于剑飞这么一说，赵富营长着实显摆了一把，这回他可扬眉吐气了。对于剑飞来说，说这种政治色彩浓、上纲上线的话，轻车熟路，比政工干部会唠，但他不愿说这话，他觉得太虚了，太空洞。比方说，为全人类的解放事业，自己家门口的事业还没解放呢，又扯到全人类去了。但同志们爱听，同志们就是靠着这种精神一路打下来的。但当时是多么需要这样的豪言壮语呀！也许于剑飞的思想还没锤炼到那种程度。现在他说这些豪言壮语完全是为了丁香，是他把她的采访整砸的，他要挽回局面。最后总算掀起个小高潮，至此丁香的采访也算圆满结束。

九儿听了于剑飞的发言，激动得差点没掉下泪来，心里总有个声音在呼喊：这是俺男人，这是俺男人，看！要文能文，要武能武。要说最悲哀的还是九儿，她做梦也没想到，她心里一个劲呼喊的那个"俺男人"，能文能武是为了另一个女人扬风采，她还跟着瞎激动。丁香承认，她听了于剑飞的话是对他产生了好感，但这好感完全是同志间的好感，多半还掺杂着个人私心，最后还是于剑飞让她的采访得到了圆满。在这段接触中，丁香从中体会到于剑飞是个有才华的人。郎才女貌，这是颠扑不破的真理。从这儿，丁香对于剑飞有了很深的印象。这个印象再怎么深，都是枉然，她怎么也没"印象"出于剑飞是个曾经跟女人有实质性关系的男人。当时丁香跟同志们一样，很高兴，她还兴致勃勃给他们三人合了影，于剑飞吊儿郎当地站在中间。雷大夯扛着枪，咧着大嘴笑，站在左边。九儿腰里别着盒子枪，军装整齐，站在右边。这也是他们三个唯一的一张合影。

按理说，相也照完了，采访也结束了，这事到此也就结束。偏偏丁香他们采访组在这住了一夜，故事就有了质的飞跃。晚上于剑飞和丁香还相安无事，飞跃是在早上发生的。并不是于剑飞有耐心让这个质的飞跃等到明天早晨，是晚上根本没有机会接近丁香。你想啊，偌大一个队伍，清一色的老爷们，冷不丁来了个差色的，还是个记者，还是从美国回来的，同志们能不新鲜吗？这一晚上，战士们把丁香围得是里三层，外三层，围得水泄不通。最里层是干部级的，外层是战士，这不同于吃饭，战士优先。赵营长坐在最里层，吧嗒吧嗒抽着旱烟，还一劲拿人家美国人打趣："那美国的面包有啥好的，喧腾的，跟棉花套子似的，吃到肚里就不如窝头扛饿，是吧，丁香同志？你从美国回来的，最有这方面的发言权。"赵富也是，还非得得到丁香的认同。有个战士打趣说："营长，你好像吃过似的？你吃过美国的面包吗？"

"那玩意还用着吃了，你看美国人的脸就知道，白秧秧的，一看就没劲，那就是吃面包吃的。"

有个战士喊："营长，人家那是白种人。"

"去去，小毛孩，你知道啥，听丁香记者说。"赵富营长说不过，就来不讲理的了。

大好时光就在这帮人吵吵嚷嚷中流失了，于剑飞想跟丁香搭话，门也没有，抢不上话茬。最后还是丁香抬起手腕，看了下表。赵富营长还在那抻个脖子没话找话说。于剑飞说营长，人家丁香记者都看表了。赵富问看表咋地了？于剑飞说看表就是时间不早了，人家想休息。赵富忙不迭地说，你看这文化人，说半句，做半句。赵富这才恋恋不舍站起来，轰战士们，走走，都回去吧，天不早了，让丁香记者他们休息吧，明天一早他们还赶路呢。

赵富营长强行把这帮人轰走。于剑飞好不容易熬到他们走，想这回机会来了。等人都走光了，他又回来了，他偷摸抱床被，给丁香送来了。赶得这个巧，他前脚刚到，没来得及说话，九儿后脚就来。她可不是有意来监视于剑飞的，她虽是男儿装，但她是女儿身。女人体贴女人，照说九儿是个热心肠，她确实怕丁香夜里冷，给她加条被子。丁香看他俩一人怀里抱床被，挺感动，笑着说："二位小伙子，我留你们俩谁的呢？"丁香为难了，怕伤了其中一位的好心。

九儿说："留我的吧，这是营长叫我送的，如果我完不成任务回去该挨剋了。"说着把被就放下了。九儿不知出于什么心理这样说，她看见于剑飞在这也没往别处想，就觉得心里疙疙瘩瘩不得劲。临走她还扯上于剑飞，是这样说的："咱走吧，别打扰丁香记者休息，一会儿营长要查铺。"于剑飞也不能不走啊，只好尴尬地抱着被灰溜溜跟在九儿屁股后走了。那天晚上九儿真跟赵营长查了一次铺（九儿已经是营长的警卫员了）。九儿记得于剑飞在床上躺得好好的。后来九儿使劲回忆那天晚上的事，像过电影似的筛了一遍，说："我也没给他们容空啊？在丁香的屋里，我坚持到最后，于剑飞是去了，我是眼睁睁看着他走的？他俩也没有机会在一起勾搭呀？"

雷大夯纠正说："事情发生在早上。"

九儿疑惑："早上丁香他们就走了？"

雷大夯说："丁香他们走的时候是太阳升起来了，事情发生在太阳要升还没升的时候，当太阳完全升起的时候已经难舍难分了，最后是走了。"

九儿后悔不迭："谁寻思他们在光天化日之下能……让他们钻了空子，丁香这个狐狸精防不胜防啊。"

那天早上的情况是这样的。

二月的风，带着一丝暖意，吹拂着乍暖还寒的大地。二月早晨的太阳不像夏天的太阳那样朝气蓬勃，它正慢条斯理地往上爬，好不容易爬出山冈仿佛不动了，像一只温顺的大懒猫，暖融融、懒洋洋地趴在山冈上，看这架势一时半会还跳不到半空。

太阳露出半个头，照得四方暖洋洋的，大地上的景物像罩着一层红彤彤的轻纱，呈现一派暖色的意境。但在于剑飞眼里，这暖色的意境多半来自丁香，因为他几乎每天都能看见日出，怎么就没感到今天的意境呢。

丁香一大早就跑进这片红彤彤的轻纱里。丁香是位爱幻想、爱浪漫、爱激情的女兵。她怀着崇高的理想，怀着一颗火热的救国之心，从大洋彼岸——美国，只身来到中国，投入轰轰烈烈的抗日战争之中。此刻，她沐浴在祖国初升太阳的光芒里，心里无比幸福。她举着照相机，恨不能让眼前所有的美景都收进她的镜头里。她一边从镜头里看一边赞叹：啊！太美了，就像我小时候读的《安徒生童话》。在丁香的眼里，祖国的每一方山水都是最美的，坐落在山野里的临时军营，虽简陋，但像童话中山野里的小木屋，在清晨鸟儿鸣啾声中，显得格外宁静、安详、温馨。尽管有兵们进进出出，或操练，但决不影响整体格调。丁香看多了这样的景色，刚才还好好的，瞬间却被鬼子的炸弹炸得粉碎，每当这时，丁香的感觉就像一块精美的玉在她手里不小心摔在了地上。如果世界没有战争该有多好，战争破坏了多少这样的童话，同时也破坏了她自己的童话。如果没有战争，这会儿她也许正穿着睡衣刚从床上爬起来，懒洋洋地推开落地窗；也许她刚用过早饭，走在上学的路上；也许和她美国青梅竹马的恋人查尔斯正骑着单车，在逶迤的山路上赛车。是战争让她离别了父母，离别了恋人，离别了满庭院的玫瑰花和丁香花，还有那舒适惬意的生活。可她的祖国母亲正在侵略者的铁骑下呻吟，舒适的日子一天也过不了，她孑然一身回到了祖国的怀抱，她要用她柔弱的肩膀，保卫正在经受苦难的祖国。她真想把镜头里每一寸祖国的土地都拍照下来，但她不能，她舍不得胶卷，因为当时的胶卷是多么珍贵啊。她现在虽然举着照相机，只是让这美好的景象在她的镜头里过过瘾，她不会按快门的。她就这么瞄着，突然，一个人被她摄入镜头，说确切一点是这个人闯入了她的镜头，说再确切一点是这个人蓄谋"一宿"闯入她镜头的。丁香也没有把镜头挪开，好像有意捕捉他的身影，直到这个战士越走越近，她才把照相机从眼睛前拿开。

丁香把照相机挂在脖子上，这个战士冒冒失失向她敬个军礼，道了声早上好！

久违了的一声早上好，丁香恍如回到了美国，和妈妈早上一见面，妈妈说早上好我的小丁香！和查尔斯去上学，查尔斯会说早上好亲爱的小丁香！

这是她在新四军队伍里第一次有人对她说早上好。并不是新四军不懂礼貌，新四军可懂礼貌了，嘴还甜，对老百姓视如亲人，大爷大娘叫得可亲了。新四军一贯用的问候语是这样：大爷吃了吗？"吃了吗？"这句话好像安了通行证，不分场合，不分地点，放哪都好使。奇怪的是人们听这句话，百听不厌，备感亲切。细分析也对，民以食为天，战争年代，缺衣少吃的，老百姓最关心的就是吃。吃了上顿没下顿的日子里，"吃了吗？"一语道出了多少辛酸，多少问候，多少关怀。听惯了，连丁香自己都学会见面就问："吃了吗？"入乡随俗，为了和同志们打成一片，不能带丁点帝国主义的味道。再说，新四军队伍里大多数是农民出身，识字的不多，即使识字也是在队伍上速成的，剩下那几个文化人在兵荒马乱的日子里，说些什么"对不起、早上好、晚安"这样的废话也没人爱听。有话说，有屁放，没时间跟你磨叽这些酸嗑。

对于剑飞和丁香来说，这个"早上好"真亲切。这亲切来自于剑飞的笑，那笑与他那张英俊的脸很相配。不能用爽朗来形容，因为他没笑出声，出声就显得张狂了；也没抿嘴，抿嘴就显得假模假式了，而是大大方方恰到好处的笑。只能用很正气来形容，让人一看见他的笑就相信他，接近他。他的眼神是深情的，是那种不含丁点杂质的深情。平视着你，专注，专注得有些霸道，又不乏温和，像风平浪静的湖面。所有这些美好的印象，都来源于那句"早上好"，语调平缓，透着股亲切感，声音还带着男人特有的磁性。丁香喜欢，喜欢什么呢？现在的喜欢就带着很复杂的意义了，喜欢的范围无限延伸，包括他的笑，他的脸，他的声音，甚至他的身体。丁香自己也吓了一跳，"喜欢"到了这种程度，"喜欢"就不单单是一种赏心悦目的愉悦，"喜欢"就变成了一只小兔子，藏在心的地方突突地跳，按都按不住。丁香微笑着说："于剑飞同志，起这么早。"

于剑飞说："啊，习惯了，每天都起这么早。"于剑飞有习武人的好习惯，在家当少爷的时候都不睡懒觉，他绝不浪费早晨的大好时光，每天早晨都要练拳脚。今天，他比往天起得要早。他不是有意强迫自己起这么早，而是自从丁香昨天采访他，他的心就没消停过，昨晚一宿也没睡好，早早就起床了。不承想丁香比他起得还早，他看见丁香在那山坡上走来走去，他犹豫再三才走了过去，他就想跟她说两句话。

丁香又问："哎，于剑飞同志，你好像对古诗词挺感兴趣，昨天我采访你时，你怎么把晏几道的《鹧鸪天》说出来了，怎么只说了后几句？"打开了话匣子，丁香的话就多了，她喜欢发言，这跟她当记者有关，职业习惯。丁香能把这首词的作者和词名说出来，她是在告诉于剑飞，我也很熟悉这首词。于剑飞真的对她刮目相看，一个在美国长大的女孩，能够这样精通诗词，属实不简单。于剑飞没有正面回答丁香的话，他怎么正面回答她的话？就说我在梦里梦着你了，咱俩就是对的这首词，对完了咱俩哗啦跳水里了，在水里哗啦把那事给办了，办完了，一睁眼睛，醒了，一看不是你，傻了。这见不得人的事能说吗，把这事烂在肚子里。男人嘛，即使在心爱的女人面前，该说的说，不该说的绝对不能说。

于剑飞这样跟丁香说："丁香同志，你能赏析一下这首词的写作背景吗？"他俩都互相称同志，从字面上看，看不出什么想入非非的枝枝权权。

丁香说："你是在考我吧？"于剑飞说："考谈不上，互相切磋。"丁香说："好吧，本记者就跟你赏析赏析，切磋切磋。"丁香背着手，走着，很流畅地说，"这首词写情人重逢后的喜悦之情，作者没有直接写重逢后如何高兴，而是从当年相恋写起。二人当时一见钟情，一个因为对方捧来了玉钟而喝得酩酊大醉，一个兴奋得舞到月亮将落，直到浑身一点力气都没有为止。接着是分别后无穷无尽的相思，几回在梦中相见。有了以上两层铺垫之后，才写到再次相逢的喜悦。这种喜悦是伴着疑惑而来的，拿着蜡烛反反复复地照着对方，'犹恐相逢是梦中'，患得患失的样子给人留下了极深的印象，比单纯写重逢时如何喜悦更能打动人。"

丁香说完了，站住了，侧转，扬起头，咣，和于剑飞的眼光撞一起了。撞得太狠了，他俩的眼神不好意思地稍微缓了缓，丁香的眼神先就慌乱了，羞怯了，眼神不知往哪放了。她垂下眼帘，整理思绪，很快恢复了自我，她说："人家还等着你评语呢。"

于剑飞先鼓掌，为她喝彩，说："你刚才不是问我吗，你在采访我的时候为什么说出这首词，这不，意思你不都替我说了吗？"

"我替你说了？"丁香不解。

"对呀，你刚才赏析的那些内容，什么俩人一见钟情，还有什么这种喜悦伴着疑惑而来的……"没等于剑飞说完俩人的眼光不小心又碰到了一起，只是没有刚才那么鲁莽，那么没有准备。现在的眼光是柔柔的，是恍然大悟后的柔柔。这样，你眼中有了我，我眼中有了你，俩人的眼光一会儿患得患失地躲躲闪闪，一会儿又寻寻觅觅缠绵悱恻。最后还是丁香的眼光挪开了，挪开更苦了，没着没落的，更不知往哪放了。闪闪的，盈盈的，一会儿就蓄满了泪水，晶晶亮地在眼眶里闪。她想趁泪水还没溢出眼眶，把眼泪憋回去，就不知所措地一会儿眼睑抬起来，一会儿垂下去，无济于事，一颗泪珠就亮晶晶地挂在了脸蛋儿上。于剑飞看着，不说话，竟鬼使神差地伸出手，轻轻碰了下。这一碰就碰散了，泪一串串滚落开来。于剑飞像惹祸的孩子，手僵在那里，不知是擦好还是不擦好。多亏丁香笑着说："不愧是练武的，手有催人泪下的魔力。"于剑飞支支吾吾放下手，丁香说："别不好意思，我跟你开个玩笑。噢，对了，听说你剑舞得不错，还有你的剑很特别，怎么样？舞一套。"提到剑，于剑飞就特兴奋。他从腰里抽出剑，剑柔中带刚，闪闪寒光。他举在丁香面前，丁香瞪大眼睛，惊奇地倒吸了口凉气："天啊，真是把宝剑！"

于剑飞把剑递给丁香说："拿着，感觉感觉。"

丁香手握着剑，剑在她手里颤巍巍的、沉甸甸的，她就那么笨拙地舞了两下，笑着说："不行，这我可玩不了。"

于剑飞说："如果你想学我教你。"

"这可不是一朝一夕的事，再说我一会儿就走了。"

"这么快？不等吃早饭了吗？"

"不了，有采访任务，这次是上前线采访。"

"这么说你也上前线？"

"那当然，我是战地记者，不上前线怎么叫战地记者。"

听丁香说要上前线，于剑飞那双漂亮的眼睛就蒙上了一层忧郁。他担心了，他惦记了，这惦记是一种说不出的忧伤，从小到大从没有过的感觉。九儿也上战场，他就没有这种感觉，他总认为九儿行，一定行，甚至有时他认为九儿比他都行，都坚强。他不敢相信，这个像玫瑰花一样娇艳的姑娘，怎么能经得起炮火的洗礼？他这一忧郁就忧郁出一句话："我们什么时候还能见面？"

丁香说："什么时候见面我不知道，但我们肯定能见面，我想会在前线，在战场！我等着你胜利的好消息！"丁香的语气主要加重在"前线""战场"，这句临别赠言，就像铁匠砧子上烧得通红的铁块，一锤锤敲得火光四溅，一锤锤又像敲在于剑飞心上。丁香还补了一句洋文："Good bye！ I love you！"丁香扔下的这几句话把于剑飞的计划全打乱了，于剑飞不懂洋文，但他知道丁香的这句洋文一定是用汉语不便表达的意思，他不想问，就想把它珍藏在心里。看起来他必须留在部队，必须上战场杀敌立功，为的是再见到他心爱的丁香，他要让她亲口教他洋文，跟她对诗，跟她生一个加强班的孩子，放在他老家的后花园里，让他们满地跑……于剑飞憧憬着与丁香种种美好的未来。

这时，丁香就要往山坡下走。于剑飞意识到分别的时候到了，他真想说点什么，一时又拿不定主意，也找不到恰当的词，但他必须说点什么，也就是说给丁香留下点值得回忆的东西，让她每每回忆起这一段有个主题思想。于剑飞就上不着天下不着地地说："丁香同志，我给你舞套剑吧。"丁香点点头。

于剑飞吸了口气，立正挺拔，然后划开了步子，挥出了剑……这时太阳刚好跳出山冈，光芒四射。都说早晨的太阳离我们最远，但身临其境的人都会说它离我们最近。此时的太阳就在山头上挂着，于剑飞觉得他踮踮脚就能摸着它。它的光芒几乎就是平行着照射到身上，那光芒亮而不耀眼，光而不灼人。于剑飞就在善解人意的太阳下舞着剑，这套剑舞得不带一点杀气，他矫健的身影如剪春的燕子在丁香的面前飞来飞去，那剑就像迎风飞舞的柳条，一会儿影影绰绰，一会儿游刃有余，剑所到之处没有丁点杀气，恰到好处。这套剑术好像特地为丁香创意的，这剑到最后舞得百转柔肠，难舍难分。剑舞出的每一条弧线，像划出的条条相思线，缠缠绕绕，绕绕缠缠，每一道线都像缠绕在丁香心的地方。于是，丁香心就一触一触地疼，疼得心酸，疼得喜悦，疼得感动，疼得潸然泪下。为什么？也不为什么，反正就是想哭，泪就止不住流了下来，是一种说不出的滋味，这种滋味是李煜的"别是一番滋味在心头"，贴切地解释丁香此刻的心情，应该加上前一句："剪不断，理还乱，是离愁。"一个女人的离愁到了"剪不断，理还乱"的程度，就很难把握了，连她自己也把握不了。让雷大夯说着了，事情到这就定局了。

一个女人和一个男人相好，那就是有招没治，有治没招。不管是盘古开天，还是现代的芸芸众生，不管是歌舞升平，还是炮火连天，只要有男人和女人，就挡不住爱情的生长。就连纳西族的象形文字，一个男人牵着一个女人的手，中间是一颗呈现"P"型的针，表示珍爱一生。这就是对爱这个字的最好诠释。还有"好"字，掰开看，女和子。女人和男人连在一起就是"好"。那么九儿口口声声的"光天化日之下"又算得了什么呢？到了这个地步，即使谁也没向谁表白和承诺什么，已经心照不宣、心知肚明了。

这时山下传来呼喊声，是丁香同行的同志们喊她出发了，行囊同志们都替她背好了。丁香应着边向山下走去，靠近于剑飞身边时她往他兜里塞了样东西，说："于剑飞同志，我走了。"声音很怯，好像走是她的错。于剑飞像是没听着，继续舞他的剑，他甚至连看丁香一眼的时间都没有，直到丁香跑到山坡下的土路上，于剑飞也没停手里的剑。当他听到丁香的马一声长鸣奔驰而去的时候，他拼命沿着山脊跑。丁香他们的马在山下的小路上跑，于剑飞在山上跑。于剑飞边跑边舞，疾步如飞。剑嗖嗖带风，情丝丝难舍。丁香蓦然回首，驻马回望。于剑飞如腾云驾雾般的身影赫然涌入眼眸，剑影闪烁，锐利无比。于剑飞身轻如燕，剑剑寒光，比刚才的剑术多了锐气、杀气和阳刚之气。这矫健的身影与早晨最纯净的阳光融为一体，在丁香的眼里形成一道最壮观的风景线，她仿佛看见一只在太阳下面展翅欲飞的雄鹰，扇动着翅膀，准备凌空飞舞。丁香依依不舍掉转马头，人在旅途，责任在肩，岂能停留。丁香两腿一夹马肚，扬鞭策马，扬起一路尘埃，渐行渐远……于剑飞收住剑，驻足远望，手伸进兜里，是丁香的照片，他凝望着……

于剑飞旷日持久地苦思冥想着丁香，憧憬着与她种种重逢的场面。憧憬中的场面多半是炮火纷飞的战场，他们不期而遇，他想，那种喜悦肯定是终生难忘的。最好是那样，一颗炮弹飞过来，丁香还在抢镜头，于剑飞像个久经沙场的老兵，大声呵斥："你不要命了你？卧倒！"说时迟，那时快，于是，他就赴汤蹈火般地扑了过去，把丁香严严实实压在身下。炸弹就在他们身边爆炸，最好把他炸伤，而丁香却安然无恙。伤别太重，见血，刚好能惹出丁香的眼泪，他就在丁香的眼泪里尽显英雄本色。这点伤算什么，他以大无畏的革命英雄主义气概，以轻伤不下火线的革命战士豪情，一挥手，就在丁香的眼泪和呼唤声中，又冲进了枪林弹雨里。憧憬到这些，于剑飞就激动不已，热血沸腾。

正当于剑飞把丁香和他的将来想得阳光灿烂、五彩斑斓的时候，九儿也没闲着，她的另一道枷锁正在悄没声地为于剑飞孕育着，让于剑飞始料不及，呆若木鸡。

第三章

——

战地生命

（一）

　　九儿的身体变化只有她自己知道，别人没看出来，好在她给营长当警卫员，每天没有太强的训练，就是围着营长跑前跑后。她千方百计掩饰自己的身体，本来就女扮男装，有诸多不便，再加上怀孕，其中的艰辛可想而知。但她一看见于剑飞，想到于剑飞，什么苦都能受，什么困难都能想办法解决掉，苦累何足挂齿啊？她暗下决心，不给于剑飞添丁点烦恼和麻烦，她知道她的于剑飞是有大作为的人，到了新四军的队伍上她更坚定了这一点，到时候她就夫贵妻荣了。他现在是岁数小不立事，等他锻炼锻炼就好了，现在她需要竭尽全力辅助他，有朝一日他会成长为赫赫有名的抗日将领。九儿甚至觉得亏欠了于剑飞，因为到了革命队伍，她就没有机会照顾他，伺候他，真的难为他了。没想到他还那么英勇善战，她为他的文武双全感到莫大的自豪。夫贵妻荣，这有什么可说的，这个自豪的权利非她莫属。随着于剑飞的进步，九儿现在对于剑飞的爱有了更高的升华。她心里有谱，于剑飞比雷大夯要有出息。她在心里早就比较过，怎么比雷大夯都比不过于剑飞。她也知道雷大夯早就喜欢她，不让她跟这个地主少爷在一起，在雷大夯的眼里那就是掉进火坑了。但她就喜欢大少爷那派头，那干净劲，那斯文劲，那高傲劲，甚至对她那爱答不理的劲她也喜欢。她也自知自明，大少爷看不上她，她也配不上大少爷，但老天有眼，随人所愿，让她成了他的童养媳，童养媳是什么？顾名思义，从小养大了给你当媳妇，活着就是为了给你当媳妇，要不活着还有什么意义。现在又随他一同出来革命，就是同志了，有了新的志向，他们更应该走到一起。她想到肚子里的孩子是于剑飞的，虽然苦，但心里也是甜的。她知道于剑飞心气高，一时半会不能接受她，但不要紧，她有足够的耐心等着他，等着他来爱她和孩子。

九儿有时也想，雷大夯也挺好的，特别对她那一往情深的劲，也许这辈子遇不到第二个，如果他俩能合成一个人就好了。九儿想到这，忙不迭呸自己，呸呸，算我没说，我算个啥？一个穷丫头，哪能好事都让我占了，我一不是啥金枝玉叶，二不是啥公主皇后，那么十全十美的人能落到我头上，老天都会觉得不公啊。

随着时间的流逝，肚子里的孩子也在长大。九儿每次往肚子上缠绑腿布的时候，她都遭到肚子里孩子小脚丫的踢腾。她的心就疼得受不了，她知道孩子受了委屈在向她抗议。她不但给自己上刑，也是在给孩子上刑，可是不这样怎么办？每当这时，她的泪忽就流了出来，她又很快一把抹掉，还是那句坚定不移的话："孩子你命大就活着。"九儿对自己也有个初步的打算，听说最近要打县城，她准备打完这一仗想办法请假，找个地方把孩子生了，把孩子寄托在老乡家，再来找部队，这有什么舍不得的，现在能瞒一天是一天。

没等到她生，纸里就包不住火了，最先发现的还是雷大夯。

那次战斗回来，雷大夯见九儿又吐了，他就凑到九儿跟前问咋地了？九儿很不耐烦地回答他，这是女人的事，你个男的以后少打听。你这么神神秘秘总打听我，是不是怕别人不知道我是个女的呀？雷大夯闹个没脸，他只知道女人有很多不便告诉人的事，九儿不让瞎打听，自然不该男人知道的事，这事也就算撂下了。撂下是撂下了，表面他是不问了，但他没放弃观察九儿的行动。不管多么粗心的男人，对他心爱的女人是从不粗心的。接下来的日子，九儿的身体变化简直让雷大夯感到惊讶。九儿不让他打听，他可以憋着，可他的眼睛憋不住，他突然有一天看见九儿衣服后面的肚子大了，怎么回事？九儿病了？他想，过几天也许会消，可奇怪的是，不但没消，还见天地大。他怀疑自己眼睛出毛病了，他想问别人看没看见，又怕问出啥毛病，可他不问又实在不放心。

他决定去找九儿，问个明白。

天刚蒙蒙亮，雷大夯爬起来，直奔九儿住的地方。雷大夯刚跨出门，看见九儿出门，只见她急匆匆往营房外的小树林里走。雷大夯想这么早她干啥去？刚张嘴喊她，又止住了，想，我看她到底干啥去。雷大夯悄悄地跟在九儿的后面。九儿进了树林，瞅四下无人，脱下外衣。急忙从腰里把绑腿布解下来，一头绑在树上，另一头缠在腰里，往肚子上一层一层缠绑腿布。她一圈一圈往树跟前转，这样缠得结实。雷大夯藏在树后面看呆了，他的泪先夺眶而出。他喊了声九儿，就奔到树前。他把绑腿布从树上扯下来，抓住九儿的手，低声吼："你这是干啥？告诉我，怎么了？到底怎么了？"

九儿很镇静，舒了口气，看着雷大夯没说话。

雷大夯急呀："到底咋回事，你说话呀？"

九儿低着头说："大夯，你骂姐吧，姐肚子里有孩子了。"

雷大夯撒开九儿的手，果然是这样，问："是谁的？"

九儿说："还用问吗。"

雷大夯咬着嘴唇，瞪着眼，沉默了片刻，咬着牙说："我去找他。"

九儿喊住了他："你还嫌你姐不难受吗？你倒是替我想办法呀，营长都问我好几回了，我说吃得不对劲，胀肚，实在瞒不住了。"

雷大夯站住，他没有办法，他就开始哭。

九儿推搡他说："你别哭了，挺大个男人，你倒是拿主意呀，我不想离开咱队伍。"

雷大夯呜呜滔滔地说："我有什么办法呀，九儿呀，你咋那么傻呢，咋还有了他的孩子？你算毁在这个地主少爷手里了。"

九儿也知道，雷大夯是真心为她着急，她说："大夯啊，你也别哭了，咱还是找剑飞拿主意吧。"

雷大夯抹把眼泪，说："他造的孽，不找他找谁？走。"

雷大夯一脚踢开于剑飞住处的门，在一趟大通铺的把头提溜起于剑飞，就往外捞。于剑飞挣脱了他的手，上去给他一脚："你疯了，这才几点啊？到出操时间了吗？"雷大夯气愤地说："谁找你出操。"于剑飞没好气地问："那你找我干啥？"

"你跟我走吧，去了你就知道了。"

"上哪？到底啥事？"

"小树林，九儿在那等你哪。"雷大夯说着，气哼哼走在前面。

提到九儿，于剑飞心里一惊。九儿找他准没什么好事，这俩人哪，对付了，在一起指不定又给我整啥事呢。去就去，他俩还翻天了不成？真就翻天了，于剑飞合计到天边也没合计出九儿居然怀了他的孩子。

当九儿把怀孕的事告诉于剑飞时，于剑飞没站住，瘫坐在地上，眼睛呆望着九儿，不眨眼，不说话。九儿害怕了，怕他像上次似的再变魔怔了。九儿摇晃着于剑飞，带着哭腔说："剑飞呀，你想开点，这事我一人承担，不牵连你，我不会说是你的，可别想不开呀？"

于剑飞开始哭，哭得跟雷大夯一样伤心。不同的是，雷大夯拉着九儿的手哭，而于剑飞抱着自己的脑袋哭。雷大夯是为九儿哭，觉得她遭大罪了。而于剑飞是为丁香哭，他觉得特对不起丁香。

九儿看于剑飞哭，她倒替他难过开了，这么小岁数，就赶上这事了，他能不难过吗？九儿心疼地抚摸于剑飞的头说："剑飞，你别哭了，你把我的心都哭碎了，我不怨你，也不说出你，你说咋办就咋办。"

于剑飞问："你俩真听我的？"

九儿点头。

雷大夯噘个嘴，跟于剑飞别个脸，生气他。

于剑飞看他一眼，没在乎他，直接跟九儿说："这事必须跟营长说，瞒是瞒不住了，你就这么说……"

雷大夯听了，暴跳如雷："于剑飞——你不是人——"

于剑飞回敬他："你是人你出主意吧，这兵我大不了不当。"于剑飞转头就走，不管了。

九儿看一眼雷大夯，对着于剑飞的后背，说："我同意，我去说。"

于剑飞站住脚步，转身，真切地说："这样，我们三个还可以继续留在队伍上战斗。"

他们三人站在营长的面前，九儿低着头，吭哧了半天没说出一个整句。

营长说："九儿你啥时候说话变得这么费劲了呢？有啥事快说。"

雷大夯急性子，他说："营长，九儿那什么，她……她是女的……"

赵富营长拧着眉头问:"啥?谁是女的?"

"九儿,"雷大夯接着说,"她跟于剑飞那什么……"于剑飞扒拉下他胳膊。他还急眼了:"九儿说不明白我说还不行啊?"

于剑飞呲他:"不告诉你不让你说话吗?"

九儿拽拽雷大夯的后衣襟,雷大夯算是把嘴闭上了。九儿说:"营长,你处分我吧,我隐瞒真实情况,我是个女的,为了能在咱队伍上打鬼子,怕队伍上不要我,我就女扮男装,蒙混过关了。"

营长惊讶:"好模样的怎么变成女的了?哦?我说嘛,瞅你细皮嫩肉的。"

九儿问:"营长,你想咋处分我?"

赵富惊讶着道:"那处分啥,你就多余伪装,女兵不有的是吗?那你就当文书,那活轻快。"

九儿抬起眼,又抹搭下眼皮说:"营长,我不识字。"

"那就上炊事班做饭去。"营长这会儿性子真好。赵富营长以为九儿会愉快地答应,没想到九儿吞吞吐吐地说:"行倒是行,就是有件事我不知道怎么跟你说,我,我……"

营长不耐烦地一甩手:"哎呀,你别我、我、我的,变成女的,就变磨叽。"九儿让营长这么一数落,下意识地用手捂着肚子。

"九儿呀,"营长说,"你老摸肚子干啥?哦,对了,这几天我就觉得你的肚子不对劲,胀肚还没好?"没等营长说完,九儿一副豁出去的样子:"营长,你别问了,我都跟你说吧。我来咱队伍前在老家就成亲了,不成想我男人是个短命鬼,得个暴病死了。实在没有活路了,跟着他俩跑出来了,没想到我怀孕了,怕给队伍上添麻烦,没敢告诉你。"

雷大夯满肚子的话说不出来,他狠狠地看着于剑飞,一跺脚打着唉声蹲地上了。

赵富本来是站着,听到怀孕,他跌坐在椅子上,没坐正当,差点坐地上。赵富营长冲于剑飞和雷大夯发火,点着他俩:"你俩早就知道,就是不告诉我,你等着我怎么处理你俩。上级有命令,近日打县城,等这一仗结束,你俩马上给我把九儿送回老家。这是打仗,不是生孩子的地方。"

于剑飞一立正答是。

雷大夯咣当冒出一句:"是啥是,不都怨你呀,你在这装好人。"

九儿带着哭腔喊住雷大夯。九儿的泪挂在两腮，她说："营长，我哪都不去，就在咱队伍上，我去炊事班做饭，现在是有些不方便，但咱是穷人家的孩子，没那么娇气。等我生完孩子，一样战斗。"

赵富为难了："九儿呀，不是队伍上不要你，实在是不方便，你看咱们部队就你一个女兵，又这么苦，遭罪呀，走吧，你先去当地老乡家。"

九儿眼泪更多了，她说："营长，我就是死也不去老乡家。"她看着于剑飞，她在问他你咋不替我说话，我可都是按着你说的做的。

赵富也急够呛："你这丫头咋这么犟呢？"

于剑飞说："营长，九儿是我和雷大夯带来的，可我俩也不知道她这样，但已经这样了，营长咱就不能把她往外推了，她不愿意离开咱们，要是真给她送回老家也是死路一条，她男人死了，老家也没啥亲人了，要不她能跟着往外跑吗？她刚强，能挺得住，就让她去炊事班，给咱们做饭，多好。"

"那生的时候咋办？我可头一回经这事，这怎么叫我赵富摊上了？"

"生的时候到老乡家找个接生婆呗。"于剑飞说。

营长嘶哈了一会儿，还觉得不妥，说："不行，我得跟团长汇报去。"

于剑飞忙说："营长，在这节骨眼上，你说了不是给团长添堵吗？免不了一顿臭骂，跟你的想法一样，劝九儿回家，你就真狠心把九儿撵回家，她回去就是死路一条。她可是咱营的兵啊！"

"得了，去炊事班，过一天算一天，团里发现了再说。发现了也不是啥大罪过。"营长发话了，九儿这才露出笑脸。

不是所有的事都按着你想象的发展，赵富营长也想开了，不就是生个孩子吗？几百号男人还保护不了一个女人生孩子？像于剑飞说的，她愿意在营房里生找个接生婆就得了呗。

九儿心里有自己的小九九，她死活不能离开队伍，离开队伍就意味着离开于剑飞。她从没把自己当回事，怀孕又何妨？才七个月，不会有什么问题，我还能战斗，无论如何也要参加完这次攻击战。九儿答应去炊事班，是为了应付营长，可她的心还在战场上，因为她的手天生就是玩枪的，听到枪声她就坐不住，她对枪有着特殊的感情。

县城由伪军和日军把守，这个县城不但是日军的大本营，还是交通要道，日军和伪军以此为落脚点，经常进犯我周边屯庄，烧杀抢掠，民不聊生，还阻碍我大部队前进的道路。新四军第三支队有指示，命我新一团找准时机，拿下县城，除去毒瘤。拿下县城谈何容易？日军在城墙上修筑了坚固的防御工事，城四角和城门上筑有炮楼，城周围设有铁丝网。城内主要路口设有地堡，日军企图以坚固的防御长期盘踞该城，继续侵华战争。新一团团首长的部署是：二营为一梯队，由副团长直接率领；一营为二梯队；三营为预备队，由团长直接指挥。新一团团长下决心了，马夫、伙夫都出动了，势必拿下县城。

九儿半夜就起来给战士们做饭，等战士们吃完饭，她收拾停当后，就对营长说她也要参加战斗。营长说你开什么玩笑，你就在营房老实待着，出营房一步我就毙了你。凌晨四点队伍出发了，九儿站在营房路口目送着战士们，她恨自己不能上战场，不能跟于剑飞共同战斗。

先是炮火对县城轰炸，打开了一个缺口，主攻营当然是二营，因为二营上次打了大胜仗。在赵营长的带领下仅用五分钟的时间就登上了城头，这时敌人的碉堡开始疯狂地扫射，战士们纷纷倒在血泊中。赵富营长命令于剑飞，集中火力封锁敌碉堡。于剑飞组织一个班的人力，集中往碉堡口扔手榴弹，烟雾弥漫，雷大夯手抱炸药包，滚到碉堡跟前，迅速点燃炸药包，轰的一声巨响，碉堡炸毁。雷大夯滚落一旁。战士们紧随攀登云梯进入突破口。赵富营长正指挥冲进来的战士们，他突然看见一个人——九儿。九儿端着冲锋枪，腰里别着短枪，紧随在战士们中间。赵富一把抓过她，大着声喊，你不要命了，给我滚回去。九儿说营长，营房就剩我一个人，连个喘气的都没有，我害怕，还不如来呢。赵富营长说，那也不行，快回去，这太危险。九儿说回不去了，回去更危险。赵富怒吼，等回去我再处分你，你趁早给我滚回老家去，添乱。九儿强调，营长，营房里一个人也没有我真害怕。行，这个地方你不怕，行。迎面来了敌人，赵富没工夫跟九儿磨叽，他喊于剑飞组织四连和敌人拼刺刀。于剑飞喊是！

于剑飞和他的四连在城下就和敌人展开了激烈的搏斗。赵富喊，九儿，你自己保护好自己，没人顾你了，活该，谁叫你来了。九儿喊，营长你放心吧，你别管我，我不傻。九儿是鬼点子多，她没像于剑飞他们似的冲在前面，她又躲在了残垣断壁后面，向敌人放冷枪。

于剑飞和雷大夯端着机关枪冲在最前面。他们连的任务是进城之后杀出一条血路，迅速向城南攻击，卡死城南门，一防止鬼子从南门逃跑，二防止来敌增援，保障按预计时间解放县城。城内炮火连天，杀声一片，在城下的这伙敌人与于剑飞的四连展开肉搏，有于剑飞和雷大夯，很快敌人就溃败了。随后他们迅猛向纵深攻击，占领了敌后勤指挥部，切断了敌人与外界联系的通信设施。他们继续向城南攻击，正当战士们勇往直前所向披靡的时候，攻到一个必经路口，遇到了日军和伪军顽固抵抗，路口设有地堡，还不止一个地堡，必须拿下这些地堡，保证大部队通过。

地堡里的火力十分猛烈，根本无法靠近。营长得知这一情况，命令于剑飞带一个排抄近路，攀越房屋直捣敌人后背，从背后向敌发起猛攻，炸掉地堡，两头夹击。九儿窜过来，说我请求增援。营长说你枪法准，是应该去，关键时能派上用场，可是，你这个样子怎么去？好了好了，你保护好自己吧。九儿继续争取，营长，我在哪都是一样危险，我去也许能帮上他们忙。营长问于剑飞和雷大夯，你们俩说怎么样？雷大夯倒痛快，说不是死就是活，在一起，行！于剑飞不说话，也没反对，只问一句，你能行吗？九儿答，没问题。于剑飞转身投入战斗。于剑飞没想那么多，诸多方面的事也不了解，主要是九儿不显笨，不仔细留意真看不出来。

于剑飞、雷大夯携着九儿翻墙越房直接向敌人背后奔去，不料于剑飞他们的背后又冒出一股敌人。时间紧，任务重，于剑飞命雷大夯和另外一个战士断后。九儿强烈要求与雷大夯断后。别看于剑飞别的事看不上九儿，但使枪他还挺佩服这个小童养媳的，由他俩断后他心里有底，于剑飞说好。于剑飞说他先从背面把地堡炸掉，再端掉敌人的制高点炮楼，敌人光顾正面了，从背面好炸一点，只要你们俩阻击住后面的敌人，这些活我都做了。九儿和雷大夯说是。

雷大夯和九儿趴在残墙后面阻击来敌，九儿枪使得好，腰间别着两支短枪，脖子上挂着冲锋枪，正打得激烈的时候，只听九儿"哎哟"一声，雷大夯急切地问："九儿咋地了，挂彩了？"

"大夯我没事，打敌人。"九儿后悔不该在这时候分散大夯的精力，一旦把敌人放过去，于剑飞他们腹背受敌，局面就很难收拾，那我方伤亡可就惨重了，不但地堡炸不掉，还让敌人发现后背来人了，后果不堪设想，而且这也不是她后悔就能解决的事。不管她是怎么考虑的，反正她的孩子要出生了，她的肚子一阵阵的痛，她咬紧牙关，继续扫射，但敌人太多了，总有那么一两个漏网之鱼接近他们掩体，九儿不得不一手端着冲锋枪，一手持手枪，谁要胆敢在她的面前晃荡，她就会一枪结果了他，哪怕他刚露出个头皮，九儿的眼睛像鹰一样锐利。这样坚持了有半个小时，她的肚子更痛了，黄豆粒大的汗珠从她的脸上滚了下来，她的眼前一阵阵地发黑。她实在抬不起枪，但她拼尽最后一丝力量，她只有一个信念，她要让于剑飞漂亮地完成任务。她绝不让敌人从背后伤了她的于剑飞，至于她肚子里的孩子，从怀他那天开始她就说："孩子命大你就活着。"

来敌又组织进攻了，雷大夯喊九儿准备战斗，九儿强忍着剧痛说是。她还是不想告诉雷大夯，过一会儿，她一出溜瘫软在地上。她这边枪声就断了，雷大夯喊，九儿打呀，狠狠地打！九儿没反应，雷大夯扭头看她，他边打边喊："九儿你怎么了，你怎么了？"不见九儿回声，这时敌人势头不减。雷大夯单臂端枪扫射，单腿跪下来，一手托起九儿的头。汗已把九儿的头发浸透了。九儿脸色苍白，手捂着肚子。雷大夯看着九儿隆起的肚子，但他还不知道怎么回事，急切地问："九儿你说话呀，到底怎么了？"九儿实在坚持不住了，有气无力地说："大夯，我怕是要生了。"

"啥？要生啥了？"

"你傻呀，我要生孩子了。"

"你不是说不到日子吗？你不是说还能战斗吗？你这是糊弄我们哪。"雷大夯知道怀孕是要生孩子的，可这冷不丁地真要生他还真不敢相信。

"大夯你看我的肚子，我真的要生孩子了。"

"那你还上战场，你不要命了。"

"这才七个月，我也不知道要生啊？我自己觉得还挺灵巧的。"

"哎呀！"雷大夯仰头向天空喊着，"这可咋办？"他停止了扫射，九儿要紧，既然事情到了这份上，就是天塌下来，我雷大夯也得顶住。他托起九儿边打边退，必须找个地方生孩子。九儿都这样了还死死抓住冲锋枪不放，雷大夯把冲锋枪从她脖子上摘下挂在自己脖子上。雷大夯托着九儿躲在一个墙角，周围的房屋噼里啪啦着着火，九儿说："就在这里吧，再退对剑飞他们就不利了，我们俩必须顶住敌人，让剑飞完成任务。"雷大夯听了生气地说："这时候你还想着那个王八蛋。"这时九儿已经不能动了，雷大夯把棉衣脱了垫在九儿的身下，拣一块砖头垫上棉帽子让九儿枕着，产房这就布置好了。可是盖什么呢？雷大夯身上就剩一件单衣了，他此刻恨不能把自己的皮剥了盖在九儿的身上。这时又窜过来三四个敌人，九儿一抬手，"叭"撂倒一个，真服了她了，都这样了手里还死死握着枪。雷大夯冲向敌人，抡圆了棒子与敌人展开了肉搏，他绝不会让敌人靠近他的九儿，哪怕死了魂也要保护九儿。

九儿已经控制不了自己了，她痛得大喊大叫。她喊大夯说她要死了，她不行了。她完全不顾雷大夯正在与敌人搏斗，这些她都不顾了，让坚强见鬼去吧。她就想找个人来救她和孩子。她不再怕分大夯的心，她也不顾这样撕心的叫声险些让雷大夯做了刀下鬼，她只想让大夯快点回到她的身边，握着她的手，给她力量，因为她觉得自己已经到了生命的边缘，痛把她折磨得不知所措。英雄的雷大夯哪能经得住女人这样撕心裂肺的痛喊，他的眼珠子都快急出血了，他要截住敌人，近在咫尺的心爱的女人却不能照顾，他咧开嗓门喊："九儿！坚持住！啊——啊——"他瞪着一双能吃人的眼睛端着冲锋枪恨不能一梭子全把敌人干死。"来吧小鬼子，老子今天跟你拼了。"冲过来的几个日伪军和雷大夯搏杀在一起，雷大夯完全失控了，瞪着一双血红的眼睛，光着膀子，也看不出皮肤的底色，浑身像都在冒血，雷大夯抡圆了胳膊，一路刀削斧劈。俗话说：愣的怕横的，横的怕不要命的。剩下的几个伪军看到要吃人的雷大夯，抱头逃命去了。

雷大夯三步并两步冲到九儿身边，九儿像抓住救命的稻草，指甲都扣抠进了雷大夯的肉里。九儿已经没有力气喊了，她的眼睛瞪得圆圆的，瞪着瞪着，手撒开了，但眼睛还是瞪得圆圆的，射向天空。雷大夯都要吓死了，他以为九儿死了。他的手在九儿的眼前晃动，九儿眼珠子，一动不动。九儿啊，你这是死不瞑目啊！雷大夯怎么喊她都没有应声，虽然她还有心跳，但她已经进入了意识模糊状态。九儿仿佛回到了家乡，门前那两棵李子树结满了红李子，于剑飞跷着脚摘下一个放进她嘴里，哎哟，那个甜哟。她站在李子树下送他的大少爷去上学，她已不是伺候人的童养媳了，她已是于家的大少奶奶了。她穿着缎子偏襟袄，还滚着花边，嵌着蝴蝶纽襻。她的大辫子盘成个发髻，鬓角别着一朵粉色的花，看着就喜庆。刚巧一轮红日打东面升起，光芒万丈。蓦然她看见从太阳下面跑出一个孩子，孩子向她跑来，越来越近，张着手臂喊她妈妈。她也向孩子跑，终于跑近了，她刚要伸手抱孩子，可是孩子突然摔倒了，一眨眼的工夫，她再找孩子，孩子不见了，天和地都转了起来，她急得大喊："孩子——孩子——"

　　"九儿，九儿，"雷大夯大喊，"你可吓死我了，你刚才都昏过去了，总算缓过来了。九儿呀，你可不能死呀，你刚才不是喊孩子吗，你死了孩子也就没了。不就是生孩子嘛，你使劲生呗，多少难事咱都闯过来了，你肚子里有，就不信你生不出个孩子，下决心生，于九儿你有没有决心？"

　　九儿喘着粗气说："有，我生！大夯我已经看见我的孩子了，你来帮我。"九儿已恢复了神志，很虚弱："来，大夯，把裤子……"这可难为雷大夯了，他显出大男孩的羞涩。

　　"这都啥时候了你还穷讲究，我……我以营长警卫员身份命令你：雷大夯！"

　　"到！"雷大夯回答。

　　"准备接生。"

　　"是！"

　　"把刺刀在火上烧了，准备割脐带。"

　　"是！"

　　……

　　远处接连传来爆炸声，空气弥漫着浓浓的火药味，房屋烧得噼啪作响，浓烟滚滚。嗖嗖的子弹声从不知名的方向传来，还有那么一两颗流弹贴着雷大夯的耳边飞。

　　九儿只觉得五脏六腑翻江倒海般地绞痛，又像无数把匕首从不同角度向她的身体乱刺，更像无数双手往外撕着她的肠子……

　　她集聚了全身的力气最后大喊一声，这声音之大震得树叶纷纷飘落，这声音之大引得一只雄鸡引吭高歌，这声音之大惊醒了一轮旭日跳出东方。枪声停息了，一个新生儿响亮的啼哭划过了整个县城的上空："哇——哇——哇哇——"雷大夯用刺刀割断脐带，他欢呼："是儿子，儿子——"他举着孩子在太阳的光辉里跳跃，跳跃……同志们的欢呼声也从四面八方传过来，噢！胜利了！胜利了！雷大夯也欢呼着："胜利了！九儿你听，我们胜利了！"九儿向雷大夯虚弱地笑笑。雷大夯用破衬衣把孩子胡乱地裹了裹，说："九儿，咱们胜利了，这小子生在胜利的时候，就叫他胜利吧！"

　　"好！叫胜利！"九儿有气无力，"大夯，来扶我坐起来。"

　　雷大夯扶着九儿的头靠在自己的肩上："九儿，你看，太阳，太阳升起来了，多好看哪，在老家，这会儿，你站在李子树下唱歌，我已经把于地主家的羊散到大洼地吃草了。"

九儿望着那轮太阳笑了，笑出了眼泪。她不知道是为那新升的太阳还是为这新生的孩子，幸福和满足溢满了她的心房，她从未有的恬静。此刻她靠在雷大夯的肩头，那感觉却像靠在于剑飞的肩头。她愿意为于剑飞生孩子，她愿意和于剑飞相依为命地过一辈子，她轻轻哼起东北的小调：

　　姐儿去看戏啊，走出门外边，未曾那个上车呀，女婿把她搀，哎哟，小伙儿赶车一溜烟啊，依得儿呀得儿哟哟哟得儿嘟叮当，哎哟小伙儿赶车一溜烟啊。

雷大夯不知不觉跟着九儿哼唱了起来，他确信无疑地认为，九儿就是为他唱的。经过了这次生死磨难，他认为他赢得了九儿的心，患难见真情，无可厚非。九儿瘫软在他的胸口，虚弱的样子就像飞倦的小鸟。而此刻的雷大夯压根没想到，九儿靠在他的身上想的还是于剑飞。雷大夯给九儿擦着汗，整理着衣服，他是那么心疼这个女人，完全把她当作自己的女人来疼，他第一次感受到心疼一个女人的感觉是那么幸福。他更爱这个新出生的孩子，一见面他就爱得不行。不管这个孩子是谁的，他固执地认为就是他雷大夯的，因为他来到这个世界上见到的第一个人就是他，他身上裹着的是他的军装，是他给起的名——胜利。他和这个孩子的心是贴着的，他不是他的又是谁的呢？想到这，他浑身都充满了力量和希望。此刻，他听到了暖流在大地流淌，他听到了花草树木生长拔节的咔吧声；他听到了虫鸟的呢喃声；他听到了穷人翻身得解放的呐喊，还有什么比这更振奋人心的。刚知道九儿怀孕他气得不行，他甚至恨九儿肚子里的孩子，他觉得这孩子跟他一点瓜葛也没有，他就是个累赘。可跟孩子一见面，他的感情像汪洋大海溢出了胸膛，整个包裹了这孩子，今生今世他的心跟这孩子都不能分离。他把孩子连同九儿拦腰抱在怀里，如同抱着整个世界，他大踏步地迎着太阳走去……

县城解放了，赵富清点人数。战士们没有胜利的喜悦，只有坚毅，因为牺牲的人太多了。这个部队本来就是临时组建，装备和经验都跟不上，但他们心里有一个字——拼！誓死拿下县城。赵营长凶着脸问："于剑飞，雷大夯和九儿呢？"

于剑飞答："没回来。"

"我是问你是死还是伤。"

于剑飞同样凶着脸答:"死了。"

"你亲眼看到的吗?请大声回答我。"赵富的声音比脸还凶。

于剑飞大声答:"我没亲眼看见。"

"没亲眼看见你就不要胡说,作为一名军人你连这点道理都不懂,你愧对军人。"赵富心里明镜似的,雷大夯和九儿断后,拦住了那么多敌人,于剑飞胜利地完成了任务,九儿挺个大肚子,生还的可能性太小了。他难过,他故意找于剑飞的茬。当九儿端着冲锋枪跟于剑飞他们冲进硝烟中的时候,他的心就开始滴血了,他想他的警卫员,千军万马中的一朵花,凋谢了。其实他刚知道她是女人的时候,他表面凶,心里是喜悦的,还甜丝丝,他甚至感到是他们营的光荣,是他赵富的骄傲,几辈子才能修来这样的奇遇,一个女人给他当警卫员,牛透了。当他决定留下九儿时,他就想要好好心疼全营唯一的女兵,不光他心疼,全营的每一个男兵都来保护她,呵护她,让她感到是全营男兵的掌上明珠,让她幸福。可是,可是,他还没来得及给她一点温暖,他甚至没给她一点温暖的暗示,她却带着她腹中的孩子,消失在炮火中。赵富憋着一眼睛的泪,瞪着于剑飞。于剑飞被瞪急了,他哭号着喊:"你瞪我干啥呀,咱们人太少了,敌人太多了。如果他俩不断后我们很难炸掉地堡,就完成不了任务,我有啥办法呀?啊——啊——"于剑飞开始干号,声音很吓人,像狼嚎。他比谁都难受,他就想大哭一场,他哭了,可他没号出一滴泪。他是不爱九儿,可九儿是他的亲人,是他姐,可以这么说,他俩从小一起长大,他总是指使她,欺负她,而九儿总是爱护他,顺从他。这也是爱,是亲情的爱,是依赖的爱。尽管他和雷大夯在一起总是鸡飞狗跳的,可他们是生死兄弟呀,兄弟是啥?情同手足。

赵富比于剑飞的声音还恐怖:"别号了,都给我找去——就是把县城翻个底朝天,挖地三尺也要把他俩给我找出来,活要见人,死要见尸。"突然,他看见同志们愣在那,眼神越过他,看他的身后。他更火了:"傻了,行动——"有个小兵蔫不唧地指着他身后说:"营长你看。"

赵富慢慢转身,他身后站着个血人。赵富张了张嘴,小心翼翼地问:"你是谁?雷大夯吗?"

雷大夯启动了两下嘴说:"我是。"

赵富看着雷大夯,简直不像人了,满脸的血污,黑不出溜的,看不出模样了，只见两只眼睛在转动，证明他还是个活着的人。光着膀子，前胸后背都是血。他双手托着九儿，九儿像死人似的耷拉着，她闭着眼睛，无声无息地仰躺在雷大夯的臂弯里，头、腿和胳膊，无力地向下垂挂着，惨。

赵富从喉咙里发出个声音，说不上是哭还是笑，指着九儿："是死的，还是活的？"

雷大夯一龇牙，脸黑，牙显得格外的白："是活的，我还多抱回一个。"他低头，拱了拱肚子，从九儿的衣角下拱出个小孩脑袋，小嘴张呼张呼，像是在找吃的，没找到，就张嘴哇哇地哭。

赵富一步就跨到雷大夯面前，大喊："雷大夯，我他妈给你请功邀赏！"战士们呼啦就围上来，大喊大叫，跟看稀罕物似的。小胜利也真够意思，报以他响亮的哭声。雷大夯嘿嘿了两声，瘫在地上。

于剑飞听到孩子的哭声，心骤然狂跳，情不自禁地流出了热泪。他站在原地，大叉着腿，仰头向天，他没号，却哭了，真的哭了，哭出了眼泪，为那新生命。

九儿第二天才苏醒。这回九儿出大名了，什么巾帼英雄、女神枪、军中花木兰，所有这些闪光的桂冠都戴在了九儿的头上。赵富营长去卫生队看九儿，最惊讶的要属他了。因为九儿是他的警卫员，在他身边蹭过来，磨过去的，这么长时间，他愣没看出九儿是个女的。哎哟，他惊讶地直拍大腿，直到现在他还觉得不可能。今天他要好好看看他的警卫员怎么就突然变成大姑娘了，居然还生出个大儿子。就在九儿告诉他一切之后，他从思想上、习惯上也没完全接受九儿是女的这一事实。九儿在炊事班这段时间还是那么皮实，她自己就没把自己当成女人，以至于赵富看见她，时常还在恍惚中，九儿真是女的吗？哦？她是个女的。赵富这么一路想着来到了卫生队，一进门他就高门大嗓地喊："于九儿，你小子……"他刚想象往常一样伸手拍九儿的脑袋，手又很快地缩回来了，他看见九儿身边躺个小家伙，那孩子还眨着小眼睛，是真的，他拍一下自己的脑门："我的老天爷，你真是位女同志，你说我眼睛这不是瞎了吗？好！好！九儿啊，捡条命啊。"

雷大夯插话："营长，是两条。"

"对对对，是两条。"赵富拍着脑袋哈哈笑着说，"九儿啊，你昏迷不醒的时候，大伙可都吓坏了，特别是雷大夯这小子，还挤猫尿。我没害怕，我相信，只要你有一口气，你一定能活过来。真是英雄。唉？要是孩子的爹还活着就好了。"

"他死不了。"雷大夯又冒出一句，说完气呼呼地看着于剑飞。

"闭上你的嘴，没人把你当哑巴卖喽。"于剑飞臭他。

"说啥呢雷大夯，九儿不是说死了吗？"赵营长问雷大夯，他看雷大夯不答，总盯着于剑飞，"哎哟，雷大夯你总盯着于剑飞干啥呀？他又不是孩子的爹。"

雷大夯瞪着于剑飞问："你咋不说话呢？不敢承认是不是？"于剑飞看着远处不说话。"好，你不说我说，孩子的爹就是于……"雷大夯刚说出一个"于"字，九儿就把话接过去了："孩子他爹在我来这的时候就病死了，你们就别瞎猜了。"

赵富营长眨巴着眼睛说："噢，九儿呀，别难过，孩子不孤单，我就是孩子的爹。"他看雷大夯和于剑飞听了这话眼睛都立起来了。"啊？你俩瞪着我干啥？我说得有错吗？我们这些新四军战士都是孩子的爹，添家丁了，啊，这不又是个小新四军嘛，哈哈。于九儿同志，好好养身体，我先走了，还有你们两个照顾好于九儿。"

"是！营长！"他们俩回答。

九儿的情绪不高，她看出来于剑飞不想承认孩子。九儿理解他的心情，他自己本身还是个大孩子，她不想让他不高兴，也不想让他尴尬，她是那么处处为他着想，那么心疼他，所以她把这事掩饰了过去。但她心里有底，孩子是她的，于剑飞也是她的，可她怎么也乐不起来，于剑飞并没有因为给他生了个儿子对她有半点好感。居然还当着她的面和雷大夯吵来吵去，她无可奈何地说："你俩出去吵吧。"她绝不是打心眼里烦他俩，在她眼里他们仍然是个没长大的孩子。正因为这样，所以她不悲观，她盼望着于剑飞长大，长大了他就会知道：这是他儿子，这是他老婆，他会回心转意的，会认她和孩子的。

雷大夯怎么也弄不明白，于剑飞他有啥了不起，这么好的媳妇，这么好的孩子他不认，烧包！要叫他，还不乐得屁颠屁颠的。于剑飞可不这么想，他像个困兽似的在雷大夯面前直转磨磨，他怎么也接受不了这个事实，一个劲冲雷大夯嚷嚷："别说是我儿子，不是。"

雷大夯眼珠子瞪得跟牛眼珠子似的，他一拳打在于剑飞的脸上说："于剑飞，你知道九儿遭的什么罪吗？你没经过，你想象不出来。别看你出来革命，你骨子里还是地主少爷，根本不把我们穷人的命当回事。你是不是盼着九儿和孩子都死在战场上，你就干净了。"

于剑飞大喊："你放屁。你心里明白，我不是那么歹毒的人，我愿九儿好，孩子好，我也喜欢那个小生命，但他绝不是我儿子，九儿也绝不是我妻子，决不。"

"改变不了了。"雷大夯赌气。

"我不管，出来的时候你已经答应我了，她的一切跟我无关，这是你说的。"于剑飞有点无理辩三分了。他知道自己不对，但这是两码事。他沮丧到了极点，童养媳这个枷锁就够他受的了，又冒出个儿子，这不可能的事怎么在他身上都发生了，他无法接受，他从骨子里都不想承认，永远都不想承认。雷大夯被于剑飞问住了，他是说过，可是……往往是这样，雷大夯永远说不过于剑飞。

（二）

于剑飞被提为四连连长，九儿和雷大夯被提为排长。雷大夯这个不服气，跟在赵富营长屁股后面磨叽，那我咋就比于剑飞慢一步呢？他凭啥当连长，我当排长？

于剑飞才不稀罕这个连长呢，他最闹心的是这个从天而降的儿子。他就纳了闷了，怎么这儿子就扣到他头上了？这九儿就像变戏法似的变出个儿子，她可真有本事，她自己套不住我，就变出个儿子套住我。此刻的于剑飞全然顾不上九儿有什么不容易，他压根也想象不出和体会不到九儿孕育和生产的痛楚，他满脑子就一个想法——我怎么去见丁香？见到丁香我怎么跟她解释？没法解释，解释不清，干脆瞒着吧。看来和丁香种种美好的憧憬也只是梦想了。想到这，于剑飞的心就像被掏空了，空得没着没落的，但到了这种地步了，那思念和期盼的心仍不肯偃旗息鼓，挣扎着，喘息着，哪怕只是一息尚存，他还是想着丁香。于剑飞被这份感情折磨得不轻，他总想找人倾诉，可是跟谁倾诉呢？思来想去还是找雷大夯吧，他实在没人选了。他一面决定找雷大夯，一面在心里贬低着雷大夯：跟他说也是白说，他懂个屁，就知道放羊，偷摸吃顿羊肉美得就跟上天了似的，就这么大出息。尽管他把雷大夯贬低来贬低去，他还是眼巴巴找到雷大夯，要不咋整，憋得难受。

于剑飞寻思，跟他这没文化的人唠嗑用不着拐弯抹角，他开门见山地问："雷大夯，你说丁香记者这个人怎么样？"太突然了，雷大夯没一点思想准备，他正坐在地上擦枪，扑棱站起来问："出啥事了？"

"你坐下坐下，没出啥事。"

"那你咋突然问她呢？"

于剑飞假咳嗽了两声，故作镇静地说："没啥事，闲唠嗑，没话找话说呗。"雷大夯继续盯着他："你瞪那么大眼睛干啥？傻不愣登的。"雷大夯这回放心了，脱口而出："啊，好啊！丁香记者这人还有啥可说的，人漂亮，有文化，那就是咱们队伍里的人尖子了，是咱队伍的一朵花呀。"

"我也觉得她好。"于剑飞叹口气，放眼远方，一副若有所思的样子。脸是忧郁的，忧郁得能挤出雨来。雷大夯用不解的眼光看着他，他就没见过于剑飞这么忧郁的眼神，他觉得于剑飞有事了，这事还不小，因为他自己想九儿时就忧郁成这个样子，甚至失魂落魄的。他瞪着一双惊恐的眼睛，警惕地问，越警惕，发出的声音越近乎大呼小叫："于剑飞，你今天为啥提丁香？你是不是对她有非分之想了？你指定想了。"

"我能有啥事，别瞎说啊。"于剑飞虎着脸说。

雷大夯自以为是地说："没有事就怪了，我想起来了，那天早上，你俩在那山坡上，没完没了地黏糊，是不是？我都看见了。"

于剑飞很气愤："哎，雷大夯，你吃饱撑的，你监视我，我告诉你啊，我的事你以后少管，我跟谁好碍着你哪疼了？"

"我告诉你呀，你不能啊，你可不能。这事整大扯了，"雷大夯抖着两手，痛心疾首啊，"你可是当爹的人了。"

"呸，你瞎咋呼啥玩意，我就是想……"还没等于剑飞把话说完，雷大夯就抢着说："你想想都是错误的，不能想啊，"他压低声音，凑到于剑飞的耳边，"别忘了，你现在已经当爹了，我给你保密呢，我是看在给你家当长工的分上，替你瞒着。"雷大夯一副苦口婆心的样子。于剑飞气得直摇头，既轻蔑又气愤地说："你少给我提这茬，这都是你跟九儿给我做的套，是你们把我的一生给毁了。我一个堂堂的大少爷，被一个长工、一个童养媳给愚弄了，真是笑话。你们，你们这简直就是绑票。"

"这事不怨我呀。"

"不怨你怨谁？"于剑飞反问他，两个人的脸差一点贴在一起。

雷大夯说："你以为我愿意呀，我是不好意思跟你说，从我到你们家当长工那天就下决心了。"他沉吟了会儿："我……我非九儿不娶，在你们家我是不敢说，到了队伍上我是不好意思说，我们俩本来就应该在一起，现在说啥都晚了，还不都是因为你。"

"只怪你蠢，你喜欢她为啥还……还说？"

"因为她喜欢你，谁知道你……"

"我当时傻你也傻呀？我当时是无意识的，啥事都可能做得出来。有本事雷大夯你现在就把她领走，算你有尿性。"

"于剑飞你不用将我，九儿也不会跟我走，她也不是那种想七想八的人，我就佩服她这种人品。不管怎么说，你现在就不能背着她胡搞。"

于剑飞无可奈何："谁胡搞了？你说话咋那难听，我们那是……革命友谊。"于剑飞想说革命爱情，话到嘴边改了，他怕吓着雷大夯。

"呸，狗屁，"雷大夯可不管啥友谊还是爱情，"对丁香你就死心吧，想也没用。我现在能为九儿做的就是帮她看着你，她幸福，就是我最大的快乐。"

"你为啥要这样做？"

"因为她乐和，我心里就得劲。"在雷大夯的眼里，九儿就是一朵花，他就要事事处处维护九儿，做不成夫妻也维护。

于剑飞咬着牙，点着头说："好好，行行，有病，两个神经病。"于剑飞说完一甩手转身气呼呼地走了。于剑飞这个动作跟他爹于地主一模一样，惹得雷大夯对着于剑飞的后背发狠地嘟囔："活脱脱一个小于地主。我神经，也不看看你是不是比我还神经。占一个，想一个，早晚有你苦头吃。哪还像个革命战士？改不了你那地主少爷的花花肠子。"

通过这次对话，于剑飞彻底醒悟，他和雷大夯，不对，还有九儿，这辈子都不能沟通，永远不能，不是一路人。他的心里话再也不能向他俩倾诉，这次对雷大夯的倾诉大错特错，他那颗焦灼沉闷的心只有一个念头，我要上战场！我要上战场！我要让那爱情的玫瑰花，在硝烟中孕育，在炮火中绽放。于剑飞觉得自己的胸膛就像一座火山，就要迸发，但又迸发不出来，他跑到一个无人的山头，握紧拳头高呼："前进！前进！再前进——"

　　九儿并没因为有了孩子而离开部队，部队也曾劝她离开部队，或到后方去，九儿哪能同意呢？那不离于剑飞远了吗？那时都唱"妻子送郎上战场，上战场"，九儿说不如妻随郎上战场。打到哪了？打咋样了？是死是活？也有个准信，不比在家苦巴苦结等着强。反正九儿拿定主意了，死活要跟于剑飞在一起。我一个大姑娘跟着跑出来图的啥？图的就是这辈子跟他。看着他，不让他变心，在他身边提个醒，敲个警钟。我从一个大姑娘，变成个小媳妇了，整得不明不白的，都到这份上了，我再回去？不行，不行。我就是离开了部队，领着孩子回到了李子屯，就是为他于剑飞守两辈子空房，他也不会回来找我的。九儿早就把于剑飞算计到家了，半斤八两她早就掂量得差不离，所以她才不会做这傻帽的事。回家？门也没有。于是她找到部队的领导说，你们是不是觉得我生了孩子拖累部队了，我这就参加部队的行动。九儿说到做到，她没那么娇气，把孩子托付给老乡，没几天就一身戎装像从前一样冲锋陷阵。从此，总能看见一个梳着短发的女兵，英姿飒爽地跟在新四军的队伍里，从没掉过队。

　　雷大夯肚子里向来盛不住二两香油，他把于剑飞找他提丁香的事跟九儿说了。于剑飞和丁香到底有什么事他也说不清，于剑飞也没向他明确什么，他大有道听途说、捕风捉影之嫌，这些罪名他都不在乎了，他就想跟九儿说说于剑飞和丁香的事，他就觉得他俩有事。他见到九儿说："九儿，我说于剑飞靠不住你还不信。"

　　九儿皱眉说："你别一天到晚总说他的坏话，总找他的毛病。"

　　"我找他毛病？你不知道他，他……"雷大夯抻着脖子，也不知是气得说不下去，还是有意渲染这件事实在是难以启齿。

　　九儿果然着急了，但她极力掩饰自己的情绪，说："咋回事？别老抻个脖子他他的。"

　　"咋回事？"雷大夯挥着拳头，不知从何说起，他加重了语气，"他就是改不了地主少爷的风流派头。"

　　九儿很不悦，一抹搭眼皮说："雷大夯同志！请你以后说话注意点，注意你的用词，你张口闭口的地主少爷，在革命的队伍里对他影响很不好！你知道吗？别忘了，咱们都是有觉悟的革命军人了。"

　　如果九儿不这么护着于剑飞，不这么假模假样地讲大道理，不这么首长口气地批评他，雷大夯也许不会说，即使说也会委婉一点。这样一来，雷大夯就冲了肺管子，大有不说就是害了你九儿的意思，为了对你九儿负责起见，他像机关枪点射："于剑飞又看上丁香了，这个不要脸的于剑飞，他要是背着你干别的，我就揍扁他。"机关枪点射完了，九儿还行，没被点射倒，站在那，在记忆里搜寻，丁香？一时想不起，她翻翻眼皮努力搜索，丁香！有点想起来，就是那个美得有些不真实的战地记者。既然不真实，当然离她的生活很远，当然也就离她的记忆远了。

雷大夯怕她想不起来，提醒说："就是那个女战地记者，还给咱们仨照相了。"

九儿一拍脑门说："噢，我彻底想起来了。"九儿大咧咧，不以为然："她呀？不可能，那是啥人啊，月宫里的嫦娥，天上的星星，能看着，够不着，摸不着，你以为于剑飞是谁呀？皇上啊？想要谁就是谁呀？"

"你看你还不相信。"

"你有啥证据？你看见了？她来咱们部队屁大工夫就走了，他俩哪有工夫能勾搭上？你说呀？"雷大夯被九儿这么一问有点卡壳，他还是竭力找出了些理由："于剑飞今天跟我提丁香了。"

"提她又能怎样？你这不也向我提她吗？大夯我不是说你，咱们走进革命队伍这么长时间了，你咋就没有长进呢？于剑飞的表现得到了同志们的赞扬，你老对他有成见，你得改变你的观念了，别老停留在当长工的水平上，也该提高提高了。"

雷大夯听了瞪着眼睛，不知说啥好。他想真是一日夫妻百日恩，啥不是也听不进去了，倒派了我一身不是。雷大夯心里酸溜溜的不是滋味，他气哼哼地说："你就向着他吧，有你吃亏的时候。丁香走的那天早上，我看见他俩在山坡上溜达了呢。"

"溜达又能咋样？能溜达出啥玩意来？那丁香来干啥的，不就是来采访英雄的吗？谁是英雄啊？于剑飞呀，你看见他俩在一起也属正常，记者采访英雄，太正常了。捉贼捉赃，捉奸捉双，别啥话你拿过来就说，不经大脑，这样你会影响于剑飞的前程的。"九儿话里话外都是于剑飞的前程，雷大夯气呼呼地说："不听好人言，吃亏在眼前。"撇下这句话，气呼呼地走了。九儿看大夯这样，有些不落忍，大夯也是为自己好，可自己就是不愿意听别人说于剑飞不好，她急忙在后面喊："大夯，大夯，你看你，姐这不是为你好吗。"雷大夯装作没听见，继续大踏步向前走。九儿在后面嘟囔："整个一个犟驴，啥好话听不进去。"这句话亏了没让雷大夯听见，他听见还不把鼻子气歪，这正是他要说她的话。

于剑飞盼望已久的战斗终于来了。他想这次一定能看到丁香，因为这次战斗与以往不一样，这是一次集团军规模的战役。国共合作，协同作战，共同打击日本鬼子在中国的嚣张气焰。

这次战役虽然意义和组合不同，但打法和以往没什么特别之处。开始是炮火覆盖，一阵炮火覆盖之后，是敌我各自趴在战壕里向对方射击，战斗异常激烈，敌我双方伤亡都很大。战斗之前国共首长预先已预计到战役规模大，伤亡多，所以在阵地设立一所临时野战医院。一些来不及运往后方的伤员就地医治，减少死亡。那时候共产党这边的医护人员奇缺，医术高明的外科医生更是凤毛麟角，所以这所临时医院以国民党军医为主，共产党的一些医护人员到更前沿抢救伤员，或把重伤员抢运到临时医院。

战斗异常残酷激烈，就在我联军节节推进时，鬼子动用了大量的飞机，看起来鬼子是要孤注一掷了。当新四军得知这一情况时，赵富营长受上级指示，命四连抽调精兵马上掩护临时医院转移，据可靠情报，鬼子首先集中火力炸掉我指挥部和野战医院。赵富营长命令于剑飞，不惜一切代价保护转移野战医院，特别保护好国民党军医，尤其是提到外科医生欧阳鹿，一定要保护好，这是上级的命令。

当于剑飞带着二十几号人风风火火冲进野战医院时，欧阳鹿医生正给伤员做手术，汗珠子不时从帽子里滚落下来，护士不时给她擦拭着。她戴着帽子、大口罩，只露两只眼睛。于剑飞闯进来时他不知道哪位是欧阳鹿医生，他就喊了一嗓子："哪位是欧阳鹿医生？"

"我是。"声音冷漠，听声音是个女的，来时于剑飞不知道欧阳鹿医生是男还是女。欧阳鹿连头都没抬，继续手术，好像根本没觉察到进来这么些人，即使进来这么些人与她的手术也不相关，她眼前只有她的伤员，别人都不存在。

"请你马上停止手术，"于剑飞说，"随我们转移，敌机马上就要轰炸这里。"

"对不起，"还是没有抬眼皮，"我必须做完这个手术，请你们出去。"口气不容争辩，像命令。

于剑飞环视一下手术台，看着伤员那个翻开的肚子，还有欧阳医生那一双忙碌而又血淋淋的手，他一时还真不知该怎么办了。战士们都端着枪严阵以待，等着他下命令。而于剑飞却按兵不动。这时雷大夯急了，咧着大嘴巴喊："还磨叽啥呀，架上欧阳医生走人啊，上级命令咱们必须保证欧阳医生的安全。上！还等啥呀！"说着就要行动，于剑飞才不听他瞎咋呼，锁着眉头厉声道："听我命令，雷大夯，你带两人，留下保护欧阳医生做手术。于九儿带领其他人员护送转移其他伤员。"

"是！"雷大夯和九儿异口同声回答。

就在这时，飞机已飞到了头顶的上空，所有人都愣了一下，不好，敌机来了。于剑飞大声命令道："雷大夯架机枪打飞机，其他人转移，快！"

雷大夯冲出医院帐篷，双手擎着机枪，一个战士在他身后开枪射击。于剑飞和另一个战士一组，有于剑飞在后面指挥射击，很快就射下一架俯冲的敌机，而雷大夯一组舞扎了半天也没打下一架敌机。九儿正风风火火往车上转移伤员，看见这个战士笨了巴叽就是打不下来，急得雷大夯直喊。九儿把伤员一放，一把扯开那个战士，架着高射机枪指挥雷大夯："高点。"雷大夯把机枪向上一举，"好！"九儿话音未落，一梭子子弹干出去了，没打着。敌机俯冲了下来，九儿喊："放低！"雷大夯腿略一弯，九儿又一阵连发，这回打中了。飞机冒着黑烟弧线形落到地面，在远处爆炸。雷大夯大呼："九儿，好样的，打得好。"又见一架飞机向医院飞来，于剑飞喊："继续防空，保护医院。"这时欧阳医生冲出医院，擎着两只带血的手，她还没来得及摘掉手套："快，快抬伤员转移，手术做完了。"

于剑飞命令别打了，迅速转移。雷大夯和九儿冲进医院，抬伤员。敌机接连扔下几颗炸弹，炸弹在医院周围炸响。一颗炸弹正落在欧阳医生的旁边，于剑飞赶紧扑倒欧阳鹿，炸飞的尘灰土块落在他俩的身上，于剑飞抖一抖站起来，弯腰拉起压在身下的欧阳鹿。欧阳鹿摔得口罩挂在一只耳朵上了，帽子也摔掉了，露出一头的披肩的卷发。欧阳鹿站起来，甩甩头发，那发梢正好扫在于剑飞的脸上，那卷发柔软蓬松，飘逸飞扬，漂亮极了。于剑飞眼前亮了，他只知道欧阳医生医术高明，又严肃冷漠，没想到她竟然这么漂亮年轻。这一愣神的工夫，一发炮弹又飞过来了，于剑飞拖起欧阳鹿就跑。雷大夯和九儿抬着伤员冲在炮火中，欧阳鹿边挣脱于剑飞边喊，别管我，管伤员。她跟跄着自己跑。接着敌机不厌其烦地往下扔炸弹，像沸锅似的炸开了。欧阳鹿身处炮火周围，于剑飞见状又一次扑向欧阳鹿，这回欧阳鹿没挣扎，炮火过后于剑飞从土里扒出欧阳鹿，扳过她的脸，她紧闭双眼，于剑飞在心里说，完了，完了，不会死了吧。他用手试试她的鼻息，还好，还有气。再看手，已被血染红，当时于剑飞的脑子轰地响了，这不完了吗，这手要是废了，那还咋拿手术刀？这可是宝手啊，营长还不收拾死我呀。于剑飞粗略检查了下，好，还好，血是从袖子里流出来的，伤口不太深，于剑飞简单给她包扎一下，背起她就跑。欧阳鹿软软地趴在他的背上，头耷拉在他的肩头，随着跑的颠动，欧阳鹿的脸有时就贴在他的脖子上，一头披肩的卷发倒垂下来，一直垂到于剑飞的胸前，一些头发就拂到于剑飞的脸上。于剑飞背着欧阳鹿在炮火连天的战场上冲刺。他憧憬了一千次一万次英雄救美的场面就这么呼呼啦啦上演了，过程和动作跟他预演的一模一样，只是女主角由丁香变成了欧阳鹿。这人换了，这意思和味道也变了，也就没了心中的那种韵味。就这样枪林弹雨的，也没挡住于剑飞遗憾：可惜背的不是丁香，如果是丁香该有多好，丁香你在哪呢？他背着欧阳鹿，心里一遍遍呼唤着丁香。于剑飞就这么背着欧阳鹿，边在炮火里跑，边呼唤着丁香的名字。

战役过后，于剑飞按上级的命令，到国民党部队医院接新四军伤员归队。于剑飞想这次又能见到那个为了伤员而不要命的欧阳医生了。欧阳医生给他的印象永远是戴着大口罩，站在手术台前，只露着一双美丽而深沉的大眼睛。那眼神永远都是内敛沉静的，抬起头看你的时候又那么高傲。于剑飞是被他的敬业精神而深深打动的，他佩服作为一个女人有这样的敬业精神。记得他把她背回后方医院，她醒来的第一件事就是拔掉手上的输液针，说我要做手术。护士们说欧阳医生你的身体，欧阳鹿说我没事，伤员要紧，快点。完全是命令的口气，说着帽子口罩就戴上了，向手术室走去。也确实有许多伤员躺在床上需要手术，护士迅速给欧阳鹿穿戴整齐，欧阳鹿又站在了手术台前，露在口罩外的那双美丽而又沉静的大眼睛让人不容置疑地相信她——是个好医生，一流的外科大夫。于剑飞看到那双眼睛就想：这样敬业的好军医，如果在新四军的队伍里该有多好，这么想着的时候，他的思绪又回到那个背着欧阳鹿的战场，欧阳鹿软软地趴在他的背上，卷发飘到他的胸前，不时飘到他的脸上，微弱的呼吸时断时续的在他的脖颈处吹拂。现在想来怎么也跟那双沉静冷漠的大眼睛对不上号，感觉倒跟丁香能挨上边。

于剑飞接伤员临回部队的时候又跟欧阳医生见了一面，欧阳医生这回脱掉了白大褂，摘掉了大口罩，穿了身合体而又笔挺的国民党军服。卷发自然随意地披在肩上，显得人更精神更漂亮了。哪像九儿，整天呼啦着一身新四军灰棉袄，离远点根本看不出是男还是女，难怪她怀孕时别人看不出来，上哪看去呀，棉裤肥得能套进两条腿。

于剑飞和欧阳鹿的这次见面，欧阳鹿显得很热情，她主动和于剑飞握手，这是欧阳鹿从来没有过的。她的握手方式也显出了她的高贵和不可一世，她向来是左手标准地垂在裤缝间，腰板拔得溜直，右臂和手伸直于腋下成 30 度角，握手时，当手与手相握时，她的大拇指向来是不动的，只有四个手指象征性地弯曲一下而已。于剑飞向来没遭遇过这样矜持的握手，那还不如不握呢。你看咱们新四军那多热情，即使互相不知姓名，哪怕曾在一个坑道滚过，日后见了面了，那双手握在一起，还不把膀子摇下来呀。欧阳鹿的手即便这样跟于剑飞轻轻一碰，于剑飞也感觉出那双手的魅力，这是一双修长光洁而柔软的手，用冰清玉洁来形容一点也不过分，是一双标准的外科医生的手，不难想象，这样一双手拿起手术刀就是妙手回春。

于剑飞风趣地说："欧阳医生，你今天可真精神。"于剑飞想说漂亮，一抬头碰到了她那双严肃的眼睛，把漂亮两字咽回去了。

欧阳鹿平淡地说："是吗？我还是第一次听到有人这么说我。"

"那是因为你太严肃了。"于剑飞说。

"也许是吧，"欧阳鹿说，"噢？对了，你上次救了我，我还没谢你呢，我现在正式向你道谢！"

"谢啥，我们应该谢谢你，在你的手术刀下救了那么多新四军战士。"

"这是我的职责，我是个医生，伤员就是我的命令，不管他是共产党的战士还是国民党的战士，在我的眼里都是生命。"

"难得你是个女人却有这样的敬业精神，国民党有你这样的军医真是荣耀。"

"新四军也不错呀，那个打下飞机的于九儿，在我们这可传开了，真了不起，枪法可真准，她是你们的狙击手吧？我也真想拿起枪，亲手打日本鬼子。"提到九儿，于剑飞愣了下神，"问你哪，怎么不说话？"欧阳鹿说。

"啊，那什么，"于剑飞回过神说，"于九儿在新四军有女神枪的美誉，其实打飞机不是她的强项，她打这个厉害。"于剑飞做个打手枪的动作，"她也就是瞎猫碰着个死耗子，都怪这小日本太猖狂，飞那么低，他以为那是他们家自留地呢，想怎么飞就怎么飞，没人打他，这不给他削下来了。"

欧阳鹿笑了，说："你说话还挺有意思的。"欧阳鹿这一笑可真好看，于剑飞说："欧阳医生，你这不也会笑吗，我以为你不会笑呢。我们刚接到命令时，以为欧阳鹿是个男军医，没想到是个漂亮的女军医。"欧阳鹿又笑了笑，看起来她的心情很好，她说："我没参军以前叫欧阳小鹿，听着太娇气，参军后就改成欧阳鹿了。"

"还是叫欧阳小鹿好听。"于剑飞说。

"那你以后叫我欧阳小鹿好了。"欧阳鹿脸上带着难得的微笑。

"不行，不行，"于剑飞忙说，"那不太随便了吗？"

"有什么随便的，我们本来都是炎黄子孙，就是这两个党派把我们弄生疏了，我们理应并肩作战，共同对敌抗日，只是两党的领导人有这样那样的想法和意见，所以让日本人钻了这个空子，害得我们迟迟没把日本鬼子赶出中国。"欧阳鹿说这些话，于剑飞真的对她刮目相看，这个女人不但医术高超，而且非常有思想。于剑飞说："目前不是共产党不抗日，而是国民党抗日不够积极。"

"这个问题我们俩就不要争辩了，这不是我们小人物能够定夺的事，目前我们只要知道你我都是中国人，你我曾经是抗过日的战友就行了。"

"欧阳医生，我真敬佩你的理性和严谨，你不应该当医生。"

"那我应该做什么？"欧阳鹿问。

"你应该搞政治。"

"你说错了，我这辈子永远也离不开手术刀，我热爱医学，视医学如生命。我有思想，不等于我用思想搞政治，而是用思想做我的医学。等战争结束了，我第一件事就是到医学院深造学习，我真的没过够大学生活。"说这话，欧阳鹿的表情是愉悦的，但却掩饰不住那份忧郁，这个永远没有笑容的女人，即使笑也抹不去那份愁楚。

于剑飞说："从你的举止气度能看出你的家庭很殷实，你完全可以再读大学，一个女孩子何必卷进战争。"

"可是战争来了，每一个有良知的中国人都不能无动于衷了，战争从没放过女人啊。"欧阳鹿的智慧和思想深深地吸引着于剑飞，跟这位国民党女军医谈话，他找到了自己的落差，给他那颗曾经浮华的心找到了落脚点。跟欧阳鹿的这次谈话，于剑飞的思想在某种意义上得到了催化和启发，这种催化和启发连他自己也不想承认，因为它来自一位国民党女军官，未免有些丢脸。你承认也好不承认也好，这个女人确实跟他所遇到的其他女人迥然不同，她理性、简洁、干练而不乏含蓄，让于剑飞的神经凛然一惊。于剑飞不禁对她侧目而视，这一抬眼，刚好碰到欧阳鹿询问的眼光，"你怎么又不说话了？"

于剑飞说："哦，我在想，你永远是那么郑重其事，举止庄重，语言干练，你真不应该是个女人，应该是个男人，不该从医，应该从政。我想你不应该在国民党队伍里，你应到更适合你、更有前途的队伍里。"

"你的意思我懂，我只信仰这样一个真理，在我手术刀下的不管是共产党还是国民党，都是我要救回的生命。在我的眼里生命至高无上。到目前让我最欣慰的是，就是我是个女人，我喜欢做女人，我喜欢做我自己这样的女人，你懂吗？"

于剑飞不知道怎么回答她，他懂了吗，他真的懂了吗？不，他没有，也许永远也读不懂她，她那双大眼睛美丽清澈，但永远也抹不去忧郁的神情，他无法形容那双眼睛，只好在忧郁的前面加上形容词美丽——美丽忧郁的大眼睛。

临分别时，欧阳鹿送给于剑飞一支勃朗宁手枪。于剑飞说这礼物太贵重了，我怎么好意思收。于剑飞这么说着，却伸手接住了，爱不释手，并没有送还的意思，他喜欢这枪的玲珑剔透。欧阳鹿说你别客气，这是我父亲送给我的，我留它也没有用，我的武器就是手术刀，送给你，到战场多杀鬼子。于剑飞说，你这么说我就收下了，其实我真的很喜欢。

日本人的野心大了去了，他们不但想要亚洲，还想要称霸太平洋。这就不够他们忙活的了，这边他们还在烧杀掠夺，那边他们又在密谋偷袭珍珠港。这一绝密情报传言被中国一位特工所破译，并告之美国，美国当时也许不相信，也许有意不当回事，反正日本人不久偷袭成功。紧接着，美国把一枚叫小男孩的原子弹扔到了日本广岛，它的威力出乎研究人员所料想。这就找到美国人对日本偷袭珍珠港的小道消息不以为然的原因了，终于有了扔原子弹的理由。这是日本人的耻辱，他们总是拿别的国家的人做各种各样灭绝人性的实验，没想到美国的原子弹真真切切地在他们国土上活活生生地实验了一把，迄今为止世界这么多国家，只有日本受此"殊荣"，尝到了原子弹的滋味。可悲的是，实验了一把还不够，日本为了不动摇军心，继续扩大侵略，把广岛的惨剧对国内外封杀消息。美国看日本一颗原子弹没咋地，行，挺刚，再给你来一颗。长崎又遭到了同样毁灭性的打击，这就是日本人的可笑之处，百精百灵的日本人，为了封杀消息，竟没教给国人一点防范措施，甚至有的人看见飞机来了，还像看西洋景似的观看，广岛的惨剧在长崎又重演了一遍。美国扬言，你日本再不老实我就一个劲地给你扔，反正自家产的，有的是。那他是吹牛，其实就三颗，其中一颗做了实验。那时的美国咋吹咋是，谁叫人家是蝎子巴巴——独（毒）一份。小日本这回信了，没想到自己国家也成了战场，再加上中国人民对他不屈不挠的抗战，东北是长达十四年的抗战，生生地也把他拖垮了，中国人民为世界反法西斯战争做出了卓越的贡献。至此，日本不得不向全世界宣布投降。

1945 年 8 月 15 日，当日本天皇向全世界宣布无条件投降的时候，全世界都沸腾了，艰苦卓绝的抗战结束了。

抗日战争结束的时候九儿是想跟于剑飞挑明关系的。她想站在战友们面前，胸前戴着大红花，体体面面地重新跟于剑飞结把婚。她盼望着，盼望着……而现实总是在历练和考验着人们心中最美好的愿望。

九儿和全国人民一样沉浸在抗日战争胜利的喜悦中，最主要的是九儿以为战争结束了，和平了，她可以和她的于剑飞双栖双飞，过日子。她不就盼着这一天吗？这一天终于来了，苦巴苦结的，跟着于剑飞枪林弹雨的，总算熬出头了。九儿想，于剑飞在革命队伍里锻炼了这么长时间，也有了一定的觉悟，是个顶天立地的男子汉了，不再是个孩子，他会觉悟到他是个有老婆有孩子的人了，他会为她负责的，会给她一个家。

九儿找到了于剑飞，说我想跟你谈谈。于剑飞见到她就有点打怵，从心里往外地反感。他知道九儿找他不会有什么好事，除了谈他俩那点见不得人的私事还有啥？这赶走日本鬼子刚消停点，她又开始折腾。于剑飞很有抵触感地说，有啥好谈的。九儿看了眼于剑飞那张拉得挺老长的脸，心里也不好受，自从有过"那事"，他就没给过她好脸，见到她就拉着脸，好像谁该他八百吊似的。于剑飞寻思不给她好脸，她也就知趣而退了，女人嘛，都脸皮薄。九儿却不这么想，我要依着脸皮薄这辈子也别想得到你于剑飞，我在你于剑飞面前还有什么脸面，面子是什么？当吃？还是当喝？还是当日子过？我现在要的是丈夫，不是面子。九儿才不看于剑飞的面儿高低呢，她要把她想说的话说出来才是正事。

就在九儿想说没说的时候，好多战士向他俩这边探头探脑，于剑飞就说："九儿，以后没事别老来找我，你看同志们都向这边看呢，你没事就走吧，影响不好。"他不这么说还好点，他这么一说九儿真来气了："你怕影响了，我这些年不也没说啥吗，可我们已经……你叫我怎么办。"

于剑飞皱着眉说："你小点声，有什么事你说吧。"

九儿看于剑飞口气软下来了，也就心平气和了："剑飞，你看，日本鬼子赶走了，全国人民都过太平日子了，你看咱们是不是也该在一起生活了？"说这话她心里也没底，也心虚，她小心翼翼地试探着问，生怕于剑飞发火。于剑飞听到这个问题，脑袋瓜子嗡就大了，越怕啥来，啥越来。于剑飞觉得与其这样旷日持久地为这件事闹心，不如今天直言不讳地告诉她，让她彻底死了这条心。于剑飞倒出乎九儿的预料，没有发火，出奇地心平气和，说出的话听上去和风细雨，但每个字像颗颗子弹在九儿的心里炸响："九儿，这话我早就想跟你说了，一直找不到合适的机会，今天你提到了这个问题，我就把话说开了。九儿，我不想耽误你，你那么想成家，过自己的小日子，可我给不了你一个家，我也不想成家，你就死心吧，我不会和你在一起生活的，你另选其人吧。"于剑飞看她有点愣神，怕她不明白，又强调一句："也就是说我永远不会做你的丈夫。"

九儿眼里衔着泪，一字一板地说："好，好，好你个大少爷，真让雷大夯说着了，你就是瞧不起我们穷苦人民，你是拿我当猴耍呀。我在你们于家苦巴苦结地，从小就伺候你，做你的童养媳，就盼着你长大，我好有个出头之日。我那么尽心尽力地伺候你，没有功劳也有苦劳，你就是块冰我也焐热了，你生活上哪件事离开我能行，现在你翅膀硬了，想甩了糟糠之妻，于剑飞你不该呀。"他们的谈话又演变成童养媳对地主少爷的控诉，九儿故意这么歪曲于剑飞，其实她更爱现在的于剑飞，胜过过去的大少爷。

于剑飞被她这一控诉，都不知道怎么说了，他觉得九儿说的都不在理上，细合计又都在理上。你挑不出毛病，但毛病又大去了。最后于剑飞给她下结论，强词夺理。特别听到"糟糠之妻"，哎呀，咋那么硌耳朵呢，听得于剑飞直咧嘴，咋说出口的，啥时候跟她"糟糠"过。这九儿怎么变成这样了，简直不可理喻，太难缠了。

于剑飞想我不能让她牵着鼻子走，我得跟她说明白了。于剑飞说："九儿，我知道你过去吃了不少苦，你当童养媳，也不是我逼的，那时候我也很小，跟我没有关系。现在我们不是正在砸烂和废除这些不合理的事吗？什么童养媳呀，什么大少爷呀，在队伍上这些事都摆到桌面上，坚决废除。我们以后不提行不行？"于剑飞尽量耐着性子给她讲大道理。

九儿可不是那么好哄的，她不吃那一套："怎么与你无关了？我是给你当童养媳，我从小就是你的媳妇，长大了更是你的媳妇了，你不承认不行，不行咱回屯打听打听，谁不知道。"听了她的话，于剑飞真是气得哭笑不得，他无可奈何地说："九儿你怎么就听不明白呢，你怎么就盐津不进呢？你是我的童养媳，这不假，但我不爱你，是童养媳不等于将来是夫妻，你知道吗？"

"你刚出来几天你就学会爱了，"九儿把爱字咬得很重，听上去咯吱咯吱响，"你居然敢说爱了，还那么不嫌害臊，你革命就革出这点出息，于剑飞呀，于剑飞，白瞎了你一肚子文化。"

"这跟出来不出来没有关系。"于剑飞都不知道该怎么跟她说了。

"没有关系，那你以前咋没这样说呢？"

"因为以前你没这样逼我，没哭着喊着做我的媳妇。你现在简直太可笑了，不懂一点道理。九儿，我再告诉你一遍，我不爱你，我们不可能成为夫妻，好了，我还有事，你先回去吧。"

九儿算听明白了，单撇开大少爷和童养媳这层关系，他们已经"那个"了呀，他不会把这个都忘了吧？好，你忘了，我提醒你："于剑飞，好，我们不提童养媳的事，但我们已经……"九儿低头，声音很小，"孩子总承认是你的吧？"九儿尽力心平气和，不想撕破脸皮。可于剑飞不识好歹，居然大着声发火："别跟我提这档子事。"

"可那是事实。"九儿步步紧逼，就有些不相让了。

"只是一场梦而已，一场最荒唐的闹剧。"于剑飞无力地靠在椅子上，连他自己也觉得这样的话说出来一点说服力也没有。

"你现在说荒唐了，没有这个荒唐也许你还魔怔呢。你还革命？你还当英雄？你还当新四军的官？"

于剑飞呼地站起来说："九儿就算我对不起你，咱们的道路还长着呢，你会寻找到你另一份幸福，就把我忘了吧，从头来还来得及。"

九儿听明白了，他于剑飞就是不想要我了，那好吧。她从挎包里拿出那条白褥单，哗啦抖开，举到于剑飞的面前，就那么哗啦啦地抖着，那白褥单上的落红就像一朵朵的桃花在于剑飞的眼前绽放，绽放……"你说不算数，这是啥？这是你干的好事，你把事做了，现在不认账了？孩子是谁的？是不是让我把他带来找首长啊？于剑飞呀，不是我逼你，是你逼我，我实在没法了就这么做。"

于剑飞脑门的汗唰就出来了，天哪！这九儿是有恃无恐啊，关键时候她就拿出她的撒手锏，准能把我杀得落花流水。于剑飞一时哑然，九儿就那么看着他，那意思就是，我看你还有什么可说的？于剑飞确实没什么可说的，事实胜于雄辩。他就不明白了，识文断字的他，怎么就逃不出九儿的手掌心？她可大字不识一个呀。男女的事说简单，也很简单，道不同不相为谋，就这么个道理，可九儿不管"同"不"同"，就想跟他在一起"相谋"。九儿不是不想放过他，她太爱他了，非在他这棵歪脖子树上吊死不可。为什么？不为什么。于剑飞烦恼透了，他闭着眼睛，一句话都不想说。九儿瞅准了机会，以动治静："我走了，去找首长。"

"等等，"果然奏效，于剑飞睁开眼忙说，"给我一点时间。"

"好吧，晚饭之前我等你回话。"九儿说完走人。

于剑飞望着九儿远去的身影，感慨万千，过去那个怯懦的童养媳不见了，她现在已蜕变成尖刻偏颇的于九儿了，她现在敢冲撞和质问我，在以前她是不敢的，她敢对她的大少爷发火吗？借她俩胆她也不敢。现在好了，她不但敢发火还学会威胁了，她真的没白出来革命。唉，就不该把她带出来，都是那个不知天高地厚的雷大夯干的好事，非得要把她带出来，这回好了，给自己带出一个枷锁。雷大夯你个蠢货，既然你喜欢她你为什么不进攻？为什么把她留给我？雷大夯你个蠢货，你个傻瓜，你个……骂着骂着，骂出了灵感，对，找雷大夯，让雷大夯做九儿的思想工作，雷大夯相比九儿还好对付点。我先晓之以理，动之以情，做雷大夯的思想工作，这小子好蒙。于剑飞倒是不怕九儿把这件事捅出去对他前途有什么影响，他是怕一旦九儿把这件事捅出去，他就再也挽不回来了，他和九儿的事就成定局了，那他和丁香怎么办？那和丁香再也没有希望了。他是那么爱丁香，谁也无法阻止。他目前唯一的办法就是在他们三人当中秘密地把这件事解决了，他和九儿的事能拖一天，他和丁香的事就接近一天，希望就多一天，否则他和丁香的事就全会泡汤。

这么想着，于剑飞就去找雷大夯了。雷大夯正在擦枪，雷大夯看见于剑飞说："哟，大少爷，有啥事？"

"你说话注意点。"于剑飞说。

"这不是没人嘛。"雷大夯嬉皮笑脸。

于剑飞说："雷大夯，走，出去走走，我有话跟你说。"

"跟我有啥说的？"雷大夯咧着嘴问。

"少废话，走。"于剑飞扯着他就走。

他俩走到营区没有人的地方，于剑飞来了个先发制人："雷大夯，我说不让你带九儿出来，你非不干，咋样，革命革得她比谁都自私，这不，她又想跟我在一起过小日子。"

"她跟你一起过天经地义，这有啥可说的，有啥不对的？"

"她不是那么回事，看赶走了日本鬼子，她就有了享乐思想，大有让我回老家当地主、她当地主婆的嫌疑，准备继续压迫穷人。"于剑飞说得跟真事似的。

"她是这么说的？不会不会。"雷大夯瞪圆了眼睛。

"最起码她有这个意思。"于剑飞不急不缓，任凭雷大夯着急。九儿进步与否好像跟他雷大夯有多大关系，沾到九儿的边，他就急得没法，他就这么傻帽儿，没治了。

"那我得说说她。"雷大夯站立不安地说。这就达到了剑飞预期的效果了，不用于剑飞动员，他主动请缨，于剑飞给他个套他就钻。

"你还不能说她这个呢，她现在可爱面子了，不愿意让人知道她有这种不良思想。"于剑飞继续扒瞎。

"那我怎么说？"

"你等会儿，等我把话说完了，"于剑飞瞅准了机会，雷大夯越着急他不急，"你看咱们部队这种情况，像咱们营长、团长乃至首长，都没有媳妇，还都打光棍呢，你说我一个小连长，整天搂个媳妇，像什么话，让不让人家笑话。人家会这么说，你看，雷大夯的老乡于剑飞，真没出息，刚赶走了日本鬼子，他就搞个人享乐。丢的不是我的脸，是你，谁叫你是我老乡来着，你说是不是？"于剑飞这么一通晓之以理，动之以情，雷大夯就激动了。关键是于剑飞扯上了他一条腿，他就不知道北了，觉得自己了不起了，自我感觉良好。那于剑飞都这么看重我，别人还有什么可说的。虽然他表面上不服于剑飞，但他骨子里是最折服于剑飞的，甚至在他的心里于剑飞很高大，很有位置。他在某种意义上总是自觉不自觉地服从于剑飞，只要于剑飞给他一点肯定，他就有莫大的成就感。这种感觉根深蒂固，想改也改不了。这回于剑飞因为九儿给他戴高帽，马上就气涌胸肋，说："九儿怎么搞的，挺识大体的一个人，鬼迷心窍了，"一副重任在身的样子，"于剑飞你说，我该怎么劝劝九儿？咱们一起出来的，理应共同进步。"

"对喽，这话唠到点子上了，大夯，觉悟挺高嘛，进步挺快呀。"于剑飞拍着雷大夯的肩，那口气就像首长夸自己的警卫员。

"嘿嘿。"雷大夯很谦虚又很自豪地笑了两声。

于剑飞看火候到了，就趴在雷大夯耳朵上一阵嘀咕，雷大夯听了，一个劲地点头说行行，我就这么说。

到了吃晚饭的时候，雷大夯端着碗跟九儿蹲在一起吃。俩人说了些别的无关紧要的闲话，九儿还是很关心雷大夯的，说在外革命，自己要照顾好自己，身体是最重要的。接着九儿话锋一转，她想跟他说说她和于剑飞的事，她也豁出去了，也不再顾及于剑飞的前途了，我光顾及他，他也不顾及我呀，她做了最坏的打算，饭后她再问一次于剑飞，他再不同意她就去找首长，大不了一块回老家。所以，她想借这个机会嘱咐雷大夯几句，毕竟生死兄弟。她对雷大夯说："大夯啊，我不能事事处处跟着你，以后我照顾于剑飞的地方要多一些，现在鬼子走了，于剑飞如果不愿意留在部队上，我就和他回老家过日子，他如果愿意留在部队上，我也不走，反正我们俩死活要在一起，我们俩的情况这你是知道的。就是苦了你，你一个人没着没落的。我现在就想跟同志们公开我和于剑飞的关系，早晚的事。要不我也想找你谈这件事，正好你来了。"九儿今天就抱定了一条心，你于剑飞如果不承认我，我就撕破脸皮找领导，不管领导怎么处理，哪怕把你开除了或让你蹲大狱我都跟着你，绝不动摇，只要能跟你在一起，怎么样我都认了。所以她要跟雷大夯说这些，也让雷大夯有个思想准备。雷大夯听了，心想，九儿呀九儿，你确实变质了，我再不拉你一把，你会离革命队伍越来越远，就为了一个臭于剑飞你大好的前程都不要了，值吗？雷大夯把于剑飞事先教他的话在心里复习了一遍，他觉得还行。他语重心长地说："九儿啊，不是我说你，你放着大好的前程你不走，专往死旮旯走，你说你，在革命队伍里刚有起色，你就打退堂鼓，为了于剑飞把自己的前程毁了不值。"

"我也想在革命队伍里好好干，可他于剑飞压根就没打算跟我过日子。"

"过日子，过日子，你怎么跟其他女人一样呢。光看眼前呢，怎么光盯着自己家的小日子不放。没有于剑飞，还有像我这样的人，舍家撇业出来打鬼子，那日本鬼子能赶出中国吗？"

"这些我都懂，我就怕他在外面时间长了，更把我忘了。"

"他敢，有我做证，我向你打包票。"雷大夯拍得胸脯啪啪响。

"就怕到时候你也不管用了。"

雷大夯一拍胸脯："不能不能，他现在可听我的了，很重视我的意见，你的看法是老皇历了。"于剑飞给他个棒槌就当真（针），给他个甜李子就蜜三天，让于剑飞唬得一愣一愣的。

九儿不相信地看了看他，说："我反正拿定主意，我和小胜利不能没有着落。"

"你看你这人，怎么说你都不听呢，"雷大夯有点急了，"再者说了，这才哪到哪呀，仗还在后头呢，你就想着个人的享乐了？这可不是咱穷人家孩子的做派。你看咱们营长、团长还都打光棍，你让于剑飞一个小连长在队伍上整天围媳妇转，这像什么话嘛。"雷大夯今天说话的口气跟平常不一样，跟换个人似的。他把于剑飞的话原封不动地照说了一遍。

九儿更加不相信看着他，她觉得雷大夯今天说的话，谁都像，就不像他自己，听着挺别扭，但句句是大道理，挑不出丁点毛病。九儿疑惑地问："我怎么听你说话不像你说的呢？"

雷大夯也瞪着眼睛疑惑地反问："咋地？你听出来了？"真是此地无银三百两，他自知这句话说错了，忙打马虎眼，"咋地，瞧不起谁呀，我好赖不济在革命队伍里待这么长时间了，没见过猪肘，我还见过猪跑啊，在革命队伍里就是熏也熏出个政治家了，进步了呗。"

"说了半天，就这句话像你说的。"

"你看你又小瞧我了不是，我再给你整点真事，"雷大夯又把于剑飞教他的话照说了一遍，"谁说打完了鬼子就没事了，马上就要打老蒋了，这老蒋妄想夺取胜利果实，我们能答应吗，绝不能。"

九儿也被他这句话蒙住了，打仗的人对打仗的消息特别敏感："真要打仗了？你可别瞎说。"

"那还有假？你要绝对保密呀，这是纪律。"

"我能瞎说吗，我绝对保密。"

雷大夯也压低声音："部队马上就要开拔了。"雷大夯整得跟真事似的，其实这些都是于剑飞蒙他的。

"是吗，"九儿若有所思，"那我得跟着走，你和于剑飞到哪我跟到哪。"

"这就对了，于剑飞说了，如果你跟他公开了身份，那你就是家庭妇女了，部队去打老蒋就不能带你走了，你肯定留守。"雷大夯话一出口，就后悔了，这不说漏了吗？他扇自己一巴掌，悔得在地上转圈。这二十四拜都拜完了，就差这一哆嗦了。

九儿气急败坏地指着他："好啊，你和于剑飞串通好了来骗我。"

雷大夯后悔不迭："我怎么就给说露馅了呢。"

九儿拉着脸："你以为我听不出来呀，于剑飞给你装枪你就放炮。"

雷大夯看也没法抵赖了："是于剑飞装的枪不假，可是他确实说得有道理，说的也是实话。九儿我看你暂时就别折腾，以大局为重。有些话他不让我跟你说我都跟你说了，比方说打老蒋的事。"

九儿不想说什么了，她倦了，累了。既然她生命中两个最重要的男人都反对这事，那一定有道理。她不想再坚持了，可她心里很难受。她哭着跑到没人的地方，想大哭一场，一张嘴唱出了声：

　　姐儿去看戏啊……女婿把她搀……

每当她唱起这首歌，就想起她和于剑飞在老家的点点滴滴。他们在李子树下戏耍，早晨送他上学。她不知道这辈子遇到于剑飞是幸运还是悲伤，她也是个女人，需要爱抚和温暖，但这爱抚和温暖，她不要别人的，她只要于剑飞的。于剑飞是她一生最爱的男人，今生今世都不会改变。她想让于剑飞给她一个家，给她和孩子一个家。她承认当时有那事她是情愿的，她也有责任，那也是因为爱他呀。但她在于剑飞面前绝不承认自己有责任，那样于剑飞更有话说了。可事已至此，她只好把和于剑飞在一起的事放一放。她抹把眼泪，想，没啥了不起的，于剑飞早晚会和我在一起，他跑了和尚跑不了庙。她有这个信心和决心，小日本不是打完了吗，老蒋也有打完的时候，到那时候看你于剑飞还怎么说。

第四章

———

在血与火中成长

（一）

　　还真让于剑飞说着了，部队真要开拔了。雷大夯更佩服于剑飞，神通广大。最闹心的是九儿，并没像于剑飞说的那样，只要不把她和于剑飞的事说出去就能跟着部队走。团首长决定让于九儿留下，指导员吴限找她谈的话，吴限说这次部队往北方开拔，很艰苦，你就不要跟着部队走了，一个女人家，好好带孩子吧。九儿说不行，我说啥也得跟部队走，你要是不同意我去找赵富团长（赵富由营长提为团长），团长最了解我，过去我是他的警卫员，我就不信他就舍得甩掉我。吴限说实话告诉你吧，赵富团长让我跟你谈话。九儿不死心地问团长是怎么说的。吴限说：团长说那时候你是男的，现在你是女的了，留在部队很不方便，特别像咱们野战部队，条件艰苦，南征北战的，不适合女同志。九儿说我是女的枪打得就不准了吗？我是女的就不能打仗了吗？我过去又不是没参加过战斗，我战斗英不英勇你们又不是不知道，凭什么部队就不要我了？吴限被她说活心了，说可不是咋地，你说得也在理，可这是团里做的决定，我也作不了主。我也挺佩服你的枪法，男同志未必能赶上你，我是希望你留在咱们连，再说你思想各个方面都积极要求进步，可我也没办法呀，这事整的。哎，你咋

92

把于剑飞得罪了，这事还是于剑飞反映的，其实他向我提出好几回了，说咱连不要女的，都让我给挡回去了。最后吴限说，九儿你真想跟部队走，别跟我这磨叽，你去找团长，他咋说也是咱们的老营长，我估计能给你这个面子。拿出你们女人的绝招，一哭二闹三上吊，上吊倒不必，但这三样你拿出哪样都够团长喝一壶的，我们男人最怕这些。

九儿心想，好啊，你个于剑飞，你越不让我跟你走我越走，你想甩掉我没门，我就不信那个邪了。她把孩子托付给老乡，横下一条心，坚决跟新一团走。她找到赵富团长，没哭，没闹，没上吊。甩着一头短发，英姿飒爽，无所畏惧，她把来新一团的"丰功伟绩"列举了一番。她的自我标榜，赵富团长不但没生气，还眼前一亮，嘿！这九儿变成个小女兵更精神了，更有个性了。末了，九儿还把毛主席搬出来了，毛主席说一切被压迫的穷人都起来革命。团长，我是不是属于被压迫的穷人？毛主席没说被压迫的女人不准革命。团长说毛主席真这么说了吗？九儿就急了，毛主席说的话你都忘了？九儿就差没说你也配当团长，说着她就去翻团长桌子上的书，你不是不信吗，非给你找出证据不可。其实九儿她自己也叫不准，毛主席到底说没说过这句话，她也没有把握到底能不能找到毛主席说的这段话。她也不识字，完全是道听途说、东拼西凑。团长说得了，你可别翻了，回头你翻不着，又该说我连毛主席的书都没有，这过错我可担不起。九儿说新一团是她一生的依托，她绝不离开，新一团走到哪她跟到哪，其实她心里想得更多的是于剑飞，她要跟着于剑飞，哪怕上刀山下火海。后来团长同意了，说不就一个女兵嘛，还这么优秀，有啥了不起，走，跟着走，谁也没有权力剥夺你革命的资格，这样吧，你上卫生队吧。九儿说他的手天生就是拿枪的，拿不了扎屁股的针，她要和战士们共同冲锋陷阵。她真正的目的还是和于剑飞、雷大夯并肩战斗。

1945年9月毛主席党中央确定了"向北发展，向南防御"的战略方针。

新一团随师向东北开进。虽说军令如山，可是好多战士都是当地人，他们始终在这一片战斗生活，习惯了，你让他们到大东北去，谈何容易。一些战士闹情绪，发牢骚。政治处主任把这种情况向团长汇报了，团长说这有啥难的，全团集合，我讲两句。

全团战士黑压压地站在了营房前，赵富团长威武地站在队伍前面，用洪亮的声音说道："同志们，我们是革命的战士，是军人，军人以服从命令为天职。

毛主席党中央确定了向北发展，向南防御的战略方针，我们坚决执行，我们就要向东北开进了。"团长的情绪放缓和了些，"有些同志恋家情绪很浓，这是可以理解的，人之常情嘛，谁不爱自己的母亲，谁不爱自己的家。"声音又提了上去，"可是同志们，没有国家哪有小家。九一八事变，东北三省被日本鬼子占领，多少东北人流离失所，背井离乡，难道他们不爱自己的家吗？"声音更大了，"不，家没了，家被鬼子占了。所以我们为了保住小家，必须为国家去战斗。没有国家就没有主心骨，没有国家就没有精神，没有国家就没有为之战斗的目标。抗日战争胜利后，国民党妄图夺取胜利果实，我们不能给他一点可乘之机。是不是同志们——"

"是——"队伍里异口同声。

团长继续发言："在我们这支队伍里有个榜样，她是我们的榜样，是我们男人的榜样，她就是于九儿。"于剑飞一愣，雷大夯也一惊，他俩不约而同地互望了一眼，又怕对方发现似的马上把眼神收回，一起看向九儿。九儿也瞪着不相信的眼睛好像在问，是我吗？没等他们弄出个所以然来，团长喊："于九儿出列！"九儿就雄赳赳气昂昂地立正站在了队伍前面。赵富今天文如泉涌，他像作诗一样地高声颂扬："她，一个小女人，一个小女兵，矮你们一头，瘦你们一圈，就是她曾打下日本鬼子的飞机，她曾在鬼子的枪口下救过我的命，她曾在出色地完成阻击任务的情况下，在枪林弹雨中生下一个儿子。这是多么激动人心的事啊！同志们！她，是个女子，却是伟大的母亲，她，是个战士，却是巾帼英雄。"于剑飞听着，浑身一层层起鸡皮疙瘩，他心骂，赵富啊，你可真是瞎了眼了。可惜，赵富团长听不到他的心声，继续赞扬："就是她，我们考虑到她是个女性，就不要跟着部队遭这份罪了，可她三番五次地找到我，非要跟部队走，非要跟同志们冲锋陷阵。"赵富说到这，一个前进的挥手，把他的讲话推向了高潮，同志们爆发热烈的掌声，赵富向队列摆摆手："一个女同志尚且有这样的雄心壮志，难道我们男同志、我们男爷们儿就没有这样的雄心壮志吗？"继续挥手前进。

"有——"同志们喊。

"大点声。"团长吼道。

"有——"战士们更大声。据说大声吼能长士气，果然长士气了，雷大夯带头喊口号："打倒蒋介石，解放全中国！"口号雷鸣般地响彻在于剑飞的耳畔。

九儿的执着，极大地鼓舞了战士们，起到了带头作用，让那些眷恋家的人自觉惭愧。团长让她讲几句话，九儿此时是激动难抑，大脑一片空白，哪还有什么词要说呀，她憋了半天，迸发出："跟着毛主席，跟着共产党，跟着咱们的队伍，跟着咱们的团长，向前！向前！永向前！前进！前进！再前进！"战士们又爆以热烈的掌声。九儿通过这次自我标榜收获不小，真是因祸得福，歪打正着。

部队在清晨出发了，九儿是在孩子的哭声中出发的。临出发前，于剑飞也和九儿、雷大夯一同来看孩子，于剑飞就站在老乡家的门外，始终没进屋。这个孩子从出生到现在，他都没正眼看过，如果这是雷大夯的孩子，他肯定很稀罕，会抱着孩子亲热，可他不是，他偏偏是他于剑飞的孩子，于剑飞打心眼里无法接受。他认为生命是神圣的，不能来半点随便和荒唐。他也想到过孩子，可他的孩子绝不是这个九儿生的小胜利，应该是丁香生的，应该是他和丁香爱情最完美的结晶。于剑飞还没狭隘到对一个孩子产生敌意，他也很想看看孩子，他也很喜欢孩子的名字——胜利。两个没有文化的人，能给孩子起这么响亮的名字，实属不易，破天荒了。他不看孩子的原因是对孩子母亲有抵触情绪，他不想给孩子母亲以可乘之机，如果他对孩子亲热，九儿就会借题发挥，会认为是对她好，是他于剑飞良心发现，就更不会放过他。这个人喜欢自我标榜，她认为给于家生了个大儿子，她就会自豪得了不得，她就飘飘然了，不知道自己是谁了，就会认为天下的女人只有她一个人会生儿子。这个人一向喜欢夸大其词，你没看赵富团长都让她唬住了吗。

小胜利咿咿呀呀会说话了，正招人喜欢，九儿和雷大夯在屋里跟孩子亲热不够，临出门，老乡抱着孩子说："胜利，跟爸爸妈妈再见，喊爸爸、妈妈。"老乡误以为雷大夯就是孩子的爸爸，没法不相信，瞅他比亲爹还亲呢。

小胜利这会儿还真听话，张着小手奶声奶气地喊雷大夯爸爸。这一声爸爸喊得，喊得雷大夯激动不已，他心里呐喊，老天不公啊，我们怎么看都是一家人，为什么偏偏不是，这是为什么？从这一声爸爸开始，胜利始终管雷大夯叫爸爸，直到他懂事为止。于剑飞看老乡抱着孩子出来送九儿和雷大夯，他转身走了，与其说他不愿见孩子，还不如说怕见孩子，他的铁石心肠都是做给九儿看的。

部队向北走，越走越冷。为了迅速到达指定地区，部队在山区每日行程45

公里以上。连续行军使战士们体力减弱，单薄的棉衣抵不过塞外的寒冷，有的战士冻病了，缺医少药，有死在了路边的。战士们鞋穿坏了，脚趾头露在了外面，九儿自己冷得直哆嗦，还兼着宣传工作，她时常站在队伍的旁边鼓励战友们，其实她不用说什么，战士们只要看见她还有什么可说的。一个女同志能行，难道我们大老爷们不行吗！战士们最怕人家说连个娘们都不如。

于剑飞死看不上九儿这一点，窝头翻个——显大眼。但雷大夯欣赏，在他眼里九儿浑身是宝，佩服得五体投地，比于剑飞强一百倍，夸九儿成长进步得快。于剑飞虽然当了连长，但他从思想上还是转不过弯来，他今天遭这么大的罪到底是为什么？但他绝不放弃，他要上战场，要再见到他的丁香，他要立大功，他的丁香就会来报道他，给他照相。每当想到这，他浑身就有一股劲，他的这股劲带动了全连的行军速度。战士们都羡慕，因为他们连有个能干的女排长，有的战士认为四连的行军速度来自于这个女排长身上。

于剑飞的搭档指导员吴限，刚从兄弟部队调来不久。他是个富家子弟，于剑飞的家跟人家比起来，充其量也就是个农屯的小财主。吴限的父亲是天津的大资本家，日本鬼子进中国时，他和他的恋人在南京一所医学院读书。恋人是南京一位富商的女儿，恋人的家父让他俩一同去上海读书，吴限不同意，他说家都没了还读什么书，我们青年人要拿起枪，和日本鬼子抗战到底。他弃笔从戎，为这恋人和他大吵了一架，和他分手后随父亲去了上海租界。听说吴限卷了家里一大笔钱，开始是去了国民党队伍，后来到了共产党队伍。为了和自己剥削阶级家庭划清界限，他到了共产党的队伍就把自己的名字由吴楚寒改成吴限，意思就是，参加了共产党的队伍就有了无限的前程。于剑飞就纳了闷，他怎么也理解不了吴限，他想，如果丁香带我去租界我肯定去，有时他也觉得自己没觉悟，思想落后，被一个黄毛丫头迷得神魂颠倒，可他阻止不了自己。于剑飞死看不上那种假模假样的人，他觉得吴限就是这种人。他们连还有一个让他最讨厌的人，那就是二班长黑子，属猪的，就吃没个够，你说他傻？爆破谁也赶不上他，你说他精？整天嘿嘿的像缺根弦。

吴限在这行军路上就没消停过，这一路折腾，一会儿替体弱的战士背枪，一会儿问寒问暖，把自己舍不得穿的新鞋给战士们穿，自己宁愿挨冻把衣服给战士穿。九儿更能嘚瑟，休息时为战士们缝补衣服，有的战士感动得直流泪。雷大夯整个一个鹦鹉学舌，恨不能长出三头六臂，把战士们的包啊枪啊都由他一人扛着，直到他身上不能再放下任何东西，累得他像老牛拉破车，直喘粗气，活该！还别说，被这三个人这么一激励，全连无一人掉队，无一人冻伤，四连成了全团的榜样。吴限指导员还提出口号："团结互助，共渡难关，发扬红军艰苦奋斗的精神，坚决完成任务。"这口号变成了全团的口号，在这种高昂士气的鼓舞下，战士们加速了行军速度。

就在快要到达目的地时，九儿因劳累过度病倒了。九儿生了孩子之后，营养跟不上，部队的条件艰苦，就没把身体养好，自然就没有奶水，干瘪的乳头孩子怎么也吸吮不出奶水，孩子脸憋得通红，气得哇哇大哭。九儿心疼得不知掉了多少眼泪，这些她都挺过来了，她没向组织伸手和诉苦，伸手也白搭，同志们也是衣不遮体，食不果腹。有的战士把他们舍不得吃，也不知从哪淘换来的鸡蛋，当宝贝似的送给九儿，九儿舍不得吃，蒸成鸡蛋糕喂孩子。想到这些，她就觉得对不起孩子，心绪油然而生：小胜利，我的孩子，不是妈妈心狠，是妈妈没有办法。妈妈是军人，军人就要行军打仗。妈妈是为了你们打天下，将来你会过上比妈妈好的日子。思念孩子、行军打仗，这些苦她都能忍受，她最不能忍受的是于剑飞对她的冷若冰霜。她就弄不明白了，就是块石头她也焐热了，就是座冰山她也融化了，偏偏暖不过他那颗心。这次行军路上，她定要好好表现，因为她是团长树的榜样，她要对得起榜样这个称号。这次行军异常艰苦，九儿体力严重透支。开始九儿咬牙坚持不说，雷大夯看出来了，就架着她走，后来架着走都走不动，她躺在了担架上。雷大夯说九儿你要挺住啊，就要到目的地了，生小胜利那会儿你都挺过来了，这行军算个啥？九儿咧嘴笑着，说我没事，死不了。九儿是坚强的，别看她嘴硬，她知道自己可能不行了。不行就不行，就这样悄悄地死去，别给同志们添堵，特别怕雷大夯受不了。光艰苦还好说，路上总能遇到国民党队伍的袭击，还有一些各自为政、叫不上名的散兵勇将、胡子土匪，部队是防不胜防。

部队走到一个路口，改走山路。因为这一片敌情特别多，敌情又复杂，部队无心跟他们周旋，更不能恋战，我们的目的是要保证部队实力，按时到达目的地。说是山路，其实根本没有路，就在林子里穿，遇到太难走的地方，就自己开路，那真是遇山翻山，遇河蹚河。敌人就是这样，你不理他，他认为你熊，蹬鼻子上脸，追着你打。所以部队就是在山里走也要加快速度，把敌人尽快甩掉。战士们一个人走就够艰难的了，再抬着九儿，她几次提出来把她放下，她不走了，她不想拖累同志们。雷大夯说，你就别瞎想了，我就是拖也要把你拖到东北，绝不会把你一个人留在这里。雷大夯始终抬着她，谁换他他都不换，坚决把你抬到目的地。大冷天的，汗珠子像黄豆粒般从他脸上滚落下来，棉帽像蒸馒头似的冒着热气。九儿看在眼里，疼在心上。她恨自己，恨自己不争气，早不病晚不病，偏偏这时候病。雷大夯怕她丧失生存的勇气，不断跟她说，九儿加油，加油！坚持，坚持！最后他连说话的力气都没了，他就跟她挤眉弄眼，告诉她我还在乎你，我还支持你，你不是我们的累赘，至少我需要你。九儿懂，她和雷大夯是那么默契，他的一个眼神她都会心领神会。九儿就病成这样，于剑飞都没跟她说一句话，九儿也没要求他对自己怎样关心。

　　直到要翻过这座大山，九儿才下了最后的决心，她要留下，不跟部队走了。别说抬着担架过山，就是单人过都困难。九儿知道自己不行了，她再不能拖累同志们。特别是雷大夯，她望着雷大夯那张憨厚的脸，默念着，大夯啊，九儿这辈子对不起你了，就算欠你的，让我来世再报答吧。死倒不怕，我有句话要跟于剑飞说，这一路上他就没理过我，这最后的一面他会来见我的。九儿想到这，在担架上挣扎着抬起头说："大夯，我……我想……见……见剑飞，我有话要对他说。"

　　"好，你等着，我去叫他。"雷大夯说着把担架交给别人，向队伍前面跑去，于剑飞始终走在四连的最前面。雷大夯气喘吁吁跑在于剑飞后面，于剑飞没停下，雷大夯就喊："于剑飞。"于剑飞头也没回地说："你跑这来干啥？不抬担架？"

　　"九儿要见你，她有话要对你说。"

　　"咋那么多事，也不看这是什么节骨眼上，告诉她我没有时间。"于剑飞说这话还是没回头。雷大夯有点急："你快去看看她吧，她快不行了。"

　　"你哪那么多废话，回到你的位子，抬着她，跟紧队伍，继续前进。"于剑飞话音冰冷，面无表情，目视前方，昂首挺胸，阔步向前。就是没商量的余地。给雷大夯都气结巴了："于……于剑飞你什么人哪，没……没人性。"

　　雷大夯又跑回九儿的身边，默默接过担架，没吱声。九儿投来询问的目光，雷大夯知道，她在等他回话。他跟她说什么呢，他无法回答这个可怜的女人。他能说于剑飞这个鳖犊子他不来，他是个冷血动物，他根本就不想见你，那不是盼着九儿早点咽气吗，九儿听了，还不得气死在担架上。别看雷大夯心粗，那是分跟谁，跟九儿心细着呢，他安慰九儿说："他忙，领着队伍呢，有啥话，咱到目的地再说，啊。"雷大夯像哄孩子。九儿眼睛一闭，滚出了两滴泪，心说，我的傻兄弟，你姐怕是到不了目的地了，就此诀别了。于剑飞呀于剑飞，你真的好绝情啊，你就要解脱了，九儿拖累你了。九儿今生今世，来生来世，只嫁你一个人，九儿就这么傻，就这么认死理，到死也改不了了。

后面有追兵，部队要赶时间，必须要翻过这座山，把追兵甩掉，打个时间差，才能胜利到达目的地。战争是残酷的，军令如山，命令你几时到，绝不能延误，跑吐血也得按时到。

山很陡峭，为了顺利翻过这座山，首长命令，部队除了枪支弹药和粮食，其他的包袱一律丢掉，包括重武器。那么躺在担架上的重病号怎么办？也像包袱一样被甩出来吗？这个问题摆在了首长面前，首长犹豫了，但这不是犹豫的时候，火烧眉毛，容不得你犹豫，必须咔嚓咔嚓，做出决策。就在这时，九儿做出了决定，做出了首长也不敢做的决定，她说为了战局她留下，她掩护同志们翻山。其他躺在担架上的战士也义无反顾地说留下，说一个女人，躺都躺在咱们前面，咱们还怕什么？我们伤员留下，掩护大部队过山。

赵富团长走到九儿的担架前，两眼含泪，双手握住九儿的手，只说一句话，保重！再也说不出第二句，说什么呢？说什么都是苍白无力的，一个女人做出了决策者不敢的决定，她的号召力和感染力是无穷的，胜似演说家的慷慨激昂。团长能不激动吗，来的时候是这个女人做的榜样，在这关键的时刻，又是这个女人做出的榜样。只是这一次这榜样的代价太沉重了，他真舍不得这个女战士。他一个七尺之躯的汉子，一个运筹帷幄的指挥官，在这个女战士面前汗颜。他想保护她，他想帮她做点什么，他想他就是抱也要把她抱过山去，可他没这么说，他太需要她这榜样的力量了，他说了一句这样的话："于九儿同志，你还没入党吧？"九儿微微地摇了摇头，"我正式批准你为中国共产党党员。"于是，九儿眼里就衔满了泪，说："团长，我现在是党的女儿了，我就是死也是党的人。团长你们快走吧，我们掩护你们，我们还能战斗。"九儿的声音很微弱，但力量是无穷的，一石激起千层浪，五十号担架发出同一个声音，我们还能战斗！指导员吴限却紧紧握住了于剑飞的手，他本来是想握住九儿的手，可那手始终被团长握着，但他被九儿的精神感动得不能自已，他随手握住了于剑飞的手，说："我为我们连有这样的女战士而骄傲！如果我的恋人的觉悟有她一半就好了，可敬可佩，战争结束后我会为她写书立传。"他说完，以为于剑飞会跟他一样激动，会借他的话题浓墨重彩一番，但他没得到心灵的回应，于剑飞不置可否地看看他，说："你握手使那么大劲干啥？"

吴限推开他："你这人真没劲。"

于剑飞嘟囔："整天一惊一乍地唱高调，真受不了你们这种人。"

吴限最看不上于剑飞这种不屑一顾的样子，虽然不满，但他不能像雷大夯似的开口就跟他抬杠。他是指导员，指导员是干什么的，那不是抬杠用的，屈才了，指导员是专门做人的思想工作的，意义大了去了。真正有文化的人才能做这个工作，凡事得动脑子，想办法，简单粗暴、专横跋扈是要不得，必须得晓之以理，动之以情。得细磨葱花地往人心里说。这指导员往大了说，那就是人类灵魂的工程师。有人说老师是人类灵魂的工程师，说这话的人他肯定没当过指导员，那老师面对的是清一色的学生，学生单纯，好糊弄。而指导员呢，面对的是，来自五湖四海、男女老少的兵。战争年代可不像现在，招兵有条条框框，规范很多。那时一个连队的兵年龄差距很大，只要有革命愿望的，差不多都可以到革命队伍里来，欢迎啊！到革命队伍先到哪？那当然先到连队当兵了，连队的兵谁来管理？那当然是连长、指导员了。连长只会发号施令，思想工作还得指导员来做，思想通了，动作就通了，打起仗来就有劲。还有个别的女同志，应该说是很有个性的女同志，巾帼不让须眉，偏偏要和男同志站在同一条起跑线上革命。当然上前线不光是男人的专利，像于九儿这样的女同志，绝不上后方单位，她手里握的是跟男人一样的枪，于是，连队有了女同志，这种情况连队的思想工作就更不好做。别看这指导员的官小，一般人还干不了，不是光有文化就行。于剑飞有文化吧，他就干不了。他连他自己的思想还做不好呢，还做别人的？但吴限也有缺陷，他做了这么长时间的指导员了，就做不了于剑飞的思想工作。明知道他思想有问题，就做不了他灵魂的工程师。但他不灰心，精诚所至，金石为开嘛，他有足够的信心和决心。作为政工干部只要有了这功夫，朽木都能让他开花，何况于剑飞他是块金子，稍加打磨就能发出耀眼的光亮。吴限无时无刻不在循循善诱："于剑飞，你哪样都好，就是思想太浮躁。"他看于剑飞不耐烦地翻了翻眼皮："好好，现在咱不谈这个，现在也不是谈这个的时候，以后再说。"这人就是这点好，总能看出个眉眼高低，总能恰到好处，总能做到尽善尽美。

　　九儿他们这些躺在担架上的伤病员坚决留下，团长最后留下五个战士转移和保护他们。五十号担架，五十号伤病员，都是奄奄一息，要命入黄泉的人。五个人，怎么护送？怎么转移？说白了，留下几个好战士，就白搭上几个好战士。可是共产党的队伍是讲人道的，不会扔下他们不管，我们留下了战士转移和保护你们。怎么转移？怎么保护？除非他们五人长了三头六臂，要不追敌大发慈悲，立地成佛，否则插翅难飞。这是秃子头上的虱子——明摆着的事。往往也有峰回路转，柳暗花明，绝处逢生的，那就是天知道了，不归人管了。不管怎么说，五位战士还是向首长保证，坚决完成任务。众心所向，顾全大局。每个人心中都有自己的信仰，为了信仰奋斗终生，乃至牺牲生命。

　　九儿已没有力气说话了，她的眼神和雷大夯遇上了，她好像在说：大夯永别了。可是雷大夯不会说永别，他绝不放弃，他不会把他一路呵护的九儿就这么扔在这里，让敌人的子弹穿透她的胸膛。他仿佛看见了那鲜红的血在九儿的胸前漫延……漫过担架，流进这土地。他不敢想象，他没考虑后果就向团长喊报告，他说他们连就一个伤病员，他有能力把她背过山去。团长说，雷大夯同志，现在不是你一个连的事，这是一个团、一个师、一个战役，乃至一个东北的事，你能背得过去吗？雷大夯同志——这个问题经团长这么一说，复杂了，背景大了，沉重了。

　　雷大夯你扛得起吗？你还敢坚持吗？作为一名军人，你破坏战局就是死罪，雷大夯你怕了吗？是的，怕了，死，雷大夯倒不怕，他怕因为他这一颗"老鼠屎"，搅和了一锅好粥。九儿没有力气说话，但她能听见，她听了雷大夯的话一点也不激动，九儿的命没那么金贵，跟江山比起来渺小到尘埃里去了。一个穷丫头，一个童养媳，能有今天就不错了，死我不怕，跟你俩跑出来那天就豁出去了，只是我九儿没给你俩丢脸，这是我最自豪的地方！如果九儿能说话，她会训斥雷大夯的。她最瞧不起为了女人而什么也不顾的男人，没出息。要不说于剑飞就是比雷大夯强呢，他是个真正的男子汉，他万不会像雷大夯似的为了女人而不顾江山社稷。她就看好了于剑飞这一点，不会跟在女人屁股后面绕来绕去的。她快死了，到了这份上，她有一句话要交代于剑飞，这时传来了部队出发的号令。部队就要出发了，看来来不及说了。

　　于剑飞自始至终就没上她跟前来，没给她说话的机会。这些她都不怨了，此刻剩下的只有留恋。留恋小胜利，留恋于剑飞、雷大夯，留恋战友们，留恋阳光。因为她知道，她将与黑暗做伴。九儿这么留恋着，留恋着，突然，她的眼前跑过一个人，她的心一下就提到了嗓子眼，她使劲闭着嘴，就怕一张嘴那颗心从嗓子眼跳出来。她看清了，看清了，是于剑飞向她跑来。看那架势，那神情，就是来接她的。不用语言的表述，她就知道，只有于剑飞才有这样的魄力和勇气。她真想扑到他的怀里，再也不分开。可是她却举起了枪——向着于剑飞，但是，没能阻止他飞跑的脚步。九儿又把枪口冲着自己的脑袋，拼尽全身的力气说："你再不走我就打死自己。"于剑飞站住了，九儿终于有机会说那句话了，她想再不说就没有机会："剑飞，你要认小胜利啊！快走吧。"九儿还有很多话要说，她想说把咱们的孩子抚养成人，告诉他，他的妈妈是个党员，是个英雄。这些话她都没有力气说了，也没有时间说了，唯一能做的就是把枪抵在太阳穴上，没有商量的余地，你于剑飞不走我就开枪。九儿绝不会让她的于剑飞因为她而犯错误，她也绝不会给她的于剑飞添累赘。她是那么爱他，这辈子只爱他一个人，望着他那宽厚而结实的胸脯，她真想痛痛快快趴在他的怀里亲上一场，像个缱绻的小猫似的偎在他的怀里，随他海角天涯。想归想，她的手是理智的，枪是无情的。于剑飞始终闭着嘴，不说话，只是用一双冷峻的眼睛看着她。他突然果断地转身，向队伍跑去，像来时一样快，因为部队正出发。就在于剑飞转身离去的瞬间，九儿觉得心骤然停止了跳动，举枪的手垂了下来。血凝固了，眼前一黑，天和地都黑了。倏然，她觉得一阵风，一阵很有力的风把她抓了起来。她想她死了，风来抓她的灵魂了。那好，就随风去吧……让我在天上随着我们的部队，随着于剑飞，随着雷大夯，一同走。我说过我是离不开咱们部队的，就是死了也守护着你们。我说过于剑飞，生是你于家的人，死是你于家的鬼。

原来是于剑飞没跑两步就折过身来背九儿。九儿看他真转身回去心也就空了，骤然的心痛使她昏了过去。于剑飞速度之快就像老鹰捉小鸡似的，他背起九儿飞似的追上队伍。善解人意的干部战士没有大惊小怪，默许了，好像这件事就应该这样发生。团长走在部队的最前面，他好像就没听见后面的一点动静。可敬可佩的是五十号伤员向于剑飞投来赞许的眼光，有的向他举着拳示意，好样的！

于剑飞背着九儿跑到雷大夯的前面，命令："绳子。"雷大夯心领神会，嚓嚓抽出绳子，三下五除二，在后面把九儿结结实实捆在了于剑飞的背上。于剑飞说捆紧点，雷大夯说再紧就捆进肉里了。少废话，快点。看起来于剑飞是豁出来，他要一口气背着九儿翻过山去。

这是九儿一生中最幸福的时光，她就这么安静地趴在于剑飞的背上，任他翻山越岭、攀崖爬壁。她都不管了，她不管于剑飞的棉袄已湿透，她不管于剑飞的手因攀岩而伤痕累累。她就那么踏踏实实地趴在于剑飞的后背，死沉死沉的，像磨盘似的坠在于剑飞的背上，随着于剑飞每个艰难攀岩的动作而晃动。她不知道她每晃动一次绳子就往于剑飞的肩膀里深勒一次，亏了她失去了知觉，如果她有知觉的话，她不会让她的心上人遭这样的大罪。她会把绳子解开，就是解不开她用牙咬也要咬断，然后滚到山崖下面，一了百了，让于剑飞轻装上阵。

雷大夯紧跟在于剑飞的后面，关键的时候，他蹲下就是于剑飞垫在脚下的一块石头，站起来就是他攀登的梯子。如果于剑飞不会武功，他背着九儿绝翻不过山去。

部队历时 48 天，行程 1500 公里，胜利完成了艰苦的行军任务，到达东北目的地，统称东北自治军。

部队到达目的地，赵富团长下的第一道命令就是：不惜一切代价救活于九儿。第二件事就是他亲自跑到四连，劈头盖脸给于剑飞一顿臭训："于剑飞——你无组织，无纪律。我撤了你这个小连长的职，你信不信？你一个小鸡巴连长胆也太肥了，敢擅自做这么大的决定，谁给你的这个权利？啊？如果我当时发现了这种情况，我非枪毙了你不可。"团长气得把地拍的叭叭响。于剑飞到了目的地就趴地上了，拉都拉不起来。团长就低着头围着他一圈一圈地训。最后还嫌不解恨，蹲在地上，边训，边把地拍得叭叭响。还是雷大夯体谅团长，看团长这样训得太辛苦，他硬是把于剑飞拉起来。于剑飞站不住，就那么丁了郎当靠着雷大夯。吴限小心着说："团长，他他……他也是好心，您看他没扯部队的后腿，就他一人背回来的，咱这不还抢回个人吗？那于九儿枪打得多准啊。"团长不耐烦地看了他一眼，说："都是你惯的他，你对这小子不能心慈手软，就他这德行你得经常咔嚓。"吴限说团长你放心，我一定经常做他的思想工作。赵富说那也不行，我要处分他。吴限陪着说是是，团长看了于剑飞里倒歪斜的样更烦了，一挥手说："得得，赶紧给他饮点水，喂点食，别让这小子死喽。让他快点恢复体力，还得参加战斗呢，让这小子给我打头阵。"吴限看有缝，忙说，对对，让他立功赎罪。

雷大夯问："团长，那于剑飞的处分呢？"

"你怎么这么木呢？打完这一仗再说。"团长说完走了。

于剑飞见团长走了，把眼睛睁开了，随手把雷大夯推了个跟头，说："谁叫你把我拉起来的，你是不是嫌我挨训不够啊。"

"指导员，你看他装死。"雷大夯喊吴限。

"你是木。"吴限完全是团长刚才的口气。

据说于剑飞在这次战斗中真的担任了主攻，表现得非常出色，团长再也没提处分的事。可是他自己却闹了个大处分，具体有多大，大到什么程度，下面的小兵谁也不清楚。那次留下的伤病员，加上五位战士无一生还，他们和敌人展开了殊死的战斗，有效地阻击了敌人，为大部队胜利到达目的地赢得了时间。谁都知道团长的决定是正确的，没有团长这个决定后果将不堪设想。但这毕竟是件痛心疾首的事，是野战部队一次空前绝后的劫难，怎么去评价？从指挥家的战略战术上看是正确的，从人道主义的角度看是错误的，特别在共产党的队伍里更是大错特错，好在这个提议是一个女战士提出来的，更增加了这壮举的惨烈和悲壮，更具感染和号召力，更能说明这决定的民心所向。好在团长留下了五位战士，意在转移和保护他们，为赤裸裸的战略战术遮上了一面彩旗。所有出色的指挥家大都是双面性的，他们是冷酷和热情、残忍和人道的双面体，当战争的天平倾向于决胜千里的时候，那么热情和人道就显得苍白无力了。

穷人孩子的命就是贱，给点雨露就滋润，给点阳光就苗壮。九儿眼瞅着就要死了，连她自己都认为没有活的希望了，这不，经过几天的调养，居然还阳了。她醒来的第一句话就是：为什么我还活着？时代造就人，这话一点不假。九儿是发自肺腑的，紧要关头伤员留下是她提的，她却没死，她觉得很可耻，很卑鄙，是苟且偷生。当她听说是于剑飞把她背回来的，她的泪"哗"像潮水，泛滥开来了，遏制不住了，泪水在脸上纵横磅礴。更坚定了她对于剑飞矢志不渝的爱情，她想，他怎能不救我呢？我是他孩子的母亲，是他的妻子，我们有孩子了，孩子是什么？孩子是绳子，拴着他和我，我们就像拴在一条绳上的蚂蚱，跑不了他也蹦不了我。

九儿庆幸有了于剑飞的孩子，她错误地认为，于剑飞还是爱她的，还是心疼她的。要不他咋那么不舍得让她死呢，拼了命地把她背回来，还要顶着违抗军令的帽子。违抗军令是要杀头的，为了她这个小命他什么都不顾了，天下还有这样对她好的男人吗？没了，女人活到这份上值了。只是他不善于对她表达，在男女这件事上他脸皮薄，不像雷大夯，脸皮有城墙那么厚，机关枪都打不透。不管她在心里怎样颂歌和赞美她的于剑飞，可她的于剑飞自从把她背回来就再也没在她面前露过面，倒是总能看见雷大夯坐在她的床头嘘寒问暖。

（二）

新一团进入东北后，增加了装备，补充了兵员。零打碎敲的，一年间参加十多次大小战斗，积累了丰富的战斗经验。

1947 年的春天格外冷，三月了还下着小雪。东北自治军总部的炉火通红，首长们围坐在炉火旁边讨论着重大决策，决定向盘踞在东北的国民党军队展开全面的反击。

炉子上烤着土豆片，散发着阵阵香味，还有土豆烤焦的煳巴味，上面还蹾着个大茶缸子，咕嘟咕嘟冒着热气。首长问："刘震师长，靠山屯这仗你准备怎么打？"刘震师长站起来，指着墙上挂着的地图说："这一仗由新一团来打，虽然新一团的赵富团长在来东北的行军路上犯了错误，现在还背个处分，但作为一名指挥官他是合格的，我相信他的能力。还有，靠山屯敌人盘踞的时间很久，固若金汤，所以不能蛮干，必须做到知己知彼。知己，我知道新一团二营四连长于剑飞和排长雷大夯会武功，还有一个狙击手于九儿。于九儿虽然是名女战士，但很有胆识，那次的行军路上就是她提出自己留下，因为她当时奄奄一息，为了不拖累部队。这是知己。知彼呢，就由知己来完成，于剑飞和雷大夯会武功，就能飞檐走壁到屯子里抓舌头，知彼也就有了。"

首长赞许地点头说："行啊，你这个师长当得很合格嘛，连一个连队的情况都摸得这么清。"

"那里，过去我在东北做抗战工作时就接触他们了，那时候我的身份是老师，于剑飞和雷大夯是我的学生，还是我引导他们参加革命的。"刘震师长说。

"哈哈，真是革命的火种遍天下，革命不成功那就怪了。"首长招呼刘震师长，"来来，快来吃土豆片，都煳了。"

刘震师长还真把这当成了最高奖赏："哎，哎，你们别都吃喽啊，给我留点。"其他人正抢着吃呢，尽管烫得嘶嘶哈哈，还是一个劲地往嘴里塞。

新一团接到命令，立即进行战斗部署。团长命令 9 日 18 时向靠山屯搜索前进，正好黑天，不容易被敌人发现，预计凌晨两三点钟进入靠山屯，敌人正熟睡的时候。攻打靠山屯刘震师长指名要于剑飞的四连打头阵，打开突破口，大部队前进。

于剑飞他们摸到屯子东端，发现一个院内有敌人。赵富团长命令于剑飞、雷大夯抓俘虏了解敌情。

于剑飞、雷大夯纵身跳上院墙，见院子一角有两个敌人放哨。一会儿，有一个去了墙角的茅楼，另一个在茅楼外抽烟。于剑飞和雷大夯做个手势，于剑飞抽出腰间的剑从院墙溜到墙根，一剑直取抽烟敌人的命。雷大夯冲进茅楼，一手用毛巾堵住敌人的嘴，这家伙两手只顾提裤子，雷大夯趁机缴了他的枪。雷大夯和于剑飞架着这家伙纵身又跳回院墙。赵富亲自审讯俘虏，俘虏供述：守敌是二六团一营、二营，另加一个炮兵连，共 2000 多人，丈余高的围墙，院内层层堡垒和无数道铁丝网，装备精良，易守难攻。

审完了就到早上 4 点了，再不攻天就亮了。赵富一声令下，二营向敌人展开猛烈攻击。于剑飞的四连为突击队，在炮火的掩护下，实施爆破和架设云梯。敌人依托平房和地堡用机枪封锁了前进道路。于剑飞他们强攻进院内，这里的地堡像秋天地里的土豆，一镐刨下去，叽里咕噜的，冒出不少。20 多个弟兄应声倒在了血泊之中。

指导员吴限迅速组织爆破组爆破地堡。吴限他自己就是爆破能手，由他和于剑飞各组织一股爆破组爆破，组织完毕，事不宜迟，迅速投入爆破。他们两组共摧毁地堡八个。后续部队迅速攻入院内，正当部队所向披靡时，突然有一个地堡火力猛烈向前进的战士扫射，敌人在拖延时间等待援兵的到来。于剑飞和吴限组织两组爆破都没成功，爆破的战士也无一生还。这个地堡固若金汤，说确切点这是个暗堡，隐秘性和保密性非常强，俘虏曾提到过这个地堡，但具体在什么位置，坚固到什么程度，俘虏也不清楚。也许这是敌人最后的防线。

吴限看到战士们前赴后继倒在敌人的火力下，他对身边的于剑飞说，连长组织人掩护，我去爆破。于剑飞说不行，我去。吴限说没有时间争了，他不由分说，从怀里掏出一张照片，是他和恋人的合影，说："连长，等革命胜利了，把这照片交给她，告诉她，她子孙后代的幸福生活是我们无数先烈的鲜血换来的，告诉她，我的选择是正确的。"他拿起两根捆在一起的爆破筒，当他冲向火力点的瞬间回过头喊："连长，告诉她我爱她，永远爱她！"于剑飞迅速扫了一眼相片。扫这一眼是无意的，这一眼扫得，于剑飞的心差点没炸喽，妈呀，这不是欧阳鹿嘛。于剑飞噌站起来，举着相片语无伦次地喊："吴限——欧阳鹿，你的，你的恋人在这儿哪，不是，她在国民党队伍里，吴限！她——"一梭子子弹打过来，黑子把于剑飞扑倒。

吴限早已淹没在烟雾里，他没有听见，即使听见他也没有回头之机。吴限借着手榴弹的烟雾摸爬滚打，迅速接近地堡。他把爆破筒成功地塞进地堡，他敏捷地滚离地堡。虽然每一个爆破的战士都把生死置之度外，但每一个战士都不放过生的希望，哪怕是一线希望，也要紧紧抓住。打江山为了什么，为了过好日子。这好日子谁不想过，包括打江山的人，哪怕过一天也行啊，也算没白打呀。吴限也是，他希望自己能活着炸掉地堡，还能见到他所爱的人。当他迅速滚离地堡那一瞬，他想他成功了。他想不但成功地炸掉了地堡，还成功地获得了生命。他活着就有希望，有希望就能见到他心爱的欧阳小鹿。等打下了江山，革命胜利了，他第一件事就是到上海去接她，让她也脱离那个资产阶级家庭，投入革命的大熔炉来，共同建设新中国。哪怕她结婚了也要把她夺回来，我们能夺回一个个阵地，就不信夺回不了一个爱人。等着吧，等着推翻了蒋家王朝，等着英雄的共产主义战士吴限凯旋归来，欧阳小鹿你的生活将会发生翻天覆地的变化。我会让你从思想上改变成一位不折不扣的无产阶级战士，让我们并肩战斗。不料敌人把爆破筒扔了出来，吴限又冲上去，拣起爆破筒又塞进地堡，敌人往外推，吴限往里推，在这千钧一发之际，吴限用自己的胸膛紧紧顶住爆破筒，他扭过头高呼："同志们冲啊！胜利是属于我们的！"吴限用生命扫清了前进的道路，他临牺牲的这句口号一直激荡在于剑飞的心里，吴限生前喊出的许多口号，于剑飞一直认为都是政治骗子的把戏，整景，这一刻他被这句口号震撼着，激励着。这句口号的分量之重整整影响了于剑飞一生。他顿悟作为男儿首先国家在先，个人在后，爱江山，后儿女情长。江山二字第一次占据了他整个心房，这一占据再也没动摇半点，整整占据了他一生，并为之奋斗了一生。这一刻他才觉得自己出落成一名真正的男人和军人，军人承载的是国家使命，并为之流尽最后一滴血而无悔。

战士们像潮水般冲了过去，胜利在望之际，又一暗堡浮出地面，这一仗打得，敌人跟你玩的完全是暗堡，于剑飞不会让吴限的血白流，他对身边的雷大夯说："雷大夯你组织人掩护，我和黑子去爆破，如果我牺牲了，你和九儿一组继续爆破。"

雷大夯和九儿答："是！"

黑子说："连长你不能去，指导员牺牲了，你不能再牺牲了，我去，那么多地堡我都炸了，不差这一个，我有经验。"

"少废话，为什么我不能去？指导员都牺牲了，我一个小连长算什么。"于剑飞说着冲了出去，原本是不应该他这个连长炸地堡，但他不想看着他的战士死在敌人的炮火下，人死得令他有些眼晕。黑子是全连的爆破能手，是他最后一张王牌，他想自己会武功，他俩一组一定会拿下地堡。其实他挺烦黑子的，来新一团报到那天他就烦他，那天他以为黑子多大干部呢，其实是个小班长，因为人手不够临时抓公差让他负责报名，让他装一把干部。装你就装明白了，说九儿参军不够格就不够格到底，架不住三句好话，又秃噜扣了。后来在一个连队，于剑飞更了解这家伙了，能吃，总是吃不饱，好像八辈子没吃过饭，最可笑的是问他为什么参军，他说为了吃饱饭，属猪的就知道吃。你说他没脑子，这家伙还挺会攀高枝，走到哪吹到哪："于剑飞是我老乡，就是那个会舞剑，敢打仗的娃娃连长，好使，我老乡。"举个大拇指也不知道吹于剑飞呢，还是吹他自己。

敌人的火力太猛烈了，黑子身体多处受伤，当黑子刚要接近地堡，被敌人一梭子子弹打下来了，黑子滚落到于剑飞跟前，黑子的胸前全是血，也不知中了多少弹，那血汩汩地往外冒，那血烫手，呼呼冒着热气。于剑飞永远也忘不了黑子临死前那渴求的眼光，黑子抓着于剑飞的手，用尽最后一点力气断断续续地说："连长，看到我娘告诉她，我就想吃猪肉……炖……炖粉条子……"黑子虽然说的不是豪言壮语，临死还惦着吃，于剑飞的心像刀子剜一样痛，他真想让他临死痛痛快快吃上一顿猪肉炖粉条子，他多想满足他这点小要求，但他办不到了，黑子不给他这个机会了。黑子巴叽了两下嘴，舔了舔嘴唇死了，好像正品着滋味。那个像山一样壮的黑子倒下了……

雷大夯和九儿见黑子牺牲了，他俩冲了过去，雷大夯向地堡口扔了两颗手榴弹，敌人的机枪卡壳了。九儿迅速匍匐向前，烟雾刚一散，她瞄准地堡机枪眼，一颗子弹像长了眼睛，紧贴着枪眼壁挤了进去，敌堡中机枪手中弹。就在敌堡中的敌人换机枪手的瞬间，于剑飞见机枪卡壳了，他一个箭步冲上去，当他端起黑子的爆破筒冲向敌人地堡的时候，他在高声朗诵：革命！革命就是为了普天下的劳苦大众吃上饱饭，过上好日子。黑子等着吧，等革命胜利了，我给你送猪肉炖粉条子。吴限，我们一定会胜利！一定会胜利！

他把爆破筒塞进了地堡，轰的一声，伴随着九儿的喊声："同志们冲啊！胜利是属于我们的！"战士们冲了过来，九儿的这一声口号于剑飞听来也格外地激荡人心。他被眼前的战争场面震撼了，千千万万个中华儿女舍生忘死、前赴后继，为了什么？在他心里重重打了个问号。

攻打靠山屯结束后，于剑飞到吴限牺牲的地方去寻找。寻找什么呢？地堡炸飞了，砖头瓦块上沾着血肉，残枝树叶上挂着棉絮和布条。那棉絮是谁的？那布条是谁的？是吴限的吗？是黑子的吗？吴限——那个风流倜傥的资本家大少爷；那个大学里的高才生；那个前途无量的指挥官；那个对爱一往情深的情圣；那个运筹帷幄的未来政治家；就这样义无反顾地选择了粉身碎骨！于剑飞无法辨别哪块瓦砾上是吴限的血肉，在这冷飕飕的天气里，于剑飞的手摸在那些冰冷的瓦砾上却是那么烫手，好像人的血肉注入了它生命和热度，他像是摸到了吴限的手和宽厚的肩膀。于剑飞手里握着吴限和欧阳鹿的相片，眼前又浮现出吴限奋不顾身炸地堡的壮观场面，他不禁热泪盈眶。吴限，你苦苦思念的欧阳鹿也在寻找你，你为什么改名了呢，如果你不改名，你早就能见到她，也许她还会到我们的队伍里来，那该有多好啊！于剑飞此刻多想跟吴限唠唠知心话，多想听听他上的政治课。以前他一句也听不进去，现在想听晚了，回答他的只有战场上那空荡的风声。他多想听他倾诉，倾诉他曾拥有的爱情，他多想倾听，倾听他高谈阔论，还有那些曾让他乏味的口号。从吴限的身上他领略了口号的力量，也领略了一个人的精神世界。从这一刻起，于剑飞才开始了军人真正意义上的征程。

吴限是于剑飞心中最大的英雄，他以后的道路都是沿着英雄的足迹走下去的，没有吴限，也许不定打完了哪仗他就撂杆子了，也许还拐走了丁香。

这是具有历史意义的秋天，1948年，辽沈战役开始了。

这个秋天对于剑飞个人来说也是具有历史意义的。通过吴限的事，他从思想和身心都有了一个成长的飞跃，他和他的四连在几次战斗中都表现得非常出色。在那次行军路上他把九儿背回来，赵富团长就对他刮目相看，骂他归骂他，但团长心里有数，于剑飞不但是英勇的化身，还是智慧的化身，他要重点培养他。在辽沈战役即将开始的一次干部调整中，于剑飞当上了二营营长，雷大夯任四连连长，九儿任指导员。按说在众多老爷们当中，用不着一个女人当指导员，可九儿除了性别，各方面不次于男人，甚至比男人还出色。九儿是没有文化，可她会说，说得一套套的，虽然像是在表决心，听着挺空挺大，但都在理上。有些话是现学现卖，可内容紧跟形势。这俗话说得好，好人长在嘴上，好马长在腿上。九儿不但会说还会做，她的一言一行都说明她是位合格的指导员。来东北的动员大会上和行军路上的入党，都为她当指导员打下了基础，无可厚非。这是他们仨投身革命以来一个质的飞跃。

当上了连长的雷大夯，连呼吸都波澜起伏，激动的。一个小长工，一个小放羊娃，有今天的造化，感谢共产党！感谢毛主席！在个人感情上雷大夯也有了很大的慰藉，跟九儿虽不能举案齐眉，现在也算并驾齐驱了。就有一点他心里很不舒服，你说小的时候受于剑飞的剥削，这革命了革命了，总是在他的领导之下。这水涨船高，我进步，他也进步，怎么进步也进步不过于剑飞。什么时候能调过来，我当他一把领导。

首长的指挥部正在开紧急会议，首长说："同志们，毛主席英明指出，'我们的中心注意力必须放在锦州作战方面，求得尽可能迅速地攻克该城。即使一切其他目的都未达到，只要攻克锦州，你们就有了主动权，就是一个伟大的胜利。'你们看，"首长指着墙上的地图，"锦州位于辽西走廊北宁线上，是连接东北和华北战场的一个战略要地，是东北敌军的主要补给基地，攻下了锦州就等于关上了东北的大门，斩断了东北敌人的咽喉，分割关内外敌人，封锁蒋军于东北战场，形成关门打狗之势。而攻打锦州，又可以诱敌来援，有利于我军调动敌人，攻锦打援，在运动中将敌歼灭。因此攻下锦州是全歼东北境内蒋军的关键一仗，可以牵一发而动全身，掌握战役的主动权。"

新一团受领任务后，赵富团长紧急召开营以上干部作战会议，赵富团长做了战斗部署："二营于剑飞，作为第一梯队你们的任务很重，正因为是硬骨头才让你们来啃，别忘了，你们是英雄的二营，爆破英雄吴限就出在你们营四连。"

于剑飞站起来说："请团长放心，于剑飞决不给英雄脸上抹黑，坚决完成任务。"

难忘的 1948 年 10 月 14 日 10 时，总攻开始了，这一天炮声隆隆，杀声震天，我军以强大的炮兵群火力进行了猛烈的炮火轰炸，对预定突破地段的城墙、地堡和附属防御设施进行破坏射击。伴随着炮火的延伸，于剑飞亲自指挥的四连立即发起冲击。四连长雷大夯率领连队，冒着敌人的炮火，勇猛冲击，将第一面红旗插上了城头，四连进入突破口后，敌人乘四连立足未稳，猛烈反击，企图封锁突破口。这是用四连战士的生命和鲜血打开的突破口，岂能让敌人封锁。于剑飞指挥的二营官兵如猛虎下山，排险情，炸地堡，为大部队前进扫清障碍，为解放锦州赢得了时间，但伤亡很大，于剑飞身体多处受伤仍坚持指挥战斗。

"不要死亡人数，只要锦州。"这一仗打得艰苦至极，残酷至极，是无法用语言表述的。当老炊事班长挑着担子来送饭时，他看到的是成堆的死人，有国民党的，有共产党的，都是一样的血肉之躯，身体里流出一样红的血……他所熟悉的小五子，大饼子，王麻子和臭小子……都不能再夸他的猪肉炖粉条好吃了。他们有的横七竖八地倒在地上；有的挂在残垣断壁上；有的和敌人抱在一起死去；有的身首分家，随处可见一只脚，一只手，一条腿……孤零零地甩在另处，你能听到这些肢体嘤嘤地啼哭，哭泣着寻找自己的主人。老炊事班长六十多岁了，历经了无数次战斗，这一次的触目惊心让他再也承受不住了。老头子一屁股跌坐在地上，绊倒了一桶猪肉炖粉条子。那肉香味蔓延开来，弥漫在还有硝烟味的空气里，能浸暖牺牲战士的心吗？那冒着热气的汤汁浸进锦州的土地里，和着红的血，肉香味混合着血腥味……老炊事班长他闻过太多的血腥味，今天他却趴在那些尸体上大吐特吐，整个战场他想找个空地都找不到，吐出了胆汁，吐出了眼泪。曾经以为历经太多的战争炮火，曾经以为看惯太多的生死离别，今天他才知道什么叫英勇悲壮。他用那双颤抖的手捧起一把猪肉粉条捧到牺牲战友们的面前说："吃！吃呀！每次你们那猴急的样，嫌我给你们盛得少，今天大叔管够你们吃，吃，吃呀，小五子、大饼子、臭小子……吃呀，孩子们！"风呼呼地刮，老炊事班长那苍凉的呼唤在整个战场回荡，呼唤抚慰着烈士们的英灵！

他呼唤着，一声比一声苍凉，一声比一声悲凄，最后你已辨别不出是人的呼唤，似狼失去幼崽的哀鸣，那哀鸣带着回音在天底下空旷旷地回荡：孩子们——走好啊——别怕——大叔领着你们——回家乡——回家乡喽——

　　九儿抱着他们连最小的臭小子，他仅十五岁，子弹穿透了他单薄的胸膛，他像跳舞似的倒下了，就像孩子在淘气，蹦高尥蹶子。就在他倒下的一瞬间，九儿听见他在喊妈妈。九儿紧紧地抱着他，就像抱着自己的孩子，她像母亲似的吻着臭小子的小脸，又把那张脸紧紧地贴在胸前，让他最后感受母亲的爱。雷大夯拄着枪一动不动地站在橘红色的太阳余晖里，那太阳的晖光把他渲染得格外壮烈，他有些不相信似的高叫着："锦州解放了！锦州解放了！"于剑飞左手捂着伤口，右手端着冲锋枪，当他听到欢呼声，嘿嘿笑着，身子一软倒在了地上，紧绷的神经终于可以歇歇了。

　　于剑飞浑身是血，闭着眼睛，躺在担架上。他听到赵富团长在喊："于剑飞，你小子没事吧？别装死，哎！哎！"

　　于剑飞听得一清二楚，他就是睁不开眼睛。他还有思维，他不知道自己是浮想联翩还是白日做梦：他的眼前又浮现出丁香第一次采访他的情景，丁香的一颦一笑在他的眼前闪现。他好像看见从天边跑过两匹马，丁香骑一匹，那匹是谁？跑近了，他看清了，是他自己。他还笑自己，我怎么连自己都不认识了。他们骑得飞快，如天马行空。一开始他和丁香并排着骑，后来丁香就像一朵云飘到了他的前面，他就追呀，怎么都追不上。他就喊，丁香，你别跑，咱这打仗呢。你不说战场上见吗，我上战场了，你怎么不见我呀？丁香你骗我，这么重要的战役你应该给我们拍照啊。战士们都牺牲了，我也死了，你快来呀，丁香你在哪呢？他觉得子弹如冰雹般从正面射中他，他被打成了马蜂窝，血喷涌而出。他从马上跌落下来，落得很慢。那也不叫落，就像从天上往下飘。他如棉花样轻飘飘落到地上，一点也没觉得疼。躺在地上他就想啊……想啊，想念他心爱的姑娘！他抓紧时间想，他怕一会儿自己死了连想的机会都没了。他也许是真死了，丁香又像一朵云似的飘到了他的身边，给他包扎伤口。丁香真的在他眼前出现了，他终于看见了她，她就在眼前，他伸出手紧紧抓住丁香的手，猛地坐起来……他"哇"睁开眼睛，眼睛瞪得像铜铃，他真坐起来了，把抬担架的人吓了一跳，问："你活了？活了！没事吧？"

　　于剑飞不说话，眼睛一直盯着前方，只见一辆军用敞篷车打担架边慢速驶过……一张脸；一张梦中的脸；一张既熟悉又陌生的脸；一张久违的脸；一张思念了千万次的脸，在于剑飞眼前像拍照片似的，闪过，再闪过……他一下蹦下担架，百米速度向驶过的车追去。丁香！丁香——车厢上有个女兵转过身来，果然是丁香。丁香一手抓住车后厢，另一只手使劲地向于剑飞挥动，呼喊：于剑飞！于剑飞……于剑飞穷追不舍，快了，快了，再加把劲，他快接近车帮了。他向丁香伸出手，伸出手，誓有把丁香拉下车的劲头。两只挥舞的手，一只男人的手，一只女人的手，在咫尺间挥舞，手指尖碰到了，碰到了……车颠簸着，又分开了，手努力去够，锲而不舍。车没有停下的迹象，越开越快，手也就越离越远。丁香从脖子上解下一条丝巾抛向他，粉色的丝巾在空中被风鼓开，像一朵彩云似的飘呀，飘……飘落到于剑飞的面前。于剑飞光顾着接丝巾了，再想追赶车，车已经跑远了。车上的丁香也模糊成一个影子，他想再见丁香的梦彻底破灭了，心随之也沉入谷底。他站在原地，一步也挪不动，眼前一黑，咚！四仰八叉地倒地上了。

锦州战役胜利结束后，刘震师长亲自来到了新一团。他站在全团面前，总结胜利，部署新的任务。他说："攻打锦州历时31个小时胜利结束，你们团被誉为猛虎团，二营四连被第四野战军总部授予'突破锦州先锋连'。于剑飞、雷大夯分别被纵队授予"战斗英雄"的光荣称号。锦州战役我军干部伤亡很多，在这次战斗中于剑飞表现得非常突出，组织决定于剑飞为新一团团长，赵富为副师长。"

刘震师长下命令："于剑飞，你们团的任务是，要用最快的速度赶到沈阳，以最猛烈的动作突破敌人城防，打他个措手不及，我和赵富副师长随你们跟进！"

赵富问："于剑飞，你的伤怎么样？"

于剑飞干脆地回答："没问题了，请首长放心。"

刘震师长严肃地说："好，那就看你的了。"

于剑飞一个立正："保证完成任务。"

刘震师长命令："整理队伍，立即出发。"

"是——"于剑飞回答得有力响亮。他动作干脆，向后转，跑步走。

刘震师长欣赏地望着于剑飞的身影，由衷地赞叹："他进步得可真快呀！战争可真是个大课堂啊！"

赵富说："这小子以前也挺能战斗，但就是屌。自从他的指导员牺牲之后，他真的挑大梁了。"

于剑飞不顾伤还没有好，率领部队急行军，解放东北最后一座城市——沈阳。

兵贵神速，从一组数据就能知道兵神速到什么程度。

1948年10月15日解放锦州，于剑飞他们10月27日率部队随师向沈阳急进，中间仅隔12天。31日于剑飞率团进至大新民屯地区，新一团虽已连续两天两夜急行军，仍不顾疲劳，又经四小时强行军，有些同志累死在路上，于31日16时抵达沈阳，仅用一个小时就突破了敌人的城防，完成了刘震师长部署的首先突破敌防御和抓住敌人的任务。这个速度就连蒋介石都没有料到，他错误地估计，我军在攻打锦州时部队伤亡过大，至少需要休整两个月以后才能继续作战，没想到这么快就攻打沈阳了。

这是个捷报频传的秋天，攻下了锦州，东北野战军控制了整个东北的大局。对于剑飞来说，更是个具有传奇色彩的秋天，他是以那样的形式巧遇了烈士吴限的恋人——欧阳鹿。

欧阳鹿！这个名字早就在于剑飞的心里留下烙印，想她？谈不上，但于剑飞时常想起她。自从他那次接伤员回来，每当他手摸到腰间的勃朗宁手枪，他就想：什么时候还能见到她？见到她他们会说些什么？也许见到她的可能性太小了，在这兵荒马乱的年代，八成这辈子见不到了。人家还知道送我个礼物，我什么也没送人家，大概她早就把我忘了。他很快否定了这个想法，她不能忘了我。至于为什么忘不了，于剑飞也说不清楚，感觉吧，冥冥中他感觉到他们还能见面，只要她活着。自从他知道她就是烈士吴限的恋人，他就多了一份责任，替烈士找到她。

欧阳鹿是活着，她活得好好的。

于剑飞率领部队突破城防，刚冲进沈阳城，就俘获了一所国民党军医院。这所医院离市区很远，也僻静，在一所民房里，比较隐秘。敌人打错算盘了，以为解放军像攻打锦州似的，大举进攻，不会注意这边边角角。敌人想错了，于剑飞他们先头部队是干什么的，就是找突破口，抓舌头的，找的就是表面看上去不起眼，实际隐藏很深的地方。

战斗经过是这样的。

于剑飞他们和城防的敌人展开了激烈的战斗，最终敌人抵挡不住，向市内溃逃。于剑飞没有继续追溃敌，而是命部队分成几组在城边捣毁一切敌人设施，先把外围打扫干净，有利于大部队进攻沈阳。当于剑飞率领一个连的兵力冲进敌医院的时候，敌人只进行了短暂的抵抗，就放弃了。所有的军医都放下手里的伤员，举着手随解放军走。于剑飞命令速战速决，因为城防被破，敌人很快要反扑。于剑飞很快环视了一下医院，外观不起眼，虽是临时的，但内部设施齐全，是一个很不错的医院，那么医生的水平也不一般了。国民党的军医跟共产党的可不一样，共产党以土郎中居多，国民党的军医以喝洋墨水的居多，就不信从这里筛选不出个把有用的人才。国民党的官越大越惜命，战争年代哪有不挂个彩，擦破个皮的，所以这些军医或多或少跟国民党的将领都有关系。于剑飞又下命令，尽最大努力保护军医的安全，日后留着为共产党服务。

就在于剑飞命令撤离医院的时候，一个兵心急火燎地跑来报告，有个军医说啥不走，非做完手术不可。于剑飞听了就急了，还做啥手术，敌人马上就会反扑过来，这就要变成火海，我还真就不信了，国民党还有这么敬业的军医？一刻不能停，强制执行，其他人撤，我去看看。

于剑飞边说边冲进了手术室，他身后紧跟着两个兵。当于剑飞冲进手术室时，他脖子上挂了个小型冲锋枪，他右手握着勃朗宁手枪，这支小巧精致的勃朗宁手枪，他喜欢得要命，爱不释手，这只小手枪，在他手里玩得炉火纯青，就好像沾在他手上一样，他就是右手拿着这只手枪，也不耽误他开冲锋枪。他喜欢用这只枪指着敌人的脑袋，他觉得那样特过瘾，特潇洒，是一种战无不胜的感觉，这已经成了他的习惯动作。

他冲进这间手术室，也是用这支勃朗宁手枪指着这个军医的脑袋，厉声命令："放下手术刀，马上撤离这里。"这个军医戴着帽子口罩，没有抬头，继续手术。从那张大口罩里发出冷冷的话语，请让我做完手术。于剑飞同样冷冷地说："对不起，已经没有时间了。"他头一歪，示意两个兵上。两个兵上去架着军医就走，军医不服从还挣扎："你们干什么？放开我。"这一挣扎头上的帽子掉了，她甩一下一头的卷发，再抬起头时，于剑飞惊愕住了……军医本来是斜眼瞪着他，这时也诧异地瞪圆了眼。还没等他们做进一步反应，敌人已经瞄准这里开炮了。于剑飞拉起军医的手喊："快冲出去——"于剑飞拉着军医冲在前面，两个兵保护着他俩冲在后面。炮弹嗖嗖地飞了过来，当他们冲出房子，身后已成了一片火海。

于剑飞认出了欧阳鹿，欧阳鹿也认出了于剑飞，但他们看不出重逢后的欣喜，谁也没认谁，谁也没喊出对方的名字，脸上都挂着冷漠的沉思，尽管是冷漠的沉思，也是一种心照不宣吧。当欧阳鹿被于剑飞拉着冲出火海，他们不约而同地互看了一眼。尽管于剑飞的眼光很平和，绝不是对待敌人的那种眼光，那又能怎么样？欧阳鹿的眼神分明在说，你是胜利者，我是战败者，我是你的战俘。欧阳鹿狠狠地甩开于剑飞的手，用那种鄙夷的眼神瞟着于剑飞，只能用瞟来形容欧阳鹿的眼神，她是把她那双美丽的大眼睛眯起来瞟你，这种眯绝不是色眯眯，而是带着鄙视和责问。这种眼光在于剑飞的脸上瞟了几瞟就落到了他的手上，最后定定落在了他手里的勃朗宁手枪上。于是，于剑飞手里的勃朗宁就变成了烫手的热山芋，扔也不得，不扔也不是，怎么拿都不得劲。这意思还用问吗，那眼神分明在说我送给你的勃朗宁，你却用它指着我的头？好，真是好。于剑飞第一次觉得这样尴尬，这样无所适从，好像她这个国民党就不该抓。在这样的眼神下，羞愧的反倒是于剑飞。这确实是件很悲哀的事，如果于剑飞知道她是欧阳鹿他不会用枪指着她的头，现在他又知道她是英雄吴限的未婚妻，心情更复杂了。他怀里就揣着她和吴限的合影，有时他看着这张合影就想，世上真有这么巧的事？当吴限牺牲之后，他就想一定替吴限找到欧阳鹿。他想遍了世上所有相逢的场面和方式，怎么也没想到他会用勃朗宁手枪指着欧阳鹿的头，而这枪居然是欧阳鹿送给他的答谢品，太滑稽太不可思议了。这是他心里最不得劲的地方，于情于理他都不应该这样做，可是他这么做了，而且做得潇洒漂亮。他现在不想说什么，他想回驻地再向她解释，她也许还不知道吴限牺牲了。

于剑飞不禁又看了眼欧阳鹿，长长的卷发凌乱地挂在她的脸上，更显得她冷艳、默然、凄楚。原本白净的脸被炮火熏得黑一道，白一道，那双大眼睛更加洞穿一切的冷漠，那双眼睛竭力大张着，蓄满了泪，看得出，她在竭力忍着，不让泪流出来。于剑飞心里不禁掠过一阵酸楚，他很想伸出手把那搭在她脸上的长发拂到耳后，很想把她脸上的灰尘擦去，他只是想没有做。就在这时，雷大夯咋咋呼呼过来了，"哎呀，团长，可把我们吓坏了，多悬啊，你再不出来，我们就冲进去。"他上下打量着欧阳鹿："哎呀，团长你行啊，还俘虏个国民党娘们儿。"

于剑飞皱着眉头说："别瞎放炮，你看她是谁？"

雷大夯仔细看了看，咧着大嘴说："我娘噢！这不是欧阳医生嘛。"说着，两只大手上去就握住了欧阳鹿那双柔软修长的手，不肯放开，嘴里的话也没停："你说欧阳医生，那次我们合伙打小日本，多亏了你救活了那么多我们的人，了不起，了不起呀。我代表解放军谢谢你呀！只可惜你是国民党，你怎么就是国民党呢？这回好了，你当俘虏了，就给共产党当医生吧。"这雷大夯没完没了，就好像他是共产党方面最高首长。他装也行，装就装明白了，前几句说得还挺在行，说着说着就下道了。提到国民党了，欧阳鹿这个国民党跟别人不一样，她没伤害谁，她只是尽一个医生的职责，救死扶伤。而且她自尊心很强，刚才于剑飞用枪指着她脑袋就够伤她自尊心的了，现在你雷大夯又一口一个国民党，让她做何感想？于剑飞不耐烦地打断雷大夯的话："雷大夯，组织部队迅速回驻地。"雷大夯立正说是。你别看雷大夯平常在于剑飞面前七个不服，八个不忿的，到真章上他执行命令从不走样。不服的原因就是，同样跟于剑飞出生入死，他凭什么比我提得快？话虽这么说，他心理也暗暗佩服于剑飞的机智勇敢、稳操胜券的将帅风范。

回到驻地，于剑飞向上级首长汇报了情况。刘震师长听了于剑飞的汇报说，你们已经完成了突破敌防线和抓住敌人的任务，下一步你们就要想法使用政治攻势，瓦解城内守敌，动摇他们的意志，麻痹他们的思想，为总攻铺平道路。

于剑飞接到任务后，召集团有关人员开会，分析敌情。赵富副师长也参加了。于剑飞先分析说：同志们，这次刘震师长交给我们的任务是瓦解城内的敌人，怎么瓦解？我先分析一下敌情。我团突破敌沈阳防线后，敌人只对我们进行了猛烈的炮击，但没有反击的部队，据此情况，我判断敌人已无力进行反击，看起来城内的敌人已萎靡不振。这样，我们再加把劲，用政治攻势，让城内的敌人缴械投降，这样就会减少我们总攻的伤亡。我是这样想的，我们把俘虏过来的敌人集中起来教育，再分组或个别教育，给他们宣传我军的政策，对表现好的释放回去，让他们到城里帮助宣传，瓦解敌人的斗志。接着赵富副师长说同志们可以发表一下意见。同志们纷纷说好，也有提出疑议的。雷大夯说万一他们跑了怎么办，咱们好不容易抓回来的。赵富说，这就看你们做工作的水平了，特别你们政工干部，成功率的大小就看你们下的功夫了。特别对那几个军医，要有耐心，不要小瞧他们。他们救过那么多人的命，总有几个战斗部队的将领吧，或许就在这个沈阳城里，瞎猫碰死耗子也碰上他一个两个的。让俘虏们互相提，谁跟城里的哪个将领关系不错，顺藤摸瓜也得给我摸出个大的来。

这是针对个别的。像有他五八没他四十的，放回去，不要紧，翻不了大浪。不会因为那几个俘虏沈阳城他们就守住了？胆子要大一点。

九儿呼地站起来说，这个任务交给我吧。我是女同志，容易消除他们的敌意，我用唠家常的方法就把他们感化了，请组织相信我。这方面于剑飞还是相信她的，平常她就政治旗帜高高挂，说的比唱的好听，再说，她说得也有道理。赵富副师长始终非常欣赏九儿，说，好啊，这个任务就交给你，这第一堂课就由你来上，其他政工干部协助九儿把这项工作做好，要快，离总攻还有一天的时间，现在就行动。

同志们分头行动，有布置会场的，有集合战俘的。

于九儿更是忙得不亦乐乎，她腰里别着双枪，甩着一头短发，正往关押着欧阳鹿的屋走来。在门口正遇上于剑飞，她张口就说，剑飞，这些俘虏就差欧阳鹿没到场了，把她押过去这就开会。没人的时候九儿喜欢这样称呼剑飞，根本不把自己当外人，在她心里，她和于剑飞本来就是一家人嘛。于剑飞纠正她多少次了，但九儿总是记不住。

于剑飞没让欧阳鹿和其他俘虏在一起，单独安排她在一间屋里。他觉得她跟他们不一样，甚至他没把她当俘虏。他总想找机会跟她谈一谈，因为回来一直就忙，没顾上这事。他想趁于九儿他们给战俘做思想工作的这个当口找欧阳鹿唠唠。在门口正碰上九儿。于剑飞听九儿这么一说，就很生气，把于剑飞的计划打乱了。于剑飞头不抬，眼不睁地说："于九儿同志，以后请不要这样称呼我，我说过多少回了，叫我团长，这是军队。"

"是，我记住了。"

"好了，你去开会吧，要抓紧，欧阳鹿就不用去了，她跟其他的战俘不一样。"

"为啥呀？"

"我不说了吗，她跟其他战俘不一样。"于剑飞的声音有所提高。

"可是……"

"没有可是，你是团长我是团长？执行命令，这个工作你能不能做？不能做换人，别给我误事。"

"能做。"

在九儿心里，于剑飞是至高无上的，在战略战术上九儿是绝对服从于剑飞的。就欧阳鹿这事，她虽然有些不理解，她还是服从命令。她心里窝了一肚子火，欧阳鹿她再怎么着，也是国民党那边俘虏过来的，咱现在是跟国民党争天下，怎么能掉以轻心呢？这些话她很想跟于剑飞说，看于剑飞拉着一张不容商量的脸，也就算了。

就在九儿转身要走的时候，欧阳鹿推门出来了。她没看于剑飞，径直对九儿说："你们说的话我都听到了，我跟你去开会。"

九儿看着于剑飞干笑了两声，她明明是跟欧阳鹿说话，却看着于剑飞说："还是欧阳医生明事理，那好，咱们走。"这话和表情就是向于剑飞表明，这可不是我强迫的，是她自己愿意的。九儿生怕欧阳鹿变卦，撂下话带着欧阳鹿转身就走。

于剑飞冲着欧阳鹿的后背说："欧阳医生，你可以不去。"

欧阳鹿是多么高傲的一个人，和众多的俘虏坐在一起受教育，对她是多么尴尬的事。欧阳鹿没有回头，也没停下脚步，她好像知道于剑飞听到什么话心里最难受似的，于是，她就冷冰冰扔到身后一句话："我是俘虏，我知道该怎么做，谢谢你的恩赐。"

欧阳鹿坐在最前排，她来得最晚，当她走进会场的时候，所有战俘的眼睛齐唰唰地看着她。有个兵还认出了她，小声嘀咕，这不是欧阳医生吗？她怎么也上来了？另一个军医说，跟我们一起抓来的，我们医院被连窝端了。发问的这个战俘是沈阳守敌 207 师的兵，207 师的一个旅长和欧阳鹿的事在他们师被传得沸沸扬扬，其实也没什么，问题就出在那个旅长肖扬身上。

在一次战斗中，肖扬旅长负伤了，送到欧阳鹿所在的医院。肖扬伤得很重，需要输血，偏偏他是 O 型血，在场的人没有 O 型血，现调人，来不及了。在这紧急关头，给他主刀的欧阳鹿说抽她的，她是 O 型血。大家说不行，你还得做手术呢。欧阳鹿说没事，救人要紧，我能挺住。就这样，欧阳鹿的血就输进了旅长肖扬的身体。欧阳鹿还坚持做完手术，手术刚完，还没等下手术台，欧阳鹿就晕倒了。

旅长肖扬得救了，等他醒来，为这事感激得不行。感激归感激，别动真格的，不，他玩真了。他伤愈出院后，带着全旅官兵，高唱着《我的太阳》来到欧阳鹿的医院："啊，太阳，我的太阳，那就是你，那就是你——"那阵势，把整个医院惊动了。这家伙一向穿戴特讲究，那做派，嘎嘎新的白手套，一尘不染，金丝边的圆形墨镜卡在鼻梁上，这也成了他的标志。他当着全旅官兵的面，单腿跪在欧阳鹿的面前，手捧鲜红的玫瑰花，向欧阳鹿求婚，弄得欧阳鹿措手不及，欧阳鹿怎么会答应他呢，她对他是没有一点感情的，她只是尽了一个医生救死扶伤的职责，不掺杂一点私人感情，何况欧阳鹿当兵就是为了找她的心上人吴楚寒的。吴限，也即吴楚寒，最开始是在国民党队伍里，后来他看出蒋介石是假抗日，他就找机会弃暗投明了，跑来跟共产党的队伍干革命。欧阳鹿只知道他参加了国民党，不知道他后来又到共产党队伍了，所以她一直在国民党队伍里找，找了这么多年也没有吴限的下落。她也想到他是不是到共产党队伍了，可她不知道他已经由吴楚寒改名为吴限了。她曾经问过于剑飞，你认识吴楚寒吗？于剑飞说不认识。在这种情况下，她当然不会接受肖扬的求婚。何况肖扬是有名的花花公子，风流倜傥，我行我素。如天马行空，浪漫得像个法国人。他的上司对他也很头疼，也就是念他带兵有方，英勇善战。他到底有多少女人谁也不知道，到处留香，他把女人当成他的战利品来炫耀。那时候他就崇尚独身，光谈恋爱不结婚。肖扬长得也一表人才，大个，细腰窄背。笔挺的国民党军官服穿在他身上，尽显英勇气概，是让女人一见倾心的主，所以穿上军装他又平添了一份自傲和自信。他喜欢女人，喜欢各式各样的女人，但从不把女人放在心上，就像过眼烟云，夏日繁花，一闪即过。见到欧阳鹿，他的阵脚全乱了，他恨不能再负一次伤，让欧阳鹿那双修长纤细的手握着手术刀，在他身上随便拉哪都行。何况他身体里流着欧阳鹿的血，想到这些他就激动不已。他恍然大悟，他活了三十多岁就是为这个女人活的，他到现在不结婚就是为了等这个女人，这注定是上天安排好了的。于是，他有了让自己都感到震惊的决定——他要结婚！和欧阳鹿！越快越好，刻不容缓。当他的求婚遭到拒绝时，他没有沮丧，更没有恼羞成怒，他真挚地说，欧阳鹿医生，我肖扬向你发誓，生是你的人，死是你的鬼（又一个男九儿出现了），生生世世我会守着你。无论你在什么地方，你幸福，我祝福你，你过得不好，我会挺身而出。如果有那么一天，我死在你前面，也就罢了，如果你死在我前面，我会随你而去。我肖扬男子汉大丈夫，说话算话，我肖扬这辈子只爱你一个人，记住，我的命是你的，你随时可以拿去，从今后我们俩是一条命。说完，他站起来，率领着他的部队大踏步走去。

在肖扬跪过的地方，散落了一地的玫瑰花。欧阳鹿慢慢地蹲下来，轻轻地拾起每一朵，若有所思地望着渐行渐远的肖扬，感叹道，是个有血性的男人，可他代替不了吴楚寒。

这个肖扬说话还真算数，很忠于他对欧阳鹿的感情。他从此不再拈花惹草，心里装着他的欧阳鹿，一心一意带兵打仗。他在感化欧阳鹿，他在等待着欧阳鹿，他不再去干扰欧阳鹿的生活，但他时刻关注和关心着欧阳鹿。像这次欧阳鹿的医院被端，他急得就像热锅上的蚂蚁，他正盘算着怎样营救欧阳鹿。

副师长赵富说完开场白后，九儿上政治课。九儿没有坐着说，她站着，手里握着卷成筒的纸，不时挥舞着，像个演说家。九儿声情并茂，感情饱满，说到动情处还潸然泪下："在座的有我的兄长，有我的兄弟，还有我的姐妹，其实我们是一家人。我们都是中国人，我们共同打过鬼子，我们是十指连心的亲兄弟。谁是娘，我们的祖国啊！娘说，你们都是我的孩子，十个手指咬咬哪个都疼啊！可是我们为什么还要拼个你死我活呢？是蒋介石挑起的内战，是蒋介石把我们生生分开，让我们由亲兄弟变成了敌人。"九儿稍作停顿，雷大夯抓住这个机会喊起了口号："打倒蒋介石！解放全中国！"他就会这招。九儿接着说："你们在座的穷苦出身的居多吧？是被抓壮丁的吧，没有自愿参加国民党的吧？"

让九儿万万没有想到的是，欧阳鹿这时插了一杠子："我是自愿的。"她说这话，狠狠地瞪了于剑飞一眼。于剑飞知道，这是对他不满，冲他来的，跟他闹情绪。

九儿心说，没想到她还是个刺头，就是欠收拾，等倒出空来，好好教育教育她。听于剑飞的好了，就不该叫她来，她这是成心捣乱。九儿心里发狠，但脸上仍挂着笑容，说："欧阳医生的历史我还是多少了解一些的，你是自愿参加国民党的不假，但你参军的时候，国民党迫于全国人民的压力，当时也正在抗战，虽然你投错了队伍，但出发点是好的。在座的兄弟们，我们曾经和欧阳医生在同一个战场上抗过日，好，我们为欧阳医生鼓掌。"

欧阳鹿听到这她再也没说什么，她也暗暗佩服共产党的这个女干部，不但枪打得准，政治手腕也很高。九儿自己本身是苦出身，她还是以这个为话题感化战俘，因为这些战俘还是穷人居多，九儿说："兄弟们，回头是岸，回到咱们的队伍来吧，共产党是穷苦人的军队。在国民党队伍里，有几个把咱穷人当人的。我也是苦出身，是农屯出来的苦丫头，是共产党把我培养成为一名有思想、有觉悟的女干部。多好啊，还有更好的，在家乡正在斗地主分田地，你们当中，有愿意留下的继续在咱部队上干，有愿意走的，分给你地，回家种地，穷人有了属于自己的土地，这是开天辟地的大喜事啊！"战俘里有带头鼓掌的。九儿面带笑容地话锋一转："要想保住分到咱穷人手里的土地，不被地主剥削阶级夺回去，我们就要投入到共产党的队伍，打倒蒋介石，建立红色政权。"

有个穷苦出身的战俘听说分地，感动得痛哭流涕。他家世代给地主扛活，做梦也没想到会有自己的土地，他举着拳头喊："共产党万岁！毛主席万岁！"有几个战俘也跟着喊。看起来这几个是最穷的了。穷人先占了上风，像欧阳鹿几个不穷的也翻不了大浪了，只能跟帮随流了。

九儿看达到了预期的效果，下面关键的话题就由于剑飞来讲了，九儿话锋一转说："下面由我们于剑飞团长讲话。"

于剑飞站起来，目光很严峻地扫过在座的每一位，他说，现在沈阳还没解放，需要我们在座的出把力，也是立功赎罪的大好机会。他声音洪亮，语气坚定。沈阳要解放，乃至全中国都要解放。这是早晚的事，也是必然的事。就看谁能抓住这个机会为解放沈阳出把力，将来等全国解放了回到家乡对父老乡亲也有个交代。于剑飞问，有愿意为解放沈阳出力的吗？有几个举手的，说愿意。于剑飞说，有愿意的好，不愿意我们也不强迫。现在你们就回原部队，宣传我解放军的政策，解放军优待俘虏，共产党愿意和平解放沈阳，减少不必要的伤亡，欢迎投诚的国民党军队。谁任务完成得好，我们会给他记功的。另外，有谁跟守城的将领有关系？请举手。稍微停顿了一会儿，刚才那个认出欧阳鹿的兵说：报告长官，欧阳鹿医生跟肖扬旅长有关系。已做通思想的战俘，这时很想表现自己。欧阳鹿转过头，狠狠地瞪着那个兵说，你像个摇尾乞怜的狗。那个兵喊，长官，你看她骂人。于剑飞严厉地说，好了，下面由于九儿、雷大夯负责释放人员。你们到底为沈阳解放出没出力，我们都给你记着账哪，不要以为人民不知道。

九儿和雷大夯，还有一些干部，开始部署，哪个战俘回哪个部队，回去怎么说，遇到顽固的怎么办，如何保全自己，怎样把重要的情报带回来。然后释放了部分有价值、可靠的俘虏。

要说有价值的俘虏，还要数欧阳鹿，但于剑飞根本不想在她身上做文章。无论什么情况他都不想把她释放回去，她是英雄的恋人，理应留在英雄的部队，虽然她现在表现得很极端，她只是憋着股火。于剑飞相信，经过教育和感化，欧阳鹿会成为我军出色的军医。

释放的俘虏有的回来了，有的没回来，有的被国民党枪决。认出欧阳鹿的那个俘虏很快就回来了，他带回一个惊人而又棘手的消息。肖扬旅长让他带回个口信，要求于剑飞团长带上欧阳鹿，只准许带一个随从，前去商谈投诚的问题。于剑飞毫不犹豫做出决定，不管这是肖扬设的圈套，还是真有诚意，都决定去。于剑飞原本是想带警卫员去，雷大夯说他去，这些都好说。最棘手的是欧阳鹿说死不去。她说她只管治病救人，不参加政治，她讨厌阴谋，她讨厌这场战争，无论谁胜谁负，她都不想做战争和阴谋的牺牲品。九儿说，你这是墙头草，立场不坚定，旗帜不鲜明。你就忍心看中国人和中国人互相残杀、血流成河吗？就因为你一句话，减少多少伤亡。雷大夯也着急，他对欧阳鹿的印象还是不错的，但她现在这个态度，他也很生气。他说，欧阳医生，你说你不参加政治，你为什么参加国民党？给国民党当军医？难道这不是政治吗？欧阳鹿说，你以为我愿意当国民党吗？我是为了找我的未婚夫，欧阳鹿道出了实情。自从吴限参军他们就失去了联系，他们是赌气分手的。南京大屠杀时，他们正读大学，他们幸免于难，但吴限目睹了日本鬼子犯下的滔天罪行。他义愤填膺，非要弃学从军，报效祖国。欧阳鹿坚决反对，因为她父亲已经联系好了，让他们一起去上海租界，有机会继续完成学业。他们的思想有了分歧，欧阳鹿说，如果你去当兵我们就分手。哪个女孩子不向往美好的生活，而且爸爸还说，正联系送他俩去国外。吴限说她没有一点中国人的良心，国都快亡了，还想着个人的享乐，你就是不提出分手，我也不想跟你这种没有骨气的人在一起。他们谁也说服不了谁，就这样分道扬镳了。吴限当兵了，欧阳鹿去了上海，从此他们失去了联系。女孩子都是重感情的，在气头上什么话都说得出来，过后又后悔得不得了，碍于面子，又不能马上纠正。吴限走后，她日夜思念，那种牵肠挂肚的感觉折磨得她夜不能寐。两年后，她完成学业，不顾家人的阻拦，也毅然决然参军了。她只知道吴限参加的是国民党队伍，她也投奔去了。她是学医的，做了一名受人尊敬的军医。她想她一定能找到吴限，找到他就向他承认自己的错。并告诉他，她想他，爱他，无论他上哪她都跟着他，再也不分开。但她并不知道吴限后来去了共产党的队伍。

看起来于剑飞不想在欧阳鹿身上做文章也不行了，军机在这摆着呢，战争年代，一切为了胜利。如果守敌的一个旅能投诚，那可不是小动静，就地就瓦解了敌人的斗志。于剑飞想到这，他决定亲自做欧阳鹿的工作。于剑飞对九儿他们说，你们先回去做自己的工作，让欧阳医生静一静，我自己跟她谈谈。雷大夯说，这都啥时候了，还跟她磨叽，我看是瞎子点灯白费蜡。以前我看她挺好的，现在咋这么顽固呢。我说这国民党军队教育不出好人，我看就应该强制，爱受不受。九儿站在雷大夯的旁边，也是一副赞同的样子。于剑飞一拍桌子，呼地站起来，你们有完没完，该干啥干啥去。于剑飞不急吗？他比谁都急，雷大夯还在这添乱，他只能冲雷大夯发火。九儿扯一下雷大夯衣襟，示意他别吱声了，俩人蔫不噔出去了。

屋里只剩下于剑飞和欧阳鹿。于剑飞调整下情绪说："欧阳医生，我非常敬重你，咱撇开共产党还是国民党不说，单说你的医德就值得我们学习。"

"你不用给我戴高帽，我不吃你们共产党这一套。"

"我们不谈共产党国民党，我们只谈朋友。我们是老朋友了，不是吗？这不，又见面了。"

欧阳鹿冷笑："是吗？长官，可笑的是等我们再见面时，你用我送你的勃朗宁手枪指着我的头。你说你要谢我，你就是这么谢我的吗？我的朋友？"

"欧阳医生，我只能抱歉。我知道你对我有气，我不该用你送我的枪指着你的头，我知道那是件很尴尬的事。可那是误会，即使不是误会，当时作为敌人的你，我也应该这样做。这是作为军人最起码的忠诚和职责，这就是战争。可你是个有知识、有文化的新女性，蒋介石迟早要灭亡，这是历史的必然，谁赢得了人民，谁就赢得了这场战争，这是颠扑不破的真理。作为有正义感、有觉悟的你，理应为全国的解放做出自己的贡献。"

欧阳鹿听了这段话，她佩服这个共产党人的坦诚和豁达。可是，她就是再想做贡献，也不想让肖扬做她贡献的牺牲品。她就是不爱肖扬，也不想害他。她不想用自己的感情去左右一个军人，是非曲直由肖扬自己定夺。何况肖扬也是个有血性的军人，投降，不管原因与否，对军人都是奇耻大辱。欧阳鹿说："于长官，不管你怎么说，我都不想被卷进去，我只想找到我的恋人吴楚寒。"

"好吧，"于剑飞说，"我不得不说了，我给你看样东西。"于剑飞从里怀兜里掏出一张照片，递给欧阳鹿，"你认识这张照片吗？"欧阳鹿接过照片，既惊喜又兴奋："这是我们在大学照的，怎么会在你手里？这么说你认识他？他人在哪？快告诉我。"她一连串的发问。她眼里闪出热恋中的少女才有的天真烂漫，可见她对吴限的感情至深。

于剑飞望着她渴望的眼神，他真不忍心告诉她实情，但他现在必须说，因为欧阳鹿正迷惑在十字路口，吴限会帮她找到方向。于剑飞说："欧阳医生，你要有个思想准备，你是军人，是军人就要坚强。你的恋人他不叫吴楚寒了，他改名叫吴限了。他是看国民党的所作所为越来越与人民背道而驰，看出了蒋介石的假抗日，所以，他到了我们的队伍。他跟我在一个连队，他任指导员，我任连长。那时候我在思想上很不成熟，他给了我很大的帮助和支持。一年前，在一次战斗中他牺牲了。他是爆破英雄，他临冲出去炸碉堡时，把这张照片给了我，他告诉我你是他一生最爱的人。"于剑飞说到这，欧阳鹿已经站不住了。她大张着嘴，惊恐地瞪着眼睛，瞪着瞪着，她眼前一黑，闭上眼睛，身子软绵绵向后仰去……于剑飞快速伸出双臂接住了她。她软软地趴在了于剑飞的怀里，放声大哭。她悲伤得语无伦次："怎么会这样，他不是你的战友吗，你为什么没有保护好他，为什么让他去炸碉堡，我恨你们，我恨你们……"欧阳鹿悲痛欲绝，她瘫倒在于剑飞的怀里，不能自持。于剑飞拥着她，托着她。欧阳鹿指责得对，他没有保护好战友，这个碉堡本应他于剑飞去炸，可是，我的好战友，我的好搭档……于剑飞的泪也流了出来，他更受不了欧阳鹿的眼泪，刚才还那么倔强高傲，现在却像在风雨中飘零的一片花瓣，无依无助地痛哭。他想安慰她，可是他不知道怎么说，原本准备好的词，他一句也说不出来。他告诉欧阳鹿吴限牺牲的事，无非就是激起欧阳鹿对国民党的仇恨，让欧阳鹿配合自己劝降肖扬。在这衷情而又伤感的女人面前，这些话他说不出口，他觉得自己很卑微，在利用烈士。欧阳鹿因悲伤过度身体不住地颤抖，于剑飞不知道怎么去安慰她，他不住地用手轻拍着欧阳鹿的后背，说了一些与劝降一点关系没有的话："好了，欧阳医生，你坚强点，坚强点，我们跟你一样痛失这样的好同志。你哪都不用去，就待在这，就在我们团，让我来保护你，不让你受丁点委屈。好了，好了，别哭了，你再这么哭下去，让我这个仗怎么打？好，你坐下休息，我要出发了，军令如山哪。"

欧阳鹿坐下，情绪好了些，她困惑地说："请你等等，我还想问一句，你要说实话，吴楚寒有了共产党的恋人了吧？"欧阳鹿百思不得其解，就算他们怄气，吴限也不至于一封信不给她来。其实吴限出来革命他的思想就有了改观，至于跟欧阳鹿的怄气，早就忘了。唯一忘不了的就是跟欧阳鹿的感情，他既然爱她，就让她幸福。她是喜欢过安逸生活的女孩，这有什么不对，谁喜欢过动荡不安的生活。吴限想他是不能给她这样的生活了，作为战争年代的军人，不知道今天牺牲还是明天牺牲，就让欧阳鹿重新寻找自己的幸福吧。所以吴限再也没跟欧阳鹿联系，他更不知道欧阳鹿为了找他也参军了。

于剑飞停下脚步，转过身，郑重地说："就在我们俩争执都要去炸碉堡时，他不由分说，塞给我这张照片说，告诉她，告诉她的子孙后代，他们的幸福生活是烈士的鲜血换来的，告诉她我的选择没有错。就在他跳出战壕的一瞬间，他回头喊，告诉她我爱她，永远爱她。"

欧阳鹿双手捂着照片，放在胸口，再一次泪流满面，吴楚寒——我的爱人……她向空中呼唤着她至深的爱人。

于剑飞默默地说："英雄的墓地只葬着他一套军装，他的躯体随着爆炸粉身碎骨，与祖国的大地融为一体，再也不分离。"于剑飞长叹一声，更加坚毅，"我们一定要解放沈阳，解放全中国，完成烈士的遗愿。"

于剑飞大踏步向外走去，欧阳鹿呼地站起来："我跟你们去！"于剑飞骤然回身……他不相信地看着欧阳鹿，期待着。欧阳鹿含着泪说："既然共产党的事业是吴限终身奋斗的目标，我愿意继承吴限的遗志，以慰他在天之灵。今后，我也叫他吴限。"

于剑飞大张开双臂，拥抱欧阳鹿，这是惊喜和感激的拥抱，怎不让人忘乎所以："天哪！我就知道，你应该就是我们共产党的人！"他又放开她，握着她的手，激动地说："对！我们为共产党的事业奋斗终生！走！我们上战场，胜利属于我们的！这是吴限最爱说的话。"

雷大夯和九儿早就做好准备等着于剑飞。欧阳鹿一改敌视的态度，于剑飞也是一副胜利在握的表情出现在他俩面前。雷大夯困惑不解地看着他俩，傻瞪着眼，好像在问，怎么回事？于剑飞照他肩胛打一拳说："傻愣着干啥，出发！"雷大夯不敢相信地指了指欧阳鹿，这回他不敢多嘴了，怕挨训。于剑飞说："啊，欧阳医生和我们一起出发。"雷大夯使劲鼓掌，咧着大嘴笑着说："欧阳医生，我说啥你可别往心里去，我是粗人，我这不也是着急嘛。"

"行了，行了，"于剑飞说，"没人计较那些，腰里多别点家伙，实在不行就跟他同归于尽。"

"我知道，都准备好了，"雷大夯一拍屁股两边，"都绑腿两边了，这大肥棉裤，谁也看不出，绑腰里谁都知道，怕他们发现，弦别在裤腰上了，一拉就响。"

于剑飞说："好，关键时候吓唬吓唬他们。别瞎拉弦。"

"知道。"雷大夯说。

九儿打扮成乡下女人的模样，见于剑飞打量她，拍拍花棉袄说咋样？行吧？于剑飞说不咋样，有你什么事啊，把这的工作管好喽，我们出发了。九儿说她也去，敌人不会在乎一个乡下女人，就说临时抓来伺候欧阳医生的。九儿本来长得就土，这一打扮更土掉渣了。头发别起来了，在后面梳个鬏，裹了个破头巾。上身穿个蓝地白花的偏襟棉袄，下穿一条抿裆棉裤。那家伙肥得，能穿两条腿。她也在这肥棉裤里做了文章，她在裤子两边做了隐蔽的裤兜，裤兜是没底的，两只盒子枪就挂在棉裤内，裤兜本来就是隐蔽的，再被大棉袄边这么一盖，更什么也看不出来了。谁能看出，这个看上去反应迟钝，又唯唯诺诺的乡下小媳妇是个狙击手？于剑飞还有些犹豫，欧阳鹿说让她去吧，也好跟我做个伴。于剑飞也愿意九儿去，他也欣赏她枪使得好，而且这个女人临危不惧，沉着冷静，关键时刻她能助他一臂。他只是怕引起敌人的疑心，欧阳鹿既然愿意她去，到时她会说话的。于剑飞同意了，他每次执行任务，都觉得雷大夯和九儿是他的左膀右臂。雷大夯天不怕，地不怕，敢上刀山，下火海，是难得的虎将。临出发前，于剑飞下了一条死命令，无论发生什么情况，誓死保护欧阳鹿的安全，雷大夯和九儿接到命令说是，然后一行四人骑上高头大马箭一般向沈阳城进发。

到了肖扬的守城地盘，果然不出于剑飞所料，一个上尉带领足有一个连的兵守在门口。

上尉走上前问："怎么多带一个人？"

雷大夯跳下马，像烫着似的，嘶嘶哈哈地说："这天真他妈的冷，跟刮刀子似的。啊，那啥，"他指着九儿，"她也算个人？屯子里傻娘们儿，是临时抓来伺候欧阳医生的。这不，欧阳医生让她来跟她做伴，说这都是男人，不方便。上这种地方哪个女的敢来呀？嘿嘿，她有点缺心眼，就跟来了。"

上尉心想，你也有点缺心眼。

于剑飞他们跳下马，上尉上前敬个军礼说："对不起，长官，例行公事，检查你们是否带了武器。"

于剑飞笑着:"废话,军人能不带家伙吗。哈哈,看起来你们让人家打怕了,不用检查了。"于剑飞说着把腰里的勃朗宁手枪递给上尉:"给我保管好了,这个手枪意义大了去了,给我一个连都不换。"于剑飞那口气大的能扇风。

上来个兵,缴雷大夯的枪,又从雷大夯的胳肢窝一直摸到腰间。兵又去搜九儿,九儿操着手,乞求似的看着欧阳鹿,惊恐地往欧阳鹿身后躲。人往往有这个毛病,就怕被人求着,有种成就感,欧阳鹿真被九儿的熊样子迷惑了,忘了那个咬牙切齿打日本飞机的女军人了。欧阳鹿厉声说:"是不是我也得搜啊?你挺大个男人在女人身上瞎摸什么,没教养,给你们旅长叫出来。"

"不用叫了。"肖扬推门出来,披着崭新的军大衣,见到欧阳鹿,他胳膊潇洒地一抖,跟在后面的勤务兵就接住了军大衣。他里穿笔挺的国民党军官服,脚蹬马靴,腰板挺直,疾步走上前,握住欧阳鹿的手:"欧阳医生你好,有失远迎,抱歉。"眼睛根本没看于剑飞一行,就跟他们没来一样。然后他冲欧阳鹿漂亮地一伸手:"请!"肖扬的表情不卑不亢,面容严肃,又不失温文尔雅,典型的军人风范。

那个搜身的兵喊:"报告旅长,那个女的还需不需要搜身?"

"哈哈,"肖扬朗声大笑,"退下,没看欧阳医生都发火了吗?"他看了眼灰头土脸的九儿,一个乡下女人,也能翻了大浪?九儿不跟欧阳鹿站在一起还好点,站在一起这一比,那就是,一个天上飞的凤,一个地下抱窝的鸡:"你也太抬举共产党了,放行!"

肖扬傲气十足,他始终就没看于剑飞一眼,于剑飞说的话他都听到了,心想,你鸡巴一个勃朗宁手枪就换我一个连?好大的口气,我还不把你这个团长放在眼里呢。于剑飞不在乎,显得很大度,你不请我我自己进屋。进屋之后,不用肖扬让,就像到自己家一样,坐在了肖扬的对面。中间是个长条桌子,雷大夯站在于剑飞的身后,但肖扬站起来指着自己身边的座位对欧阳鹿说请,而欧阳鹿并没有随着他手的指挥落座,却自觉不自觉地坐在了于剑飞的一边。肖扬很不自然地收回手,重新落座和他的表情是同步的,他点着头,说了声好,那意思像是他赞同欧阳鹿这么做,随着几声干咳,肖扬在掩饰他的情绪。

欧阳鹿关切地问:"怎么肖旅长病了?"欧阳鹿是医生,对咳嗽特敏感。这么随便的一声问候,肖扬的眼泪差点没下来。欧阳鹿在问候我,欧阳鹿在关心我。来自欧阳鹿的每个声音，每个动作，每个问候，都让他激动不已。欧阳鹿这一问，他正好借坡下驴，说："啊，没什么，这几日就是总咳嗽。"

欧阳鹿关切："没看医生？"

肖扬叹口气说："没有好医生啊。"这话意味深长了，那意思我肖扬离了你欧阳鹿这辈子不看医生了，宁可病死，你欧阳鹿就忍心看着吗？

雷大夯听着这个气呀，我们是来谈判的，不是听你们在这谈情说爱。一个狗屁咳嗽，也值得惊动欧阳医生？耍啥派头，等着吧，看你到了解放军这边怎么归拢你。

雷大夯想到这，不满地说："团长，天不早了，咱是来谈判的，不是来听扯闲篇的。"

于剑飞说："别着急，给人家时间寒暄嘛，朋友见面，人之常情。今天我们来还有另一个目的，请欧阳医生给肖旅长看病。"他俩横插进来的对话，显然扫了肖扬的兴致。欧阳鹿看看双方，脸上都像挂着霜。欧阳鹿没有忘记此行的目的，不要说答应于剑飞什么了，最起码她答应烈士了，她大方地站起来，介绍说："肖旅长，这位是解放军的于剑飞团长，应你的邀请，前来谈判。"

肖扬站起来跟于剑飞握手说："你好，欢迎。"他沉一会儿，若有所思："于团长？怎么没听说过？"他没瞧得起这个看上去比他还年轻的解放军团长。

于剑飞也沉稳得很："没听说不要紧，今天不就听说了吗？再说，解放军像我这样不出名的团长遍地都是。好了，咱们谈投诚的事，现在是国难当头。"

肖扬借着于剑飞的话头抢着说："对，是国难当头，兄弟如果能为党国效一臂之力，我定会向党国为你领功受赏，保兄弟前途无量，定比我肖某的官要大得多。"

于剑飞笑笑说："肖旅长，此话跑题了。你也是聪明人，你看到了吧，解放军势如破竹，所向披靡。肖旅长纵有千般武艺，也无回天之力。我解放军看肖旅长是开明志士，可塑将才，规劝肖旅长弃暗投明，解放军举双手欢迎，为你在解放沈阳写下辉煌的一章。"

"哈哈，"肖扬冷笑两声，"你也太抬举我了，我身为军人绝不做背叛之事。我宁愿与党国共存亡，这是作为军人最起码的英雄本色。今天之事说我肖某设圈套也好，说我要阴谋也罢，我都认了。既然你没有投靠我之意，我不勉强。你我都是军人，这我理解，投降是军人的耻辱。那好，你把欧阳鹿留下，你们请便。我们井水不犯河水，你走你的阳关道，我走我的独木桥，我绝不伤害你们一根汗毛，这就是我肖扬的风格。恕不远送，请便。"肖扬下逐客令了。

于剑飞摇着头，不急不缓地说："不，那不行，你想错了。欧阳鹿是我们的欧阳鹿，她只能属于解放军组织，她参加国民党就是为了寻找她的未婚夫。阴差阳错，她的未婚夫在我们队伍里，是你们的子弹射穿了他的胸膛，她怎么可以留在你们这里？她怎么能留在敌人这里？英雄永不瞑目啊！"

"哦？"这个消息让肖扬为之一震，他震惊的不是欧阳鹿不会留下来，而这个震惊更使他坚定了爱的信心，他一定会和欧阳鹿在一起。既然她所爱的人离开了人世，那么他们就可以重新开始。过去他只能像个忠诚的卫士远远地守候着她，从今往后，他就可以向她发起爱的进攻。他就不信，他能率领千军万马，就攻不下一颗女人的心？他感谢于剑飞把这个消息告诉他，他并没有丁点幸灾乐祸的意思，只是这个消息让他心中那静如止水的希望，这会儿如波涛汹涌。欧阳鹿啊，我对你那炽热的爱如熊熊的烈火在胸中燃烧，为了心中的爱哪怕烧成灰烬也在所不惜，你能感觉得到吗，欧阳鹿？肖扬说："于团长，多有得罪了，投诚的事就免谈了。明说了吧，我的目的就是想要回欧阳鹿。感谢于团长毫发未伤地把欧阳鹿送还，我肖扬这里谢了，你的恩情我肖扬来日报答，送客！"

随着肖扬的喊声，呼啦从旁边屋子里站出许多全副武装的士兵，看架势肖扬玩狠的了。你不把欧阳鹿留下我就打死你，没商量。

把欧阳鹿留下，那是绝对不可能的。别说她是英雄的未婚妻，就不是，在于剑飞刚认识她的时候他就被她高超的医术和她的精神所折服，当时就冒出了这样的想法，早晚有一天我要把你挖到共产党的队伍。于剑飞站起来命令道："掩护欧阳医生，撤——"

一分也不差，一毫也不离，与此同时，双方同时行动，所有的枪都对准了于剑飞和雷大夯。

雷大夯同时拉住了裤腰上的拉弦，他大声喝："谁也别动，我裤筒子里可全是手榴弹，动一动，咱就玩个同归于尽。"

所有的焦点都集中到于剑飞和雷大夯这两个男人身上，因为这两个家伙最不好对付。这时，把两个女人晾在了一边。九儿看他们这样僵持着也不是回事，既危险也没期限。九儿心想，你不就是想要欧阳鹿吗？欧阳鹿不就是你心上人吗？你怒发冲冠不就是为这个红颜吗？她不就是你的心肝宝贝吗？这回我就动动你的心，碰碰你的肝，让你心疼肝裂，让你方寸大乱。九儿趁没人注意她们，她掏出双枪的同时就抓住了欧阳鹿的脖领子。只见她左手提着枪，还薅着欧阳鹿的脖领子，右手举枪指着欧阳鹿的脑袋，厉声喊道："谁都别动，把他们俩放了，不然我就打死她。"

女人那高分贝的叫喊，特别在这男人堆里，听上去特别刺耳。九儿说着，枪口就戳了两下欧阳鹿的脑袋。看起来戳得不轻，欧阳鹿龇牙咧嘴，很痛苦的样子。

一个兵从九儿的左手方向欲行动，他以为，看她左手握着枪，但还抓着欧阳鹿，行动自然不方便，就是个摆设，他想从这突破。他想错了，九儿正想杀个鸡给猴看呢。九儿左手指一动，一颗子弹正中兵的脑门，那兵直挺挺倒下了。由于九儿的左手边抓欧阳鹿脖领、边放枪，枪的震动震痛了欧阳鹿，欧阳鹿条件反射般尖叫着。

肖扬听了欧阳鹿的叫声，他的心骤然疼痛，眉头就拧成了疙瘩。他现在不敢贸然行动了，九儿的亮枪，挫败了肖扬那颗高傲自大的心。共产党的队伍为什么越打越多？就是因为他们赢得了人民，只要赢得了人民就赢得了一切，人民永远站在时代的最前列。肖扬的想法一点也不错，看徐迟的诗，就能领略人民的力量。

　　人民怎样愤怒反抗，
　　看海洋的惊风骇浪。
　　顽固者想把海洋征服，
　　海洋是葬他们的坟墓。

肖扬的大脑高速运转，一个不起眼的农屯妇女居然使双枪？我被他们蒙蔽了，隐藏的敌人是最不好对付的。我今天终于明白了，共产党的男人不好对付，女人更不好对付。不知道欧阳鹿是和他们合起伙来对付我，还是真的不知情。罢罢罢，就让欧阳鹿走吧，免得她出什么危险。留得青山在，不怕没柴烧。只要欧阳鹿活着，不管在哪，我一定能找到她。肖扬的决定改变了，他决定放走欧阳鹿，但他决不放过于剑飞，这个人太狡猾，他居然在女人身上要花招，他最恨这样的人，他要让他有来无回。肖扬最后争取："于团长，我最后问你一句，能不能把欧阳鹿留下你们走人？"

于剑飞坚定地说："那是绝对不行的，我们来了四人，我拱手让出去一个，还是女人，你让我们这些大老爷们儿在这炮火浪尖上怎么混，说出去丢不起那个人。"

"那好，"肖扬说，"战争是男人的游戏，让两个女人走，剩下的事我们男人解决，怎么样？"

于剑飞说："好，一言为定。"他也担心欧阳鹿。

肖扬说："你必须下令，绝对保证欧阳鹿的安全，我才放她俩走。"

于剑飞想，事情已经到了这种地步，他也巴不得她俩安全地回去，现在的情况是走一个好一个，剩下他们两个男人怎么都好说。

于剑飞命令："于九儿，保护好欧阳鹿，撤！"

九儿说："我不走，要走咱们一起走。"她又对肖扬说："肖旅长，你再不放人，我真开枪了。"她更紧地勒了勒欧阳鹿的脖领子，同时枪管也更狠地戳着欧阳鹿的脑袋，这次可能真戳痛了，欧阳鹿啊了一声。

这声啊呀，啊到了肖扬的心窝子，比戳他的脑袋还疼。看起来，就是欧阳鹿真的和他们合起伙来收拾他，他也会原谅欧阳鹿，他也一样爱她。他想，虽然欧阳鹿也是军人，但她是女人，她怎么能架住于剑飞这伙人的威逼利诱和甜言蜜语。他现在就原谅她了，他看不得她受丁点苦，她的一滴眼泪就能让他肝肠寸断。他知道于九儿不会轻易开枪的，但万一这个疯女人一着急，枪走火了呢，你看她声嘶力竭的，她可没有欧阳鹿的修养。

九儿咬着牙，故意把欧阳鹿扯来扯去。欧阳鹿那双美丽的大眼睛已经蓄满了委屈而难堪的泪水。欧阳鹿为什么现在不说一句话，她也挺生气，你共产党说得好听，我是英雄的未婚妻，保护我，尊敬我，啊？就这么个保护法，扯着我的脖领子，像拎死狗似的，扯来扯去，我还有一点尊严吗？好，你们折腾吧，反正我怎么都是你们的牺牲品。九儿现在也拿捏不准，欧阳鹿到底是向着肖扬，还是向着于剑飞？于剑飞到底怎么做的工作，也不了解情况，我这是没办法的办法，你欧阳鹿就受着点吧。这国民党的小姐也真难弄，要不就给你整出一副冷冰冰的样子，要不就是一副受了莫大的委屈的样子，深沉得让你摸不着看不透。等这一出完事了，趁早让她滚蛋，别在革命队伍里找麻烦。

肖扬眉头拧得像两条打仗的蚯蚓，他不忍看欧阳鹿一眼，他说："于团长，不要把事情往绝路上逼，如果欧阳鹿有个什么闪失，你永远也别想谈投诚的事了，我们就鱼死网破。"

肖扬为了欧阳鹿，又给于剑飞下了个小小的诱饵。其实肖扬不用下诱饵，于剑飞也要保护欧阳鹿的安全，只是他俩保护的目的不同，于剑飞是为了牺牲的英雄吴限，而肖扬为了心中的爱情。于剑飞不耐烦地下命令："于九儿，走——这是命令！"

军令如山，九儿很不情愿地答了声是。她挟着欧阳鹿向门口退，她怕背后挨枪，就这么倒着退。就在她一转身要出门的一瞬间，她的耳朵好像听到了扣动扳机的声音，感觉到背后冷飕飕的子弹声，这就是狙击手天生的灵敏度。九儿"唰"转过身，转身和挡在欧阳鹿胸前几乎是同步进行的。九儿知道子弹不是冲欧阳鹿去的，是奔她来的。可这个开枪的人准确度太差了，子弹直奔欧阳鹿来了。就在子弹穿透九儿右臂的同时，九儿左手盒子枪的子弹也射了出去，一枪中了开枪人的胸部，当场毙命。

这样场面就失控了，另一个兵开枪打中了九儿的腿。九儿啊的一声单腿跪在了地上，右手的枪也应声掉地。随即，这个士兵眉毛中间也中了一枪，这一枪不是别人打的，是肖扬打的。随着那个士兵咚的一声倒地的声音，肖扬喝道："谁再开枪我就毙了谁。"

局面总算控制住了，这几声枪响把肖扬的魂都吓飞了，因为子弹是奔欧阳鹿去的，是九儿替她挡了一枪。每一声枪响，他都好像看见欧阳鹿倒下，慢慢地倒下……血从欧阳鹿的胸膛流出来……那血就像从他的胸膛里流出来一样可怕，他的心就像被一只大手紧紧地抓住似的，是那种难舍难分的痛。因为他的身上流着欧阳鹿的血，所以他认为他的心跟欧阳鹿的心是有感应的。打了这么多年的仗，看惯了太多的流血死亡，从没像今天这样怕流血，这可是做军人最忌讳的。

血没有从欧阳鹿的胸前流出，是从九儿的袖筒和裤管里流出来的。血汹涌着，冒着热气很快在九儿的脚下流成了片。九儿单腿跪在地上，起了几次都没起来。她脸色苍白，但她没掉一滴眼泪。她咬着牙，怒视着敌人，跟刚来时那个傻呵呵屯姑判若两人。

雷大夯见状，他像一头愤怒的狮子，瞪着眼珠子，咆哮着："老子跟你们拼了——"说着就要拉弦。

于剑飞大吼一声："雷大夯，住手——"于剑飞又严峻地对肖扬说："肖扬，你再执迷不悟，我也很难控制局面。没有了你和我们，沈阳照样解放，全中国照样解放。但你是千古罪人，我死不足惜，欧阳鹿，乃至全屋的人都是你的陪葬品。你口口声声救欧阳鹿，我看你是让她来送死。如果她待在我们队伍里也许正站在手术台前做手术呢，可是现在……很遗憾，如果真要那样，我只能说抱歉。我在问你，肖扬旅长请问你在干什么？你在做于朋友于国家都不利的事。你是个聪明人，我的同志负伤了，生命危在旦夕，你想，我能放过你吗？我数三个数，你再不缴械投降，别怪我不客气了。记住了，欧阳鹿这么好的医生她是死在你的手上，你今天让欧阳鹿来，就是让她送死。你不是在救她，你是在害她，记住，你是千古罪人，欧阳鹿是死在你手里。"于剑飞喊："雷大夯预备，一、二——"

"二"刚落地，欧阳鹿好像刚从惊恐中回过神来，当九儿为她挡枪的时候，那双拿惯了手术刀的手，只会抱着头尖叫。这会儿她看九儿脚下的一摊血，她摸摸自己的胸，血不是从自己胸里流出来的，是从九儿身体里流出来，是九儿救了她的命。九儿掉在地上的手枪就泡在那汪血里，欧阳鹿一把抓起手枪，抵在自己的太阳穴上，她大喊一声："肖扬——"就一步步向肖扬走去，她的手上都是九儿的血，血顺着枪柄滴在她披肩的卷发上。

肖扬急忙大喊："欧阳……欧阳，你把枪放下，欧阳，有话你好好说，我求你。"肖扬张着双手，好像小心翼翼接抱一个婴儿。

欧阳鹿不买他的账，依然用枪抵着头说："肖扬，我只能用枪指着自己，我能指着你吗？我们也算得上患难之交，我能指着他们吗？他们是我未婚夫的战友和我的救命恩人。我只能指着自己，我没有资格让别人死，我只有权利让自己死。如果我死这一切都能平息，就让我死好了。"

肖扬吓得腿都软了："欧阳，别，别……有话咱们好商量。"

欧阳鹿似乎没听到肖扬颤抖的声音："你还记得你说过的话吗？生是我的人，死是我的鬼。我现在不让你死，我只让你投诚共产党，减少死亡，我不想我的手术台上再多一些缺胳膊少腿的战士。不管他是共产党的还是国民党的，他们都是我们华夏的弟兄啊！"

肖扬往前小心挪着脚步，乞求似的说："欧阳，我，我不能。"

欧阳鹿说："我也不强求你，你也醒醒吧，有那么多的人愿意为共产党的事业流血，想必这共产党的事业是为普天下人做的。那么你又为谁呢？你没有目标，肖扬。你想想，放弃吧，大势所趋啊。"

肖扬犹豫着问："欧阳，非要这样吗？"

欧阳鹿说："别怪我，你也看到了，我不是说客，我现在欠共产党一条命，我得还啊。"说着一闭眼睛，就要扣扳机。两行泪就从闭着的眼里流了出来，肖扬是多么见不得她哭，是他为难着她，让她流泪。就在这时于剑飞和肖扬同时喊，欧阳鹿——肖扬接下来喊的内容才是所有人期盼的主题："欧阳，放下枪，我和你一起还共产党的人情。我无条件投诚！只要你别打死自己，只要你放下枪，我最亲爱的欧阳鹿。"

欧阳鹿就那么深情地看着肖扬："你说的是真的吗？"

肖扬用乞求的声音说："我说的是真的，我现在就让他们放下枪。"肖扬先把枪扔到地上，命令放下武器，兵们纷纷把枪扔到地上。抵在欧阳鹿头上的枪咚一声掉地上了，泪覆盖了她整个面孔。她心里默念，吴限，我终于为你的信仰做了一件事，我终于找到你了，我们的灵魂在一起了。肖扬，对不起，对不起。

于剑飞双手握住肖扬的手说，解放军欢迎你！

（三）

第二天，也就是 1948 年 11 月 1 日，大部队向沈阳发起总攻。只用两天，沈阳解放。

于剑飞团在解放沈阳的战斗中，利用强大的政治攻势，迫使敌人纷纷投降。

整个东北战场用风驰电掣来形容一点不为过，像走马灯似的。就连蒋介石也错误地估计解放军在攻锦州时伤亡过大，至少需要休整两个月以后才能继续作战。岂料，解放军像杀红眼的豹子，所向披靡，势不可当。打完锦州不过十多天，就进军沈阳，这是蒋介石始料不及的。还没等他反过闷儿来，辽沈战役就结束了。整个东北战场上，解放军的特点是行军快、奔袭快、穿插快、攻击快、思维快、战略设想大胆，誉满全国。

沈阳解放后，于剑飞的团暂时留在沈阳休整，就在这个期间，部队进行了补充和整改。新一团奉命改为中国人民解放军 A 军 B 师 38 团。肖扬带过来的一个旅，整改后为 A 军 B 师 37 团，肖扬任团长，他并没有因为降职受任而情绪低落，只要能和欧阳鹿站在同一战线上，他就心满意足了。九儿在欧阳鹿的精心治疗下，伤势大有好转，可是伤得太重，右手时间长了能恢复正常，左腿好了也是跛脚。欧阳鹿并没有因为九儿是她的救命恩人而跟她成为无话不谈的好朋友，她打心眼里敬重九儿，但她无法接受她那种大无畏的形象，好像只有像她那样才能拯救全世界，才能一举解放普天下的劳苦大众，整天一副解放区女队长的形象，走路都带风，那风风火火、日理万机的样子，就好像解放全人类的事业叫她一个人干了。自从她替欧阳鹿挡了一枪，她更不把自己当外人了，在欧阳鹿面前一副重任在肩的样子。她认为，对欧阳鹿的思想改造她责无旁贷。反过来讲，她救欧阳鹿一命，那欧阳鹿还救他们一命呢，那欧阳鹿就是她九儿的亲人。所以，她更不能让欧阳鹿放任自流，她有决心、有信心把欧阳鹿改造成和她一样的革命战士。谁也没交给她这个任务，她认为革命工作靠自觉。这一自觉，她见到欧阳鹿总能挑出毛病，最近九儿跟欧阳鹿的头发较上劲了，弄得欧阳鹿绕着她的病房走。不去吧，又总惦记着她的伤情，去吧，真受不了她的谆谆教导。

这一天，欧阳鹿一是去查房，顺路把雷大夯托她带给九儿的东西捎去。自从九儿住院，可把雷大夯忙活坏了。沈阳解放后，部队说是休整，比打仗也不轻快。刚解放的沈阳一片狼藉，混乱不堪。部队不但要负责市区的治安，还要看管国民党留下的仓库，还有一些银行店铺。部队经过这么多战斗，伤亡过大，这个时候部队需要增员补充。多亏了后方翻身农民组成的地方武装前来参军，部队立即得到了新兵员补充，还有解放过来的国民党战士编入部队。这样，新兵需要训练，解放过来的需要教育，雷大夯和于剑飞他们一样，忙得是不可开交。雷大夯只要有一点空余时间就来看九儿，他听欧阳医生说九儿得加强营养，这样伤口好得快。好家伙，这一句话可不要紧，他见天的不知从哪讨得好吃的，他就是从牙缝里省，每天也给九儿拿点吃的。这不，他刚领着部队从医院门口路过，没工夫进屋，正赶上欧阳鹿在门口，他就从怀里掏出个纸包，说给九儿，还有些不好意思地嘿嘿笑了两声。欧阳鹿说雷营长你放心吧，我一准给她。雷大夯转过身向她挥了挥手，然后转回身，迈着愉快的步子向前走去。欧阳鹿看着他的背影，重新审视着这个男人。这个看上去五大三粗的男人，对女人心还挺细，对爱还真一往情深。可怜他的一片痴情，因为九儿就是个不懂爱情的人，她心里装的就是革命。每次雷大夯来，九儿都一本正经地说：大夯，你不好好带兵，老往我这跑啥？我整天躺在床上，啥也不干，就够享福的了，还要你来陪着。你看我，我就好了？你不看我，我就不长肉了？瞎耽误工夫，有这工夫你多教育教育解放过来的战士，多好。雷大夯也不多说啥，赔着笑脸说，我知道了，你先把这吃了。九儿看了一眼说，我不吃，留给重伤员吃，咱吃糠咽菜也长这么大了。雷大夯就急了，说你现在不是有伤吗？能跟以前比吗？你要是不吃今天我就啥也不干，就在这待着，说着一屁股坐在椅子上。九儿也知道这是头犟驴，只好把雷大夯带来的吃的吃了。九儿吃的同时，雷大夯就打水，弯腰给她洗脚。九儿就挣脱着说，哎呀，哪有大男人给女人洗脚的。雷大夯不由分说，边洗边说，那怕啥，我让管家打得不能动弹那会儿，不是你喂我饭吗，我一辈子也忘不了。

　　欧阳鹿误会地认为，九儿和雷大夯是一对多么让人羡慕的革命情侣啊。尽管女的不懂得如何去爱，但她是幸福的。不像我，找到了吴限他却不在了……欧阳鹿想起她和吴限在一起的情景，不禁黯然神伤。这么想着，欧阳鹿到了九儿的病房，九儿正在跟病友们讲革命道理呢。当然，她是个闲不住的人，时时刻刻为党做工作。这些欧阳鹿已经见多不怪了，从第一天见到她就知道她是个什么人了。但她就是怕她讲革命道理，而且总摆出一副语重心长、非常关心的样子。欧阳鹿怕她滔滔不绝，把猪蹄递到她面前，抢先开口说："这是雷营长送给你的猪蹄，快吃吧，对你的伤口有好处。"

　　九儿接过猪蹄并没有吃，而是两只眼睛盯着猪蹄很没良心地说："这个雷大夯啊，粗枝大叶得很，脑袋瓜子就一根琴弦，他还不知用什么手段整来的猪蹄呢。虽然咱们占领了沈阳，但咱是解放军，不是国民党，打、砸、抢，那错误就犯大了。"她又盯着欧阳鹿问："他这猪蹄哪来的？"问得欧阳鹿直发毛，九儿那口气就好像欧阳鹿伙同雷大夯一起抢来的。欧阳鹿微笑着说："我也不知道，你快吃吧，没什么大不了的，不就一个猪蹄子嘛。"欧阳鹿在她面前尽量挤出笑容，因为是救命恩人嘛。九儿还在那研究猪蹄打哪来的，也不赖九儿犯嘀咕，那年头吃个猪蹄跟过年似的，过年也不定能吃上猪蹄。有个病友看不过去了，说你就快吃吧，一个猪蹄，就是犯错误，又能犯到哪去。九儿捧在手里闻了闻，很香，她还是放到桌子上说："不行，还是留给同志们吃吧。"欧阳鹿也不想说什么，怕说多了惹火上身，她查看了九儿的伤情，说："还行，长得挺好，好好养着。我去别的病房看看。"说着，转身就走。这一转身不要紧，那头卷发飘忽着落在肩上，柔软蓬松，摩登得很！九儿望着欧阳鹿的后背，欧阳鹿那一头卷曲的披肩发映入九儿的眼帘，九儿的眼球就锁定了那头卷发。欧阳鹿也是，今天怎么就没戴帽子？九儿清了两声嗓子，尽量把声音放平和了喊："欧阳医生。"

欧阳鹿回身："有事吗？"

九儿就从头到尾把欧阳鹿打量了一圈，最后眼神又落到欧阳鹿的头发上。欧阳鹿被看得有些发毛，很不自然地捋了捋头发。九儿心想，还捋呢，自己就找到病根了吧。九儿又清了清嗓子，更平声静气："欧阳医生，到这边还习惯吧？"这边就是共产党的队伍，九儿这话就是时刻提醒欧阳鹿你是"那边"过来的。

欧阳鹿说："还行。"

九儿就更加语重心长，"欧阳医生啊，我们都把你当作自己的同志，可你也得有信心和我们融在一起呀。"欧阳鹿疑惑，我哪不和你们融为一体了？九儿的眼睛就更紧地瞄上了欧阳鹿的头发了："你看，单说你的头发吧，曲里拐弯的，怎么看怎么像国民党的小姐太太。当然了，你不是，可你这表面上看……啊，她就是个剥削阶级形象，当然了，我只说是表面，表面好说啊，咱把它去了不就完了吗，那么咱有没有决心把这卷卷头发剪了呢？剪得跟我的头发一样。"她说着很自豪地甩了甩齐耳的短发。

欧阳鹿没表态，只是说我还有事先走了。欧阳鹿本来就是个很高傲的人，容不得别人说半句错话，尽管她不是死心塌地跟着国民党，但她毕竟是从那边俘虏过来的。俗话说守着矮人不说矬，可你九儿左一个国民党，右一个剥削阶级，摞谁身上谁也受不了啊。何况欧阳鹿这两样都占全了，没参军时，是资产阶级小姐，参军后是国民党军医。九儿说的时候，欧阳鹿脸上红一阵白一阵，她不知道怎么回答。她困惑了委屈了，她现在一心一意跟着共产党。她现在医治的可是清一色的解放军，还是不被人理解，让人抓着国民党的小辫子，说三道四。怎么说还是差一层，表现得再好，一查老底还是解放过来的国民党人员。刚过来的时候，肖扬就跟她说，你让我过来也行，你何必用那么过激的行为，用枪指着自己，多危险。现在好了，我也过来了，沈阳也解放了。他们共产党队伍不是兴去留自由吗，你的任务也完成了，我也对得起共产党了。我把队伍留下，咱俩脱了这身军装去当老百姓。你开个诊所，我去教书，或者咱去香港或美国，行吗？当时的欧阳鹿没有一点这样的想法，她说她不走，这是吴限的部队。肖扬说，可是他已经死了。欧阳鹿反过来劝他，肖扬，留下吧，你脱了军装就再也不是肖扬了。肖扬为这句话感动不已，欧阳你还是了解我的，只有你能看透我的心，我何尝不愿意做个军人，可是我们毕竟是解放过来的人员，一辈子都背着这个污点。解放是好听的说法，那是共产党给咱面子，其实解放人员就是俘虏。欧阳鹿有点不高兴了，说："请你以后不要说俘虏，我不爱听，再说你不是投降，你是投诚，切记！"

"那好吧欧阳，你在哪我陪你在哪，谁叫我爱你呢。"

"你又说爱不爱的，你再说这事我不理你了，我现在不想考虑这事。"

肖扬说："我还是那句话，我等你。"

想到这，欧阳鹿想肖扬说得对，我们永远都是解放过来的，永远被人家瞧不起。说到剪头发，欧阳鹿是不会剪的。她从大学到现在一直留着这样的头发，每个见到她的人都说漂亮，而且她和吴限在一起的时候，吴限是那么喜欢她的头发，她自己也习惯了。她始终转不过弯来，这革命跟头发还有这么大的关系吗？她百思不得其解，她认为九儿就是在找她的茬。看起来真像肖扬说的我们真的不适应在这里。欧阳鹿出了门，眼里衔着泪。

11 月份的沈阳天气很冷，天灰蒙蒙的，飘着大朵的雪花。欧阳鹿很喜欢雪花，因为她在南京长大，很少见到雪。参军后转战南北，到了北方虽然有些不习惯，但到了下雪的日子，她是非常欣喜的。她会像个孩子似的跑到户外去接那雪花，捧在手心里看着它变成亮晶晶的水珠。她望着漫天飞舞的雪花产生了无限的遐想，她想她也变成了一朵洁白的雪花，飞呀飞，飞到她想去的地方。只有在飘雪的日子，她的心才轻松得像长着翅膀的天使。她就那么站在天空下面，任凭雪花东一片、西一片飘落在她的身上。她就那样展开想象的翅膀，想她的吴限，想着有一天他们就在这飘雪的天空下面相逢、相拥，嬉笑追逐。今天，对着漫天飞舞的雪花，多了份惆怅。想和吴限重逢也是往日烟云，再也不可能了，她的心情低落到了谷底。

临时医院设在城边上，欧阳鹿沿着医院门前的路向前走去，越走越远。因为下雪，很僻静。路的两旁是一些杨树，笔直笔直的。杨树本来也是银白色的，跟这雪看上去很协调。天、树、地都是白色的，显得雪野既遥远又空旷。欧阳鹿孤零零站在雪地间，她感到从没有过的孤寂和落寞。雪花也失去了往日的飘逸和美丽，变成了在风中瑟瑟发抖的可怜的小精灵。欧阳鹿无助地靠在了一棵杨树上，头抵在树干上，就像靠在吴限的怀里，她忘情地哭泣着……

这时，在路的另一头，两匹马，扬着飞雪，向这边急驰而来。马跑得急，身上挂着霜雪，嘴里喷着白雾。主人还嫌它跑得慢，驾、驾——这吆喝声在这飘雪的天空下传得很远很远。从这吆喝声你就能听出这是一位气吞山河、气势磅礴的男人，那声音能穿透人的心灵。欧阳鹿一听就知道谁来了，但她不想抬头，不想跟他打招呼，她这个样子怎么见人。哭，这也不是她的性格，她虽然生在资产阶级家庭，是富人家的小姐，但在外人面前从没表现出娇滴滴、任性撒娇的样子，她就是力挽生命的主刀医生——欧阳鹿。她冷峻、孤傲、沉稳，一双深邃的大眼睛永远都像在思考着什么。

于剑飞离老远就看见树下站着个人，他策马紧跑几步，喊："喂，那是谁？"欧阳鹿没搭腔。走近了，马小步遛着，于剑飞才看清是欧阳医生。吁——他勒缰下马，把缰绳随手交给跟他同行的警卫员，说你先回去吧。于剑飞就喊了嗓子："欧阳医生，你怎么了？怎么在这挨冻？"欧阳鹿背对着他，没转身，也没回答。于剑飞踏着积雪走近她，站在她的背后，又轻声地问了声："欧阳医生，你有什么事吗？"欧阳鹿还是没有转过身，她只是一回眸。这时于剑飞跟她已近在咫尺了，这一回眸，把一颗男人最坚强的心击得粉碎。欧阳鹿满眼满脸都是泪水，她的眼睛里到底有多少忧郁，用眼睛是无法定量的，只能用心去体谅。于剑飞吓坏了，情急之下扳过她的身，不知道发生了什么情况："欧阳，到底怎么了？"他一着急把医生省略了。看到她的脸冻得通红，他条件反射似的伸手焐着她的脸，边揉边说："看这脸冻得，拔凉，还哭呢，再哭就冻成冰块了。"欧阳鹿感觉于剑飞的掌心很热，不但熨帖着她的脸，还熨帖着她的心，像电流涌遍了全身。她不知道怎么就哭得更厉害了，她的手竟有些抖。于剑飞出于男人的本能，握住了她的双手说："你看这手冻得跟胡萝卜似的，冻坏了，我们的伤员可怎么办？"欧阳鹿还是没有说话，于剑飞也不想再问她什么了，他只是想把她的手焐热了，她一定遇到了很委屈的事。欧阳鹿那双修长的手握在于剑飞的掌心里，一股暖流从指尖一直传到欧阳鹿的心里。除了吴限，没有人给她这种感觉。想到吴限她想把手抽回来，可她无力抽回来，她甚至愿意于剑飞永远这么握着她的手。这是一双温暖、有力，又带着磁性吸力的男人的手，让人不可抗拒。"欧阳"肖扬也这样叫她，她觉得很正常，今天，于剑飞第一次这么叫她——欧阳，她听了却想哭，亲切、温暖，而又带着无限的爱恋。轻轻的一声欧阳，她和于剑飞的心瞬间拉近了，她无法自持，就是想哭，一些没来头的委屈一股脑涌上心头。于剑飞又搭上一句："我们的欧阳医生也学会哭鼻子了。"欧阳鹿听了，就那么抬眼委屈地看着于剑飞，那眼神谈不上深情，没来由的深情就显得轻浮了，而是恰到好处的惹得于剑飞于心不忍，又不知所措。还没等于剑飞怎么样，欧阳鹿一颗心先忍不住了，心先泼了醋，又泼了蜜，说不出是什么滋味。眼里憋着的泪水决堤了，她扑进于剑飞的怀里，哭出了声。这个举动，于剑飞没有准备。欧阳鹿自己也没有准备，就好像是情感迸发的自然流露。于剑飞既没和她相拥，也没拒绝。他只是很大度的，既像首长又像兄长用一只手拍着欧阳鹿的肩。

就在这时，肖扬正好看到这一幕。他是看下雪了，天冷，来给欧阳鹿送毛衣的。这个毛衣他早就买好了，就是没有机会送，这是件白色对襟毛衣，他知道欧阳鹿不喜欢大红大绿，他觉得这白色很配她。再说肖扬是个多么有品位的人，买的东西一定很时尚。肖扬一路上兴致勃勃，他连警卫员都没带，他就是想单独跟欧阳鹿说几句话。这阵太忙了，自从让他当了37团团长，他打心眼里感谢共产党，他不嫌这官小，这不是官大官小的事，而是人家共产党对咱的信任。他们团大多是他带过来的兵，就是安排了些政工干部，还多亏了这些政工干部，给这些兵做思想工作，要不这些刚转变过来的兵还真不知道该怎么带。沈阳休整这段日子，肖扬跟着也受了些教育。肖扬从思想上也转变了为谁而战斗的观念，他愿意跟着共产党为解放全中国而战斗下去。今天他抽出点空，准备把他的喜悦和思想上的改变告诉欧阳鹿，因为是欧阳鹿打消了他脱掉军装的想法。他骑着马向医院飞奔而来，天空飘着鹅毛大雪，他隐约看见在一棵白杨树下俩人相拥的影子。他想谁这么浪漫，在这飘雪的日子，还都说共产党不兴这一套，这不整得也挺罗曼蒂克嘛。他把马放慢了脚步，怕惊动这对恋人。走近了，他傻眼了，惊呆了，继而他愤怒地跳下马。他想把那件毛衣摔在雪地上，他又怕那样太刺痛了欧阳鹿的心。他又跳上马，一甩马鞭，狠狠地抽着马屁股，爆发性的一声驾——调转马头，向来路奔去。

于剑飞在身后喊："肖扬——哎——肖扬——我还有事找你。"

欧阳鹿慌乱地抬起头，把挂在脸上的长发向后捋了捋，咧嘴苦笑了下，说："不好意思，让你笑话了。"

于剑飞说："没什么，只是肖扬可能误会了，他可能是来找你的，一会儿我找他解释，正好我找他谈点事。噢，对了，我顺道跟你说声，我刚从师部回来，咱们可能要进关参战，你愿不愿意随团跟进？"欧阳鹿没有马上回答他，而是放下眼睑，长长的睫毛遮住了那双大眼睛。于剑飞说："怎么，你不愿意？"

欧阳鹿抬起眼睛，那双忧郁的眼睛就那么望着茫茫雪野，叹了口气说："我可能让于团长失望了。"

于剑飞风趣地说："听我们欧阳医生这口气，不愿意跟咱们团走啊，怎么？我这个团长不够格？"

欧阳鹿说："不是你这个团长不够格，而是我做解放军的医生不够格。"

于剑飞说："谁说我们欧阳医生不够格了？谁说的我找他去。"

欧阳鹿说："这事我正想找你说呢，我想打报告，回上海我父母那里。"欧阳鹿低着头，情绪很低落。于剑飞看到欧阳鹿一脸的严肃，预感到事情没有他想象的那么简单，他问："回上海是暂时还是长久？"欧阳鹿说："永远。"这个永远着实让于剑飞大失所望。他稍停片刻，说出很干脆的一串话："那不行，你绝对不能走，我绝不让你走，谁说都不行。"这话倒不像团长说的话，倒像小孩子耍赖。欧阳鹿听了心倏地和于剑飞拉近了，心酸酸的，泪水就蓄满了眼眶。她眨着大眼睛，竭力忍着，不让泪水流出来。她听了于剑飞太多的豪言壮语和言辞说教，唯独这句话打动了她的心。特别这个时候，她在心里一遍遍地激动：于剑飞还是在乎我的，还是需要我的，在这里我还是很重要的。于剑飞呀，有你这句话就足够了，我欧阳鹿没白在解放军队伍里待一场，也没白跟你于剑飞相识一回。我何尝不想留下，可是我不能，我欧阳鹿不是寄人篱下的人。我在这里就是这个感觉，剪头发是小事，但这让我没有尊严。

于剑飞见她神情有些不对，就问："是不是谁说什么了？"但欧阳鹿始终没有说出走的真正原因。她说什么呢？她能说她的救命恩人九儿如何如何说她了？那她成什么人了？她不能，她是那种胳膊折在袖子里，打掉牙咽在肚子里的人。欧阳鹿说："谁也没说什么，就是我上海的父母岁数大了，再说父母本来就不愿意让我参军，如果不是为了找吴限……也好，吴限也算是找到了，我的心愿也算实现了。"说着泪又滚了出来，她叹着气说："我今天不知道怎么就这么爱哭，真是的。"

于剑飞说："那你就真舍得离开这支英雄的部队？离开我们？"欧阳鹿抬起头，闪着大眼睛看着于剑飞，说实在的，她真有些舍不得于剑飞。但她只是在嗓子眼里说："可是吴限不在了。"

于剑飞的嗓门提高了："我在！我们在！千千万万个吴限在！我们需要你。你有那么高超的医术，你得留在这，你必须留在这，没有商量的余地。解放军需要你，解放全中国需要你。"这就是于剑飞的霸气，欧阳鹿和丁香一样喜欢这个男人的霸气。她抬起泪眼，听了这话就激动得不行，她是个不爱激动的人，此刻就激动得不能自持了。她竟再一次扑进于剑飞的怀里，抽噎着，她就想趴在他的怀里哭，好像那样很释怀。她今天的表现太不正常了，不像个医生，像个受了委屈的小女人。于剑飞猜测一定是谁说什么了，因为欧阳鹿是个爱面子的人，他也能猜出这个多事的人就是九儿，因为九儿自以为有这个资格说她。于剑飞就劝欧阳鹿："好了，欧阳医生，这可不是你的作风，振作起来，你先回去，踏踏实实当你的解放军，跟着我，跟着咱们的团，跟着咱们的共产党。噢，对了，你还得入党，到时候我做你的入党介绍人。"

欧阳鹿指着自己的鼻子怀疑地问："我也能入党？"

"那当然，你不但要入党，还要做领导人，"于剑飞手一挥说，"你知道吗，我们要打进山海关，解放全中国！"

"是吗，太好了。"欧阳鹿眼里也放出了希望的光芒，她好像看到了全国解放。

于剑飞说："你先回医院，我去找肖扬。他刚才是来找你的，可能有些误会，我还有重要的事找他谈。"提到肖扬，欧阳鹿没向他解释什么，她只是这样说："别放弃肖扬，他是个合格的军人。"从这句话，于剑飞更看重欧阳鹿的人格魅力，她不会为了迎合某些人的胃口，而去贬低另一个人，即使自己处于困苦的境地。谁都知道，肖扬这个曾经顽固的国民党军官在追求她，没有几个人能接受这个桀骜不驯、狂妄自大的国民党军官。即使现在，他也是那个十足的派头，整天卡个金丝边墨镜，趾高气扬。他的威严和气度，带着军人特有的威慑力，他的小兵在他面前没有几个不打战的。不管他身处何地，心何烦忧，他的面容永远深沉镇静，从不走样。欧阳鹿并没有因为不能接受他的爱而随声附和诽谤他。恰恰相反，她后来想想，是她利用了他对她的爱，迫使他就范。尽管她也愿意他顺情民意，但她也不愿意用这种方法，尽管当时是情急之下，她想起还是很愧疚。

于剑飞没有先去找肖扬，他要先去找九儿了解情况，怕九儿再说什么，怕欧阳鹿刚抚慰下的心再有什么反复。于剑飞本来就想一见到九儿就发火，可是，当他走进病房，看见九儿半躺在床上，胳膊和腿还缠着绷带，心就软了。这个小童养媳跟着他稀里糊涂跑出来，枪林弹雨，福没享着，苦倒没少吃，从没有怨言。此刻他说什么呢，质问她？他不忍心。安慰她？他说不出口。在他的心里九儿永远不需要安慰，因为从小就是她照顾他，他对她总是呼来唤去的，就好像她无所不能，永不疲倦似的。既然不想说啥那就走吧，站着挺尴尬的，他只是例行公事地对其他伤员说，同志们好好养伤，希望你们早日康复。于剑飞说完转身就往外走，如果走了也就好了，而九儿偏偏叫住了他："剑飞，我有话对你说。"

于剑飞说："你说吧。"就又走回她的床边，他想可能九儿在生活上有什么困难。

九儿说："你现在当团长了，尽管大事去了，下面的一些小事你就顾不上了，特别现在这个时期，那么多解放过来的国民党兵，他们的一言一行都关系到大局，别让一条鱼，搅了一锅腥。"于剑飞就不爱听她说这些话，我一个大团长用得着你大字不识一个的童养媳教育了？当了几天政工干部，就总摆出一副政治面孔，你个女人家，养你的伤得了。于剑飞没好气地反问她："谁是一条鱼？解放过来的怎么了？他们不一样为解放全中国出力吗？像欧阳医生，救活了多少解放军伤员，她就是很好的榜样嘛。"

九儿正愁着扯不到欧阳鹿身上，正好你提了，那就接着提吧。她说："你既然提到她了我就要多说两句，她是救活了不少伤员，可是，你知其一不知其二，她的形象影响很坏。"于剑飞就皱了下眉。"就说她的头发吧，曲里拐弯的。头发长得差点就搭到后腰，披头散发的，像个什么样子？"于剑飞用不耐烦的眼睛看着她，而九儿还不知趣，"你没注意到吗，有很多女兵在学她，在用烧红的炉钩子烫刘海，这样下去还得了吗。这哪还像女兵，我看成了勾引男人的妖精。这欧阳鹿，她就是这条鱼。"九儿说这话有些过了，何况屋里还有其他人。她这么仗义，也是缘于解放沈阳有功，再说有伤在身，还是欧阳鹿的救命恩人。而于剑飞却不管那套，你说的话不在行是不会惯着你的。于剑飞说："看起来我猜对了，你是不是对欧阳鹿说什么了？"

九儿很不以为然地说："我是说了，我也没咋深说，靠她自觉吧。我就是说让她把头发剪了。不像话嘛，整天飘来飘去的，飘谁呢？这是部队。"九儿用那只好手拍着床，看上去是强忍着情绪。

于剑飞火了："你有什么权力这么说？啊，她跟你是平等的，你这么说挫伤了她的自尊心，你知道吗？你知道她有多伤心吗？"

"这么说她上你那告我状去了？还学会告状了。"九儿很愤怒。

于剑飞认为没有必要拐弯向她解释，而是直着嗓子吼："告了怎么了？难道你不能告，你不应该告吗？如果都像你这样，我们和各界人士的关系还怎么搞？我们的仗还怎么打？你简直是胡闹，你别以为自己有点功劳尾巴就翘到天上去了，没人惯你这臭毛病。"

九儿还坚持自己的观点："她有错我就要批评指正，她披这一头卷发就像国民党的小姐太太，这影响极坏。"

于剑飞无可奈何地摇着头，不相信地问："你就是这么跟她说的？"

"啊，"九儿很坦然，"我不指出来，她不知道错在哪。"于剑飞气得，不知说什么好，停了片刻，说："好！你真行。"突然他瞪着眼睛高声说："你必须向她道歉。"

九儿就糊涂了，不解地问："我向她道歉？为啥？"

于剑飞说："不为啥，这是命令。"转身摔门出去了。

九儿在床上愣了半天。同病房的姐妹以为她哭了，都跑来劝她，她眨眨眼不但没哭，还胸有成竹地说："等我当了政委，我要跟他好好辩论。"

于剑飞从九儿那出来，带上警卫员去了肖扬的团。肖扬正在屋里怄气，见于剑飞进屋爱答不理。于剑飞也不管那套，大大咧咧往椅子上一坐，用眼睛瞄摸了一圈，见一件女人的毛衣扔在床上，于剑飞就找到了事情的切入点了。现在的于剑飞可不是那个刚出道的地主少爷了，他不但英勇善战，而且懂得掌握政治和运用政治，他的思想完全站在了领导的高度，这个高度就是中国方向。他不会因为一个女军医的误会而让人民军队丧失一位优秀的将领，尽管这个将领是前国民党的军官，于剑飞觉得国民党军官确实有让人佩服的地方。

美国的《时代》杂志，1941 年 6 月 16 日是这样评价的：

……世界上还没有一支军队的军官，比蒋委员长损失惨重的部队的军官还要年轻。蒋委员长五十三岁，陈城四十一岁，陈的前线指挥官三十四岁。在这些师里，很难有年过四十的军官，甚至校官通常只有二十几岁。

　　这些娃娃军官是坚强的娃娃。他们如整洁保养良好的枪支。按着中国的标准，他们身材魁梧，休息时情绪放松而快乐，作战时则勇猛无比。他们身先士卒。带领部下攀越山峰，与他们相比，大多数体胖臃肿的美国校官们简直毫无战斗力。

　　在将近四年的战斗历程中，这些年轻的军官已经熟练掌握了野战技巧——悄然无声地撤退，出其不意地集中埋伏，仅靠野菜生存。尽管缺乏军火但他们仍然懂得何时使用、如何使用它们。

　　这就是当时《时代》对国民党军官的评价和赞誉。肖扬就像《时代》描述的那样，不，应该这样说，《时代》是照着肖扬的形象来描述的。此时肖扬也只有三十岁。于剑飞还佩服他对爱情的忠贞不渝，看准了永不放弃，这就是军人对爱的诠释。

　　于剑飞也没用人家请，就坐到椅子上。他咧着嘴，想说话，又不急于说话，手悠闲地放在桌子上，有一搭无一搭地敲着桌子。敲了那么几下，肖扬耐不住了："得得你别敲了，闹不闹得慌啊？什么时候添的这毛病呢，有什么话快说。"

　　于剑飞说："当然有话说，但也不能这么干说呀，这都到吃饭时间了，整俩菜，整点酒，咱俩喝点。"

　　肖扬脸还是阴着，说："你自己喝吧，没人跟你喝。"这么大团长张回口，肖扬不好拒绝，他喊通信员，叫通信员启开俩罐头。于剑飞一看，乐了："呵，还是美国货，行啊，肖扬，你这挺有货呀。"

　　肖扬说："老箱底了。"这时通信员把酒启开，给于剑飞满上。肖扬指着酒说："喝吧。"

　　于剑飞笑着说："这老话说得好，一人不喝酒，俩人不赌钱。我自己喝多没意思，来来，你也喝点。"说着于剑飞就给肖扬倒了一杯。于剑飞也不管肖扬是不是想喝，他先端起杯："来来，肖扬，我敬你一杯。"说着吱一口进去半杯子，他抹着嘴："肖扬，我可是喝了，你可不能耍赖呀！"

　　肖扬现在虽烦于剑飞，但他此刻正郁闷着呢，喝就喝，一仰脖子，也半杯进去了。于剑飞说好，够哥们！这酒一入肚，俩人的话匣子就打开了。开始还你一言我一语，再碰几杯就是他没说完他就抢着说。这酒真是个好东西，再斯文的人，遇到它也白搭。刚才肖扬还缄默不语，现在也滔滔不绝了。特别这酒入愁肠啊，入愁肠怎么办啊？那就得往外倒，往外倾诉。

肖扬说："于剑飞，你别瞧不起我，你不就是跟对人了嘛，如果我一开始就在共产党队伍肯定干得不次于你。但我肖扬也不是孬种，为抗战也出过力，人得讲良心，抗战初期，那几个漂亮仗不都是国民党正牌军干的吗，共产党在干什么？几支游击队，在打游击。哈哈，你别说，这游击战神龙见首不见尾的，还真就够鬼子受的。唉，真别小瞧这游击战，真就把天翻了。"

于剑飞说："服不？"

肖扬说："服，真服。"

于剑飞说："从我认识你的那天就没小瞧你，也很佩服你这个年轻的国民党校官，正规军事院校毕业，经过正规的军事训练，曾立过赫赫战功。对你个人而言我是佩服的，但对整个国民党我是有成见的。就抗战而言越来越不是那么回事了，如果像毛主席说的那样，团结起来，一致抗战，那么抗日战争也许会缩短四年。"

肖扬说："你说的也不是没有道理，可你我都是军人，军人以服从命令为天职。"

于剑飞说："就拿目前国共两党的战争，共产党胜利，这是历史的必然。"

肖扬也不相让："你这只是一种政治宣传和演绎，论哪方面我们都不该失败。论装备，我们有飞机大炮，你们是小米加步枪。我们有一流的指挥官，大多是正规军校毕业的，你们呢？土八路，土八路。"肖扬感慨："其实啊，我说这话听上去是贬低，实际上是军事奇才啊。唉，怎么说呢，胜者王侯，败者寇。我没什么话可说的，也好，快些归一党统一吧，少一些杀戮。再这样打下去，遭殃的是百姓，是兄弟们啊。"

于剑飞就一把抓住了肖扬的手，另一只手拍着肖扬的肩说："英雄所见略同啊。如果你盼着这一天早点到来，那么你就振作精神，我们两个团联手，一起找师首长请战，进关参战！怎么样？"

肖扬态度急转直下，漫不经心地点燃一支烟说："不怎么样。"

于剑飞看着肖扬的脸，莫名其妙："你这话挺没劲的，刚才你还振振有词，恨不能一举解放全中国。"

"唉，"肖扬一声长叹，"我肖扬再怎么英雄又能怎么样，还不是国民党军官。"

"你这话怎么和欧阳鹿一个腔调？不对呀你，是你给欧阳鹿灌输的这种情绪。你看你，一个大男人，你得做欧阳鹿的榜样。好在我在路上遇到了欧阳鹿，被我开导得现在情绪要比你高。"

肖扬一下来脾气了："你别跟我提欧阳鹿。"

于剑飞笑着说："怎么？你跟欧阳鹿有仇？"

肖扬说："我跟你有仇。"

于剑飞也不急："说说看。"

肖扬从鼻子里哼了声："我比不上你哟，连女人都那么青睐你，才几天哪。"

"肖扬，你这话意味深长啊，这话可不能乱说呀。"

"于团长，你别揣着明白装糊涂，都说你们共产党人光明磊落，从不搞国民党那一套儿女情长的小情调。没想到啊，没想到，你也是个道貌岸然的伪君子，下手倒挺快，这才来几天哪，啊？你和欧阳鹿就……"

"哈哈，"于剑飞爽朗地笑着，站起来，走到床前，顺手拿起床上的白色毛衣，"多漂亮的毛衣，可惜没送出去啊，大名鼎鼎的肖扬也不过如此。肖扬啊，肖扬，号称情种、情圣，对你所爱的女人都怀疑，我瞧不起你。退一万步讲，即使我和欧阳鹿真的像你想象的那样，是个爷们儿，你就应该像军人攻山头一样把她夺回来。"

肖扬郑重地审视着于剑飞，沉思了片刻，问："你真是这么想的？"

"我希望你幸福，拥有爱情。"

肖扬伸出军人有力的大手，握住于剑飞的手说："剑飞，你是个真正的军人。"

于剑飞更紧地回握他："好，你我兄弟并肩战斗。"

"用你们共产党人的话说，跟着毛主席打江山！"

于剑飞更重地握着他的手说："不对，应该说我们共产党人。"这话暖了肖扬孤独的心，他觉得眼里热辣辣的，他激动地摇着于剑飞的手，说："好，我们共产党人，你做我的入党介绍人吧。"

于剑飞又回握他的手："好！一言为定！"

于剑飞在某种意义上确实有一定手腕，他不想向肖扬解释什么，解释什么呢？无法解释，人家肖扬确实看见欧阳鹿趴在你怀里，你能说你对欧阳鹿没有好感？还是说欧阳鹿对你没有情意？事实在那摆着呢，说下大天来都是白搭，只能是越描越黑。但于剑飞不能放纵感情，如果那样他就会失去一位好战友，人民军队就失去了一位好将领。还有吴限，逝者已逝，他对欧阳鹿只有爱护和尊重。再者，他心里也有自己的爱，他爱丁香，一路打来，他就盼望着再一次见到丁香。有时人的心思往往需要向别人倾诉，上次他刚向雷大夯透露一点心迹，就被他损得狗血喷头，他就再也没向别人提起丁香。经过这段时间的接触，他觉得肖扬是可以倾诉的人，也不能说接触不接触，主要是心理感觉良好。于剑飞从里怀兜里拿出一张照片，什么话没说，递给肖扬，然后就抿嘴笑。肖扬不解地看了他一眼，接过照片，寻思，这家伙冷不丁拿照片干啥？他只搭了一眼，一口酒差点没呛着，他从椅子上噌弹起来，眼珠子差点没掉在照片上。肖扬在看女人方面可谓是"见多识广"，能让他跳起来的女人真是非同小可。

于剑飞看他这个德行真后悔把照片给他，于剑飞就上去抢："得，得，不给你看了，拿过来。"肖扬那能给他吗，举着照片说："哎，你别抢，抢坏了我可不负责，让我看看这个大美人，是沉鱼落雁呢，还是闭月羞花。"

于剑飞老后悔了："你再不正经点，照片我可真收回了，信着你了吧，你还这个德行。"

肖扬摇着照片说："那你先坦白，这个大美女是谁？哦，她就是穿着军装也无法掩饰她的美丽，怎么说呢，是一种很洋气的美。"这是一张微侧脸的半身照，军帽外露着两条扎着蝴蝶结的麻花辫，灿烂的笑容像开在春天的花朵。肖扬急切地问："快说，她是不是你的那个亲爱的？"于剑飞连连摆手："快别这么说，八字还没一撇呢。"

"别蒙人了，玉照都给你了。"

"坦白地说我很喜欢她，人家也没向我表白什么。"

"不对，应该说你很爱她，为什么不说出口，你不说出来她怎么知道，怎么向你表白，她现在在哪？"

"她具体在哪我也不清楚，但她说过战场上见。她是战地记者，是从美国回来抗日的。"

"我说看上去那么洋派，原来是喝洋墨水长大的。这么说还是个老抗日了，挺让人佩服。"

"我说八字还没一撇你还不相信，我们一共就见两次面。第一次，我当了英雄，她来采访我，就是那次她送给我的照片；第二次是打锦州，她站在车上从战场上匆匆而过，我追了半天没追上。就这么个过程，都向你坦白。"

肖扬看着照片赞叹："真了不起，千里迢迢从美国回来抗日，不简单。这个飘逸、梦幻的如江南女子般美丽的姑娘，竟然是战地记者？不可思议，可敬，可敬。我肖扬比比她真是惭愧。于剑飞，这么好的姑娘你还犹豫什么？冲啊！"

"对，等我再见到她就对她说……"于剑飞停顿着像是征求意见，两个人的眼神就交织在一起了。肖扬像提示又像是鼓励，和于剑飞异口同声地喊："我爱你！"两人喊完，哈哈大笑，互相给对方一拳。肖扬问："她叫什么名字？"

"丁香！"于剑飞说。

"好听，"肖扬说，他又故意喊，"丁香——我爱你——"

于剑飞笑着给他一拳："瞎喊啥？是你喊的吗？"

"那你看，你不喊我替你喊。"肖扬说着又要喊。

"得，我自己喊，"于剑飞打住他，"丁香——我爱你——"

"对，见到他就这么喊，让她知道，你爱她。"

于剑飞刚喊完，"九儿"这两个字不早不晚，刚好这时嗖从于剑飞的记忆里闪过，于剑飞整个人就郁闷的像没底的深渊，他说："可我有麻烦。"而肖扬还沉浸在激动里，还被丁香激励着，感动着，说："什么麻烦也无法阻止爱的翅膀飞翔。"肖扬举着酒杯，诗兴大发，一步一吟：

> 我向你飞，
> 风折断了翅膀，
> 心一直向你飞，
> 我那豪情万丈的爱啊！
> 只有这轰轰烈烈的战争知道！

他吟咏完说，于剑飞，战争算什么，战争就可以阻止爱情吗？不，不能，恰恰相反，战争只能让爱的火焰越燃越旺，不是吗？肖扬这时想到了欧阳鹿，他想他们的爱情之花会在战火中绽放。肖扬错以为于剑飞说的麻烦是战争，因为当时很多共产党人因战事不找爱人，不结婚。最时髦的一句话就是等赶走了日本鬼子再结婚，现在是解放了全中国再结婚。

不管肖扬怎么理解的"麻烦"，于剑飞是不想向他解释了，刚才听了肖扬像吟诗一样对爱情和战争的高谈阔论，关于九儿早就跑到九霄云外了。他满脑子只有丁香，恨不能马上见到她。于剑飞在肖扬那喝的很畅快，喝干了再斟满，看样子，于剑飞誓不醉不归呀。这是于剑飞自参军以来喝得最尽兴的一次，真是酒逢知己。

第二天，于剑飞和肖扬到师里请战入关。刘震师长当即拍板："你们这两个团是我师虎狼之团，于剑飞团为虎团，肖扬团为狼团，入关参战绝少不了你们两团。于剑飞是我看着成长起来的年轻团长，没什么说的了。肖扬，了不起呀，年轻的旅长，到这来大材小用了。"

肖扬一立正，说："不，师长，我愿为解放全中国不惜牺牲个人的一切，乃至生命。"这句话是临来时于剑飞现教的，肖扬刚转变过来，有时就是想表露心声，但找不到恰当的词。

师长握住他的手说："好！说得好！肖扬啊，你今天的举动，带动了一大批战士的士气，省去我们做多少思想工作啊。"这一大批指的是新解放过来的国民党士兵，直接就补充兵源了。这些兵让他们掉转枪口打国民党当然要有转变过程，肖扬能主动请战，这就给那些兵做出了榜样。但师长不能明说，虽是赞扬他，但又怕触到谁也不愿意提的话题。可肖扬是谁呀？一点就透。

一个月后，于剑飞的虎团和肖扬的狼团接到了入关参战的命令。

这一天，于剑飞团和肖扬团八九千号战士，齐喇喇地站在大空地上。刘震师长做战前总动员，他说："同志们，东北全境解放了，咱们第四野战军就成为全国范围的战略总预备队，随时准备支援全国各个战场，也就是说担负着解放全中国的任务。"师长手挥舞着，指向前方，下面掌声雷动："同志们，我们这支队伍在三年艰苦卓绝的战斗中不但没有减弱，反而壮大了起来，在此我衷心地感谢那些新补充过来的战士们，新中国的诞生有他们一份功劳，对他们的加入表示热烈的欢迎！"师长带头鼓掌，那些新战士，加上肖扬眼里都闪着泪花。"我在这里着重赞扬一人，他就是狼团的团长肖扬。他方向准，速度快。他和于剑飞听说要入关参战，提前到师里请战。这就是士气，战无不胜的士气！你们两个团有这样的团长，没有打不胜的仗。毛主席说，从现在起，再有一年左右的时间，就可能将国民党反动派政府从根本上打倒。我们要迅速入关，解放天津，解放华北，解放全中国！"师长的讲话完了，队伍里喊声震天："打倒蒋介石，解放全中国！"

（四）

九儿听说要入关了，就急坏了，生怕部队把她落下。这不，伤还没好利索，她就一瘸一拐地到了团部，说她的伤好了，可以参战了。九儿的伤基本痊愈，只是腿和胳膊都大不如从前好使，特别是腿，能走路，但瘸了。

在沈阳，部队休整期间，部队该补充的补充，该减的减。像一些重伤残，移交地方，或回老家。在入关前把这些事处理完。各连把该移交人员的名单报到营，各营报到团里。九儿的连把她和其他几个人报到了营里，雷大夯看有九儿的名字，那还了得，他太了解九儿的性格了，她千难万险跟他们跑出来，多难的日子都熬过来了，全国就要解放了，现在让她回老家？让她离开部队？那不跟要她命似的。雷大夯明知道九儿是不愿意离开于剑飞，但他强迫自己不这么想，一概想作不愿意离开他俩。扪心自问，他也实在不能离开九儿，一方面是生死战友，一方面她在他心里占据了全部的位置，九儿就是好，好得没法，好得根深蒂固。他不敢想象九儿知道了这事是何等的痛苦，他承受不了九儿的痛苦，那样还不如让他替她痛苦。所以他先替九儿痛苦了一把，擅自做主。

于剑飞看着各营交上该转业该移交的名单，看到雷大夯的二营，他仔细看了一遍人名，总觉得少个人，少谁呢？他又看了一遍，不对呀？九儿怎么不在名单之列呢？应该把她报上来呀！于剑飞想到这个名字心里就抵触。他想起最近因为欧阳鹿跟她吵的一架，这个女人现在太放肆了，守着外人就跟他不依不饶，好像有什么惊天动地的丰功伟绩。如果真有什么伟绩她还不反天了？唉，还是让她回老家闹土地革命去吧，好歹是在后方，即使闹错了，也影响不着前方的战事，再说她也属于这个范畴。于剑飞心里念叨，九儿呀可不是我挤对你走的，是你该着，你就不该出来，都是雷大夯这个糊涂蛋。想到雷大夯，于剑飞一拍桌子，好你个雷大夯，胆子不小啊，指定是他把九儿的名字删去的。警卫员听到拍桌子声跑步进来，于剑飞沉着脸说，通知雷大夯马上到我这来。警卫员回答是！

一会儿，雷大夯跑步来了。他看屋里没别人，就没整那些礼节，嬉皮笑脸地进屋了。于剑飞虎个脸说："严肃点，立正站好。"

雷大夯一筋鼻子说："咋的了团长？整的跟真事似的？干啥玩意儿，一天老熊我呀？"

于剑飞敲着桌子上的名单说："你别一天跟我装傻充愣，这是怎么回事？啊？这是怎么回事？"于剑飞把桌子敲得当当响。

雷大夯假装趴到桌子上看看，装着不解地问："这我也不识字呀，这该报的不都报上来了吗，不该报的当然就没报了。"

于剑飞瞪着眼睛说："你不认识别的字，九儿这俩字你认识吧，睁开你那眼睛看看到底少谁？"

雷大夯又假装看看说："不少谁呀？"

"你非得让我说出来，是吧？"

"九儿呀，连里报上来了，我给删下去了。"他倒挺坦白。

"什么？你删去了？你胆子不小啊？谁给你的这个权力？啊？把她补上，你们营重报。"于剑飞把名单甩到他的脸前。

雷大夯明知故问："九儿也走啊？"

于剑飞尽量耐着性子，用手骨节敲着桌子说："她属于这个范围，不是我们搞特殊，照顾她。"于剑飞那口气，那意思，让九儿回老家是向着她，"她出来革命这么些年了，身上有伤，是有功劳的，组织当然要考虑到她，该回地方回地方，在地方革命还是比较安全的。"于剑飞拿着官腔，怕在雷大夯这落下什么把柄。

雷大夯赔着笑脸求于剑飞，为了九儿他认了："就让九儿留下吧，让她走她会受不了的。"

于剑飞有些急了："只要是关于九儿的事，先从你这就卡壳。你怎么知道她受不了？她是军人，就得服从命令。雷大夯啊，你这是害她，你看她那条腿都瘸成啥样了。子弹不长眼睛，我们这是进关打仗，不是携家带口赶集。"雷大夯认为于剑飞这话句句都在理，但怎么听都那么别扭，他蔫了能有两分钟。于剑飞见他不吱声了，以为他明白事理了，就说："你呀，别一天瞎整，老大不小的也是个营长了，别感情用事，抽空你也劝劝九儿，她还是听你的。"雷大夯细咂摸于剑飞的话，说得好听，听着逆耳，雷大夯眨巴着眼睛说："不对呀，你净拣好听的说，其实你就是不想让九儿跟着咱走，你早就想甩掉她了，这回可逮着机会了。"

"雷大夯你别瞎说，大战在际，我可没有这个权力，这可是上级的命令和指示，军令如山，你敢违背吗？谁违背了就处分谁，绝不讲情面。你违背了一样军法处置，不信你就试试看。"于剑飞义正词严，说得雷大夯张口结舌。于剑飞是团长，当然压他三分，于剑飞软硬兼施："大夯啊，不要感情用事，以大局为重，现在的大局是什么？那就是进关，解放天津，一切都要给天津让步。咱们不能给部队拖后腿，别的伤员能回到地方，九儿不能？咱们没有资格搞特殊，回老家怎么了？一样闹革命。领着穷人搞土地革命，不是挺好嘛。"还没等于剑飞说完，雷大夯听到搞土地革命，他就想到分于地主的地。他早就看着气不过，要是他能亲手把地主的地分喽，嘿，别提有多爽了！这活他也愿意干，他就激动地抢着说："织布纺线，支援前线，领导穷人闹革命。九儿能行，比她提拎个枪冲锋陷阵要强得多。再说她还有孩子，这样她就能和孩子在一起，胜利那孩子真可怜，现在也不知咋样了。"雷大夯只顾自己说，他这么一抬头，看见于剑飞眼睛有些直，是因为雷大夯提到孩子，瞬间触动了于剑飞最敏感的神经。雷大夯也意识到了这一点，但他有些气愤："你还关心那个孩子吗？"于剑飞勃然大怒："雷大夯，你以后不要提这事，你不要拿这件事来刺激我，大战在即，我不想为别的事分心，但你别忘了，这事你是有责任的，等仗打完了，我再跟你掰扯这事，我非得让你们给我个说法。好了，你先走吧，把名单重报，公事公办，一切为入关做准备，作为一名营长你应该能掂量出孰轻孰重。"

经于剑飞这么一训，雷大夯也觉得不该在这个时候提那个孩子，可他对那个孩子感情太深了，他一闭上眼睛就能看见捧在手里的那个胖乎乎、红彤彤、手抓脚蹬的小家伙。孩子是他接生的，在他心里早把他当成了亲儿子。他看见于剑飞闭着眼睛坐在椅子上，不想再跟他说话，他也不敢再多说啥，一跺脚，走人。

雷大夯走后，于剑飞静静地想着，想着和九儿在一起的点点滴滴。那个甩着大辫子跟着他从李子屯跑出来的童养媳，锻炼成为革命的女战士。一路跟着他，绞尽脑汁想跟他好，如今又搭上了一条腿……可是他不爱她，过去他只把她当成与他毫不相干的丫头，现在把她当成和他浴血奋战的战友，怎么也把她跟爱人联系不起来。现在可以进一步讲，她可以是他的姐姐、妹妹、老乡或者是亲人，唯独不能是妻子。于剑飞轻轻叹口气，心说，九儿你走吧，回李子屯，那最适合你，领着你的孩子（于剑飞始终不承认这个孩子是他的），回李子屯好好过日子吧。于剑飞也知道，现在老百姓的日子很难，有饿死人的。但他心里还是有底的，有他地主的爹在，饿不着九儿和孩子，他知道他爹有老箱底。他现在的思绪很乱，他想，九儿走了就好了。

　　九儿刚到团部，雷大夯拿着重报的名单脚前脚后也到了。本来九儿是找赵富副师长的，部队调整后，赵富就要到师里报到了。赵富正好不在，于剑飞在屋里。于剑飞见她来就知道她来干什么，还没等她说话，心里就堵得慌。见雷大夯这时也来了，心里更闹得慌，怕他添乱，于剑飞就想把他支走，说："大夯，把名单放这，有事你就先忙去吧。"

　　雷大夯却不知趣地说："我没事，我不忙。"他把名单放在桌子上，看了眼九儿，赶紧把名单往里推了推，动作好像是怕九儿看见，实际上是引起九儿注意。他那眼神也不正常，那眼神，就像九儿身上长瘆人毛了，看一眼，吓得赶紧把眼睛挪开。那副德行，就像做了天大对不起九儿的事。耷拉个膀子，低个头，站在一边，一副等着挨剋的样子，就是没有走的迹象。

　　于剑飞看撵不走他，就说九儿："你不好好养伤，到处跑啥？快回医院去，有什么事以后再说。"

　　九儿很焦急的样子："我的伤好了，我找赵副师长有事。"

　　于剑飞知道她找赵富有什么事，她肯定也听到什么风声了，于剑飞就先给她淋了点毛毛雨："九儿，不要向组织提什么非分要求，赵副师长马上就要到师里去，很忙，尽量别给首长添麻烦。大战在即更不能给组织添麻烦，组织怎么安排就怎么听，你也算得上有觉悟的老革命了。"

　　九儿把他的话理解错了，说："我不是给组织找麻烦的，刚才听了刘震师长的讲话，深受鼓舞。我也很惭愧，都要进关打仗了，我还躺在医院，很对不起同志们。咱没有那么金贵，你不用挂着，你看我全好了，我要参加战斗。"她跺了跺那条瘸腿。

　　于剑飞听了她的话无动于衷，雷大夯却激动不已，也为九儿愤愤不平，人家都不要你了，你还一腔热血。他见于剑飞没什么反应，就用乞求的眼光看着于剑飞。于剑飞知道他什么意思，懒得理他，白他一眼说："你看我干啥？赶紧回你们营该干啥干啥去。"

　　雷大夯还是不知趣，结结巴巴赔着小心说："你看，团长，是不是，啊，把九儿的名字划掉，啊，你看，咱就偷着这么一划，谁也不知道。"

　　于剑飞一拍桌子站起来："我看啥看，你当组织决定的东西是放屁呢？啊？你说变就变，我就知道你想翻账呢，没有一点组织性。"九儿不解，于剑飞突然发火，准是雷大夯啥也不知道吧，还瞎撺，不听指挥。雷大夯这毛病老大了，说他多少回了就是不改，非得挨顿训老实了。

九儿就问："你俩吵吵啥？啥名字，我看看。"九儿说着就伸手拿桌子上的纸。于剑飞一把夺过来，啪扣在桌子上。于剑飞的火更大了，冲着雷大夯没完没了："雷大夯，这个兵你想不想当了？不想当你也卷铺盖走人，你也回李子屯，没有你天津解放得更快，我看你就是成事不足，败事有余，绊脚石。"

说这话，雷大夯不干了，我对党，对革命一片忠心，你这么说我，屈呀。雷大夯申辩："啥？我是绊脚石？我咋地了，叫你这么说我成反动派了。我不就是说把九儿留下吗，这有啥错，我们一起出来革命的，枪里来，炮里去的，现在你让她回老家，她、我……唉，"他唉着声，蹲在地上，抱着脑袋，"人心都是肉长的啊，有人心的都不会舍得她走。"

话里话外那就是于剑飞没长人心哪，那痛苦的表情好像不是让九儿走，而是让他滚蛋似的。于剑飞真想揍扁他。九儿也听出了眉目，她问雷大夯："是不是部队不要我了？是不是你把我的名字写到了复转人员的名单上了？我还能打仗，不信咱出去比比枪。"九儿从腰里拔出盒子枪，拉着雷大夯就出去比。

雷大夯躲闪着，不知道怎么解释，恐怕自己沾包，他结巴着说："是我，不不，不是我，是他，"他又指着于剑飞，"是他让我写上去的，不信你问他。"

九儿就痛心疾首了："于剑飞呀，于剑飞，如今你可是团长了，你不是那个想怎么样就怎么样的大少爷了。你做事可要掂量着来，可不能徇私情啊。我知道欧阳鹿长得俊，可她再俊不也是国民党那边解放过来的吗？她身上的毛病老多了，需要我们去改造她，我说她几句你就不愿意了，觉得我碍事了。这雷大夯也不是外人，咱不说公，咱就讲点私情，我在你家当团圆媳妇这么多年，我从小伺候你，没有功劳还有苦劳，你不该这样对待我，我死都不会离开队伍。"九儿就以为于剑飞想跟欧阳鹿好，嫌她碍事，直到现在她压根也没合计到丁香身上。只可惜，她的第六感只让她感觉到欧阳鹿了，却没感觉到还有个丁香。对于剑飞这种按下葫芦又起瓢的感情生活，这是她日后想都没敢想的事。

于剑飞就怕她再往下说，说出他不想听也不愿想的事，他赶紧把话接过来："九儿，是走是留不是我于剑飞个人说了算，这得组织决定。再者，对于欧阳鹿，我们要团结她，爱护她，不能总拿她的过去说事。解放沈阳人家也是有功的，她俊不俊跟这没有关系，请你说话要注意。我一团之长，特别在这战争年代，我如果总是儿女情长，感情用事，这仗还怎么打？九儿同志，你也是个有觉悟的人了，特别在这个时候，你一定要站在革命的高度，不要因为个人的恩怨，影响整个战局。"于剑飞给九儿敲警钟呢，怕她说出不该说的话。九儿就是再气愤，也不想毁了于剑飞的前程。她打心眼里希望于剑飞好，她也不想说出那些话来烦他的心。不管她能不能跟部队走，于剑飞一定要去打仗的，这是铁的事实。让他全神贯注地去指挥他的团，打胜仗，这是个九儿最美好的愿望。可是她多想跟他在一起，哪怕牺牲都在所不惜。她本来是想求于剑飞，她离不开他，离不开部队。可是说出的话全变味了，她有些歇斯底里了："我不走，我坚决不走。我就拖着一条腿，拖也要拖到天津。谁说我不能打仗了，不信咱就出去比试比试，走！"九儿从腰里抽出枪，拉着雷大夯就往外走，雷大夯被拖着，他扭着脖子求于剑飞："团长，我的好团长，你就开开恩，让九儿留下吧，她回到老家还不让你地主爹剥削死啊。"于剑飞心说，就凭九儿那革命的劲头，谁剥削谁还不一定呢，如今的九儿可不是过去的童养媳了。于剑飞本来不想搭理他俩，愿意拖哪就拖哪去，眼不见心不烦。他知道九儿的这个工作他做不了，等赵富回来再说。而雷大夯死活不走，成心在这添堵，还是嚷那句话："团长，我求求你，让九儿留下吧。"这家伙把于剑飞气的，于剑飞忍无可忍，指着他喊："雷大夯，你等着，我要处分你。你就搅和吧，你给我滚到院子去，听见没有。"雷大夯看于剑飞真急眼了，也有些怕，站在原地说："我也没说啥呀。"正乱着的时候，赵富进来了："呵，真热闹啊，这是唱的哪一出啊。"赵富一看就猜个八九不离十，关于离队人员的情况，都装在赵富的心里。

于剑飞像抓住了救命的稻草，说："师首长，你来得正好，你管管你的警卫员吧。"

九儿仗着过去当过赵富的警卫员，见到他更像见到了救星，说话也仗义，非让赵富评评理，"副师长，趁你还没离开咱团，你得把这事给解决了，我是说啥也不离开咱团。"

赵富说："于九儿同志，我正想找你谈谈。怎么样，咱俩谈谈？"

九儿说："好啊，我正有一肚子苦水要往外倒呢。"

于剑飞对雷大夯说："走吧，没你的事了，你还站这干啥？等处分呢？"于剑飞扯着他，两人走了出去。

屋里只剩下九儿和赵富的时候，还没等赵富开口，九儿就把她如何从老家出来革命，路上都经过了那些惊心动魄的事，怎么到的队伍，怎样跟于剑飞和雷大夯他们一道浴血奋战……还好，唯独保留了她跟于剑飞"那事"。她也有顾虑，这件事她也欠妥，说起来挺没面子，不是啥光彩的事。一个大姑娘，没结婚就跟人家那样。参加了这几年革命，她也深切地体会到，这件事确实不怎么光彩，不到万不得已她是不会主动提的，她也就是背地里吓唬吓唬于剑飞。她原打算不管是刮风下雨，还是枪林弹雨，她都在于剑飞身边，瞅准了机会，她再潜移默化地向外人渗透他俩好的事，他们一家三口总有在一起过日子的时候。都说部队苦，她不怕苦，她打定主意在队伍上干上一辈子革命，一来陪着于剑飞革命，二来她也是爱咱部队。要说私心杂念也就是想看着于剑飞，她知道于剑飞可不像雷大夯那么死心眼，将着一条道跑到黑。所以有她时刻在于剑飞眼前晃荡，他不敢咋地。她却忘了，铁打的营盘流水的兵，当时她想，不管这兵怎么流水，都不碍自己的事，流不到自己头上。九儿从来没想到她有一天要离开部队，她是谁？她是双枪女英雄，现在看来这革命离开谁都一样转。唉，都怨这该死的腿，你怎么就瘸了呢，早知这样就不该替欧阳鹿挡这一枪。可是，当时于剑飞交代任务说绝对保证欧阳鹿的安全，她做到了，不想把自己搭上了。想到欧阳鹿，她就有种莫名的气愤，欧阳鹿啊欧阳鹿，你这个国民党，我不在跟前，于剑飞还不定让她迷惑成啥样子呢。通过那次她跟于剑飞在医院里因为欧阳鹿吵吵起来，女人的第六感觉告诉她，于剑飞对欧阳鹿有好感，她绝不能让他得逞。眼前九儿的心情坏到了极点，没有什么比让她离开部队更沮丧的了，为了于剑飞死她都不怕。

赵富耐心地听她倾诉完，递给她一茶缸水，想必她话说得太多，真渴了，咕嘟咕嘟一缸子全喝上了。她抹把嘴，坐在椅子上算是喘口气。

赵富说："你说完了？那么下面听我说，好不好？"九儿听话地点点头。"于九儿同志，听得出来，你愿意革命，一心想革命，想为打倒蒋介石，解放全中国出力。你的心情我是理解的。可是，于九儿同志，现在我们国家正处在非常时期，祖国处处都需要像你这样的革命人才。"

九儿说："副师长，我就想拿着枪和你们一起上战场。"

赵富说："革命和战斗不光是在战场上，反动派现在是无孔不入，难道说农屯就不需要革命了吗，农屯就没有战斗了吗？相反，那里的战斗还相当激烈。因为在农屯，敌人是在暗处，我们在明处，敌人时刻破坏我们的支前。"

九儿听到支前，她就想起姐妹们纺线做鞋的，她说："我可不想纺线做鞋，多没劲。"

赵富说："于九儿同志你说错了，你看我们现在穿的、吃的、用的，哪些不是老百姓的血汗换来的。没有他们我们寸步难行，别说打老蒋了，我们饿也饿死了。于九儿同志，你们到地方的任务艰巨得很，领导群众搞土地革命，有的地主，宁愿把粮食霉了烂了，也不愿交出来支援前线。"

九儿义愤填膺地说："这样的人真可气。"

赵富往主题上引导说："对这样的人我们就要斗争，你说这工作艰不艰巨，你愿不愿意为党做这份最艰巨的工作啊？于九儿同志。"

九儿脱口而出："我愿意。"被赵富这么一戴高帽，她忘了她想要什么。当她一回过味来，刚说个可是，赵富说："不要有什么可是了，听从指挥、服从命令是我军的一贯作风。到人民最需要的地方去是我党的光荣传统，你现在还是一名军人、一名党员嘛，即使脱掉了这身军装你也永远是我们团的战士，我知道你会起带头作用的。我知道你喜欢枪，枪也打得好，你腰里别的盒子枪就归你了。到地方用得着，你的工作地方都安排好了，回到老家好好干，可不能给咱团丢脸哦。你们这一两天就陆续走了，你们走后大部队就入关了。于九儿同志，可不能再给部队提什么要求了，你要起个带头作用，如果都像你似的吵吵闹闹，那不乱套了吗？"九儿很不好意思地低下了头。赵富赏识地看着她，站起来，走到她身边，有力地握了握九儿的手："好了，九儿同志，我相信你，是不是想通了？"九儿咬着嘴唇，默不作声地点了点头，委屈的眼泪就含在眼圈里。她能不委屈吗？她的心声是要跟着部队走的，一不小心就答应赵富了。她是个军人，对说出的话不能反悔，如果那样还算什么军人。再说在她面前的是师首长啊，不是过去的小营长啊。赵富也看出了她的委屈，但他表面的领会是九儿已经心悦诚服了，他爽朗地笑着："好了，就这么定了，回去准备准备吧，我们的九儿同志到哪都错不了。"话说到这份上，九儿更没有退路了。末了，赵富用厚重的掌心在九儿的肩头拍了拍，这不是单纯的拍，代表着信任、鼓励和重托。看起来赵富这个副师长没白当，说话的水平也提高了。再者说，他确实对九儿有一定的战友感情，因为九儿曾是他的警卫员，他永远忘不了那美好的时光。

九儿走在回去的路上，心里很不是滋味，心想我怎么就那么稀里糊涂答应了，现在想反悔也不是那么回事了，赵副师长赞扬了我那么多好话。哎呀，我真是的，怎么就架不住三句好话呢？九儿想到离开于剑飞和雷大夯，心里就不是滋味，她真舍不得。这么想着，刚才憋着的眼泪不觉就流出了眼眶。她就这么走走停停，像是没了目的，没了方向。脚下的雪被她踩得咯吱咯吱地响，她也就越发狠命地踩那雪，就好像除了踩雪玩没别的事干了。她觉得心里憋得慌，喉咙堵得慌，很难受，她不知道怎么解决这个问题，其实很简单，只要她张开嘴大哭一场就万事大吉了，可她是九儿，怎么能像那些小姐，动不动就娇滴滴地哭一场。现在她更不能哭，现在她是人民军队培养出来的女干部、女英雄，岂能轻易掉眼泪？其实她刚才就流泪了，刚湿过眼睛，她就擦掉了。她不承认，那不叫哭，也许刚才风大吹的。她又怨这该死的天气，咋那么冷呢，她往死里地踩着脚，这样挺解气的。她无缘无故又想起了孩子，小胜利，这个名字还是大夯起的，谁说大夯没有文化，起的这个名字既有意义又响亮，听着就提神。孩子，妈妈为了追随你那没良心的爹，从南到北，宁愿把你舍在老乡家里，可是妈妈还是被他甩掉了，妈妈还是落后了。这么想着，她觉得眼睛里又有了叫泪的东西在活动，憋着，绝不让它得逞。她刚想擦去，这么一抬头，雷大夯正好站在她面前。他俩谁也没来得及说话，相视了半秒钟，九儿的动作太快了，她呜呜呜地把自己摔进雷大夯的怀里，放声大哭。雷大夯措手不及地站在原地，没有躲，他正巴不得献出自己宽厚坚实的胸膛，任凭九儿尽情地号啕。这胸膛生来就是为九儿准备的，要不要它干啥？九儿你尽情地使唤吧。这件事雷大夯当时没觉得特别怎样，但多年以后，他每每想起，依然那么激动人心，依然觉得胸口那温暖无比。九儿的哭，明确地告诉雷大夯，九儿走已成定局。他深切地感受到，这个坚强得连哭都不会的女人，这个勤劳得连累都不知道的女人，此刻趴在一个男人怀里号啕大哭的心情。不管她的哭是为了谁，是离不开谁，但有一点他非常明白，他——雷大夯，永远离不开九儿。他想拍着胸脯大声地对她说，九儿别怕，你累了，你烦了，这里是你永远的窝。可他不能说，他知道九儿的心思。他就那么挺着胸脯，屏住呼吸，怕一出声九儿就从他胸前飞了。尽管这样，九儿还是有哭够的时候，哭够了自然要离开他的怀，他立马就觉得胸前空落落的，心都找不着了。九儿的鼻涕眼泪已把雷大夯的胸前弄得一塌糊涂，这个女人连哭都不那么斯文，来势凶猛，走得也干净利索。可是雷大夯喜欢，这是在部队，这要是在老家，九儿就是屁股后拖一堆孩子，也照样里打外开，把家里家外收拾得妥妥当当。九儿哭够了，用手抹把鼻涕眼泪，胡乱地一甩，麻利地往裤子上一蹭，说："大夯，姐要回老家了。"

雷大夯问："赵副师长也让你走？他可是咱的老营长，你给他当过警卫员，还救过他的命。"

九儿嘴不对心地说："不是，是我自己愿意走的。我不想给部队添麻烦。"九儿低头瞥了眼那条瘸腿："再说，地方也很需要我这样的人才。"九儿装着唠。

雷大夯大失所望："九儿你别自己给自己壮门面了，指定于剑飞这小子没给你上啥好药，要不赵富咋能让你走呢？他不看僧面看佛面，你咋也救过他的命啊。"九儿吸了吸鼻子大声呵斥："雷大夯，你别总说于剑飞，他容易吗，他就要领着部队进关打仗了，那子弹不长眼睛啊。"

雷大夯带着哭腔也大声说："咱们一块出来的，你事事处处护着他，我就不进关打仗了，子弹就绕着我走啊？你咋就不知道挂着我？"

九儿心动了："你看你，姐咋不挂着你，那还得啥事都挂在嘴上。"

雷大夯憋着声说："我反正舍不得你走。"

这回九儿劝雷大夯了："在哪都是革命，往下你们吃的粮食，也许就是我领乡亲们种的。放心，姐在哪都能革命，搞土地改革啥的，有我干的工作。咱部队上的首长又那么信任我。好了大夯，你别担心我了，我好赖也是在后方了，再苦再累也顶不上你们在前方，你就多替姐打敌人吧。"九儿昂着头，甩了甩短发说："没事，你姐能挺住。"

雷大夯也来精神了，说："九儿，你回咱屯，对于地主不要心慈手软，把他家的房子、地都分喽。"

九儿批评说："大夯啊，参加革命这些年了，办啥事咋就不经大脑呢？那地主也得给他留间房子，留垄地吧，让他变成自食其力的劳动者。要不首长说这个任务挺重要，真不假，连你都不懂这方面的政策，这得需要我们去做多大的工作。大夯啊，你大小也是个营长，往后办啥事别总带个人情绪，更不能带个人感情色彩。"九儿把从赵富那听来的大道理向雷大夯灌输了一遍，雷大夯听了赞不绝口："姐，你就是进步比我快。"雷大夯心想，谁要是娶这媳妇，真是八辈子修来的福。他在这件事上特别嫉妒于剑飞。他说："九儿，反正不能让小胜利跟于地主接触，从小胜利这辈就彻底跟地主划清界限。"

九儿说："原则性的问题姐会掌握的。姐不在你们身边，要照顾好自己，别总跟剑飞叽咯，听见了吗？"

雷大夯眼里突然有了泪，他低着头，不让九儿看出来，有一下没一下地用鞋蹭着脚下的雪说："你放心吧，姐，天凉，注意你那条腿。"

"哎呀，没事，"九儿故意打着哈哈，"你姐也不是泥捏的，看把你担心的。这点你就赶不上剑飞了，大丈夫，拿得起，放得下。"

"他啥都比我好。"雷大夯闷着声，赌着气。

"你看你，又来了，提到剑飞你就七个不服八个不忿的，你要支持他工作！你这个态度叫我走得怎么放心呢，答应姐，别跟他抬杠。听见了没有？你咋那么犟呢？"

"听见了。"雷大夯嘟噜个脸，答应是答应了，声音是不满的。

九儿走的那天，雷大夯忍不住哭了，让九儿没头没脸的一顿埋汰，看你挺大个小伙子，哭啥，没出息。于剑飞也来送九儿，而是以团首长的身份出现的，他和赵富站在一起，一一和即将离队的战友们握手。当握到九儿的时候，九儿想于剑飞会给她个特别的握手，九儿做好了这个激动时刻来临的准备。因为，自从九儿决定走的那天起，九儿就想找于剑飞谈谈，可九儿老也抓不着于剑飞的影。于剑飞忙，不是上师里开会，就是筹备入关的一切事宜。那时候，解放军还肩负着沈阳城的治安工作，还得保护从国民党手里接管过来的仓库、银行、商店，于剑飞恨不得自己有分身术。于剑飞人眼见着瘦了，脸让大北风吹得黝黑，又显得粗糙，再也不是那个细皮嫩肉的大少爷了。九儿看着心疼，她真想再伺候一回她的大少爷，她知道用不着她了，他已经变成顶天立地的男子汉了，再也不是哭着闹着让她用弹弓打李子吃的少爷了。于剑飞脸上皮肤的改变，让他越发有爷们儿气了，让人看了着实心里喜欢。那几天，于剑飞睡觉都抽空，每天睡不了两三个小时。有时九儿抓他睡着的时候去，还没迈进门槛，警卫员就嘘着声迎出来。那一刻九儿就意识到，她的大少爷已经是国家的人了，他和国家的命运息息相关，他需要国家，国家也需要他，再也不是她这个童养媳能左右得了的了，她也为于剑飞成长自豪。警卫员说团长刚睡着，你有啥事，我可以转达。九儿心想，我能有啥事，无非就是要走了，想跟自己的男人说会儿心里话。也就是叮嘱他几句，想着俺娘儿俩，别想七想八的了，这辈子俺等他等定了。警卫员呀，警卫员，俺心里的这话你传达得了吗？她看于剑飞累成那样，对比自己这点娘儿们家家的事，真就显得微不足道。心说算了，别拿这事烦他了。他还能跑了不成，我还不信了，尽管他现在不承认，他早晚有承认的那一天。直到走也没跟于剑飞谈上那个心里话。原指望临走的这天能说上个只言片语，而于剑飞只是象征性地握了握她的手，九儿还没有感觉，就撒开了。还赶不上赵富呢，赵富重重握了握她的手，使劲摇着说："于九儿同志，不简单哪，过那座山的时候，我就想，遗憾哪，把这个优秀的女战士留下了，可是你挺过来了，好啊，一个女同志走到今天不容易。到地方去吧，到地方好好干。"九儿激动地说："是！老营长，不，应该称呼你副师长。"赵富哈哈笑着说："还是叫老营长感觉亲哪。"赵富的热情洋溢，正好填补了于剑飞的冷漠。九儿也没感到太难受，她反倒替于剑飞开脱，有大志向的人不会那么婆婆妈妈。不像大夯，来不来地还挤出几滴猫尿，叫人看不上。

今天的火车站可是真热闹，各团的伤残军人都今天离队，有送行的，整个站台站满了解放军。雷大夯握着九儿的手，千言万语，依依不舍。雷大夯从怀里掏出个小圆镜子，握在掌心，嘴对着镜子哈气。天冷，镜面立刻挂了一层哈气，雷大夯扯着袖子，"噌噌"擦了两圈，再看看，很亮了。他递给九儿："姐，送给你。"

九儿笑着接过来："花这钱干啥？你姐用不着。"

"不是花钱买的，捡的。不知道哪个小姐太太不要的，我捡了，就想送给你，又怕你嫌乎，所以，今天才给你，就当是我买的吧。"

"姐不嫌乎，姐收下。"

"姐你照照，看亮不？"

九儿举着镜子，镜子里立刻映出了九儿的脸。脸圆圆的，红扑扑的，就像点了红点的做寿馒头，不硌碜，但也谈不上漂亮，应该说很饱满，是朴实的饱满。但雷大夯怎么瞅他姐都漂亮。九儿对着镜子扑啦扑啦刘海，捋了捋鬓角被风吹起的头发，然后很满意地甩甩头，那头短发就跟着有序地颠了颠。

九儿真喜欢这个小镜子，她在心里埋怨雷大夯早上咋不给她。今天早上她才发现，作为一个女人她居然没有镜子，她搜遍了所有的兜和挎包都没找到半片镜子。今早不知怎么了，就想照照，想让自己漂亮点，像欧阳鹿一样漂亮。站在清一色的男人队伍里，于剑飞一眼就能认出她，让他感觉到，她九儿比来的时候漂亮了。没有镜子怎么办？她站在窗户前面想，如果窗户是镜子该多好。于是她就有办法了，她拿了片纸，吐了口唾沫，把纸粘在了窗户玻璃外面，她站在里面，影影绰绰照出了自己。

　　雷大夯看九儿喜欢这个小镜子，心里像抹了蜜样的甜，看九儿照镜子的样子更是好看。他还有许多话要跟九儿说，不想呼啦过来好多战友跟九儿道别。雷大夯始终占据着九儿的正面，战友们抢着和九儿握手。九儿表面上和战友们寒暄，实际上她伸长着脖子四处蹓摸，她在蹓摸于剑飞，无论如何她都要跟于剑飞说句话。她看见于剑飞在和其他的战友道别，整个场面无不感人泪下，昔日出生入死的战友，今天一旦分离，此去一别生死两茫茫，谁也保不准此生能否还有见面的时候，战时流血不流泪的战友，此时抱在一起痛哭，道不完战友情，说不完离别意。触景生情，于剑飞从战友堆里抽出身，在这个时候，于情于理他都应该跟九儿说几句。他也向九儿这边张望，九儿也张望着于剑飞了，正好雷大夯被战友拉到别处道别了。

　　九儿就抽出身子，紧三快四向于剑飞奔来。奔近了，就那么面对面了。天又冷，他俩彼此呼出的热气都扑到对方脸上了。九儿端详于剑飞，那份欣喜，就像娘端详着凯旋的儿子。我的大少爷比过去可魁梧多了，咋就一不小心出息成个男人了呢？真是爱死个人了。九儿真想一头扎进自己这个所谓男人的怀里，亲个够，哭个够。但她不能，大庭广众之下，再说革命人不兴这个，也怕影响于剑飞的革命前程。九儿没先说话，女人嘛，该沉住气得沉住气，该拿褶时就拿褶。她等她的剑飞先跟她说，这时的话一准是最要紧，最动听的。别看九儿不说话，可手带着话呢。她伸出手，拉拉于剑飞的大衣领子，正正他的棉帽，拍拍他衣服上的尘土，每个动作都透着亲，透着话。于剑飞也感到此刻的九儿不那么烦人了，还有些可爱。九儿脉脉含情地望着于剑飞，第一次没那么婆婆妈妈。她默不作声，她在等待，等待她的大少爷跟她说话，说什么呢，九儿猜想，说小胜利？说家乡？就是说门前的那两棵李子树也行。九儿打定主意了，剑飞一说完，她就把脸贴在他的胸前靠一靠。有什么可害臊的，早晚是自己的男人。就在九儿想入非非，于剑飞动了恻隐之心的时候，欧阳鹿气喘吁吁地跑来了。也许跑得太猛烈了，一时刹不住闸，直接就插在他俩中间了。看起来九儿想要于剑飞给她说悄悄话的希望泡汤了。九儿是有些懊恼，但很快就过去了，毕竟正事要紧。欧阳鹿来得正好，她正有些话要嘱咐这个从国民党那边过来的女军医。她身上或多或少带着国民党的劣习，必须纠正，不然就一条鱼搅得一锅腥，共产党走到今天容易吗？绝不能让她搅和喽。再说她正好在于剑飞的团，于剑飞可是年轻有为的军事干部，这个团也是赫赫有名的英雄团，可不能因她绊了脚，走了样。这我走了，就没有细心的人了，一些小毛小病的也就发现不了，别看小毛小病，往往能酿成大错误。还不等欧阳鹿把气喘匀和，九儿说："你来得正好，我正有话要对你说，往后你就是解放军队伍里的人了，可不能把国民党那的一些坏毛病带进来。我还是说你的头发，你不爱听我也要说，一定把它剪掉，这是形象问题，咱解放军队伍里可不兴这个。"

于剑飞看她又对欧阳鹿展开教育了，就故意催促："九儿快上车吧，一路小心，多保重。"看样子，于剑飞不打断她的话，她还会继续挖掘欧阳鹿的形象问题。直到上车，九儿也没盼到于剑飞的知心话。于剑飞看到九儿板起面孔对欧阳鹿那副苦口婆心的样子，油然而生的柔情也就荡然无存了。从于剑飞那是否能听到她盼望已久的悄悄话，在欧阳鹿出现之后也就显得不那么重要。九儿就是这样，在大是大非面前，儿女情长永远退居第二位。在她心里，她和于剑飞的日子长着呢，等天津解放了，等全国解放，他们有的是时间唠儿女情长的嗑，不在乎这一时半会。所以，她边上车还边频频回头不厌其烦地谆谆教导欧阳鹿，欧阳鹿说好，我会把握自己的。听了这话，这回好了，九儿放心地上车了。欧阳鹿不想跟这个无产阶级女革命者较真，她心甘情愿地给她这个面子，尽管是敷衍，她不想让这个对革命如此执着的女人带着遗憾踏上征程。再者欧阳鹿对九儿没有了怨和猜忌，自从她和于剑飞那个雪中的相会，所有的怨都释然了，即使全世界的人都不理解她，至少还有于剑飞理解她。这么想着她对前途就充满了希望。

当九儿真背着那套薄薄的行军被踏上车的时候，于剑飞望着她的背影，是如此的形单影只，心里倏然涌起莫名的酸楚：你这个傻丫头，咋那么傻呢，在我家还没受够气，非得再跟着我跑出来继续受气，别怪我薄情寡义，我们俩实在是不合适，但愿此去你有醒悟的那一天，发现爱我爱错了，在革命的征途上找到自己的如意郎君。但愿……

九儿刚登上车，火车就徐徐开动了。欧阳鹿飞奔向前，递给九儿一件红色的毛衣。欧阳鹿跑这么急就是送九儿毛衣，被九儿劈头盖脸地这么一教育，手抓着毛衣，倒把这事忘了，等车启动她才想起来。九儿长这么大没穿过这么好的毛衣，九儿捧着毛衣，无限感激，她向欧阳鹿挥着手，一边百感交集地大声嘱咐："欧阳鹿，好好改变自己，跟紧队伍，别掉队——"仿佛不这样说，不足以表达自己的谢意。欧阳鹿大声喊："放心吧——"

　　当火车徐徐开出沈阳城时，跳出于剑飞脑海的第一个想法就是：他终于和九儿分开了，他竟有了欢欣鼓舞的冲动。他真的可以开始新的生活了吗？生活是善变的，往往超出人的想象。

　　雷大夯在送其他战友，在一一惜别中，好不容易抽出身，他向九儿这边跑来。这时，火车已经开动了。雷大夯就一直追着火车跑，他在追九儿，此去还不知何时能见面，让我再看你一眼吧，九儿。雷大夯边跑边向车窗伸手，九儿也向他伸出手，俩人嗓门又高，一个趴在车窗喊大夯，一个跑着喊九儿。喊着喊着，两只手眼瞅着就要抓到一起了，火车突然速度加快，张望的手又被火车拉开了。火车越来越快，手的距离越拉越长。雷大夯的手慢慢地放下，停住了脚步，站在原地，失望地望着远去的火车喘气。这一幕，于剑飞都看在眼里了，他也为雷大夯叫屈，出来革命这么长时间了，雷大夯眼里就没放下过别的女人，那咋就没打动九儿的心呢？看起来他也就这水平了，长工就是长工，连童养媳都看不上他，看起来没有那个女人能看上他喽。

　　欧阳鹿一直以为雷大夯和九儿是一对恋人，只是九儿一门心思地革命，而忽略了爱情。殊不知这个百分之百的女革命者九儿，早就为自己种下了一颗革命的浪漫的爱情火种。欧阳鹿错误地认为于剑飞也爱她，她那颗孤傲的心得到了无以言表的慰藉。有了这份默默的爱，活得值，死得值。欧阳鹿的表面是孤傲冷漠的，可当她要绽放的时候，每一叶，每一朵，都燃烧着火样的激情。她渴望爱，欣赏爱，赞美爱，特别像雷大夯对九儿的执着，雷大夯虽是个粗人，可他对爱的那份细腻和偏执，深深打动了她这位高级知识分子。她在心里一直默默地祝福他们，愿有情人终成眷属。现在看到雷大夯望着火车，恋恋不舍、一往情深的样子，她想她应该安慰他几句。她走过去，说："雷营长，别太难过，九儿是你的战友也是我们的战友，我们像你一样不舍得她离开我们的队伍。她的伤情我最了解，她不能再跟着队伍行军打仗了，回到家乡，回到解放区，最适合她，你应该为她高兴。"雷大夯从来不否认他对九儿的好，他对九儿的好不掩饰，不躲避，坦诚相待。好就是好，不掺杂个人私欲。只有他最了解九儿和于剑飞的关系，也只有他最了解九儿对于剑飞的感情，近乎到了死心眼。他知道，就是他雷大夯把心献给她，也不及人家于剑飞的一个脚指头香。可他一点也恨不起九儿，别说恨了，就是埋怨的意思都没有。他也近乎死心眼了，两个死心眼没往一个地方使劲，这就不好办了。

雷大夯虽然不埋怨九儿，可他总为九儿打抱不平，你于剑飞凭啥看不上九儿，你个地主羔子，剥削阶级，有啥资格娶我们无产阶级最优秀的女儿。你还挑个大鼻梁子，横看不上，竖看不上，牛哄哄的。雷大夯在队伍上这么多年，他的思想也有了很大改变，他知道于剑飞早就不是什么地主羔子了，他提地主羔子之类的，他是故意这么说气于剑飞。话虽这么说，人的某些思想是根深蒂固的。就说雷大夯吧，他就觉得穷人出身的好，感觉亲。他有自己做人的准则和道德观，既然九儿跟于剑飞是夫妻了，就理应从一而终，我雷大夯再从中插一脚就不够人了。这样说来，雷大夯对九儿的好就是心底无私天地宽了。还有，就是一个要命的感觉，只要九儿幸福，他就感觉幸福，哪怕这幸福的事九儿办不到，他也要竭尽全力帮她办到。在某种意义上说，九儿跟于剑飞有那事带有欺骗色彩。假使九儿现在还没得手的话，他雷大夯为了九儿，就是拿枪押着，用绳子捆着，也要成全九儿。说来说去，还是缘于一个爱字。在男女这件事上，一个男人对女人好，说得再天花乱坠，把自己摘得再干净，也逃不出一个爱字。雷大夯面对这个原国民党女军医，心里没有了过去的成见。自从她给九儿医治腿和胳膊，不光是给九儿医治，她每天都在马不停蹄地为解放军伤员做手术，从没喊过累，每个伤员在她面前都是最重要、最神圣的。她的精神，让雷大夯深深地敬佩。听了她刚才的一番话，他觉得她还是个善解人意的姑娘，怎么就在国民党那待了那么长时间，唉，再怎么好，也背了这么个污点。不管怎么说，欧阳鹿救活了那么多伤员，这是最主要。在雷大夯的眼里，欧阳鹿神圣得就像个救死扶伤的女神。以至于在以后的岁月里，欧阳鹿对于剑飞的那份感情，他都给予了最大限度的理解。但对丁香就不行了，他绝不能眼睁睁看着她破坏九儿的幸福，他有义务保护九儿的幸福，没有人赋予他这个义务，是他自己心甘情愿挑起这个重任。尽管他在尽这个义务时，心里很不是滋味，酸甜苦辣都有了，但他还是争先恐后地去尽，乐此不疲。

欧阳鹿说话还是有权威性的，因为在雷大夯眼里她是最权威的医生。雷大夯相信她的说法，她说九儿的伤不宜在队伍里，有一定的道理。他想他应该为九儿，为所有负伤的解放军战士谢谢欧阳鹿。这么想着，他给欧阳鹿敬个军礼，说："欧阳医生，我替九儿谢谢你，过去我对你还有看法，现在我知道你是位好军医。"欧阳鹿咬着嘴唇使劲点点头，她不能说话，怕一说话哭出来。自己终于被解放军承认了，她真的融入这个队伍当中了，她是这队伍中的一名战士了，她想她做得还不够，她应该加倍努力。

这时，于剑飞和肖扬走过来了。在离队的这些军人当中也有肖扬带过来的弟兄，组织都给他们做了妥善的安排，就从这件事起，肖扬对共产党的队伍有了一百八十度的大转弯，他认为共产党的队伍是值得他为之奋斗一生的队伍。一开始，他是为了欧阳鹿，强逼着走进来的，说白了，是为了追随自己的爱情。现在他也是为了欧阳鹿，他要感谢欧阳鹿带他走进这个队伍。显然肖扬还没从送战友的激动情绪中走出来，他上去就握住了欧阳鹿的手，说："欧阳，谢谢你！"欧阳鹿面露应接不暇，又受宠若惊的样子。"谢谢你把我带到这么好的队伍，我那些伤残的兄弟都安排了去处，这去了我一大块心病，他们都是跟我出生入死的战友啊，共产党真英明。"

欧阳鹿说："今天怎么都谢我呀？不应该谢我，应该谢于团长。"

"不，我们应该感谢共产党的队伍。"于剑飞说着，一只胳膊搭在肖扬的肩上，另只胳膊搭在欧阳鹿的肩上，雷大夯也搭了过来，年轻的心飞扬了，他们大踏步向前走去，于剑飞的声音飞扬在空中："走，咱们进关——"

（五）

攻打天津可不容易，天津的地理环境：东临渤海湾，是北方水陆交通枢纽，市区南北 13 公里，东西宽 5 公里，地势极为复杂，它分别被永定河、大清河、子牙河、海河和运河分成数段，形成了天然的易守难攻的水网地带。从和平门，至老城东沿河一段，有大丰、金华、金钟、金钢、金汤等五座桥梁。从这段文字看，攻打天津主要跟水打交道，也缘于天津的水，丁香和欧阳鹿，两个不同的战地女神奇异般地相遇。后来她们俩又都爱上了于剑飞，她们爱的方式不同，丁香是浪漫型的，欧阳鹿是暗香型的。至于于剑飞何去何从，那老天就不管了，老天只管送他玫瑰运，却不管他是否拥有桃花福。往往事情大都是这样的，一个人太优秀了，总有那么一两件遗憾的事牵着你的心，挂着你的肚，总不让你那么遂心所愿。这样也对，要不人人都美得胜过了神仙，人间哪还有酸甜苦辣。

为解放天津，集中了 5 个军，22 个师，解放军以绝对优势兵力攻打天津。当总攻一声令下，解放军真是人山人海。敌人在各个桥上坚固把守，解放军自架浮桥。正当于剑飞带领着全团官兵冲过浮桥时，敌人的子弹就像下雹子似的，噼里啪啦往下削啊。说是桥，那桥柱子都是战士们的肩膀，那不是钢筋水泥，是血肉之躯。不定哪颗子弹落到水里，击中了扛浮桥的战士，跑在上面的战士就立马跳进水里，接着扛，就跟水里什么也没发生一样，上面的部队继续前进。跑在上面的还有两个女兵，一个背着药箱，一个挎着相机。敌人的炮火太密集了，水里的战士不断地倒下去，桥上的战士勇往直前，是过河的卒子，没有回头的路，向前！向前！永向前！过桥就是胜利。桥显得尤其重要，保住了桥就保住了畅通，保住了桥就保住了胜利。每一个跑在上面的战士，都有双重的重任，随时跳进水里架桥，随时冲过桥去打敌人。每一名战士都脚步轻，速度快，反应快，他们恨不能飞过河去，因为他们知道，他们脚下踩的是战友的肩膀。

这是 1949 年 1 月 13 日的冬天，河水刺骨，别说肩上扛着千军万马，就是单人站在水里也坚持不了多一会儿。当两个女军人一前一后跟着队伍紧跑着，看上去她俩谁也不认识谁，好像谁也没看见谁，她们和男兵们一样，冲上前！就在这时，一颗炮弹在她俩这边的水里爆炸，炸就炸，桥上的兵就像没发生爆炸，他们没有时间躲避，也不能躲避，"冒着敌人的炮火前进！"但又看得很清楚，脚底下有缺口就跳下去。爆炸瞬间，两个女军人的脚下扛桥的相继有三人倒进水里，两个女军人像是约好了似的，一同跳进水里，接着雷大夯也跳进了水里，他倒落后两个女人跳进水里，因为，他犹豫了一下，按理说他不该跳进水里，他是指挥官，可是事不宜迟，在他的脚下，他有义务托起脚下的桥。当时大约是晚上 8 点多钟，也看不清是男是女。雷大夯咬着牙扛着，只听他肩上的桥板被战士们踩得咚咚响，雷大夯听在耳里，乐在心上，他随着战士们脚步的节拍在心里默喊同志们加油啊！天津就要解放了。当雷大夯稍稍稳定稳定，他往前面一看，我的娘哎，怎么瞅着前面像是两个女兵在扛桥板？也许太黑，没瞅清楚？他再仔细瞅，娘哎，可不是两女的咋地，一个好像是披肩卷发，一个扎着两条小辫子。看上去很吃力，肩歪着。雷大夯在心里叫苦连天，哎呀，这不是扯淡吗，即使她们体力能抗得住，这水这么凉，带着冰碴，腿不抽筋就怪了。但雷大夯又不能一惊一乍地喊，那不扰乱军心吗？过河要紧。雷大夯忽然就有了使命感，确切地讲，自己给自己临危授命，我要竭尽全力保护两位女同志，扛到跑过最后一个兵。

雷大夯开始给他前面的女兵鼓劲，他压低嗓音喊："哎，前面的女同志，坚持住！坚持到最后就是胜利！别怕，有我。告诉你前面的女同志，坚持，别怕，有我。"丁香也看出她前面是位女同志,她也叫苦不迭,她前后是男同志还可以得到照应,现在可好,她前面也是个女的,谁照顾谁呀?咋那么倒霉呢,人家跳下来她咋也跟着跳下来了呢,你跳也行你倒是分个地方,还扎堆了。得了,一块死吧。丁香当时是情急之下跳下水的,跳下水她就知道这不是好玩的活,肩上不堪重负不说,这河水刺骨,她现在已是上牙和下牙打起架了。这次攻打天津,毛主席集中了5个军,22个师。丁香所在的部队当然也参战了,丁香是战地记者,随部队跟进。丁香完全不用冒那么大的危险冲在前面,但她不想那样,战地记者嘛,就是冲在战地的最前沿,哪里危险就出现在哪里,这样才能抓拍到第一手资料,才不愧为人民军队的喉舌。所以,丁香要冲在最前面,抢第一手材料。她想快点过河,赶上先头部队,她看这个桥上兵过得挺快,她也跑到了这个桥上,她想过桥后再和她的战友会合,殊不知战时情况多变,她不但没先过河,还跳进了河里,看起来是最后一个过河。还不知首长怎么批她呢,无组织,无纪律,擅自行动。还不知我能不能坚持到最后呢,挨批也比牺牲了强,炮弹哪,你可别往我这削啊,我可不想死,革命不是为了牺牲,新中国马上就要成立了,在这个节骨眼上,我死了多赔呀。大老远从美国赶回来革命,没看到新中国成立,没享受到新中国的阳光,让美国人也笑话。不行,我要坚持,咬紧牙关。身后传来的声音对她的鼓励可太大了,她不是孤军奋战,身后有爷们儿。丁香不用回头,听声音就知道,这是个非常有力量的男人,还不是一般战士,有丰富的战斗经验,至少也是个连级指挥官。丁香是干啥的?记者,她采访的人多了,各式各样的战斗英雄,她采访的多了,往往被采访的人说一句话,她心里就有数了,此人的脾气性格也就猜个八九不离十。丁香希望现在有人指挥她,有人指挥就有了主心骨,丁香觉得他们在水里现在有了临时组织,这就好了。她好了,雷大奋可不好了,为了照顾她险些被河水冲走。丁香冻得上下牙直打架,她嘴唇哆嗦着传雷大奋的口令,就算口令吧,这是临时组织发出的第一道口令。丁香也压低嗓音喊:"喂,前面的女同志,坚持住!坚持就是胜利!"

欧阳鹿听到了,她听到了!她像溺水的人抓住了救命的稻草。但她无法回应,她冻得已经说不出话,她好像就是在机械地扛着桥板。她的手、脖子、腿都冻僵了。欧阳鹿跳进来也后悔了,不为别的,于剑飞交给她的任务是跟紧队伍,救治伤员。她半道却跳进了水里,伤员怎么办?每个人都不是全能,每个人都有自己的特长和能力，我来到这个战场不是扛桥的，是组织临时医院救治伤员的。可是现在说什么都晚了，当时脑瓜一热就跳进来了，于剑飞的伤员怎么办，他一定急死了。她也不明白自己怎么就会有这样的壮举，如果这事放在过去，在国民党队伍里，她绝不会跳进水里。难道她真受于九儿的影响，喜欢表现自己？还是真的被共产党同化了？见到险情就上？这种英雄壮举近乎愚蠢。现在只有坚持，顶住。希望活着再见到于剑飞，告诉他我错了，我要为他多救活几个伤员。这人就是个精神动物，欧阳鹿一心装着伤员，装着于剑飞，装着她的信念和事业，她坚持住了。而在这时一枚炮弹打过来了，轰的一声，欧阳鹿和丁香都不见了。雷大夯本能地伸手去抓，真就抓住了丁香的脖领子。雷大夯抓住丁香脖领子的同时就想，完了，前面的那位女同志我没法救了。这时的雷大夯一个肩扛桥板，一只手抓着丁香。不料欧阳鹿从水里钻出来，扑腾了几下，又回到自己的位置，继续扛桥板。雷大夯这才看清，这不是欧阳医生吗？今天这女人都怎么了，扎堆了，还尽往河里扎。但他这时还不知道，手里抓着的这个女人是谁，他也顾不得看，他只是尽量往高处提，让丁香的脸露在水面上，这样她就呛不死。他把全部的注意力都集中在欧阳鹿身上，为她捏把汗，就这样她的药箱没有丢，始终挂在她脖子上，这件事雷大夯更佩服她了，他低声喊："欧阳医生，是我，雷大夯，欧阳医生，好样的。"欧阳鹿的眼泪差点掉下来，漂浮的心有了依靠，等上了岸，他们可以一起去追大部队。

等部队都过完河了，雷大夯背着丁香，扯着欧阳鹿，慢慢爬上岸。炮弹打得火光冲天，到处都是噼里啪啦的燃烧物。丁香还处在昏迷状态，欧阳鹿指着丁香对雷大夯说："她受伤了，找个有火的地方我给她包扎一下。"

找个有火的地方，一可以照明，二可以给手术刀消毒。雷大夯找个地方把丁香放下，欧阳鹿把药箱打开，里面的东西都湿了，欧阳鹿一检查，是胳膊中弹了。欧阳鹿说必须马上取出弹片，让水这一泡更容易发炎。欧阳鹿对雷大夯说，抱住她，抓住她的胳膊，我把她的弹片取出来。欧阳鹿拿着手术刀在火上烧过，她刚把丁香的肉划开，丁香痛得啊的一声醒了。欧阳鹿命令雷大夯，搂紧她，抓住她的手，别让她动，马上就好。因为没有麻药，给丁香痛醒了。雷大夯这才看清，我娘啊，这不是丁香吗，今天这是咋的了，咋都让我碰上了。雷大夯说："你是丁香记者吧？坚持住，丁香记者，马上就好，我是雷大夯啊。"丁香懵懂地看着雷大夯，眼神茫然。雷大夯继续提醒丁香："你采访过我的，我是雷大夯，还有于剑飞，还有个女的，叫九儿，你想起来了吗？"丁香虚弱地点点头，又昏了过去。欧阳鹿取出了弹片，简单地包扎了一下，一刻也没有停留，收拾药箱说，走，雷营长，赶大部队去。雷大夯背起昏迷的丁香，大步走在前头，欧阳鹿一手扶着丁香跟在后面。

这次战斗中，肖扬的狼团为师的右翼，于剑飞的虎团在中间，他的一营，也就是雷大夯的一营为师的左翼，形成三把尖刀向金汤桥进攻。在行进中于剑飞发现雷大夯和欧阳鹿不见了，他心里很急，关键时刻，他不担心雷大夯，他知道这小子鬼得很，表面看挺憨，打起仗来谁也没有他鬼点子多，他死不了。他担心的是欧阳鹿，一个女同志，能上哪去呢，可别出什么事，多少伤员还等着她呢。

雷大夯他们是快天亮的时候赶上于剑飞他们的，丁香醒过来就要求自己走路，好在欧阳鹿及时处理了她的伤口。雷大夯向于剑飞简单说了下原委，他做好了挨批的准备。于剑飞没有训雷大夯，而是劈头盖脸地给欧阳鹿一顿训："欧阳鹿，你现在既不属于医院，也不属于你自己，你属于团里的卫生队，专门负责团里的伤员。你跳到河里，那河是你跳的地方吗？啊，那桥板是你扛的吗？啊，那么多大小伙子，非你跳，显着你了？你倒挺勇敢，万一要……让我怎么说你，多悬啊。"欧阳鹿哭了，不是被批哭的，她能听懂，于剑飞冲他发火，他是在担心她。他批得对，她有这个思想准备。欧阳鹿说她知道错了。那么高傲的一个人，能嗫嚅着说错了，于剑飞的话也就软了："回来就好，以后记住，你的任务就是救伤员，武器就是手术刀，这样英勇的事少干。我们都需要你，都担心你。"

欧阳鹿抬起泪眼说："我知道了，我再也不会犯类似的错误，我再也不会离开……离开你们。"欧阳鹿本意想说再也不离开你。

丁香站在雷大夯的身边，看于剑飞发火，怯怯地往雷大夯的身后靠靠，扯扯雷大夯的衣襟说："他就是于剑飞呀？"

"对呀，他就是于剑飞，他现在能装，爱训人了。"

"哦？！好像长大了，进步这么快？"丁香疑疑惑惑地哦着。这人就是这样让人没法理解，思念一个人的时候，思念得死去活来，等真见面了，又不敢相认，怕是假的。没见的时候，有千言万语，见到了又一时不知从何说起。这时天还没完全亮，再加上浓烟滚滚，看不清。

于剑飞向这边问："谁在那嘀咕我呢？"

丁香梗个小脖说："我！"

"你是谁？"

"你猜我是谁。"

于剑飞边往她跟前走边嘟囔："呵！雷大夯，你在哪捡那么个小丫头片子，跟我较劲，我看她是谁。"

丁香挺胸抬头地从雷大夯的身后走出来："看吧！"

于剑飞走近了，他低头左看右看："嗷！丁香！"还没等于剑飞有啥行动，丁香上去双手就挂住了他的脖子，于剑飞就势抱着她在原地欢快地转着圈："哦，丁香，我们的战地女神。"

丁香哎哟一声，松开双手跌坐在地上，捂着伤口。于剑飞迅速伸出双手抱住她，半跪在地上问："怎么了？负伤了？"丁香边嘶哈边假装坚强说没事。于剑飞喊："快，卫生员——"卫生员拎着药箱跑来，于剑飞又说，"不，欧阳医生，欧阳医生——"

欧阳鹿看傻了，她怎么也没料到这个女人跟于剑飞认识，还是不一般的认识。欧阳鹿愣在那，心里说不出什么滋味，有点想哭，失望、委屈、空落……说不出的难受，那委屈劲就像谁惹着她。她看于剑飞和丁香抱在一起，就像失去了知觉，呆愣在那里。她心里重复着一句话：怎么是这样？怎么是这样？于剑飞又喊了她一声，欧阳鹿这才应声："我已经给她处理过了，伤的不重，让卫生员处理一下吧。"

欧阳鹿没动地方，于剑飞大有厚着脸皮求欧阳鹿的意思："欧阳医生，你再给她看看嘛。"

欧阳鹿不情愿地走过去，面无表情，默不作声，慢慢蹲下来，给丁香包扎。

于剑飞话倒不少："丁香放心吧，有欧阳医生给你包扎，保你好得快，她是我们最好的军医。"

于剑飞托着丁香，其实丁香就是偎在于剑飞的怀里，像个被宠坏的孩子，说出的话也像撒娇："谢谢你啊，欧阳医生。"

欧阳鹿没说话，表情淡漠，包扎完，慢慢站起来。

丁香说她要走，去找自己的部队。于剑飞说，那可不行，这上哪找去，跟我们走吧，就暂时做我们团专职报道员吧，等天津解放了你再找部队。一个小战士跑过来说，丁香记者，这是我缴获的相机，送给你。丁香接过相机，惊喜地说，还是美国货，太好了。我的相机泡水了，可能不好使了，好，我就随你们部队走，专题报道你们的英雄事迹。

于剑飞重新部署战斗任务，随即投入战斗。经过激烈的战斗，于剑飞团和肖扬团占领了金汤桥，战士们欢呼跳跃在金汤桥上，整个金汤桥沸腾了。肖扬见到于剑飞的第一句话就问，欧阳鹿怎么样？于剑飞给他一拳说："你呀，真没出息，她活蹦乱跳的，没少一根汗毛。"肖扬上去就拥抱于剑飞："噢！谢谢！太谢谢你了！太好了，我们胜利了！"肖扬为胜利欢呼，也为欧阳鹿没伤一根汗毛欢呼。

肖扬这一路打得漂亮，他团俘敌最多，他边打边做宣传，向敌人喊话，告诉敌人他是谁，这招还真灵，敌人纷纷投降。两个团长正在桥上拥抱呢，这时，欧阳鹿和丁香从人群中挤了过来。她俩跑步到于剑飞和肖扬的跟前，两位漂亮的女兵向两位团首长敬个军礼。两位团首长没有还礼，而是相视一笑，是一脸的坏笑，眼神也很暧昧，根本不像什么团首长，还没等两个女兵反应过来是怎么回事，他俩已张开双臂呼地抱起她俩，把她俩抛向空中。其他的男兵也加入了进来。欧阳鹿和丁香被抛上去，再抛上去，两个女兵笑着，笑着……笑醉了每一位男兵的心，笑醉了整个战场。噢！胜利了！解放了！

丁香以最快的速度写了《沸腾的金汤桥》《金汤桥团》，丁香的文章频频见战报。

（六）

九儿回到家乡，东北基本上都是解放区了。解放区并没有像歌词唱的那样灿烂："解放区的天是明亮的天，解放区的人民好喜欢。"解放区依然过着艰苦的日子。解放区目前的主要任务就是搞土地革命。等九儿回去的时候已经搞得差不多了，极个别的地主还藏有私房钱。可是李子屯最大的地主，于地主家却相安无事，屯子里的干部无法评判他到底是应该归地主呢，还是应该归光荣军属？拿不定主意，所以迟迟没有动他。九儿原本是到区里当区委书记，也是鉴于她复杂的成分，再说区委书记位子还没空出来，九儿住在李子屯，暂时没给落实。好在九儿这个人从不计较个人得失，有工作干就行，不计较官大官小。她看屯子里的妇救会长的位子空着，她说她干这个就行，正好在自己屯，熟悉情况，工作还好干。上面的人巴不得她能在屯里当个干部，于地主这个钉子，就交给她了，看她怎么拔。每次屯干部让地主把土地和粮食交出来，他就拿他儿子说事，他说他儿子于剑飞是共产党，解放军，他是军属，你们理应照顾，现在还来迫害，天理不容啊。于地主说的也是实情，人家儿子在前线浴血奋战，你在后方斗人家老爹，确实有扰乱军心之嫌。所以，于地主家的事，一拖再拖，一直拖到现在，不是共产党对他放弃了，共产党能那么容易偏离立场吗？而是暂时先把他搁那，等待着，一旦时机成熟了再"理顺"他。

九儿先到老乡家接胜利，等她到家时已是深冬了。她还是先到于地主那，现在应该说是她的老公公了。她也没别的亲人了，理应到自己的婆家。到了大门口，她抚摸着大门口两棵大李子树，昔日的情景又浮现在眼前：她给大少爷用弹弓打李子吃，不料跑来了冒冒失失放羊娃雷大夯，从此俩人就没完没了地掐。九儿想着，就笑了。小胜利问她笑啥？九儿说，你爸爸和你雷叔叔就从这李子树下打呀打，一直打到革命的道路上去的。

九儿推开大门，一幅破败的景色映入眼帘。院子里的雪都没人扫，萧条寂落，人去楼空。于地主心里明镜似的，屯里这些干部今天是放过他了，但总有一天要跟他清算的，他躲过初一，躲不过十五。他把家里的长工和佣人都辞掉了，你就是不辞，解放了，也不会有人伺候他。于地主精着呢，刚有点"斗地主分田地"的风声，他就把地偷偷地贱卖了，他是舍不得，但地是祸害，在那明摆着，看得见，摸得着，显眼。要不咋斗地主呢？斗的就是地，有地就是地主。把地卖了，干净了，钱藏起来看不见，地没了，看还斗啥？这多好。于地主的如意算盘打的噼里啪啦响。现在地好卖，农民嘛，手里有俩子儿就想置地。过去于家的地贵买不起，现在好不容易便宜了，咋能不买呢？手里有地，心不慌。说话就开春了，置下的地回头就能种了。所以，于地主的地好卖。于地主边点钱，边心里骂，你们这些穷鬼，量你也算计不过我。

现在的于家看上去就剩个破烂的院子，就连九儿刚推开院门，鼻子一酸，险些哭出来。九儿喊了两声，有人吗？于地主才弓着腰从上屋走出来，穿的是破衣褴褛，与过去判若两人。九儿这点好，该咋咋的，一码事一码论。是爹就得行礼数，是老于家的儿媳妇就得叫爹。九儿跪在于地主的跟前，喊了声爹，又拉胜利跪下喊爷爷。于地主边用袖口擦眼泪，边说好、好啊！能不好吗，于地主想，瞧不起谁呀，谁没有穷亲戚啊。我儿媳妇就是穷人，我革命的儿媳妇回来了，看你哪个穷鬼敢逞能。我于地主就是有钱，有钱，有本事你来抢。他庆幸收养了这个穷丫头，今天她还翻身做主人了，谁知道哪块云彩下雨呢？这不还真得她的济了。这个精明会算的于地主，在九儿身上的如意算盘打错了。当妇救会长的九儿，理应住在村委会。于地主不干，他说她当多大的领导都是他的儿媳妇，应该住家里，现如今家里就他一个人，他也岁数大了，需要人照顾。屯干部听了更来气了，你当这是旧社会哪，你还让人伺候你。九儿同志不是你的童养媳了，她是我们的英雄，我们的干部。九儿是咋考虑的呢，她是个厚道人，她想于地主毕竟是于剑飞的爹，胜利的爷爷，何况他已经落魄了，不再是过去的于地主了，她爱于剑飞，爱屋及乌，于地主现在拉棍子要饭，她也认他是爹。

　　九儿就这样住进了于地主的家，但九儿不摆地主老财的谱，她只住一间房，她选了一间过去于剑飞住过的房。她在于家当童养媳那会儿就梦想有一天跟大少爷共同住在这房里。今天她住进来，虽然没有大少爷，但她全当有他，她心里仍然别有一番情趣。满足？惬意？还是如愿以偿？她说不上来，反正她心里挺得劲的。九儿住进来还有另外一个原因，她要观察于地主，并帮助他进步。九儿有自己的处事原则，公是公，私是私。她听出人们对于地主的不满，群众的眼睛是雪亮的。不管怎么说，自己大小也是个干部，自己的公爹也不能太落后了，那样也对不起于剑飞呀。虽然那是解放区，可人们的生活很苦，吃糠咽菜，省下粮食交公粮，支援前线。九儿他们家也不例外，每天都吃菜团子。大冬天的，菜也不是新鲜菜，是晒干的野菜，用水泡了，剁吧剁吧，掺进棒米面里，蒸熟了吃。有时九儿在外面忙活晚了，于地主就做饭，好在那饭也好做，除了菜饼子，就是咸菜，有时于地主就喝点菜汤。九儿说，爹你这样可不行，身体会垮的。于地主说不碍事，我老了，吃不多点东西，省点粮食，咱好支援前线。每说到这，九儿就吃不下饭，她担心在前线领兵打仗的于剑飞，想起情同手足的雷大夯，也不知他们饿着没？冻着没？也不知他们打到哪了？还有那个国民党的女军医欧阳鹿，头发剪没剪？是不是逃跑了？没准。此刻她还不知道，欧阳鹿正暗恋他的大少爷，打她都不会跑。九儿要知道她的担心是如此的多余，她会气吐血。她的公爹正好提到交公粮了，九儿就说："爹，往后做饭再往里少放点粮食，这次交公粮咱多交点。"于地主愉快地答应了，他表面愉快地答应，心里骂个不停，一点粮食不放才好呢，你个天生的穷骨头，把你吃成菜叶，我看你还有劲革命，革个屁。于地主气坏了，为了装相，他也跟着吃糠咽菜，他实在吃不消了呀，他享福享惯了。九儿没来的时候，他晚上还能偷吃点好的，现在可好，整个一个监工。可怜我那孙子，吃得大脑袋小细脖，大肚子，肚皮薄得能瞧见里面的菜叶。不管地主还是富农，也有亲情，自己的孙子能不心疼吗？他就趁九儿不在家，烙点饼，还不敢让孩子看见，孩子不懂事，怕跟他妈说，那就露馅了。于地主就掰一小块，裹上点菜叶，瞅孩子不注意，塞他嘴里一块。小胜利边吧嗒嘴边问，爷爷，啥这么好吃？是啥？于地主说，菜叶。多亏了于地主，偷着给小胜利加料，要不，这小东西早就完蛋了。

　　于地主会做样子，他想我交的公粮比你们这些穷鬼只多不少，显得我还积极，又伤不着我的筋，动不着我的骨，省得屯干部找我的麻烦。其实这点公粮只是他于地主的九牛一毛，他后院的地窖有五间房那么大，放的都是粮食，铺着盖着吃不完。这个于地主就是想不开，老伴早就死了，就他一个孤老头子，留这些粮食有啥用，可他就是个守财奴，他宁可这粮食霉了烂了，守着这个粮食堆心里舒服，他宁愿喂耗子，他也不给穷人吃。这个粮仓就是他的目标和精神，他于家世代都是大家户，不能到他这辈垮了，对不起祖宗啊！他这辈子不就是为这个家吗，他认为，保住了粮仓就保住了大家户，为保卫这个粮仓他要跟穷鬼们斗下去。走着瞧吧，还没有谁能算得过我于地主的。这话他说跌嘴了，他被他目不识丁的儿媳妇算计了。直到现在于地主也没引起九儿的怀疑，屯干部对于地主的态度九儿还一度不满过，就拿最近这件事说吧，屯干部非要把于家大院分了，九儿不是不同意分，她觉得步子太快了点，老地主做得挺好，交工粮，出公差，哪样都走在前头。他由过去的剥削者变成了今天的劳动者，这就是进步。房子是要分的，早晚的事，但逼得太紧了不好。九儿就没有表态，九儿也有她的私心，于家大院在她心里是神圣不可侵犯了，是属于她和于剑飞的，无论在外面多累，进了这个院她就是于剑飞的媳妇，摸摸于剑飞躺过的床、坐过的椅子、写过字的桌子，都像是跟于剑飞在对话。她喜欢一进门坐在于剑飞经常坐过的椅子上闭目养神，她不是在那干闭眼睛，她一闭眼睛就能看见她和于剑飞在这个院里的快乐时光，还有总捣乱的雷大夯。她总喜欢这么胡思乱想，想自己活得也值了。刚回来那会儿，以前伺候于地主伺候惯了，她就给于地主倒洗脚水，于地主惊得倒像个童养媳，不行，不行，这是新社会了，不兴这个了。九儿就在心里感慨，真是变天了，在心里高呼，打倒地主！毛主席共产党万岁！但一回忆到于剑飞，她心柔软得像团棉花，有时她也不相信，我真的就是于剑飞的媳妇了？有了他的孩子？还管他的爹叫爹？想着想着就笑出了声，笑自己傻，不是他的媳妇能住在他的床上？谁有这个资格？这么想着她又把自己的地位抬高了，只有于剑飞的媳妇才能住进来，所以这个院是万万不能分。可是任何个人的力量都无法阻止时代潮流的发展，她只是起到了缓解，真正阻止分于家大院的是另一件事。

一早起来，屯干部敲着锣通知大伙到村委会开会，说是喜讯，读报纸。这报纸，都磨得快看不出字了。说是从区里传过来的，说是照顾咱屯，报纸上有咱屯的人，先让咱看，快看，别屯还等着呢。

读报的先生嗓门挺高，还挺负责，一张报纸反正面挨排念，一字不落，都是当前的大好形势和前线的捷报。特别是念到这篇文章，题目是"沸腾的金汤桥"，是天津解放的事。念到关键的时候，念到了两个解放军的名字——于剑飞和雷大夯，英雄事迹最多的还是于剑飞。人们把羡慕的目光都对准了于地主和九儿。于地主腰板挺得倍儿直，扬眉吐气呀！于家出了俩英雄，你能说雷大夯不是于家的吗？他好赖也是于家的长工，是从于家出去革命的。谁叫他爹娘死得早来着，他也算是从于地主家成长起来的革命者。这么算来，雷大夯是从于家出去的英雄也就铁证如山了。这个捷报频传的时刻，把于家的房分了，于情于理都说不过去，那不等于扇英雄的嘴巴子吗？这时候不但不能分，还得把光荣军属的红牌子挂到于地主家的大门口。屯里干部果然敲锣打鼓把光荣军属的牌子挂到了于地主家的大门上，于地主望着门上的红牌牌，在没人的情况下跺着脚地骂，你们早就该给我挂上，你们这帮穷鬼，敢跟我斗，还嫩了点。

天津解放后，于剑飞和丁香这对恋人又分开了。丁香回到她所属的部队。虽说是恋人，谁也没挑明，但都心领神会。别看于剑飞跟肖扬背后"我爱你"喊得山响，面对面就难开口了。这对红色的革命恋人，聚少离多。于剑飞他们紧接着和平解放了北平，接管北平防务。不久又随大部队南下剿匪，准备干净、彻底地消灭国民党反动派，解放全中国。正当于剑飞他们参加湘西战役之时，新中国成立了。捣毁了白匪老巢，就到了 1949 年的 12 月。于剑飞他们又奉命北上，在衡阳一个镇上过了新中国第一个春节。

这个期间，老百姓的日子也不好过。冬天强捱过来，春天还没种地，粮食奇缺，老百姓从牙缝里挤出粮食支援解放大军。九儿拖着条瘸腿熬过了这个冬天。她绝不吭声，她是谁？她是领着这个屯子革命的人。营养算什么？挨饿算什么？比起前线的战士，这都是头发丝提豆腐，提不起来呀。再说九儿心里有盼头，于剑飞总有一天要凯旋的。他会接她娘儿俩的，到那时，他们一家就到队伍上生活了。所以她更要干出轰轰烈烈的一番事业，给父老乡亲留个好念想，雁过留声，人过留名嘛。九儿总是这样严格要求自己，我不是过去的童养媳了，也是相当一级干部了。

　　于剑飞是凯旋了，可他从没往李子屯捎过只言片语。倒是那个盛不住二两香油的雷大夯，刚到暂驻地就给九儿写了封信，他这信可不容易，他跟九儿一样不识字，他找欧阳鹿代的笔，信的内容无非就是告诉九儿他们在哪，让她放心。再就是问候九儿和孩子好，还有嘱咐她千万别住在于地主家，要有阶级立场，实在没地方住就住他家的破房。欧阳鹿就问，孩子是谁？于地主是谁？雷大夯就支支吾吾说，你别问那么多了，我让你写啥你就写啥吧，都是农村的事，你这城市长大的人，说了你也不懂。欧阳鹿也就不好问啥了。

　　九儿接到雷大夯的信心里就打鼓，你说这于剑飞，仗打完了就不知道往家写封信，倒是雷大夯挺有心，难为他了又不识个字。哎呀，雷大夯啊雷大夯你有心又有什么用，只可惜你不是于剑飞呀。九儿自从参加了革命，哪哪都挺随心的，就有一样她羞于向父老乡亲启齿，她和于剑飞的婚事。这孩子都满地跑了，还没举行个像样的革命婚礼，充其量也就是个未婚先孕。这个跟革命不搭边，别管啥原因，好说不好听，特别在农村。如果在队伍上，细追究起来说不定还得闹个处分。九儿不想顶这个名声，她要跟于剑飞重新结把婚，以后说起来也理直气壮，要不他俩总也不能公开身份。一开始就瞒着这事，你再冷不丁地说是夫妻，同志们肯定要问咋回事，那就得把以前的事倒腾出来，九儿就怕在外人面前倒腾过去的事，从根上刨，九儿就是不光彩，跟共产党员的身份极不相符。随着九儿革命地位的提高，她愈加感到在这事上没有颜面。别看她背后总是拿出这件事跟于剑飞说事，她那多半是吓唬于剑飞，真要摆到桌面上她也不敢。接到信她就拿定主意了，她要去部队找于剑飞——补婚。

　　九儿跟于地主说，爹，你给我看几天孩子，我去于剑飞的部队。于地主也没问啥，痛快地答应了。还问啥，小夫妻哪有不想的。再者说，于地主巴不得她走，他好和孙子在家偷吃几天好的，这些日子菜叶子吃得，都吃筛糠了，走路都打晃。现在屯里有的人家连菜叶都吃不上了，听说有饿死人的，大伙还不让说，新中国哪能饿死人呢。屯里的干部都愁坏了，到处筹粮，这个季节，地上不长粮，天上不掉粮，指望着存粮，前方打仗，三天两头交公粮，哪有那么多存粮啊，现变都不赶趟。于地主也纳了闷了，这些穷鬼，宁愿饿着肚子也交公粮，真有精神头。别的不说，就说自己那儿媳妇，口口声声说，在国家困难时期，省下粮食支援国家。现在屯干部正瞪着饿得发蓝的眼睛到处寻摸粮食，所以，在这时期于地主也不敢轻举妄动，一直没再敢另立小灶，因为家里有双眼睛像狼似的盯着他。他怕极了，也饿极了。

第五章

——

金达莱花开了

（一）

　　新中国成立后的第一个春节，九儿按着雷大夯写的地址来到了部队。九儿原准备在这个喜庆的日子向战友们公布她和于剑飞的婚事，并补上婚礼。日本鬼子赶走了，蒋家王朝推翻了，该是她过好日子的时候了。她要把儿子接来，一家人团团圆圆在一起，这也是她多年的愿望。于剑飞见到她的第一句话就是你怎么来了？脸拉得老长，话里话外都是：你多余来。九儿不是来看他脸色的，是来办事的。她不管他脸晴脸阴，她把这次来的原因和想法跟于剑飞说了。于剑飞一听就急了，因为他现在一点思想准备也没有，打了这些年的仗，他早就把这件事淡忘了。再说九儿这些年也没提这件事，他错以为九儿这些年在外面革命，事业也宽了，名声也大了，眼光也高了，也就不能指望他这一棵歪脖树吊死了。没想到啊，没想到，她一点进步也不长，转一圈，回过头来还找他。于剑飞不是有意忘掉和九儿的事，在他的意识当中就不存在这件事，也就是说这件事在他的心里根本没停留过，所以九儿今天一提到这件事，于剑飞觉得简直就是天方夜谭。他的心里只有丁香，打天津的时候，他俩在金汤桥上拥抱在一起，欢呼跳跃，虽然是喜极而拥，在那样胜利的时刻，这种相拥是不为过的。

但于剑飞过后总回味那次相拥，回味的感觉比当时要好得多，当时只是情不自禁的感情流露，回味是对当时动作的总结和感知，是寄托感情的驿站。你可以把你所有想寄托的感情都寄托在驿站里，还可以加以演绎，还可以后悔，后悔当时怎么没搂得更紧，如果那样会更好。所以，于剑飞怎么想都觉得丁香是有意和他拥在一起，当时他都把她抱起来了，在原地转了多少圈他都记不清了，反正他们转得快要飞起来了。于剑飞怎么能忘了她呢，尽管他们离多聚少，这更给爱情增添了色彩。于剑飞愿意等她，虽然他们每一次分离谁也没提等谁，但他们都知道在等对方，不需要半点语言和承诺。金汤桥一别，丁香跟原部队走了，于剑飞南下打白匪。到现在，他和丁香分别又一年多了，即使分别，他也犹如丁香就在身边。能够体会到她的气息，聆听到她的声音。他觉得他们的爱情无需耳鬓厮磨，是穿越时间和距离的心心相通。他等待着，等待着战争结束的那一天，他和丁香会相聚的。他想他们一定会后会有期的，因为他们不仅仅是爱人，还是亲人。

在新中国成立的第一个春节，于剑飞和九儿想的是一件事，都想趁着这喜庆的日子把事办了——结婚。可是，于剑飞和九儿想结婚的对象是不同的，于剑飞想跟丁香结婚，九儿想跟于剑飞结婚，这么较着劲这婚能结成吗？更要命的是，九儿一提他们之间的事，于剑飞马上就想起丁香，一想到丁香于剑飞心痛得就不能自持。心想，如果丁香知道了这档子事，还不知道悲伤到啥程度呢，唯独他没想到九儿会悲伤到啥程度。所以于剑飞暗下决心，我绝不能和九儿结婚，我的爱情只有丁香与之相配。想到这他想大声地呵斥和数落九儿，我根本不爱你，你为什么就是不明白，我们俩根本就不合适。但话到嘴边他就改变内容了，不得不改，他怕适得其反，他得策略一点。所以，关于爱情的内容一点都没有，他指着九儿差一点声泪俱下："于九儿呀于九儿，你太不像话了。新中国刚成立，你就想着过自己的小日子，你这是地主阶级腐朽思想。你还像个党员吗？你忘了咱们牺牲的战友了吗？他们长眠在冰冷的土地里，没过上一天好日子。而我们还活着，还能吃饭，还能享受生活。想想，惭不惭愧啊。更可气的是新中国刚成立，还有多少事等着我们去做，还有多少人生活在水深火热之中，在这种时候你居然提出过自己的小日子，羞愧呀同志！这叫什么？这叫享乐，这叫变质，于九儿同志。你好好想想吧，我们是军人，先天下之忧而忧，后天下之乐而乐啊。古人尚且有此崇高境界，而我们呢？我问你，咱屯解决温饱问题了吗？还有多少人在挨饿？九儿啊，你作为屯里的干部你有责任哪。"

让于剑飞这么一数落，九儿差点哭了。看于剑飞说得跟真事似的，她也开始怀疑自己，真的变质了吗？后来又一想还是不对劲，那军人咋地了，就得可着别人先结婚，自己打光棍，那结婚咋地了，碍着打仗了？碍着温饱了？不对，我还得问他，九儿刚说句剑飞……还没说下文，于剑飞就打住她了，说，这是在部队，叫团长。于剑飞不是装。他是有意拉远他们的距离。九儿没好气地说："好，团长，我们原本就是夫妻，战争年代我怕你分心，当时你年龄又小，现在我们都老大不小了，为啥不可以生活在一起。现在也就是走个过场，叫同志们知道我们有这么回事。你说得也对，我应该多考虑屯里的事，咱们俩的事一办完我就回去，绝不耽误工作。"

"反正现在就不行。"于剑飞说。

"为啥？到底为啥？你说呀，你心里是不是有鬼呀？"于剑飞被九儿问急了："好，我告诉你，你和我根本不可能，这个事在我心里根本不存在。"

"你胡说，不存在，孩子哪来的。"九儿太失望了，又从挎包扯出白褥单，哗啦抖开，"这可是你逼我的，这上面的东西哪来的，你想赖账，没门。"看起来九儿是有备而来呀。这个白褥单在于剑飞面前抖落不止一次了，于剑飞也就不在乎多这一次。他很讨厌九儿这种把戏，于剑飞烦躁地说："你别总拿这玩意儿说事，你俗不俗啊，有啥说啥，我们俩出来革命不是一天了，你怎么老围绕封建婚姻那套不放手呢？"

九儿反问他："封建婚姻？我过去是你的童养媳，是封建婚姻。可我自从跟你跑出来革命，我们在战斗中建立了新的感情，这还是封建婚姻？我为了你出生入死，搭上了一条腿，这还不够吗？这还是封建婚姻吗？"

"你是为了革命，别往婚姻上扯，为革命叫屈喊冤，你还像个共产党员吗？"

"好啊，于剑飞，你给我往远处扯，看起来，你是铁了心不和我生活在一起了，那我只好找组织去。"

"找组织？组织就能纵容你这种个人享乐思想吗？新社会了，要有结婚证，没结婚证不算。"

"雷大夯就是我的证明，雷大夯会为我做证的。"九儿一拍桌子。

这点于剑飞相信，雷大夯这个傻小子为了九儿他什么都干得出来。关键时刻他定会站在九儿的立场上，这无可否认。于剑飞就是不明白，九儿为什么就是不放过他于剑飞呢。于剑飞不想跟她整太僵了，他平和着口气说："我现在确实不想考虑个人问题。"

"那是因为你这个人问题的对象是我，换了别人你就不这么说了。"九儿数落他。

于剑飞跟她解释："我心里装的是部队，我不是冲你九儿，就是换了别人我也不会考虑的。"这话一半是假的。

九儿还强硬："这事咱俩是解决不了了，我来一趟不容易，我必须找组织解决。"

一听九儿还拿组织压他，他更火冒三丈，冲着九儿大嚷："你就别再添乱了，你就顾全点大局吧，别光想着自己。你知道吗？美帝国主义又侵略朝鲜了，伺机向我国进犯，战火烧到鸭绿江了。你说我能不急吗，我正在积极请战呢。"

九儿听了这话，疑虑着问："那咱还上朝鲜打去呀？"

"你说对了。"

"那不出国了嘛，这仗可不好打。"

"不好打也得打，他们以朝鲜为跳板，目的是占领中国。"

九儿气愤："呸，他做梦。不行我也回来，扛枪打仗。"

"你呀就在咱李子屯好好待着，我们打仗需要啥就给我们送啥。"于剑飞把话题引到战争上，就没有婚姻什么事了，两人的谈话自然就顺溜了。

九儿说："我以为仗打完了呢。"

"打完了？台湾还没解放呢，毛主席说我们一定要解放台湾。现在我们恐怕先要抗美援朝了。"

九儿瞪着眼睛，试探着问："这么说这仗非要打了？"

于剑飞点点头。

九儿还是不死心："那我们的事？"

于剑飞说："还我们的事呢，国家的事还管不过来呢，我们的事往后撂一撂吧。"

谈到战事上，九儿也消停了，于剑飞的情绪也平静下来了。于剑飞就问家乡的情况，九儿说家乡的情况很不好，老乡们的革命情绪是挺高，只是在这青黄不接的时候，有饿死人的。你可别说出去，这不给新中国脸上抹黑吗？可咱家乡的人没有怨言，他们宁愿饿死，省出粮食支援咱解放军。说起来我们当干部的也惭愧，没办法让老百姓吃饱饭。九儿难过地低下了头。于剑飞急得拍着大腿说，九儿呀，别屯有饿死人的还有情可原，咱屯怎么能饿死人呢？九儿不解，咱屯咋地，天上掉馒头？于剑飞说，天上不掉馒头，于地主那可能生馒头呀。九儿说，爹可不比过去了。他老人家也穷够呛，人也老得不成样子了。于剑飞说他那是装的，我还不了解他，那你可是小看他了。他准留后手了，他拔根汗毛比牛腰粗。九儿还是不相信，爹可是经得住考验的，我和他住在一个院里，他天天吃菜。于剑飞说那是他隐藏得深，九儿你这次回去任务大了去了，给我们部队搞粮食。九儿说我们不是一直在交公粮吗？于剑飞说那是大伙的，这次从我爹那整。你回去就跟我爹要，你就说是我说的，没有粮食叫什么地主，白顶这个"光荣"称号啊。告诉他让他给我拿出些粮食，我要去朝鲜打仗了。人家肖扬他爹早就答应给他整药品了，他爹是资本家，我爹是地主，差啥，我家拿这点粮食还不轻松。九儿叫苦不迭啊，我的大少爷呀，你以为你还是过去的少爷呢？你爹也不是过去财大气粗的地主了。你是不知道乡亲们过的什么日子，为了让乡亲们吃上饭，为了支援前线，在我没回屯的时候就斗地主斗了好几轮了。你爹就是再财迷，也架不住这么折腾啊。于剑飞说你别信他那套，就回去勒吧，准能勒出粮食。九儿叹着气，不管咋难，于剑飞交给她的任务她就得想法完成。出兵朝鲜要紧啊，回去先勒爹。

雷大夯见到九儿来队格外高兴，他拉着九儿的手说："姐你来是不是有事？"

九儿支吾着说："没事，就是想你们了。"让雷大夯这么一问，勾起了她的伤心事，她不但没把婚事办了，还惹一肚子气。于剑飞呀于剑飞，你有大夯对我一半好我就知足了。想自己这么远来找他，热脸贴个冷屁股，说着就黯然神伤了起来。

雷大夯见了说："姐你不说我也知道，你是为了于剑飞。"

九儿说："大夯你别说了，你姐就是没出息了。"

雷大夯心疼又不解地说："姐你何必呢，革命这些年我也看懂了，于剑飞的心思确实没放在你身上，你们俩确实不、不怎么合适。"

九儿这次很平静，要叫往常她早就训斥雷大夯了。她说："可是，我都有他的孩子了。"

雷大夯说："姐，这都新社会了，你咋还这么老思想。有孩子怕啥，我不嫌弃。我们可能要去朝鲜打仗了，也不知是不是能回来，所以我今天才敞开了跟你唠，我就想娶你，从我当长工那天就想。他于剑飞有啥好，不就是个地主羔子、大少爷吗。现在这也不吃香了，穷人翻身了，你没看全国都在斗地主吗。"

九儿说："这不是少爷还是穷人的事，关键是姐咋地也放不下他。姐知道你对我好，可这辈子姐还不上了，姐就死心眼了，非于剑飞不嫁，别说现在斗地主，就是有一天斗到他头上，你姐也跟他。你要是对姐好，你就替姐看着他，及时给姐捎个信，姐就感激你了。"这话说得雷大夯彻底知道九儿的心思了，他更佩服这个实心肠的女人了，为了她的幸福他愿意做她的保护神。

雷大夯问："你现在想怎么办？"

九儿说："你们就要出兵朝鲜了，我不想分他的心，国家大事要紧，你也别说出去，这事先撂一撂吧。"

这一撂就撂了三年。

1950 年于剑飞他们团随师开进了朝鲜战场，正式列入志愿军序列，为中国人民志愿军 A 军 B 师 38 团。

临出发前，九儿又来送他们了。于剑飞虽然当了团长，但他乐得像撒欢的马驹子，他又可以率领着他的将士们驰骋疆场。还有更高兴的事，就是九儿带来了两大汽车粮食，这在粮食奇缺的年代可不是个小动静，于剑飞能不提气吗？至于这粮食是怎么从地主手里抠出来的他不管，他要的就是粮食。九儿还不傻，当着首长的面说是于剑飞他爹贡献给部队的。于剑飞心里明镜似的，这个老地主是不会拱手交出来的，他早就看到他爹的骨头里去了。

对于粮食的来历，还多亏了小胜利。用于地主的话说，小胜利呀小胜利，你跟你爹一样，是个败家子！他指着九儿骂，我是哪辈子缺德了呀，收养了你这么个白眼狼的儿媳妇。九儿气他，你就这辈子缺德了。

事情是这样的。于地主听九儿从部队回来了，就把刚烙好的饼藏进被里了。于地主认为被里是最安全的，就是九儿进门闻到了饼味她也不好意思翻老公公的被窝。他往被窝里藏饼这个举动不料被小胜利瞥了一眼，于地主也没在意，不是没在意，而是这几天跟胜利混熟了，就不拿胜利当外人了，对这个小东西失去警惕性了。自从九儿走了后，这祖孙俩吃住在一起，打得火热，团结一致，俩人敞开量地吃白面饼，这小胜利吃得亮白大胖。小孩，属小狗的，你给他好吃的，他就冲你摇尾巴。胜利左一个爷爷好，右一个爷爷好，把个于地主叫得跟掉进蜜罐里似的。以前偷着给小胜利饼吃，是掰一小块外面裹上菜叶，塞到他嘴里，还糊弄他说是菜团。这回九儿不在家，给孩子饼吃就没掖着藏着。他就忘了九儿快回来了，没嘱咐孩子几句。

刚把饼藏利落了，九儿就进屋了。于地主看九儿的脸色不对，以为她发现饼了，慌忙往自己屋走。九儿叫住了他，说有话要跟他说。九儿是个急性子的人，她到现在也不相信这个家藏着粮食，她要问个究竟，否则她连饭也吃不下去。她还拐了个弯说："爹，于剑飞他们又要去朝鲜打仗了。"

于地主说："吃饱撑的，自己家门口还没打利索呢。"

九儿说："爹，他们不是吃饱撑的，他们是保家卫国，美国鬼子欺负咱。剑飞他们是饿着肚子打仗，爹，咱要是有粮食就拿出来，支援抗美援朝。再说你儿子还在队伍里，你就不心疼？"

于地主说："我心疼他，他心疼我吗？把他爹扔这挨冻受饿，他回过头来还逼债，我看他才是恶霸地主。"不管九儿怎么说，于地主就是铁嘴钢牙，粮食没有，命有一条。

九儿说："你儿子说你有。"

于地主说："他放屁，这小子从小就跟我不对付，他是想法地整我，他是往死里整我呀。"九儿寻思算了，看样子是真没有。就在这时，小胜利跑进来了。九儿一看，这孩子跟变了个人似的，九儿吃惊地问："这孩子几天不见，是胖了？还是浮肿啊？"当时因为缺少营养，人就浮肿，这种现象常见。于地主心里就发毛了，真是罪过呀，早知道这样勒着他点呀，怎么能让他胖呢。于地主赶紧编瞎话，说："是浮肿吧？"九儿掐了一把孩子的脸，没坑，不像啊？于地主又抖着声说："那啥，我把粮食省下来给他吃，我光吃菜，可能胖了吧。"九儿半信半疑地哦着。等到吃饭的时候，桌子上摆着菜团子和咸菜，小胜利把筷子往桌子上一摔，说："我不吃这个，我要吃饼。"于地主的汗"哧"就冒出来了，九儿就说："好孩子，先吃，啊，等你爹从朝鲜胜利回来了，咱就有饼吃了。"

小胜利才不听那一套，不给饼吃就在地上打滚。九儿照着他屁股就打，说："上哪给你弄饼去，你再不听话我打死你。"于地主赶紧把孩子搂在怀里，不让九儿打。小胜利也搂着爷爷，看着九儿哭着说："爷爷有饼，我要吃。"

于地主说："那不是菜叶吗？"小胜利说不是，说着噔噔往于地主屋里跑。九儿和于地主跟在后面，小胜利从被里就把饼扯出来了。于地主后悔得直扎牙花子，急得在地上转磨磨，嘟囔："完了，这回全完喽。"

九儿全明白了，说："爹，你是自己交出来呢，还是我叫全屯的人来把这个院子翻个底朝天？如果那样的话性质就全变了，你自己选择。"于地主还在做最后的顽抗，九儿不怕他顽抗，只要他有粮食就好说，她就一定能抠出来。她是干什么的？就是做人思想工作的，什么思想也架不住九儿没有硝烟炮弹的轰击。九儿说："爹，关起门我还尊称你一声爹，一旦敞开门你可就是我们专政的对象了。你现在老老实实拿出粮食，你儿媳妇说的还算，就算你为抗美援朝做贡献。如果你还顽抗到底，你就是我们要打倒的土豪劣绅，甚至要被拉去枪毙。"于地主气得直哆嗦，叫苦不迭："哎哟，我的天，我真是哪辈子作孽，生个败家子的儿子，又娶了个你这么二百五的儿媳妇。"

九儿义正词严："爹，你老实点，你顽抗也是白搭。你儿子说你有粮食，你儿子是谁你知道不？他是解放军的团长，说话是有分量的。也是他让我回来管你要粮食的，你说，你不拿出来能行吗？再说，你儿子出兵去朝鲜，那千军万马没粮食，到那怎么打仗？还不赡等着死啊，你就那么狠心？你留那粮食干啥，整天提心吊胆，跟做贼似的，累不累呀爹。"

于地主恨得咬牙切齿："于剑飞你个犊子，你不是我儿子，你就是我的克星。这叫什么事呀，我自己的粮食，我还得像做贼似的藏着，怕你们来抢。"

于地主明显对新社会不满，九儿制止说："闭嘴，不准你说反动言论。"

于地主缓和语气说："九儿，你咋那么傻呢，我攒的这些家业不都是为了你们吗？将来不都是你们的吗？"

九儿说："我不稀罕，我就是要粮食。"于地主心想，不是一家人，不进一家门，跟我那个儿子于剑飞一个熊样。于地主疑惑地问："于剑飞他们真没有粮食吃？"

九儿说："那还有假？"于地主知道自己早晚会有这么一天，但他没有料到这一天来的是自己家人整自己家人。交吧，不交这媳妇能把他斗死，真是变天了，童养媳斗她公爹，交吧，交出去是给自己的儿子，总比给那些穷鬼强。于地主问："咱这粮食真能到剑飞那？"

九儿说："那当然了，我亲自送部队上，直接跟剑飞去朝鲜了。"这粮食是否能跟于剑飞去朝鲜，其实九儿也不知道。当时的中国老百姓，团结一心交公粮，交给谁？交给国家，国家在哪，谁也指不出个确切的地方。后来他们把国家就定了方向，国家就在前面，第一站就是村委会，然后是镇政府和区政府……一点一点往前挪，慢慢去挪到前线去了，到了前线就到国家了。老百姓放心着呢，子弟兵一定能吃上他们献出的粮食。

那天，从于地主家的后园子地窖里往外拉粮食，也不知拉了多少驴车，屯里的场院都垛满了，屯里都知道他有粮食，但谁也没想到会有这么多。不但有粮食，还有枪支，留下几支装备屯里，其余的都上交了。九儿还真小瞧了她这个地主公爹，居然还倒腾"军火"。要不于地主把粮食看得那么重要，他认为有了粮食就有了一切，这军火也是用粮食换来的。粮食还能换金银财宝，好在这些人只把眼睛盯在粮食和军火上了，就忽略了他还有金银财宝和钱。尽管他还留有后手，但他把粮食交出去后，精神就一天不如一天。说白了，粮食就是他的命，没了命他就没了精神和奋斗目标。精神没有了，人也就趴拉了。那天，九儿领着人在外面拉粮食，于地主在屋里打小胜利，但这小子扛打，打不狠他不哭，打着打着他就打自己了，谁叫自己给这个小崽子白面饼吃了。

九儿带着粮食来到部队，于剑飞自然高兴，他夸九儿能干，他顺便还问了句，老爷子怎么样？九儿说跟抽了筋砸断骨一样，软塌塌的，没精神了。整天骂你，骂我，瞅着也怪可怜的。于剑飞说让他骂吧，让他解解恨，他就是这么个财迷。

虽然此去朝鲜路途遥远，生死未卜，但于剑飞对九儿没什么难舍难分之情，而且还有些庆幸。这回离她远了，她想跟他补婚的想法没有得逞，终于又把她甩掉了。倒是雷大夯，像个发情期的公狐狸，扯着九儿的手，左一个姐，右一个姐的。于剑飞听了直打激灵，浑身起了一层鸡皮疙瘩。九儿一口气给雷大夯做了七八双鞋，唯恐到朝鲜战场没鞋穿。九儿想，朝鲜那么远，不像南屋走北屋，往那捎不方便。这些年无论什么情况，九儿都挤时间给雷大夯做鞋，他那双大脚丫子，像两条小船，根本没有他穿的鞋号。雷大夯还暗自庆幸自己长了双争气的脚，要不怎么配穿九儿做的鞋，穿着九儿做的鞋会是什么感觉？舒服。而且这双脚奇臭无比，他只要一脱鞋，顶风臭十里。只有九儿闻不到他脚上的臭味，有时帮他把露脚趾头的鞋脱掉，再帮他穿上新鞋。帮雷大夯穿鞋脱鞋不是九儿特意去做这些事，而是在不知不觉中顺手就做了，她愿意像姐姐一样帮雷大夯做点事。她也说不清对大夯是一种什么样的感情，但她有一点最清楚，她这辈子不可能嫁给雷大夯。她想嫁的人只有一个——于剑飞。她坚信于剑飞是她手里的风筝，别管他飞多高，都飞不出她的视线，绳永远在她手里握着。有时候她遭到于剑飞的冷遇，会恶毒地想：我先让你飞，让你飞，先放你几百米，看你还能成精？早晚跑不出我的手掌心。

雷大夯对九儿的欣赏已到了无可挑剔的地步，就是九儿身上的虱子都是双眼皮的。他喜欢九儿那风风火火、朴朴实实的劲，瞅着就踏实。他喜欢九儿搬起他的脚，脱掉旧鞋换上新鞋的感觉，然后他站起来，原地踩踩脚，憨憨地冲九儿笑笑，瞅着鞋说正好。九儿就拍打着他身上的尘土，再正一正他风纪扣嗔怪地说，省着点穿，你姐做鞋不容易。每当这个时候雷大夯心里那个美就别提了，甜。甜过之后，他的心空寂得无着无落，唉！九儿毕竟是人家的媳妇。这个时候他开始在心里骂于剑飞：你个烧包的于剑飞，不知天高地厚，这么好的媳妇你不要，白瞎了九儿。他常常在心里为九儿打抱不平。

战友们搞不清楚他们三个是什么关系，只知道他们是从东北一块跑出来投奔革命的，但战友们一致认为九儿和于剑飞肯定没有什么猫腻，而九儿与雷大夯的关系就说不清楚了。九儿和雷大夯关系有点复杂，有时像姐弟，有时像恋人。特别是雷大夯看九儿的那眼神，漏电、跑光。他俩倒般配，怎么看怎么像在一个锅里搅马勺的主，有夫妻相。至于九儿和于剑飞，如果愣把他俩捏到一块，只能说驴唇不对马嘴，用筛子筛着寻找，也找不出他们能在一起的理由。

（二）

志愿军战士告别了祖国，雄起起，气昂昂，跨过鸭绿江……

在朝鲜志愿军司令部，首长正在作战斗部署，首长说：以积极防御，阵地战和运动战相结合，以反击、袭击、伏击来歼灭敌有生力量的作战方针，我志愿军原定于朝鲜腹地以北组织防御，以歼敌有生力量，阻敌北犯，掩护人民军北撤，稳定战局，创造战机。然而，敌情有变，以美国为首的联合国军，在其总司令道格拉斯·麦克阿瑟的指挥下，猖狂向北进犯，并狂妄叫嚣在"感恩节"前结束朝鲜战争。各路敌军并肩疾进，先我志愿军到达预定的防御地区。根据敌情变化，我"志司"当即改变决心，调整部署，利用敌人分兵冒进的行动特点，决定集中优势兵力，于运动中歼敌，打击敌人疯狂进攻的气焰。

刘震军长将进攻云山的作战部署报请"志司"审示，拟定 B 师执行主攻任务。

　　于剑飞的38团在B师编成内，准备在云山打一次漂亮战役。赵富师长点名要于剑飞的38团为主攻团，和肖扬团并肩突击。刚到朝鲜，人生地不熟，这第一仗打起来肯定有困难，于剑飞深知这一仗的分量，它关系到我军进入朝鲜作战的士气和在敌人面前的震慑力，他有决心打好这一仗。他决心为祖国人民争光，为朝鲜人民出气，他在师长面前立下军令状。回到部队，集合全团指战员，作战前总动员。于剑飞站在队伍的前面，他那洪钟般的声音激荡在每个战士的心间："我们是中国人民志愿军，我们是保卫祖国的战士。美帝国主义侵略朝鲜，屠杀朝鲜人民，企图进攻中国，灭亡我们新建立的伟大祖国，在敌人不断扩大侵略战争的时候，为了保卫祖国国防，为了保卫世界和平，我们志愿出兵朝鲜。配合朝鲜人民军，坚决执行命令，自觉遵守纪律，热爱朝鲜人民，尊重朝鲜人民的领袖，团结兄弟友军，勇敢歼灭敌人，为祖国争光，为人民立功勋。我们要高举毛主席的伟大旗帜，向胜利前进，不消灭敌人，决不罢休。同志们，战友们，这是我们来朝鲜的第一仗，这是一场硬战，我们面对的是美国王牌军，但我们不怕，我们有抗日战争、解放战争这碗酒垫底，我们有毛主席的英明领导，就没有战胜不了的敌人。美国佬和小日本没有什么区别，都是鬼子，我们能从中国赶走小日本鬼子，就一定能从朝鲜赶走美国鬼子。我们能建立一个新中国，就能帮助朝鲜人民建设一个新朝鲜。毛主席说：一切帝国主义都是纸老虎。同志们！祖国人民盼望着我们早日胜利回国，共同建设我们的新中国，战友们！有没有信心打胜这一仗？"

　　"有！打倒美帝国主义！"队伍的喊声震得山摇地动，威慑千里。

　　"立正，稍息，各营带回继续进行作战准备。"于剑飞下令。

　　就在各营快要带回还没走的时候，隐约听到远处传来马蹄声，同志们不约而同地向马蹄声的方向眺望。

　　于剑飞举起望远镜，这一看，他的心瞬间加快了跳速，他看到了什么？让他这般激动不已？他不敢相信，他快速眨了眨眼睛，甩甩头，清醒清醒，再看，是真的，是真的！他看到了，看到了她，看到了他的梦。那露在棉帽外的麻花辫，还有那对蝴蝶结。于剑飞的心丰满成了一棵参天大树，思念的飞鸟穿越了紧闭的心扉，又回到了那个少年狂妄的梦想。那个对革命还懵懂的少年，见到她才萌发："我要跟着我的爱人上战场。"在于剑飞的心里他早已把她当成了爱人，曾在心里默念了一千次一万次的信念：我要上战场，我要见到她，一定见到她。金汤桥一别，今天我们又见面了。于剑飞赞叹：战争你到底是个什么东西，你再凶猛也阻止不了青春的飞跃，爱情的绽放。战争，我不知道是应该憎恨你还是感谢你，是你把心上人送到我的面前。

于剑飞从警卫员手里牵过马，策马向前，迎接他的心上人。马奔驰着，于剑飞的眼前不断闪现出他和丁香在一起的画面：丁香第一次对他采访，他们在山坡上不期而遇……锦州战场他追着丁香的战车飞跑……金汤桥上他们相拥欢呼着胜利……而这一次，他们在朝鲜战场相遇，丁香像个白雪公主，从朝鲜的冰天雪地上来，从他的梦幻中来，从他期盼的眼神中来……

当两匹马相遇的一瞬间，两双眼睛就那么相望着，有千言万语，一时不知从何说起。干脆谁也不说话，空气凝固了，时间停止了。战争好像不是开始，而是结束了。远处零散的枪声，更显得雪野宁静悠远，所有人都屏住了呼吸，静得能听到两人眼神碰撞的声音。这声音散落开来，再拧合在一起，再散落开来；这声音就像花开的声音，像是听不到，但真的有声音，也许只有心心相通的人才能听得到，那是来自天籁的美妙音乐。于剑飞骑在马上，傻傻地围着丁香的马转了一圈又一圈，丁香骑在马上扭着头盯着于剑飞的眼睛看了一圈又一圈。丁香嘴角一翘，笑了。那微笑羞涩、温暖而又爱恋，轻柔地抚慰着于剑飞的心，甜蜜清新得犹如春天的一朵玫瑰花，慢慢地舒展着，一瓣一瓣在风中绽放。你越着急，她却不急，所以让人着迷似的盼着她开了一瓣又一瓣，让人无法形容她到底有多美，到底能开多久，因为她永远没有开到尽头的时候，总像含苞待放。这样的美是隐约的、含蓄的、无穷无尽的。他俩就这样看着，微笑着，谁也没有开口说话，但他们的眼神交流了太多太多，从邂逅、初识、思恋、相逢，到飞跃梦想，在互望的眼神中都倾诉了。这时战士们看出门道了，队伍里起哄了："噢！噢，团长！冲啊……"

丁香跳下马，"叭"一个立正，敬了个漂亮的军礼："报告团长，战地记者丁香前来向你报到。"

"好啊！只听上面说给我们派个记者，没想到是你。"于剑飞还不知趣地骑在马上，嬉皮笑脸地应着，斜睨着眼睛，还是围着丁香转。丁香就那么仰着脸，绽放着灿烂的笑容，随着于剑飞转。那张笑脸像开在雪原的一朵雪莲花，娇艳、圣洁。于剑飞俯身伸出一只胳膊，一把把丁香携上马，还没等丁香坐稳，于剑飞两腿一夹马肚，马像脱缰似的一声长嘶，四蹄腾空，箭一般飞了出去，真是马踏飞燕，不，应该说马踏飞"雪"。丁香只有惊叫的份。于剑飞霸道地把丁香严严实实地按在怀里，因为她上马的时候是面对着于剑飞，再想转过身已来不及了。于剑飞和丁香的心像长了翅膀飞出了胸膛，无羁无绊，随云潇洒。在这异国他乡，在这凛冽的寒冬，在两军即将交战之际，于剑飞又见到了他想要见的人，他日夜思念的人。即使在浴血奋战的日子他也没放弃对丁香的思念，这个思念一直激励着他勇往直前，这个思念是于剑飞内心最温暖、最柔软、最隐秘的地方。他常常打开这个地方，让思念贴着他的心，暖着他的胃，即使身处绝境，想到这个思念也会绝处逢生，即使身处冰天雪地，想到这个思念，也能熬过一个又一个冬天。

丁香搂着于剑飞的腰，贴着他的胸，听着他的呼吸和心跳。马蹄扬起飞雪，驰骋纵横。于剑飞觉得他是全世界最幸福的男人，他觉得眼睛有些潮湿，他不敢相信那是眼泪。一个铮铮铁骨的军人，面对刀光剑影，血雨腥风，没掉一滴眼泪，今天却拗不过一个女人的柔情。他不知道从什么时候爱上了这个女人，从她的第一次采访？不，还要早，从第一个那样的梦，那梦中的她……不，还要早，从骨子里与生俱来。

按理说丁香也是身经百战的战地记者，区区四只马蹄就吓得她偎身在一个男人身上？她喜欢靠在这个霸气的男人身上，这个男人才能让她的温柔自然流畅。往往有些男人呵斥自己的女人硬邦邦的没女人味，其实每个女人都有似水的柔情，但不是每个男人都能让女人柔情似水。

丁香借着马儿风驰电掣之际，把脸无一保留地贴在于剑飞的胸前，她就想这么靠着他，就像靠着一座大山般结实。从见到那个毛头小子开始，她知道即使赶走了日本鬼子她也回不到美国了。她对父母失言了，对查尔斯失言了，她没有办法，她拗不过自己的心。今天，她那么真切地听着于剑飞的心跳，她彻底知道，无论什么时候她都回不到美国了，更回不到查尔斯身边了。查尔斯虽然是美国人，但他和丁香是一同听着中国故事、唱着中国京剧长大的。丁香母亲是北京人，在美国这么多年始终忘不了中国，她总是给丁香和查尔斯讲中国的胡同、四合院、大碗茶和冰糖葫芦，以至于查尔斯成了半个中国通。丁香从小就向往中国，长大了，她像许多爱国青年一样，放弃了美国舒适的生活，离别了父母和恋人，回国抗战。临走的那天，她和查尔斯相拥吻别，她答应查尔斯抗日战争一结束，她就回美国和他结婚。看起来这是个谎言了，但当时她没有说谎，她的心里也是酸楚的，她真的不知道人的心是这么善变。她只和于剑飞见了几次面，确切地说她和于剑飞见的第一面，她就知道她和查尔斯完了，难道她和查尔斯的青梅竹马敌不过和于剑飞见的几次面吗？在爱情面前别谈公平。丁香在心里说：别了我的查尔斯，别了我的美国，连同那片丁香树。母亲说生我的时候，别墅里的丁香花开得正浓。还有圣诞节和情人节，今年的圣诞树上还有我的礼物吗？妈妈。今年的情人节还有我的玫瑰花吗？查尔斯。这些都不属于我了。别了，对不起查尔斯。丁香想到这，她更紧地靠着于剑飞。丁香的温情，使于剑飞尽显英雄本色。他挥着马鞭，高声呼唤："噢喝喝……啊喝喝……"当他的马跑到队伍前面，队伍里的欢呼声更高了。只有雷大夯气哼哼的，他心里想的是九儿，九儿啊白瞎了你的一片心，你还给他送粮？而于剑飞此刻把九儿忘得一干二净。他勒住马缰，马停下了，他跳下马，伸手接下丁香，队伍里响起一片掌声。丁香利索地向同志们敬了个军礼。

于剑飞站在队伍前面，激情高昂地说："同志们，上级给我团派来了一名战地记者，大家欢迎丁香同志。"掌声雷动，"这是对我们团的高度重视和鼓励，让我们团的丰功伟绩永存史册。云山战役是我们团入朝对美的第一仗，虽然对美作战还没有经验，但我们也要克服重重困难，为祖国人民争光，坚决打好这一仗。"他回过头对丁香说："丁香同志，给我们多拍几张战斗的照片，登在报上，发回祖国。"

"是！"丁香响亮地回答。

队伍解散的时候，战士们围着丁香七嘴八舌：有的说丁香记者，给俺拍一张开枪的，让俺媳妇看一看；有的说丁香记者，给我拍个立功的，我就拿着这张照片回家找媳妇。丁香受到了战士们的爱戴，战士们都想把自己的光辉形象留在丁香的镜头里。

这时，有个侦察兵来报："报告团长，有股援敌由西北方向向云山开进。"

于剑飞回到作战室展开地图，营以上干部都在场。于剑飞分析，敌人有两个企图：一是诱我团主力打援敌，破坏总攻；二是我即使不派出主力打援敌，敌就歼灭我少部分兵力，直捣云山，一样破坏总攻。这是块难啃的骨头，如果干净彻底消灭援敌，就要动用大量兵力，这就直接影响到总攻。最后于剑飞决定，阻击援敌，拖住敌人，不让他前进半步，直到总攻打响，这就是胜利。于剑飞抬头看了看各营长，一个也没有主动吱声的，不是同志们怕困难，而这是个难缠的活，看不出轰轰烈烈，还不少费事。谁不想参加云山主攻啊，那是多抢眼的活啊。最后于剑飞把眼光落在了雷大夯脸上，雷大夯慌忙地说："团长，你别看我，你别想让我们营去，我们营坚决请求做攻打云山主攻营。"

于剑飞说："你想得挺美，你以为我会让你带一个营的兵力去吗？"

"带一个连我也去打主攻。"雷大夯说。

于剑飞说："只给你一个连，还不能带精锐连队，但不是打云山主攻，而是去阻击这伙援敌。"

"我不去。"雷大夯要倔。

于剑飞没搭理他倔不倔，继续说："只有你雷大夯能做这个拖，拖住敌人，阻击这股援敌，你就是滚刀肉，裹住敌人这把利刃，保证我团主攻任务不受一切外来干扰。现在离主攻还有五个小时，你现在必须带一个连的兵力跑步前进，先抢占 105 高地，阻敌于 105 高地外。我不需要你把敌人消灭，面对数倍于你的敌人，必须节约一兵一卒，一枪一弹，跟他拉锯，在坚守时间上做文章。在坚守时间长、兵力少的情况下，只有细水长流才能拖死敌人。你只要守住 105 高地五个小时就是胜利，五个小时后你就是放过残敌，他赶到我云山，也是人困马乏，软蛋一个了，对我已构不成威胁，就把他们一勺烩了。雷大夯啊，责任重大呀，云山之战是否胜利就全看你了。"于剑飞先给他戴上高帽了，"这个任务要比你当主攻营重要一百倍呀，我的雷营长，敢不敢接受这个任务啊？"

雷大夯打心眼里不愿接受这个任务，他就想当云山主攻，那才是大手笔，可于剑飞把他挤对到这份上了，他雷大夯哪有不敢接受的任务啊，这个时候他能当孬种吗？反正都是为了打云山，我去，他在于剑飞面前"叭"一个立正："团长同志，我去啃这个硬骨头，请你下命令吧！"

"哎，这就对了，好！我命令：雷大夯营长带领六连坚守 105 高地阻击来援之敌，立即出发。总攻发起后，一营、二营为第一梯队，由副团长统一指挥；三营为预备队。突破敌前沿后，首先歼灭 262.8 高地之敌，而后向间洞、云山东部方向攻击；以部分兵力插至云山东南二公里道路交叉处，切断云山之敌退路，并向九洞山方向攻击，各营立即回去准备。"

雷大夯临出发时清点人数，发现丁香在队伍里，他蹙着眉头不耐烦地喊："丁香同志出列！"丁香迈出一步，不知道什么意思。雷大夯继续发口令："向右转，跑步走。”丁香向右跑了几步，雷大夯在后面嘟囔：“捣什么乱，东拍西拍，你以为这是出国旅游呢？乱弹琴。”

丁香跑了几步觉得不对劲，她又跑到雷大夯面前说：“报告营长同志，战地采访是上级交给我的任务。”

“去去去，那儿凉快到那儿待着去。”雷大夯不耐烦地摆手。丁香坚决地说：“不，战地采访是我的任务，我决不回去。”

“让你回去你就回去，废什么话。”雷大夯更不耐烦了，本来他就烦她，为九儿打抱不平，还跟于剑飞骑一匹马，我就多余打天津时在水里捞你，真是麻烦。

“你——你太粗暴了。”丁香脸都气红了。

“怎么地吧，大战在即，本营长没工夫哄你玩。”

“跟你这人怎么就讲不清道理呢，简直就是土匪。”

“土匪怎么了？我就不让你在这穷搅和，爱上哪告上哪告去。”

“雷大夯，怎么说话呢，你敢对我的大记者无理！”于剑飞边大声说着边向队伍走来。

“我不像你，打仗喜欢带个女人。”雷大夯回敬于剑飞。

丁香气愤至极：“你……你不像话。”

这俩人抻着脖子还想掐，于剑飞两手一摆，把两边的火气压下：“雷大夯同志，这就是你的不对了，态度要摆正。如果没有丁香这样的同志，祖国人民怎么会知道我们胜利的好消息，战士们的英雄事迹怎么能见报，又怎么能激励祖国的热血青年投入到轰轰烈烈的抗美援朝战争中来。丁香同志的工作意义大了去了，要不师里怎么派她来我们团。雷大夯同志，你动动脑筋，说话要有分寸，别一天大吼大叫的，人家是个女同志，脸皮薄，不像你那脸皮厚得机关枪都打不透。雷大夯同志你不但要热烈欢迎丁香同志，还要百分之百保证她的安全，这可是咱全军的宝贝。”丁香听于剑飞训雷大夯，心里别提多高兴了，她噘着嘴，梗着脖子向雷大夯哼了一声，就又站到了队伍里。其实于剑飞也不愿丁香跟着去，但这是丁香的任务，她要记录下主攻团全部的战斗经过。但于剑飞还是不想让她去，他话锋一转：“丁香同志，你的重要性我们都知道了，你的勇敢精神我们都领略了。雷营长说的也不是没有道理，那太危险，这样吧，咱就当你去了，你看怎么样？”

丁香说："那可不行，新闻来不得半点虚假，我们战地记者哪里有危险就冲到哪里，要不咋叫战地记者。"

雷大夯看实在甩不掉她了，也就不坚持了，喊了声出发，带领六连向105高地疾进。

105高地阻击战异常残酷。雷大夯他们打退了敌人在坦克掩护下的多次进攻，要是把这些强大的敌人放过去，那攻打云山的我军就十分被动了。丁香在卫生员牺牲的情况下，不但是战地记者，还兼着卫生员的工作，给负伤的战友包扎伤口。雷大夯和战士们以压倒一切敌人、绝不向敌人屈服的英雄气概，深深地打动了丁香，特别是雷大夯英勇顽强，指挥若定，让丁香彻底了解了什么是真正的英雄。同数倍于己的敌人展开数次肉搏，雷大夯见爆破手牺牲了，立即抱起炸药包炸毁了一辆冲在前面的敌重型坦克，又捡起一支敌人的枪向敌群猛烈扫射，并边打边喊："为了祖国人民和朝鲜人民坚决打呀。"子弹打光后，又端起刺刀和敌人搏杀，连续刺死了数敌，身上多处挂彩。雷大夯现在不但是指挥官，还是爆破手，是刺刀手……有的战士与数名敌人用自己拉响的手榴弹同归于尽。这些英雄都定格在了丁香的镜头。虽然只有一个连的兵力，但声势浩大，冲锋号总是在恰当的时候响起，整得敌人也不知道我们到底有多少兵力。等到敌人弄清我们到底有多少兵力的时候，离总攻还差一小时，这时一个连的兵力只剩下三分之一。雷大夯知道紧要的关头到了，他谨记于剑飞临战前的一句话：不惜一切代价阻击敌人，确保总攻顺利进行，雷大夯已经做好了最后的准备，他看到丁香还在为伤员包扎伤口，喊道："丁香同志。"

"到！"

"我命令你立即下山回团部。"

"不，在这紧要关头，我不能走，伤员们需要我，这里需要我。"

"我需要你活着回去，能喘气的加一块，我们满打满算还有一个排的兵力，我们已经做好了牺牲的准备，敌人新一轮的反扑随时都要开始。同志们把遗书写好你带上。"战士们快速写遗书，写好后纷纷把遗书交给丁香。雷大夯说："我就不写了，我不识字。丁香同志如果你能回到祖国，见到九儿同志，让她给我做双鞋烧了，我能收到的。告诉九儿同志，别哭，我就是死了，也要领着我的弟兄们打回祖国去。"

丁香流着泪说："不，我不走。"

　　雷大夯就见不得女同志哭唧唧的样子，说白了他是心软，但他说出话来臭："丁香同志，你不要耍资产阶级小姐脾气，听从命令。"雷大夯话音刚落，一发炮弹落下来，雷大夯一把把丁香扑倒，这一倒，挂在她脖子上的照相机摔了出去，另一发炮弹紧接着直奔相机揍了过来，总梦想着要跟丁香学摄影的学生兵一下子扑在了照相机上面。炮弹响了，相机安然无恙，而炮弹却把学生兵的后背整个掀开了，血浸湿了相机。丁香扑过去，抱起他。丁香来不及哭，来不及呼唤她的战友，雷大夯拎着还滴血的相机冲着丁香吼："滚，滚，你再慢一步我就毙了你。你知道这个相机对我们有多重要吗？这里面装着我们105高地整个连的战士，我们回不了祖国，让它替我们回祖国，这回你知道它有多重要了吗？知道你有多重要了吗？我们的战士为它牺牲了，你还要牺牲多少？"雷大夯提着枪对着她，他真急了。丁香接过相机，面对着他的枪口，泪流满面，怯怯地往后退。她满脸血污，雷大夯看了心也软了，他把枪放下："丁香走吧，这相机里有我们一个连的人，这是他们在这个世上最后的生命，保护好它，走吧！我求求你了！"战士们一起说："走吧！"丁香敬个军礼，战士们也给她敬军礼，丁香放下手臂，转头哭着向山下跑去。

　　雷大夯把凡是还能喘气的战士都又重新配备了武器，誓与阵地共存亡，一定要坚持到总攻开始。敌人那边传开了，说山上这伙人不得了，会功夫。特别那个领头的，像飞人，会躲子弹，时常拎个棒子，东一下西一下，脑袋就开花，还能踩着人的脑袋跑。因为多次交锋他们领教了雷大夯的厉害，敌人立志活捉他。

　　一个小时之内敌人发起四次进攻，凶猛至极，在整个朝鲜战场上罕见，最后一轮进攻敌人动用了大炮和坦克一齐进攻，炮火之密集如耕地，把整个105高地翻了个遍，弹片之密集好似春天播种，匀称而又有序。炮火似乎还不放心，又把这块土地重新梳理了一遍，唯恐漏掉某一个角落。而鲜血像浇灌久旱的土地，浇灌一遍还嫌不彻底，再来一遍。雷大夯阵地上的轻重机枪、冲锋枪、无后坐力炮几乎全部打坏，在敌人大炮和坦克面前这些武器就像烧火棍子，只有叹息的份。在轰轰烈烈的炮声过后，105高地死一般寂静，静得能听到大地被冬雪冻得嘎巴嘎巴响的声音。这时离总攻还有几分钟，敌人也到了该验收他们杰作的时候了，他们要大摇大摆地走过这块阵地。就在他们要接近山头时，又响起了手榴弹的爆炸声，还有枪声，看起来不止一个人，这是敌人始料不及的。

敌人已被吓破了胆，退了下来，重新组织进攻。山上到底还剩下多少人，敌人心里也没底。其实都是雷大夯捣的鬼，山上只剩下他一个人了。当敌人冲向山头，他猫腰在战壕里跑来跑去，这投一个手榴弹，那放一枪，吓唬敌人。雷大夯就是在拖延时间，等敌人再攻上来，他已决定破釜沉舟，因为所有能拉响的东西都吓唬敌人了，此刻他就只剩下一根棍子了。他掏出怀表看了看，总攻开始了，现在他已经完成了任务，他完全可以择路撤退，可是他的战友都扔在这块阵地上了，他不想就这么回去，像个逃兵。在这个世上他也没什么亲人了，要说最亲最牵挂的人就是九儿了，九儿，我走了，来世咱俩再做夫妻吧！今世先便宜了于剑飞这小子。

敌人终于上来了，这回敌人是小心翼翼地上来的，可是等他们走到了山顶也没有什么动静，敌人正纳闷，突然间从他们脚下蹿出一个血人，差一点给他们吓个跟头。雷大夯的棍子舞得呼呼生风，扫倒一片，拍倒一片。不远处的一个美国士兵举枪刚要射击，被一位上尉军官拦住，叽里呱啦说了一大顿，那意思就是抓活的。敌人把雷大夯里三层外三层围了个水泄不通。雷大夯这个后悔呀，刚才给自己留个手榴弹多好，他就能跟敌人同归于尽。想让我雷大夯当你们的俘虏，做梦去吧。他的右面就是山崖，但他无法靠近那里，他已被敌人围住，这时他使出全身的力气，一个旱地拔葱，一跺脚腾空跃起，踩着敌人脑袋上的钢盔纵身跳下山崖，敌人先是傻了，随后向山崖下放了一阵乱枪……

雷营长率领的连队圆满地完成了阻击敌人援兵的任务，虽然一个连拼光了，但有效地阻击了敌人的援兵，为大部队攻打云山的战役争取了宝贵的五个小时，保障了云山战役的顺利进行，为云山战役的全面胜利做出了重大贡献。

云山战役经过了五个昼夜的激烈厮杀终于胜利结束了。好多年以后，日本军官学校校长在《作战理论入门》一书中评论：对中国军队来说，云山战役是与美军的初次交锋，对美军战术特点和作战能力还不甚了解，尽管如此，他们还是取得了圆满的成功。

侵朝联合国军总司令李奇微也承认，云山战役其激烈程度是以往战争中所没有的。

美第八集团军司令沃克称：遇到了敌组织严密、训练有素的精锐部队的伏击和袭击。

朝鲜人民为了纪念中国人民志愿军的胜利，战后也将云山改为"战胜里"。

在庆功会上，于剑飞在全团讲话："云山战役是我团出国后的第一仗，与美国的初次交锋，我团指战员士气旺盛，英勇顽强，正确地运用了战术，迂回穿插，断敌退路，分割包围，侧后攻击。充分发挥近战、夜战特长；善于以多胜少，敢于以少胜多，避敌之长，击敌之短，灵活机动，克敌制胜，以劣势装备战胜优势装备的敌人，打破了美军不可战胜的神话。美骑一师怎么了？老虎屁股摸不得了？纸老虎一个！打的就是他！云山战役的胜利，是我们的战友们用生命和鲜血换来的，向我们牺牲的战友敬礼！"全团官兵唰地举起了右手！……

于剑飞讲到这，他是那么想雷大夯，他不相信那个天不怕、地不怕，把他家搅得天翻地覆的放羊倌就这么死了。对于雷大夯的死，于剑飞心里很内疚，雷大夯是他抛给敌人的一个诱饵，一个绊脚石。这时他想到了九儿，他没法跟九儿交代。雷大夯是孤儿，可以说他只有九儿这么一个亲人，他们俩感情之深于剑飞最清楚。于剑飞对同志们说："说到云山的胜利，我们不能忘记一人，那就是战斗英雄雷大夯，还有牺牲在105高地的战友们，如果没有他们拖住援敌，我们也不可能取得这么大的胜利，让我们向英雄学习，为英雄战斗！"

丁香含着泪写完了攻打云山的报道，连同英雄们的照片，还有雷大夯的遗愿都登在了报纸上。祖国人民看了，掀起了学英雄的高潮。志愿军虽然远在朝鲜打仗，但他们的一举一动对国内影响太大了，国内正在进行社会主义建设，尽管很忙，但总比炮火连天好得多，大肆宣传英雄事迹，因为进行社会主义建设正需要这样的新鲜血液，要不刚过上好日子的国人就会忘了醋打哪酸的，盐打哪咸的，糖打哪甜的。只要朝鲜那边传来英雄事迹，国内的各大报纸媒体竞相报道。那时候的人们，就像热情洋溢的宣传员，他们听好的，讲好的，特别对朝鲜传来英雄事迹，一传十，十传百。人们爱听，听了不白听，建设社会主义干劲倍增。

报纸传到李子屯的时候已经传阅得破烂不堪了，九儿不相信雷大夯死了，她对着报纸上的照片辨认了好半天才放声大哭。全屯的人都哭了，九儿擦干眼泪说："乡亲们，同志们，咱们不能光哭啊，英雄不希望我们这样，我们要多种粮食，多打粮食，支援我们的抗美援朝，让咱们的战士打胜仗！"

九儿人脸面前是坚强的，背后她的眼睛都哭肿了。这是她自两个亲人入朝以来得到的唯一消息，一个好消息，一个坏消息。好消息是于剑飞率领的38团打了大胜仗，来了个开门红；坏消息是雷大夯牺牲了，这个消息像一枚重型炸弹，把九儿的心炸得支离破碎，九儿差点没把天哭塌了。她把做给雷大夯的一双新鞋烧了，这是雷大夯的遗愿。九儿跑到雷大夯爹娘的坟前，九儿先给他们上了坟，然后她一边烧一边哭着说："大夯，我的好兄弟，收你的鞋呀，姐知道你脚大，在那边也买不到鞋，你别担心，姐不会让你光脚的，姐给你送鞋来了。你咋那么不经打呀，第一仗就叫人家打死了。"她哭着哭着，把怨气都撒在了于剑飞身上。"于剑飞！大少爷！你到底还是不放过这个小长工，大夯说得对，你根本没把我们穷人的命当回事，大夯死了，你倒风光了，你倒活得好好的……"她说完这句话，一下捂住了自己的嘴，她被自己的话吓了一大跳，于剑飞还在敌人的枪口下滚呢，子弹可不长眼睛，我咋说出这样的话，我真是悲伤糊涂了，呸呸，就当我啥也没说。她在心里问自己：我到底喜欢谁？到底谁是我的丈夫？假如没有于剑飞我会嫁给雷大夯吗？哎呀，我这是怎么了？怎么能有这么多问题呢，我成什么人了？

雷大夯的牺牲，让李子屯的人处在无限的悲痛之中，李子屯的两位英雄，牺牲了一个能不悲痛吗？只有一个人不悲伤，他就是于地主，他心里咬着牙骂，雷大夯啊，雷大夯，你也有今天，我还真小瞧你了，你个小长工，打死了我的管家，还拐走了我儿子和儿媳妇，九儿不跑出去，她能革我的命吗？都是雷大夯这小子使的坏。尽管他恨得直磨牙，但他不露声色，他还指望着雷大夯这个烈士给他撑门面，做挡箭牌呢。

抗美援朝苦，九儿总挂在心上，因为他的于剑飞和雷大夯在那，可她唯独没有考虑到自己的日子也苦。九儿的日子也不好过啊，饿呀，整天就是饿，全屯都饿。从于地主家挖出的那些粮食，屯里只留了一少部分，其余的都献给国家了。咱们的老百姓太实在了，就想着国家。这一年的收成又不好，老百姓就是这样勒紧腰带过日子，抗美援朝的粮食还供应不上，又赶上饥荒，到了冬天，粮食更接不上了。就在这个冬天于地主死了。自从地窖的粮食没了，他的魂也就没了，人就垮了。即使现在有白面饼烙好了，放在嘴里，他都懒得嚼，别说背着九儿偷吃了，他没有那个精气神了。九儿看这样也不行啊，老爷子离死不远了，她把细粮从自己嘴里抠出来，省给于地主吃，可地主不吃，连他自己的那份也不吃。九儿就好言相劝："爹，你这样可不行啊，好赖得吃一口，新中国都成立了，咱们就要过上好日子了，等你儿子回来，咱们一家团团圆圆过日子多好啊！爹，你就等着吧，我们会建立一个光明的新中国，到那个时候，你等着享福吧。等到了共产主义，给你粮食你都嫌累赘，别看你现在心疼那点粮食，到那时候，粮食遍地都是，你搁都没地搁。"九儿也是好心劝于地主，让他宽宽心，别因为那些粮食把命搭上。于地主是油盐不进，他冲着九儿吐了口唾沫："呸，我就不信，你编出的共产主义那么好，共产主义就不吃饭喽？我不想活着见到于剑飞。我没脸活着。"

九儿擦了把脸上的唾沫，说："爹，你就顽固吧，你就财迷吧，跟你谈共产主义就等于对牛弹琴。"于地主知道自己不行了，那点粮食他不舍得吃啊，他才不是省给九儿吃，他是省给他的孙子胜利吃，孩子太可怜了。他恨九儿，恨他的儿子于剑飞，他到死，口齿牙缝都没吐出半个字原谅他俩，看上去他恨他俩恨到了骨头里了。可孙子是他的亲孙子，他能不疼吗？

屯里没吃的，九儿作为屯干部她有责任哪。她实在没招了，她想起于剑飞说的话，我爹拔根汗毛比牛腰都粗。她就问于地主："爹，你还有粮食吧，你看屯里人都饿成啥样了，你不能见死不救啊。爹，你有粮食就拿出来，别等我再审你了。"

于地主喘着说："你看我像粮食吗，像你们就把我吃了吧。"

九儿说："爹，你别顽抗了，顽固到底就是死路一条。"

于地主一阵咳嗽："我就快死了，你也不用逼了。"

九儿连忙给他倒水，说："爹你快喝口水，把药喝了。"于地主挥手把药打掉地上，用眼睛瞪着她。九儿急得直跺脚："爹，这药来得可不容易啊，前方的战士都不舍得吃哪。"

于地主愤怒地说："我不想活了。"

九儿说："你这种态度就是与人民为敌，自从把你的粮食拉走你就不舒坦，爹，你看看，现在多少大资本家、大地主，都捐药、捐钱、捐粮食支援抗美援朝。你想想，你儿子剑飞那也等着粮食呢。"

于地主说："这个小犊子等粮食，我更没有，你别跟我提他，他不是我儿子。"

九儿呼站起来："你这个地主阶级，就是不想靠在人民这一边。你儿子剑飞说了，你就是拔根汗毛都比牛腰粗。"

　　于地主一口唾沫差点吐在九儿的脸上："呸，你们这些要账的，我啥都没有。"小胜利拽着于地主的手嚷："爷爷，我饿，我要吃饼。"于地主望着小胜利落泪了，嘴里絮叨："我的好孙子，咱吃饼，吃饼，爷爷给饼吃。"

　　于地主没熬到开春就死了，也是饿死的。直到死他也没舍得动他攒的一分钱，他临死流着泪说对不起祖宗，没守住家业。他把遗书放在小胜利的手里，对九儿说给我孙子留点饼钱，别把孩子饿死，我死都饶不了你，你个二百五。他眼瞅着小胜利恋恋不舍地闭上了眼睛。

　　遗书上写着他藏金银财宝的地方，把这些东西传给小胜利，以小胜利的名义捐献给抗美援朝。于地主活着的时候为了钱没少坑人害人，死了却这样风光，做出了让人震惊的壮举。屯里没几个不恨他的，特别是他养的那个管家，专门替他干坏事，和日本鬼子合起伙来祸害乡亲。就因为交不起他家的地租子，又逼死了多少人。就说雷大夯的一家子，逼死人家的娘，还白赚人家的儿子给他扛活。可惜呀，雷大夯不是省油的灯，打死了他的管家，还拐走了大少爷和童养媳，于地主一直咽不下这口气，直到九儿回到屯里工作，他还提这件事。九儿总是把共产党好挂在嘴上，于地主说也不见得个个都好吧，那雷大夯手里就有人命案子，共产党咋不法办他呢？可见他对这个小长工是如此地耿耿于怀，大有见了他活剥他皮的狠心。于地主生前为一分钱能逼死人，这死后把全部家产都献给了抗美援朝，这一壮举，人们心中纵有千般恨，也都化解为零了。

　　新中国的太阳照在东北的大地上，九儿在家乡带领着乡亲们，春天种地，冬天做鞋。她太渴望春天了，她盼望着春小麦快长出穗。多打粮食，支援抗美援朝。九儿还是穿着部队上的衣服，只是洗得发白了，她的装扮跟解放前一样，腰里扎着武装带，别着盒子枪。这枪还是从部队上带来的，自从到了李子屯就没离过身。李子屯的女人们只有她腰里常年别个枪，这已成了她的特征，引得多少李子屯的媳妇、姑娘啧啧称赞。虽然解放了，但还有一些国民党的残渣余孽和反革命分子不时出来搞破坏，九儿就训练了一支民兵连，有民兵就得有枪，所以这枪继续由九儿别在腰上。九儿带领屯里的老人和妇女们在地里劳作，她只能领着屯里的老弱病残，因为没有年轻的小伙子。以前屯里是有几个新成长起来的小伙子，都让九儿动员去当兵了。九儿认为，多一个人当兵就多一分力量，于剑飞他们就能早一天打胜回家乡。所以只要来了征兵的名额，九儿就千方百计去完成，甚至超额完成。她盼望着于剑飞早点回来，一家三口就过上了幸福团聚的生活。

（三）

雷大夯跳下山崖，多亏被树杈挡了一下，没摔死。但失去了知觉，也不知过了多长时间，所幸，他被朝鲜人民军救了。

人们怀念来怀念去的烈士又活过来了。这个爆炸性新闻丁香又把它登在了报纸上。

雷大夯千辛万苦找到原部队，于剑飞上去就抱住了他。他们仿佛一个世纪没有见面了，他们拍打着对方，呼唤着对方，撒开手互相端详着、欣赏着，怕跑了似的又抱在一起，又怕是做梦，放开紧抱的臂膀，面对面、眼睛对眼睛证实，失而复得，失而复得呀！还觉得不过瘾，他们的拥抱就夹带着拳头的捶打。这是男人式的拥抱，带着爆发性的感情宣泄，像喷薄的火山，势不可当。于剑飞抱住他的同时，说的第一句话就是，我的好战友！我的好兄弟！你还活着，还活着。战争年代，最要好的战友见面的第一句话就是你还活着，"活着"仿佛是件很意外的事，也是件最盼望的事，更是件值得祝贺的事。战友们都要拥向前去，丁香挡住了，她想让他俩尽情地拥抱。她从第一次采访他俩就知道他俩的感情不一般，是那种特殊的不一般。这两个人就像哲学，既统一又对立，既疏远又亲密。平常鸡刨狗跳的，关键时刻又缺一不可。这是两个男人自李子屯出来，第一次感情流露。一个大少爷，一个小长工，第一次撒开童养媳，以前所未有的方式表达他们特有的情怀，这情怀以不可思议的速度膨胀，超出了战友间的感情，完完全全属于两个男人之间的事了。他们激情澎湃后，雷大夯才觉得伤口疼，于剑飞撩开雷大夯的衣服，眼泪差点没掉下来。他喊欧阳鹿，去她的医院住院。雷大夯连忙摆手说："我可不住院了啊，这一个月院把我住得，没腻歪死我。得、得，我坚决不住院。"

于剑飞说："咋地，你牺牲了我指挥不了你了？来人，架走。"哪是来两个人那，呼啦来一帮，呼号着，抬胳膊、抬屁股、抬腿，把他举起来往医院抬。雷大夯挣扎着喊："哎！于剑飞，你啥人哪你，你原形毕露啊，你……"他再喊啥听不到了，被战友们的笑声淹没了。

欧阳鹿的医院是流动医院，部队打到哪就跟到哪。说是医院，也就比个诊所大点，却解决大问题。到了医院，欧阳鹿亲自给他做检查，欧阳鹿说："无大碍，但必须进一步治疗，否则伤口化脓，就前功尽弃了。"

雷大夯说："欧阳医生，那药别给我用了，留给重伤员吧，给我用都白瞎了，我命硬，我没事了。再说，我有啥功劳，一个连都扔那了，我就不该活着。我的那些战友啊，都是活蹦乱跳的棒小伙子，一眨眼的工夫，没了。"

欧阳鹿说："雷营长，你别激动，这样对伤口不好。雷营长，你应该好好活着，只有活着你才能为他们报仇。你放心，我保证只要有打仗的任务，我就叫你出院。"

雷大夯说："真的。"

欧阳鹿摆下头，说："那当然，但你要配合治疗。"

雷大夯握住欧阳鹿的手，怕她变卦似的说："你说的啊？一言为定。"

到了晚上，丁香来采访雷大夯。刚进外门，雷大夯听是她，就说："欧阳医生，我得猫起来，她又来了。"雷大夯就怕被人问来问去的，到正儿八经的场合他就不会说话了，净跑题。

欧阳鹿笑着说："谁来了？把你吓成这样？"

"欧阳医生，你可得给我们雷营长好好看伤。"丁香还没进屋就开始嚷嚷。欧阳鹿笑着说雷大夯："怎么？真枪真炮都不怕，让个小丫头片子吓住了？"

雷大夯拿着衣服，边走边说："不是，那啥，我怕她问这问那，跟答题似的。那啥，我上那屋躲躲，就说我不在。"还没等他到里屋，丁香就一步跨到他面前："咋地，不想见我，怕我，是不是有什么隐私怕我追出来呀？"

"啥隐私啊，你不是采访过了吗？还采访啊。"雷大夯躲闪着答。

丁香调皮地拉着长声说："哎，你急了，一定有隐私，从实招来。"

雷大夯一屁股坐在床上说："哎呀，丁香你别瞎闹了。"

欧阳鹿边查看别的伤员，边打趣说："雷营长，你也是，你就编个隐私哄哄她不就得了，满足她的好奇心。"

"欧阳医生，我真没啥编的。"雷大夯严肃得跟真事似的。

欧阳鹿说："你看看，真是死心眼，比方说，朝鲜人民军的女护士对你如何好，不就得了吗，瞎编呗。记者都好奇，你不满足她，她能放过你吗？"说者无心听者有意，欧阳鹿的话就像鼓槌，咣咣敲在雷大夯的心上，他的心就被敲得咚咚跳个不停，脸噌就红了，因为真有个女护士对他特别好。

丁香拍着手笑着说："哎，脸红了！护理你的那个朝鲜女护士我见到了，是个好同志，她还托我给你带个坎肩。"丁香从挎包拿出来，递给雷大夯。

其他伤员也跟着凑热闹："那还有啥说的，咱雷营长，英俊魁梧，英勇善战，哪个姑娘见了不稀罕。"大家都是逗趣开心。

雷大夯脸更红了："我都说不要了，你咋给拿来了。"

丁香看雷大夯憨厚腼腆的样子挺好玩，哪能轻易放过他。丁香说："雷营长，你老实交代，她有没有说爱你呀？"听到这个爱字，雷大夯的脸就像盖了块大红布，从脸红到脖子。中国人难以启齿的爱字，怎么在丁香嘴里就像蹦糖豆似的，这美国人也太随便了，教不出什么好孩子来。最后雷大夯就无缘无故地下决心，我雷大夯就是打一辈子光棍，也不会娶丁香这样喝美国牛奶长大的人，受不了，真受不了。

欧阳鹿打圆场说："丁香你可别拿雷营长开心了，他是个实心眼的人，他都怕死你了，你这张嘴呀。走吧，别在这吓唬人了。"欧阳鹿拉着丁香走她还不走，拧个脖子回头喊："我的采访还没完呢，别拉我呀……"

丁香和欧阳鹿住在一起，欧阳鹿查看伤员回来已深夜了，丁香坐在被窝里写稿子。天太冷了，在屋里说话都带哈气。欧阳鹿哈着手进屋了，说："这天也太冷了，丁香你怎么还没睡呢？"

丁香放下笔，揉着冻僵的手说："我把这稿子赶出来，歌颂中朝人民的友谊。"

"是关于雷营长的吗？"

"是的，他的事迹太感人了，我要把稿子尽快发回祖国去。"

"你这么崇拜英雄，还拿人家开心。"

"我逗他玩呢。"

"你玩，他可当真了，郁闷了一晚上。"

丁香哈哈大笑："他怎么跟那个朝鲜女护士一样啊，提起雷营长也是无缘无故地脸红。我今天采访过那个朝鲜女护士，如果不是她无微不至的护理，雷营长不会好这么快。那是个又温柔又漂亮的女人，托我给雷营长带的坎肩，说是她亲手做的。"

"她为什么不亲自给雷营长？"欧阳鹿不解地问。

"给了，人家雷营长说，"丁香学着雷大夯的表情，"我军有三大纪律八项注意，不拿群众一针一线。"

欧阳鹿捂着肚子笑："可真够傻的。我能想象出他的表情。"

丁香说："可不，共产党的队伍哪样都好，就这点不好，一提到男女的事就草木皆兵，好像他们不食人间烟火似的，爱情怎么了？战争就没有爱情了吗？这点我就比较欣赏美国人，他们活得就时尚浪漫，又实际。"

欧阳鹿说："你别总把美国挂在嘴上，这样影响不好。"

丁香失望地说："欧阳，我可把你跟他们分开了，你是有知识、又时尚、又摩登的女人。"

欧阳鹿笑着说："别忘了，我可是完全彻底地投靠共产党了，小心我抓你这个散布不良言语的典型哦。"

丁香撒娇说："欧阳，你现在学得这么坏，人家跟你讨论问题哪。"

欧阳鹿说："咱不讨论这敏感的话题，跟我说说，你是怎么从美国来中国的？"

丁香回想着说："也许我从小受父母的影响，日本刚侵略中国的时候，我的父母就张罗着回来救国，但种种原因他们终没有回来。十八岁那年，我凭着年轻人的一股爱国热情，毅然决然地回到了祖国。当我在海上漂流了几天后，第一眼看到祖国大陆，我的心激动得快要跳出了胸膛。祖国啊，您的女儿回来了。我不仅代表我自己，我代表爸爸妈妈，代表所有海外赤子，对祖国的赤诚。"

欧阳鹿说："丁香听你这么说，我真感到惭愧，一个生在祖国长在祖国的人还不如旅居海外的人。吴限的选择是对的，当初我真应该跟他一起出来革命，现在说什么都晚了。"

丁香问："吴限是谁？"

欧阳鹿迟疑了会儿，"我恋人。"

"他怎么了？"

"他牺牲了。我就是为了找他才参军的。"欧阳鹿说，她们沉默了一会儿，"好了，别让我的事破坏了你的好心情，你接着说。"

丁香确实受刚才情绪的影响，她说："没什么说的了。"

欧阳鹿说："怎么会没有说的呢，比方说爱情，你过去可是浪漫的美国人，你在美国也定有浪漫的爱情故事吧，讲来听听。"

丁香是藏不住话的，只要你找准了话题，她还是先责怪起欧阳鹿了，说："你不是不让谈爱情这个话题吗？"

"这不是谈你自己嘛。"欧阳鹿说。

丁香思索着说："其实别管谈谁，不管是战争还是和平，只要人存在的地方就有爱情。这是不可避免的话题，何况我们那么年轻，就是雷营长和女护士真发生爱情也不为过。"

"但我保证，雷营长他和她绝对不会有爱情，这事放在美国人身上有可能。再说雷营长和他的未婚妻好着呢，看样子他只钟情于这一个女人。"欧阳鹿打着包票。

"你说的那个人是九儿吧。"丁香问。

"对。"

"我跟她只见过一次面，那是个特马克思、特革命的女人。雷营长找这个人可有点可惜了。"

欧阳鹿逗丁香："谁找我们的丁大记者不可惜呀？你说，你是不是看上人家了？是不是啊。"丁香急了："什么呀，才不是呢，我怎么能看上他呢。"丁香说这话急是急，意思有所指，一副心有所属的样子。

"那你看上谁了？"欧阳鹿也知道这句话问得多余，打天津时她都看见了，可她就想听从她嘴里说出的这个人的名字。

丁香低着头，抿着嘴笑，那笑是羞涩的："你知道的。"

"你不说我怎么知道。"

"哎呀，你非得让我说出名字？"

"那当然了。"

"那你得替我保密。"

"行，你快说吧。"

"他叫剑飞，咱们于团长，行了吧。"丁香笑着，羞涩中带着无限的自豪。

欧阳鹿听了这话心里一片荒凉，荒凉得找不到边际。她是有思想准备的，她事先知道答案的，有时人固执得近乎像傻子，见了黄河都不死心。欧阳鹿的心空落得像无底的深渊，所有的希望和欢悦都随丁香的这句话消失殆尽。

丁香见欧阳鹿愣着不吱声，就问："怎么了，欧阳，说话呀？"

欧阳鹿掩饰说:"没怎么,我就是替你高兴,好好珍惜,于剑飞是难得的人才。"丁香的爱情得到了祝福,得到了共鸣,她的倾诉欲望更强了,特别是恋爱中的女人。丁香招手说:"欧阳,来坐到我这边来,我有话对你说。"欧阳鹿没动,"哎呀,你过来嘛,人家跟你亲近亲近嘛,所以什么私房话都想跟你说。"欧阳鹿坐了过来,并钻进了她的被窝,两个女军人并排坐在床上,她们互相依偎着。在朝鲜寒冷的夜晚,在战争喘息的夜晚,在四面透风的临时帐篷里,两位美丽的像金达莱花一样的志愿军女战士,她们憧憬着未来,畅所欲言着爱情。丁香像在讲述一个美丽的童话,讲她怎么见到于剑飞的,第一眼她就喜欢上他了,他们临分别时他还把她飘在额前的一缕头发捋到了耳后,她喜欢他这个细腻而又大胆的动作,从此她再也忘不了他了。说她在美国有过爱情,那个男孩子叫查尔斯,虽然他们肤色不同,可他们也算青梅竹马,两小无猜。可是回到祖国她更爱祖国,更爱于剑飞。欧阳鹿听完了丁香的故事,她没有嫉妒,她感动了。她知道她下一步应该怎么做了,她不可以爱于剑飞了,她理应帮助这位海外归来的姑娘梦想成真。丁香不解地看着欧阳鹿说:"你咋又不说话了,你哪样都好,就是太深沉,拒人千里之外的感觉,多亏我了解你。欧阳,你别不吱声,我都把秘密告诉你了,你没把心里话告诉我,"丁香转头看她,"呀,欧阳,你哭了,怎么了?"

"哦,没什么,我被你的爱情感动了,不像我,没人爱。"欧阳黯然神伤。

丁香搂着欧阳鹿说:"谁说的,我们的欧阳这么有气质,医术又高明,肖扬团长对你多好啊,别不知足啊。"

欧阳鹿苦笑着说:"也对,我们臭味相投,一丘之貉,都是国民党俘虏过来的,应该在一起。"

丁香忙解释:"欧阳,你知道我不是那个意思,你可冤枉我了。"

欧阳鹿反而安慰她说:"好了,我知道。天不早了,咱们睡觉吧,明天还要工作呢。"欧阳鹿叹息着,"哎呀,明天不知还有多少伤员,快别打了。"

这一夜他们睡在一张床上,两床被子盖在一起,就这样也抵挡不住冬夜的寒冷。她们临睡觉的时候丁香还显得很兴奋,她问欧阳鹿,战争结束了你想干什么。还没等欧阳鹿回答,她先迫不及待自问自答:"我呀,于剑飞到哪,我就在哪,我就跟定他了。哎,欧阳,你说我是不是个善变的女人?也就是像人们说的水性杨花的女人。你不知道,没见到于剑飞的时候,我从没想过要离开查尔斯。他高高大大，高鼻梁，长着一双多情的蓝眼睛。我们一起长大，一起上学，一起骑单车兜风。这一切就在眼前，可是我现在却不爱他了。自从见到了于剑飞，我就觉得错了，一切都错了，爱原本不是那样的，我和查尔斯那不是爱，只是喜欢，没有那种牵肠挂肚的滋味。"

欧阳问："那你就不回美国了？"

"不了，我呀哪也不去，就跟着他，美国怎么能跟于剑飞相提并论。快说，你呢？"

"我呀，离开他，远远的，回老家南京开个小诊所。"这个他指的是于剑飞。

"离开谁呀？"丁香问。

"你不知道，别问了。"

"那你不当兵了？"

"我本来也没想当兵，当初当兵也是为了寻找我的恋人，我的事业是医学。"欧阳鹿很不以为然地说，可她心里太把这当回事了，因为"这回事"里有于剑飞。有句话说得太好了，女人的世界永远是男人，男人的世界永远是世界。不管她是多么聪明多么有成就的女人，永远跑不出这个法则。从跟丁香的这次谈话，欧阳知道，她和于剑飞只是一场梦幻，再也不可能了。她真想趴在一个人的怀里大哭一场，可是她不能，她是医生，她是坚强的，冷漠的。面对锯掉一条腿、一只胳膊她都是从容不迫的。可是谁能看到她脆弱的一面呢？看不到，她把它们藏在了坚强的外壳下面了，深深的，不让别人觉察到。

第二天，欧阳鹿正在外面帮护士晾晒纱布，远处传来了马蹄声。循着声音看去，她看到了肖扬和警卫员骑马向这奔来。肖扬骑在马上边跑边喊："欧阳！欧阳——"欧阳鹿当然很高兴，这是入朝以来第一次见到肖扬，欧阳也向肖扬跑去，瞬间，马打着喷鼻，停在了欧阳鹿的面前。肖扬跳下马，向欧阳敬了个军礼。欧阳鹿不知怎么的，鼻子一酸，眼泪就出来了，她忘记了还军礼，哭着扑进了肖扬的怀里，没头没脑地说："肖扬，我只有你了，你不会离开我吧。等打完了仗我们远远地离开这里，去南京，去国外，去哪都行。你愿意带我去哪就去哪，你愿意吗？"

"我愿意。"肖扬有些措手不及，太出乎意料了，他拍着欧阳鹿的背迫不及待地答。

"远远地离开他，你知道吗？"欧阳鹿哭得更厉害了。

"我知道，我知道你爱得很苦，可是我爱你，你阻止不了我爱你，为了你我宁愿出生入死。欧阳啊，我心里装着你，我打了一个又一个胜仗。欧阳啊，我不管你爱谁，我要让你知道，我永远爱着你。我跟着你到了共产党的队伍，我跟着你来到了朝鲜，我没有于剑飞的思想境界，我就是我，我是中国人，我从不否认我曾是国民党军人，我有我的信仰。如果你觉得累了，抗美援朝结束了，就像你说的，我们远走高飞。"

欧阳呢喃："远走高飞？好，远走高飞。"

"那我们就算约好了？"肖扬问。

"约好了。"

"跟我走？"

"跟你走。"

肖扬伸出手，欧阳也伸出手，两只手紧紧握在一起。肖扬说："永不反悔！"欧阳鹿回应："永不反悔！"肖扬眼里闪着泪花，再一次把她拥在怀里："我太幸福了，你就是我的太阳，没有你我的世界永远是黑暗。"

欧阳鹿回忆说："肖扬，你还记得你第一次向我求婚，手里捧着一大束玫瑰花，站在我的面前，领着你们全旅高唱《我的太阳》，那旋律好美呀，至今荡漾在我的心间，我真的还想再听一次。"

"那好，我现在就给你唱。"肖扬说着，退后一步，张开双臂高唱着……刚唱了一句，欧阳鹿忙捂他嘴说："好了好了，现在可不是一展歌喉的时候，别引来敌人的炮火。"

这时，于剑飞和丁香走来了，离老远于剑飞就喊："喂，肖扬，你来了，怎么也不先到我那？"肖扬也快步迎了过来，他们的手紧紧地握在了一起。于剑飞拍着肖扬的肩说："听说你们团又打胜仗了，好啊，祝贺你呀，刘震军长说，要给你们团请功。"

肖扬半开玩笑说："别看当年我打不过你，打老美还是绰绰有余的，哈哈。"于剑飞握着肖扬的手说："好，让我们并肩战斗，早日赶走美国鬼子，早日回祖国。"站在一边的丁香说："肖团长，是不是来看我们欧阳医生啊？怎么，就这么空手来的？也没带点礼物送给我们。"肖扬说："那哪能啊，咱是讲究人，哪能空着两手见两位漂亮小姐呢。"肖扬喊警卫员，警卫员喊到，肖扬说把我准备的礼物拿来。警卫员拿过两包东西。肖扬分别把它送给欧阳鹿和丁香。丁香瞅着这包东西说："这是什么呀？裹得这么严实，我看看。"说着她就撕开了一角，看了一眼，脸就红了，但她还是忍不住惊呼："天啊，太好了，肖团长，你真是个有心人。"欧阳鹿没打开，她问丁香："到底是什么？"丁香就趴在她的耳朵上告诉了她。欧阳鹿是医生，倒比丁香大方，她问肖扬："这是那弄来的宝贝？谢谢你！"

"战利品，"肖扬说，"当时我看到了，说，这个东西谁也不能动，给我留着。"其实肖扬送的就是两包卫生纸，但是，在那种艰苦的环境中，对女人来说，简直就是奢侈品，太珍贵了，太贵族了。

丁香也说："谢谢，肖团长。"

肖扬说："谢什么，你给我们团多写几篇报道就都有了，你可是我们团官兵最崇拜的大记者，在你笔下的英雄牺牲了还能活回来，真是神来之笔。"他冲着于剑飞说："剑飞，你别说，你这个老乡别看愣头愣脑的，还挺有女人缘的。他和那个九儿怎么样了？你还别说，他俩还真挺般配的，我挺佩服那个九儿的，什么时候都有那股子劲，百分之百的布尔什维克，有她的消息吗？"

于剑飞听到九儿俩字，心就像被蜂子突然蜇了一下。于剑飞很不愿意听到九儿这个名字，特别在丁香面前，但九儿毕竟跟他有着千丝万缕的联系，不是他想躲就能躲得了的事。就拿前几天的事来说吧，九儿给他来了封信，信是托别人写的，九儿不识字，于剑飞接到信还没看，心里就烦叽叽的，自己不会写信就别写。信写得很简单，但概括性挺强。

内容是这样的：爹死，钱捐。你现在吃的军粮就是爹捐钱买的。我很能干，新中国成立后抓革命促生产，争取多打粮食，让在朝鲜的战士吃饱。盼你早归，安居乐业。

爹就是爹，不管他是地主还是劣绅，爹是改变不了的，是不能选择的。于剑飞为爹流下了眼泪，这是于剑飞作为儿子第一次对爹的感情流露，也是儿子对爹尽的第一次孝心。他没想到爹临死还有这样的壮举，不愧为我于剑飞的爹。但他不想把这事张扬出去，他不想跟别人解释，这一解释就牵扯出九儿，所以，一扯到九儿身上他就解释不清。越怕啥越来啥，九儿同时也给雷大夯来了封信，雷大夯捏着信，咧着大嘴来找于剑飞，那兴奋劲不亚于他爹为志愿军捐了钱。他咧着大嘴说剑飞，你爹那老地主还真行，他把钱都捐给咱志愿军了。你说他平时抠门得能算破天，他竟舍得。没看出来，真是人不可貌相，海水不可"瓢舀"，他有这样的觉悟，准是九儿的功劳，你说九儿咋那么能干呢。他还滔滔不绝呢，一抬眼看见于剑飞正拿不耐烦的眼神看他，立马就把嘴闭上了。于剑飞问这事还有谁知道。雷大夯说只有文书知道，他给我念的信。于剑飞说，你就是这么个人，狗窝里存不住干粮，有点啥事你都往外咧咧，老爷子就这点事你也咧咧，这不是应该的嘛，再说了，等仗打完了，从社会主义就进入共产主义了，到那时候谁还要钱，要啥有啥，要钱干啥？累赘，你学着去吧，你幸亏没牺牲，要不你能看到共产主义社会吗，以后这事别说了。雷大夯觉得于剑飞说得很有道理，他也佩服，这于剑飞懂得就是多。

肖扬说："剑飞你愣什么神呀，我刚才问你九儿同志怎么样了？"

于剑飞把思路从回想中转过来说："哦，你说九儿呀，还那样，现在她在老家正抓革命，促生产呢，多打粮食，支援我们抗美援朝。"

肖扬说："这就是共产党为什么能打败国民党的原因，人民，人民的力量是无穷的。为什么一个国民党军官能死心塌地跟着共产党出生入死，共产党得人心哪。我佩服共产党的领导。"于剑飞再一次握住肖扬的手说："等我们回到祖国，我们共同在人民军队里建功立业。"肖扬没有正面回答他，肖扬说："等战争结束了，我和欧阳有约定。好了，我想念的人见到了，我还有任务，我先走了。"肖扬一一和他们握手告别，当他握住欧阳鹿的手时，深情地对欧阳鹿又重复了一遍："欧阳，别忘了我们的约定。"欧阳鹿点点头。肖扬慢慢松开欧阳鹿的手，高唱着《我的太阳》，和警卫员跨上马，他在马上给欧阳鹿歌唱，然后，他掉转马头，掉转马头，向广袤的雪野急驰而去。嘹亮、高亢、激情澎湃的《我的太阳》在辽阔的天空回响……

（四）

肖扬怎能不激情澎湃，他得到了欧阳鹿的约定，他朝思暮想的心上人啊，终于停泊在他的心间了。他原以为得到了欧阳鹿的心了，其实他只得到了欧阳鹿的思想。肖扬以为这次约定他和欧阳鹿将成为永恒，但肖扬万万没有想到，这一次的约定将是永别的前兆，他永远也没等到那个约定。等他们再见面的时候，就到了夏季。

不料想，第二天，敌人袭击了医院，于剑飞组织人员转移医院，敌人的飞机在天上狂轰滥炸，雷大夯这时也不是什么伤员了，于剑飞命令他不但要保护好伤员，还要保护好欧阳医生。敌人的炮火很凶猛，有把医院夷为平地之势，在转移最后一批伤员时，敌人的炮弹更猛烈了，一个炮弹在欧阳鹿的身边爆炸，于剑飞上去把欧阳鹿按倒，还没等他们抬起头，接连又有几颗炮弹在他们身边爆炸，炸起的飞土把他俩都埋上了。当时天下着鹅毛大雪，志愿军打飞机非常困难，敌机也是事先瞄准了目标，狂轰滥炸，等欧阳鹿再抬起头来，伤员死了一半。欧阳鹿悲痛欲绝，她视伤员如自己的生命，她看到这样惨的场面，她崩溃了，她哭着捶打着于剑飞的胸脯说："你还我的伤员，这次你没掩护好我的伤员，你是个不称职的团长。"于剑飞也很痛心，他被欧阳鹿这么一责备，他倒想出一个办法，挖工事，挖大工事，也就是在一般性工事上下大功夫，建设利于坚守的支撑点式的坑道防御工程。这样就有效地抗击了敌人毁灭性的轰击。于剑飞领着全团战士，在战斗之余就挖工事，最后，不但把救护室搬到了地下，还把什么弹药室伙房，反正这个工事里是战斗生活设施配套。刘震军长知道了这事，夸于剑飞脑瓜就是好使，并把这种做法向全军推广。

云山战役胜利后，美国人还是不服气，仍错误地判断志愿军入朝，仅仅是象征性的出兵，不可能对他们造成任何威胁。他们不承认在朝鲜还有什么人能跟他们较量一番，因此，麦克阿瑟集中了二十多万兵力，展开全面进攻，他的目的就是想把志愿军一举驱出朝鲜，并狂妄叫嚣要在"圣诞节前结束朝鲜战争"。麦克阿瑟也没想到，不但圣诞节前没结束战争，这仗一打就是两年零九个月。

站在作战地图前，刘震军长说："既然敌人不死心，我们就陪他打，扩大敌人的错觉，我们采取：示弱于敌，诱使敌人深入，然后实施迂回包围，穿插分割，在运动中各个歼敌，消灭敌人有生力量，一点一点，一块一块把他吃掉。咱不急，慢慢粉碎敌人的圣诞攻势。"

于剑飞灵活掌握军作战方针，大做圣诞文章。

于剑飞接到任务后，迅速控制了110高地、261.2高地。261.4高地久攻不下。攻下了261.4高地就断敌退路，阻敌增援，团主力就可以协同兄弟团围歼上草洞之敌，直至收复平壤。可是敌人也不是善茬子，他们不是死守阵地，在14架飞机，10辆坦克的支援下向于剑飞的阵地猛攻，于剑飞他们伤亡惨重，于剑飞看在眼里，急在心上。他命令部队，暂时不要进攻，隐蔽待命。雷大夯满脸血污地跑过来说:"团长,你下命令吧,我带营再攻一次,准能打开一个缺口。"

于剑飞果断地说:"不行,不能蛮攻了,你没看死多少人了吗?不能拿人垫了。"

雷大夯急红了眼:"不能蛮攻还能咋地,还能哄他?我不管那一套,我的弟兄们不能白死,我要替他们报仇。"

于剑飞若有所思地说:"对,就得哄他们。"

雷大夯吃惊地问:"啥?"

于剑飞也不去理会他,望着天空飘飞的鹅毛大雪说:"快去,快去叫丁香来,还有,别忘了把喊话的喇叭拿来。"雷大夯不解地愣在那里,"还愣着干啥,快去。"雷大夯不敢怠慢,跑步去叫丁香,丁香正帮卫生员抢救伤员。丁香接到命令向于剑飞跑来,雷大夯手里拎个喇叭站在后面。于剑飞说把喇叭给丁香记者。丁香接过喇叭心里猜出了几分,问:"要对敌喊话吗?"

"对,双方伤亡太大,再打下去我们的人就要拼光了。他美国鬼子也剩不了几个。对他们说,放下武器,离开朝鲜。看到了吗?"于剑飞指着满天的飞雪对丁香说,"下雪了,今天是圣诞节。让他们回家过圣诞节去,听懂了吗?丁香,怎么感动怎么说,要把他们说得声泪俱下,你就完成任务了。你能,你会说,来趴在坑道里,注意保护自己,好,现在就开始,像在朗诵一篇优美的散文诗,用英文。"丁香答是。

于剑飞说完,把雷大夯拉到了一边,对他耳语了几句。雷大夯听了咧个大嘴兴奋地说:"放心吧团长,保证完成任务!"于剑飞说,就看你的了雷大夯,做好准备,看我的手势出发。雷大夯说是。

这时候丁香已经专心致志喊话了,一开始她还是为了完成任务在说词,后来就完全进入角色了,尤其她是这样浪漫又感性的人,她首先把自己说哭了。她说:"美国朋友你好,放下武器吧,我们和平解决,不要死亡了,好不好?"

对面也喊:"我们不会上你们的当,见鬼去吧。"

丁香继续说:"我虽然是中国人,但我是在美国长大的,我热爱美国,更热爱中国。谁不爱自己的祖国,但美国是我的国家,中国是我的祖国,两个国我都眷恋。当我的祖国正遭受日本铁蹄践踏的时候,我毅然离开了我慈祥的父母,离开我心爱的美国,还有我亲爱的恋人——查尔斯。"

说到这对面安静多了,炮火也停了。

　　于剑飞向雷大夯做了个出发的手势。雷大夯带了一个加强连，猫腰前进，多数是匍匐前进，他们身上披着白斗篷，这样匍匐前进就跟雪的颜色混为一体，敌人很难发现。

　　提到查尔斯丁香的感情波动很大，人的感情很难说清楚，丁香毕竟在美国长大的，她怎能不留恋那个地方。人无论走多远，都眷恋自己的故乡。对丁香来说，她生在美国，长在美国，无论她身在中国还是朝鲜，美国就像她的故乡。但那个时代铸就了那个时代的思想，她爱祖国，爱人民，爱她的红色恋人于剑飞，革命理想高于天嘛，任何什么美国、查尔斯之类的是无法动摇她的爱国意志。但查尔斯毕竟是她的初恋情人，不是说忘就能忘的，提到美国，提到查尔斯，许多美好而浪漫的事就浮现在丁香的眼前。雪下得更大了，弥漫了整个天空，大朵大朵的雪花轻悠悠地飘在丁香的脸上、手上，丁香望着这美丽的雪花说："看啊，下雪了，圣弗朗西斯科的雪也是这么美，我的家就在那里，每到这个时候，整个大街就披上了圣诞的盛装，过圣诞节了！美国朋友们，你们不想回家过圣诞吗？妈妈可给你准备了圣诞礼物，你不想要了吗？在这个节日里妈妈看不到你会多伤心啊，为什么要让妈妈流泪，你们曾经是多么听话的儿子啊，现在怎么了？跑到别人的国土上来了，这叫侵略。由于你们的到来，这里变成了地狱，你听到了吗？听到来自地狱的哭声了吗？有男人，有女人，有老人还有孩子，他们不是军人，他们是无辜的百姓。美国朋友，回家吧！天上飘着雪，心里想妈妈，不是吗？圣诞老人就站在你的家门口，他手捧着礼物，披着一身的雪花，白色的胡子和雪搅在了一起，哈哈，让你分不清哪是白胡子，哪是白雪。回家吧，但愿今年你得到的圣诞礼物是——和平！多么珍贵的礼物啊，全世界人民都需要她。可我回不了家，回不了圣弗朗西斯科的家，因为我的祖国正面临着危险，我要用我的生命、我的鲜血保卫她。如果你回到了美国，见到了查尔斯，告诉他，我很想念他。"

　　对面有个人，好像迫不及待地抢过话筒，大声地问："你叫什么名字？"

　　丁香回答："我叫丁香。"

　　对方好像拍着脑门喊："天哪，上帝呀，我的丁香，我是查尔斯！查尔斯！"怕丁香不相信，他又没头没脑地喊："北京、胡同、大碗茶、冰糖葫芦，妈妈教的。"

　　丁香整个呆住了，她不相信会有这么巧的事，她不相信他们会以这样的方式在通话——敌和我。他们之间隔着浩瀚的太平洋却在这里相见，相见的形式，咫尺天涯，只闻其声，却难见其人。她仿佛觉得查尔斯就站在她的面前，她有他乡遇故知的感觉。她的泪夺眶而出，查尔斯的声音她太熟悉了，怎么能听不出呢，他们从小一起玩到大，只是她激动得一时不知说什么好。丁香哭着问："你真的是查尔斯吗？"对面说："我是，还记得我们在庭院一起栽的丁香树吗？每年的春天它开得多香啊，丁香，我亲爱的丁香，我是查尔斯。"丁香哭着说："查尔斯，你不该来的，我是为了我的祖国而战斗，你为了谁？你的祖国安然无恙，你为谁而战？为谁而牺牲？想想你到底为谁，难道你就是为了到这烧杀掠夺吗？这不是你的性格，查尔斯，回家吧，回家过圣诞。还记得我们一起唱的那首歌吗？"

丁香轻轻唱着：

    叮叮当　叮叮当　铃儿响叮当
    我们滑雪多快乐　我们坐在雪橇上
    叮叮当　叮叮当　铃儿响叮当
    我们滑雪多快乐　我们坐在雪橇上……

    冲破大风雪　我们坐在雪橇上
    快奔驰过田野　我们欢笑又歌唱
    铃声响叮当　令人精神多欢畅
    今晚滑雪真快乐　把滑雪歌儿唱
    叮叮当　叮叮当　铃儿响叮当
    我们滑雪多快乐　我们坐在雪橇上

    在一两天之前　我想外出去游荡
    那位美丽小姑娘　她坐在我身旁
    那马儿瘦又老　它命运多灾难
    把雪橇拖进泥塘里　害得我们遭了殃
    叮叮当　叮叮当　铃儿响叮当
    我们滑雪多快乐　我们坐在雪橇上

大地白雪闪银光　趁这年轻好时光

带上心爱的姑娘　把滑雪歌儿唱

有一匹栗色马　它日行千里

我们把它套在雪橇上　就飞奔向前方

铃儿响叮当，对面的阵地也随着歌声一片：铃儿响叮当……这时，雷大夯他们已匍匐到敌人的背后，于剑飞没有心思听丁香说什么唱什么，他始终为雷大夯捏把汗，如果被敌人发现，那就前功尽弃了。丁香越进入情况，越能吸引敌人的注意力，没想到对面竟有丁香昔日的恋人，真是天助我也，让他们惊喜去吧，让他们唏嘘去吧，有本事查尔斯过来，不用在那瞎激动，一会就等着挨揍吧。

就在美国兵唱着圣诞歌，沉浸在童话般的爱情故事当中时，他们的身后枪声大作，手榴弹爆炸声震耳欲聋。查尔斯跳出战壕高呼丁香，丁香也跳出战壕喊查尔斯。于剑飞一把把丁香拉下来，丁香听到查尔斯在喊："丁香你是个骗子——"

丁香往战壕上爬，挣扎着喊："不，我不是骗子……"还没等她说完，于剑飞又把她拉下来，说："你不要命了，你的任务完成了，完成得很好，口头嘉奖一次。"但于剑飞说话的口气很不真诚。这时敌人又进攻了，于剑飞同时下命令："打，给我狠狠地打！"

丁香用气愤的眼光看着他，大声地喊着："于剑飞，你听到了吧，他们在说我是骗子。"

于剑飞边向敌人开枪边说："对不起，我不懂英文。"

丁香更气愤地喊："你才是个骗子，你这是欺骗。你说和平解决的，"她手指着对面阵地，"你欺骗了他们，也欺骗了我，他们已经放下了武器在唱歌，可你，可你却开枪了，而且是在背后。你看见了吗，查尔斯，他就站在你的枪口下。"丁香的泪大串大串滚了出来。

于剑飞无可辩白，他确实利用了丁香的感情，但后来的剧情完全出乎于剑飞的预料，查尔斯的出现让于剑飞的计划锦上添花。于剑飞完全理解丁香的心情，女人无法接受战争的残酷。于剑飞把她按在怀里安慰说："好了，丁香，这是战争，他们不会那么乖的，不是你想象的那样，如果真那样他们就不会站在这个国土上了，我必须尽快拿下这个高地，否则将影响整个战局。我们没有时间了，这次我们是要收复平壤的。丁香，坚强，对面是敌人，我们的战友正倒在他们的枪下，更激烈的战斗刚开始。我代表全体指战员向你敬礼，你的任务完成得很好，你注意保护自己，下面就看我们男人的了。"于剑飞喊道："司号员，所有的司号员都过来，吹冲锋号，使劲地吹！"

四个司号员站在战壕上，吹响了嘹亮的冲锋号。战士们杀声震天冲出了战壕。当于剑飞抽出腰间的剑挥舞着跳出战壕的那一刹那，丁香彻底领悟了，英雄和男人是怎样浑然天成的。她永远是这个男人身后的女人，因为这个男人和她的祖国连在一起，这是任何诱惑都不能替代的。她要擦干眼泪，她要战斗，为祖国，为倒下去的男人们。

战场上血肉横飞，敌人的坦克碾过志愿军的躯体，爆破手奋不顾身与敌人的坦克同归于尽。自杀式的爆破一幕幕在丁香的眼前轰然炸响，她的眼前被血肉模糊……

子弹穿过司号员的胸腔，司号员迎风站立在战争的最高点，像一面在风中猎猎呼叫的旗帜。他把最后一个音符吹出胸腔，随之一腔血也喷涌而出，为这最强音谱出最后的旋律，让生命的交响曲在最辉煌处戛然而止。一个司号员倒下了，他在临倒下之前还把胸脯挺了挺直。他就那么张开双臂挺直了向后倒去，大睁着的眼睛一直注视着前方，仿佛倒下的是一棵青松，即使倒下了也是挺直的。因为他的一生都在昂首、挺胸，把一生站立成浩然正气的英姿，永远为前进吹响号角。他终身为前进歌唱，但当战友们前进的时候，他始终未前进半步，英雄的称谓与他无缘，但是，他死后的碑文应该这样写："他站立着就是前进！他倒下了就是前进的音符！不管生还是死，永远是前进！"一个司号员倒下了，两个倒下了……丁香冲向前去，她捡起地上的冲锋号。那带着烈士的体温，带着烈士鲜血的小号，她拿在手里是那样的沉甸。她站在烈士曾站立过的地方，她学着烈士的英姿，吹响号角。但发不出一点声音，此刻她要发音，她要大喊，她要大叫，她对着小号终于发出了声音，她在高声地歌唱，她在高唱《马赛曲》。那高亢嘹亮的旋律在整个战场的上空激荡……发自她胸腔的每一个音符都那么强劲有力，她越唱越激昂，山谷就是最好的扩音器，她的歌声激励着每一个志愿军战士的心，他们在这女神一般的歌声中冲向了261.4高地。丁香近乎疯狂地歌唱，她用法语唱完了，用汉语唱：

前进！前进！祖国的儿郎，那光荣的时刻已来临！

专制暴政在压迫着我们，我们的祖国鲜血遍地，我们的祖国鲜血遍地。

你可知道那凶狠的兵士，到处在残杀人民，

他们从你的怀抱里，杀死你的妻子和儿女。

战士们，武装起来！战士们，投入战斗！

前进前进！万众一心！把敌人消灭净……

前进，祖国儿女，快奋起，光荣的一天等着你！你看暴君正在对着我们举起染满鲜血的旗，举起染满鲜血的旗！听见没有？凶残的士兵嗥叫在我们国土上，他们冲到你身边，杀死你的妻子和儿郎。

……

当我们开始走进生活，前辈们已经不在；我们去找他们的遗骸，他们的英雄气概，他们的英雄气概。我们不羡慕侥幸偷生，愿意与他们分享棺材；为他们报仇或战死，就是我们最大的光彩！

武装起来，同胞，把队伍组织好！前进！前进！

这是怎样的音乐盛典，在小号和厮杀声的伴奏下，女高音的花腔冲天嘹亮，这样高贵优美的歌声本应在维也纳的音乐大厅唱响，是谁把她推向了战争的舞台？是侵略者！既然上了这个舞台就不要畏惧，谁主沉浮？是正义的人民！

两个司号员齐唰唰地站在丁香的胸前，他们多想站成一堵墙，把他们心中的女神保护起来。丁香在歌唱，她手里握着小号，她的手随着歌声挥舞着，就像个大牌歌唱家，又像个指挥家。她傲视群雄，随心所欲地歌唱。当红旗插在了261.4高地的时候，两个司号员紧偎在她的脚下，倒在了血泊中。而丁香像上紧发条的钟表，仍在歌唱。当于剑飞一身血污地站在她的面前时，她仍在歌唱，唱给志愿军，唱给于剑飞，唱给查尔斯，唱给全人类！

于剑飞站在丁香面前摇晃着她说："胜利了！丁香，我们胜利了！"丁香喷出一口鲜血，那是来自胸腔的血。她摇晃着，她告诫自己不能倒下。她是坚强的，她的战友为她倒下了。丁香踉跄着扑在地上，呼喊着。给每个司号员擦着脸，天啊，张张年轻的脸，让丁香的手战栗。他们的嘴角刚刚长出绒毛，上帝呀，你刚才闭着眼睛了吗？你没看见他们多么年轻吗？他们还没有恋爱，还没有成家，还没有孩子。丁香趴在司号员的身上号啕大哭。于剑飞拉起她，她偎在于剑飞的怀里，像个哭倦了的孩子，抽噎着。一会儿，她像想起什么似的，疯了似的向261.4高地跑去，于剑飞跟在她的身后。到了261.4高地，她胡乱地扒拉着阵地上的死人，嘴里不停地喊着查尔斯，查尔斯你在哪？查尔斯你在哪——她没有找到查尔斯，她无助地站在死人堆里，茫然地望着四周，她凄厉地呼唤着——查尔斯。她慢慢蹲下来，就蹲在那张死人的脸旁，那钢盔下面的脸似曾相识，一张年轻美国士兵的脸，酷似查尔斯的脸。丁香对着这张脸梦呓般地说："喂，圣诞快乐！别怕，让我的歌送你回家，回家过圣诞。叮叮当，叮叮当，铃儿响叮当，我们坐在雪橇上……"于剑飞大步走过来，近乎粗暴地把她拎起来，说："你不能这样，这是战争，他们是敌人，不打死他们，他们就要吃掉我们，你这样没立场让战士们看到会怎么想。丁香，你是战士，你是中国人民志愿军。"

丁香的情绪很激动："我不管，查尔斯是我的朋友，我要找到他，是我儿时的伙伴，我怎能不痛心。他死了，死了……"于剑飞也在想，战争啊，你真是罪恶，你把善良的像羔羊一样的女人的心折磨得支离破碎。于剑飞把身子发抖的丁香拥在怀里说："丁香啊，查尔斯不会死的，有一小股敌人逃跑了。"但于剑飞也不敢保证查尔斯就在里面，他是想安慰丁香，人非草木啊。

敌人的圣诞攻势彻底破灭了。

（五）

38团在志愿军里是数一数二的拳头部队，也出尽了风头，抢主攻，抢头功，再加上丁香的宣传力度，总能在各大报纸上看到来自38团的英雄事迹。于剑飞的名字也频频见报，抗美援朝尽显于剑飞卓越的指挥才能和雄才大略。而他和丁香的感情随着并肩战斗的次数增多也有了突破性的进展，他俩的事是公开的秘密。志愿军都知道，从首长到战士都盼着早日喝上他们的喜酒，于剑飞早就向战友们保证过，回国后第一件事就是喝他和丁香的喜酒，在同志们眼里他俩是天造的一对，地设的一双，再般配不过了。他俩的事已被战士们炒成了准夫妻。每次在战斗之余谈起他俩的事，同志们都赞不绝口，寄予他们祝福。别让雷大夯听着，他听着了准这么说："狗屁，就是西门庆和潘金莲，一个地主少爷，一个资产阶级小姐，可不般配咋的。"他说归说，没人把他说的话当真，他就是吃不着葡萄说葡萄酸。一个屯出来的，没人家于剑飞干得冲，就说人家坏话。再说他和于剑飞在一起总吵，没人把这当回事了。他也就是发发牢骚，败败火。

　　别看于剑飞到处说等回了国就喝他俩的喜酒，他心里还真没底，因为他从来也没征求过丁香的意见，丁香到现在也从没向他承诺过什么。特别是那次对敌喊话，虽然那次的胜利与丁香的喊话分不开，但是她对查尔斯的态度，怎么说呢，太含糊，甚至很暧昧。战斗立场不稳，爱恨不那么分明，反正是众说纷纭。可是当时谁知道她喊着话好好的，怎么就出来个查尔斯？这个蹩脚的查尔斯，早不出现晚不出现，偏偏那个时候出现，想起来于剑飞就想一拳把他揍扁。话又说回来了，如果查尔斯不出现丁香也不能说得那么感人至深，敌人也不会跟着她进入情况，还应该感谢查尔斯，他让整个计划锦上添花了。去他的吧，该着他们那天倒霉，注定失败。丁香的《马赛曲》真是唱出了气势，唱出了军威，虽然是外国歌曲，但那旋律，像春雷、像战鼓，催人奋进。为此，丁香的嗓子好几天都没有说出话。欧阳鹿给她调治的时候，开玩笑说："没想到，咱们志愿军队伍里还藏着个女高音歌唱家，你可成了宝贝了，于剑飞团长给我下命令了，让我早点把你的嗓子治好，听说祖国的慰问团要来，于团长说到时候让你也亮一嗓子，震震他们，说，我们不光打仗英勇，唱歌也不是善茬子。"

　　丁香使性子说："他让我干啥我就干啥呀，我才不听他的呢。"丁香自从那次喊话后，对于剑飞一直耿耿于怀，她认为于剑飞利用了她，骗了她。

　　欧阳鹿就劝她说："丁香，这就是你的不对了，这是战争，是你死我活，你说于剑飞不讲信誉，那么他们就讲信誉吗，如果讲的话就不会把战火烧到鸭绿江边了，我们也不会千里迢迢来到这里抗美援朝、保家卫国了。"

　　丁香坚持说："那我也不希望查尔斯死，你不知道，他是多么善良的一个人。"

　　欧阳鹿说："可是，他现在端起枪对准了我们的战友，你看看，我们满屋的伤员，这是幸运的，有多少死在了战场上，永远回不来了。"

　　丁香哽咽说："这些我都懂，我就觉得心里难受。"

　　欧阳鹿叹息着说："丁香你是个善良浪漫的好姑娘，不应该卷进这场战争，可战争来了我们就得面对，战争是个魔鬼，它往往扭曲了人的灵魂。"

　　丁香问："欧阳，你说，查尔斯的心也被扭曲了吗？不会吧？"

　　欧阳鹿笑了："那谁知道啊，那你只好问他了。唉，丁香，我觉得你有问题呀，你是不是还爱着查尔斯，你可有脚踏两只船的嫌疑啊？"

丁香坦诚地说："也不是的，别看我生于剑飞的气，你都不知道，我有多么爱他。当他冲向敌人，我为他自豪，为他担心，甚至想，如果他牺牲了，我为他殉情。可是我又那么怕他牺牲，怕失去他。我看到那么惨烈的场景，我想为他做点什么。当时我看见司号员倒下了，我就拿起他的冲锋号，为浴血奋战的战友吹响号角，可是我又吹不响。我看见好几个敌人围着于剑飞，我真想冲过去，可两个司号员挡在了我的胸前，我知道他们是在为我挡子弹，我百感交集，不知怎么一张嘴《马赛曲》冲口而出。这一唱一发不可收拾，《马赛曲》的旋律太激荡人心了，当我高唱着《马赛曲》的时候，我浑身的血都沸腾了，我要歌唱，为我上战场的爱人歌唱。"

欧阳鹿听完丁香的这番话，她眼里也闪着泪光，她说："丁香，跟着于剑飞吧，不会错的。他胸怀大志，文韬武略，是个钢铁柔情的男人，十个查尔斯也换不来。"

丁香哽咽着说："我当时也没想到会和于剑飞有什么发展，因为我心里早有人了，那就是查尔斯。可是后来我越来越离不开他了，我宁愿背弃美国的亲人，为了他。"

听了丁香的话，欧阳鹿知道她离于剑飞越来越远了。可她还有心啊，她的心可以爱，偷偷地，默默地，心想，不说出来，谁也不知道。暗恋，这种事似乎不可能发生在高傲的欧阳鹿身上。她当初如果不是这么高傲，就跟吴限走了，也不至于自己找他找得那么苦，最后找到的是英魂。肖扬的出现，她的心湖曾荡起涟漪。肖扬做派绅士，思想前卫，对爱情执着而浪漫。她喜欢收到他的红玫瑰花，却始终不肯接受他的爱情。到底为什么，她也说不清，总觉得还缺点什么，缺什么呢？她问遍了自己也没找到答案，见到于剑飞她找到了，找到了又怎么样？她让自己陷进了无尽的困惑，"曾经沧海难为水，除却巫山不是云"，只能自己折磨自己，她总不能跟丁香明争暗斗吧？跟丁香说，跟所有人说，她也喜欢于剑飞，她要跟她争个高低。她不能，她是欧阳鹿。欧阳鹿高傲得像翔翔在蓝天的白天鹅，她那颗圣洁的心只配别人来仰慕和追随。再说她也不想惊扰丁香的梦，就让她美梦成真吧。她喜欢这个才华横溢海外归来的姑娘，她的身上带着一半美国人的新奇和浪漫，又带着一半东方人的神韵和娟秀，她愿她的前程似锦。

　　祖国的慰问团真的来了，在战友们的要求和于剑飞的鼓励下，丁香站在舞台上演唱了《马赛曲》。还是用法文唱完了用汉语唱，得到了战士们雷鸣般的掌声，共谢了两次幕。幕后，慰问团长说，我跟上级请示，到我们文工团来吧。丁香谢绝了，丁香说她还是愿意做战地记者，和于剑飞，和志愿军们在一起并肩战斗。慰问团长说这样吧，你就做我们几天的临时演员。征得了首长的同意，丁香跟着慰问团边随访边当演员，所以慰问团走到哪，哪就激荡着《马赛曲》。丁香成了名人了，有头有脸的首长都盯上她了，只是战事紧张不好扯这事，都铆足了劲准备回国后展开爱情攻势。到这个时候，像于剑飞这个级别的首长想都别想。丁香漂亮、聪明、勇敢，又说了一口流利的英文，特别那《马赛曲》唱得，哪个男人听了不动心。有人说，丁香名花有主了，好像正和38团的于剑飞谈恋爱。首长拍着桌子大怒，扯淡，战事这么紧张，还有闲心扯王八犊子。

　　肖扬见到于剑飞就问："你和丁香进展得怎么样了？"

　　于剑飞说："还那样。"

　　肖扬说："我可听说了，可有好多人盯上她了，现在的丁香可非同小可，一曲《马赛曲》唱响了整个志愿军，听说还有个什么圣诞绯闻，记住喽，有绯闻的人，最有魅力。"

　　于剑飞说："别提圣诞了，从那次喊话丁香到现在还不理我呢。"

　　"难怪，丁香毕竟接受过西方教育，受西方文化的熏陶，在她的意识当中生命至上，当然她无法理解你的偷袭行为，她认为你这是不人道行为。这就是东方人和西方人对生命不同的价值观。"肖扬分析。

　　于剑飞也伤感："她说我是个骗子。"

　　"你确实利用了她。"

　　"我……我没想利用她，"于剑飞说，"我当时想这是个绝妙的制敌办法，我要打胜仗，我必须为收复平壤赢得时间。因为我是指挥官。"

　　"丁香也爱美国，毕竟她在那长大。即使她不爱查尔斯了，但她也不希望他死。她喊话时付出的是真情，没有阴谋，她就想让对面的美国军人放下武器回家过圣诞节。她近乎天真地认为，她的真诚能平息这场战争，可是，她的童话被你于剑飞打破了，她能不恨你吗？"

　　"不，她的童话是被这场战争打破的。"于剑飞说，"我相信她会理解我的，慢慢来，在战斗中，她会成长起来的，我对丁香还是充满信心的。"

"关键是你要跟丁香把关系确定了，别等她也成长起来了，成了别人的丁香了。"肖扬替于剑飞着急。

"谁也白扯，"于剑飞说，"丁香是我的，她也钟情于我，我有这个感应。她只是暂时别不过这个弯来。"

肖扬说："我只是给你提个醒。"

于剑飞说："咱们不提这些儿女情长的事了，打败不了美国鬼子，回不了国啥都是白扯。等回了国，咱们一起结婚，我们住邻居。肖扬，你可要好好珍惜，欧阳鹿可是我军最优秀的女军医。你不知道同志们有多么尊敬和爱戴她，她在同志们眼里那可就是神。哎呀，我真庆幸把她带到我们的队伍里来，肖扬，别的功劳我不敢吹，唯一在欧阳鹿这件事上，我敢吹牛，我敢说我是立了头功的，你不知道，她救活了我们多少同志。"

肖扬高兴："剑飞，让我们再加把劲，胜利回到祖国去，共同站在婚礼的殿堂，举行一个革命的婚礼，那将是多么美好的日子！可是剑飞，你别看欧阳鹿她外表冷漠，其实她内心是个多愁善感的人，她很重感情。其实她心里有人，但不是我，不管她爱谁，但我爱她，至死不渝。"

于剑飞说："欧阳鹿始终忘不了吴限，这你应该理解。"

肖扬点头："这我理解，我知道她爱得很苦。"

于剑飞很兴奋："你不知道，欧阳鹿听到你又打胜仗了，她有多高兴，一高兴就哼唱那叫什么歌来着？就是你总挂在嘴上的那个外国歌。"

"《我的太阳》。"肖扬接。

"对对，《我的太阳》，"于剑飞说，"外国歌，嘀啦嘟啦的，伤员们爱听，因为他们爱戴的欧阳军医终于露出笑脸了，他们也高兴。肖扬，行啊，这一阵儿你们团总打胜仗。"

肖扬绷着脸唠："那也不行，哪有你们团名气大呀，打个丁点的仗就有人替你们吹。又上报纸又上喇叭的，不够你们嘚瑟的了，哎，请给丁香大记者捎个口信，她可太偏心了，什么时候光顾我们团？"

"哈哈！"于剑飞笑着说，"肖扬，你这可是嫉妒啊。"

肖扬也哈哈笑着说："能不嫉妒吗？我们战士都会唱《马赛曲》了，这《马赛曲》已不是什么法国名曲了，成了丁香名曲了，我都会唱了，你听我给你唱两嗓子：前进！前进！祖国的儿郎，那光荣的时刻已来临……"于剑飞也跟着唱起来，两个年轻的团长唱着嘹亮的歌曲，向着胜利的目标奋勇前进。

慰问团回国后，丁香也调走了，调到军司令部去了。

走的那天许多人去送她，送到最后就剩于剑飞、雷大夯了。其他人都很知趣地停下了，好给于剑飞和丁香留点空间。只有雷大夯傻呵呵的，像个跟屁虫似的，跟在两人的身后。于剑飞给丁香牵着马，默不作声地走着。于剑飞想趁这个机会跟丁香解释圣诞喊话的事，俩人总这么别扭着挺长时间了，临走咋也得把这事解决了。说啥呀，雷大夯跟在后面呢，啥也说不成。于剑飞就撵雷大夯："你回去吧，我送丁香记者就行了。"

雷大夯好大不愿意："你看你，我送丁香记者不行啊？老撵我干啥呀。"给于剑飞气得，真是四六不懂的玩意儿。其实他懂，他啥都懂，他就是不想给他俩提供这个机会。他不想九儿伤心。他太了解九儿了，正在家苦巴苦结地等着呢，像盼星星盼月亮似的盼于剑飞回去。这会儿准在地里侍弄小麦，累死累活的，为的是多打粮食，支援朝鲜战场。九儿呀，多好的女人。可惜，就是命苦，摊上于剑飞这样花心的男人。丁香也觉得雷大夯跟在后面别扭，她实在耐不住了，转过身面对着雷大夯说："雷营长，你再送我就不走了。"

雷大夯没有办法，说："好好，我不送了，我走。"他临走说："于剑飞，别忘了你自己的事。"于剑飞不耐烦地说："走你的吧。"

丁香问："什么事呀？"

于剑飞说："没什么，听他瞎咧咧。"

丁香说："他好像不喜欢我们俩在一起。"

于剑飞打马虎眼说："我倒没觉得，再说了他不喜欢，我们就不在一起了？他是谁呀？真有意思。他就是跟我一起出来的，说话就随便了。"于剑飞想暂时先瞒着丁香，心想，我和九儿的婚姻就是旧社会的产物，我们能砸烂一个旧社会，就不信砸烂不了一个旧社会的婚姻，它也将随着旧社会的灭亡一去不复返，这是社会规律。等仗打完了，我会处理好这点私人小事的，就先不告诉丁香了，还得费口舌解释，解释不好还误会，何必在爱情的白玉上留下瑕疵呢。

于剑飞说："丁香，还没等分别，就想什么时候再能见到你。"

"这就交给战争安排了。"丁香冷着脸说，她还对于剑飞有气。

于剑飞笑脸相迎，逗丁香开心："这战争太不够意思了，我们每次分别后都是几年后才见面，但愿这次不要这样。"

"最好是这样。"丁香绷着脸。

"你不想我？"于剑飞说。

"想你利用我？"丁香冷笑着问。

于剑飞收起笑，义正词言地说："志愿军入朝作战不到一年的时间里历经五次战役共歼灭敌军 23 万余人，你是搞新闻的，这你能知道吧。志愿军把美帝国主义的'老虎屁股'打疼了，迫使他们不得不走到谈判桌前。可是他们根本没有诚意，他们一边在谈判桌上讨价还价，一边对我们狂轰滥炸。本来在停战谈判前曾主张在'三八线'停火的美方，这时却突然拒绝了我方的方案，胡搅蛮缠地认为，他们是陆、海、空三军参战，现在双方虽然相持在'三八线'，但空中、海上他们仍有绝对的优势，因此，划分军事分界线时，'海空军优势必须在地面上得到补偿'，无理地提出将分界线划在我军阵地以北约 38—68 公里的开城、伊川、通州一线，企图不战而攫取一点二万平方公里的土地。丁香，这就是他们的强盗逻辑和霸权主义。丁香，我说这些你能明白吗？我们不能始终用善良的心对敌人。我想你这次去军里，关于谈判的事比我要了解得多。"

丁香的表情有好转，她默不作声地看着于剑飞。

于剑飞继续说："彭德怀总司令说了，我们的作战方针是，打得坚决打，谈得耐心谈。只要美国胆敢反击，我们就给他迎头痛击。"于剑飞停下脚步，面对着丁香："我理解你的心情，但这是战争。撇开战争我还是向你说抱歉，是对你的心情说抱歉，对这场战争绝不。"

丁香平和着口气说："我什么都知道，什么都明白，就是心里无法接受，特别你在我心里那么完美。"

于剑飞说："胸怀祖国的人，才是最完美的人，我想做个胸怀祖国这样完美的人。要想做个完美的中国人，首先要站在中国革命的立场上爱国。对于抗美援朝这场战争，毛主席说，如果不是美国军队占领了我国台湾，侵略朝鲜，打到我国东北边疆，中国人民是不会和美国军队作战的。但是，既然美国侵略者已经向我们进攻了，我们就不能不举起反侵略的旗帜。这就是中国人民，人不犯我、我不犯人，人若犯我、我必犯人。"从于剑飞坚毅的眼光中丁香看到了中国的希望、中国的胜利！

丁香眼光柔和地看着于剑飞："给我时间。"

"好，上马吧。"于剑飞把丁香扶上马。

于剑飞嘱咐:"一定要照顾好自己。"

"放心吧,没事。"丁香答。

于剑飞牵着马缰往前走着,说:"你不知道,你这一走我多不放心,战事越来越紧了,我们到朝鲜以来,打了几个胜利的战役,敌人不服气呀,有更残酷的战斗等着我们,越往里打,离祖国越远,祖国的运输现在跟不上,粮食、弹药、生活物资都运不过来,运输线被敌人破坏得非常严重,我们的处境很严峻,你一个女同志会更难。上次肖扬来,送给你和欧阳鹿的礼物,我看了差点眼泪流出来,如果不是战争,这是每个女孩子应该必备的再正常不过的生活用品了,可是,现在要肖扬当作礼物,像宝贝一样送给你们。丁香啊,战争让女人付出的要比男人多,可是你们谁也没提出像这样的困难。"

"提什么呀,我有时恨自己是个女人,如果我是个男人也会像你一样端起冲锋枪冲向敌人。"丁香的眼睛瞪得很大。

于剑飞笑笑说:"你还是做个漂漂亮亮的女人吧,这你就够出名的了。肖扬说了,好多首长都对你有看法了。"

丁香不解:"对我有看法?怎么?我做错什么了?"

"不是,"于剑飞吞吐着说,"是好看法,都想那什么……你看像你这么优秀的战地记者,首长有想法是正常的。"

丁香假装生气:"好啊肖扬,他背后竟说我坏话,等我见到他非跟他算账不可。"她又指着于剑飞,"还有你,跟肖扬合起伙来瞎怀疑人。"

于剑飞仰头欣喜地看着她,把缰绳递到她手里:"天不早了,丁香,走吧。"

丁香向他挥挥手,马向前跑了几步,丁香突然掉转马头回望。于剑飞挥着手喊:"冷暖自知,多保重!路上小心。"丁香驻足片刻,决然转过身,勒紧缰绳,拨过马头,马狂嘶着,奔腾向前方,融进远山中。

送走了丁香,没几天就送欧阳鹿,欧阳鹿调到师医院工作。于剑飞理解,像欧阳鹿这样的好医生哪不想要啊。临走的头一天晚上,于剑飞来到了欧阳鹿的住处,欧阳鹿正在收拾东西,见于剑飞来了,咧嘴笑了下,她那张忧郁而冷漠的脸,更显得忧心忡忡。看到于剑飞,加剧了那份酸楚,泪就涌到了喉头,她的泪仿佛不是从眼里来的,是从心里来的,她的心缩紧了似的痛,她紧闭了嘴不让自己哭出来。她哭这是没有理由的,军人调来调去,这是很平常的事。再说她可不像其他的女军人,动不动就哭。可她今天看见于剑飞眼圈却红了,眼里就闪着亮晶晶的东西，她竭力压抑着，她咬着嘴唇，不让这东西流出来，她连忙说句话掩饰自己的窘态："谢谢你，来送我。"欧阳鹿这一说话不要紧，就好像委屈从四面八方涌来，泪稀里哗啦夺眶而出。

"什么话呢，跟我还客气，我不应该来吗？咱们可是老朋友了。"于剑飞虽是批评，可口气透着亲切。他顺手把毛巾递给欧阳鹿，"你看你，调哪里不都是为志愿军工作嘛。"

欧阳鹿抽噎着说："我从那边过来，就一直在这个团，真舍不得离开你，不，是你们。"她是想说你，又觉得太直白。她那么高傲的人，她怎么能把心迹表白出来。

"嗨，"于剑飞说，"就为这呀，你在我们团那只是暂时的，像你这么精湛的医术，早就该调走了，你在这待这么长时间就是我们偏得了，你要是不在这，我们这还能称得上战地医院吗？充其量也就是个团卫生队。好了，这不是好事吗，到时候我去看你，说不定我哪天负伤了，就住进你们医院了呢，还得你给我做手术呢。"

欧阳鹿拉下脸生气地说："不准你说这不吉利的话，我宁愿我这个军医失业。我真不想看见伤员再抬进来，现在药品供应不上，有的战士做完手术伤口化脓感染，我真是一点办法都没有。我期盼着战争早一天结束，我不想再看见牺牲。"

于剑飞郑重其事地说："欧阳医生，难为你了，我知道你把伤员视为生命，我代表38团所有指战员向你敬礼。"于剑飞敬了军礼，欧阳鹿也向他敬礼。她说："我应该谢谢你，一直以来都是你鼓励我，引导着我，谢谢你给了我一切的勇气！"

"你看，又跟我客气。你以前可不是这样的，目空一切，居高临下的，还财大气粗。第一次见面就把勃朗宁手枪送给我了，这个礼物太贵重了，给我们那帮小子都眼馋坏了。"于剑飞拍着腰里的枪说。

欧阳鹿说："就说得好听，怎么没换回你丁点的礼物啊？"

于剑飞笑笑："当时你们军饷那么高，我寻思你还能稀罕咱啥礼物呀。好，你说，你想要啥，我有的就给，就是没有的，等咱回国买，你说吧。"

"你真让我说呀？"

"说，说。"

"我喜欢你腰里的剑。"于剑飞听了眼睛就长了，他不舍得，这剑就像命一样跟着他。欧阳鹿看出来了，笑笑说，"舍不得了吧，我不是要，我就是喜欢，说着玩的。是你逼我说的，我知道，你还要用它杀敌哪。"

于剑飞有些不好意思："这样吧，欧阳，等打完了仗用不着它了，我送给你，由你来保存。这把剑经过的战役可不少，是有纪念意义的，到时候，送给你留做纪念，战友一场嘛。"

"一言为定。"

"驷马难追。"

欧阳鹿脸上有了笑意："到时候你的剑就由我来收藏了，我把它挂在我的床头，说不定还能保平安呢。就算我第一件藏品吧，有一天增值你可别要回去呀。"

"哈哈，我可没有那么小气。欧阳医生喜欢收藏啊？"

"不，我只喜欢收藏你的剑。"哦，天啊，这话说得有些纰漏，不严谨，欧阳鹿说完有些后悔，但她说的是真话，有时候真话是不能说的。于剑飞一时哑然，欧阳鹿缓解尴尬说："哦，我是说，多年以后，时过境迁，也许我们天各一方，看到各自的物品，会勾起我们许多美好的回忆。无论世事如何变迁，它们能时刻提醒我们，珍藏在记忆里的这些美好的事情是不能忘却的。"

于剑飞兴致勃勃地说："你喜欢收藏我支持你，我建议啊，你就专门收藏军事用品，我帮你收集。噢，对了，肖扬的马刀可比我的剑漂亮多了，这小子他不敢不给。"于剑飞的谈话明显有些逃避，他故意不把话题谈得太深奥了，他就是想让欧阳鹿开心些。看到欧阳鹿那幽怨悲悯、沧桑历尽的样子，他无法知道这个女人心里到底藏着多少悲苦，怎样的男人才能走进她的心里，才能分担她的忧伤。肖扬能吗？我能吗？既然不能就不要惊扰她的梦，还不如说点浅显的让她露出一时的笑容。

欧阳鹿很冷地说："肖扬的东西我不用收藏。"

于剑飞不解："为什么？"欧阳鹿凄美地一笑："也许我们以后永远在一起。"

于剑飞恍然大悟，大悟得有些夸张："哦，听你这么说我明白了，肖扬真是没白努力，真是精诚所至，金石为开，我祝福你们！"于剑飞真诚得有些过，好像巴不得他俩在一起。

"你看我们俩很般配，是吗？"欧阳鹿说这话声音很冷。

“那当然。”

“是因为我们是一路货色吗？都是那边过来的？”

“不不，我可不是那个意思。欧阳，你不知道吗？我多么盼着你好，我把你当成我的亲人。这里还多了一层含义，那就是吴限，说真的，我心里也说不上对你是一份什么样的感情，但有一样是真实的，我看不得你受丁点委屈。我既仰慕你又爱戴你，总想尽一点义务保护你，不准任何人对你有一点诋毁，哪怕是你对自己的贬低，都不行，那就是对我的贬低。你不知道你有多优秀，你理性、简洁、严谨、敬业，举止庄重，一派大家风范。我们都需要你。”

“你都把我说哭了，我有那么好吗。”

于剑飞点着头：“以后不准这样说自己了。”

欧阳鹿说好，于剑飞说欧阳鹿我考虑了，你和肖扬最般配，跟着他你会幸福的。肖扬是个好同志，经过这么长时间考验，是我们军队值得骄傲的将领，没错的，他很爱你，被爱是幸福的。他们的谈话到后来是愉快的，直到于剑飞要走出门，欧阳鹿脸上还挂着笑容，于剑飞临出门，欧阳鹿喊：“于剑飞！”声音很急促，有稍纵即逝的感觉。于剑飞停住脚步问：“有事吗？”欧阳鹿反倒不置可否地默不作声了。于剑飞说我还要到各营去看看，我走了。欧阳鹿嗫嚅着说：“谢谢你的宽宏和豁达。”这话倒不像感谢的话，倒像对于剑飞的赞许和评价。其实欧阳鹿想说我爱你。她没有什么企图，也不抱什么幻想，她已决定将来跟肖扬结婚，她就是想让他知道，她确实爱他，可这句话在她心里翻江倒海般折腾，最终也没冲破嘴的防线。于剑飞说早点休息吧，明天还要出发呢。

于剑飞想要住进欧阳鹿所在医院的愿望也没实现，欧阳鹿同样也想什么候能亲自为于剑飞医治一次伤，也没有实现。欧阳鹿不是盼着于剑飞负伤，因为只有那个时候她才有机会跟他肌肤相亲，还不被他看出破绽。想过之后，她被自己这个想法吓了一大跳，她痛骂自己，怎么有这么“歹毒”的想法，太自私了。

志愿军在朝鲜期间，战争之惨烈，生活之艰苦，是无法用语言来表述的。一个接着一个的战役，让敌人没有喘息的机会，同时志愿军也付出惨重的代价。尽管这样，战机的主动权在志愿军手里，现在是敌人守，我们攻。

　　志愿军首长果断做出决定，发动更大规模的战役，反击敌人。于剑飞团和肖扬团奉命在北汉江以北的阵地打击和控制敌人，掩护兄弟部队渡过北汉江向敌人发起进攻。于剑飞他们占领一个高地又一个高地，敌人也拼命往回夺阵地，战斗非常激烈。

　　欧阳鹿和她的战友们在医院里也紧张地忙碌着，她站在手术台前给伤员做着手术，一个接一个的伤员抬到她的面前，她已经一天一夜没有睡觉了。当她喊下一个的时候，有个战士报告，说没有了。欧阳鹿问怎么回事？战士报告因为前方的伤员运不下来，战事紧张，人员不够用。院领导当机立断，抽调医院人员到前线抢运伤员，或到阵地医治伤员。欧阳鹿摘掉手套说她也去。院领导说那不行，前线很危险，你一个女同志，那绝对不行，再说你这么长时间没休息了，抓紧这个空当睡觉。她睡得着吗，前方有她的两位亲人，一个是她深深眷恋的情人，一个是她将要终身相托的丈夫。她说我必须去，既然前方的战斗这么激烈，就是我们往回运伤员也很困难，有些手术我当场就能处理掉。就这样，欧阳鹿和战友们冒着枪林弹雨冲到了前线。

　　于剑飞见到欧阳鹿，说你怎么来了，这很危险，回去。欧阳鹿斩钉截铁地回答，我不能回去，你没看见吗，这里需要我。欧阳鹿顾不得抬头，她不停地包扎，救治，像一些不在要害部位的弹片，欧阳鹿就地取出，根本也不用麻药，麻药给重伤员用。伤员们都很配合，这点痛算什么，欧阳医生冒着生命危险冲到前线来了，欧阳医生你就开刀吧。手术刀消毒就在火上烧，欧阳鹿的手术快捷、到位，稳、准、狠。于剑飞看了，说欧阳鹿你真是好样的！欧阳鹿问，肖扬那边怎么样？于剑飞说，伤亡也很严重。欧阳鹿想忙完这些伤员她就到肖扬的阵地去。一会儿，一个战士气喘吁吁跑来，欧阳医生快，快……还没等这个战士说完，欧阳鹿边手术边问为什么不抬过来，快抬过来！小战士说我们团长他说死不下火线。欧阳鹿问谁？小战士说肖扬团长。欧阳鹿惊愕地追问：谁？战士哭着说，肖扬团长，你快去吧，再不去他就没命了。欧阳鹿背起药箱，不顾一切地冲向前去。于剑飞冲她的背影喊欧阳医生注意安全。

　　肖扬像个血人似的，仍在指挥战斗，一颗炮弹爆炸，炸掉了他一只胳膊。他的右臂从膀头开始齐唰唰地被炸断，他就用左臂端着冲锋枪向敌人射击，终因流血过多倒在了地上。他还有嘴，他不断发出战斗号令。欧阳鹿扑过来，看着躺在地上，脸像一张白纸似的肖扬，这还是我那个风流倜傥、桀骜不驯的肖扬吗？没了一只胳膊，断口处像张着的血盆大口，太恐怖了。欧阳鹿看惯了太多的恐怖，这次她受不了了，她像个初学乍练的新手，手抖个不停，不知从哪下手。肖扬身上还多处负伤。可是欧阳鹿，你以往处理过的伤情比这复杂得多呀？你都镇定自若，今天怎么就乱了阵脚了？欧阳鹿慌乱地给肖扬包扎断臂处的伤口。在取肖扬腿上弹片时，因为麻药用完了，她把毛巾塞进肖扬的嘴里，开始取弹片，在取的过程中她不停地喊：肖扬，疼你就喊，疼你就喊。黄豆大的汗珠从肖扬的脸上滚下来，直到疼昏过去也没吭一声。当她把取出的弹片扔到地上时，无意中看到了那只胳膊。肖扬的胳膊，她眼睁睁地看着那只被炸得破碎不堪的胳膊，眼球被那个恐怖的、可怜的、孤零零的胳膊吸住了。刚才她急昏了头，她把那断口处当作伤口了，忘了肖扬永远地失去了一只胳膊。现在她看到了这断臂惊愕住了，那个完美的、标准的男人的躯体将永远地失去了胳膊，她像乞丐似的爬在地上捧起那只胳膊，只剩下残骨碎肉了。她努力想把它们拼凑成原来的样子，再安接到肖扬伤口处，可是，不可能了，她已没有回天之力。她的手像上了年纪的老太太抖个不停，手里这堆残骨碎肉，好像还带着肖扬的体温，这曾是多么健壮的胳膊，她曾感受过他的力量和魅力，就是这只胳膊捧着好大一束玫瑰向她求婚，现在却被永远地卡在炮弹壳里。她的眼泪一股脑儿的都洒在了上面，她的样子很吓人，嘴里失控地说："肖扬你的胳膊，你的胳膊……我，我，我不能，我真的不能把它接上了，我不能……"她的样子很吓人，就好像这胳膊是她打掉的，又好像这胳膊回不到肖扬的身体上是她的过错。肖扬没被自己炸掉的胳膊吓坏，而是被欧阳鹿那张扭曲的脸吓坏了。肖扬竭尽全力爬起来，扑向她，用左臂一下把她拥进怀里："欧阳，不怕，我没事，你已经尽力了，我还有左臂，不怕。"他说这话倒像掉胳膊的不是他而是欧阳鹿，断臂处隔着纱布还往外冒着血，欧阳鹿能闻到那血的腥味，她能感受到血的热气，突然她像嗅到某种刺激气味的狮子，愤怒瞬息崩发，气涌胸肋，她双目如灼，暴跳如雷："不！不！这帮混蛋……"她挣脱了肖扬的手，端起地上的卡宾枪冲向前沿。她站在战壕的上面嗒嗒地向冲向阵地的敌人开枪："来吧，混蛋，来吧，美国鬼子。"往日里那个不苟言笑，淡漠世事的女军医不见了，这里只有复伤女神。她完全疯狂了，她看敌人在她的枪口下倒下，就好像在大剧院欣赏一场小丑闹剧，开心过瘾，兴奋不已。什么丁香的查尔斯，那就来吧，即使查尔斯冲在前面她也会开枪的，因为他是侵略者。她完全失去了控制，子弹就在她的耳边呼啸而过，她不怕，她的心已被战火点燃，这着火的胸膛还怕子弹吗？她要为她的恋人而战；为朝鲜人民而战；为新中国而战；为全世界的和平而战。她觉得今天她才像一个真正的战士，虽然跟部队转战南北这些年，她以往的武器就是手术刀，今天她却端起枪，端起了能放出子弹的枪！射向敌人。

于剑飞随后率人赶来，于剑飞来时正看到这样一幕：

好像冲锋枪的子弹射在了欧阳鹿的身上，血从她的胸膛喷涌而出，像怒放的礼花。她仰了仰，又全力站直了，只是帽子掉了，散落出满头的卷发。卷发飘逸着、飞扬着，像不倦的旗，昭示着，她还活着，站着……她偏下头，看见了于剑飞，她笑了，是那种上弦月的笑，灿烂而温馨。她看见于剑飞呼喊着向她飞奔，还有肖扬踉跄着也向她奔扑。她想，我怎么了？她也向于剑飞扑去，她真想扑进他的怀里睡上一大觉，她又困又累，想睡极了。但她没能挪动脚步，身子摇晃得像风中的残叶。她咬牙屏息，站直了，站直了，她不能倒下，她要等于剑飞，她要倒在他的怀里，所以，她咬着牙，凛凛然地站立着……猝不及防，一颗子弹又射中了她……她蹙着眉，像是很疼，她痛苦地挺了挺身体，心力交瘁，挺不住了，她放弃了。临放弃她的眼神还是望向于剑飞，祈求他快点，再快点。她再也做不了自己身体的主了，她和她的枪一同倒在了阵地上，"咚"的一声。临倒地的那一瞬间，她还是这样幻想的：她不是倒在无情的阵地上，而是另一片天地。那情景很美也很壮丽，画面是这样展开的：敌人退却了，阵地平息了。她向于剑飞跑去，听好了，不是走，是跑。跑得很飘逸很轻盈，她这一生就没这么像飘似的跑过。头发表演似的扬在风中，那姿态，一定很美，美得有些轻浮，轻浮得近乎暧昧。于剑飞也向她跑来，挥着手，或张着双臂，迎接她。欧阳鹿拖着枪，快跑到于剑飞面前时，她潇洒地把枪一扔，是枪"咚"的一声倒在地了，不是她，她怎么能倒下呢？她要漂漂亮亮地站着，以最优美的姿势迎接于剑飞的相拥，再婀娜一点也不为过。她希望枪永远都不要起来，它不起来就没有用武之地了，世界就和平了。她始终没倒在地上，经过很长时间如表演一般地飞奔，终于扑进于剑飞的怀里……因为激动，扑进怀里的撞击声音也很大，把她自己震得很痛。肖扬、丁香、很多人都在看着她，她不管，就是要扑进他的怀里，她从没这样放纵过自己，就这一回，就这一回。然后战士们一拥而上，把她抛向空中，就像那次在金汤桥上，就那么一直抛，她从没那么开心地笑过，是那种放声的笑，她永远也落不到地上……她又看见肖扬向她走来，她望着肖扬空空的袖管，她不笑了，她哭了。他们此刻没有更好的语言向对方表达，他们同时举起手向对方敬着军礼。肖扬用左手敬礼，肖扬还自豪地说我是志愿军迄今为止第一个用左手敬礼的军人，这第一次军礼献给了我最心爱的、最敬慕的爱人——欧阳鹿。

实际上，她和枪倒在地上的声音是很大。枪口还冒着余烟，枪和大地好像久违的恋人，枪一旦投入到大地的怀抱就不想再起来了，枪就想这么静静地躺着不想再喷出火花。而欧阳鹿倒在地上却没有枪那么安逸，她的身体扭动着，冒着血，她直直射向天空的眼睛还在幻想和盼望着。

于剑飞把欧阳鹿拉进战壕里，肖扬大叫着扑到欧阳鹿的身边，于剑飞和肖扬撕心裂肺地呼唤着欧阳鹿。卫生员大瞪着眼睛不知道该止哪的血？该包哪的伤？整个前胸都在冒血。

欧阳鹿喘着问：“我中弹了吗？要紧吗？告诉我伤在哪，我是医生，我告诉你们怎么治。”她看卫生员光哭，她着急：“你别哭啊，救人啊，快止血呀！”欧阳鹿求生的欲望如此强烈，凭着这股劲，她还能说话。卫生员不知所措摇着头，一般人以为摇头就是没事，可欧阳鹿她是医生，她知道这个摇头意味着什么，就是没救了。她的坚强一下全垮了，她的声音微弱而又急促了：“我没救了吗？我……不想死，我要……回家，救、救我……”欧阳鹿的话让披肝沥胆、铁马冰河的男人们肝肠寸断。她是医生，不是英雄；她是女人，温柔似水。在她生命最后的时刻，她想活，活着是多么美好的事，她是多么渴望活啊！可他们救不了她，只能眼睁睁看着生命一点点消失。于剑飞紧握着她的手说：“欧阳鹿，你要坚强，你不会死的。卫生员快，快呀。”于剑飞冲卫生员怒吼。卫生员哭着，手忙脚乱，用纱布胡乱地裹着。

肖扬用左手捂着她流血的伤口说：“欧阳，你没事的，就会好的，我们有约定的，我们要远走高飞的。”

欧阳鹿只剩下呼气了，她的声音小得几乎听不见：“于剑飞……我想……告诉你，告……诉……你……”于剑飞把耳朵贴到她的嘴上，到底也没听到要告诉什么。欧阳鹿翕动着嘴唇，再努力也发不出声音了，她只好用眼睛。她缓慢地转动着眼神，从肖扬的脸上留恋地转到于剑飞的脸上……手想抓住什么，刚抬起来，却定住，无力地垂下。她竟奇迹般地粲然一笑！天哪，太美了！她从没那么妩媚动人地笑过，在她生命的最后时刻她笑了，冲着她心爱的两个男人，

部队南征北战的，净跟伤员打交道了，很难见到花，别说玫瑰花了。

某年某月某日

我们的军队说败就败了，蒋介石把所有的希望都寄托在沈阳上了。吴楚寒（吴限）到底在共产党队伍里还是在国民党队伍里？抗日战争已经结束了，国共也要见分晓了，找吴楚寒（吴限）的路还有多长？我盼望着我们重逢的那一天。

某年某月某日

今天，共军没有大的举动，只是在沈阳城的周边活动，可是今天我被共军俘虏了。令我羞愧的是，是他用我送给他的勃朗宁手枪指着我的脑袋，这个混蛋，我已经快在记忆里把他忘了，他却像个魔鬼似的闯进了我的世界。

他到底是魔鬼还是恩人，他告诉了我一个石破天惊的消息，我苦苦寻找的吴楚寒（吴限）牺牲了，到现在我才知道吴楚寒改名叫吴限了。他真是个魔鬼，他断了我的念头。在同一时刻，他让我有了像吴限一样的信念，有了另一种思想。

他不但是魔鬼，还是个阴谋家，他让我和肖扬在那样一个特定的环境里相逢，跟狭路相逢没什么两样，我却按着他设下的圈套心甘情愿地一步步迈进去，我最终向肖扬举起了枪，尽管枪指着我自己的脑袋，但跟指着肖扬没什么两样，我太了解肖扬了，他爱我胜过爱自己。这个共产党的年轻团长，没费一兵一卒，就俘虏了肖扬的一个旅，我是罪魁祸首，对不起，肖扬。

某年某月某日

我受了委屈竟喜欢趴在他的怀里哭，坏了，我好像爱上他了，什么好像啊，就是爱上他了。我觉得从见他的第一面起，冥冥之中我就一步步向他走。天啊，我鄙视自己，吴限还活在我心里，肖扬的爱我还不置可否，我怎么就爱上他了，不要说出来，千万不要说出来，不说出来谁也不知道。

说来也怪，这个世界上只有他最理解我，他欣赏我，总给我高度评价和赞扬，他引导我走向真正的中国革命道路。

某年某月某日

在解放天津的时候我那么巧地遇上她了，浪漫得像梦一样的女孩，不能用女孩来说她了，她是名响当当的战地记者。看到她就知道我和他已经尘埃落定了，永远不可能了。

某年某月某日

我还是固执地跟着他到了朝鲜战场，我在追寻什么呢？不单单是革命的理想。

某年某月某日

我祝福他和她，但我心里还是挂着他，念着他，想着他，无法改变。我想起小时候读的童话，美人鱼的故事，我愿做那条人鱼。人鱼用行走的痛苦，换来了双腿，但并没换来王子的爱情，王子却要和另位姑娘结婚了，她宁愿牺牲自己也不愿破坏他们的幸福，甚至深深地祝福他们，最后人鱼化作了海上的泡沫。但她不后悔，因为她曾那么近地接近了爱情的呼吸和心跳，那么近地接近了人世间的美满和幸福。

某年某月某日

感谢你肖扬，你明知道我心里有一个人，你仍不离不弃，让我受伤的心有个永久的港湾。如果我能活到暮年，我会这样自豪地对我的孩子们说：我一生中有三个爱人，一个爱人他永远活在我的心里，成为我永恒的路标；另一个爱人与我相伴终生，同甘共苦。还有一个爱人我们总是遥遥相对，是两条永远也没有焦点的平行线，但我们却那么相像地延伸着，直到远方的天际，我们爱得圣洁，就像不食人间烟火的仙子。还有比这样的人生更美丽的吗！

某年某月某日

到了朝鲜，我才真正体会到什么叫冷，冷无时无刻威胁着我们的生命。我从来没像现在这样想过家，想祖国，我真想回家。假如九儿知道了我的这个想法，她准批评我思想动机有问题，不是我的思想有问题，我是真想家，在祖国的时候，即使死也死在自己的国土上，厚重、踏实。我真怕，真怕永远的，永远地留在这里，孤零零地躺在这冰冷的土里，我怕极了，因为我看了太多的生离死别，有的战士出发的时候还活蹦乱跳，一转眼的工夫就没了。有的刚抬上手术台就死了，有的手术进行一半就死了，多么年轻，我恨自己没能救活他们，我恨子弹怎么就那么不偏不倚。我救他们都救不过来了，伤员太多了，老天哪，你就不眼晕吗？我乞求上苍，别让我死在这里，哪怕我过了鸭绿江，一只脚踏在自己的岸边，子弹再从后背穿透我的胸膛，我都会回头说谢谢。

　　某年某月某日

　　我盼望春天，春天来了，就暖和了，也许战争就结束了。剑飞，我真想这么亲昵地叫你，我还想告诉你我爱你，我不是反悔了，爱你不一定就跟你结婚，或厮守终身，就是爱，爱一个人不是难为他，而是给他幸福和自由。可我不能说，永远不能说。我是跟你来的，你带我回家吧，别丢下肖扬，他到了这边的队伍表现得多好，如果有表现奖的话，就奖给他。回家吧，回家吧！回到祖国我想上医学院继续学习，或者跟肖扬远走高飞，不干扰你和丁香的生活。

　　某年某月某日

　　我几次想说——我爱你！几次我又咽回去。如果没有战争我永远都不会说，让它成为我心里永久的秘密。可是战争在逼迫着我，战争在威胁着每一个人的生命，我怕我死了，你永远不知道我爱你，是的，我要说，即使死了，让我的爱永远伴随着你。

这一晚上，于剑飞是读着欧阳鹿的日记，流着泪度过的。

他是个无神论者，但这一晚他确实感受到欧阳鹿的灵魂在跟他对话。他始终握着欧阳鹿的手，因为只有这一晚上属于他们俩了，没有机会了。于剑飞没有一点胆怯，她觉得欧阳鹿躺在那就是睡着了，她太累了，这个心高气傲的女人终于可以和他平心静气地沟通了，他们就这么静静地握着手。于剑飞觉得欧阳鹿的手是有感觉的，这手修长、圆润、光滑，是典型的外科医生的手。于剑飞第一次见到她就被她的手迷住了，他感叹世上竟有这般漂亮标致的手，他真想把它捧在手里看个够亲个够。现在他握着这双冰凉的手，泪水长流，这手再也不能拿手术刀了，再也不能给战士们取子弹了。欧阳啊，你怎么就躺在这里了，你是多么怕躺在这里的，可是你叫我怎么办啊欧阳，你的一声声"回家吧"把我的心都喊碎了，我面对你柔弱的请求第一次无能为力。于剑飞捶打着自己，我还算什么男子汉，算什么英雄。于剑飞恨自己没有回天之力。他捧着欧阳鹿的手，紧紧贴在脸上，发出狼嚎般的哭声。这一夜是对欧阳鹿爱的回馈吗？如果欧阳鹿不牺牲，于剑飞永远也不会看见这本日记，也就永远不知道欧阳鹿多么爱他，他们也就永远不会有今夜。手牵着手，心贴着心，魂绕着魂。这一夜完完全全属于欧阳鹿，这一夜属于他们爱的终结也是爱的延伸，是对爱的诠释也是爱的枉然。这种特殊的爱让于剑飞欲说还休，欲罢不能，斩不断，理还乱。他想更多地给予欧阳鹿爱和温暖，让她的灵魂安详上路。于剑飞一千次一万次地说我爱你！因为这是欧阳鹿生前一千次一万次想说又没说出口的话，然而，于剑飞又一千次一万次说对不起，因为归根结底他爱的还是丁香。但于剑飞说得最多的还是我爱你，因为我爱你不单单代表爱情。欧阳鹿的死让于剑飞痛彻心扉，不能说他对欧阳鹿的爱无动于衷，即使欧阳鹿活着，即使知道了欧阳鹿的爱，他还是爱丁香的。

欧阳鹿的葬礼是第二天举行的。

直到天亮，于剑飞还是握着欧阳鹿的手不放。丁香走到他的身边说，昨夜她属于你，今天她是我们全体志愿军战士的。她是我们的欧阳鹿，我们的英雄，看，同志们来送她了。你要节哀，你要主持大局，你要领着我们继续战斗，继续前进，你是我们的主心骨啊。

战士们连夜用树条扎了个棺材，倒像个花篮，上面别满了五颜六色的野花和各式各样的绿草树叶。

于剑飞亲自抱着欧阳鹿，把她放进那个大花篮里。每个战士都走过来，向她身上放一朵花，向她做最后的道别。

就要盖棺的时候，于剑飞说等等。他的手在腰间的勃朗宁手枪停了片刻，这是欧阳鹿送他的。然后他抽出剑，双手捧着，放在了欧阳鹿的身边。剑柄上赫然刻着三个字——我爱你！想必是于剑飞昨晚刻上去的。他终于替欧阳鹿说出这句话了，这是欧阳鹿想说没有说出的话。欧阳鹿到临牺牲的时候想要告诉他的也是这三个字，她直到死也没说出口，她是不想为难着于剑飞，也不想惊扰丁香的梦。于剑飞仰天叹息：欧阳鹿啊，你表面冷漠宁静，内心是如此的低回软语、悲天悯人。你不一直想要这把剑挂在你的床头吗，到此为止，这把剑算真正挂在了你的床头，陪伴你永远了。欧阳鹿走好！

　　肖扬的伤稍有好转他就回来了，按理他是不应再回到朝鲜战场，可他坚决要求回来，因为他的欧阳鹿留在了朝鲜。

　　于剑飞想应该把欧阳鹿的遗物给肖扬，包括那本日记，肖扬有权读到它，让欧阳鹿的爱有个归宿吧。

　　肖扬一只手骑马，一只手打枪，一只手指挥战斗。他就是剩下一只手，每个神态，每个动作也还那么讲究而又有风度，于剑飞称他为战争绅士。

　　肖扬回到朝鲜的时候已经是大雪飘飞的冬季了。他站在欧阳鹿的坟前，孑然凄立，生死两茫茫。肖扬对着茫茫的雪野说，欧阳，你化作漫天的雪花入我胸怀来吧！肖扬来看你了，你在这很冷很孤独，我知道，不要紧，我会来陪你的，我就是化作一朵雪花也要飘落在你的脚下，我就是化作一缕清风也绕着你转，一生一世与你永不分开。欧阳，上次见面，那首《我的太阳》没唱完，现在我唱给你听：

　　　　啊！多么辉煌，

　　　　灿烂的阳光！

　　　　暴风雨过去后天空多晴朗，

　　　　清新的空气令人精神爽朗。

　　　　啊，多么辉煌灿烂的阳光！

　　　　还有个太阳比这更美，

　　　　啊，我的太阳，

　　　　那就是你！

　　　　啊，太阳，我的太阳，

　　　　那就是你！

　　　　那就是你！

还有个太阳，比这更美！

啊，我的太阳，

那就是你！

啊，太阳，我的太阳，

那就是你！

那就是你！

远远站着于剑飞和丁香，他们也沉浸在肖扬的歌声里。

丁香边听边流泪，她说欧阳鹿是伟大的，她即使躺在这里，她生命中曾有过的光辉影响和照耀着人们的精神，这就是永垂不朽！就像你，你把剑放进欧阳鹿墓里的瞬间，我就知道了她在你心里的分量，她将永远活在你的心里，这辈子都抹不去了。你对欧阳鹿的那份爱升华了，纯真，诚挚，一尘不染，是一种超凡脱俗的大爱。你在我心里有了另一面的高大，我为有你这样的爱人而自豪。于剑飞欣赏地看着她，感激地搂着她的肩说丁香，让我们一起爱欧阳鹿吧，永远怀念她。肖扬雄浑高亢的歌声，震撼着天空，震得雪花纷纷扬扬，让男人的血脉贲张。多少英雄逐鹿、金戈铁马在这苍凉的天穹下演绎，你不但能听到狂嘶的呼唤，看见腾燃的爱情，还能感觉到花殇的零零落红……于剑飞和丁香凝思倾听着。曲终乐断，肖扬张开一只臂膀，他就这个姿势重重摔在欧阳鹿的坟上。丁香刚要过去扶他，于剑飞拉住了她，说，没事，肖扬是条汉子，会爬起来的，他能用这样激情豪放的歌声为欧阳鹿祭奠，就说明他的精神没有垮。这就是军人，站着生，站着死。面对死亡和悲伤一样站立着，握紧拳头。这就是他为爱谱写的战歌。他一定会站起来的，因为有更激烈的战斗等着我们，就让他跟欧阳鹿静静地待会儿吧。

丁香说那我就不跟肖扬告别了，我得马上回去。于剑飞说这么急。丁香说是的，这次军里派我去开城。于剑飞问不会是参加停战谈判吧？丁香说现在还不知道，据我所知谈判进行得很艰难。美国方面总无理强调海空军优势，必须在地面上得到补偿，这一强盗逻辑，立即遭到解方参谋长的严厉驳斥，解方说你们是陆、海、空三军参战，我们"一军对三军"就把你们从鸭绿江边赶到了"三八线"，如果是"三军对三军"，早就把你们赶下大海了，还有什么谈判的余地呢？于剑飞说美国还在这方面胡搅蛮缠，这回他们怎么说？丁香说美国方面就叫嚣，那好吧，就让炸弹、大炮和机关枪去辩论吧。于剑飞大笑，他们不是没辩论，都让我们打得落花流水。丁香气愤地说，他们现在坐在谈判桌前，他们的战斗机居然飞到了我国的沈阳、本溪、抚顺、辑安、安东，并在辑安、安东轰炸我们的设施。最可气的是折磨虐待我们的战俘，公然违背《日内瓦公约》。

于剑飞欣赏地看着她说："丁香，你在战争中成长了。"

"是吗！"

"你是战士了，不再是任性幻想的小姑娘了。"

"经过了这么多事，我能没有想法吗？我也在反思自己，我要走与中国革命相结合的道路。欧阳鹿为共和国的光荣和独立牺牲了，给我的触动很大，更坚定了我的信仰。欧阳鹿那么年轻漂亮，那么有作为，为她的信仰献出了生命，所以我们活着的人更要珍爱生命，我的这个珍爱生命不是惧怕牺牲，当祖国需要我们挺身而出的时候，赴汤蹈火，在所不辞。我的珍爱生命是为烈士们活着，建设新中国。"丁香的目光是那样坚毅。

"丁香，你知道我为什么喜欢跟你在一起吗？因为你有思想。现在还生我的气吗？"

丁香苦笑了下说："都是战争。"

于剑飞握着丁香的手："你能理解就好，我是军人，我是指挥官，我的目标是为了打赢。但我还要求自己做个完美的人，所以我很在乎在你心里的形象，不想在你的心里留下阴影。"

丁香微笑着说："这么在乎我。"

"那当然。"

"为什么？"

"我爱你！"

丁香用一双温柔的眼睛看着于剑飞，嘴张了几张，话还没说出口，泪先盈满了眼眶："我也爱你！你是最出色的指挥官。"

于剑飞声音有些哽咽："这一走又不知道什么时候见面。"

"快了，在和平的阳光下。"丁香含着泪微笑。

"丁香，你的笑脸就是最灿烂的阳光。"

丁香更甜地笑着，露着一对小虎牙，浅浅的酒窝在脸蛋上随着她的表情，时隐时现。于剑飞看着远方，若有所思："我总在梦想，有一天我们永远在一起。到那天，你不会逃离我吧？"丁香同样看着远方，满眼是憧憬："怎么会呢，我和你一样，渴望爱情的永恒。"

于剑飞面对着丁香，扳着她的肩头，无限深情地问："无论遇到什么情况你都不会离开我，是吗？"于剑飞的"情况"是指九儿，他不惧怕战争和牺牲，冥冥中九儿在他的心里左右着他的感情。

丁香点头。当然她不知道"情况"，此时她坚信，如果她和于剑飞不牺牲，定能走到一起。丁香轻轻地靠在于剑飞的胸前，柔声地说："想你！"丁香声音小得如梦呓，足够了，于剑飞听得真真切切，他没有说话，却柔情万种地拥着丁香。丁香哽咽着："什么时候能永不分开呀？"

"快了，回国后第一件事就是结婚，那样我们就永远不分开了。你愿意跟我回到那个还满目疮痍的祖国，建设她，保卫她吗？"于剑飞就这么搂着她问。

"我愿意！"丁香的泪流着。

"我的家现在没有地也没有钱了，刚见到你的时候，我就想洗劫一空我们家的钱财，带你周游世界，看起来是不可能了，我们以后的日子会很苦、很穷，你怕吗？"

"我怕，但有你我就什么也不怕了。"

"丁香，我们这就算私订终身了。"

"海枯石烂。"丁香伸出小手指。

"永不变心！"于剑飞勾住她的小手指。

丁香抬起头疑惑地问："剑飞，你今天跟我们以往的分别可不一样，你可是诱惑我说了不少真心话，你太狡猾了，好像让我表决心似的。"

"好，我也向你表决心，我向全世界宣布，"于剑飞把手放到嘴上向着远山喊，"回国我就和丁香结婚。"

丁香含着泪："好，回国就结婚，我们共同期待这个日子。"

肖扬死在这一年的冬天。

肖扬领仅剩下一个连的兵力坚守阵地，敌人围攻了三天三夜。弹尽粮绝，援军又进不来。肖扬他不能眼睁睁看着他的战士冻死饿死，到了第三天，只留下一个排的兵力，他命令其他人员突围。能出去一个是一个。肖扬和留下的战士顽强地守住了阵地。可是，等于剑飞率援兵赶到时，阵地一片白雪茫茫。昨晚奇冷无比，是入朝以来最冷的一次。下了一场大雪，所有的一切都覆盖在白雪的下面。战场上没有血迹，没有尸体，雪的上面连个兔子印都没有，就好像这里从没出现过生物，也没发生战争，白！白得死寂。雪深，深至腰际。腿插进去，很难拔出来。肖扬他们在哪？于剑飞呼唤着肖扬的名字，回答他的只有呼啸狂嘶的北风，仿佛在述说和追忆这里曾发生的悲壮和刚烈。

于剑飞找到了肖扬。他在！他在阵地上。他站着！凛凛然地站着！能把身躯站立成一副雕像的只有英雄。肖扬挺立在找他的战友们面前，他把血肉之躯雕塑成冰凌的风骨，他左手拄着一只长枪，圆瞪着眼睛，目视前方。他生前与战友们战斗到生命的最后一刻，死后仍与战友们并肩抗敌。他死了也要站着看着这场正义战争的伟大胜利！他让敌人敬畏，让战友敬仰。战友们肃穆地站在他的面前，向天空发出怒吼的子弹。枪声震落了他空袖管的雪花，那空袖管迎风猎猎飘荡……

于剑飞在肖扬的里怀兜里发现了遗书。

于剑飞，我最亲爱的战友！

欧阳鹿是说爱你，可她要厮守终生的还是我。不管她爱谁，但没有人能阻止我爱她。艰难不能，牺牲不能，战争不能，你不能，他不能。有谁能像我那样愿意留下来陪她，你能吗？只有我能与她的爱相提并论，不是吗？那么就把我葬在欧阳鹿的墓旁吧，留在她的身边，不管是黄泉路上还是在天堂，与她相依为命吧。

很庆幸我们并肩走过的这段日子，让我有了崇高的信念和革命的意志。在我生命停止的那一刻，我敢自豪地说，我无愧于祖国和人民。保存好欧阳鹿的日记本，她不属于你，也不属于我，她属于这个辉煌的时代，属于我们这代军人。她记录的是风华绝代的浪漫史诗，是军人的浪漫史诗，我们就是这风华绝代的风流人物。不要以为我死得很畏缩，不！我是高唱着《我的太阳》离开的，那感觉就像站在富丽堂皇的音乐宫殿里歌唱，哦！不，我们的音乐宫殿是冰雕玉琢的，全世界也没有第二个。我看到了我的听众，他们听得到，有欧阳鹿，还有所有牺牲的战友，他们为我喝彩。在生命的最后时刻，我一点也不孤单，我心里胀满了爱，对祖国、对战友，还有我的欧阳鹿。

剑飞，我最亲密的战友，请转达我对祖国的歉意：请原谅，我的祖国，您的儿子再也不能为您增光添彩、遮风挡雨了。祖国啊多保重，您的儿子多想再回到您的怀抱，感受您的温暖和博大，尽管我与您隔着千山万水，死，魂也要遥遥守护着您。

不写了，我的手冻得拿不住铅笔了，寒冷已啮噬进我的骨髓了，再写我怕没有能力把信放进兜里了。剑飞，真想跟你再多说会儿，太多，太多……哦，不行，还有话没说完，如果你和丁香有了孩子，叫我和欧阳鹿一声爸爸妈妈，切记！

永别了，战友！

肖扬绝笔。

于剑飞再也抑制不住自己的感情，他上去就抱住了成冰雕的肖扬，战友，战友啊，我怎么能失去你！于剑飞的脸贴着肖扬那冰凉的脸，泪从心里涌了出来。谁说男儿没有泪，而是未到伤心处。英雄泪洒疆场，肖扬，你活过来吧，我们还要并肩战斗！

"冬天来了，春天离我们还会远吗？"

中国人民志愿军与朝鲜人民军一道并肩战斗，在不到一年的时间中，把多国部队从鸭绿江畔赶回到"三八线"以南，并将战线稳定在"三八线"附近，迫使以美国为首的"联合国军"坐到谈判桌旁！

毛泽东在与周恩来商议后决定，由志愿军副司令员邓华、参谋长解方作为彭德怀的代表，出席谈判会议。同时决定，从国内派出由外交部副部长兼中央军委情报部长、"红色特务"李克农，率停战谈判工作组立即赴朝，协助指导谈判工作。并选派了一位对国际问题颇有研究且文思敏捷、才华横溢、时任外交部政策委员会副主任委员兼国际新闻局局长的乔冠华，作为李克农的主要助手一同前往。

战场上的拼杀残酷、激烈，然而，谈判桌上的较量也同样尖锐、复杂。在政治和军事两条战线上，李克农和彭德怀，一文一武，一谈一打，同时进行。谈得耐心，打得坚决。谈，针锋相对；打，寸土必争。谈了再打，打了又谈。

谈了两年，也打了两年，最终，迫使美国侵略者不得不老老实实地在停战协议上签字。

谈判于 1951 年 7 月 10 日 10 时在开城来凤庄举行，从这一天开始到 7 月 26 日，经过半个月的唇枪舌剑，终于达成了谈判的"五项议程"。

1951 年 10 月 25 日，经过双方在战场上"炸弹、大炮和机关枪的激烈辩论"，谈判在中止了 63 天后，双方移至汶山与开城之间的板门店新址，继续和谈。

在谈判中，解方根本不为敌人的气势汹汹所动，他提高嗓门说："请你们把眼睛睁得大一点，看看现实情况。现在人民的力量日益强大了。过去你们随便飞来几架飞机、开来几艘军舰就可以把人吓倒的时代已经过去了。你们天天吹嘘武力，最近更公然在停战谈判进行期间增加你们的部队，企图再来一次尝试。你们没有接受经验教训，你们有什么本事，都拿出来吧！"

1953 年 7 月 27 日 10 时，朝鲜停战谈判以朝、中、英三种文字在板门店签署停战协议。当天下午，朝鲜领导人金日成、中国人民志愿军司令员彭德怀、"联合国军"总司令克拉克也分别在协议上签字。

克拉克面对中外媒体的采访，沮丧地说："我成了美国历史上第一个在没有取得胜利的停战协议上签字的陆军司令官，我感到一种失望的痛苦。"

话音刚落，几米外，彭德怀的声音与他形成了鲜明的对比："朝鲜战争证明，一个觉醒了的爱好自由的民族，当他为祖国的光荣和独立而奋起战斗的时候，是不可战胜的！"

历时 747 天的朝鲜停战谈判以中朝的胜利落下帷幕。

1953 年 7 月 27 日，《朝鲜停战协定》终于在板门店得以签订，中朝谈判代表完成了自己的历史使命。

抗美援朝胜利结束！

刘震军长站在全军队伍面前庄严宣告：1950 年 10 月 1 日至 1953 年 7 月 27 日的抗美援朝战争，是我志愿军在党中央和毛主席的领导下，为保卫祖国，支援邻邦而进行的一场举世瞩目的正义战争，经过二年零九个月的殊死较量，我志愿军以劣势装备战胜了拥有现代化装备的敌人，取得了辉煌的胜利，粉碎了美帝国主义纸老虎的本来面目。提高了我国、我军的国际威望，以无可辩驳的事实向全世界宣告："假如世界上有一个美国不好惹，那么，也有一个中国同样不好惹。"帝国主义列强任意欺侮、宰割世界的时代已经一去不复返了！

队伍沸腾了，到处都是欢乐的人海。

丁香作为记者、翻译，于剑飞和雷大夯作为代表团成员的护卫者一同参加了当日的停战协议签字。

协议仪式一结束，中外记者围着志愿军司令员彭德怀、"联合国军"总司令克拉克采访。丁香完成了采访任务，她刚要登车回返，丁香突然听到有人用英文喊她："亲爱的丁香。"

丁香闻声回过头，惊住了！"我是查尔斯。"一名美国上尉军官兴奋得像孩子似的向她手舞足蹈，"丁香——我是查尔斯——"

"查尔斯？"丁香的眼睛也瞪大了，她认出来了，"查尔斯！你没有死，你还活着！"

丁香更像个孩子，跳下车欢快地向查尔斯跑去，查尔斯也向她跑来。他们跑近了，站住了，对视着，观望着，端详着，就这么僵持了一会儿。他们难以置信地摇了摇头，又喜出望外地耸耸肩，然后张开双臂，用美国人见面的方式，拥抱在一起。不时传来吧吧亲吻的声音，不光亲额头，脸上每个角落都亲到了，最后都不知道往哪插嘴了。丁香不住地说："查尔斯，你没死呀，你还活着，太好了！"查尔斯不停地说："我活着，你看，我活着，这不是梦！哦，上帝！"

丁香说我以为那次你死了呢，我悲伤了很久。查尔斯说，不，我逃出来了，生命至上嘛。丁香说你恨我吗？查尔斯说不，我恨战争，这不怪你，那时你我是敌人，现在好了，战争结束了，结束了，我们是朋友。美国人民早就厌倦了这场战争，我们在错误的地点，与错误的敌人，打了一场错误的战争。丁香激动得热泪盈眶，说，查尔斯你说得真好，战争结束了，和平了。他们又激动地拥抱在一起。

查尔斯喜出望外地说："我们回家吧！回美国。丁香，我们一起读书，完成学业。"

"好的，查尔斯，我们还要去旅行。"丁香和查尔斯完全沉浸在重逢和停战的喜悦里。丁香说让我看看你有变化嘛，哦，比过去结实了。查尔斯说你比过去更漂亮了，这身军装穿在你身上，噢，漂亮！真漂亮！噢，让我给你拍张照片，查尔斯从挎包里拿出相机，丁香摆好了姿势，查尔斯说注意，笑，好！咔嚓。

　　于剑飞和雷大夯站在军用敞篷车上，惊诧地看着丁香和查尔斯。雷大夯更惊诧地看着于剑飞，他推了于剑飞一把，于剑飞瞪他一眼跳下车。于剑飞表面看似平静，心里挺不自在的。其实丁香和查尔斯拥抱只是美国最普通不过的见面方式了，而在那时的中国，就是恋人也没有当着别人面拥抱的，最让人受不了的就是在脸上亲。于剑飞和丁香到现在也没正儿八经、实实在在地亲过，这可好，在光天化日之下跟一个美国鬼子拥抱？还吧吧地亲，真是的，不像话。于剑飞咬着牙，斜睐着眼睛看着。雷大夯也跳下车，站在于剑飞的身边。他早就看不过眼了，他小声鼓动于剑飞，这美国鬼子叫查啥来着？丁香为他哭够呛，这家伙，命挺大。于剑飞说叫查尔斯。雷大夯说对对，这老查挺不是东西，关键时候他就冒出来，看架势他要把小丁香勾回美国去呀，我去把她拽回来。于剑飞一把拉住他说，你给我老实待着。可他的眼睛始终盯着他俩。丁香和查尔斯叽里呱啦说个不停，看着没有"再见"的意思。雷大夯可真沉不住气了，跟机关枪似的，于剑飞你还是英雄，我看你就是个狗熊，我看你今天就是输在老查手里了。平常你来能耐了，总围着人家丁香转，该转的时候你不转，不该转的时候你瞎转，关键时候你就拉松套，还说我呢，于剑飞你倒是冲啊，把丁香拉回来呀。于剑飞干瞅着就是不动地方。雷大夯急得就去按汽车喇叭。按喇叭也不管用，丁香叽叽喳喳跟查尔斯说话，没什么反应，根本听不到喇叭声。

　　雷大夯一个劲用手捅于剑飞，意思让他赶紧行动。

　　于剑飞大喊一声："丁香！"喊完他还是斜睐着眼睛看着，那意思就是，我看你回不回来？你别说他这一嗓子比喇叭好使，丁香一回头，正看见于剑飞大义凛然地站在风里。她喜欢他这种男人味十足的样子，他是她心中的英雄，特别她看见他那么坚毅地站在风里，就如一面旗帜在她心里飘荡，她知道她离不开他，离不开那面旗帜，她要一辈子守着这面旗帜，在他的旗帜下向前进。

　　她对查尔斯摇着头说："对不起，我不能回美国了，永远不能，查尔斯，对不起，忘了我吧。"说完她向于剑飞走来。这时，于剑飞和雷大夯走到了他们跟前。雷大夯嚷着，美国鬼子，胆肥了你，上这抢人来了，停战协议签完了，你还猖狂个啥？不料想，查尔斯能听懂中国话，他愤怒地说不要叫我美国鬼子，是的，战争结束了，要互相尊重。雷大夯好奇地笑了，嘿，这美国鬼子他懂人话。查尔斯继续嚷，不要叫我美国鬼子。好好好，不叫你美国鬼子，我们来叫丁香，叫丁香。雷大夯哄着他唠，很江湖义气地对他一拱手。查尔斯也跟他拱手，说这样的好，我们是朋友。丁香嘛，跟我回美国。雷大夯说你做梦吧你。查尔斯继续说，我们两小无猜。

于剑飞很霸道地扯过丁香，说，战争是结束了，我们是要回国了，但回的不是美国，是中国。他说的同时，用胳膊搂着丁香的肩。查尔斯不解地说，丁香是我的。于剑飞说丁香是我们的，我们中国人的女儿。说着拉着丁香就走，查尔斯追着喊，我抗议，你这是强制，这是绑架！于剑飞说好，我不强制，我不绑架，我看她跟谁走。于剑飞撒开丁香的手，大踏步在前面走，他心里有底，雷大夯在后面跟着呢。

丁香看着查尔斯稍犹豫了下脚步，就追着于剑飞边走边说："查尔斯，再见，我必须走了，你回到美国好好生活，替我照顾我的爸爸妈妈。"

查尔斯在后面喊："丁香，是为了他吗？"

"不完全是，我要回中国，建设新中国，你懂吗？我是军人，不是你过去那个穿连衣裙的丁香了。"丁香停了一下脚步回答。

查尔斯摊着双手喊："丁香，你冷静点，你的使命已经完成了，你的中国很穷很苦的。"

丁香也向他摊着双手说："很遗憾，查尔斯，我没有回头的余地了，战争改变了我的思想，中国是我的祖国。"

查尔斯又急又痛苦地说："哦，丁香，你答应我的，你保证过的，打败日本就回美国的，现在连我们都打败了，你为什么还不回，你说话不算数。丁香，我求你，回来吧。"

这时候的丁香泪流满面，她停下脚步，顷刻，她向查尔斯飞奔而去，扑进查尔斯的怀抱。查尔斯惊呼："哦，上帝呀！哦，宝贝！你终于回到我的怀抱。"他紧紧抱着丁香，也哭了。他以为丁香回心转意了，他还沉浸在喜悦当中，心为之狂跳不止的时候，丁香猛地挣脱出他的怀抱："查尔斯，别了，忘了我吧，就当我们过去是个虚幻的童话故事，故事讲完了，一切都结束了，结束了。"丁香泪眼看着他，一步步往后退。查尔斯痛苦地双手捂着脑袋大叫："不，不，丁香，你太残忍了。"

"丁香，快点，车要开了。"于剑飞转过身，站定，又喊了一嗓子。他有点沉不住气了。丁香向于剑飞，不，是向祖国飞跑而来。

查尔斯还是紧追不舍："丁香，你不读哈佛了吗？你不要你的爸爸妈妈了吗？还有我们那片丁香树，你都不要了吗？"无论查尔斯怎么喊，丁香回答他的还是一句话："对不起，查尔斯。"当她跑到于剑飞跟前时，于剑飞一下蹦了起来，好像又打了个大胜仗，他以胜利者的姿态向查尔斯举了举握紧的拳头。雷大夯一挥手说："上车，走喽，回中国喽。"

车开了，查尔斯还追着喊："丁香，我会等你的，回美国吧，我们的家在那，你答应我的。我会等你一辈子。"回答他的只有丁香挥动的军帽。

丁香和查尔斯朝鲜一别，永世没见面。他暮年来到中国寻亲，见到的是丁香的坟墓。他手里捧着一束从美国带来的丁香花，这是他和丁香小时候栽下的，丁香的父母始终保留着，不肯搬离那个庭院，他们相信女儿有一天会回来的，直到他们去世也没盼回女儿。查尔斯答应老人，他一定找到丁香。他找到了，可她已和祖国的大地融为一体，永不分离。这个美国老兵，握着丁香的照片老泪纵横，他这一生，没有一天不在思念大洋彼岸的丁香，猜测和想象着她在中国种种的生活。他的房间里挂满了丁香的照片，他最爱不释手的就是在板门店他给丁香照的那张。那个青春蓬勃，笑容像阳光似的中国女兵，为了自由、平等、博爱和民族的光荣和独立，放弃了舒适的生活，毅然决然地投入轰轰烈烈的中国革命的大潮中，把一生献给了祖国。她代表的是那个时代的精神，就是那个时代的千千万万个丁香精神成就了中国革命的胜利。查尔斯也赞叹，在丁香薄弱的肩膀上却肩负如此重大的责任，女人尚且如此，何况男人。从丁香的身上，他明白了一个道理，中华民族是伟大的民族，是永远不可战胜的民族。后来，在他心里怀念的不再是风花雪月的爱情，而是一种无坚不摧的精神，他把这种精神讲给他的朋友听，讲给未来听。

临回国时，于剑飞、雷大夯、丁香，还有许多志愿军战士，他们肃穆地站在欧阳鹿、肖扬和其他牺牲的志愿军墓前。于剑飞百感交集，这次是做真正意义上的离别了，我们就要回国了，你们将永远坚守在这块土地上。于剑飞想起欧阳鹿临死时那渴求的眼神，"我要回家"，于剑飞现在想起这句话，就如万蚁啮噬他的心。欧阳鹿啊，原谅我，我多想牵着你的手回家，就像领着我的姐妹。战争结束了，你却要长眠在这里。于剑飞脑海里一幕幕闪着他和欧阳鹿、肖扬在一起的情景，曾是一样的青春辉煌，一样的鲜活生命，又是一个车皮来到的朝鲜，回去的人里却少了你们。亲爱的战友呀，让我怎么舍得离开你们。八月的金达莱花已逝落，长出了绿色的叶子，郁郁葱葱地绕在坟前，真是"聚散苦匆匆，此恨无穷，今年花胜去年红，可惜明年花更好，知与谁同"。

队伍里有人哭泣，男人的呜咽，如闷雷滚过云层。他们流血没哭，牺牲没哭，掩埋战友的时候没哭，因为现在前面是祖国，身后是长眠在朝鲜的战友，叫人怎能不悲恸？就让我们高唱肖扬生前最爱唱的《我的太阳》吧，以慰战友的英灵。

于剑飞领头唱着："啊，多么辉煌，灿烂阳光……啊，太阳，我的太阳，那就是你，那就是你……"

战友们跟着一起唱，有会唱的，有不会唱的；有高音的，有低音的；有哪句都不在调上的，有标准花腔的；有民族唱法的，也有光哼哼唱不出词的。这组大合唱没有哪个指挥家能指挥的了，也没有哪个指挥家能指挥出这样的旋律。听吧！忽而电闪雷鸣，忽而春暖花开，忽而排山倒海，忽而潺潺流水。还有冰排撞击的轰鸣声，还有炮轰阵地的爆炸声。到高音处，你听不出是野狼的嘶嚎，还是雄狮的怒吼，声声都是对战友深情的呼唤……

志愿军们蹲下来捧起一把土添在战友的坟上，再捧起一把……拍平。战友啊，我要回国了，这一别真是天上人间了，有谁再替我给你的坟上添土呢？就让年年的金达莱花代替我吧。每当金达莱花开的时候就是我来看你们了，战友！等着吧，明年的金达莱花会更好看、更鲜艳。那就是我，我的心一直守着你。雷大夯亮开嗓门对着山谷喊：战友们——走了——山谷久久回音：战友们——走了——回家了——

归途中，志愿军将士的心情无法用语言表述，他们向牺牲在朝鲜的战友敬礼！向朝鲜人民敬礼！别了，但愿青山永驻，碧水长流，明年的金达莱花开得更鲜艳……

下

部

第六章

——

咱们结婚吧

（一）

九儿盼望已久的胜利终于来到了，到处都在庆祝。

从大人到小孩，从城市到农村，都知道我们的志愿军凯旋了，抗美援朝胜利了。

李子屯也不例外，也是一片欢乐的海洋。

九儿盼到头了，她带着孩子苦巴苦结的，不就盼着这天吗？九儿这几天光寻思这件事，志愿军的队伍陆续往回撤，不知道于剑飞的团回没回来？李子屯的人们奔走相告，问九儿，于剑飞回来了吧？你啥时去看他？她就笑着应着，回来了，回来了，过几日我就带孩子去看他。九儿嘴上这么应着，到底回没回来，到哪去看他，九儿一无所知，但她心里有底，既然没收到阵亡通知书，那于剑飞和雷大夯就活着，活着还愁回来吗？接下来她就坐稳了板凳盼信了。就是于剑飞不来信，雷大夯也会想法来信，她吃准了雷大夯，到啥时候她都承认雷大夯是个好人。想到这些九儿就忍不住激动，她搂着小胜利说儿子，咱就要见到你爸爸了。小胜利一脸茫然地问我爸爸是谁，他长得啥样？九儿就说傻孩子，你爸爸是英雄，还有你雷叔叔更是个英雄。九儿也不知道怎么的，提到于剑飞就自然想到雷大夯。

回国真好！受到了祖国人民的热烈欢迎。

正当九儿在李子屯满怀希冀盼信的时候，于剑飞他们的军民联欢篝火晚会开得正热闹。他们部队回来了，随师移驻辽南地区，重新恢复了部队番号。如果不给九儿去信，就是累死她也找不着。于剑飞现在哪还顾得上给她写信，平地起建营房，战士散居在当地的老百姓家里，有的住在简易的工棚里。时间紧，任务重。于剑飞还想尽快解决个人问题，跟丁香结婚。至于九儿的事，能往后推就往后推，等一切都四平八稳了，再解决和九儿的事，早晚的事。他想得倒挺美，有个败家玩意雷大夯他就别想梦想成真。他不写信雷大夯可以写啊，就一封信，发生了翻天覆地的变化。

晚会是在营区的操场上举行的。当时的军营很简陋，正在建设当中，新中国刚成立不久，部队和全国人民一样，过着艰苦的生活。伙食标准，一天只能吃一顿饱饭，但这都不要紧，战士们有政治思想武装，有抗美援朝精神鼓舞，就能战胜饥饿，战胜困难。丁香主办了《营建快讯》专门报道营建中的先进事迹，还组织电影队和演出队到工地慰问演出。这次的晚会规模比较大，由于于剑飞他们团营建进度快，师派来了慰问团。

丁香和于剑飞的心思却不在晚会上。他俩的眼神总往一块勾搭，勾搭到一定程度就心领神会了，他俩不约而同走出了热闹的人群，走到操场边上。于剑飞拉着丁香的手，拥她入怀，告诉她，他要用一个军人最坚实厚重的胸脯来温暖和保护她。这个他在梦中就爱的人，今天终于可以这么毫无顾忌地爱了，因为和平了。于剑飞在星光下捧起那张让他倾心爱慕的脸，他一遍遍地看，爱不释手，真是捧在手心怕飞了，含在嘴里怕化了，没有更好的办法，只好把她放在胸口一遍遍地问："我们明天结婚吧。"

"好吧，我答应你。"丁香就喜欢于剑飞这种霸气和雄心，明天结婚？只要于剑飞提出，那就是不可抗拒的事实。她太了解于剑飞的性格了，她愿意做他的新娘。于剑飞再一次吻向她，她的心已被润湿，幸福正蔓延开来，她憧憬着明天，盼望着明天……

这时晚会那边传来了喊声："团长——团长——该你出节目了。"

他俩回到晚会现场。

一个精精神神的小女兵走到台前报幕，走到台中央，"叭"站立成一个标准的钉子步，挺胸，抬头。为什么过去的人站在台上就喜欢站钉子步？这钉子步一站，人自然就昂首挺胸了，更显得精神抖擞，斗志昂扬。特别是女兵站成钉子步还显得腿长呢。小女兵扬着嗓子报："下一个节目男女声二重唱，苏联歌曲《小路》，演唱者，于剑飞，丁香。"

坐在台下的雷大夯使劲鼓掌，他不是给于剑飞鼓掌，他是给小女兵鼓掌，还对坐在身边的战友李玉说："嘿，这丫头片子，眼睛睁得滴溜圆，嗓子可真敞亮，说话嘎巴溜脆，追她的人排成连了吧？"

"啥？"李玉惊讶地说，"那你可说错了，谁敢追她呀？我的妈呀，她老厉害了。师文工团的小辣椒，她看不上的人你跟她走两步，她能喷你一脸狗屎，长几个胆敢追她？"

"咋说话呢？太不文明了，以后注意啊。"雷大夯明显反感李玉的评价。

李玉申辩："我说的都真的，千万可别招惹她，虎！"

雷大夯急皮酸脸地说："得，得，你这人怎么背后净说别人坏话呢，差劲。"

李玉不解地问："雷营长，你不会相中她了吧？"

雷大夯有点急眼："滚鳖犊子。"

李玉不生气，神秘地贴在雷大夯的耳朵上说："我小姨子的事咋样，我打信让她来，你准能相中。"

雷大夯不耐烦："得得，啥时候啊提这事？没看正搞建设吗。"

李玉酸溜溜地说："看你，当个战斗英雄尾巴就翘到天上去了，谁也瞧不起了。"

雷大夯呲他："别瞎说，冲你，你小姨子也好不到哪去。"

李玉神秘地微笑着说："妈呀，我小姨子，长得跟天仙似的，老温柔了。你不信哪？"

雷大夯目不转睛地看着台上："别瞎咧咧了，看节目。"

这时台上传来于剑飞和丁香的歌声：

　　　　一条小路曲曲弯弯细又长
　　　　一直通向迷雾的远方
　　　　我要沿着这条细长的小路啊
　　　　跟着我的爱人上战场

纷纷雪花掩盖了他的足印

没有脚步也没有歌声

在那一片宽广银色的原野上

只有一条小路孤零零

在这大雪纷纷飞舞的早晨

战斗还在残酷地进行

我要勇敢地为他包扎伤口

从那炮火中救他出来

一条小路曲曲弯弯细又长

我的小路伸向远方

请你带领我吧我的小路啊

跟着爱人到遥远的边疆

　　他俩唱得太好了，引来了阵阵掌声。唱完了，台下李玉和几个捣蛋的兵，喊："团长，啥时候喝你和你爱人的喜酒啊？我们都馋掉牙了。"

　　于剑飞挥一下手说："好，我现在宣布，明天我和丁香记者结婚！"队伍里掌声一片，因为他俩的事早就该办了，众望所归。于剑飞摆摆手说："咱革命军人嘛，不要什么排场，营建这么紧张，中午饭叫同志们喝顿喜酒这个婚就结了，喝完接着建设咱们的营房，争取入冬同志们有房住，让结婚的战友们有新房。"台下爆发出雷鸣般的掌声。

　　赵富师长走上台向他俩握手祝贺，赵师长拉着官腔说："于剑飞呀，你刚参加革命就在我的营，我是看着你成长起来的。好啊，能喝上你的喜酒我高兴，祝贺你！不过于剑飞，你明天结婚可不行，不是我不批准，明天师里组织有关人员，到各个团走访，需要丁香同志跟随记录采访。最多五六天，等丁香一回来我亲自给你们办婚事，做你们的证婚人，怎么样？"

　　"坚决服从命令。"于剑飞和丁香立正回答。

　　等这段乱哄哄完了，小辣椒又到台前报幕："下一个节目，由战斗英雄雷大夯同志介绍英雄事迹。"

　　雷大夯整整衣领，大踏步走上台，精精神神敬个军礼。

　　雷大夯从表面看，看三天瞅不出啥毛病。乍一看挺打眼，高大魁梧，四方大脸，络腮胡子刮得铁青，是粗犷豪放的男子汉形象。让他说战斗故事如数家珍，一箩筐一箩筐的，讲起来就刹不住闸。这回挺识趣的，恰到好处地只讲了五分钟，因为临上台时于剑飞扯着他衣襟嘱咐来着，别磨叽，大伙等着听歌呢，不是听你白话的，听见了没？临了，于剑飞怕他掌握不住时间，在他眼前伸出五个手指晃晃，就五分钟。雷大夯本来是准备了一肚子材料，临上台裁减了，还老大不愿意。后来他就捡干的唠，还歪打正着了，就这五分钟，正好让大伙听到兴头上，不解渴，着实倾倒了一大片女兵，包括小辣椒。那是个光辉的时代，人们歌颂英雄，崇尚英雄。特别那时的姑娘们，能嫁给英雄真是无上光荣，不管你有钱没钱，有文化没文化，只要是英雄就行，着实让一大批从战场上下来的老英雄们占了好大的便宜，一个个目不识丁，却都娶上了如花似玉的小媳妇。

　　晚会散后，小辣椒她们几个女兵还有一些女学生呼啦把雷大夯围住了，像一群小燕子，叽叽喳喳，七嘴八舌，个个都掏出笔记本请雷大夯签名。雷大夯就推脱，姑娘们就以为他要大牌，陆续离去了。就剩下小辣椒了，举个小本子，非让雷大夯签名不可。雷大夯吞吞吐吐，躲躲闪闪，他不会写字，又碍于面子不好说。这丫头，有股子劲，锲而不舍，不达目的誓不罢休。两个人正"讨价还价"不可开交的时候，赵富师长和于剑飞走来了。赵富师长开口就批评："雷大夯，干啥哪，当了英雄就翘尾巴了，让你签个字就牛了，让你签你就签嘛。"

　　于剑飞站在一旁看着笑。

　　雷大夯咧着苦瓜嘴说："师长，我，我不会签。"

　　师长说："屁话，不会签瞎签，也不能让人家姑娘围你屁股一圈圈追呀，像话吗？啊？白瞎人家姑娘一片心了，签，签，不会签画圈。"

　　小辣椒听雷大夯说不会签，以为他谦虚、推脱，小辣椒上去就抓住雷大夯的手说："来，你握着笔，我帮你写。"就这样，雷大夯握着笔，小辣椒握着雷大夯的手，把雷大夯三个字写上了。那手握得可紧了，还热乎乎。手握得紧，脸自然离得也不远，左脸靠右脸。雷大夯尽量歪着，这也差丁点就贴上了。小辣椒的脸火烧火燎地热，热气直往雷大夯脸上扑，都烤得慌。

　　小辣椒看着这雷大夯三个字满意地笑了，对赵富师长说："谢谢师长！"

　　赵富就意味深长地拍着小辣椒的肩说："小鬼，幕报得不错嘛，啊！好好干啊，多大了？"

小辣椒立正说："报告首长，二十了。"

赵富更意味深长地说："不小了，不小了，我二十的时候都打鬼子喽。""不小了"指哪方面呢？更让人费解的是，当小辣椒转身跑去的时候，赵富望着小辣椒的背影又跟了句"不小了"，摇着头无限欣喜地赞美，"这丫蛋，真利索，有股子劲。"

于剑飞没心思分析赵富感慨的内容，他的心思全放在了丁香的身上。虽然刚才说坚决服从命令，但他心里就是不落地，总悬着，那咋我说明天结婚就明天来事，太巧了吧。其实这在军令如山的部队，说来事就来事，比放个屁还容易，司空见惯。可这事放在谁身上于剑飞都信，就是放在丁香身上他不信，因为丁香太漂亮了，才华又出众，在朝鲜的时候就有首长惦记着，何况现在。现在的首长们，都老大不小的了。战争年代他们顾不上，现在行了，他们一手在抓社会主义建设的同时，另一只手也没闲着，腾出另一只手一窝蜂似的给自己划拉年轻漂亮的媳妇，也不掂量掂量自己半斤八两，老家有老婆的也跟着瞎凑热闹。部队也正在抓这股子风，说是抓，你活该抓谁？男大当婚女大当嫁，天经地义，活该不让谁爱？不让谁爱谁都跟你急，打了那么多年的仗，该当婚的没当婚，该当嫁的没当嫁，还不都为了打江山，这会儿考虑考虑个人问题也不为过呀。其实这股风组织还起到了推波助澜的作用，对那些老大难的，死不开窍的，组织上保媒拉线时常发生。但组织也是有分寸的，不会让这股风无限度地滋长，保媒拉线的同时也揪出几个典型，比如吃着锅里望着盆里的；脚踏两只船的；家里有老婆还瞒天过海的。

晚会一结束于剑飞就跟在师长的屁股后面，伺机跟师长再磨叨几句，说白了吧，他就怕跟丁香的婚事有啥闪失。仔细想想也没啥闪失，最大的"阶级敌人"九儿远在老家，也威胁不到这，可这心里就是七上八下的，总觉得有啥事要发生，闹心！可师长今晚特别高兴，见到谁都热情洋溢，见到小辣椒就更甭提了，热情洋溢完了，还对着人家的背影感慨个没完。你得等首长感慨完了再说话，首长正感慨在兴头上，你吭哧来一句，想不想混了？多扫首长的兴啊，在首长跟前没有眼力见那哪行啊。首长好不容易感慨完了，一回头问："哎？于剑飞有事啊？"于剑飞就试探着说："师长，你看明天，明天丁香她真有事吗？看能不能我们那啥，结完了，再……"

赵师长绷脸说："咋地，你还怀疑我，有事就是有事，我这么大师长还能调理你。"其实真就让他给调理了。于剑飞忙说："师长我不是那意思，我寻思早结完早利索，好全身心投入到建设当中去。"

赵富调侃于剑飞："你小子心挺急呀，是你的跑不了。"

于剑飞嬉皮笑脸地说："师长，不是我急，这不是大家急嘛。"

赵富笑着说："滚一边去吧，我还不知道你小子，全军就这么一个出色的好姑娘，让你小子占去了。晚几天没事，她飞不了。谁不知道你俩的事，从战火中一块走过来的，谁再敢打丁香的主意我处分他。剑飞呀放心吧，晚做几天新郎，死不了。那么长时间都熬过来了，这几天就熬不住了？就这最后几天嘛，管好自己的家伙，千万别走火喽，啊。"

师长的这几句话玩笑说得是有点露骨，但悦耳，贴己，说得于剑飞心里甜丝丝的。于剑飞心里也是这么想的，丁香就是他煮熟的鸭子，飞不了了，就等着过幸福的小日子吧。想想心里都美得没法，训练完了，回到家，家里有个丁香，天啊，我还要怎样更美好的日子啊！这时他打心眼里感叹：活着真好！和平真好！祖国真好！丁香真好！师长你真好……

听完师长一席话，于剑飞心里不闹得慌了。师长都说了，谁要敢打丁香的主意我处分他。

于剑飞回到住处，正洗漱，准备痛痛快快睡个好觉。雷大夯来了，一进门就喊："我说于剑飞。"

"叫团长，别忘了你是个小营长，喊报告了吗？你就进来。"于剑飞带着一脸香皂泡说，有意找他碴，他知道他来准没什么好事。

"少跟我穷讲究，你光叫别人守纪律，你咋不守纪律呢？"雷大夯边咧咧，边围着脸盆转。

"我咋不守纪律了？"于剑飞噗噗继续洗脸。

"你正在犯错误，你知道不？"雷大夯故作神秘。

于剑飞擦着脸说："谁正犯错误谁知道。啊，谁让师长剋个鼻青脸肿？批完你就赶紧走得了，不知趣，还在那拉拉扯扯。你说你，就那点破事迹，一上台你就翻来覆去地讲，你不就是为了诱惑几个小女兵吗？这是你的真正目的，也行，你到背人的地方诱惑，咋地都行，你和小辣椒在人脸面前现啥眼啊？好像我们团除了会勾引小女兵，别的啥也不会了。拉拉扯扯的，还握着手签字，握你一下手你就得劲了？师长都看在眼里了，差点没气死，一眼一眼地挖我，我能说啥？我能冲上去制止，那不得罪人家文工团的同志了吗？人家往下还能来演出吗？你呀，净给我上眼药。"

雷大夯张口结舌，干嘎巴嘴说不出话来，因为他心里压根没这么想，让于剑飞这么有鼻子有眼地一白话，他也闹不清是真是假了。于剑飞故意捕风捉影冤枉他，想把他的思路搅乱，把整个话题转到他身上，他知道，他来就是为了九儿。

雷大夯听完于剑飞的话，半天才说出话，疑惑地问："你是说小辣椒？"

于剑飞点头说："啊对，装啥糊涂啊你？"

雷大夯继续疑惑："你是说我们俩这个？"雷大夯举着两个大拇指对着勾搭。

于剑飞继续点头："啊对，你说得越来越对了。"

雷大夯像是反应过来似的说："你可拉倒吧，就她？小辣椒？针扎火燎的，二十多岁了，像个长不大的孩子，我可不要她。要不是她，我还挨不上师长的批评呢。"

于剑飞故作正经："雷大夯不对呀，背后说人家坏话不对呀，你不是在台底下夸人家来的吗？这丫头片子，嗓子可真敞亮啊！这不是你说的吗。"

雷大夯傻着眼问："你咋知道的？你听见了？"

"哈哈，"于剑飞大笑，"你一撅尾巴，拉几个粪蛋我还不一清二楚啊。雷大夯啊，你的爱情来了，你就等着爱情攻势吧，这个小女兵可不同于别的女兵，她只要看上眼的非拿下不可。"

雷大夯搓着手，在原地转着磨磨问真的啊？于剑飞说我唬你干啥呀。雷大夯说这可咋办，让她黑上可完了，我可不想跟这武马长枪的人过一辈子，小辣椒可没有九儿的觉悟。别看雷大夯五大三粗的，对爱情专一，九儿这把尺子，在他心里量来量去的，以九儿为标准，他这辈子也别想娶上老婆。于剑飞可不想跟他继续讨论小辣椒，问他没啥事了吧，赶紧回去吧，回去躺床上合计合计怎么对付这个小辣椒吧。雷大夯默不作声往外走，走到门口又窝回来了："不对呀，我找你有事要说，还没说呢。"

于剑飞撵他："走吧，有事明天说，早休息，明天还要盖营房呢。"

雷大夯不走："不行，我非今晚说，不说我睡不着觉。你知道吗，你才正在犯错误。"雷大夯又把话扯过来了。于剑飞不耐烦："别瞎说，我犯啥错误了？"

"你是不是铁了心想和丁香结婚？"雷大夯问。

于剑飞笑着说："废话，这还能闹着玩呀。"

雷大夯瞪大了眼睛说："我以为你闹闹就完了，只是要耍你大少爷那套酸风流，没想到你来真的了。"

"雷大夯我告诉你，以后你少叫我大少爷，我现在是新中国的团长，旧社会那一套已不复存在。凡是旧社会的产物都将一去不复返。"为什么于剑飞总是提到旧社会的产物，他是有所指的，他时刻提醒雷大夯，他和九儿所谓的婚姻就是旧社会的产物。可雷大夯偏听不明白，他总是拿这事来说事。

雷大夯指责他："你就是再改造，新中国再怎么新，你也改不掉你的阶级等级观念，你歧视无产阶级。"

"你不要上纲上线，我歧视谁了？我歧视哪个无产阶级了？"于剑飞问。

"你歧视贫农出身的九儿，九儿已经跟你拜堂成亲了，你喜新厌旧，你是陈世美，当着大伙的面我没揭穿你，我给你留着面子呢。"雷大夯到底还是为九儿的事。

"你别老拿九儿说事，那不是，那根本不是，那是个误会。"一提到九儿，于剑飞都不知道怎么说才好。

"误会？现在你说误会了，误会它能误会出孩子？"雷大夯步步紧逼，看起来他是誓死捍卫九儿的利益。

"孩子也是误会。"于剑飞声音很低，因为他说的这句话太牵强了，甚至强词夺理，他心里也难受。

雷大夯声音很高："扯淡，好好的地，你不种它就能长粮食？"

"我和九儿的事是旧社会的产物，早晚要废除，这件事我会慢慢处理好的，和丁香同志的婚一完我就处理这事，和丁香的婚我是结定了。你别添乱了，回去睡觉吧。"

"办不到，你结婚？我让你发昏！你欺负九儿就不行。我就不明白，那个资产阶级小姐有什么好，她哪点比九儿强，在板门店她公开和美国鬼子抱在一起，这样的女人你也要。"

"她就是和美国总统抱在一起我也要定了，你给我出去。"于剑飞真来气了。

雷大夯从于剑飞那回来就觉得憋气，他于剑飞明明有错还骂我一顿。九儿啊你咋那么傻，当初不让你跟这个地主少爷，你非跟。这回好了，人家又看上那个资产阶级小姐了，你还傻等呢。不行，我得告诉她。可是我又不会写字，让别人代写影响也不好，怎么办？这个雷大夯也太笨了，当兵这么多年居然就会写自己的名字，雷大夯这三个字他写的时候，也像是在画画。你说他笨吧？作战地图他能看懂，那上面的标识和数字他都认识，但你把作战地图上的字写到别处他就不认识了。阿拉伯数字认识倒认识，就是不会写，假如你让他写9，他就会画九道杠。于剑飞总取笑他，雷大夯啊，如果让你写一千万你还不从中国越过三八线画到汉城去呀。于剑飞说这话，雷大夯一点气也没有，谁让自己笨来着。

现在他又遇到难题了，这个信怎么写呢，哎，写字比攻克一个山头还难，怎么告诉九儿呢？他坐到桌子前面，铺开信纸，拿着笔，在信纸上有一搭无一搭地写着自己的名子，他想起于剑飞损他，你这叫写字啊？你这是画字呢。他想到这，一拍脑袋，有了，我画，让九儿看图说话，反正她比我也好不到哪去，斗大字不识一个，这还省得她找别人念信了。雷大夯终于想出办法了，他开始在信纸上画画：

（意思是：归、归、归、速归，如果不归，重找人。）

落款：雷大夯。他把信封好求别人写了地址，就把信给九儿寄去了。

（二）

信是寄出去了，雷大夯去掉了一块心病，可另一块心病接踵而至。

第二天，雷大夯正领着全营的战士在工地上干活。六月天，热得人喘不过气来，战士们脱光了上衣，甩开膀子干活，雷大夯同样汗流浃背。雷大夯光顾干活了，小辣椒就站在他的背后，她啥时候来的，雷大夯一点也没觉察到。小辣椒站在他旁边有一会儿了，可小辣椒一点也不怪他没看见她。她喜欢站在他的背后，非常非常的喜欢。喜欢看那汗珠在他那古铜色的脊背上滚动闪亮，这是怎样的脊背呀，厚实、坚强、粗糙，甚至沧桑，还有弹疤枪伤，引导着你想象在这脊背上到底发生了多少英雄故事。小辣椒真想抱住这脊背，零距离地去聆听去感知那曾经的枪声和厮杀。小辣椒的眼神旁若无人地凝固在雷大夯的脊背上，这才是男人的脊背，像山一样结实。有的战士发现了小辣椒在看雷大夯的脊背，就哧哧地笑。雷大夯没好气地说："傻笑啥？喝傻老婆尿了？干活，没累着你们是不是？"有的战士笑嘻嘻盯着他看，雷大夯来气了："吃错药了，看我干啥，我脸上长花了？"战士嬉戏笑着说："营长，你脸上没长花，你后背长花了。"

"净瞎说，"雷大夯说着就用两只手左边呼啦了一把，右边呼啦了一把。这一呼啦不要紧，又是汗又是泥的，整个后背成大花背了。小辣椒怎么能眼瞅着她亲爱的脊背变成这样，她不忍心，她心疼啊。她掏出雪白的手绢上去就擦。尽管手绢柔软，女孩子的手更柔软，雷大夯却如锋芒在背，他弹簧似的跳开了，惹得战士们哈哈大笑。雷大夯强挤出笑脸说："呀，哎呀，小辣椒啊，你啥时候来的？"小辣椒也不回答他，像是顾不得回答，她举着手绢说："快，我给你擦擦，脏着呢，一脊梁的泥。"哎呀，啧啧，温柔得让人受不了，因为她平常厉害惯了。小辣椒说的同时就又冲雷大夯的后背去了。雷大夯慌忙躲着，两手摆着说："不不，不用，我这黑不出溜的后背哪配这么白的手绢擦呀，不用不用。"

"没事，已经擦埋汰了。"小辣椒执意要擦，雷大夯是坚决不从："不行不行，白瞎那手绢了。"战士们起哄，学着小辣椒的样子："营长，你就擦擦吧，要不小辣椒你给我擦吧，我后背也脏着呢。"小辣椒就瞪一眼战士们说："滚一边去。"战士们就学着她的样子，滚一边去。雷大夯推三阻四的，小辣椒有点抹不开面，拉个脸说："不擦拉倒，我的手绢埋汰了，你给我洗吧。"雷大夯点头，"行行，那行。"小辣椒顺手把手绢揣进雷大夯的裤兜，转身蹶哒蹶哒走了。战士们哈哈大笑，脸再大的姑娘也架不住这些傻小子们笑啊，小辣椒转过脸说："笑啥笑，我是来办正经事的。"

战士们拉着长声问："啥正经事啊？"

小辣椒说："我是来给你们慰问演出的。"

战士们起哄："你倒是演哪。"

小辣椒噘着嘴："你们得罪我了，我就不演。"

战士们激她："你没节目吧？"

"谁说的？"小辣椒急了，说着她从兜里掏出竹板，边打边说：

打竹板，点对点，

二营营建正赶点。

采石头，脱大坯，

没有沙子河里提。

床单裤子齐上阵，

运送沙子好工具。

天燃地热如火烧，

脊背汗珠似水浇，

战士齐心又协力，

克服困难赶进度。

班、排、连、营互挑战，

热火朝天搞营建，

站排头，扛红旗，

吃苦耐劳数第一。

加油，加油，加油干，

建设路上冲在前，

要问带头谁当先，

二营营长雷大夯！雷大夯——

　　小辣椒竹板停了，战士们叫好。雷大夯瞪着惊喜的眼睛，张着大嘴说："这就完了，我还没听够呢。嘿嘿，把我雷大夯也编里了，小辣椒，纳鞋底不用锥子，真（针）行啊。"小辣椒歪着头得意地说："那你看，咱是干啥的，下一把我就该当编剧了。"雷大夯嘿嘿笑着说："这丫头片，还不谦虚，来，再来一段。"小辣椒像想起什么似的，抬手腕看下表，跺着脚喊："哎呀我的妈呀，过点了，我又要挨批了。"说完撒腿就跑。这个小辣椒挨批是经常事，做事毛毛躁躁，丢三落四，不是迟到，就是忘时间，嘴还特厉害。出来不按时回去的时候多了，家常便饭，文工团领导拿她也挺头疼。

　　有个战士把小辣椒的这段快板记下来了，交到了团宣传股，宣传股用大喇叭在全团广播开了，宣传股接着就送到了报社，第二天就见报了。小辣椒回文工团挨批是免不了的了，但第二天文工团领导又拿着报纸表扬了她，领导还直埋怨她咋不早说呢。她说我就是说了你们也不信哪，还是让事实说话吧，别以为我小辣椒啥也不是，我是不鸣则已，一鸣惊人。

这个小辣椒确实一鸣惊人，轰轰烈烈跟雷大夯恋爱，尽管是剃头挑子一头热，但在她猛烈的爱情攻势下，雷大夯也就只有招架之力。

得到表扬的小辣椒胆子更大了。第二天是星期天，小辣椒请了假就跑出来了，直接跑到工地。雷大夯说你咋又来了，小辣椒说没良心，你们营刚上完报纸就撵我。她瞪一眼雷大夯，伸出手说，我是来拿手绢的。雷大夯哎呀了声，从裤兜掏出手绢，雷大夯的脸都懒得洗，哪还想起洗手绢呀。记得他还顺手用这手绢擦了两把汗，他忘了手绢是谁的了，汗流进眼睛里，煞得难受，顺兜掏出来就擦了。雷大夯望着手里皱巴埋汰得像尿褯似的手绢，直后悔，我怎么就用它擦汗了呢？小辣椒一把扯过来，转身就走了。雷大夯以为小辣椒生气了，走了，那可感情好，让我静静心。她在跟前，叽叽喳喳，太闹得慌。小辣椒没那么容易走，她是到雷大夯的临时住处，把雷大夯铺地下的臭鞋烂袜子、破衣服馊裤子拿出来洗了，还把其他战士的衣服洗了。

战士们中午回来看了，很高兴，雷大夯怎么也高兴不起来。小辣椒在身上擦着两手的水，实实在在地坐在雷大夯的铺上。中午了，没有走的意思，看架势中午要在这吃啊。不是雷大夯抠门，实在是没有粮食，战士们都定量，就中午一顿饱饭，活该让她吃谁的那份？炊事班长把雷大夯叫到院子里说，中午饭怎么办？也不是炊事班长不会来事，如果中午多做了，晚上就少一份。雷大夯说不能动战士们的伙食，我的那份给她吃。炊事班长说那怎么能行呀，你下午还要干活呢。雷大夯说少啰唆，一顿不吃饿不死。这时于剑飞走来了，笑着说："怎么样啊雷大夯？还行吧。"也不知他指哪方面，但那笑多半是幸灾乐祸："中午多做一份饭，下午到军需股领粮食去，就说我批的。人家小辣椒为我们营建也做贡献了嘛。"炊事班长高兴地拍着两手说这太好了，谢谢团长，就赶忙做饭去了。于剑飞紧接着调侃："雷大夯幸福死了吧，爱情送到门口了，别挺着了。实在不行咱们一块结了算了，省得她在你跟前喳喳来喳喳去的，多闹得慌。结了婚就好了，就安稳下来了。怎么样？"

雷大夯说："你拉倒吧，我不结，我这辈子不结行了吧。"

"别嘴硬啊，到时候组织出面就由不得你了。"于剑飞真是这么想的，别看他嘴上跟他没正形的，他也替雷大夯想过，他如果跟丁香结婚了，从炮火中一块走过来的雷大夯也该有个家了。小辣椒，这个丫头不错，他俩的性格还真有点相像。最主要的是难得小辣椒还那么主动。于剑飞故意提高了嗓门说："别说，嘿，你们二营够幸福的，这是谁帮着洗的衣服啊？"

小辣椒听到声，像个小燕子似的从屋里飞出来，"我洗的，是我洗的。团长，怎么样，还行吧，要不下午我帮你洗去。"

于剑飞说："不敢劳驾，那还不把雷营长心疼死了。"

小辣椒跺着脚说："团长，你说什么哪。"小辣椒假装害羞，其实她心里乐开花了。她快人快语，她这就不错了，在雷大夯面前，装淑女。

于剑飞说："我说的可都是真话，追我们英雄的可有的是。可我们英雄就看上你了，你可要抓紧时间啊，我看不行啊跟我们一起结婚算了。"

小辣椒低着头，偷着笑，说："我们听你的。"给雷大夯造的，说啥也不是，脸憋得跟紫茄子似的。

接下来的几天，小辣椒有时间要来，没有时间创造时间也要来。再来，人家也不掖着也不藏着，我就是来跟雷大夯搞对象的。有啥砢碜的，一个未娶一个未嫁，正大光明的事嘛。她也不像其他姑娘那样拐弯抹角地表白爱恋，就直截了当地说雷大夯我想你，我要嫁给你。她也有她自己恋爱理由：就这直截了当他还不明白呢，拐弯抹角那得累死他多少脑细胞啊。这些英雄啊，啧啧，打仗都打傻了，也不懂个男欢女爱，这样高尚的人我们不爱谁去爱。魏巍不是说了吗，谁是最可爱的人，就是他们——雷大夯啊，作家歌颂的人准错不了。

通过这几天闪电般的接触，雷大夯也挑不出小辣椒哪块不好，但也挑不出哪块特别好，挑来挑去小辣椒也是苦出身，这点对雷大夯的心思，也是最难能可贵的。雷大夯的理论是：到什么时候都要站稳了阶级立场，到什么时候都要分清阶级矛盾，到什么时候都不能忘本。打江山，坐江山，时刻都要为劳苦大众着想，这是做人的准则。如果逼到份上，小辣椒还是可以考虑的。

这几天，文工团的领导也有点丈二和尚摸不着头脑。赵富师长连着来两趟了，这是以前从没有过的。来了，话题绕着绕着就绕到小辣椒身上。这不，到排练室转一圈，说："我来这两趟怎么没见小辣椒啊？"领导能说这个小女兵相当不好管了，不守纪律，大大咧咧？不能够啊，一是领导都有护短的毛病，二说出来还是文工团领导没有水平。文工团领导就打马虎眼，小辣椒经常深入基层，体验生活。您看师长，这是她深入基层写出的快板，都登在报上了。说着把报纸递到师长的手里，师长拿着报纸，目不转睛看着报上的快板，眉开眼笑："好，好啊，你们文工团出人才呀。你这领导当得不错嘛，好好培养啊，小辣椒是个好苗子。"这多好，一举两得。如果把实情说出去，领导也得受牵连。就是师长看到最后一句"二营营长雷大夯"皱了下眉头，说："这个，把个人的名字放上去不太合适，这是集体的荣誉嘛，不能搞个人崇拜嘛，不过也不伤大雅。"不管怎么说总算把师长蒙过去了。

小辣椒回来免不了一顿剋。团领导问她你到底干啥去了？开始她像刘胡兰似的，面对敌人的屠刀大义凛然，打死也不说，给领导急得，像热锅上的蚂蚁，说："你知道吗，师长那么关心你，都来两趟了，都没看着你，对你充满了殷切的希望。"

小辣椒来不讲理的劲了，刀子嘴吧吧的："关心我干啥呀，希望我干啥呀，我又不是台柱子，我又不是团花的。"她翻翻眼皮，小声嘟囔："哪根筋搭错了。"

"你嘟囔啥呢，说，你到底去哪了。"问急了，后来小辣椒就像江姐了，面对敌人的枪口高呼口号："我去38团了！我去找雷大夯了！我要跟他结婚！咋地吧！"石破天惊也好，水落石出也罢，审讯的和被审的都一时哑然了。缓了口气，领导痛心疾首地说："你，你辜负了师长对你的殷切期望。"这时小辣椒出人意料地哭了，这才叫石破天惊呢。这家伙平时脸皮厚得机关枪都打不透，这她来不来地先哭上了。平时剋得比这要狠，这回她倒脸皮薄了。领导就亲切关怀，苦口婆心："你还年轻，应该把精力放在业务上。再说了，雷大夯是英雄不假，据说是个大老粗，不识字。"小辣椒哇就哭出声了："谁再说他坏话我跟谁急。"

小辣椒的爱像她的名字，火辣辣的，说爱就爱。小辣椒那火辣辣的爱熨帖着雷大夯那饱经风霜的心，雷大夯也妥协了，婆媳妇不就是为了有这么个人知疼知热吗。但雷大夯想好了，真有那么一天，他绝不会跟于剑飞站在一块结婚。他雷大夯绝不跟于剑飞同日而论，他们是啥？一个地主的大少爷，一个资产阶级小姐。按理说，雷大夯革命这么长时间了，应该跳出什么地主、少爷的圈子，他不是没有提高，人往往最初的世界观是根深蒂固的，不是有意贬低谁，而是个人出身，决定了喜好和思想。

（三）

九儿可盼到信了，再接不到信她都不知道怎么向父老乡亲们交代了，到底咋地了，连个信也不来。这回好了，来信了，还没开封，九儿逢人就说来信了，是于剑飞，俺的男人来信了。一打开信封她就傻了，这信怎么都是画呀？

有乌龟，有鱼，有苹果，有块布，有虫子，有枣，还有个人，这怎么回事？她一看是雷大夯寄来的，心里咯噔一下。她知道雷大夯不逼到份上是不会寄信的，他不识字，一定有什么重要情况，又不便托人代笔。难为雷大夯了，想出一个看图说话的办法，我得好好琢磨琢磨。她在屋里琢磨了半天，也看不出个所以然来，后来她每个画下面照原画念：龟、龟、龟，竖龟，鱼果布龟，虫、枣、人。她反复念了好几遍，念得遍数多了，就念顺嘴了，古人不是说："熟读千遍其意自现。"九儿恍然大悟，我的娘啊！这不是"归、归、归、速归，如果不归，重找人"吗？这肯定不是指雷大夯他要重找人，他找谁与我也没太大关系，这是指于剑飞呀，于剑飞到底要重找谁？怎么她也弄不明白，但肯定于剑飞有事，这就是说于剑飞要换人了，换谁？咋换？哎呀，这也整不明白呀。

她跟屯里打个招呼，领上儿子胜利就按信封的地址往部队赶。地里的麦子转眼就该收了，麦子是啥？是庄稼人的命啊，雷大夯的爹不就是为了护住那点麦子死的吗，九儿真不舍得现在走，她是想收了麦子，再蒸上几个新麦子馒头让于剑飞和雷大夯他们尝尝鲜，尝尝家乡的麦子，离家这么些年了，能不想吗？看起来顾不得了，信看上去是无关紧要的画，读起来却十万火急。都归，归，归，速归了。九儿没敢耽搁，火速前往。

九儿这些年在李子屯也没置啥衣服，吃饭都成问题还买衣服。她还是穿部队发的那身军装，洗得发白了，肩上腿上都打了补丁，她习惯性地腰里还扎个武装带，枪她没像战争年代别在外面，而是别在了裤腰里。她来时是想把枪交给屯上，又一想，这是部队发的，就是交应该交给部队。再说，刚建国，坏分子比较猖獗，路上也不安定，防个身吧。

九儿刚到 38 团，就感受到了喜庆的气氛。她一打听才知道，38 团团长于剑飞正在礼堂举行婚礼呢，她当时就气得七窍生烟。于剑飞呀于剑飞，你太绝情了，连个招呼不打你就又结婚了，怪不得大伙都传，有的部队的干部甩了农屯的糟糠之妻，在外面另娶小老婆，果然名不虚传，我让你结婚？我让你发昏。就这口气跟雷大夯如出一辙，要不咋说他俩就应该是一家，他俩怎么看都像一个锅里搅马勺的主，可是命运偏偏不让他俩一个锅里搅马勺。她说得不假，她确实让于剑飞发昏了，她不但让于剑飞发昏，还让雷大夯发昏，雷大夯的婚姻从此也走上了万劫不复的深渊。

九儿一手牵着小胜利，健步如飞，手里的小胜利两只脚紧倒腾，差点不着地了。当她风风火火赶到礼堂时，于剑飞和丁香的婚礼正进行到夫妻对拜这节上，军人吗，就是相互敬军礼。正当于剑飞和丁香对着敬礼时，九儿推开礼堂的门，跑步前进，然后一个箭步冲上台，小胜利也被腾空拎上台。她也不管三七二十一，亮开嗓门向所有人宣布："我是于剑飞的老婆，"拍得胸脯啪啪响，她扯过胜利，"这是他的儿子小胜利。"

台下一片哗然，赵富师长正在台上主持婚礼，他惊诧地问："于九儿你啥时来的？"

九儿也不管师长问啥，她就是叫嚣："于剑飞是我丈夫，师长你可要给我做主啊——"

师长说："闹什么闹，于九儿，你丈夫不是早死了吗？"

"师长，你不知道啊，那时候他岁数小，我是怕影响他进步。"九儿拉着哭腔说，但就是没掉一个眼泪疙瘩。她现在只有仇恨，她不相信眼泪。

丁香简直不敢相信眼前的一切，被这突如其来事情惊呆了，她惊恐地呆在那里，嘴里不停地说："不，不可能，这不可能。"她不说话还好点，这一说话九儿所有的仇恨都集中在她身上。

"什么不可能？"于九儿从腰里掏出枪指着丁香的脑门，以最严厉的口吻说："你作为军人，破坏军婚，我枪毙了你。"九儿想到自己为了给他于剑飞生孩子受的罪，跟着他从李子屯跑出来，跟着他南征北战，又为他负伤回李子屯。望穿秋水盼他归，就这样却没暖过他的心，你于剑飞不领情也罢了，这边没个说法，你那边倒另娶他人了。九儿这个恨哪，这恨全集中到右手的枪上。在她眼里丁香就是个狐狸精，都是她勾引的于剑飞，要不于剑飞没有这么大的胆。

那她是低估了于剑飞。现在她是把仇恨都集中在丁香身上了，她就弄不明白了，像丁香这么漂亮的女人就不该来当兵。偌大个军队，都是男人，谁架得住她勾魂？这不是扰乱军心吗？这个狐狸精是怎么混进革命队伍的？九儿恨得牙根痒痒，她没有把枪挪开的意思，咬着牙又说了一遍："今天我毙了你这个混进革命队伍的狐狸精，你这个资产阶级小姐。你以采访作为幌子，就是为了勾引于剑飞，我看不透你，再狡猾的狐狸也躲不过猎人的眼睛。"她咬着牙接着骂："呸个不要脸的丁香，你个小狐狸精，表面给我装正经，其实一肚子花花肠子。现在我才闹明白，采访的时候你就勾搭上我们家于剑飞了。要不咋说有文化的女人，花花肠子多，没一个好东西，勾引起男人来一套一套的。"

九儿就弄不明白了，这革命革得好好的怎么就杀出个丁香？啊？她凭啥抢我的男人，我当时怎么就没看出来。但她口齿牙缝不说于剑飞一个不字，都是人家的女人不正经。

于剑飞吓坏了，他不是怕九儿，他是怕她手里的枪。人在气头上，手下可没有准啊。万一九儿一时冲动真的扣动扳机，后果不堪设想啊，他为丁香捏着一把汗。他压低声音，耐着性子说："九儿，有话好好说，把枪放下，听话，啊。"于剑飞这声音一放低，又是哄她的口气，九儿更占着理了，也觉得更委屈了，她没有放下武器的意思，继续用枪抵着丁香，但仇恨的眼神射向于剑飞，她一字一顿地问："于剑飞，我是不是你老婆？你当大伙的面说。"于剑飞沉默，"你说，你快说，你再不说我就打死她。"九儿跺着脚，把舞台跺得咚咚响。

台下的雷大夯也傻了，他没想到事情会闹到这种地步，这要是出了人命了，可咋办？唉，就怨我这嘴欠，这不都是我那封信惹的祸吗？这九儿的脾气也太火爆了。雷大夯上台去制止。师长也着急，一个劲地说于九儿你把枪放下，要不我处分你。现在的九儿啥也听不进去，她就盯着于剑飞要他一句话："我是不是你老婆？"

雷大夯怕九儿真搂火，也跟着跺脚喊："于剑飞，你快承认吧，要不出人命了。"

"你是，你是……你把枪放下。"于剑飞吓得赶紧回答，他怕丁香有危险，"九儿，你把枪指在我的脑门上，好不好。"九儿可舍不得指着她的于剑飞，他纵有千条错万条错，也是她的男人。九儿太喜欢她的男人了，当她看见于剑飞，那于剑飞啥错也没有了，都是丁香勾引的。雷大夯也站在台上帮着于剑飞说是，是，他是你丈夫，你就把枪放下吧，这事我给你做证。这时小胜利吓得哇哇大哭，九儿看一眼孩子又问于剑飞："他是不是你的儿子？"

"是，是……"此刻的九儿问什么，于剑飞都会答应，只要她把枪放下，只要丁香安全。雷大夯也帮着说是。九儿听了冷笑着对丁香说："狐狸精，你听明白了吗？竖起你的耳朵听明白喽，有雷大夯做证，你还有啥可说的，臭不要脸的。"

丁香的泪唰就流了满面，她委屈极了，堂堂一名军人，一名战地记者，却变成了臭不要脸的，被人家左一个妖精，右一个狐狸精骂着。她也想骂，但她骂不出来，她不会骂人。她倒没怕九儿的枪，让她可怕的是听到了于剑飞的回答，他居然那样怯懦和畏缩地说是？丁香也确信他们的关系是真的，因为有雷大夯做证，但你于剑飞也没有必要露出这副唯唯诺诺的嘴脸，和以往的于剑飞太不相称了，判若两人。既然你有老婆孩子，为什么还要和我结婚？事先又没有透漏一点消息。她觉得自己像个小丑似的被于剑飞耍了，不，看这情景是被他们全家耍了。她那双泪眼失望地看着于剑飞，这就是我心中的英雄？我的白马王子？不，他才是混进革命队伍中的骗子、流氓、伪君子。虽然丁香一句话也没说出口，但于剑飞从那双眼睛里听得真真切切，同时读懂了丁香全部的绝望和质疑。于剑飞望着那双眼睛说："丁香，你听我解释……"

"不，不，我不想听你解释。"丁香打断他的话，一把打掉九儿的枪，哭着冲出礼堂。于剑飞刚想追出去，被九儿一把抓住。雷大夯知道惹祸了，他没料到事情会这么糟，他最见不得女人哭，他觉得丁香也挺可怜，怕她出什么事，犹豫片刻，追了出去。

丁香一口气跑到营房外的北山。她站在山顶的边缘，她张开双臂。侧面就是绝壁，她对着绝壁，仰面向天。她想质问，她想诉说，问谁？跟谁说？她只是无助地哭出一声妈妈。她曾经以为历经沧海，今天她却像个无助的孩子。她蹲下来，捂着脸哭泣，泪水顺着指缝流淌，她的肩一抽一抽的，伤心欲绝。

雷大夯屏住呼吸站在丁香身后，他怕他一个微小的动作惊动丁香，弄不好她真跳下去。雷大夯见了丁香可怜兮兮的样子，真后悔写那封信，不写又对不起九儿，这时他才觉得做人好难。现在他觉得丁香是个受害者，都是于剑飞这小子闹的。他轻唤一声，丁香同志。因为丁香就蹲在山的边上很危险，他不敢贸然冲上去。丁香轻回头，泪挂两腮，单薄的身影像一片树叶贴在悬崖边上。

雷大夯忙说："丁香同志，我怕你出意外，所以……所以我跟在你的身后，你可要想开呀，我不知道事情会这样，其实，"雷大夯用手挠着后脑勺，"其实是我给九儿通风报信的，你有气就冲我发，发吧。可我不能容忍于剑飞这样做，九儿真是他的妻子，他们确实有孩子了。"雷大夯像个做错事的孩子在那搓手。丁香没有生他的气，反倒觉得他比于剑飞诚实，他也不像以前那么粗暴了。丁香看看他没说话，雷大夯又接着说："其实呀，现在知道还好，等你真的跟他入了洞房再知道那不更完了，黄花菜都凉了。"他看丁香还是哭，心里也挺不好受，都是于剑飞惹的，他开始骂，于剑飞这小子不是什么好鸟，你别把他放在心上，他从小就是拈花惹草的玩意，改不了了，你为他哭多不值啊，你就当他是个臭狗粪，没人理的臭狗屎。他使劲骂于剑飞是为了帮丁香解气，让丁香别太伤心了。果然奏效，丁香正恨于剑飞呢，经雷大夯这么一骂，也算给她出气了，她说我没事，雷营长，谢谢你！雷大夯松了口气，说这就对了，丁香同志，我送你回去休息吧？丁香说不用，我自己回去就行。雷大夯听后放心了，哎呀，我的娘啊，可下她不哭了，我也算交差了，这要是出点什么事，我这罪过可大了。丁香还站在悬崖边上不肯走，雷大夯说来，丁香同志，别站在那，那危险。丁香说雷营长我没事，你先回去吧，我站在这心里静，这干净，没有欺骗。雷大夯说那好吧，我也站在这里感受感受干净，行吗？丁香点点头，泪又流出来了。雷大夯就这么陪着她站在悬崖边上，不做声，直到丁香愿意走的时候。

在于剑飞的团部，赵富师长和九儿正声讨于剑飞呢。于剑飞哪听得进去，他只关心丁香怎么样了，他好几次想出去找丁香都被赵富师长拦住。赵富师长说丁香那你就放心吧，雷大夯追去了，没事，有事早报告了。现在是解决你和九儿的事，九儿你先说到底咋回事？九儿把和于剑飞的事从头到尾说了一遍，在找队伍的路上，于剑飞魔怔了，为了让他醒过来，就跟他一时做了糊涂事。九儿那说的，自己这些年这个不容易啊，跟唐僧取经似的，九九八十一难哪。赵富师长听了，这个同情九儿呀，狠狠地把于剑飞剋了一顿："好啊，你小子翅膀硬了，想甩掉糟糠之妻。这么好的媳妇你上哪找去，打着灯笼你都找不着啊，对你用心良苦，用情专一啊，"他把一时糊涂理解成用心良苦，"还给你生了个儿子，你这不是烧包吗。当了团长咋地了？当了团长你就想换媳妇了，于剑飞呀，危险啊！你这是国民党那一套。行了，于剑飞你啥也别合计了，死了这条心吧，死活就九儿了。由组织出面解除你和丁香的婚约，从今往后跟九儿好好过日子，也就不追究你什么错误。九儿也不要回李子屯了，由组织出面办随军，行了，就这么定了。"

"不，我就是死了也要和丁香结婚。"于剑飞死不悔改。

赵富师长来气了："操！你鸡巴长能耐了，连我的面子也敢撅，你不想混了，是不是，你这个团长是不是不想当了？啊！"

"我宁可不当这个团长，也要和这个封建婚姻斗争到底。"于剑飞跺着脚，挥着拳。现在他不怕了，因为九儿的枪没放在丁香的脑门上。

赵富师长背着手说："你还斗争个屁，孩子都有了，你看这孩子长得跟你一模一样，想说不是都不行。你知道现在事情有多严重吗？丁香是破坏军婚，你犯重婚罪，我送你们俩上军事法庭，你信不信？真是，还反了你了？"赵富师长嗓门提高了八度。

"我宁愿不穿这身军装，我宁愿把牢底坐穿，也要和丁香结婚。"看来于剑飞不是被吓大的。

赵富师长一拍桌子喊："通信员！"

通信员喊："到！"

"把你们团长给我关起来，关他的禁闭，没有我的命令不准放出来。"

于剑飞不忿，关就关，谁没关过禁闭呀，有能耐你就关我一辈子。于剑飞拉硬，赵富说我不用关你一辈子，我就把你治喽。于剑飞哼了声，不服，抬屁股就跟通信员走人。这时候的于剑飞是谁也不惧，潇洒得很。不想仅关了他一天，事情真发生了质的变化，等他再出来时再也没有那股潇洒劲了。

九儿看他那狂劲，冲着他的后背气愤地说："他要不是我丈夫，我非毙他两个来回。"

赵富师长听后说："九儿啊，你做过我的警卫员，跟我学了不少东西。革命这么多年了，不要动不动就用枪指着自己的同志。"

"是，师长，我那不是在气头上吗，那你可得给我做主啊。"九儿这点好，在首长面前知错就改。

"放心吧，我不会让这种有损我军形象的事情发生。"赵富师长有立场。

九儿忧心忡忡地说："可是师长，你看于剑飞那拧劲，看那样，如果丁香一天不嫁人，他就一天不死心，咱就是关他一辈子也不管用啊。"

"这臭小子，不信我治不了他。"赵富师长嘴上硬，也觉得棘手。

九儿拨开迷雾见太阳地说："师长你看这样行不行，趁这个热乎劲，由组织出面给丁香再找个婆家，她一结婚，于剑飞也就没戏了，也省去你劳心了。师长，我不是背后说人家坏话，这个丁香太招风，她一天不结婚，你就一天别想省心。你想，现在和平了，也有闲心了，想这事的人也多了，就是没有于剑飞，她也得把38团搅乱套不可。虽说现在婚姻自由，可也不能由着他们性子乱点鸳鸯谱啊，组织得把关啊。现在组织上不是提倡给抗美援朝回来的同志找对象吗，为啥就不能给丁香找个呢。她也符合条件啊。"

由组织出面给入朝回来的干部战士找对象在当时是司空见惯的事，一般组织决定的事十有八九能成，在当时还挺时尚的，能让组织关心的同志可不是一般同志，光荣！就是私下里自己搞的，到了要公开的程度，也要托组织安排，这才方显一个革命军人一切行动听从党安排的精神面貌。

"主意好是好，只是给丁香找谁，哪有那么现成的人？"师长有些犯难，嘶哈着直啄牙花子。

九儿灵机一动，说："师长，我有个合适的人选，你也认识，还很赏识他。"

师长忙问："谁？"

"雷大夯。"九儿蹦出仨字，没拐弯。

师长倒也没感到惊讶，镇定地一个手指点击着桌面，寻思着，自语："雷大夯？特级战斗英雄？不错，就是文化低了点。"

"师长，文化低了好，靠得住，实诚，没有花花肠子。"九儿赶紧溜缝，生怕师长不同意。师长也想快刀斩乱麻，他不想在这件事上耽误太长时间，一大堆事等着呢。再说这事明明是你于剑飞不对，还穷横。师里正抓这样的典型呢，今天我治不了你，明天就有千千万万了于剑飞冒出来，得，我这个师长不用干别的了，整天就光管这娘们孩子的事算了。他说是抓于剑飞的典型，他是打心眼里欣赏他这个部下的，他是想既把这事做得圆满，又不影响于剑飞的前途。九儿提的这个办法，正符合他的想法，赵富师长若有所思地说："办法是好，可是工作难度比较大呀。"

九儿着急："师长，你可不能打退堂鼓啊，全靠你了。"

赵富师长站起来说："这玩意就是世上无难事，只要有心人。这样吧九儿，雷大夯是你老乡，你去做他的工作。丁香的工作由我来做，就这么定了，现在咱就分头行动，争取明天就让他们结婚。别整那些洋事了，什么了解呀，恋爱呀，一个战壕爬过来的，有啥不了解的。行动，现在就行动。"

九儿为什么要选雷大夯做垫背的？她吃定了雷大夯。就凭那封别出心裁、绞尽脑汁的信，九儿就知道雷大夯这些年对她没变。人还是那个人，心还是那个心。九儿敢打包票，无论何时，无论何地，雷大夯都会是她的统一战线。

九儿到了雷大夯的住处，把这个想法跟雷大夯说了，雷大夯还是从椅子上跳起来："啥？我才不跟她结婚呢。我的天哪，她一天清高得要命，急眼了还给你整出几句洋文，咱这文化太低，跟她没有共同语言。"他梗梗脖子说："这个美国小姐我可找不起，我跟她根本不是一条战线上的人。"

"哟，把你能耐的，"九儿替他臊得慌，"要不是爬出李子屯革命，你会啥？就会抱个羊鞭子捅羊腚，就连丁香这样资产阶级小姐你也找不到。现在你挑肥拣瘦的。"

"那咋地，我也是有功的人，是英雄，那我找媳妇怎么也得可心吧，那不对心思怎么在一起生活啊。"雷大夯满口是理。

怎么说出口的，媳妇媳妇的，看起来，这男人没一个好东西，净想着自个。九儿为这话无端地反感，说不出为啥，心里就是有点不得劲，于是她就怒气冲冲地说："这可是师长的意思，你违背这个婚姻，就是违背组织。"九儿给他施压。

雷大夯不解地问："为啥非得让我结婚？"

九儿解释："你看你，你不是符合条件吗，这组织不是正给抗美援朝有功的人组织家庭吗。"

雷大夯问："叫你这么说我非得找？"

九儿说："那当然了，组织决定。"

雷大夯寻思着说："要是那样的话，那我也不找她呀。"雷大夯还牛了。雷大夯牛得有根据，他心里有杆秤，我就是找小辣椒也比找她强，关键这不是小辣椒在这比着呢嘛。但他没说出口。两人正僵持的时候，赵富师长来了，雷大夯和九儿站起来敬礼，师长面带笑容坐在了正面的椅子上，看样子他那边的工作挺顺利。

赵富师长看他俩，一个拉着脸，一个阴着脸，就知道九儿的工作没做下来。他就既亲切又严肃地说："怎么样啊，雷大夯，想没想通？"

雷大夯闷着声说："没想通。"

赵富师长不温不火地说:"没想通不要紧,慢慢想,组织给你促成这事,也是经过深思熟虑的,绝不是乱点鸳鸯谱。你和丁香呢都在组织关心的范围之内,属于共和国的功臣。至于于剑飞和丁香的事,属于误会,也是组织的疏忽,在这里我首先应该提出批评,批评的事呢咱以后有的是时间批评,目前最主要的是解决你和丁香的婚事。"

雷大夯不知深浅地说:"报告师长我目前不想考虑个人问题。"

赵富师长有些不耐烦了:"你不想考虑组织要考虑呀,你要是都能考虑到了,还要组织干啥呀?你当组织得了呗。"

说到这份上,雷大夯也赖叽了:"师长我就是不想跟丁香结婚。"

赵富师长围着他转圈,对雷大夯真是嗤之以鼻:"哟喝,你还挑上了,有你挑的份吗?没想到刺头出在你身上?你们38团怎么都是这鸟人啊?雷大夯啊,雷大夯,你不搬块豆饼照照,你比猪八戒他二大爷强不到哪去,你还挑。你看人家丁香,鼻子是鼻子,眼睛是眼睛的,还有文化,啊,你是啥文化?啥也不是啊,你连自己的名字都不知道正着写还是倒着写,你还挑?"

雷大夯搜肠刮肚地想理由:"丁香,我们俩性格上、出身上,各方面不合适,我们有代沟,我不想跟她结婚。"

不想又正中师长的枪口上,赵富师长说:"这些组织当然都考虑到了,她文化高,你文化低,她帮你学习,这叫一帮一,一对红嘛,将来还说不定树你们个模范典型呢。至于出身嘛,你是比她好,可丁香同志革命这些年觉悟提高得很快,这不,人家能回美国都不回,不比你差。至于代沟嘛,日久天长的,多深的代沟都磨平了。婚后呢共同进步吧,就这么定了,啊。"

雷大夯算是明白了,看起来我说到哪他截到哪,不管我从哪个山头冲上去,你都能把我拦截了。那我也不能坐以待毙,我得据理力争,要不这事就要成了。他的眼睛东踅摸,西踅摸正想词的时候,瞥见了铺上叠得板板正正的军装,这还是小辣椒洗的,干了又给他叠好放在床上。雷大夯顺嘴嘟囔了一句:"就是找我也不找她,找她还不如找小辣椒呢。"声音是小了点,但赵富师长对"小辣椒"仨字特敏感,再小的声音也能听得清清楚楚。赵富师长"噌"就从椅子上站起来,不,是跳起来:"雷大夯你说啥呢?你再说一遍。"

雷大夯也急眼了,一不做,二不休,我就拼一把,雷大夯像回答军事问题那样说:"报告师长,刚才我说找丁香还不如找小辣椒。也就是说如果组织非想给我成个家，小辣椒比较适合我。"

　　赵富师长"啪"一拍桌子，桌子"哗"就散架了。这是钉的个临时桌子，就说不结实吧，这劲用得也够大的。师长一个箭步冲到他跟前，唾沫星子都喷到他脸上了："你小子尿性啊，啊——你手伸得挺长啊，啊——伸到我文工团了，啊——我瞅你小子就不是啥好鸟，你当个鸡巴英雄，了不起了，就勾引女兵，怪不得那天你跟小辣椒黏黏糊糊的，你是早有预谋啊，你——你癞蛤蟆想吃天鹅肉，你想瞎了眼也白搭，你打我这就通不过——记住，不行，就不行，小辣椒名花有主了。"

　　雷大夯在赵富师长雷霆般的训斥中有点蒙，怎么一个小小的小辣椒就冲到了他的肺管子了？雷大夯还有点不理解，堂堂个师长怎么为个小女兵发这么大的脾气，至于吗？雷大夯还委屈呢，这架势的，把我贬低得一钱不值，把小辣椒赞誉得跟一朵花似的，把我说成癞蛤蟆，小辣椒成了白天鹅了，她天鹅在哪呀？扎着两把小刷子，单眼皮，小眼睛，你眼睛小就小，还非得吊眼梢子，我又不是非她不行，我是相比之下，她比丁香强点。还用得着你师长着这么大的急，上这么大的火。雷大夯更生小辣椒的气，你名花有主了还上我这来撩扯啥呀，你这不是脚踩两只船吗？跟于剑飞一样，都是吃着碗里望着锅里的主。这师长也真是的，就该收拾这样的人，收拾我干啥呀。雷大夯一肚子火不敢说呀。

　　赵富师长才不管你肚子里有火还是有水，他一甩袖子，对九儿说："你务必把他给我拿下，这是死命令，跟丁香的婚结也得结，不结也得结。""咣"门摔得山响，师长走人了。

　　什么事都是该着，雷大夯如果不提小辣椒，也许赵富师长不会下那么大的决心。

　　九儿吓得大气不敢出，看起来不是我九儿想怎么样了，而是师长想怎么样。任务艰巨，但必须拿下。九儿也纳闷，怎么半道又杀出个小辣椒，看起来这小辣椒非同小可，要不师长不会生那么大的气。我还真就小看了雷大夯，他蔫不出的还整出了后备军，要不口口声声不要丁香呢，心里有底呀，早有人了。

　　九儿满腔愤怒这时不能说出来，这雷大夯的火比你还高呢，说出来那不是火上浇油吗？九儿看硬的都让师长使了，没见好使，她使软的。她叹口气，挤挤眼睛，像要哭的样子："哎呀，大夯啊，你啥也不考虑，那你就忍心看着你姐无家可归？就忍心看着你侄子没爹？你就忍心看着西门庆和潘金莲得逞？你的阶级立场哪去了，我的大夯啊，你就一点责任没有吗？"九儿摊着两手苦口婆心哪。

雷大夯万般无奈地跌坐在椅子上："姐，我就是不忍心看着才写信告诉你的。我心里难受啊，我跟丁香没有感情。"

九儿眨眨眼挤出两滴眼泪："哎呀，啥叫感情？按理说我跟于剑飞有感情吧，你没看吗，绑都绑不到一块，他是想法地甩了我。没感情不一定过不好，再说你们都是出生入死的战友，咋能说没感情呢，丁香除了清高，你挑不出人家啥毛病吧。"

雷大夯说："她娇气，清高，爱美，怎么说她也是资产阶级小姐，我喜欢朴实的人。"

"哎呀，"九儿叹着气，"你咋跟我似的，在队伍上这么多年了，咋就转不过这弯来呢，不都是革命同志嘛。"

雷大夯挠挠头皮说："事是那么个事，就是这心里别不过劲来，可能从小被富人剥削的吧，就烦他们。"

"思想要转变啊，你姐都能转变过来，你咋就不能，你还是经过抗美援朝洗礼的人。"九儿净说好话。

雷大夯低头说："你还说她是狐狸精呢。"

"哎呀，我那不是故意骂她吗，在气头上。你别光想她不好的，你想想她在战斗中的英雄壮举，想想。"

雷大夯真就想起丁香冒着敌人的炮火高唱《马赛曲》的情景，还有她跳进冰凉的水里架桥。九儿不厌其烦地说："大夯啊，这人不能总往死胡同钻，组织决定的事哪有错呀，退一万步讲，你就是全当替你姐想。"

雷大夯知道九儿的心，她是非于剑飞不行。其实在雷大夯心里九儿是最完美的，是他今生的至爱。他怎么可以让他所爱的人委屈、难过呢，能为所爱的人做点事也是一种安慰。只要九儿高兴，活得好，他愿意为她做一切。他就在这样的心理驱使下答应了。

而丁香那正在气头上，现在的于剑飞在她心里就像戏本上逼杜十娘跳江的负心汉李公子，是十恶不赦的叛徒、大骗子。你于剑飞做初一，我就做十五，你前面有车，我后面就有辙。我要让你于剑飞后悔痛苦，最好师长安排一个比雷大夯还要糟糕的人，最好是个瞎子，瘸子，国民党特务。我要让你于剑飞心痛，心痛一辈子。赵富师长提完这事，还没怎么动员，人家丁香就啪一个立正说："坚决服从组织安排，谢谢首长的关心。"弄得赵富师长挺不自在的，准备了一肚子长篇大论没派上用场，人家就同意了，不管怎么说赵富师长挺高兴，总算解决问题了。说到明天结婚的事，丁香更痛快，说现在结婚都没意见。这不齐活了嘛，赵富师长说谁都比于剑飞强，就这小子捣蛋。就这样他乐颠颠去了雷大夯那，让雷大夯气够呛。

第二天，阳光明媚。

在同一个礼堂，同一个舞台，同一个主婚人，就连挂着的拉花都是同一个，丁香又结婚了。不同的是新郎，还有丁香的心情，整个婚礼丁香就像个木偶任人摆布。在短短的两天，在同一个地方，丁香两次登上了婚礼的殿堂，这在整个军区，乃至全国都是第一次，如果我军有"吉尼斯"纪录，丁香肯定能上。

送入洞房一结束，师长拍着两手舒了口气，说，总算摆平了。瞅着两人也挺般配，要说丁香也得有个像雷大夯这样的人稳着点。明天再解除于剑飞的禁闭，今天让人家小两口过个消停日子。赵富师长瞅着自己的杰作一个劲夸好。

（四）

于剑飞他们团先盖家属房和礼堂，这段时间来队家属比较多，再就是给大龄的干部结婚用。结婚这件事十万火急，不管谁结婚，都不能等了，打了这么多年的仗，等不及了。所以于剑飞下令，先盖家属院。盖礼堂势在必行，文艺演出队来得比较多，不能让人家总在露天地演。还有现在部队大事小情也多，战士们也好有个集合的地方，还有干部结个婚啥的，也有个典礼的地方。这不，刚好派上用场，礼堂盖好后，办的第一件大喜事就是于剑飞和丁香结婚。他俩是结砸锅了，有不砸锅的。雷大夯和丁香就顺利结成了。家属房盖好后，土还没等干，接待的第一对新人就是雷大夯和丁香。真正的闹洞房是在第二天，来了两拨人。

当于剑飞解除禁闭时，木已成舟，生米做成了熟饭。他嚷着要见丁香的时候，九儿显得很镇静，说你别找了，丁香结婚了。于剑飞说你可别给我扯了。他以为九儿故意拿这话气他。九儿还是异常平静，不信你自己到家属院看看去。于剑飞半信半疑看着她。九儿说你不用看我，这是组织的意思，有本事你找组织拼命去，况且丁香自己也非常同意。九儿把非常咬得很重。九儿没说假话。于剑飞阴着脸问和谁，九儿沉住气说雷大夯。于剑飞听到这三个字，像喝口水呛着了那种感觉，他咽了口唾沫，他想痛斥九儿，都是你搞的鬼。他打住了，因为他懒得张嘴，他懒得跟她争辩，多说一句都是浪费。他摔门出去，一口气跑到家属院，在这个过程中他还不相信真有此事，到了家属院，最先映入眼帘的是大红的喜字，还有火红的对联。

　　　上联是：英勇无敌雷大夯；
　　　下联是：战地百灵是丁香；
　　　横批：军中伉俪。

　　于剑飞在这副对联面前停留了半分钟，唰一把把门上的大红喜字抓得面目全非，当啷，一脚把门踹开。雷大夯刚要去工地，正好于剑飞进门，面对面，相住了。二话不说，于剑飞伸手揪住雷大夯的脖领子就是一拳，嘴里嚷着："雷大夯，你信不信，我一只手就能揍扁你，你也配娶丁香，你懂几个问题，你是知道'晏几道'，还是'李白''杜甫'，你知道丁香心里想的是什么，啊，你知道吗，你懂她的思想吗，你懂吗，啊，丁香是我的人，是我的。"说完上去又一拳，雷大夯抹了把嘴角上的血，看看，破天荒没还手，破天荒没耍驴，反而很绅士地说："至少我没骗她。"这句话等于又重新揭开丁香的伤口，重新站在台上现眼，脑门重新抵着九儿冰凉的枪口，重温九儿的数落和谩骂。受辱的心在胸膛里阵痛，丁香故意跑过来，挡在雷大夯面前，有意气于剑飞说："请你放尊重点，这是我丈夫。"
　　于剑飞像不认识似的看着丁香说："丁香，我是于剑飞呀。"
　　丁香有所指地说："我认识你了。"
　　"丁香，你咋不听我解释呢。"
　　"晚了，一切都是明日黄花了。"
　　"丁香，你咋这么傻呢，不晚，你是理解我的，你知道我的心，走，跟我走。"于剑飞抓着丁香的手就往外走。雷大夯也是爷们啊，我的媳妇，你想领走就领走？他上前握住了丁香的手说："慢着，现在她是我老婆。"这种情况下两个男人较上了劲。雷大夯说完用眼睛瞟了一眼炕，那意思在说，我们已经做了一夜夫妻了，就在这炕上。炕上并排摆着两叠军被，显得很亲昵。墙上挂着喜字。于剑飞现在才彻底清醒，丁香已不再是昨天的丁香，想要丁香做妻子的梦彻底破灭了。于剑飞的心撞击般的痛，他大喊一声："还我丁香！"就和雷大夯扭打在一起。现在的于剑飞已不像指挥若定、运筹帷幄的一团之长了，像个毛头小子，乱了阵脚。他们打到了院子里，战士们刚出完早操，有的从这路过，一会儿呼啦围了一圈人。于剑飞占了上风，他把丁香拉到自己的身后，而丁香慢慢走到雷大夯的身边，对于剑飞说："你走吧，你让我丢人丢得还不够吗。"丁香的这个动作让于剑飞寒心了，真是一日夫妻，百日恩哪，这女人变得可真快。他冲着兵喊，去去，都滚回去吃饭去，一会儿干活累死你们。于剑飞造了个大没脸，他只好气呼呼冲出了丁香的家。

大家传开了，说团长上人家抢人了……唉哟，真现眼，团长的脸让他自己丢尽了。九儿在于剑飞的临时团部里，该干啥干啥，哼着家乡的小调，她好像早预见了于剑飞的暴跳如雷，见怪不怪了。

于剑飞刚走，雷大夯转身进屋，准备洗洗脸上的血，好去工地，营房建设要紧。小辣椒也不知从哪知道的消息，一大早就赶来了，她跟于剑飞如出一辙，也是先照着对联撒气。那对联也太显眼了，不过年，不过节的，明晃晃、红彤彤地在太阳底下耀眼，着实刺得人眼疼，何况对憎恨这对联的人，那不把它撕了还留着它干啥？

小辣椒撕完了对联，抬脚把门踹开。雷大夯正撅着屁股洗脸，她照他屁股就是一脚，雷大夯喊谁呀？干啥呀？小辣椒毫不畏惧，我，小辣椒！雷大夯带着一脸的香皂沫，抬起头。小辣椒一个指头指着雷大夯问，你真结婚了？香皂沫煞眼睛，他挤着一只眼，睁着一只眼肯定地回答：啊。小辣椒又问你果真结婚了？雷大夯又啊。我让你啊，小辣椒腾空一脚把脸盆踢翻了，这就一踢不可收拾，她把丁香家能砸的都砸了。其实也没啥可砸的，两个军用大茶缸子，摔掉瓷了。一对暖壶，摔破胆了。还有丁香的一个圆镜子，一分为二了。就这点家当，可怜巴拉的，她也下得去手。然后她环顾四周，也没啥可砸的了，只有站在边上显得很冷漠的丁香，小辣椒真想抱起她也砸了，可人家不像当事人，就像看热闹的，不碍你的事。小辣椒站着，握着拳，瞪着眼，瞅着雷大夯，开始喘，喘够了她质问为啥结婚不告诉她？雷大夯说我都不知道。小辣椒问谁做的决定？雷大夯说赵富师长。小辣椒问你就同意了？雷大夯说组织决定，我得服从命令。小辣椒指着雷大夯说你脖子上的脑袋是干啥的？雷大夯说是吃饭的。给小辣椒气得，临出门还指着雷大夯的鼻子尖喊，我去找师长，记住，我不会让你过消停的。

屋里一片狼藉。丁香弯腰拾地上的暖瓶，正好雷大夯也去拾，他俩的头就碰到了一起，丁香哎哟了声，雷大夯说碰痛你了吧？丁香说没事。丁香就抓起暖壶，晃了晃，说碎了。雷大夯说能不碎吗，她使那么大的劲。丁香问她还会来找你麻烦吗？雷大夯说谁知道啊，瞅那架势她饶不了我。丁香问你跟她处对象了吗？雷大夯说就算是吧。丁香问啥时候，我咋不知道呢。雷大夯说就是你在师里采访的那几天。丁香有点吃惊，反问就那五六天？雷大夯嗯。丁香笑着说挺神速的。雷大夯也笑着说谁说不是呢。他俩就像在谈论别人的事，而且很无关紧要。砸的东西也好像不是他俩的，收拾起来那样心平气和。

小辣椒直接去了师部，警卫员不让她进，她就在门口吵吵把火。赵富师长问谁呀，这么吵，不像话。警卫员说是个叫小辣椒的女兵。赵富师长的脸马上就舒展开了，她呀，快请进，哈哈，也就她有这个魄力，有这个嗓门。话反正面都让他说了。小辣椒进屋，就站在门口，咋让她坐她都不坐，噘个嘴，梗个脖，气呼呼的样子。赵富师长说谁惹我们小辣椒了？啊？还反了。小辣椒说师长我想问你个问题。赵富师长说当然可以了。小辣椒说新社会了，是不是恋爱自由？赵富师长说那当然了。小辣椒说那你为啥还逼婚？赵富师长疑惑，噢？有这事吗？我不知道啊，是谁呀？我逼谁了？说说看。小辣椒说雷大夯。师长说他呀，全师谁也不能攀比他，他是谁呀，是英雄，当然了，在生活上组织是要先考虑他的，先紧他来，不能说让他随便挑吧，他看好了谁，组织把关是把关，但尽量满足他，差一不二的就那么由着他了，他说他看好丁香了，那就结婚呗。丁香呢我们也查过了，经得起组织考验，就这么简单。至于他向其他女兵表示过什么，许过什么，从他结婚后也就既往不咎了，这点生活小事，比起他的英雄事迹算不了什么。组织嘛，掌握的是大方向。小辣椒听完，可是了半天说，雷大夯的婚就是您逼的。赵富师长问是他亲口跟你说的吗？小辣椒嘟囔，那倒不是。赵富师长拉着长声说那不就得了吗，刀没架在他脖子上，哎呀，有些英雄啊，就犯这样的毛病，打仗的时候挺果断，就在这个人问题上，优柔寡断，朝三暮四，瞅哪个女孩子都好，那能行吗？这毛病老大了，还好，没酿成啥大错，真要是那啥……你说这哭都来不及，唉，总算结婚了。赵富师长这番话，话里有话，意中有意，听懂了，又好像什么也没听懂。小辣椒虽然有一肚子疑问，但不知从何提起，提了吧又显得自己很蠢；不提吧，她真正的目的没达到。她拉个脸，站在那，像个受气包。赵富师长走近她很关切地拍拍她的肩，好了，嘴噘得能挂个油瓶子了，生活的天地大了去了，别总往那一条黑暗小道上跑。我跟你们文工团领导说了，小辣椒是个好同志，好苗子，好好培养啊。小辣椒听了这话兴奋点上来了，真的吗师长！师长说这还有假，继续努力吧，小辣椒，前途无量啊！继续努力吧！小辣椒闪动着一双细长的小眼睛，琢磨着师长说的话，"继续努力吧"，这说明，我以前也很努力哦，就是说在这个基础上再加把劲哦。小辣椒从当兵就没受到过表扬，还总是挨批评那伙的，这是头一回受表扬，还是这么高级别的首长表扬，回去我跟战友们显摆显摆，这回扬眉吐气了。她心里美滋滋，把雷大夯那档子事给忘了，师长表扬我了，多大的官呀！说明我小辣椒还是有闪光点的嘛，看以后谁还敢说我落后。赵富师长又温和地问没请假就出来了吧？小辣椒伸下舌头。赵富师长说好了，回去吧，我给你们领导打个电话，就说你到我这来有事。小辣椒双腿一并拢，谢谢师长！啪敬个军礼。师长打心眼里赞叹，这丫蛋儿，真利整！

小辣椒自从得到了赵富师长的表扬，她觉得生活充满了阳光，处处地方都严格要求自己。以后谁再在背后说赵富师长粗暴简单、出口成"脏"，她都挺身而出，给师长"恢复名誉"。她心里还是对雷大夯耿耿于怀，这口恶气出不来，她心里就是不舒服。

部队为了照顾于剑飞和九儿的夫妻关系，迅速给九儿办了随军手续，安排她在军人服务社工作。她枪法准，但她毕竟是退伍了，就让她任四连名誉指导员，要不可惜了她的枪法。

营房建设正在紧锣密鼓地进行着，由于丁香经常深入基层采访体验，所以跟于剑飞总是抬头不见低头见。丁香总是躲着他，不给他说话的机会，看起来丁香这气是要生一辈子。这一天，丁香躲得忙了，崴脚了，蹲在地上站不起来了，工地上到处是砖头瓦块的。于剑飞奔过去扶她，丁香执拗着不让他扶，于剑飞强行查看她的脚，还好，就是肿了。丁香甩着手说："不用你管。"

于剑飞好像终于抓着了机会，急着说："丁香，你不能总躲着我，咱俩应该好好谈谈。"

丁香没好气："有什么好谈的，还用谈吗？不都在那明摆着吗，孩子、老婆，你还口口声声说爱我，骗子，我让你骗了。"丁香的情绪很激动，说着就哭了，好多兵的眼睛唰就射过来了。

于剑飞看了下四周说："丁香你太激动，咱先不谈这个，我就想问你，你过得好吗？雷大夯可是条活驴，他有没有欺负你呀？"

丁香眯着眼，轻蔑地看着他："谢谢你的关心，我过得很好，还有，我警告你，请你以后不要贬低我的丈夫。"丁香踉跄着站起来，于剑飞伸手扶她，被丁香摔开，然后一瘸一拐地走了。

于剑飞又像做了什么见不得人的事，四下里看看。几个兵就忙把眼光躲开，继续干活。于剑飞想，这叫啥事呀，前几天我跟丁香在一起得到的都是祝福的眼光，现在怎么像做贼似的？丁香结婚了？我有"老婆"了？到现在他都怀疑，这像一场梦。他走到雷大夯的工地，雷大夯正光着膀子砌墙泥，看见雷大夯他就气不打一处来。雷大夯刚弯腰挖泥，于剑飞呲一脚把泥盆踢翻了，骂："干鸡毛干。"泥溅雷大夯满脸，雷大夯也没啥好话："哎，你干啥？不干就不干，看冬天房子盖不起来，是鸡巴你团长的责任还是我营长的责任。"

于剑飞说了句八面不着边的话："丁香哭着跑了。"这句话本身就有毛病，这不纯粹给自己找砢碜吗？

雷大夯呲他："那与你有啥关系？"

于剑飞瞪着眼珠子，拿着不是当理说："我问你，是不是你欺负她了。"

雷大夯瞪得眼珠子比他还大："我愿意欺负她你管得着吗？"雷大夯成心气他。

于剑飞哑然。

雷大夯继续嚷："告诉你，丁香是我老婆，你以后少惹她。她哭也是你惹的，以后你注意。"

于剑飞上去就抓住了雷大夯的膀子，雷大夯说咋地，你还想打架？兵们放下手里的活看他俩，于剑飞悻悻地放开了。本来是于剑飞不占理的事，找茬。用九儿的话说，他现在是疯狗期，别理他，过了这段时间他就消停了。于剑飞看见丁香哭，很心疼，又没法安慰她，所以他憋着股火，找雷大夯撒。特别丁香说话的口气跟雷大夯一个样，还过得很好？他于剑飞就不相信，他俩品味都不一样，怎么能过得好？

丁香没撒谎，她确实过得很好。她和雷大夯相安无事，相敬如宾。井水不犯河水，过着平稳的日子。这有啥不好的？剩下的事就是气于剑飞了。

晚上回来，丁香正捂着脚脖子嘶哈。雷大夯看了说："呀，肿了，我用热水给你敷敷。"雷大夯倒水，拧毛巾，把热腾腾的毛巾盖在丁香的脚脖子上。丁香也就由着他敷。雷大夯问："咋地，于剑飞又找你麻烦了？"

丁香说："我没稀搭理他。"

雷大夯说："不搭理他就算对了，也该教训教训他。"

丁香问："怎么？他找你碴了？"

雷大夯说："可不咋地，找也白找，我给他气够呛，给你出气。"

丁香说："咱不说他了，提他我就生气。哎？我可听说小辣椒要结婚了。"

雷大夯笑："跟谁呀？谁要她？一天针扎火燎的。"

丁香严肃："你不知道啊？跟赵富师长。"

雷大夯恍然大悟："噢，是这么回事，我说我刚提到小辣椒他差点把我吃喽，合着他早就看好她了。这个名花的主就是他呀。你说师长也是，你就明说呗，谁跟你争啊，你就说你看上小辣椒了，谁敢放个屁呀。"

丁香挺急的样子："那你怎么办？"

雷大夯疑惑："什么我怎么办哪？"

丁香认真："你不是一直在等她吗？她不也爱着你吗。也就是叫我给耽误了，等这事过去了，你俩就恢复关系呗。再说了，她也那么在乎你，上咱这都闹多少回？"

雷大夯哑笑："那时候师长逼得紧，我只是找个垫背的，寻思她咋也比你强。"

丁香笑着说："你说什么呢？我就那么差劲？你说话也太伤人心了。"

雷大夯说："不是你差，反正咱俩不合适。我跟你在一起，心里拘束。"

丁香说："你说这话倒对，但你也该为自己的终身大事着想了，老大不小的了，咱俩早晚是要分开的，你看好了小辣椒你就应该把实情告诉她，让她等你。"

雷大夯说："我也不是十分看好她。"

丁香就把脚抽回来说："你这人怎么这样啊？瞅你这人挺憨厚的，在个人问题上怎么这么不负责任呢？你这人道德有问题啊。"

雷大夯说："没那么严重吧，我心里早就有人了。"

"是谁呀？"丁香问，"怎么，不告诉我呀，是九儿吧？你早就知道于剑飞和九儿的事，你不告诉我。"

雷大夯很为难地说："我也没有办法，行了，别说我的事了，我就这么地了，我把我这一百来斤交给建设社会主义了，你还不知道我心里想的是谁，完了，都实现不了。"

丁香说："我知道，你跟我结婚就是为了九儿的幸福，你该不会还想着九儿吧？"雷大夯摇头又点头。别看雷大夯不吱声，到现在丁香正式知道雷大夯心里装着九儿，任何人都无法替代，是个重情意的人。丁香说九儿你是绝对不能想了，你要开辟你自己的幸福。雷大夯说再说吧。丁香觉得脚让雷大夯这么一敷，不怎么疼了，丁香说谢谢你！雷大夯说谢啥呀，咱不是战友吗。对于雷大夯和丁香来说，他们无疑就是搬了个住的地方，比方说过去一个班的人住在一个屋里，那么现在是两个人住在一个屋里。雷大夯是这样跟丁香说的，咱们俩就是一个班，我是班长，你是班副。但雷大夯的这个班长当得丁香挺满意，比方说丁香扫地，雷大夯赶紧抢过去，来来，我扫，我是班长，再说有我在怎么能让女兵干那么多活呢。其实雷大夯生活特别邋遢，可是跟丁香住在一起，他特别注意，不但知道讲究卫生，早晨他起得早，把丁香的牙缸里倒上水，牙膏挤上，放在上面，洗脸水打好。这些活都是通信员为他做的，现在他成了丁香的通信员了。丁香为此很不好意思，说雷营长，我自己来就行。雷大夯说别客气，举手之劳。有时候丁香把他没来得及洗的衣服洗了，他还千恩万谢的。

小辣椒曾指着雷大夯的鼻子尖说过"我不会让你过消停的"，她说到做到，只要她有时间，就到雷大夯家里砸，脸盆砸扁了好几回，瓷是所剩无几了，过去的东西质量好，雷大夯把砸扁的脸盆用棍子撑开，再用锤子凿平，准备迎接下一轮的重撞。丁香买个小镜子时刻装在兜里，用的时候拿出来照，不用的时候就隐蔽在兜里。她是不会把它挂在墙上等着小辣椒来砸了。丁香很同情小辣椒，她深知爱之深，恨之痛。她也佩服小辣椒，敢爱敢恨。她心里说，小辣椒你要等啊，你定会等到你的心上人的，我会把他完整地还给你的，但现在不行。丁香想，到那时我能等到吗，不可能了，于剑飞永远不属于我了。

有一次，小辣椒把那脸盆扔到院子里，正用脚狠命地踹，边踹边骂，你连个屁也不放就悄默声地结婚了，你要我哪？我让你过日子，美得你，美得你！雷大夯实在来气了，就说你怎么像个泼妇呢，别忘了你还穿着军装呢。每次雷大夯都不吱声，可劲让她作，今天他就忍不住了。小辣椒瞪着眼，抓起脸盆高高举起，再狠命地摔在地上，用力过猛，脸盆摔地上又弹起来，盆正好在丁香的脚下弹起来，碰在了丁香的脸上，丁香的鼻子就出血了。

雷大夯气愤地喊："小辣椒，你太过分了，我就是结一百次婚也轮不到你头上。"这话说得太伤人自尊了。小辣椒果然不摔了，愣在那里，呆呆的，瘪着嘴想哭又哭不出，尴尬地站在那，像挨批斗似的。雷大夯知道说过头了，他也后悔，就让她作呗，作够她就不作了，对一个姑娘说这话，脸皮再厚也受不了。雷大夯捡起脸盆，说："小辣椒，你摔吧，就当我刚才啥也没说，我把这脸盆錾平了就是等你来摔呢。"小辣椒还是瘪嘴，眼里含着泪，她没有接盆，用眼睛瞪着雷大夯，差点瞪出血。雷大夯说："你没那么小气吧，你还真生气了，我是吹牛，我上哪去结一百次婚啊，那不就是气你吗？"小辣椒哇就哭了，转身跑了。

正赶上主任从这走，主任把这事反映给文工团领导了。文工团领导想小辣椒这段时间工作上一直表现不错呀，领导省去了不少心，关于这事领导怕批评的火候掌握不准，适得其反，她再回到"解放前"，那我们不又跟着受二遍苦，遭二茬罪吗？费那二遍劲呢，文工团领导也号准了一个脉，凡是小辣椒的事，不管是好事还是坏事，赵富师长都爱听，把这个"球"就踢给他得了。文工团领导正苦于找不到啥事向他汇报呢，这不把这事向他汇报了，他是谁——赵富师长！果真乐此不疲，赵富师长先是爽朗地笑着，然后说，那啥，叫她上我这来一趟，我们做工作要讲究个方法，简单粗暴很容易毁掉一人哪。电话这头说是是。

赵富师长早早就站在窗前。他看见小辣椒走来了，他就连忙正正风纪扣，拽拽衣服，清了两声嗓子，就站在屋中央等着了。小辣椒也不知怎么了，眼泪就在眼眶打转，"结一百次婚也结不到我头上"，哼，小辣椒想想这句话就来气，一肚子委屈，也很想向师长倾诉。小辣椒一进门，赵富脸上堆满了笑等着她呢，慈善而又关切地问："小辣椒，怎么了？受委屈了？"委屈就像潮水哗就淹没了小辣椒，还没说话，她就哇的一声，扑进赵富的怀里。赵富好像就站在这里等着她投怀送抱，正让赵富师长等个正着。他不停地拍着小辣椒的背像哄孩子似的说："丫蛋儿，丫蛋儿，别哭，别哭，我又不批评你，哭啥，都给他砸了？"小辣椒抬起泪光莹莹的脸，点点头。赵富师长继续拍着她，轻柔得像哄孩子睡觉："砸得好，砸得有理，谁让他惹着我们小辣椒了。"小辣椒哭得更凶了。赵富师长说:"砸也砸了,理也说了,别哭了。"

小辣椒拉着哭腔说:"我就是想嫁给他。"

赵富师长也不嫉妒,也不着急,问:"为啥?"

小辣椒咧嘴哭,"因为他是英雄。"

赵富师长拍拍胸脯说:"你也可以嫁给我呀!"

小辣椒惊恐地抬起泪眼。

"我也是英雄啊,"赵富师长继续拍着胸脯,"我打鬼子的时候他小子还玩撒尿和泥呢。小辣椒啊你看啊,他小子具备的东西我都有,什么英雄啊、伤疤呀。他小子后背上有几个伤疤算个啥,那玩意谁没有啊,你看我,这胸脯上多少个伤疤,你摸摸看。"赵富师长说着就抓着小辣椒的手往自己的衣服里塞。

小辣椒脸就红了,把手抽了回来。

赵富师长哈哈笑着:"这有啥嘛,行,行,你不摸就不摸,我解开衣服让你看。"赵富哗啦敞开衣服,前胸后背都有伤疤。

小辣椒哭得更凶了,颤抖着手,抚摸着赵富师长胸前的伤疤说:"师长,这都是敌人打的呀?你受苦了。"

赵富也不客气:"可不咋地,我们打天下还不都是为了你们,你可不能让我失望啊。怎么样,看来我身上的伤疤不少于雷大夯吧,我具备的他小子可不具备,你比方说水平,我干到师职了,他才是个小营长,这是水平问题,对男人来说是最主要的。干事业嘛!"

小辣椒可不那么秀秀迷迷,说话不拐弯,得着啥说啥,她看着赵富的脸说:"可你岁数比他大。"赵富长得是沧桑,可他不觉得是缺陷,还自我标榜:"岁数大怕啥,知道疼人,他能吗?就知道气你,你想是不是啊?"小辣椒想师长说得也有道理,刚才不就叫他气够呛吗。赵富看小辣椒不吱声了,就知道被他说服了,他想再加把劲,就巩固住了。赵富说那啥,甩着两手,干甩说不出下文,还挺难说,憋了半天他说:"小辣椒,咱们结婚吧。"

小辣椒咯就不哭了,快速地眨着那双小眼睛,后来就不眨了,发直,目瞪口呆。

赵富干笑两声:"那啥,吓着你了,丫蛋儿,别怕啊。我是真稀罕你,打心眼里稀罕,稀罕得没法。他小子能做到吗?我现在只问你一句话,摇头不算点头算,咱们结婚吧!"

　　小辣椒没摇头也没点头，而是在赵富师长的胸前一阵碎拳头，又哭了，没有刚才哭得凶，是那种赖叽叽地哭。赵富就势抓住了她的手，贴在胸口说："我知道你同意了，我知道你同意！想我赵富戎马驰骋，如今也要有家了，有媳妇了，你可答应我了。"

　　接着赵富师长叫通信员买了盆碗赔给雷大夯家。于剑飞听说了，堵住了雷大夯说你挺有脸啊，师长亲自买东西赔你，行。雷大夯也没啥好话，咋地，瞧不起谁呀。

　　轰轰烈烈的营建任务在十一月份天刚杀冷的时候完成了。人有室，马有厩，炮有棚，嘿，配套齐全啊。于剑飞看着自己团官兵亲自动手建起的营房心里舒畅，下一步就该进行军事训练了，丁香的事暂且放在了他心的最深处。

（五）

　　正值部队进入社会主义建设时期，贯彻共同条令，开展正规化训练，贯彻总部提出的"少而精"的训练方针和"训练为打仗"的指示，团党委认识明确，思想统一，一定要抓出过硬的连队，以此带动全团的训练。这个过硬的连队定为四连，四连重点训练射击。四连是38团一个具有历史荣誉的连队，九儿任四连的编外射击教练，这是赵富师长特批的。九儿看起来命不该跟部队断绝关系，总是在恰当的时期跟部队保持千丝万缕的联系，抗日战争和解放战争九儿一直在四连，这次到四连任名誉教练也算回娘家。

　　于剑飞和九儿虽然在一个团工作，但于剑飞很少回家，他的衣食住行都在团部。一是部队进入全面建设很忙，二是他不想跟九儿生活在一起。这个家对他来说形同虚设。即使他偶尔回家住一晚，也从不和九儿住在一张床上，大有一朝被蛇咬十年怕井绳之怯。小胜利他也不管不问，胜利一管他叫爸他就说我不是你爸，以后别管我叫爸，再叫我揍你。气得九儿说，胜利都七岁了，在当兵的老爷们堆认不出他爸是谁。有一次，于剑飞、雷大夯还有其他几个战友坐在一起闲聊，有个战友就故意问小胜利，你看哪个是你爸？小胜利看了半天上去就指着雷大夯喊爸。这家伙把雷大夯乐得，抱着小胜利又蹦又跳。事是这么个事，但九儿对于剑飞的爱有增无减，对他生活上的照顾和关心可以说是无微不至。于剑飞对这种爱和关心视而不见，他们两口子是一个上赶着追，一个是唯恐躲闪不及。感情不和众所周知，于剑飞脸上自从九儿来了就没晴过天。倒是雷大夯和丁香两口子看上去夫唱妇随的，小日子过得倒平稳，没有诸如马勺碰锅沿、吵嘴恼火的事件发生。一年过去了，丁香的工作生活和谐有序。既然这样，于剑飞也就不想再打扰丁香的生活，他把所有的精力都用到了部队建设上。

这一天，雷大夯在九儿家逗胜利玩。九儿在院里晒衣服，她看见丁香穿一身笔挺的军装从她门前走过，她望了望丁香那苗条的身段，心想这个狐狸精结婚后身段还那么美，一点也没变。九儿特意看了看丁香的肚子，瘪瘪的，没什么动静。她想这两口子不要啊？还是有什么别的原因，我得问问。她回屋说："大夯，你们结婚有一年多了吧？"

"是啊，快两年了，咋地了？"雷大夯漫不经心地回答。

"那丁香的肚子咋没动静呢？"九儿很认真。

雷大夯傻："啥动静？"

九儿抹搭他一眼："啥动静，傻呀？那，肚子。"九儿做个肚子鼓起来的动作。

"姐，你看你都说啥呢。"雷大夯有些难为情，脸还红了。

"你看你还脸红，都是过来人了，有啥不好意思的，娶妻生子，天经地义，你们是不想要啊？还是计划了？我告诉你呀，可不能计划，毛主席不是说了吗，只要有了人就有了一切。"雷大夯不好意思，直挠头，"你说话呀，挠啥头啊，脑袋生虱子了。"九儿看他这样以为有什么难言之隐，她更着急了："唉？大夯，是不是丁香有啥毛病啊？"雷大夯摇头，"那就是你有毛病，那得看啊！"

这回雷大夯急了："你说谁有毛病啊？那春天不种地，秋天能收粮食吗？"

九儿惊讶："天啊，你们压根就没……不会吧？"九儿点着雷大夯的脑门，"你咋就那么老实呢？有你这么老实的老爷们吗？"九儿看雷大夯低头不语，"准是这小娘们不让，那你是熊包啊，你还是个男人吗？她是你媳妇不是美国小姐。你就动她，看她能咋地。"九儿说这话的时候不像雷大夯的九儿姐，倒像不满意儿媳妇的婆婆，正在挑唆儿子怎么收拾媳妇。

"姐，你今天是咋的了，行了，我不跟你说了，我走了。"雷大夯让九儿数落得一点脸也没有，说着就往外走，九儿在后面追着喊："她这是占着茅坑不拉屎，他耗着你，她成心。"

雷大夯回头说你小点声。九儿跑几步追上雷大夯说："大夯，别装偏了，主动点，啊！听见没，记住喽，她是你媳妇，你是她男人，没有那事不像过日子人家。"

"咱不是军人吗？"雷大夯难为情。

"军人咋了？就不生孩子？不过日子了？"九儿急恼地损他，"那么完蛋呢？"

"行了，我知道了。"雷大夯烦叽叽地说。

雷大夯从九儿那回来，心里很不舒服，九儿那句"你是熊包啊，你还是男人吗"，总在他的耳边嗡嗡响，吵得他心很乱。

雷大夯不是没有过冲动，但都被理智扼杀了。其实他们躺在一铺炕上，谁也没给谁约法三章，但他们就那么固守着自个的爱情，甚至守到神圣不可侵犯。到底守什么？为谁守？守到啥时候？都没有个定数。

小辣椒比他们结婚晚都抱上了儿子。小辣椒结婚后还是那德行，针扎火燎的。别让他见到雷大夯，只要见到她就指着雷大夯的鼻子尖骂，雷大夯，你个花心的玩意，我让我儿子长大了收拾你，你瞅着吧。雷大夯就顺着她说，不用你儿子收拾我，你就收拾我够呛了。小辣椒每听到这话，就满意而又解恨地笑笑。骂归骂，小辣椒婚后还保存着雷大夯给她签的名，那个笔记本再也没写过什么东西，小辣椒珍藏着由他俩共同完成的这三个字——雷大夯。有时雷大夯实在被她骂急了，见到赵富师长就告状，说你也不管管你家小辣椒，见到我就骂我，我好赖不济也是个干部，像是我真做了对不起她的事，她不也结婚了吗？我骂谁去呀？师长就哈哈大笑，谁叫你得罪我们家小辣椒了。告也白告，赵富师长在全师惯老婆是出了名的，都知道他性子急脾气暴，可对小辣椒就温和得不得了，这真是卤水点豆腐，一物降一物。如果有人责怪他你太惯老婆了，他就打哈哈说他现在有两个孩子，老婆是大女儿，儿子是小儿子。

常言道："久旱逢甘露，他乡遇故知，洞房花烛夜，金榜题名时。"是人生的四大幸事，而雷大夯的洞房花烛夜是在默默无语中度过的。

结婚的那天晚上，送走了闹洞房的战友们，九儿给他俩铺的炕。两床军被紧紧地靠在一起，枕头挨着枕头，不用看人，看枕头就看到了新人的亲热劲。九儿虽然恨丁香，但雷大夯的事她哪能不管呢，她就像自己的亲兄弟办喜事一样，忙前忙后，唯恐这婚结得不圆满。临出门，她先是把窗根儿听新房的一溜兵们撵走，再把门关好。丁香自始至终都没说一句话，九儿别看忙活，也全当丁香不存在，正眼都没瞧她一眼，那个劲头就像丁香高攀了雷大夯，就是娶进门都不待见她。

人都走后，就剩下他俩，一个坐在凳子上，一个坐在炕沿边，都穿着整整齐齐的军装，坐的时候是啥样，还是啥样，默不作声，谁也不看谁。也不知过了多长时间，雷大夯说你困了吧。丁香说我不困。又过了一会儿，雷大夯说你睡吧。丁香说那你呢？雷大夯说我到那屋睡去。他把自己的被褥一卷，搬到西屋去了。丁香这才动动姿势，她把自己随身带的箱子打开，先是拿出条毛毯，隔在中间。又拿出条幔帐，挂上。然后她看了看，看哪还不妥当，认为满意了，安全了，她向西屋走去。她看雷大夯就躺在地上，地上还是湿土。雷大夯见她进来，一骨碌爬起来。雷大夯没脱衣服。丁香从地上把他的被卷起来就走，雷大夯在后面说哎，你往哪抱，我就在这睡。由于新盖的房子，地还没干，湿漉漉的。这是两间半房，东西两屋，东是小屋，盘的炕，西屋没有炕，是准备放床的，房子还没盖齐整，哪有床啊，再说新房布置得仓促，其实压根就没布置，也没啥布置的。所以，雷大夯只能睡地上。这湿地睡一宿非把腰睡坏不可。

雷大夯跟着丁香到了西屋，瞥一眼炕上新的装备，心想，你就是不隔我也不稀理你。他又卷起丁香扔到炕上的被，执意到那屋的地上去睡。丁香拽下他手里的被说你不要命了，那湿地能睡人吗？明天你还想不想干活了？雷大夯说没事。怎么没事，丁香说，万一腰睡坏了，还怎么盖营房，再说你九儿姐还不找我拼命啊，得了，我可怕她了。雷大夯也就不坚持了，他想睡哪不一样，反正我又不碰你。这么想着，他就躺到那炕上，脸冲墙，这一夜他都不曾翻过身，睡得很累。

结婚那天晚上，雷大夯躺在炕上心里想着九儿，他有点失眠，还不敢翻身，拘束得近似煎熬。丁香也好不到哪去，她做了一宿的梦，乱七八糟的，记得不太清楚了，忽而跟查尔斯结婚了，忽而跟于剑飞结婚了，就没梦见跟雷大夯结婚。她醒了，看身边睡着的是雷大夯，心想这就是暂时的，我们总有一天会分道扬镳的，这一天不会远的。

这两人真挺有意思的，谁跟谁也没有仇，谁跟谁也没有怨，谁跟谁也没有意思。白天该干啥干啥，该说话说话，晚上该睡觉睡觉。你睡你的，我睡我的。甚至晚上一起上炕睡觉，丁香临拉灯还问一句：你好了吗？我拉灯了？雷大夯就说好了拉吧。有时候雷大夯回来得晚了，丁香还帮他拉亮灯，两人还说上那么三五句话。他们的情况俨然像一对上了年纪的老夫老妻，只在一起搭伙过日子，不再有"生活"了。时间长了，也就墨守成规了。

在这铺炕上，从新婚之夜起，以这种情景，这种姿势睡觉，一直保持了一年多。结婚这么长时间里，他们都是这样过来的，互不侵犯。

今天九儿提起这件事，把雷大夯平静的心搅起了涟漪。雷大夯想想九儿说得也有道理，像他和丁香也就那么回事了，过了这么长时间了，谁都不能从头开始。既然不想怎么样了，那就扑下心来过日子吧，他和丁香老这么吊着啥时是个头啊，雷大夯越想越觉得眼下不是那么回事，这不是过日子派头，既然走到了一起，就应该过正常人的生活。想想他和丁香也没什么深仇大恨，丁香平时对他也不错，有时也唠嗑，为什么就越不过心里那道坎呢？再一想，我雷大夯也不是什么好东西，也没把心思放在丁香身上，说白了，压根就没把她当媳妇，堂堂一个男子汉跟一个女人耍啥清高，应该像九儿说的主动一点。晚上他破天荒做了一次饭，要不他们都到饭堂去吃。丁香回来觉得挺意外，尽管菜做得很难吃，丁香还是说好吃，因为雷大夯眼巴巴地看着她，希望能得到表扬。

晚饭后，丁香趴在桌子上写稿子。雷大夯一会儿倒杯水，一会儿递个苹果，显得很殷勤，丁香不自在地笑笑。到了晚上睡觉，雷大夯想给丁香个暗示，他主动把两条被子放得很近，枕头挨着枕头，看上去亲密无间，而丁香临睡时习惯性地又把中间隔了条被子，挂上幔帐，又恢复到原来的状态，一点心领神会的意思都没有。雷大夯觉得自己用热脸贴了个冷屁股，他看着横在中间的那条被子直运气，心说，丁香啊丁香，你没把我看成什么好人，你开始就防着我，你在我的炕上来了条"三八线"。他看着幔帐，你还构筑了"防御工事"。一年多了，太过分了。这人就是邪门，他以前也不是没看见，也没生气，现在倒生气了。想想九儿白天对他说的话，是觉得自己窝囊。雷大夯越寻思越生气，丁香，反正你也没把我当成什么好人，今晚我要突破"三八线"，捣毁你的防御工事，强袭你的阵地，杀你个片甲不留，我让你美，让你高傲。雷大夯就是发狠心，没行动，真正的导火索是丁香自己。

丁香还像往常一样，钻进幔帐，脱衣睡觉。她已经习惯了这种相安无事的生活，没往歪处想，对雷大夯今晚的反常一点觉察也没有。丁香钻进幔帐，像往常一样脱衣服。丁香一脱衣，一挺胸，透过幔帐，雷大夯第一次看到成熟女人的轮廓，凹凸的曲线，朦胧而美丽。他眨眨眼，觉得眼有点花，心想，一年多了，我以前怎么没发现？这个没发现相当幼稚，没发现丁香的身体居然跟他不一样？因为他以前根本没往歪处想，今天晚上他想了，他注意了，所以他发现了——女人的身体。恰在这时，丁香说你还不睡呀？就钻进了被窝，一头秀发就铺在了枕头上，很暧昧，也很诱惑。雷大夯也像往常似的答，哎，这就睡。他光说没挪窝，呆坐着，眼睛盯着枕头上的秀发，知道想入非非了。奇怪的是，雷大夯第一次有了属于男人的欲望和冲动，可怕的是这欲望和冲动太疯狂又太突然了，超出了他的驾驭能力，猛烈得像火山爆发，迅速得如风驰电掣，简直是一发不可收拾。他坐在凳子上竭力克制自己。丁香在被窝里说，你今晚咋地了，不睡觉了，明天还出操呢。因为每天晚上都是丁香拉灯，灯绳在她这面墙上。丁香本来说话就温柔甜润，虽然不是甜言蜜语，听上去也很温和，当然醉在了雷大夯的心头。这时的雷大夯气喘得就有些不匀了，他屏息克制着，克制着。那不是他克制就能克制得了的，他狼似的跳上炕，一步跨过"三八线"，一把扯下幔帐，掀掉被子……这些防御设施对雷大夯来说形同虚设，对雷大夯的偷袭丁香一点准备也没有，她惊叫着，抵御着，但，是徒劳。雷大夯由狼变成了非洲豹……暴风骤雨过后，彩虹怎么会挂在黑夜呢？丁香的心暗淡极了，她哭着骂着，骂雷大夯是个流氓、强盗……雷大夯四仰八叉躺在炕上，任凭丁香的拳头打在他身上，就跟打的不是他。他咧着嘴笑着，想着，我就是流氓了，我就是强盗了，爱上哪告上哪告去。他自我感觉好极了，他是这样给自己评价的：我是一个纯粹的男人；一个脱离了低级趣味的男人；一个高尚的男人，一个痛快淋漓的男人。他觉得自己也能出口成章了。他兴奋得差点高呼起来，干得漂亮，做丈夫的感觉真好。

这时窗外下起了雨，雨敲打着玻璃，这雨声雷大夯听起来舒服，咋这么合我意呢，就是催眠曲，一会儿他便在这雨声中睡去了，再有什么声他也听不着了，包括丁香委屈的哭声。这雨声，在丁香听来，就像如泣如诉的琵琶曲，每一声都让人心碎。她一刻也不想看到这个睡得像猪一样的男人，她穿上军装，冲进雨里，就好像雨和她一起哭。她一边跑，一边哭，一边回忆。回忆和于剑飞在一起的点点滴滴，当初原本是赌气跟雷大夯结婚的，赌完气就离婚。从结婚那一刻起，她想了种种防御措施，如果雷大夯胆敢侵犯她就以死相抗。结婚的当天晚上她为自己的这种想法感到可悲和羞愧，是对雷大夯人品的亵渎，她觉得很对不起雷大夯的人品，雷大夯是个真正的君子。丁香觉得自己是以小人之心，度君子之腹。他不但不侵犯自己，还抱着被到另个屋湿地上去睡。就这一个举动让丁香佩服得五体投地，她就对雷大夯放松了全面的警惕。一年多都是这么过来的，丁香感觉挺好的，婚前婚后没什么变化，她也就不急于想离婚的事。她不是不想离，而是觉得挺麻烦的，再说这样不挺好吗，平常还有个说话的人，雷大夯对她相敬如宾，总是拿出班长的姿态爱护她这个兵。所以，她不急于脱身，直到事情发生前，她还泰然自若。一年多都那么过来了，为什么要警惕今晚。丁香想，原来这一年多，雷大夯放的都是烟雾弹，我被他蒙蔽了，现在看来后悔的只有自己，只是自己跟自己赌气，这个气赌得代价太大了。她原来是想让于剑飞后悔的，没想到后悔的是自己，付出代价的也是自己。

丁香今夜真的后悔了，她走在夜的雨雾里，像一片飘零的叶子，任风吹雨打。她在雨中奔走着，懊悔着。查尔斯，不如听你的话，回美国了，我丁香就是再落魄，也轮不到他雷大夯头上，真是应了那句话：心比天高，命比纸薄。她不知怎么就来到了团部，她没打算来这里，不知腿怎么就把她带来了。雨继续下着，打湿了整个夜空，也打湿了丁香的心。她走到于剑飞的门口，这时她才知道冷，她浑身打着冷战，她伸出手犹豫了一下，还是敲响了于剑飞的门。

于剑飞听到敲门声，他穿上衣服，打开门，丁香一头扑进他的怀里，抱着于剑飞再也不放手，眼泪代表了所有的语言和委屈。于剑飞不住地问，丁香，出什么事了，到底怎么了？这深更半夜的，你怎么来了？哭得这么伤心？丁香说你别问了，我不想活了，我真的不想活了。于剑飞说这可不是一名军人说的话，遇到天大的事我们都要直起腰挺住，挺住，丁香，听到了吗。丁香说我挺不住了，一切都不可挽回了。于剑飞说，你还有我呢，我永远都是你的于剑飞，只有你抛弃我，我永远都不会舍弃你，知道吗。丁香说你为什么不早说。于剑飞说你不给我说的机会，礼堂一别我们就错过了所有的机会，甚至连见你一面都很难，我知道你是在和我赌气，你是想折磨我，惩罚我，让我后悔一辈子。可你不觉得你做得太残忍了吗，你亲手葬送了我们两人的幸福。丁香，你太傲慢，太任性了。丁香说那我跟雷大夯结婚时你为什么不站出来制止，那一刻你没来，我的心就彻底凉了。于剑飞说傻丁香啊，我那时被师长关禁闭呢，等解除禁闭我就到家属院找你，你和雷大夯已经结婚了。丁香说别说了，这才叫阴差阳错，说什么都晚了。于剑飞说不晚，丁香离开他。丁香说不晚又能怎么样，离开他你又能怎么样，九儿她是不会放过你的。提到九儿，于剑飞再也说不出话了，他不能把九儿怎么样，他纵有三头六臂也逃不出九儿的手掌心，所有的理都在她这边，所有的大好形势都是她的庇护伞。部队正在进行检查、自查，检查各级干部的思想作风问题。于剑飞和丁香的事，一搬到桌面上说就是个人腐化思想在作祟，于剑飞的武功再高强他也扭不过政治趋势。面对丁香他无言以对，此刻，他只能紧紧抱着丁香，谁能理解他此刻的心情，怀里抱着他心爱的别人的妻子，矛盾的心理把他折磨得苦不堪言，他恨不能把丁香变回朝鲜战场上的丁香。他从丁香的泪眼里看到了悔意，那眼神能把人的心揉碎，两双泪眼相望着，太多的话不知从何说起……他们的唇印在了一起，合着泪，贴着心……一年多了，于剑飞原以为尘世的爱已熄灭，可是错了，丁香在他心里一刻也没离开过，今夜他又迎来了爱的春天，他在这春天里徜徉。世界在他的身后，炮火在他的身后，雷大夯和九儿在他的身后。只有他和丁香，那个旅美归来的女兵，带着西方人的浪漫，带着东方人的韵味，翩然飞至他的身边。他们一见钟情，许下诺言，永不分开。他牵着她的手，邀上春天，一直向前飞。他们忘了何年何月，身处何地，因为他渴望得太久了，陶醉彼此，不顾一切。还是丁香的一句话把他拉回了现实："剑飞，你要给我报仇。"

"到底怎么了？"

丁香拉着哭腔说："雷大夯，他，他是个流氓。"于剑飞听了，舒了口气，原来是这么回事，"你们是夫妻呀。"于剑飞苦笑着。

"剑飞，我……我……我的第一次没了，不应该这样的，不应……"丁香还没说完就虚脱了，于剑飞愕然了，一年多了，该发生的才发生，原来结婚的第二天雷大夯他给我虚晃一枪。这个玩意儿看起来像个傻子，其实他是个狡猾的公狐狸，我被这个畜生骗了。这个小长工，这些年他就跟我装傻充愣，处处跟我作对。于剑飞把丁香抱到床上，给她盖上被，于剑飞坐在床边，丁香好像睡着了，但她还紧紧握着于剑飞的手，不敢撒手，就怕这一撒手就再也握不着了。事实真就是这样，因为天快亮了，天亮后都将回到正常的轨道，黑夜里的"勾当"来不及收拾，就会暴露在光天化日之下。

天说亮就亮了，于剑飞试探着抽了抽手，丁香又抓住了，于剑飞也就任她这么握着，他想今天他要去找雷大夯算账。没等他走出门，雷大夯已找上门了，他一脚踢开门，他看到于剑飞和丁香的手握在一起，于剑飞就像没看见他进来似的，动都没动，特别是手，还那么牵着。雷大夯指着于剑飞的鼻子喊："于剑飞，你不像话，你忘了让师长关禁闭了，你把我老婆交出来。"

于剑飞站起来，"不用交，她就在这，哪都不去，我看谁敢动她，谁动她一根寒毛我让他跪着扶起来，信不信？"

雷大夯甩下头，嘲讽地说："哈，笑话，我的老婆，我动不得？她怎么上你这来了？"

于剑飞咬着牙说："你还有脸问，你对丁香做了什么，你这个混蛋。"

雷大夯瞅他着急的样子，心里就好笑，他有意气他，扬着眉答："我们两口子的事你管得着吗？"

于剑飞大吼一声："到底怎么回事？"

雷大夯一点愧意也没有，大着脸说："枪走火了！"

"我让你枪走火。"于剑飞一拳揍在雷大夯的脸上，这一拳太狠了，雷大夯的鼻子嘴立马就出血了。

丁香身子欠了几欠没起来，泪顺着眼角流到了枕头上。

雷大夯摸了把流出的血，看看说："于剑飞，你还觍着脸打我，丁香在你屋里算怎么回事，我们已经结婚了，她是我的，我一定要抢回她，谁都不好使。你这叫什么？这叫偷情，你这个团长越当越回陷。"如果没有昨夜，雷大夯不会吃这么大的醋，更不会这么愤怒。现在他对丁香说不出是种怎样的感情，反正是变了，翻天覆地变了。丁香是他生命中真正意义上的一部分，不，是全部，全世界给他他都不会换。于剑飞？这个时候你来抢，不可能了，她已经融进我的血液里，走进我的心里。尽管她现在还不接受我，但也由不得她了，她是我雷家的人，是我雷大夯的人，我这一辈子都要为她活了，在一起，白头偕老。人有时很精，有时很笨，人生的某些感悟必须在某个拐弯处或某个小波折后才能领略得到。

于剑飞怕惊扰丁香，他说："少废话，挨打没挨够，咱到操场练去。"

"去就去，我怕你呀。"雷大夯带头先走到操场。

两个大男人在操场就过上招了，这可不是你踢我一脚，我打你一拳，而是棒来剑舞。从他俩第一次在马棚过招，这算是第二次正式过招，两人的招数比以前大有进步，真是把中华武术的精髓表现得淋漓尽致，到底谁是真的英雄，今天非得分出个高低不可。

　　起床号响了，各营都带队到操场出操。还出什么操啊，这跟拍武打片似的，战士们自动围成了场子，不时爆发出叫好声。战士们可真捧场，呐喊助威。两个人上下翻舞，像蛟龙覆雨翻云，气宇轩昂。

　　丁香来了，她站在两个男人中间说："别打了，两个大男人，真不嫌害臊。"

　　两人总算停下了，于剑飞看了看周围的战士们，发出洪亮的口令："各营带各营的兵，跑操，立正，向右转，跑步走！"。

　　雷大夯不把自己当外人，他不由分说，牵着丁香的手就走。

　　于剑飞一个箭步跨过去："放手！"

　　雷大夯说："我偏不放，我是她丈夫，丁香走！"

　　丁香转向雷大夯说："雷大夯，我要跟你离婚，从今天我就住到宿舍去。"

　　雷大夯不解地看着丁香说："为啥？"

　　丁香说："因为，因为你是个危险分子。再说，我不是你的私有财产，想怎么样就怎么样。"

　　雷大夯着急地说："我们是夫妻了呀？"好像是真正的夫妻就不能离婚似的。

　　丁香气愤："谁跟你是真夫妻呀。"

　　"那不是以前吗，现在咱们是真夫妻了。"雷大夯反倒不理解丁香了。

　　丁香伤心欲绝地说："这个婚我离定了。"是的，丁香不能再错下去了，人生的路还长着呢，她不能跟她不爱的人过一辈子。即使嫁不成于剑飞，她就守着他，远远地，默默地，也比这样好。

　　雷大夯眼睛瞅着于剑飞，不慌不忙地对丁香说："你想离，我偏不离，离了好便宜了这小子啊，没门。"

　　丁香觉得雷大夯真是胡搅蛮缠："以前你不是同意的吗？我们早晚是要分开的。"

　　"以前是以前，现在变了。"雷大夯不是赌气，他是在申辩，他说的也是事实和真心话。

　　从这件事以后，丁香再也没回家，她是铁了心要和雷大夯离婚。于剑飞也铁了心跟丁香在一起，他们俩交换了意见，于剑飞说等她，等什么呢？就是等她离婚，一天也是等，两天也是等，一辈子也等，只要你有决心离。丁香说你离婚我也是你的，你不离我也是你的，就维持现在这个现状我也不在乎。我知道九儿是不会放过你的，她可不像雷大夯大咧咧的。他今天就是在气头上说不离，我和雷大夯结婚的当晚，虽然谁也没挑明，但都有这个意思，先在一起对付着，以后再说。这一天终于到了，他没必要不放手，其实他也早有这个意思，说找我还不如找小辣椒呢，既然这样，我这面问题就不大，最主要的是你那边，九儿可是个难攻的山头，想拿掉她谈何容易啊。于剑飞说大不了就是现在这个样子，没啥大不了的。他们俩把事情分析得头头是道，但做起来却本末倒置了，刺头是雷大夯。九儿的态度很明朗，她说于剑飞别说我这些年总缠着你，雷大夯能离婚，我也不挡着你的幸福。于剑飞把这一喜讯告诉丁香，问丁香她那边的情况怎样。丁香没开口就先哭了，雷大夯这叫什么人哪，出尔反尔，这会儿他又不离了，他说离婚？哼，门也没有，如果早两天说我还可以考虑，现在不行了。你说他多不讲理，我怎么跟这个胡搅蛮缠的人在一起生活，以前我怎么没识破他，一天我都不想跟他在一起了。听了这话于剑飞明白了，雷大夯跟丁香认真了。但于剑飞也横下了一条心，他不能错过这次机会。

雷大夯那天早上回来直接就去找九儿了，九儿看他的脸色就知道出事了。雷大夯是个心里装不住事的人，所有事都写在脸上。雷大夯说丁香提出跟他离婚。九儿听了就气得愤愤地，冷笑加嘲笑，哈，她想离婚？她想离就离呀，她还想去美国呢，她去得了吗？部队是给她开的呀？军婚是受法律保护的，谁想离也不好使。她问雷大夯，你是啥意思？雷大夯说我是坚决不离。九儿就有点纳闷了，雷大夯的态度怎么会这么坚决？她原本是想劝雷大夯一番的，不要离，因为他一离，就动摇了她和于剑飞的婚姻，她宁愿和于剑飞这么不死不活地吊着，也不想离。九儿就问你不是总看不上丁香吗，这回怎么了？雷大夯脸先红了，吭哧了半天说，姐，丁香昨晚是我真正意义上的老婆了。九儿眼睛猛地睁大了，心跟着抽了下，说不上酸还是甜，但很快她战胜了这种她认为不合常理的感觉，这可是她自己精心策划而又想要的结果，继而，她眼里放出了赞许的光芒，噢，大夯，这么说你要做爸爸了。雷大夯不好意思地挠着头说，这才哪到哪呀。九儿说会的，一定会的。九儿就点雷大夯脑门一下，你个大老爷们，还哄不了个女人，她架不住你三句好话，别放了她，把她哄回来。一旦这样了，就要对人家负责，听见了吗。雷大夯说姐，你放心吧，我知道你对我好，这婚我是不会离了。九儿确实放心了，她知道于剑飞很快就要来找她谈了，谈吧，只要雷大夯咬住不放松，她这儿就会稳如泰山。这个不识字的童养媳，总是能号准雷大夯的脉，也能号准于剑飞的脉。九儿一点也没感到自己错，她想，我有什么错,我维护自己的婚姻错了吗?错的是他于剑飞和丁香。行,你丁香以前不知道我和于剑飞的事,现在知道了吧,知道了你还为什么挣命地要跟于剑飞好,呸,就是臭不要脸。

而丁香豁出去了,她写了离婚报告,就开始找各级领导。赵富师长蹙着眉头说,丁香啊,这婚是我亲自找你谈的吧?你二话没说同意的,你现在又要离,到底为啥?丁香只能说感情不和,她能说就是为了跟于剑飞赌气?那师长八句话等着她,你要谁呢,你拿婚姻当儿戏哪。师长说感情是可以培养的,你看看啊,多少从战场下来的老干部,跟女方结婚的时候根本不认识,现在不也过得好好的吗?就拿我和小辣椒说吧,你看我们多好啊。怎么一到你丁香这就鼓包呢,何况你和雷大夯在战斗中就认识。丁香啊,你的工作可就是咱精神文明的窗口,你可不能起反面带头作用啊,好了,回去好好想想。丁香不走,她说师长我请求离婚。师长耐着性子说好吧,那我问你,雷大夯是啥意思?丁香说他不想离。师长说这就对了嘛,雷大夯这点就比你强,当初让你们结婚也就考虑到这一点,你毕竟在美国长大的,受资本主义国家思想的影响,难免有浮夸的思想,让苦大仇深的雷大夯时刻教育和帮助你。看起来雷大夯的工作还没做到位,但这一点还是可以表扬的,他没有扔下革命同志不管,有继续帮助你的愿望。雷大夯同志是个好同志啊,你先回去,这事我再调查调查,研究研究,啊。

师长马上给于剑飞挂了电话,在电话里狠狠地批了于剑飞,说据我了解,雷大夯和丁香一直过得很不错,也没闹啥矛盾,据说你又插了一杠子。于剑飞呀,于剑飞,让我说你啥好呢,你要认清当前的形势,这几个团,就数你们团学习、建设、训练搞得好,广大指战员扎实地掌握了总路线的基本内容和精神实质,所以,你这个当团长的,把精力用到正道上,更要进一步明确中国革命的当前任务及必须采取的方针、政策,认清国家社会主义建设与国防建设的关系,划清资本主义与社会主义、资产阶级思想与无产阶级思想的界限,必须清除和平麻痹思想,加强战备观念,纠正你个人腐化享乐思想,给干部战士起到良好的带头作用。听见了吧?于剑飞。这些年,赵富的师长没白当,也学会了,说话一套一套的。于剑飞边说是,边说我和九儿的婚姻就是旧社会的产物,新中国建设这么多年了,早就该废除了。还没等于剑飞说完,师长叭把电话撂了。

这次于剑飞和丁香的勇气是越挫越勇了,正当他们为爱挣扎、为爱呐喊的时候,一件意想不到的事情让丁香停止了为爱情奔走的脚步。

正在饭堂吃晚饭的时候，丁香突然觉得恶心。想吐又吐不出来，吐出的都是酸水，一连几天都是这样。她心里犯合计，这好模样的怎么回事啊，不会是那什么吧？她算了一下日子，倒吸了口凉气，我怎么这么倒霉呀。她冒出的第一个念头就是堕胎。可那个年头，堕胎比登天还难，医院查得比公安局查特务还细，首先要有丈夫的签字，否则门也没有。雷大夯会签这个字吗？不可能的。丁香是叫天天不灵，叫地地不应。她连个商量的人都没有，如果欧阳鹿活着该有多好，她此刻是那么想念欧阳鹿。欧阳鹿我有孩子了，可是，孩子并不像你盼望的那样，不是我和于剑飞的孩子，我们没有走到一起，这条路太难了，我也走得太累了。

九儿有时也领着小胜利去部队食堂打饭，于剑飞不回家吃饭，就她和小胜利，有时来不及或懒得做，就去打饭。今天她正碰上丁香打饭，丁香低着头吃饭，装着没看见她，九儿也不想理她，但孩子是天真的，他跑到丁香的桌上说："丁香阿姨，雷叔叔这几天咋总生气呀。"

丁香抚摸着小胜利的头说："没事，你误会了吧，就是雷叔叔生气也不是跟小胜利生气，雷叔叔是喜欢你的。"

胜利又问："丁香阿姨，你怎么总也不回家呀，我去你家好几次都没看见你。"

丁香敷衍胜利说："阿姨忙，来跟阿姨一块吃。"听到这，九儿走过来了，从凳子上把小胜利扯下来说："别在孩子面前撒谎，胜利，走，咱回家吃去。"这时丁香捂着嘴就往外跑，跑到外面，扶着墙就开始呕。九儿紧追过来，递给她一条手绢，焦急地问："哎呀，你这是咋地了，没事吧，走，我扶你走。"说着就扶着她走。丁香摆手，说："我没事。"

九儿喊："胜利，去，给你姨舀水去，涮涮嘴。"等胜利端水来，丁香又开始吐，吐完了，很疲惫地靠在墙上，脸色蜡黄。九儿就这么盯盯地看着她，盯着，盯着，恍然大悟："我的娘哎，丁香，你怀孕了，你指定是怀孕了。"丁香哇就哭了，她就用拳头捶自己的肚子。九儿就抓着丁香的手说："哟，这可使不得，这肚子里的孩子可经不住你打。"

小胜利端着水，听妈妈说阿姨肚子里有孩子，就跑过来，扔掉水，两只小手护着丁香的肚子嚷："丁香阿姨，你别打了，别把小妹妹打坏了。"

九儿一把把他扯到一边："别添乱了，这能瞎摸吗？没深没浅的。"丁香靠在墙上就是哭，满眼都是绝望的神色。九儿快人快语地说："这有啥可哭的，哪个女人不生孩子，咋地，你以为你是天仙，不食人间烟火，不能生孩子？生孩子就掉你价了？是女人就躲不过去，不管你是多么要强的女人，都得生孩子，有本事你就托生个男人，走我送你回家。"

丁香靠在墙上，虚弱地说："我不回家，我要离婚。"

九儿听了，把嘴噘多老长："啥？啧啧，你还想离婚，你都这样了，还异想天开呢。大小姐，别做梦了，你这是在中国，不是在美国，你想怎么浪漫就怎么浪漫。就你这个样子于剑飞他能要你吗，在我们老家可是最忌讳二婚头的，哪个好男人找二婚头，何况你这还揣着孩子，"九儿拍着自己的脸，"你让于剑飞这脸往哪摆啊。你可别作了，你作来作去别鸡飞蛋打一场空，整不好雷大夯也不要你了，你这大个肚子在军营里咋采访，还采访别人的新闻，你采访你自己吧。"

九儿这劝人的话比骂人还难听，丁香被她数落得体无完肤，特别那个"二婚头"，九儿每说一句都像烙铁烙在丁香的脸，丁香的脸被烙得火燎燎。丁香鄙夷地说："谢谢你的好心，这是我和于剑飞的事，谁也管不着。"

九儿嘲笑："哼，笑话，谁也管不着？还有我呢，只要我活着就别想离婚，你就是等到白头也白搭，除非我死了，可惜呀，我这人命贱，啥环境都能活，一时半会还死不了，你没看我瘸着一条腿，残着一只胳膊照样活得劲劲的，我还怕啥？啥我都不怕，何况你个小小丁香，别瞎耽误工夫了，死心吧。"

丁香不解地问："你不是同意离婚了吗？"

九儿眼睛一抹搭，笑了声说："你可真天真，我是同意了，可有组织把关哪，你没看现在正在自我排查吗，查思想，查作风。你这搞新闻工作的比我清楚，咱们团排查的主要对象不就是你们俩吗？你倒行，本来就是资产阶级小姐，可你误了于剑飞的大好前程，你这是对他好吗，你这是害他，你非得让他跟你一起遗臭万年，你看现在，干部战士都铆足了劲把青春献给伟大的社会主义建设，只有你们俩在搞见不得人的资产阶级小情调。这回师长可下狠心了，非得抓出一两个典型不可，绝不讲情面。你就那么忍心让于剑飞毁在你手里，当这个反面典型？"

丁香问："你怎么知道师长的意图？"

九儿摆着谱说："你别忘了，我曾是师长的警卫员。"

丁香不再说话了，她瞪着一双眼睛想着心事。

九儿看她这样，动了恻隐之心，口气格外地亲切，"丁香啊，我说话是不好听，可都是实话，都为你好，你退一步就风平浪静、海阔天空了。你想想，是不是，这老话说得好啊，听人劝吃饱饭，你是有文化的人，你退这一步，不但救了你，还救了于剑飞。别看你俩现在决心挺大，为什么爱情整得挺壮烈的，是，就说你俩经过努力在一起了，他的团长也下来了，你也脱下军装了，有意思吗？到那时候于剑飞就该埋怨你了。我可太了解他了，他是把军人的事业看得比生命还重要。"她又看看丁香，还是刚才那个表情，眼睛直直的，表情木木的。九儿看着她的肚子说都这样了，还离什么婚哪，走，回家！九儿扶着她，她真跟着走了，没有挣扎，九儿心就放平了，说明她的苦口婆心丁香都听进去了。她回头对小胜利说去到营部找你雷叔叔，就说你丁香阿姨回家了，去，快去。胜利应着，撒腿就跑。其实九儿虽然是为了维护自己的婚姻，可是，丁香坚持下去后果真的不堪设想，这样闹下去，非把事闹大不可。

部队太忙了，雷大夯等到晚上才回来。九儿想给丁香做口饭，那伙房的饭哪是孕妇吃的。九儿走进丁香家的厨房，啥也没有，九儿又跑回家，把自己不舍得吃的鸡蛋、挂面拿来，给丁香做了鸡蛋面，强逼着丁香吃上。

雷大夯一进门，就不咸不淡地说："大小姐怎么回来了？我可没请你，你不是要和那个地主少爷私奔吗？那你就等着军法处置吧！"雷大夯虽然嘴上这么说，其实看见丁香回来他也挺高兴，他就是想杀杀她的小姐脾气。九儿白他一眼呵斥，雷大夯你是不是烧包啊。丁香一生气，这恶心的劲又上来了，扶着门框呕个没完，脸色煞白。这回雷大夯害怕了，问："丁香你咋的了？你可别生这么大气，我说话你还不知道，不经大脑。我背你去卫生队。"丁香没说话，眼泪顺着脸流了下来，雷大夯更毛了："哎呀，你到底咋地了？急死我了。"丁香哭得更伤心了，仿佛天塌了。

九儿一边麻利地收拾着碗筷，一边快人快语地替丁香答："没啥事，怀孕了，一会哄你媳妇吃点饭。"

雷大夯愣住了，眼睛瞪得跟铜铃那么大。九儿就捶他一下说，你愣啥愣？傻了，你要当爹了，还不赶快给你媳妇说点好话。

雷大夯用手拍拍脑袋，感觉是清醒的。他跑到院子"咚"跪下，面对着家乡的方向说："爹，娘，大夯有后了，您老有孙子了。感谢毛主席，感谢共产党，没有毛主席和共产党领导咱闹革命，大夯我在李子屯也许就'棍'了。"他又用牙启开一瓶白酒，拿着茶缸子跑到院子里，对着满天星光呼唤着牺牲在朝鲜战场上的战友们："老连长，三排长，黑虎……牺牲在105高地上的战友们，我们胜利了，我们回国了，我们的队伍壮大了，我们后继有人了，我有儿子了，你们也替我高兴吧，这也是你们的孩子，我们正在进行社会主义建设，要不我没有理由再活在这个世上，105高地的战友都死了，一个连啊！我有罪呀，来我敬你们一杯。"雷大夯把酒倒在军用大茶缸里，举向天空，然后洒在地上。"来，战友们，我们共同干一杯。"他又倒上一茶缸子，一扬脖子干了，他呜呜地哭着说："安息吧，战友们。"

雷大夯的哭声感动了丁香，他得知这个消息，首先想到了牺牲的战友，男人有这样的胸襟是让人敬佩的。尽管她不喜欢雷大夯，但她也知道雷大夯是条铁打的汉子，流血他也没哭过，牺牲他没哭过。丁香听懂了这个男人的哭声，为死去的哭；为活着的哭；为即将诞生的哭。一个男人一生能有几回这样的哭声，丁香依稀还能听到105高地的炮声，听到雷营长吼叫着让她撤退的声音，如果不是他，也许她永远留在了105高地。她是沾了记者的光，沾了照相机的光，沾了相机里战士们的光，那是他们留在这个世上最后的形象。相机在当时是多么昂贵的"武器"，她想起那个为保护相机牺牲的学生兵，战友们这样爱护我，我没理由不好好活着，她下意识地抚摸着自己的腹部，此刻有了做母亲的责任和荣耀。

但丁香不能原谅雷大夯的行为，她就是决定生下孩子也不想理雷大夯。她心想，孩子是我自己的，是革命的后代，跟他雷大夯没有关系。

九儿站在雷大夯的身后，看看雷大夯，看看丁香，感叹道："多么好的一家子啊，还是新中国好啊。丁香别折腾了。大夯啊，我走了，劝丁香吃点饭，可不能生气了。"

"哎，姐，你放心吧。"雷大夯应着。

送走了九儿，雷大夯回身不相信地望着丁香，恍如梦中。他想起打天津时，他从河里抱起丁香撵队伍，谁会料想到，他这一抱就抱定了终身，她竟怀了他的孩子！他当时就是拿着望远镜往后看，也看不出他们以后会在一个炕上睡觉，哪跟哪都挨不上。

生活真是个杰出的战略家，喜欢给你出其不意，攻其不备。在朝鲜时，欧阳鹿如果知道丁香日后没跟于剑飞结婚了，她早就明目张胆地向于剑飞表白爱情了，何必等死了之后，才让于剑飞知道她的心迹。

丁香转身进屋，雷大夯跟过来刚想扶着，丁香甩掉他的手，没理他。

丁香很痛苦地躺在炕上，脸上挂着泪痕，雷大夯心里也不好受，恻隐之心油然而生。都说怀孕就是有喜，而丁香却看不出一点喜悦之情，却是泪水涟涟。想往日虽没有肌肤之亲，却也相敬如宾。而今天行如路人，路人还能打个招呼，而现在，丁香都懒得看我一眼。雷大夯望着丁香在心里检讨自己：这是我的妻子，我的爱人啊，我也太鲁莽了，那么长时间都相安无事地过来了，我们不是一直相处得很好吗，我怎么就不给她时间，不给她准备？我怎么这么混蛋没出息呢。最可气的是过后还说那些混账话，其实我不是有意气丁香的，我是让于剑飞气昏头了，我就是成心气于剑飞。雷大夯几次张口想把心里的话说出来，向丁香检讨，但他怎么也张不开嘴。红口白牙地向丁香承认错误，一个大男人，这脸往哪搁呀？他就站在炕沿边上，眼巴巴地看着丁香，伸手想给她擦眼泪，又缩回来，不知所措地搓着两只手。吭哧了半天说，你渴了吧，我给你倒水去。丁香从炕上爬起来，跟他别着脸，仍然不搭理他。雷大夯把水递给丁香，说别哭了喝口水吧。丁香没接，并把个后背对给他。雷大夯看桌子上的饭没动，水也不喝，肚子里还怀着孩子，这能行吗。

他把水杯放桌子上就出去了，这种难事他只能去找九儿。九儿说你怎么不在家陪着丁香，你出来干啥？雷大夯说丁香不吃不喝，光哭怎么办那？九儿也着急，她数落雷大夯，你呀，你说点好话不会呀？我走的时候不是告诉你说好话了吗。她本来身子骨就弱，连气带饿，那还了得。大夯啊，你哪错了就向她检讨哪。雷大夯嘟囔，我检讨了。九儿问她不听。不是，雷大夯说，我在心里检讨好几遍了。九儿生气地说你真是个榆木脑袋，你在心里检讨一百遍顶屁用，她又听不着。那好话是说的，又不是让你花钱买去，咋就那么费劲呢？赶紧回去说去。哎！雷大夯应着往回走。九儿不放心地追到门口说，自己的媳妇，有啥抹不开的，心里咋想就咋说，啊。

雷大夯回到家，看丁香还是那个神态坐着，他真心疼了。他还是站在炕沿边，像个做错事的孩子。丁香侧脸看了他一眼，满眼的泪和怨，但没有恨。这一眼把雷大夯的心看软了，看化了。他鼻子一酸，眼泪差点出来，我这是干什么，我怎么可以那样。他说："丁香，我这个人没什么文化，我知道我犯了不可饶恕的错误，可是，已经这样了，我不知道怎么办。我也想好了，我给你自由，去留你自己选择，我决不拽你后腿。可是，你知道吗，我是多么想你留下来，做我的妻子。我还是那句话，如果没有这事，你怎么都行，我们就是战友，可是有了这事，我不知道我这心里说不上什么滋味，我突然觉得你和我一下拉近了，是血脉相连，割舍不得啊！我舍不得你走。如果你非得要走，别难为孩子，留下孩子。如果你恨我，就当他不是我雷大夯的孩子，他是欧阳鹿的孩子，是肖扬的孩子，是先烈们的孩子，是革命的后代。把他抚养成人，做革命事业的接班人。雷大夯吸了口气，镇静自己，他眨着眼睛，不让眼泪流出来，再说我雷大夯也不配做孩子的父亲，你应该惩罚我，我，我……"

丁香说："不，你配做孩子的父亲，你是共和国的勇士，是孩子们心中的英雄。"雷大夯激动地坐在丁香的对面，握着丁香的手，不相信地问："你真这么想的？"丁香点头。"可我，可我……对不起你。"丁香无奈地摇着头，流着泪说："你现在让我怎么办？"雷大夯情不自禁地把她的头抵在自己的胸口上："没什么怎么办的，天没塌下来，生孩子，你当妈我当爹，有爹和妈有孩子，这就是家呀！"丁香用拳头捶打着雷大夯的胸脯，哭出了声。丁香知道雷大夯不配做她的丈夫，以后他们也不会幸福，但现在说这些都没有用了，她不想争了。

可于剑飞还满怀激情等着丁香带给他好消息，为了丁香，千难万险他都认了。上次赵富师长在电话里那么批他，他都没说个软和话。他知道丁香也去找师长了，她会和他一样坚定，这几天丁香肯定会来找他，谈他们的进展情况。他们说好了的，为了爱情这一共同目标奋斗到底。

于剑飞是等到丁香来找他了，看到丁香他心里别提有多高兴了，他们沿着营房边向北门走去，出了北门就是草地和并不算高的山峦，正见一名战士在放马。正值山清水秀的季节，于剑飞豁然开朗，心旷神怡，他牵过战士手中的马，不由分说把丁香扶上马。他一跃上马，心情就不一样了，飞扬。驾！马张开四蹄向前奔去。他伏在丁香的耳边说，丁香，还记得在朝鲜，我们就这样骑在马上，你偎在我的怀里，我们在雪地里驰骋。丁香说我记得。于剑飞还保持着当年的激情，丁香再没有了当年的神采奕奕，她说"我记得"的时候泪已溢满眼眶，她真不忍心破坏于剑飞的好心情，但她不说不行啊。她今天来找他了，就是要跟他说清楚，跟他有个了断。这是个艳阳高照的午后，绿的草，红的花，在这明媚的阳光下，红是红，绿是绿，格外鲜活明丽。这美好的景色正贴烫着于剑飞那颗激情飞扬的心。

一条小河，清亮亮的，欢快地歌唱着从山的那边流来，穿过青青的草地。马蹄溅飞水花，在阳光照耀下，那水珠亮晶晶、光灿灿，如水晶四溅。马过了河，于剑飞"吁"勒住了马缰，再也没有比这更美丽的地方了。河的岸边草儿长得格外茂盛，花儿也不示弱，竞展姿色，有黄的，白的，紫的，点缀在绿草上面，在哗啦啦流水的伴奏声中随着微风舞蹈。

于剑飞跳下马，他抱下丁香，没急于把她放在地上，而是抱着她在草地上转着，转着……于剑飞的脸始终洋溢着灿烂的笑。他笑着喊着，丁香，你看这新中国大好的河山，对，是我们的大好河山，我们要亲手把她保卫好，建设好。于剑飞完全沉浸在眼前的大好风光中，丁香等着吧，我们会过上理想的生活的，等我们走到一起的那一天，我们再来重温这美好的时光。我就这么抱着你，直到永远。于剑飞越憧憬，丁香心里越难过，她想到他们永远没有那一天了，就情不自禁地双手猛地搂住于剑飞的脖子，她吻住了于剑飞的唇，和着泪，吻得荡气回肠……她那不叫吻，近乎撕咬，是绝望的宣泄。他们滚落在草丛中，丁香像是要把积蓄了一生一世的爱此刻都奉献给她所爱的人，不留余地，因为没有明天了。丁香的泪模糊了于剑飞的脸，他觉出不对劲了，他停下来，捧着丁香的脸问，怎么了？一定是出什么事了？丁香没说为什么，近乎发疯似的一把推开他说，这是我们最后在一起，你就当我从来没出现在你身边，把我忘了吧。于剑飞是不会放弃的，他追问，丁香，你是不是遇到外界压力了，没有关系，我们能扛过去，你千万别泄气，这可是我们最后的机会。丁香摇着头哭着说，扛不过去了，再也没有挽回的余地了，一切都结束了，关于你和我的传说，已经到尽头了。丁香边说边往后退。于剑飞追上去，双手掐住丁香的肩，像是掐进了肉里，他摇晃着喊为什么？丁香在他的摇晃中像只受惊吓的小鹿，只说了句对不起，就晕了过去。于剑飞呼唤着她，丁香慢慢睁开眼睛，像是拼出了所有的力气，说："我怀孕了。"这四个字丁香说得有气无力，但说出来威慑力却无边，能让时间凝固，能让于剑飞呆若木鸡。于剑飞首先手停住了，眼睛定住了，这种情况只持续了半分钟，他就像个咆哮的狮子跳起来，把自己整个扔进了河里，他在河里狂嘶。丁香踉跄着奔到河边，趴在岸边，手伸向他，剑飞别这么对自己，我受不了。丁香也爬进河水里，丁香的哭声打在于剑飞的心上，冰凉的河水让他的大脑清醒了许多，他游过来，抱着丁香，没有语言了，她哭，他也哭，和着河水一起哭。丁香啊，你让我怎么办，她抱着丁香就像抱着稀世珍宝，他只能更紧地抱着丁香，没有别的办法。这个在战争中一路叱咤风云的老战士，面对小小的爱情他没有策略了。于剑飞想这是老天不让他们在一起，于剑飞是最不信天命的，但他和丁香的爱情让他不得不信，他更加抱紧了丁香，丁香啊，无论你为谁生儿育女，无论你身在何处，你永远都是我的丁香，我心中的最爱。于剑飞还是不死心，他说他不在乎。丁香说她在乎，她不想离婚了，对不起，忘了我。

十月怀胎，丁香生了一对龙凤胎，取名叫雷小妹、雷小龙。

第七章

胜利的年代

（一）

　　说到四连，还忘掉了一个战士。你时常能看到队伍的后面跟着一个小尾巴，手里拿着木头枪，学着兵的样子卧倒、瞄准、射击，他就是七岁的小胜利。兵们休息的时候就练他，他口令听得准，立正稍息，做得有模有样，引来了战士们的阵阵笑声。小胜利是战士们练，他也跟着练，战士们不练，他还练，累得孩子每天晚上睡觉直尿炕。

　　这孩子对枪似乎有特殊的兴趣，雷大夯给他削的木头枪让他玩得油光锃亮。瞧这一身打扮，穿一套绿色军装，大人军服改装的，腰里系个武装带，五冬六夏这武装带不离腰，多热的天都扎着，别个木头枪，身后还背着个木头剑，剑上系个红绸子，木头枪上也系个红绸子，上学的时候背个军挎。学习啥也不是，革命歌曲不离口，还没看见人哪，离老远就听见唱了，没有一句是完整的，没有一句在调上的，唱到东扯到西。没有人夸他唱得好，只有雷大夯，夸这孩子唱得可真好，随他妈九儿。他那是唱吗？他那是扯着嗓子号。于剑飞气得指着他的脑门说，我像你这么大的时候，唐诗宋词倒背如流了，你看你斗大的字不识一箩筐，这哪像我的儿子，纯粹跟你雷叔叔一道号。说像雷叔叔，小胜利不

313

以为耻，反以为荣。他对雷大夯可亲了，自从七岁那年让他在当兵的老爷们堆里认他爸，他一眼就认出了雷大夯，响亮地叫了声爸，雷大夯也不客气，走到哪都说这是他儿子。也不赖孩子认不出于剑飞来，他也不回家，他也不理孩子，于剑飞偶尔回趟家，九儿就拉着胜利说，孩子这是你爸，快叫爸呀。孩子就胆怯地说我爸是雷大夯。九儿就怂搭他，这孩子这么完蛋呢，多大了，连你爸都记不住。这孩子也怪了，平常天不怕，地不怕，他就怕于剑飞，见到他孩子就抵触。有时候小胜利被九儿逼急了，小声叫声爸，于剑飞听着咋那么硌耳朵呢，他就吓唬孩子，别管我叫爸，我不是你爸，再叫我打你。从那以后孩子果真不叫了，打都不叫，孩子一看见他的面就吓得要命，一离开他的眼，就淘得没边没沿。爬树、翻墙、打弹弓、弹溜溜、打架斗殴，整个一个小混混，拖着两桶黄鼻涕，脸上整天像个小花猫。整个部队大院没有不认识他的，兵们提起他，都说那小子，太操蛋了。后来九儿逮着啥拿啥打他，嫌他不争气。原来想嫁个有文化的人，孩子也会像他爸似的文韬武略的，谁料想这孩子成事不足，败事有余。这个性格怎么看怎么像雷大夯，也不赖人家于剑飞不认，除了长得像于剑飞，哪有一点像的，真应了老人说的那句话，谁踩生像谁。真就那么准？弄得九儿直埋怨雷大夯。

等胜利到了十三岁，九儿也打不了他了，她拿棍子打，他就抢过来一折两半，打急了，他拿胳膊有意无意拐她一下，就让她半天喘不过气来。于剑飞根本对他不抱什么希望，后来理都不理了，有爹跟没爹一样，这男孩子不能没爹管哪。九儿想到了雷大夯，雷大夯就成了胜利的代理爹。谁料想这个代理爹跟胜利在一起就跟哥俩似的，情投意合，两人变着法地淘，天不亮两人就练拳脚，雷大夯还带他放真枪。胜利真就长脸，枪打得有模有样，雷大夯这个夸呀，这孩子有出息，枪法准，像她娘。

胜利更迷上了枪，他越来越不满足假枪了，他想要真枪，但没门，他就逃学，自己动手做，躲在部队的破猪厩里用子弹壳和八号铁丝、自行车链子瓣做火药手枪。把子弹壳和一个链子瓣中间用车条帽一连接再加上十来个链子瓣串成枪管，再串在铁丝做成的枪架上。再用铁丝做成的枪栓套上胶皮套就成了发火装置。枪做成后，只要把火柴棍往最前一个链子瓣中的车条帽中间一插合上，真能打响。他就用这个手枪在小伙伴们面前耀武扬威，惹是生非。小学没毕业就被学校开除过两次。真是半大小子讨狗嫌，他对于剑飞腰里的枪早就垂涎三尺，最近这想法更迫切了，因为雷叔叔带他玩过真枪了，玩过真的他还能稀罕假的吗？

前几天胜利在北山小树林里看到一个可疑的人，就跟小人书上描绘的特务一模一样。他没吱声，他要亲手抓住这个特务，准备向于剑飞献礼。因为于剑飞总说他没出息，他要亲手抓个特务，让他于剑飞看看到底谁没出息。

这天中午，胜利提前潜伏在于剑飞团部的床底下，趁着于剑飞午睡的时候，偷偷爬出床底，蹑手蹑脚把于剑飞因午睡卸下来的手枪拿到手，把手枪往武装带上一别，一想不对，这一出去不让警卫员看见了，他把枪拿下来，往靠肚皮的裤腰带上插，把衣服放下，拍拍，万无一失。他偷偷溜出了团部，还跟警卫员做了个鬼脸。他跟这些兵混得很熟，谁不认识这个"小老兵"啊，他从七岁开始就在部队混，到现在有六年了，也算是个"老革命"了。

胜利拿到了真家伙，开始行动，他戴个用柳条编的草帽，趴在草丛里等待着那个可疑人的出现。一个小时过去了，大热的天，汗顺着脑门往下淌，还有大瞎蒙和虫子叮他咬他，他咬牙挺住。

部队那边可炸锅了，于剑飞午睡醒来，发现手枪不见了，他喊来警卫员，问谁到他屋去过？警卫员说就胜利来过。于剑飞一拍大腿，坏了，准是这小子干的，通知警卫排，给我拿于胜利。学校、军营搜个遍，不见胜利的踪影，再向营外搜。

胜利连热带咬快坚持不住的时候，那个可疑人出现了，只见他爬上一棵树，用望远镜向军营窥望，一会儿又爬下树，从草丛里拎出个包，打开油布，是发报机。这时胜利跳出草丛大喝一声："不许动，举起手来，缴枪不杀。"这个人回头一看是个孩子，忙从兜里掏出糖说："小朋友，叔叔给你糖吃。"胜利说："少来这一套，跟我回军营。"这个人想这孩子挺犟，得了，别理他，三十六计走为上，他搬起发报机，撒腿就跑。胜利在后面喊："不许动，你再跑我打折你的腿，你还跑，我打你小腿了。"这人回头看，心说：小破孩，拿个玩具枪吓唬我？他还继续跑。枪果真响了，倒没打着他的小腿，打屁股上了，胜利看了看那人冒血的屁股不满意地说："也没打准哪。"这时找他的兵们也到了，他抹着汗，一筋鼻子，抽了一下快要过河的鼻涕学着兵的样子说："报告班长，我抓到一个特务。"礼敬得挺地道。

"扯淡，哪有那么多特务等着你去抓，你死定了，你爸说抓到你剥了你的皮。"班长急皮酸脸地说。

"他真是特务，有电台，有望远镜，你不信拉倒。"胜利说。

班长上前检查，果真如此，经审讯，此人是专门收集我军情报的国民党特务。

因为这件事胜利变成了少年英雄，而于剑飞因为丢枪现了眼，受了处分。

九儿气得剥光了胜利的屁股打，他愣没掉一滴眼泪疙瘩。出了这件事，九儿和于剑飞意识到了事情的严重性，这个孩子这样下去真不是个办法，他不知还要捅出多大的娄子。雷大夯也来了，他一进门就看见胜利屁股肿得老高趴在炕上，雷大夯笑着说："胜利，你也太操蛋了，敢缴你爹的枪，哈哈……好样的！"

"大夯你到底是夸孩子呢？还是批评孩子呢？别说那些没用的，你也出出主意，看看这孩子咋办？我是管不了了。"九儿说。

"有啥咋办的，当兵去。"雷大夯说。

于剑飞直摇头："那可不行，初中没念完，当兵也跟你一样是个大头兵。"

"我去当兵，我不上学了。"胜利在炕上直嚷。

"没出息的东西，跟你雷叔叔一样，头脑简单，四肢发达。"于剑飞气坏了。

"我就当兵，我要上四连当兵，四连枪打得准。"胜利嚷。

"你真脸大，你也配当四连的兵，我让你当喂猪的兵。"于剑飞说完，摔门走了。

九儿听了这爷俩的对话，她对自己的儿子也死心了，也不再望子成龙了，当兵就当兵吧，我也不管了，让部队管吧，孩子毕竟只有十三岁，太小，九儿不免有些心疼，对胜利来说却是件大快人心的事。

在雷大夯的撺掇下，胜利就这样当兵了。他果真去了四连，但去了四连的猪厩。他整天噘个嘴闹情绪，这猪跟着他遭老罪了，他整天给猪放假过礼拜天，猪们饿得二米高的围墙一跃而过，都知道狗急跳墙，猪急了也跳墙。而胜利比狗比猪更急，他整天伺机跳出猪厩这个火坑。

机会终于来了。

这一天他系着围裙正喂猪。看见一些比较大的首长从他的猪厩门口路过，等他回过神来，已经走过他的猪厩了，喊吧？不是那回事，不喊吧，就错过了这千载难逢的机会。怎么能引起他们对我的注意呢？他叭、叭练了一套拳脚，手拍得生痛，人家也没回头。眼瞅着要走远了，胜利可急坏了，猪们还给他添乱，冲他嗷嗷直叫，他不耐烦地冲着猪喊：去……去……他拎起水桶想给猪倒点食，可桶里空空如也。他拿起猪食勺子气得"咚"敲一下水桶，这个响，这一敲不要紧，给他提了醒，他左手拎水桶，右手拎猪食勺子，他一边敲，一边练武术，嘴里还嘿嘿地喊，这路折腾。他叮当这么一敲可乱套了，猪们以为要喂它们食，本来饿得眼睛发蓝的猪们，一起大合唱，像挨刀似的震天动地，猪们急得前腿都腾空了，就差给胜利敬礼了。这回首长们听到了，首长们走回来，看看到底发生了什么情况。胜利见到首长并没有马上停下来，有人刚想上前制止，被赵富师长的一个手势压下了，胜利心里也打鼓，到了这份上是死是活不管了，我先练完了这套拳脚再说。他这一手露完了，两拳握于腰间，跑步到赵师长面前，立正、敬礼："师长同志，四连战士于胜利向师长报告。"

赵富师长笑着说："小家伙，挺利整。"他回头问："这么好的苗子怎么喂猪哇？"于剑飞嘟囔了一句："让这小子喂猪就不错了。"

"报告师长，我们团长公报私仇。"胜利上来就一句。

"噢？哈哈，我倒要听听你们团长是怎么公报私仇的。"赵富师长挺喜欢这个愣头愣脑的新兵蛋子。

"就是我偷了他的枪，去抓特务了，他怀恨在心，所以让我来喂猪。"胜利抢着说。于剑飞听到这，脸上这个冒火呀，腾腾地蹿火苗子。

"噢，你就是于剑飞的儿子！长这么大了，好样的，不是孬种，是块当兵的料。你母亲当年女扮男装，是我的警卫员，一手好枪法。你爹也是好样的，看到了你，我就看到了当年那个单挑鬼子小队长的于剑飞了，好！将门出虎子。"他对身边的于剑飞小声说："剑飞呀，孩子都这么大了，你现在安稳点了吧？不叫我当年关你的紧闭，你错误犯大去了，谢我去吧你！"于剑飞被他问得磨磨叽叽，这个小尾巴抓在师长手里，有事没事他就拿出来抖落。赵富师长又对其他人说："同志们哪，不该把这么好的兵苗子放这呀！"

傻呀，首长啥意图不知道啊，还用于剑飞说，早有人把胜利调回四连了。胜利真是翻身农奴把歌唱，终于跳出猪厩这个火坑了，终于可以回连队摸枪了。别看胜利是个吊儿郎当的兵，但他特有刚，训练时，胳膊、膝盖都磨破了皮，磨出了血，累得他连床都爬不上去，他吭都不吭一声。在四连开展的"一兵多能、一兵多用、神枪手、神炮手、技术能手"等"全能全优"活动中大显身手。

不管什么枪，经他的手仿佛有了灵性，指哪打哪，枪响靶落。

别看九儿平时在家领导不了自己的儿子，可儿子当了兵，给他一上套，他还真驾辕。

五六十年代部队还不是机械化，兵们就是练射击练刺杀。四连应该说是那个时代的杰出代表，无论是参加哪一级别的比武，都是响当当的。下面有必要列举一下四连的丰功伟绩：

1955年参加师组织的比武，四连参加了射击、刺杀、投弹、越野、器械五个项目的比武，四连取得了三个单项第一和总分第一名的好成绩。从那以后，全连官兵以"高标准建设连队的思想，革命英雄主义精神，英勇顽强的作风"为口号，苦练实练，训练臂力、视力、快速捕捉目标和目测距离。

1960年，全连达到了百名神枪手，出现了七个神枪班，四个左右开弓、枪响靶落的射手。在军组织的考核中，四连连续四年夺得第一。

1963年的一天对于胜利来说是个划时代的一天，军区主管训练的师以上首长来团观看四连射击表演，课目是山地仰角射击。

刚要组织射击，天却刮起了大风，风力达六七级，靶子摇摆不定，在这样的恶劣天气，战士们心里有些没底，在这么多首长面前，怕自己有什么差错。在这种情况下，胜利要求第一个上场射击，九儿别的方面不相信儿子，射击方面对儿子有把握，儿子算得上是四连的射击王牌。

胜利往射击地线一站，长短枪轮番射击，首长们赞叹不已，首长们这样说：到四连不用看别人，看到了于胜利的射击表演，就看到了最顶尖的射击，代表我军射击水平的一个飞越。

在接受首长接见时，刘震军长握着胜利的手，对九儿说："九儿啊！恭喜你有这么个好儿子，自古英雄出少年，他爸爸参加革命时也很小嘛。该把四连这个重担交给他了，是时候了。"他又拍着胜利的肩说："孩子，是个好兵，将来想不想当将军？"胜利响亮地回答想，军长接着说："时代在前进，没有文化可不行，当年你父亲是我的学生，很优秀，如果不是战争也许在研究高端科技了。胜利呀，还要学习呀，你岁数还小，希望将来你能成为我军有胆、有识、有勇、有谋的军事人才！"

听了军长的话，胜利茅塞顿开，父母打骂了这些年都没让他意识到学习的重要性，今天他暗下决心，一定要把文化搞上去。

于胜利被破格提为四连连长，他可谓青云直上，而于剑飞却因为丢枪的事至今还原地踏步。雷大夯被提为 37 团团长，这回他可撵上于剑飞了，这些年一直落在他的后面，总赶不上他，今天终于可以和他站在同一个起跑线上了。他得感谢于胜利，替他解了恨。

刘震军长多次观看了四连的射击表演，确定由四连代表沈阳军区到北京参加全军大比武。叶剑英元帅、罗瑞卿总参谋长等军委首长观看了大比武。在排进攻、投弹、射击三项比赛中，四连都取得了第一名的好成绩。特别是在射击过程中，当四连进行射击时，突然刮起大风，下起了大雨，在这种情况下，四连仍取得了优异成绩。国防部发布命令：授予四连"神枪手四连"荣誉称号。连长于胜利被军区评为连长标兵，并荣立一等功。

（二）

军区召开了隆重的"神枪手四连"命名大会，号召全军区部队向四连学习。

一散会，于剑飞和雷大夯在门口遇上了。于剑飞没理他，直接就上车了。雷大夯走过去说："你牛啥？见到本团长也不打招呼。"

"你才当几天团长，你这个团长在我面前就是个新兵蛋子，你神气啥？"说的也是，于剑飞在这个团职上一干就是十一年。"不是我说你雷大夯，从当兵到现在你哪样比我强，你累掉裤子也撵不上我，就拿这次进京大比武，38 团出了个"神枪手四连"，你们 37 团有吗？这叫狼走到天边吃肉，狗走到天边吃屎，你服不服，你不服就是犟。"

"你还有脸提这事，你鸡巴稀里糊涂放一枪就当爹了，那不多亏了你儿子胜利呀，那是胜利的功劳，有你啥？但，有我的功劳，我教他的武功，是我决定让他当的兵，你纯粹坐收渔利，他原本就应该是我的儿子。"

"你说这个？那丁香原本是我的妻子。"这么多年了，于剑飞始终对这件事耿耿于怀。

"那讲不起，我们是赵富师长做的媒，有本事你也找赵富师长做媒去呀。我比你还多个女儿，不，我还比你多个儿子，于胜利管你叫爹吗？他管我叫过爹，在儿女方面你基本上就是个光秃。"

"你别臭美，雷小妹是我干女儿。"于剑飞觉得这方面确实不如雷大夯，就跟人家抢女儿。

　　说到雷小妹，于剑飞不禁想起丁香，自从他们从那条河边分手后，除了工作的事，再也没谈过属于他俩的爱情。于剑飞想女人的心变得真快呀，这么快她就全心全意回到雷大夯身边了。不但这样，于剑飞还背一黑锅，谁都知道那天晚上丁香在于剑飞的团部住的，因为这事于剑飞和雷大夯在团里的大操场大打出手，两个男人为一个女人。可于剑飞心里最清楚，他们什么也没做，他和丁香是清白的，就连雷大夯都持怀疑态度，总是有意无意拿话刺激他。在这场爱情争夺战中，最让人佩服，也最让人尊敬的是九儿。自从当年在礼堂"力挽狂澜"后，再也没听到她大闹"天宫"，关于于剑飞和丁香的绯闻她不是没听到，可是她问都不问于剑飞。在外人看来，她真是典型的、杰出的、中国传统的妇女，善良、贤惠。但于剑飞知道，他和丁香后来的分分合合都是九儿幕后操纵的，表面她放手了，实际上她每时每刻都把他们抓得紧紧的。

　　当年于剑飞看见丁香挺个大肚子从眼前走过，他的心像打翻了五味瓶，说不出是什么滋味，他真后悔丁香在团部住的那一晚上，他什么也没做，他为什么什么也不做？他恨自己，后悔死了。就那么巧，从那之后丁香就怀孕了，大家传言丁香肚子里的孩子是于剑飞的，于剑飞可真冤，白顶一黑锅，他说不是谁信哪？雷大夯不管那套事，反正自己做了，孩子在丁香的肚子里，丁香是他老婆，剜到筐里就是菜，谁敢来认，谅他也不敢。每天饭后雷大夯故意扶着丁香在家属院转来转去，好像有意向于剑飞示威。丁香怀孕后她总是羞于见人，肚子又大，是双胞胎，丁香想她是哪辈子该雷大夯的。特别见到于剑飞，丁香躲躲闪闪，实在躲不过去了，她就低个头，像有多大罪过似的。雷大夯最看不过她这点，你到底是为哪般，是我雷大夯虐待你了，还是你不愿意为我雷家怀孩子，还是你真做了什么见不得人的事。总之他看见她这种躲躲闪闪的样子就来气。你不是不愿意见人吗，我非让你见人。雷大夯的潜意识里多半把丁香看成了他的战利品，于剑飞有本事你来抢，谅你也没那尿性。他也看到了有些家属交头接耳，但他不在乎。雷大夯尽管对强行洞房那事向丁香道了歉，他也是真心内疚，这并不意味着他就换了个人，或者按丁香预想的那样发展。一个人的脾气性格是很难改变的，要不咋说"江山易改，禀性难移"呢。丁香反而对生活出奇的平静，不管生活是跌宕起伏还是波澜不惊，丁香都不吵不闹，从不向雷大夯提出疑议和指责。雷大夯恰恰反感她这点，他喜欢那种热火朝天、鸡飞狗跳的日子。

丁香好不容易挨到了分娩那天。听到了孩子的哭声，还没抱出手术室，雷大夯就摩拳擦掌准备抱孩子了。他的热情被九儿拦住，雷大夯愣头愣脑地说："姐，你干啥，我是孩子他爹，我得第一个抱孩子。"说着往前凑。

九儿拽住他："你歇菜吧你！胜利就是你踩的生，光认枪不认字。"

雷大夯把手在身上磨蹭着说："姐，那你去抱。"

九儿一边抻个脖子往窗外看，一边说："我也不能抱，这于剑飞哪去了？每回只要有丁香的事，他削尖了脑袋往里钻，今天用着他了，他倒不来了，这么大的事他不来啦？"

"咋的，你不会是让于剑飞抱我的孩子吧？到底谁是孩子的爹啊？"雷大夯不服气，吵吵巴火，护士告诉他安静，他才闭嘴。

九儿不管他吵吵不吵吵，告诉身边的警卫员，去把你们团长找来。其实于剑飞早就来了，别看他打仗时沉着冷静，轮到丁香的事上他就沉不住气了。他早就来了，屏住呼吸躲在医院走廊的拐角，时刻注视着产房那边的动静，警卫员看见他，他示意警卫员别吱声，一听九儿让警卫员去找他，他自动走了过来说："不用找了，我在这。"

九儿扯过他说："哎哟，你可真沉得住气，快抱孩子。"

于剑飞这回特听九儿的话，像接到了圣旨，腰板立马就直了，他瞟了一眼雷大夯，那眼神分明在说，让你跳跶，让你嘚瑟，到真章上你不好使吧？两个护士，每人抱个孩子走出手术室，于剑飞张开双臂，一个臂弯抱一个，爱不释手。九儿在边上照应着，于剑飞哈哈笑着说，小子蛋子归你，女儿归我，这就是我的女儿了。九儿看到于剑飞对孩子那个亲热劲，小声嘟囔，不是自己的孩子倒稀罕够呛。

雷大夯没考虑于剑飞在回想什么，他接着茬唠："我不跟你说这些没用的了，我今天只告诉你一句话，37团一定能超过38团，等着瞧吧。"

"累死你！"于剑飞扔给他句比石头还硬的话。

两个人各自一摔车门上车走了，雷大夯坐在车上，想来想去，唯一可以比得过于剑飞的就是他的一双儿女，比于剑飞多一个女儿，再说胜利根本也不认他这个爹，他基本上是光秃。只是他这一双儿女，女儿淘，儿子蔫，真是错托生了。从这个取名上就能看出雷大夯的期望：他希望雷小妹能温文尔雅，雷小龙能生龙活虎，现在看来正好相反。也不是错托生了，而是于剑飞给我抱反了，信着他了，他倒有失众望。

在雷小妹、雷小龙周岁抓周那天，炕上放着枪、书、饼干，两个孩子爬呀爬，一开始两个孩子一起抓书，雷小妹爬得快，先抓到书了，雷小龙跟在屁股后面追着爬，给雷大夯急得直嚷：儿子，你抓书干啥呀，抓枪啊。别说，小龙还真像听懂了，调头就去抓枪，雷大夯抱起儿子，欣喜不已，盼着儿子将来能当兵，做个将军。但现实生活跟他开了个大玩笑，就说雷小妹吧，早晨刚给她梳好的两条小辫子，中午放学回来，那就一个朝天，一个散开了。一双新鞋，不到十天，脚指头踢出来了，因为她走路没有老实的时候，一路踢着石子走，气得丁香到了秋天还让她穿凉鞋，愿意踢踢自己的脚指头。而雷小龙就像个胆小鬼，总被同学欺负，雷小妹总帮他打仗，这丫头生死不怕，男孩子她也敢打，真让她父母头痛，她们总想把女儿培养成淑女，儿子培养成英雄，可事与愿违。丁香不死心，不管小妹愿不愿意，还是固执地给她扎蝴蝶结，穿背带裙子，可怜的蝴蝶结总是无缘无故丢一个，还有背带裙子，一个带子还挂在肩上，而另一个背带不是扣子掉了，就是带子断了，无精打采地耷拉着。

有一次，雷小妹在四连的走廊里瞎跑，冒冒失失和胜利撞了个满怀，胜利皱着眉头说："小妹，你都十多岁了，咋没一点姑娘样啊，你看你这裙子，都成啥样了，赶紧回家让你妈换了去。"雷小妹歪着头气他说："哎，小胜利，我就不换，气死你。"

"小妹，我比你大，你要叫我哥哥，怎么一点礼貌也没有。"

"别充大辈，我就叫你小胜利，小胜利。"雷小妹跟他贫。

"你再叫我打你。"胜利吓唬她，她却当真了，她边叫边跑。

"看我不打你，我让你跑。"胜利在后面追，小妹边跑边回头哈哈笑着说："你追不上我，小胜利！小胜利！"

"小妹，你别跑了，我不追你了，小心卡倒。"胜利在后面喊，但来不及了，一块石头把小妹绊倒了，膝盖、胳膊都出血了，小石子都嵌进肉里了。"小妹！"胜利几步跑过去，看到血流出来了，他抱起雷小妹就往卫生队跑。到了卫生队，医生给她上药，她痛得直打战，就是一滴眼泪没掉，还对胜利说："哥，我没事。"胜利心疼地说："你这个疯丫头，痛你就哭吧，哥不笑话你，是哥不好，哥不该追你，痛吧？"

"不痛。"雷小妹看了看伤口，"哥，会不会留下疤呀？那可难看死了。"

胜利听了这话，心里一颤，这一颤伴着疼爱，小妹呀，外表看你像个假小子，其实你也是个爱美的女孩呀，腿卡成那样关心的不是痛，而是会不会留下难看的疤。

第八章
——

野玫瑰的春天

（一）

"文化大革命"席卷全国大地，一样也没放过部队。在开展"两忆三查"运动中，有阶级问题的干部战士要面临转业。38 团也正在忆阶级苦、民族恨；查思想、查工作、查作风。雷大夯成为忆苦明星，因为他家世代贫农，苦大仇深。这一天被邀请到 38 团忆苦和排查思想根源。

团召集连以上的干部参加这次大会，政委做了会前动员，动员每个人都要积极发言，挖根源，挖思想。

大会的第二项就是雷大夯忆苦思甜。雷大夯清了两声嗓子说："我父亲是给地主家扛活累死的。"雷大夯刚说一句，于剑飞就拿眼睛问他：你放屁，你爹是被日本鬼子打死的，真能扒瞎。雷大夯才不管啥眼神呢，就当没看见，继续讲，"我母亲是被地主的管家逼死的，我就这样成了孤儿，给地主家当放羊娃。说起这个地主我真是恨死他了，他家富得简直流油，就说他家的地有多少吧，我有一天赶集，路上憋了一泡屎，我想绝不拉在他家地里，不让他占这个大便宜，我一口气跑了十里地，实在憋不住，还是拉在了他家地里了。"大家哈哈一阵大笑，"他家这么有钱，对穷人可抠门了，大冬天的我光着脚给他家放羊，而他家的地主羔子却穿着羊皮袄，他家的羊死了，我实在饿得受不了了，就偷着吃了，就因为这件事，我被他们吊了三天三夜呀！"雷大夯还挤出了两滴眼泪，他伸出仨手指头，"三天三夜啊，水米未打牙呀。那个地主羔子还拿着皮鞭在我身上抽得青一道紫一道，我被地主羔子折磨得就剩一口气了。"他使劲眨眨眼，又挤出两滴眼泪，"我就想这地主狠，这地主少爷比地主还狠哪，天下乌鸦一般黑呀。"说到这，他偷眼看了于剑飞一眼，于剑飞正用愤怒的眼睛看着他，他更来气了，你还冲我愤怒，现在是我们穷人向你愤怒的时候，我不指名道姓就不错了，你还这么看着我，我就说，我还骂呢，"这个恶霸地主，他是个汉奸、走狗、卖国贼，是剥削穷人的恶棍，他家的童养媳被他打得遍体鳞伤，那个惨哪，简直生不如死，人间地狱呀，这个地主羔子……"

　　于剑飞明知道雷大夯在说他家的事，听他那个腔调就让人受不了。于剑飞实在听不下去了，听他说话都气炸肺了，真想打断他的控诉。会议正进行着，他还是忍了。这事也不怨雷大夯，人家到哪都是这么控诉的，已经形成了一篇完整的稿，你让他到38团重新组织个稿，他也没有那水平。中间雷大夯是有点来气，我在哪诉苦都没有炸屁的，就是到你38团，你总拿眼睛剜睐我，我就说，看你能把我咋的，我是你们团请来的。当时雷大夯是比较牛，这个团诉完了到那个团诉。

　　听了雷大夯的血泪控诉，二连长李玉倍受感动，他抢着发言，旧社会，俺家可穷了，大冬天的，哥四个只有一条裤子，谁要是出去就穿上，回来就脱下来，所以我就落下了腿抽筋的毛病。俺大哥穷急眼了，就上山当了土匪。俺就当兵了，过鸭绿江时俺腿被水冰得抽筋，首长让俺回来，俺哭着说：首长，俺不能回去，俺哥当过土匪，被政府法办了，上俺家动员当兵的人说了，俺要是当了兵，能抗美援朝，俺家就是军属，俺哥就能减轻罪过，所以俺就来当兵了，首长俺说啥也不能回去。现在想想，俺当时的想法是多么不纯洁，俺真的痛恨自己，通过党教育俺这么多年，俺知道了当兵打仗是为了普天下的穷人，是为了全人类的解放事业，不应该是为了俺那当土匪的哥。

　　这时，有人带头喊口号："不忘阶级苦，牢记血泪仇，提高警惕，保卫祖国。"

　　在座的干部都发言了，只有于剑飞没吱声。作为团长他不发言是很不正常的，可这个苦他没法忆呀？他从小吃得饱，穿得暖，有学上，不知道苦是啥滋味，如果说苦，那要从他参军以后说起，参了军他才知道什么叫苦。打老蒋那会儿，小米加步枪，那才叫苦；抗美援朝，一口炒面一口雪，那才叫苦；但这个苦我于剑飞没法诉啊，那不是诉共产党的苦吗？我要是那么诉那不诉反了吗？那我也不能像雷大夯似的昧着良心瞎说，我干脆别说了，以后把我的军事搞好就得了。

会后于剑飞喝住了他："雷大夯，你咋不实事求是呢？"

雷大夯现在谁也不怕："我咋不实事求是了？"

于剑飞质问他："那只羊是你活活打死的，然后烤着吃了，再说那个地主羔子打过你吗？把那个童养媳叫来当面对质，谁打过她吗？"雷大夯光梗脖子没话说了，"好事你咋不说呢，是我领你出来革命的，我要是不带你出来革命，你现在还在撵羊屁股呢。"

雷大夯不服，跟于剑飞理论："谁带谁出来革命的，我要不把你家那个汉奸管家一棒子削死，你能出来吗？是我带你冲出了那个剥削家庭的。"

雷大夯和于剑飞谁也不服谁，你一句我一言，把对方那点疤疤事全抖搂出来了。在雷大夯的心里，这些年早就想一吐为快了。别看雷大夯跟于剑飞背地瞪个眼睛争辩，逞能耐，会上会后没揭发于剑飞半个不字。别看雷大夯嘴上那么说于剑飞，他不是打骨子里恨于剑飞，他知道于剑飞对党是忠诚的。

其实赶上这个浪头，不管你说还是不说，为了揪出"军内阶级敌人"，只要有历史问题的一个也跑不了，没过几天，材料下来了，雷大夯别以为他根正苗红，就红透了天；于剑飞别以为保持缄默就有不透风的墙；李玉掏心掏肺感慨了半天，到头来是惹祸上身。

害雷大夯的是丁香当年写的那份歌颂中朝人民友谊的报道，有朝鲜女护士护理雷大夯的事。这不明摆着他雷大夯在朝鲜有不正当的男女关系吗，这事还小吗？

于剑飞有意隐瞒自己的历史问题，父亲是大地主，他于剑飞从没向党交代过，现在成分高的都不准参军，没想到一个大地主的儿子居然混进了革命队伍，还当了团长，那还了得。

李玉更完了，参军的动机不纯，是为了给他当土匪的哥哥开脱罪过，他是想有朝一日把新社会变成旧社会，从根上就错了，勒令转业。活该他把大哥抖搂出来，傻狍子。

丁香什么也不用说，单一个海外关系就够了，再加上板门店公开和美国鬼子拥抱，那就吃不了兜着走了，是潜伏下来的女特务。

雷大夯正接受审查的时候，丁香把这事揽到自己头上了。丁香一再强调，当初是她为了出风头，要名，故意把新闻加了色彩，是她给战斗英雄脸上抹了黑，回国后，为了长期潜伏，使出种种手段，嫁给了雷大夯，为了让他做挡箭牌，掩人耳目。丁香又向组织提出与雷大夯离婚，她是为了她的一双儿女不受牵连。其实她自己提出离婚是最明智的，专案组是不会让这对成分悬殊、立场对立的两个人在一个红本上生活的，不管你雷大夯同不同意，强迫雷大夯签了字，这个婚就离了。

九儿第一次为丁香流下了眼泪，第一次感悟到她的丈夫为什么那么死心塌地地爱着这个女人。最悲哀的是她守着自己高大魁梧的丈夫仅仅做了一次女人，这都是因为丁香。她能不恨这个女人吗，她一直恨了这么多年，恨得牙根都痒痒。就在丁香和于剑飞去劳改农场的时候，九儿第一次有了想跟这个女人说心里话的冲动。九儿走到她面前，刚想拉着她的手，告诉她，她不恨她了。可丁香好像害怕似的向后退了几步，向她摇了摇头，她是怕牵连上她。这时，一双儿女扑进她的怀里，她搂在怀里亲了亲，又一把推进九儿的怀里，九儿向她点了点头。就在丁香和于剑飞转身上车的一刹那，九儿喊："丁香，照顾好于剑飞，孩子你就放心吧。"这个时候她想的还是于剑飞。车开动了，两个孩子挣脱了九儿的怀抱，哭喊着扑向开动的汽车，孩子的身影被汽车扬起的尘土湮没了。

雷大夯底子红，被丁香保下来了，但还没解除审查，所以他不能来送行。

于剑飞和丁香被抓走后，雷大夯就以为是他的控诉材料捅的娄子，别提他有多后悔了。九儿也直埋怨他控什么诉啊，雷大夯说我也没说于剑飞一个字，我啥也没承认啊。孩子们也都不理他，就连跟他最好的于胜利都不理解他，于胜利说雷叔叔，损人不利己的事你办了有意思吗？雷大夯说没意思，但说啥都晚了，我是跟你爸较劲较惯了，不料在这事上较出麻烦了。孩子，我不是故意坏你爸的，我就是跟他较劲，这些年我也较不过他，小时候他是少爷，我是长工。参加革命了，他是领导，我是兵，他的职务总是比我高。就说你母亲吧，这些年无论我对她多好，你父亲对她多坏，她就死心塌地地跟着你父亲，宁肯牺牲我的一切，也要换回她和你父亲的幸福。胜利你放心，这是我惹下的祸，我自己承担，我一定要把他们救回来，我去求小辣椒，让他跟赵富师长说说，看能不能跟上面讲讲情。

雷大夯知道直接跟赵富师长说不如跟小辣椒说效果好，自从他和小辣椒有恋爱的传闻，尽管不是他主动的，赵富师长也烦透他了。更何况小辣椒婚后见到他不是数落他就是骂他，表面她对他是反目成仇，其实不然，还是对他念念不忘，赵富师长心里明镜似的，就是不说罢了，谁让他爱小辣椒呢。雷大夯也是一条道跑到黑的人，他看不上的人就是看不上，这些年他也没找过小辣椒，更别说求了，他也真怕她那张嘴。这事逼到这份上了，他就得求小辣椒了。

赵富师长调到别的军去了，听说他的儿子赵子雄也参军了。

于胜利说，这件事在某种意义上来说对我父亲也是件好事，他终于可以和丁香阿姨在一起了。雷大夯呵斥道小毛孩子你懂啥。于胜利说我咋不懂，为啥我父亲他不认我，因为我来到这个世界在他意料之外，他不是不喜欢我，因为我不是丁香阿姨的孩子，为啥他不跟我母亲在一起，因为他心里只有丁香阿姨。雷叔叔，你跟丁香阿姨确实不合适，你个大老粗，丁香阿姨就像不食人间烟火的仙女，漂亮、有文化，你配不上她。雷大夯说配上配不上又能咋的，这是组织的安排。于胜利说我将来找对象绝不听组织的安排。

雷大夯找到小辣椒，把情况跟她说了。小辣椒又指着雷大夯的鼻子尖数落，雷大夯啊雷大夯，你也有求我的时候，你不是有志气不理我吗，这么多年你连我的面都不照。雷大夯说你不是跟师长调走了吗，再说你是师长夫人，我能随便打搅吗？小辣椒说你别净拣好听的说，你不是绕着我躲着我走吗？你不是嫌我粗门大嗓吗？怎么样，你还是为了那个女人来求我了，看起来你们爱得不浅哪，那你当初也不应该骗我呀，打着跟我结婚的旗号，那头又跟她勾搭上了，你这个骗子，你朝三暮四，早晚有一天你会知道失去我的重要性，你要给我个说法。小辣椒这些年就要说法，你说雷大夯能给她什么说法。雷大夯知道小辣椒是个顺毛驴，他赔着笑脸尽拣好听的说，是我不好，这事都过去这么多年了，还提它干啥，别气坏了你的身子，我现在就知道失去你的重要性了。小辣椒扑哧就笑了，这还差不多。气归气，她答应给他跑这事，那个年头，弄不好谁说情谁就沾包，为了雷大夯小辣椒豁出去了。但人已经抓走了，想回来不是那么容易的。雷大夯和九儿是不会放弃的，始终为这事奔波。

（二）

于胜利带领连队紧接着就去帮助地方搞运动，三支两军，就是"支左、支工、支农"和"军管、军训"。

于胜利带领四连进驻毛齐镇，在一次地方慰问演出中，于胜利被台上的"李铁梅"迷住了。他坐在台下，眼珠一刻也没离开台上的李铁梅。李铁梅那一颦一笑，无不牵动着于胜利这个年轻军官的心弦，特别是铁梅那一段经典的唱腔："我家的表叔，数不清，没有大事不登门……"特别是最后一句，"都有一颗红亮的心"，那铁梅真是唱绝了，嗓门那个亮啊！调门那个高啊！铁梅的动作也恰到好处，那举过头顶的手指头，不像举在她自己的头上，倒好像举在于胜利的眼皮底下，他的思维完全被这个手指头指挥着，甚至他能感受到那手指头的芳香和柔软。从此以后，他无论是在就寝前，还是在就餐后，总之一有空闲他就哼唱："我家的表叔……"他扬言："我于胜利娶老婆就娶李铁梅。"

少男少女情窦初开，相中了谁就顺着一条道跑到黑。"初恋的都不懂爱情"，这句话还真有那么几分道理。往往凭着种天不怕、地不怕的年轻气盛，凭着种叛逆精神，就把恋爱完成了。不能说完成，应该说糟蹋了。战士们给他透露消息说，连长，你别癞蛤蟆想吃天鹅肉了，追李铁梅的人有一个加强连了，个个都比你牛性，其中有一个军里高干子弟，人家早就占上风了，你没看李铁梅演出完就被吉普车接走了吗？其实连长，这个李铁梅不要也罢，她专攀高枝，唱二人转出身的，好像不大正经。

"不行，我非跟这高干子弟一争胜负，别忘了咱是神枪手四连的兵，我就不信这枪我能打秃了。"于胜利瞪着眼睛扬着眉毛说。

于胜利开始了他的爱情攻势，有李铁梅的演出，他就领通信员站在后门口等着，通信员手里还抱着一束野花，当李铁梅兴高采烈地走出来时，通信员就捧着鲜花献上去。开始李铁梅还觉得浪漫，你光献那满路边都是的野花也就没啥意思了，李铁梅也就不稀罕了。后来于胜利亲自把花送到她手里，李铁梅也不屑一顾。

这天，李铁梅还没来得及卸装，就满面春光地跑出来。于胜利同样怀着喜悦的心情，欢欣鼓舞地迎上前去，花刚举到李铁梅面前，一辆吉普车夹带着风

"嘎"就停在了他前面。那个高干子弟下车打开车门，李铁梅看都没看他一眼，"哧溜"就钻进车里了，车忽就开走了。于胜利张着嘴，笑容僵在脸上，看起来他这个小连长在人家面前就是个小面面，不好使。站在他身后的通信员说，连长，咱光整这破野花不好使了，咱得想别的招。于剑飞叭把花扔地上问，你说咋整？通信员说，连长，你真想把她拿下？

"废话！"于胜利训他。

"那咱就这么办，连长。"通信员趴在于胜利的耳朵边说着。

于胜利乐了："哈哈，就这么办。"

又一次李铁梅演出，于胜利还是带通信员在后台门口等着，通信员的手里依然拿着一束野花，李铁梅一出来，吉普车嘎又停在了于胜利的前面，于胜利没等李铁梅上车就拍着车窗对车里的人说："哥们，整天拿这玩意晃姑娘挺没劲的，你不就有个破车吗，有本事咱真枪真刀地练一回。"车里的高干子弟本来瞅他就不顺眼，说练就练，找个地方，在这影响不好，都上车，找个地方练去。车里有两个兵，一个司机，谱摆挺大呀。李铁梅和于胜利先后都上车了，通信员装着害怕，不上，对方一看这个熊兵，连长也好不到哪去。于胜利说这小子见血就晕，算了，咱们走，别带他了，有几个算几个。

车就开走了，开到个背人的山根。所有人都下车了，李铁梅依在车门旁，她想她的高干子弟三拳两脚把于胜利这小子揍扁喽她好随时上车。高干子弟晃荡着手腕，两个兵也跟在身后时刻准备出击。这样一比，于胜利就显得身单力薄，看他没精打采的样子，站在那就等着挨打了。高干子弟说你也没带兵来呀，那意思就是你没带兵来你活该，你没能耐。于胜利说那你们三个就一起上吧。对方说那我们不算欺负你吧，今天这事你犯到这了。于胜利讲究，那我知道，今天咱不就是为了把犯事的整明白了吗？对方说不过咱们先说好，谁把谁打了都是咎由自取，过后既往不咎。一言为定，于胜利也挺爷们，紧跟一句。双方达成了口头协议。一个小兵搭腔，你别拉硬，一会儿就让你趴蛋。于胜利扯个脖子骂，新兵蛋子，一会儿我就让你知道啥叫趴蛋。

三个人一齐扑向于胜利，他们就想这一次彻底把于胜利揍扁，让他再也不敢缠着李铁梅。他们三个哪知道于胜利练过拳脚，根本不是于胜利的个，于胜利三拳两脚先把两个兵干趴下，他想留着高干子弟慢慢戏弄，这个家伙看着于胜利的拳头也胆酥了，他喊趴在地上的兵，起来呀，给我起来打呀，兵们趴在地上呻吟着说起不来了。高干子弟本想撤，看李铁梅在那观阵呢，碍于面子，他义无反顾冲上去，冲上去又能咋的，就是个挨打，也就是以这样的形象挨打显得比较英勇。于胜利一拳就把他那脸打翻了，一脚踢过去，加快了他倒地的速度。于胜利握着拳刚想把他的脸造开花，那小子捂着脸说："哥们服了。"怕毁容。就这一句话在李铁梅心里大打折扣，自古美女爱英雄，就这样，于胜利和李铁梅就算正式挂上钩。

　　于胜利和李铁梅交往了一段时间，通信员又对他说："连长，这个李铁梅得来不容易，我看趁早办了得了，免得夜长梦多，那小子可一直没死心，那天我可看见他又开着车去撩扯李铁梅了，李铁梅也不是个省油的灯。"

　　"你看清了？"

　　"那我还看不清？车牌号我都记下来了。"

　　"这小子他又欠揍了。"

　　"光揍也不是回事呀，结了谁都死心了。"

　　"可我没打算跟她结婚哪。"

　　"不结也行，也不是啥正经玩意。"

　　"咋说话呢？不行，我不便宜了那小子了吗，我这就跟她谈结婚的事，走。"于胜利说着就去找李铁梅了。

　　李铁梅一听要结婚，她说急啥呀？让我再考虑考虑。于胜利说有啥考虑的。李铁梅说人家高干子弟答应我了，将来让我当兵，送我上前进歌舞团。于胜利说我也能让你当兵，送你去总政歌舞团，那前进歌舞团算个啥，我的路子比他野，我大爷是军区司令员，得了，还是先保密吧，说出来像我吹牛，等咱们一结婚，啥事不都好说。胜利心想，吹呗，他吹，我不会吹呀。于胜利想那刘震军长就是我大爷呀，那我吹得还比较靠谱呢。李铁梅又说那也不行，他说你爸是汉奸。于胜利反驳，啊呸，他爸才是汉奸呢。这个李铁梅对自己还挺负责任，调查得还挺详细。胜利急赤白脸地说谁爸呀？那个于剑飞跟我妈压根没有结婚证，我就没管他叫过爸，他不允许我管他叫爸，我还不稀叫呢。再说他早就想逃离我妈，要是让他离开我家，他正求之不得呢。这个好办，不用动员，他乐不得就跟我妈离婚，他们一离不就划清界限了，他还不定给谁当爹去了呢，这个我敢向你保证，他离了婚还得谢我呢，就这么简单。

　　李铁梅终于动心了说那行，咱们结婚。

九儿不想自己的儿子娶这么漂亮的女人，还是个唱二人转的。从丁香那她打心眼里恶心漂亮女人，她认为漂亮女人都是美女蛇，带毒。她守一辈子活寡，还不都是那美女蛇闹的。她想让自己的儿子娶一个下雨天知道往屋里抱干柴火的女人就行，可她拗不过儿子，就像拗不过丈夫一样。她就不明白，这一点他咋就那么随他爹，真是老猫登房檐，辈辈往下传，好事他一点没随来。

（三）

于剑飞知道了这件事，没发表什么意见，得知于胜利的婚事关键在他身上，他倒乐了，可找到跟九儿离婚的理由了。没等九儿提出啥，他在劳改农场先提出离婚，九儿知道于剑飞巴不得这样，九儿思来想去，这个婚这么多年早就名存实亡了，不离跟离没啥两样，何必挂个名影响孩子呢。孩子大了，正赶上这个政治浪头，不影响婚姻还影响前途呢，早晚要受到于剑飞罪名的牵连，为了胜利的政治前途离就离吧，等浪头过了，她再想法复婚。九儿心里有谱，她早就看出于剑飞想要离婚的"阴谋"，但目前她必须按于剑飞的阴谋去做，先把胜利的事办了，他一个戴罪之身，算他有十八般武艺，谅他也蹦跶不出劳改农场，运动之后，他还是我的。九儿非常坚定地认为运动不会太长，因为她看出运动是错误的。尽管她没什么文化，尽管她怨于剑飞，恨丁香，但这么多年她心里明白，于剑飞不是汉奸，丁香也不是特务，早晚有真相大白的那一天，这一天不会太远。

离了婚，这是于剑飞来劳改农场最高兴的一件事，他终于卸掉了套在他脖子上几十年的枷锁，他在心里一个劲地感谢胜利。他还庆幸有这个运动，否则，他这辈子也休想摆脱九儿。他虽然掌握不了自己的政治命运，这回却能掌握自己的感情命运。他要和丁香在一起，永远在一起，他要和丁香从头来一回。他又想起在朝鲜战场和丁香骑在一匹马上的情景，那时候他一只手牵着马缰，一只手握着马鞭，马飞起来了，吓得丁香叫着往他怀里钻，双手紧紧搂着他的腰。他自豪得犹如搏击长空的雄鹰，在天与地之间他是战无不胜的英雄，多么有力的双手啊，这双手端冲锋枪、骑马、握剑，并指挥着他的 38 团进行着社会主义建设。他的部队作风硬，标准高，锐意进取，苦练精兵，勇争排头。如今这双手的锐气好像丢在了朝鲜战场的炮弹壳里，整天和镰刀锄头打交道，如果不是丁香一路开导他，他早就爆发了，他的手不是握镰刀和锄头的，是握枪的，是战斗的，是保卫祖国的。是丁香给了他新的力量，使他空空的心有了希冀，使他这双手又有了往日的雄风，但这双手却握不住丁香那双纤细的手，却不能为她遮风挡雨，任她像一棵小草似的在风中飘摇，他看见丁香的手几度伸向他，又几度沉浮，终究没能握住，有时就差那么一点点，甚至有时都碰到了手指尖了，又分开。这一次他认为真的握住了丁香的手，握住了情感的手，他要让自己这双手真切地为丁香带来幸福。

于剑飞打完离婚报告又打了结婚报告，看管他们的"狼头"急眼了，说："我说于剑飞，你以为政府是给你们家开的，想离就离，想结就结，再者说了，你脑子进河水了，找一个女特务结婚，你不想活了，可也是，你找贫下中农谁跟你呀？你想好了，别后悔，我把报告递上去，批不批那是上面的事了。哎，我说于剑飞，这么累的农活就没累掉你这腐朽思想？干活去！"

于剑飞狠狠地看着他，真想给他一飞脚，"狼头"说："看啥看，不服啊，你现在不是团长，是我的劳改犯，你这种人就是茅房的石头又臭又硬。"于剑飞握着拳头向他逼近几步，誓有揍扁他的架势。"狼头"立马用长枪抵住于剑飞的额头，你再往前走我就打死你。两人正僵持，丁香跑过来，拉起于剑飞就走。开导于剑飞说，你怎么跟他一样，他还是人吗，剑飞我们现在忍着他，你听我的，这些人都疯了，他们什么都干得出来，如果你有什么不测，我，我还活着有什么意义，我留下来为谁，难道你不知道吗？丁香小声说着，眼里含着泪，因为他和"狼头"发生这样的事不是一次两次了，丁香很为他担心。于剑飞心里也很不好受，让一个女人整天为他提心吊胆，他说丁香我记住了，不会再让你为我担心了。

"狼头"把枪慢慢放下，斜吊着眼睛看着他俩亲密的背影，特别看到于剑飞为丁香抹眼泪，他阴邪地骂着，丁香，你个骚娘们，美女蛇，等着，有你求饶的那一天，我慢慢收拾你们。

"狼头"长着一双很特别的眼睛，能发出绿光，就像夜晚狼眼睛发出的绿光，他那双眼睛非常毒，特别是看到女人，隔着一层棉袄能看透你的肉。其实男人有这么一双眼睛是件很恐怖的事，也是件很苦恼的事，不是所有被他看上的女人都会委身于他，他看上的人却得不到手，每天用一双透视眼看着，干着急，那他的心还不跟猫抓似的难受。从丁香一进劳改队，他那双猥亵的眼睛就在丁香身上扫来扫去。在他面前，丁香根本就没穿衣服，每个汗毛孔他都能看得一清二楚，他几次都碰了钉子，他恨得牙咬得咯咯响。特别看见丁香和于剑飞在一起，他妒火中烧，烧得他五脏六腑都叽叽作响，他恨不能把他们一口一口生吃了，他报复他们的最好办法就是让他们干重活。于剑飞的手可以端枪，可以指挥战斗，但干起农活却不灵了，他从小就没干过农活，干农活就没有比他再笨的人了。也不赖人家"狼头"看不上他，干农活不但"狼头"看不上他，所有人都看不上他，都说白瞎长个大身板子，连个农活都干不了，以前咋打仗了？所以分组劳动谁也不愿跟他在一伙。

黑龙江的秋天来得很仓促，一夜的秋风下来，树叶就变得五彩斑斓。一天的工夫小路就铺上了一层叶子，随着秋风卷起卷落，一望无际的大地，黄豆摇铃了，棒米龇出了金灿灿的牙。八月十五一过，雪就探头探脑，如果黄豆收得不及时，一觉醒来，大片的黄豆就会埋在大雪下面，雪好像不是一点点下的，好像从天上铺下来的。

今天一大早，"狼头"开始安排活，两人一组，分片包干，最后只剩下不会干农活的于剑飞和力气小的丁香，只好他俩一组。给他俩安排的活是去六道沟子收棒米，这片棒米地离住的地方较远，所以他们带足了饭，虽然他俩没人要，剩下他俩一组，两人心里有说不出的高兴。他俩相视一眼笑了，虽然给他俩的是最远的路，最不好干的活，但他俩可以单独在一起，这真是上天的安排，肯定是他们相爱的心感动了上天，要不怎么会有这么巧的安排。他俩套上牛车，带上镰刀、绳子、棒米面大饼子和萝卜咸菜，俨然一对农屯夫妇。

于剑飞握着鞭子，坐在牛车的前面，腿悠闲地耷拉在车帮下面。丁香扭着水蛇腰上了牛车，端坐在中间。这水蛇腰是"狼头"起的，丁香不盈一握的纤腰，在他眼里就变成了水蛇腰。于剑飞回头看一眼丁香坐稳了，喊一声"驾"，鞭子在空中打了个响，他们出发了。

"狼头"望着他俩远去的背影，啐了口唾沫，嘟囔，有你们哭的时候，看我怎么收拾你。而此刻的于剑飞和丁香再也顾不得"狼头"想什么了，他们的心已经飞了。于剑飞不时回头看着丁香，如果真的这样当个农民也挺好，两人又情不自禁唱起那首苏联歌曲："一条小路细细弯又长，一直通向迷雾的远方，我要沿着这条细长的小路啊，跟着我的爱人上战场……"

到了棒米地，于剑飞抡开膀子把棒米秸子砍倒了，丁香在后面把棒米剥出来，装在麻袋里。中午吃饭的时候，于剑飞用棒米秸子搭了个马架子，里面又铺上一层棒米秸子，这样坐在里面休息挡风又暖和。到了傍晚，本应该收工回去，丁香望了望这片地说，晚点回去，再砍倒一片，剩下的明天就能完成任务。丁香说咱晚上在这吃，我给你做好吃的，吃完晚饭再回去也不晚。于剑飞说你能做啥好吃的，丁香甜蜜地笑着说你等着瞧吧。

　　丁香开始筹备晚餐，她采了些干树叶和野山楂当茶，架上火，用石头垒上台，把大茶缸架在上面烧水，水开了冲茶。又用废铁丝编成网，架在火上，把大饼子、土豆、萝卜、倭瓜切成片放在上面两面烘烤，一会儿就香味四溢，中国式的吐司诞生了，如果把这些烤好的东西夹在大饼子中间吃，那中国式的汉堡又诞生了。她又把自己红色的方头巾解下来铺在地上，就变成了讲究的餐桌。又用两个小倭瓜蛋，上面切开，挖出里面的瓤，就变成了茶具。

　　于剑飞离老远就闻到香味了，他扔下镰刀跑了过来，惊喜地看着眼前的情景。他握住了丁香的手，他感觉这双手再也不是握相机、握钢笔的手了。已被劳作折磨得变了形，还起了厚厚的手茧，不时发着微抖。经过这么多年的枪林弹雨和生活挫折，依然没有改变丁香喝下午茶的习惯。在部队的时候她也坚持喝下午茶，在休息日，孩子们很喜欢，只有雷大夯说她整景，他说啥也不如红烧肉大馒头好吃。于剑飞觉得丁香比自己强多了，最起码她知道在最艰难的条件下，她懂得把倭瓜变成盛茶的"银器"，一种对新生活向往的意志就藏在用树叶做成的下午茶中。有本书上说：你是否高贵富有，不看你吃什么、有多少钱，而看你的生活方式就知道了。

　　于剑飞端起倭瓜杯喝了口茶，还没咽下去，眼泪就流出来了，他喝到的是一种温暖。这是他喝过的最醇、最香、最特别的茶。丁香问："茶很难喝吗？那你吃吐司吧。"她把烤好的大饼子递给于剑飞，"我小时候，每当风和日丽的下午，都要在我家的庭院喝下午茶。妈妈在丁香树下摆放餐桌，茶具都是银质的，在太阳下面闪闪发光。妈妈要自制一些点心，蛋糕、吐司、饼干和三明治，请上查尔斯和他的父母，还有一些朋友。爸爸这个时候有再重要的事都不会出去，享受着其乐融融的幸福。我穿着华贵的裙子，在丁香树间飘来飘去。头发披在肩上，蝴蝶结的飘带从头顶一直飘至肩头。腰束得细细的，每个下午茶我都穿不同的裙子。我的裙子多得从一楼一直挂到二楼。我问爸爸，为什么我的裙子这么多？爸爸说我是他的宝贝，他的公主，他的金枝玉叶。也不知道现在父母是否安好，记得我回国参加革命时，妈妈哭得死去活来，爸爸拉着我的手就是不放开，我答应过他们等革命胜利了，一定回去，可我食言了。"

于剑飞问："为了我吗？"

丁香说："查尔斯也问过我这个问题，不全是。自己亲手迎来的新中国不舍得离开，还有咱们的部队，再说我还想做你的战地记者，你的部队打到哪，我就报道到哪。还有我忠诚自己的祖国，对一个军人来说，忠诚是最重要的。"丁香拿一块土豆片放进剑飞嘴里，于剑飞还没吃完就急着说："在我们老家吃上也讲究，吃大席的时候，先上点心和茶水，像什么芙蓉果、核桃酥、芝麻饼、瓜子、花生……人们边聊天边品着茶和点心。喝酒的时候把点心和茶撤掉，换上炒菜，炒菜要凉热荤素搭配。酒是热过的高度白酒，没等喝，醇香就飘满桌了。盛酒的是上等的瓷器小酒盅，一口一干。年轻人喜欢用大碗喝。喝完酒上饭的时候，把炒菜再撤掉，换上炖菜和馒头，至少八大碗。炖菜里面少不了猪肉炖粉条子和小鸡炖蘑菇。怎么样，不次于你们的下午茶吧。等着，有机会我领你回趟老家。"丁香点点头，很向往。于剑飞接着说："等报告一下来，我们就结婚。"

"在这儿吗？"丁香问。

"不管在哪，我们都要结婚。"

丁香的脸就红了，抿着嘴，羞涩地笑着。于剑飞目不转睛地看着她，他真的不敢相信上天如此垂青他，让他这么近地跟自己心爱的人坐在一起，喝着所谓的下午茶。丁香在他眼里是天下最美、最温柔的女人，现在依然美得像一朵盛开的玫瑰花。对，花，他说丁香我要送你一束花，向你求婚。他冲了出去，丁香在后面喊："喂，这大秋天的，上哪找花去？"

于剑飞已经听不见了，他跑得太快了，跑到了山坡上。秋风瑟瑟，连树叶都快落尽了，别说花了，但他还是不死心，四下望着。突然一簇像火一样的植物牢牢地吸住了他的眼睛，他兴奋不已，就是它了。这种花叫刺嘛果，枝是红色带刺的，小手指粗细，一簇一簇的，花是粉红色的，花形像玫瑰，所以也叫野玫瑰。叶是绿色的，每个花朵下面都带着一颗小果实，也是绿色。到了秋天，叶落了，果实变成了红色，就叫刺嘛果。这果外皮甜能吃，里面是带刺的种子，不能吃。现在花已经落了，每个枝头都顶着一粒红色的果实，离远看枝和果实浑然成一个红色的整体。红得像火焰，热烈奔放，在秋风里燃烧。于剑飞折了满满一把。用草藤一束，嗨！漂亮极了，全世界的花店都不会有售。丁香你在我心中独一无二，我送你的花也是全世界独一无二的。

于剑飞捧着这束野玫瑰，像捧着自己一颗火热的心。他飞跑到丁香面前，单腿跪地说："亲爱的丁香，请你嫁给我吧！"他知道，只有丁香配他这么做，只有丁香渴望他这么做，只有丁香懂他这么做。就像别人说他俩臭味相投一样，一个地主家少爷，一个资本家小姐，他俩在一起才会有最般配的浪漫。那个年月，电影、书本都不会看到这样的浪漫，而在这里，最北边的荒凉之地，上演着人世间最浪漫的爱情故事。即使当时有人亲眼看见，也会觉得不可思议，会被惊出浑身鸡皮疙瘩。酸，酸掉牙了，穷讲究。想好？背一段语录，摆几桌酒席，喝上几瓶北大荒60度，领了结婚证，搬到一起住呗，你再整景，没有红证，不也瞎折腾吗？

丁香接过花，哭了，这是她的花，她要等的花。从抗日战争的号角，等到解放战争的冲锋；从跨过鸭绿江，等到胜利归来的今天。今天枫叶如丹，今天秋凉风啸，在她心寂悲鸣的时刻她等到了。她想歌唱，但她没有百灵的歌喉；她想笑，但泪水浸湿了每一个细胞。于剑飞呀，我最亲的爱人和战友，我没有更好的办法来表达，就让我轻轻地轻轻地吟诵我的诗吧！

> 这是我的花，
> 我的玫瑰花。
> 风一吹变成了种子，
> 再熬过一个冬天，
> 它就会在我心里的春天，
> 生根、发芽、绽放！

"对，再熬过一个冬天，我们也许就能回部队了，和战友们在一起。"于剑飞轻轻拥着丁香说。

"和孩子们在一起，也不知小妹和小龙怎样了？"

"他们会很好的，有九儿。"于剑飞虽然不喜欢九儿，但还是了解九儿人品的。

丁香点点头，她说她放心，她更紧地偎在于剑飞的怀里，像个缱绻的小猫，全身心地放松。

天渐渐黑了，火渐渐灭了。天空零星飘着雨，一会儿渐渐大了。丁香不禁打个寒战，真是一场秋雨一场凉啊！于剑飞脱下衣服裹在她的身上，丁香看了看外面说："剑飞，今天咋没人拿枪看着咱们？"

"大忙的季节，谁还顾上咱俩。"

"哎呀，天黑了，咱该回去了。"

"下这么大雨咋走？路上都是泥，等到住处也半夜了，明天还得回来，今晚干脆在这猫一宿，明天一早就砍棒米，我估计明天这一片就完事了。"

"可是，'狼头'会让吗？"丁香不提"狼头"还好，一提于剑飞气就不打一处来，说："他妈的'狼头'算什么东西，老子革命的时候他还穿开裆裤呢，到底谁是牛鬼蛇神，他才是，他爱咋咋的，就不回去。你敢不敢？"于剑飞问丁香。

"我敢！我是怕影响你的前途，我的罪名是特务，涉外的；你是汉奸反动派，好赖是国内的，比我轻，我是盼着你早一天出去。"

于剑飞听了，扑哧笑了："我的小丁香，你别替我量刑了，咱们彼此彼此，我是妖魔鬼怪，你就是牛鬼蛇神，打今天起，谁也别想把咱们分开，我是豁出去了，大不了一死。"

"那不行，你别忘了，毛主席说我们还有很多国土没有回归，像台湾、香港、澳门，所以我们要活着，活着，活到这些土地都回归祖国的那一天。"

"好！为还没有回归的国土活着，来，以茶代酒干一杯。"于剑飞一饮而尽，秋风冷飕飕地吹，丁香打着寒战抱着双臂，于剑飞刮一下丁香的鼻子说，"看把你冻的，我再把马架子遮些棒米秸子，再把牛喂了，然后熄灯就寝。"说着冲进雨里，开始忙活，等他忙完了雨也停了，他却完全浇湿了。他又在马架子门口拢起一堆火，烤衣服。秋衣也湿了，丁香说把秋衣脱下也烤烤吧，于剑飞把秋衣脱下递给丁香，他光着膀子接着烤上衣。这是一个完美的、标准的男人的身体。铜色的脊背，凹凸的肌腱，在火光的映衬中更增添了他雄性的魅力。胸脯和后背上的刀伤和弹疤映射出他昔日的霸气和辉煌。丁香忘记了她特有的矜持，她就那么一直看着，她的眼光抚摸着于剑飞每寸肌肤，这原本是她的男人，她从当姑娘开始就追随着他，为了他她放弃了太多太多，她只想要他，无论付出多少，乃至生命。她就这么目不转睛地看着，她眼前出现了幻觉：她看见一匹战马向她飞驰而来，她被一双有力的手携上战马。炮弹在战马的前后左右炸出一团团火焰，硝烟翻滚着、舒展着，紧追不舍，马扬着飞雪，载着她和于剑飞在战场上奔驰。他们冲出来了，冲出了硝烟。马嘶鸣着，立起前蹄，她跌进了于剑飞的怀里。她听到了于剑飞咚咚的心跳，这心跳的地方是她灵魂落脚的港湾，她想用每一个手指抚摸于剑飞铜色的脊背和胸脯。她的思绪已长出翅膀飞走了，她烤的秋衣一个袖子已经着了，她还浑然不觉。秋衣在她手里脱落，干脆掉进火里。丁香的手刚触到于剑飞的结实的胸，已泪流满面。她的手就像触电般颤抖，那电流由手传进心房，心的地方收紧般地跳动，她终于触摸到了那真实的、结实的胸脯，她摸到了于剑飞的心跳，她知道那颗跳动的心这些年一直为她牵挂。于剑飞看着丁香的眼光，怦然心动，他把正烤着的衣服向后扔去，一把把丁香拦腰扛到肩上，钻进了马架子……

这么多年来，于剑飞为丁香恪守着爱情，他像个女人似的为丁香守身如玉。他曾梦想过一千次一万次与丁香的风花雪月，怎么也没想到会在这荒凉之秋徐徐展开。于剑飞有些感谢这秋之荒凉，偏偏是这多事之秋成全了他们的爱情。诱惑着他们的情欲被理智一次次拒之门外，只有这一次，情欲破天荒地冲出了理智的防线，闯进棒米秸子为他们铺垫的爱情温床，他就在这风雨摇曳的马架棚里精雕细琢一世的爱恋。滚烫的丘比特之箭不偏不倚，正中心仪的十环。他们珍藏积蓄了一生一世的爱，就这样迸发和诠释着，让人不知赞叹还是哭泣。

月亮躲进厚厚的云层里，雨飘泼似的兜了下来，风也趁势肆无忌惮，马架子在风中摇晃个不停。虽然这是个凄风苦雨的夜晚，可对丁香和于剑飞来说是个秋风沉醉的夜晚，一辈子想起来都让他们沉醉的夜晚。

到了下半夜，雨小了，这雨小得不像在下，而像飘。月亮始终不舍得离去，从厚厚的云层，钻进薄薄的云纱，夜空哪怕给月亮一点缝隙，它就露出脸来望着人间，可见人间是个多么迷人的地方。这样细雨飘飞的夜晚，月亮都不舍得睡，何况有情人呢。丁香靠在于剑飞的肩头，听着似有若无的雨声，她梦呓般地哼唱着：

> 我是花，
> 错过了盛开的季节。
> 盼了一年又一年，

等得冬去春又来。

你是吗，

你是雨吗，

润过我的心田。

我只为你盛开、妩媚，

雨牵肠挂肚地下啊，

花多情柔柔地迎着，

雨吻过花每一片叶瓣，

恋恋缠绵，

编织着花的梦。

花问为什么，

雨说不为什么，

就想和你好。

到凌晨四点多钟，风吹皱了云，雨停了。丁香趴在于剑飞的怀里发出了均匀的鼻声，她好像做梦了，嘴角好看地翘着，还是那个羞涩的笑，但有一滴清泪冰冷地划过眼角，滴在于剑飞的手上，冰凉冰凉的。于剑飞一夜没睡，他就这样一眼不眨地守着丁香，生怕一眨眼她就不见了。

一阵风吹来，于剑飞一激灵，精神多了。但他听到了零乱的脚步声，丁香也坐了起来。这时两管黑洞洞的枪口伸进了马架子，对准了他俩。只听有人大喝一声："于剑飞、丁香，出来！出来！"

于剑飞牵着丁香的手出来了，他们的手始终那么牵着。"狼头"看了，眼珠子都快气冒了，他斜叼着烟，手里拎着半瓶酒，骂骂咧咧："一个女特务，一个汉奸，都混到这份上了，你们还有心思搞破鞋，我看你们是王八瞅绿豆，对眼了，给我抓起来。"

于剑飞一步挡在丁香的面前说："谁敢，谁要是动丁香一个指头，我揍扁他。"

"嘿，我就不信，给我上。""狼头"喊。

上来两个愣头青，伸手要抓丁香，于剑飞伸手先扯着冲上来的那个人的脖领子就地转了一圈，对准后跑过来的那个人的脑袋一碰，这两人的脑袋就撞在了一起，又弹了回来，两人跌了个四仰八叉。

"狼头"指着于剑飞喊："好啊，你拒捕，来人，先把于剑飞给我抓起来。"

丁香厉声问"狼头"："你凭什么抓人？"

"凭……凭你们搞破鞋。"狼头"张牙舞爪。

"放屁，我们已经打了结婚报告了。"于剑飞冲到他面前恨不能一拳揍扁他。

"狼头"不紧不慢地说："这个报告嘛，一天不批下来，你们都是搞破鞋，通奸罪。"

"你有什么证据？我们就是在躲雨。"丁香说。

"你说那玩意谁信哪，一宿就在这小窝棚里，孤男寡女的，不整出点事来王八蛋才信呢。"

于剑飞握着拳头冲向他，被丁香拽住。"狼头"更来劲了，几乎和于剑飞脸贴着脸问："于剑飞，好汉做事好汉当，做了就要承认，啊？你敢不敢承认？"

丁香知道于剑飞的脾气，她突然从地上抓起一块石头，冲着自己的脑袋举着，站在于剑飞面前，斩钉截铁地说："于剑飞，如果你瞎承认，我就砸死自己，如果你过后瞎承认，你就等着给我收尸吧！你答应我，听见吗？说呀！"说着她就要往头上拍。

"丁香，我答应你。"于剑飞说。

"那好吧，让他们抓吧，随他们的便吧。"丁香一副豁出去的样子。

于剑飞这时才恍然大悟，原来这一切都是"狼头"精心策划的，是个阴谋。他这个堂堂的指挥官，能判断敌人进攻的方向，能预料敌人的兵力部署，却低估了"狼头"用酒精滋养起来的智商。

"狼头"他们审了半天也没审出个所以然来，"狼头"主要是想治丁香，可丁香横下一条心，生死不怕，软硬不吃。大伙说算了吧，大忙的季节，这不更便宜他俩了，还不如让他们出来干活呢。"狼头"的目的没达到，他誓不罢休，他瞪着一双发着绿光的眼睛，一步步向丁香逼近，伺机下手。丁香躲闪着，她躲闪到墙角。一支步枪竖在墙角，丁香顺手抓起来，哗啦子弹就上膛了。丁香端起来，枪口抵在"狼头"的脑门，"狼头"也哆嗦。丁香压低声音咬着牙说，我也不想活了，我打死你。"狼头"颤着声说，你别胡来，你犯的不是死罪，你打死我你可真就活不了了。丁香说我就是不想活了，我临死先打死你，像你这样的败类，战争年代我打死的多了，不在乎多你这一个，别忘了我是上过战场的，打死你我手都不会抖一下的，不信你就试试。"狼头"怕了，说别别，啥事都好商量。丁香说既然你什么也没审出来，就把我们俩都放了。"狼头"说行行，我先放了你。不行，丁香更狠地抵着"狼头"的脑袋，把我们俩都放了。"狼头"彻底妥协了，行，行，我现在就放人。

这一次还是以"狼头"失败告终。但"狼头"暗下决心，他一定要把丁香弄到手。此刻，他恨于剑飞，他恨丁香，他恨得肚子里都长出了一副牙，帮着他咬牙解恨。

这个秋天显得格外的长，主要是割下来的黄豆总也拉不完。雪也不客气，纷纷扬扬的，总下，"狼头"看着正在四轮车上码黄豆的丁香，越瞅越不对劲，他扭头对手下人说："哎，你看那美女蛇，奶子见大，腰见粗，是不是那啥了？"他现在是心邪，眼也邪。他手下的人说："没看出来，不会吧？"

"什么不会，你把她给我叫过来。"

丁香走到他面前，他用那双透视眼上下打量着丁香，他眼光游动的地方，让人像被马蜂蜇了似的不舒服。丁香实在不耐烦了，说："有什么事快说，我还有活呢。"

"狼头"压低了声，咬牙切齿地问："说实话，你肚子里是不是有孩子了？是谁的？"丁香用轻蔑的眼神看着他不说话，"狼头"接着问："说，是不是于剑飞那小子干的？说，到底是谁的？"

这回丁香说话了，趴在他耳根，很神秘，也很亲热："是所有男人的，但就不是你的，你听清了？气死你，气死你。"语言暴力，不留伤口，痛在致命处。

"狼头"围着丁香转了一圈又一圈骂道："你这个美女蛇。"

丁香咬着牙说："我就是美女蛇，夜深人静时，我爬到你床上，咬死你。"

"狼头"听了，心惊胆战，脑瓜顶上冒凉气。他恶毒地说："你给我挑杈子去，我要活活累死你。"

丁香很冷静，一副无所谓的样子："我宁可累死。"

丁香拿起杈子，一杈子一杈子往四轮车上挑黄豆。这四轮车啥也不装就有一人多高，装上黄豆就更高了，这不是女人干的活，就是男人干时间长了也受不了。一铺子一铺子的黄豆装上车了，雪越来越大。气温骤然下降，而丁香的汗像黄豆粒似的往下滚，雪不一会儿就覆盖了大地。大伙都想替丁香，"狼头"瞪着眼叉着腰就是不让。

丁香也上来犟劲了，憋着一口气往车上装，眼看着再装完这一车就拉完了，就在装最后一杈子时，丁香举起的杈子停在了半空中，又慢慢滑落下来。丁香挂着杈子喷出一口血，晃了几晃倒在雪地上。自从马架子那件事，"狼头"就不让于剑飞和丁香在一起，于剑飞被派到远的地方干活了，有人偷偷跑去告诉了于剑飞，丁香累吐血了。于剑飞一口气跑回来，如果不是大伙拉着，于剑飞就能把"狼头"揍死。

自从出了这件事，丁香的身体一天不如一天，看了几次医生都不见好，到了春天她已经起不了床了。于剑飞几次打报告反应情况都如石沉大海，因为"狼头"根本没把报告报上去，来探望的人也被挡了回去。

丁香是熬过了冬天，她盼望的春天来了，因为她想春天来的时候她们的结婚报告也就批下来了；春天来的时候，她的身体就会好起来了；春天来的时候野玫瑰花开了，她们就能回部队了。丁香问得最多的话就是：咱们的结婚报告快批下来了吧？于剑飞嘴上说快了，实际他心里明白，"狼头"是不会把报告递上去的。

这是春天里最后的一天，丁香说她好多了，让于剑飞抱她到山坡上待会儿。

树绿了，草青了，一簇簇的野玫瑰开疯了。开得那个红那个俊哟！让人不忍折下。他们就坐在一簇野玫瑰旁，闻着花香，看看蜂来蝶往。丁香靠在于剑飞的怀里，还是那羞涩的笑，望着这么美的春天，她说活着真好，她说她梦见妈妈了，还有庭院里的丁香树。她问于剑飞，她们结婚的那天，是穿白色的婚纱还是军装，于剑飞问你喜欢穿什么？丁香说喜欢穿婚纱，站在神父面前交换戒指，那是多么神圣啊！她又一想说算了，别让人家说咱是资产阶级情调，还是穿军装吧，显得正规，咱是军人嘛，应该有军人的样子。

于剑飞的眼里含满了泪，因为所有人都知道丁香快死了，只有她自己不知道。泪滴在丁香脸上，丁香说："你哭了，我不会死的，放心吧，我感觉好多了，咱们还要等到祖国的每寸土地都回归呢，再让我把捷报传遍祖国大地，干脆我们团办个报，就叫解放报。如果看不到祖国统一就死了，那多遗憾哪。"她今天说的话太多太多了，气又跟不上了，她大口喘着气。于剑飞说你歇会儿再说，她说她今天高兴，想说话，有说不完的话。她喋喋不休地说着说着，她的声音渐弱渐弱，最后只有嘴唇在嚅动……

于剑飞听到和煦的春风从耳边拂过，听到青草钻出地皮的声音，听到野玫瑰花一瓣一瓣地开放，听到鸟儿衔着小草垒窝的声音，甚至能听到虫子在草丛里交媾的声音，但他就是听不到丁香的呼吸声！丁香死了？但看不出她死了，还是一脸羞涩的笑，眼睛蒙眬地睁着，还能看见她眼睛里有许多美好的憧憬，神色妩媚好看，但感觉不到呼吸了。于剑飞把脸贴在她嘴上才能感觉到游丝般的呼吸。

于剑飞疯了似的把丁香抱回住处，要求"狼头"给他派车，他要带丁香看病去。"狼头"不同意，于剑飞把"狼头"揍了，他要强行走。"狼头"说你走吧，没有车你是走不出这荒草甸子的。丁香瘫痪了，先是腿不能动了，后来发展到腰以上，最后只有头能动。于剑飞抱着丁香绝望地哭了。丁香说你别哭啊，我会好的。于剑飞知道，是一个信念支撑着她这口气，她要好，她要站起来，她要跟于剑飞结婚，她要做于剑飞的新娘。

雷大夯和小辣椒的努力没有白费，九儿到李子屯拿出当年于地主向国家捐粮捐钱的证据，还有全屯人为于剑飞申冤的签名。于剑飞和丁香的事引起了很大的反响，赵富拍着桌子骂大街，他把这一情况上报军区。刘震军长也很气愤，说于剑飞的历史我最清楚，他忠于党忠于革命，部队正需要人才的时候，让我一个团职干部到北大荒种黄豆，扯淡。刘震从来不骂人的，这回是真急眼了。

丁香回来就住进了医院，但情况很不乐观，很难治愈，有可能发展到头部。

"狼头"死得很奇怪，那个夏天，"狼头"突然变得胆小如鼠，他不敢走草丛，不敢上山。到了半夜三更，他总是一惊一乍地喊有蛇，说就在他床上，等大伙跑来打，什么也没有。他喊的次数多了，也就没人搭理他了。有一天晚上，他又喊了，没人理他，给他急得硬拉一个人来看。他跟那个人说，你看，那是我媳妇，还带着孩子，你看见了没有，你看她多俊哪，那腰多细呀，跟水蛇似的，她是我媳妇，你快看快看，她的腰扭得多好看哪，好几道弯，我要跟她结婚去。那个人什么也没看见，听他说得怪瘆得慌，吓得那个人撒腿就跑。

早晨，人们看见他已吊死在屋外的篱笆桩子上，奇怪的是，只有半米高的篱笆桩子是怎么吊死他的呢？只见他跪在地上，一条裤腰带把他的脖子和篱笆桩子松松垮垮套在一起，这种情况是吊不死人的，但他就这么吊死了。

第九章

承载和平

（一）

雷小妹长大了，哭着喊着要当兵。雷大夯原本是愿儿子当兵的，而雷小龙不买他的账，整天钻在屋里看书，母亲的书很多，小时候母亲教他的英语可起了大作用，有这个基础，他能自学英语了，他每天畅游在知识的海洋里，雷大夯骂他书呆子没出息。雷大夯觉得女孩子当兵太苦，女孩子当个教师、医生多好。可雷小妹就是不按他的理想去做，非要当兵。雷大夯拗不过她，只好同意。说到当兵，雷小妹是受于胜利的影响。于胜利大她七八岁，他们从小在一个部队院里长大，于胜利十三岁就当兵了，他就牵着雷小妹的手显摆，小妹，你看哥多精神，等你长大了也当兵。雷小妹就拍着小手没心没肺地喊，我也当兵，也当兵，我要穿你的军装。于胜利不给，她就在地上打滚。

疯疯癫癫的雷小妹终于当兵了，她穿着军装到医院看望母亲，母亲很欣慰，她告诉女儿，她有本书没写完，让她接着写。雷小妹说她不会写，母亲说你总有一天会写的，别着急，你先拿回去。雷小妹拿回家，随便翻了翻，心想我哪会写什么书呀，随手丢进了箱子，压箱底了。

1977 年，这是个学习的年代。人们把过去荒废掉的学习都抓紧时间补回来，于胜利考取了军事院校，开始了正规系统的军事学习。团在抓军事训练的基础上，注重培养训练过硬的连队和训练能手。于胜利带过的四连当仁不让，一马当先。全连官兵经过苦练实练，继创百名神枪手之后，又创出百名投弹能手、百名反坦克能手、百名一兵多能手。于胜利的枪法比他母亲有过之而无不及，虽然他的武功不及他父亲，但他在军事院校不但学到了文化课，还学到了系统的战略战术理论，提高了指挥才能。他有的文凭和证书他父亲可没有，这是于剑飞做梦都没想到的。他那个拖着两桶大鼻涕，打都不上学的儿子，如今已经获得了高等军事院校的毕业证书了。

于剑飞有时间就到医院看丁香，每次到医院，丁香都说，来，剑飞，来握着我的手，我感觉手很凉。两人相视一笑，于剑飞知道丁香是在开玩笑，丁香见到他总喜欢整这种小恶作剧，说这痛那痒，其实她一点感觉也没有，对常人来说这是再平常不过的事，对她来说就是奢望，她多么希望自己能有这种感觉。而于剑飞每次听到她说这痛那痒，他都会露出惊喜的表情，信以为真，丁香就喜欢看他这个样子。于剑飞握住了她的手，摩挲着，细腻而亲切。丁香说别白费劲了，没有感觉的，我刚才是骗你的。于剑飞微笑着，抚摸着她的脸说，你好多了，你看你的脸色多红润。丁香说是吗，拿镜子我看看。于剑飞就拿着镜子给她照。丁香欣赏着镜子中的自己，说剑飞，你看哪，我好像又多了道皱纹。于剑飞认真地看了看，哪是啊，那不是抬头纹吗，谁都有的，你是最美的，永远不会老的。每当这时丁香就露出了浪漫而又羞涩的笑容，说我知道，在你眼里，我是最漂亮的，这样真好，活着也真好，就让你永远记住我年轻的模样吧！

不管丁香是否有感觉，于剑飞都喜欢握着她的手。丁香没有感觉，但她能看得见，她的大脑是清醒的，看见了，传递给大脑，感觉很幸福。她知道自己的病情，一天天在恶化，她知道总有一天她的大脑也会瘫痪，到那时，她就像个植物人，没有思想，没有知觉。上帝给人两样东西，思想和时间。那么人们是用思想思索怎么度过每一分每一秒的，从而让每一分每一秒的生命过得有意义。如果她的大脑瘫痪了，她的生命中就没有思想了，只剩下时间了，那么生命还要时间干什么？无非就是在延长呼吸，活着。丁香无法想象没有思想的日子，她不想象猪样地活着，活得没有尊严。有个想法在她的脑子里酝酿已久了，她早就想说出来，就怕于剑飞伤心，也怕他受不了，但对丁香来说是再好不过的解脱了。如果她没有了思想，那就真的彻底失去了这样做的权利了，那活着真是种悲哀。今天，她鼓足勇气，尽量说得心平气和，又特别随意。她说，剑飞，在医院的这张床上我也躺够了，趁我还有思维，我想请你帮帮我，让我死掉吧，我想死在你的怀里，这是我唯一的请求。于剑飞说你不要有这种想法，你不是总说活着真好吗？现在怎么变卦了，你让我很失望，我瞧不起你，你不像个军人。于剑飞发火了。丁香说如果我的大脑瘫痪了，我就不知道我是怎么死的，死在哪，剑飞，我是认真的，你帮我吧。于剑飞跳起来，又坐下，他双手捧着丁香的脸，你怎么会有这种想法，你就舍得离开我，可我不舍得离开你，那么难的日子我们都走过来了，丁香你不是一般的女人，你是经过炮火洗礼的女军人，你不但具备了女人的温柔，你还具备了军人的刚毅。日本鬼子、美国鬼子、国民党你都不怕，就这点病你就怕了吗？丁香说我不怕病，我活得很幸福了，活得很坦然，人人都想进入天堂，可人人都不想死。我不一样，只有死才能进入天堂，这有什么呢？人间的酸甜苦辣我都尝过，虽然我们始终没有结婚，但有你的爱也就足够了，何况我还有一双儿女，我的生命也有了延续，我还要什么，不枉来人世一遭。让我走吧，趁我还明白。于剑飞摇着头，痛苦地说这绝对不行，丁香，你别忘了你是军人，自杀对军人来说是最怯懦、最耻辱的事，你这是给军人丢脸，我以军人的身份命令你，这是决不允许的。

丁香说我这不是自杀，这是安乐死，在美国早就有人提出这种死法，很正常。于剑飞说这是中国，不是美国，不管你怎么说，我是决不允许的。丁香说如果你不同意，我就拒绝进食。于剑飞听了这话才知道丁香是去意已决，他只得用缓兵计策，他说丁香这样吧，我们怎么也等结了婚吧。丁香说我现在已经够幸福的了，我不想跟你结婚了，那样还伤了九儿的心。九儿对我是有恩的，这些年孩子们都是她抚养的，可我无法报答她。丁香在于剑飞每次提出结婚时她都说不着急，等她病好了再说，她知道她的病是好不了的，她这是有意推迟，其实她是多么渴望和于剑飞结婚，哪怕就一天她也就了却了心愿。可是她答应九儿了。有次九儿来看她，拉着她的手长吁短叹。丁香问怎么了？是不是小龙和小妹让你生气了？九儿说那倒不是，是于剑飞。我寻思他吃了那么多的苦，这回回来了，让我好好照顾他，你说他的那个犟劲又上来了，说啥也不和我住在一起，上面都同意我们复婚，可他偏不同意。你说他一个人住一边，没人照顾，我多不放心啊。他还不领情，你跟他说一百句话他都不理你一句，唉，我真是哪辈子该他的，你说我还贱皮子，就是对他不放心。丁香听着心里很不得劲，她知道于剑飞为了谁，但她不能说，九儿说得她脸红一阵白一阵。九儿像是把她当作知心人，继续唠叨，想想我这辈子跟着他真不容易，从小就给他做童养媳，又跟着他跑出来革命，差点把命搭上，这不又遇上你俩这档子事，你说在这个节骨眼上，当时我不跟他离婚能行吗，孩子们受牵连哪。她说的这个"孩子们"已包括丁香的两个孩子了，意思让丁香心里有数。丁香说，真谢谢你了。九儿说你说的这叫啥话呀，咱不是一家人吗，就不论你这头，单论大夯，我们情同姐弟，没啥说的。孩子们都是我的心头肉，还说啥谢不谢的，如果要谢，就是等你见到于剑飞，你劝他几句，让他回家吧，由我照顾他总比他一个人在外面好，你说是吧？你说他听，他就听你的。丁香的心里像吞下了黄连似的苦，她想也是，像她这个样子既不能给于剑飞带来幸福，也不能照顾他，还不如让他回到九儿的身边。她镇静了自己的情绪，面带微笑地应承着，你放心吧，见到他我会劝他的。九儿临走还叮嘱一句，那我就放心了丁香，你啥也别想，好好养病，争取早日出院。九儿再不走丁香的眼泪就流出来了。所以，以后的日子，于剑飞再提结婚的事她只好拖延。因为她劝于剑飞跟九儿复婚，于剑飞就跟他急眼，她只好找种种原因推迟。这次于剑飞又提到结婚的事，她太渴望跟于剑飞结婚了，这种渴望胜过渴望生命。但她答应九儿了，所以她还是推迟，她就想快点结束生命。于剑飞说你不能替你自己想，你也得替我想想，你一死了之了，你总得想想活着的人吧，我会多难受，这辈子我唯一对不起的人就是你，我知道你是想跟我结婚的，你不说了吗，这也是你的心愿。这样吧丁香，你答应我，等我们结了婚，然后我就答应你的要求，怎么样？这次她没有拒绝，她答应了，因为于剑飞答应她结婚后就满足她终止生命的请求。那将是多么美的时刻，躺在爱人的怀里慢慢地、慢慢地升入天堂。九儿，原谅我，看在一个人将死的分上，我死了他就是你的了。

从这一天开始，丁香好好地活每一天，她等待着那个激动人心的时刻，做于剑飞的新娘。她每天都要护士帮她仔细洗脸，再擦上友谊牌的雪花膏，她喜欢这个牌子，"友谊天长地久"。再把头发仔细梳平了。这几天她也喜欢照镜子，总是莫名其妙地笑，是最甜蜜的笑。护士问她，丁记者，你收拾这么漂亮，是不是于师长要来看你呀。她说比这还要好。护士跳起来说，噢，天哪，一定是于师长要来娶你。丁香就羞涩地笑着说，傻丫头，小点声，别声张，还没定下来呢。护士问为啥呀？丁香说我还没考虑好要不要嫁给他呢。护士就替她着急，这不是你多年的愿望吗，你可不能再错过这个机会了。丁香说傻丫头，女人嘛，就得矜持点，就是愿意也不能表现得太强烈，记住了，以后你搞对象就是看好了也不能像急猴似的，让人家看了像是嫁不出去似的。护士眼泪就下来了，丁香说你怎么哭了呢？护士掩饰说不是的，我这个人高兴大发劲了就爱哭。我是替你高兴，难得你有这么好的心情，医生说了，你每天保持乐观的心态，就能好得快。其实护士替她心酸，因为医生刚告诉她丁香的病情正在恶化，让她加强护理，她看到丁香这个情景，真怕她等不到那一天。丁香想好了，她不想在医院住了，一天都不想，等于剑飞来看她时她就说。

说来还来了两个，于剑飞和雷大夯，他俩不是相约来的，而是路上遇到的。

于剑飞来是告诉丁香结婚报告马上就批下来了，他怕丁香着急，先来告诉她。说这话他也不想背着雷大夯，因为他俩也早就离婚了，雷大夯是请求过复婚，可丁香说她都这样了，不想再折腾了。孩子们也说，随母亲意愿吧，她怎么活着得劲就怎么活着吧。这事也就撂下了。今天听于剑飞提要跟丁香结婚的事雷大夯心里还是咯咯棱棱的，他想插嘴又不知道说啥。

丁香说她住院住够了，住好几年院了，她一会儿都不想在这待了。于剑飞很痛快地说，不住咱就不住了，这有啥难的，这个院不住了，走，咱回家，现在就走。

丁香笑了，点着头，显然她是多么急切地盼望着和于剑飞住一起。雷大夯说话了，那能出院吗？在医院住着还总不见好呢，这要是出院了随时都会有危险的，就是出院也不能去你那呀，出院行，那也得去我那呀。于剑飞说雷大夯你别胡搅蛮缠，你们已经离婚了。雷大夯说你们也没结婚啊，不管怎么说她还是我孩子的母亲，理应去我那。

一大早就一脸灿烂笑容的丁香，这会儿脸上布满了阴霾，她说她哪都不去了，就在医院，她说她累了想休息。临走于剑飞当着雷大夯的面说，丁香你等着我，我们一定会结婚的。他这话是说给雷大夯听。

于剑飞走后，雷大夯对丁香说，丁香我知道你跟着我委屈你了，你有文化，我是大老粗，可我也是真心待你，我们有了一双儿女之后，我就知道你是我最亲最近的人，我想和你重新再组成个家庭，让我来照顾你，你也算是我们雷家有功的人，没有你我雷大夯是没有儿子和女儿的，我们雷家没断了香火多亏了你。丁香很不爱听他说这话，丁香说你弄错了，我不是你雷家传宗接代的机器。我不是那个意思，雷大夯赶紧解释，你看跟你这文化人说话总得加小心，一不留神就说错话，你看我这不是表扬你那吗。丁香说谢谢你的表扬，但你的表扬让我听着不舒服，大夯啊，我们真不是生活在一起的人，我们没有共同语言，也说不到一块去，就不要往一块了，再说我都这样了，能过一天算一天吧，也不奢望那么多了。雷大夯听了这话，气喘得就粗，丁香这不是明显地拒绝他吗，真是一点夫妻情分也不讲，我也是出于一片好心，总觉得亏欠她的，想办法补偿，你看她三七四六来这么一通，都叫于剑飞闹的。这于剑飞他就是处处跟我过不去，总挤对我，这可好，我这一生摊上的两个女人，九儿为了他死活不跟我，我们俩是多么般配的一对，谁看了都这么说，你说气不气人，她宁可守活寡她也不跟我。也行，那丁香本来就是我的老婆，就运动那点变故，那运动中变故的家庭多了，拨乱反正不就重归于好了吗，她不但不"反正"，还吃于剑飞这个"回头草"。说句不好听的话，她就是死也要死在于剑飞的怀里。于剑飞你是个啥东西，宝啊，呸，你不就是比我长得英俊，比我有文化，会甜言蜜语嘛。我承认你比我英俊，但天底下那么多女人，你为什么偏偏跟我在这瞎掺和？这话他能跟丁香说吗，她正在病中，他只好在肚子里发牢骚。不说他又咽不下这口气，最终他还是说了句，丁香，你如果是为了于剑飞我成全你。丁香沉默，她不想再说半句话，她干脆闭上了眼睛，雷大夯只好走了。

晚上，雷小妹难得回来一次，雷大夯瞅着女儿穿着军装英姿飒爽的样子，打心眼里高兴。他更加想念丁香，没有丁香他哪有女儿啊，儿子也不错，在大学里读书。可丁香怎么就不愿意回这个家呢，哪怕她躺在那里，有一口气，这也是个完整的家呀。他对女儿说今天我去看你妈了。雷小妹问妈妈怎么样？雷大夯说还是老样子。雷小妹看了眼父亲说看起来你挺不高兴啊，怎么了？雷大夯气哼哼的，看着女儿，欲说又止。雷小妹说爸，你说吧，有啥不好开口的，把我当成你的战友。最可气的是你于大爷也去了，雷大夯冒出一句。雷小妹说，呵，就为这事啊，那我于大爷应该去呀，他们俩可是老感情了，你应该感到自豪，我妈妈都那样了，还那么有魅力，于大爷还对她那么一往情深，我都被他们的爱情感动了。雷大夯不理解地看着女儿，你这孩子咋这么说话呢，她是你妈，我们理应在一起生活。你于大爷居然还说他们要在一起了。雷小妹听了这话显得很惊喜，怎么？于大爷要和我妈妈结婚了！雷大夯看女儿这个样子，摇着头无可奈何地说，闺女啊，你咋这么傻呢，你不愿意爸爸妈妈再团聚吗？雷小妹一本正经地说，爸，你说对了，你跟妈妈在一起那就是团聚，充其量就是组成个家庭。妈妈跟于大爷在一起就是有情人终成眷属，你应该给妈妈幸福，你没看妈妈看你和看于大爷的眼神都不一样吗？她看于大爷眼神温柔又缠绵，瞅你就不是那么回事了，像一潭滞水。她跟你的谈话内容无非就是小妹怎么样了，小龙怎么样了，有意思吗？爸，给妈妈自由吧，她太苦了，她的一生都在追求爱，她为了爱国从大洋彼岸来到了中国，她为了爱情放弃了美国和父母，她为了爱你宁愿自己背负罪名，可她得到了什么，得到的只是活着的大脑和思维。最主要的是，爸爸，你无法走进妈妈的思想，这是妈妈最苦闷的地方。你知道妈妈是靠什么活着的吗？是药吗？是医院吗？不是，我从她的眼神能看出，还是她心中的爱支撑着她，她盼望着于大爷来娶她，哪怕只有一天就足够了。他们谈理想，谈前途，谈爱情，他们还谈哲学、文学，谈战争和策略。你能跟她谈这些吗？爸爸你就给他们这一天吧，我听医生说妈妈的日子不多了，不是她的生命不多了，而是她有思想的日子不多了，病魔就要侵蚀她的大脑，如果那样活着妈妈是最痛苦的。雷大夯说我就生气你于大爷，啥事都跟我过不去，啥事都跟我争，就是我给你妈妈这一天，你九儿干妈也不会给的。

　　大人们的这些事雷小妹也是一知半解，到底干妈和妈妈谁是第三者，她也整不清楚，只好望着父亲叹气，哎呀，你们哪！

　　正像一位将军说过的那样，军人没有和平年代，只有战争年代和准备战争年代。于胜利毕业回来就接到命令，在四连和其他团抽调骨干到师组成特种兵大队，在师里集训，由于胜利任大队长，这个大队有个特殊的成员，那就是雷小妹。于胜利坚决不要她，为此雷小妹和于胜利吵了起来，两人吵到了师参谋长雷大夯那。雷大夯也说小妹不参加就不参加吧，你个女孩子家，搞搞通讯，接接电话啥的，就够用了，啊。雷小妹立正说这是组织安排，军令如山，不能以个人的意志为转移。雷大夯没想到自己这么大干部让女儿给批了，看起来自己的觉悟还没有女儿高呢，哎呀，女儿真是长大了，有志向了。雷大夯看于胜利还噘个嘴，还是不想要她，就笑着说于胜利同志，这样吧，让我们的队员各自亮一下自己的绝活，比试比试，啊，谁是绣花枕头，咱就把谁开了，雷小妹也不例外，你看怎么样？于胜利勉强同意，行吧。

雷大夯和雷小妹挤了下眼睛，两人做了个胜利的手势。

来自其他团队的子雄，他的人像他的名字一样响亮，嗓门还亮。他入伍前总在部队文工团混，因为她妈妈小辣椒是文工团的，他从小就跟妈妈耳濡目染，他特别爱好京剧的唱腔，正赶上样板戏盛行时期，样板戏没有他不会的，没入伍前他已成为文工团像模像样的武生了，尽管当时他没入伍，也不在册，可他已是文工团不可缺少的台柱子。一开始是替人打短，救场，后来看他还真像那么回事，就安排他戏了，他最拿手的是杨子荣的打虎上山。没入伍的时候小辣椒寻思他愿意唱就唱吧，参军后小辣椒坚决不同意子雄留在文工团，她认为一个大男人整天哼哼呀呀地唱那玩意太没出息，她这辈子在文工团都够腻歪的了，还把儿子搭进来？儿子嘛，就应该到野战部队从连长干到团长，轰轰烈烈干革命。子雄离开了他心爱的文工团，到正规部队训练。

子雄第一个亮相，只听他嘴里敲着锣鼓家伙："呛呛呛……呛、呛、呛"，他冲出队列，一个造型，站在了操场中间，接着一个后空翻，唰，唰，几个麻利爽快的动作，武生的绝活他都亮出来了，别看是花架子，一般人上来是不好使的，一看就是科班出身。他连翻十多个跟头，队伍报以热烈的掌声，他亮开嗓门唱着："穿林海，跨雪原，气冲霄汉……"随着唱腔，他甩开膀子，把打虎上山的气势表演得淋漓尽致。

于胜利对身边的雷小妹说："看见没，这是我们大队里最不起眼的一个，看上去也比你强，这个大队是男人的世界，你行吗，我们是要上战场的。"

雷小妹不屑一顾地说："你说他行？那个唱京剧的花架子？比我强？你可别忘了，咱是船上的孩子会凫水，咱俩可是一个师傅，好！我就跟你这个小京腔比试比试！"

子雄表演完了，就要归队。雷小妹挡住了子雄归队的脚步，子雄扬着脖子说："你想干啥？我不跟女的过招。"

"就你那熊样，花拳绣腿的，赚等着挨削吧你。"雷小妹说。

"谁敢削我，削我试试……"子雄第一个"试"字刚吐出口，另一个"试"字还压在舌头底下时，雷小妹劈头盖脸一顿拳打脚踢，动作之快，如闪电。子雄被打蒙了，噔噔后退了几步，一屁股坐在地上，咧个嘴指着雷小妹说："啥玩意，说打就打，说预备齐了吗，你就动手，玩赖呀你。"

雷小妹看着子雄的狼狈样，心里嘿嘿笑，但她绷着脸说："你说啥玩意？打起仗来，谁还跟你喊预备齐再打呀？这叫偷袭，知道不，狭路相逢勇者胜，先下手为强，后下手遭殃，是不是啊，战友们？"雷小妹又号召战友们，她在拉统一战线。战友们喊："对！"雷小妹瞅一眼子雄："别赖在地上了，还等着谁来拉你呀，来我来拉你。"雷小妹有意逗他，子雄吓得扑啦扑啦屁股站起来，慵慵懒懒地归队了。

雷小妹心里偷着乐，蔫了吧，活该！让你逞强，让你嘚瑟。她不急着归队，开始大肆鼓吹自己："战友们，我自我介绍一下，我叫雷小妹，能吃苦，摸爬滚打样样都行，还有一身好功夫。你们见识过大队长于胜利的风采了吧，我们从小在一个院里长大，我们俩武功由一个师傅教出来的，我雷小妹是不出名，我说出两个人的名字，你们就知道咋回事了，雷大夯，我师傅。于剑飞，我师伯。"战友们一片哗然，这不是我们师长和师参谋长吗，这两人太出名了，武功高强，我们心中的英雄和偶像。雷小妹摆摆手："静一静，我还没说完呢，我在这个大队的任务可重要了，还得担任你们的医务人员，当然，我比医生差，但比赤脚医生强多了。"战友们听到这，异口同声地问："你行吗？"

"瞧不起谁呀？我好赖不济学过三个月的兽医，多刁的小猪小狗，到我这保准没脾气，何况你们这些兵乎？"兵们咧着嘴，啊？好像屁股上真挨了针。

雷小妹说完，牛哄哄地归队了。她走到于胜利面前，立正敬礼：队长同志，雷小妹表演完毕，请指示！于胜利说归队。雷小妹归队后就挨着于胜利，她小声嘟囔，我过关了吧，你没有理由再撵我了。于胜利同样小声地对她说："以后出去别说认识我，我丢不起那个人！"这时，雷大夯走过来讲话，于胜利跑步向前，立正敬礼，参谋长同志，特种大队集合完毕，请指示！雷大夯还礼。

雷大夯身材魁梧高大，站在队伍前面就像一座山，他的声音如洪钟般响亮，他说，同志们，从今天开始你们就秘密集训了，平时多流汗，战时少流血，我们时刻准备着为祖国、为人民献出一切。你们在队的每一位队员，都有自己的特长，来自不同的部队，是我们部队出类拔萃的佼佼者，同志们首先要精诚团结，在发挥你们自身特长的基础上要成为全面多能手，我想，你们在于胜利的带领下会锻炼成为一支拉得出、打得响的队伍。

队伍里的子雄深深地被雷大夯的形象所折服，他心想，莫非他就是我妈妈挂在嘴上、骂来骂去的雷大夯？但怎么也跟妈妈骂的雷大夯对不上号啊，妈妈嘴上的雷大夯那就是鬼头蛤蟆眼、歪瓜裂李子、猪不吃狗不啃的玩意，虽然干的是革命事业，但形象就跟小人书和电影上描述的汉奸走狗一个样。子雄不解，妈妈怎能歪曲事实呢？解散了，他还愣在原地跟眼前的雷大夯对号。

雷大夯走到子雄的跟前，拍着子雄的肩说，小兔崽子，你爹是不是叫赵富，你妈是不是叫小辣椒。报告首长，是！子雄目视前方，双腿并拢，回答响亮。雷大夯哈哈笑着说，他妈的，小兔崽子，长这么高了，是个小老爷们了，雷大夯用手比着说，你爸调走的时候你才这么高，哎呀，一眨眼的工夫。你父母挺好的吧！子雄腰板一挺，报告首长，他们身体健康。那你知道我是谁吗？雷大夯问。报告首长，您是师参谋长雷大夯。雷大夯得意，哈哈，没想到我还挺出名的嘛！子雄说因为我妈妈总提起你。雷大夯听了这话更得意了，噢！还是你妈挂着我呀，她是怎么赞扬我的？子雄低着头嘀咕，我妈妈她，她……雷大夯着急，哎，怎么像个娘们似的吞吞吐吐的，快说。子雄抬起头，表情很痛苦地说，我妈妈她总是骂你，把你骂得一塌糊涂。雷大夯皮笑肉不笑地说，你妈妈哪样都好，就是爱记仇，我和你妈妈年轻的时候有点误会，她就抓住我这点错误不放手。女人都这样，爱记仇，那啥，子雄啊，别受你妈妈的影响，啊！雷大夯拍着胸脯，你看雷叔叔这人是不是挺不错的？子雄响亮地回答，是！雷大夯爽快地拍着子雄的肩说，好了，刻苦训练，建功立业。是！首长！子雄望着雷大夯远去的背影，心里充满了崇敬。

在训练过程中，战友们逐渐喜欢上了这个活泼机智的女兵，就子雄烦她，是她让他在男兵面前掉链子的。而雷小妹大咧咧的，从来不记仇，还莫名地喜欢上京腔，特别喜欢那句"气冲霄汉"后面拉的长腔。子雄在她面前再也不唱了，雷小妹见着他就缠着他再来一嗓子"穿林海"，这样一个见着就躲，一个见着就追，战友们只当笑话看，调侃子雄是熊包。弄得于胜利见到雷小妹就摇头，说，雷小妹你以后可咋办哪，谁敢娶你呀。

（二）

丁香一大早就盯着一个地方看，她看窗台那盆野玫瑰，这盆野玫瑰是于剑飞特意从劳改农场带回来的，她每天也是看，但没有像今天这样目不转睛，她的眼睛再也没离开过花盆。她的眼前出现了幻觉，她看见大朵大朵的玫瑰花竞相开放，比那年春天开得还要鲜艳，好像还是在那个山坡上，她躺在于剑飞的怀里，就在那簇野玫瑰花旁，阵阵的花香袭来，吹醉了她的心，她感觉到了，于剑飞握着她的手，厚重而温暖，她在幸福和浪漫中静静地睡着了。

医生走过来，在她眼前做着手势，跟她讲话，她没有反应，医生进一步测试，证明她的大脑已经瘫痪，比植物人还可怕，没有醒来的可能。这时于剑飞正在赶往医院的路上，他显得很兴奋，他催促着司机再开快点。于剑飞怀里抱着一束鲜花，这花五花八门，啥花都有，那年头没有花店，他是把几个战友家属盆里养的花给折下来，七凑八拼弄了这么束花，太不容易了，还惹得家属不愿意。于剑飞知道丁香喜欢花，他要给她惊喜，这是值得惊喜的日子，他们的结婚报告批下来，他今天就要名正言顺地把她接回家，不，是娶回家。当然一定要有花，丁香喜欢洋派，她追求的是精彩的过程。医生吩咐，给于师长打电话，立即把丁香的病情向首长汇报。话音刚落，于剑飞捧着花兴冲冲地进了病房，他还示意医生护士不要吱声，他要给丁香一个惊喜。他蹑手蹑脚地走到丁香的病床前，像得了百分的孩子似的，把花举到丁香的脸前炫耀，丁香，你看，我给你带来什么了，献给你的花，我们结婚吧，结婚报告批下来了，我是来接你回家的，你愿意吗，丁香？哎！丁香，你怎么不说话呢？

丁香的眼睛还是盯着窗台上的那盆野玫瑰。她的眼睛定格在火红的野玫瑰中，是定格在那个春天的玫瑰中。医生告诉他，于师长，丁记者，她的大脑已经瘫痪了，没有反应了。于剑飞一趔趄，手中的花散落了，撒在丁香的脸上、身上。于剑飞问，还有可能清醒吗？医生摇头，没有可能了。于剑飞再也没问什么，他呼地双手托起丁香，丁香的头软软地垂下来，长发也披散下来，散落在她脸上身上的鲜花纷纷落到床上的白褥单上，那样醒目。丁香的眼睛还是盯着那盆野玫瑰，想必，她一早醒来，第一件事就是看那野玫瑰，那时候她还是清醒的，她就回忆起许多和于剑飞在一起的情景，她甜蜜地回味着，不知不觉中思维定格了。

于剑飞发疯似的抱起丁香，喊，警卫员，抱着窗台上的花，咱们走——于剑飞目中无人地冲出了医院，司机跑在前面，提前发动车子，看样子谁要是动作慢一点他敢毙了他。警卫员一路跑步，一手抱花盆，一手给于剑飞开车门，还没等于剑飞坐稳，车箭一般奔驰向前……

特种大队训练很紧张，雷小妹抽空去看妈妈，医生把情况跟她说了，她就跑到于剑飞的住处。

一进门，她看到了这样的情景：于剑飞很细心地给丁香梳头，还一边跟丁香说着话，你看你的头发多好，一根白头发都没有，不像我，我都有白头发了，你总是那么年轻漂亮，咱们扎个蝴蝶结，年轻时你可是总爱扎蝴蝶结的，那真好看。头梳完了，咱们洗脸。他用毛巾蘸水给她擦脸，你看你这脸，一个皱纹都没有，你说你咋就那么美呢，你看这是友谊牌雪花膏，你最喜欢的牌子，我知道我们的丁香是很讲究的，来擦上，好了。你看看，这是你和我的家，我知道，这是你一辈子的心愿，你不说怕我为难吗，现在好了，我们终于有家了，不怕别人说三道四了，赵富他现在还敢关我禁闭吗？他现在管不着我了。我是世上最有福的人，无论我走多远，家里有你静静地等我，我走多远心都留在你身边。

雷小妹听到这，泪水溢满了眼眶，她喊于大爷。

于剑飞就招呼，孩子过来，看看你的妈妈吧。你们可能就要奔赴前线了，别看你妈妈现在躺在这里，她当年是多么的英勇，她冒着敌人的炮火，高唱着《马赛曲》，激励着多少勇士奋勇杀敌。她写的战地报道，启发了多少热血青年投身革命，你母亲是永远屹立的战争女神，她在我的记忆里永远是军帽外露着两条蝴蝶结的小女兵，骑着战马，驾驾地喊着，向我奔驰而来。就是现在她也没有倒下，她永远站在我的心里。孩子，来，向你的母亲敬礼。

雷小妹恭恭敬敬地向母亲敬个军礼，她说妈妈，你放心，女儿不会给你丢脸，会像你一样勇敢。

雷小妹看母亲那个样子，难过地哭着跑了。她直接去了父亲那，父亲抬头看她，说："怎么哭了？我的女儿这不也会哭嘛。"

雷小妹很沉闷地说："爸爸，我妈妈她……"雷小妹哽咽着说不下去了。

"孩子，坚强点，我知道了，我也想开了，她去你于大爷那就去吧。"

"爸爸为什么出现这种情况你才放手，你没有人情味。"

"我没有人情味？她是你妈妈呀，我们理应在一起，我就这么眼睁睁看着你妈妈被别人抢走？"

"你对妈妈那不叫爱，那叫占有。你去看看，看看我于大爷他是怎么对妈妈的，你就会知道什么叫忠贞不渝的爱情。"

"我就知道他会整景，净整那些花里胡哨没有用的东西，可你妈妈偏偏喜欢这所谓浪漫的玩意，就这样被他迷惑了。"

"你从来就没爱过妈妈，你还不放手。"

"孩子你说这话可就屈你爸的心了，爸爸不怕你笑话，你也大了，今天你提到这事了，爸爸就跟你说说，在爸爸的生命中有两个女人，我和你妈妈，我承认我们是硬捏在一起的，可我们有了你们，血浓于水呀，某种意义上我们最亲。再就是你九儿干妈，也许就像你们年轻人说的爱情，算得上是青梅竹马，我愿意为她付出一切，只要她幸福。我生命中的这两个女人，提哪个我都心疼。刚才你九儿干妈还来了，她哭了，哭得就像我们屯里的女人丢了活命的钱，她说她追了于剑飞一辈子，想了他一辈子，她再也没有指望了，他和丁香结婚了。看着她哭，我也想哭，不为别的，就觉得心疼，我恨不能再给她变出个于剑飞来，让她再有念想。她找我来哭，我真很感激她，最起码她想哭的时候是来找我，不是找别人，说明我在她心里还有用。"

"为什么你们不重新结合呢？"

"到了现在经历了这么多，我们已经没有这个想法了，她会守着她的于剑飞活一辈子，我会守着我心中的女人活一辈子。小妹呀，大人们的事你就别管了，别分散精力了，全身心地投入训练当中，也就这几天你们就要开拔了，孩子，你妈妈有你于大爷照顾，你就放心吧，你妈妈也算梦想成真了，也算有了归宿了。"

雷小妹多少理解了父亲，她真的无法评判父辈的爱情，有一点是最值得她永远学习的，那就是父辈的军人精神。雷小妹走时，不知道说什么好，她给父亲敬个军礼。

（三）

一天夜里，这支特种兵大队秘密开赴前线，就在这个夜晚，于胜利的儿子凯旋出生了。

前方战事紧张，后方部队也紧锣密鼓。于剑飞这阵子也忙得不可开交，他要去军里开几天会，他最不放心的就是丁香，他每天不管回来多晚，都会坐在丁香的床边，给她朗读她写过的文章，他幻想着，有一天丁香能在他的朗读声中醒过来。师医院派个护士来照顾丁香，于剑飞还觉得不放心，他把九儿叫来，九儿的利落细心于剑飞心里有数，丁香交给她最放心。人就是这么怪，九儿尽管噘着嘴说我可不会念书啊，她还是把该念的文章找出来，放在床头。于剑飞说你不会念就别把那些东西放那了。九儿说我不会念，护士还不会念哪，你就别管了，放心开会去吧，我不会比你伺候得差，能不给她念吗？她是个文化人，一天离开书还不把她闷坏了。

这支特种兵大队到了南疆前线，就全面投入了特殊的战斗。他们勘察地形、侦察敌情、测量距离、设置标记……为大部队进攻奠定了坚实的基础。雷小妹和子雄这对冤家，在执行任务当中成了最佳搭档。一个眼神，一个动作，对方就会心领神会，他们抓舌头、放黑枪、打冷枪、勘察地形，每一项任务都完成得很漂亮。敌人光连职以上的军官死在他俩枪口下的就不下 10 人，一些站岗放哨的小兵到底死多少也数不清了。只要我方在册的敌人名单，想让他们今天死，不会留到明天早晨，这两个“无影手”让敌人闻风丧胆。敌方下了死令，一定活捉“无影手”。

在一次执行任务中，子雄不幸踩响了地雷。让人最头痛的就是地雷，前线的地雷，敌方的，我方的，数不胜数，防不胜防。埋在地里的，挂在树上的，藏在草丛的，悬在空中的，五花八门。稍不慎就碰响一颗，子雄炸伤了腿。雷小妹为了救他又碰了连环雷，雷小妹像猿猴一样跳上树，在树上攀援，从一棵树跳到另一棵树，到了子雄身边那棵树上，她溜下来，刚要背起子雄，敌人从周围的草丛中冒了出来，黑压压的一片，看起来敌人真下功夫了，已布下天罗地网。他俩背靠背，端着冲锋枪开始扫射，敌人纷纷倒下，但敌人太多了，像雨后春笋，倒下一茬，又冒出一茬，最后他俩被一个网罩住。

被俘是做军人的耻辱，但只要有战争这是不可避免的。军人也是人，而不是刀枪不入的神。敌人想从子雄的嘴里知道我军的一些情况，但那是妄想。他们就对雷小妹下手，小妹挣扎着敌人的手说：“子雄，我先走了，死怕什么，二十年后又是一条好汉。”

雷小妹想到了死。他们并肩战斗了这么长时间，他太了解雷小妹的性格了，他知道雷小妹说这话做好了自杀的准备，子雄怎么能让雷小妹死呢，他对雷小妹说：“雷小妹，你听着，我以班长的身份命令你，作为军人被俘是耻辱的，但我们不能死，死太容易了，活着是最难的，只要我们不背叛祖国，我只要你活着，无论发生什么，我只要你活着、活着。"雷小妹的心一颤，抬头重新看着他，眼里有疑问。子雄接着说："雷小妹——因为我爱你，我一直没有勇气说，今天我必须说了，无论怎样，我只要你活着，勇敢地活着，没人敢娶你，我敢娶你！"

一大滴眼泪从雷小妹的眼里滚了下来，砸在地上，落地有声。雷小妹咬着牙，向子雄握了握拳头。当敌人向她动手时，雷小妹蓦然回首，向子雄咧嘴笑了下，这一笑仿佛沧桑历尽。子雄看了，比看到哭还难受，他的心剧烈地痛，嗓子一咸，吐出一口鲜血。子雄说："雷小妹你不是总想听我唱穿林海吗，今天我给你亮一嗓子。"子雄亮开嗓门："穿林海，跨雪原，气冲霄汉——"那气势誓有把热带丛林唱成满天飞雪。敌人不让他唱，一拳打在他右腮上，一口鲜血喷了出来，子雄张着满口的鲜血接着唱："抒豪情，寄壮志面对群山。愿红旗五洲四海齐招展，哪怕是火海刀山也扑向前。我恨不得急令飞雪化春水，迎来春色换人间！仓、仓、仓、仓才、仓、仓。"一拳打在他的左腮上，那也休想阻止子雄歌唱，拳头像雨点般落在他的脸上，这歌声好像透过纷纷扬扬的大雪，冲天嘹亮："党给我智慧给我胆，千难万险只等闲，为剿匪先把土匪扮，似尖刀插进威虎山，誓把座山雕埋葬在山涧，壮志撼山岳，雄心震深渊。待等到与战友会师百鸡宴，捣匪巢定叫它地覆天翻！大台仓——才——仓——"子雄这一次把嗓子喊破了，嗓子毁了，再也不能唱了，连说话的声音都是沙哑的。这是雷小妹听到的最地道的京腔，也是子雄的最后一次亮嗓。子雄的嗓子毁了，伴随着他心中最美好的一切毁灭了。

就在于剑飞开会走的第二天，丁香病情就恶化了。医生也是无能为力，医生说已经比我们预想的活得时间长多了。可丁香的这口气咽得太难了，瞪着眼睛，光往外呼气，不进气，看着太难受了，她自己因为难受五官都变形了，但她就是不咽这口气，看着她太遭罪了。九儿念叨着："丁香啊，我知道你惦念一个人，谁叫你自己不争气了，偏偏在他走的时候。丁香啊，就认命吧，现在可没有人跟你争了，唉，这就是缘分，你也算知足吧，不管怎么说你躺在他的床上走的。你走吧，别遭这份罪了，别等他了，他是军人，现在这么紧张，他回不来。你放心，我会把你保管好的，等他回来亲自安葬你，不管等多长时间，我保证。"九儿的话音刚落，丁香身子绷紧了向上一弓，然后，噗，就放松了，一松百松，一了百了，五官也轻松地回归原位了，表情安然，还是那个漂亮的丁香，一点都没变样。九儿端详着她，叹口气说："你可真是个美人儿啊！"

九儿在丁香没咽气的时候就给她穿戴整齐了，九儿小时候听人说，人咽了气，再穿什么都带不走了。雷大夯能指挥千军万马，这时他已悲伤得不知所措，他默默地注视着眼前这个给他生了一对儿女的女人，而这个女人却从没向他敞开过心扉，他也从没走进她的心灵，既是他的妻子，又不是。他不知道用什么方式来追悼她，这时他变得低能，不会说，也不会做，只会看着九儿为她忙这忙那。九儿把丁香的后事打理得整整齐齐。雷大夯在心里感激九儿，没有九儿，于剑飞又不在跟前，他都不知道该怎么办。可叹的是，这个跟九儿争了一辈子丈夫的女人，在她生命的弥留之际用灵魂听懂了她说的话，那双美丽的眼睛临闭上的时候，还无限留恋地瞟着窗台的那盆野玫瑰，那最后的眼神，让九儿怀疑，丁香真的脑瘫了吗？真的无法解释，人的潜意识中到底蕴藏着什么。

于剑飞回来后，先传达完精神，就急忙回家。雷大夯想事先跟他通个气，让他有个思想准备。于剑飞就没给他说话的时间，说有事回头再说。就这样，雷大夯给九儿打电话，九儿放下电话就往于剑飞住处赶，雷大夯等在门口不敢进屋，九儿进屋了，雷大夯也尾随着进屋了，于剑飞正像困兽似的在屋里转悠呢，见他俩进来，瞪着眼珠子问："丁香？丁香呢？啊？啊——"

雷大夯就会说，我说于剑飞，就不知道再说什么了。九儿跟在他的身后说："剑飞，你听我给你解释，这事我真尽力了。"

于剑飞别看问他俩，根本不听他俩解释，他只顾发火质问："这花怎么也死了？"可不是咋的，好好的花，按时给它浇水，它好模样地就死了，像是通人气，随丁香去了？九儿就不吱声，说啥呀，说啥他也不听，正在火头上。于剑飞逼命似的地问："丁香呢？我问你们呢？"

"在医院那。"九儿得慎着点说。

于剑飞继续质问："就这几天，你就让她病情加重了？走，上医院看她去。"

到了师医院，于剑飞问："在哪个房间？"

九儿小步紧跟在后面说："她死了，在太平间。"

于剑飞脚跟就闪了，踉跄着站不稳。九儿忙扶着他说："剑飞呀，你要挺住啊，她那病，那早晚的事。"

于剑飞甩开她的手，低声吼："为什么不给我打电话？啊？为什么不让我见她最后一面，她还不定怎么盼我呢，丁香……"

"来不及了。"九儿哭丧着脸说。

当医生把冰冻的抽屉拉出，一股寒气扑面而来。于剑飞打了个寒战，倒退一步。九儿扶住他，他挣扎着走向前，低头仔细看丁香的脸，看着看着大滴的泪滴在丁香的脸上，结成冰。他猛地抬起头，咆哮着："是谁？是谁？是谁把她扔到这的？啊——是谁——"于剑飞颤抖着手抚摸丁香的脸，脸是冰凉的。手刚触到丁香那冻成冰块的脸，马上弹了回来，他不敢相信这就是他的丁香，他们是以这种形式见面，就这样永别了？从此再也见不到了？他抱着丁香放声大哭。

安葬丁香的那天，于剑飞很冷静，他肃穆地站在丁香的墓前，把一束鲜红的玫瑰花放在她的碑前。炫目的玫瑰红与这黑色的奠和白色的花，犹如水火不相容，形成反差，那玫瑰的红，燃烧着，生长着，蔓延着，仿佛要跳出这死寂而灿烂。丁香啊，到今天你才算真正留在了祖国，你躺在了祖国的大地上，与祖国的江河共眠，与祖国的日月同辉。于剑飞不禁想起了欧阳鹿，那冷漠得就像一把手术刀的欧阳鹿啊，内心却蕴藏着一团像火一样的爱国之心，可她永远地长眠在了异国，此刻于剑飞恨不能把她抱回来，安葬在丁香的身边。如果说他一生中爱过两个女人，那就是丁香和欧阳鹿。如果说他对丁香的爱是热烈奔放、生死之恋，那他对欧阳鹿的爱，就多了份含蓄与仰慕之情。一个是终身为伴，朝夕相守，另一个就是永远的朋友，一世的知己。如今两个人都离他而去了，一些知心的话都不知与谁倾诉，他就像一只孤单的大雁凌空盘旋，希望能寻回他曾有的幸福。

每到夜晚，于剑飞更加思念丁香。别看丁香躺在床，不动不说，可那是个人，他心上的人。她的心脏在跳动，他们在用心灵交流。他摸摸她的手，她的脸，是热的，她活着，她感觉到了。如今她走了，那盆玫瑰花也枯萎了，枯萎的花还留在那里，他没让警卫员扔掉，看见它，就如同看见了丁香。

前方的战事激烈地进行着，于剑飞曾代表师里向军里请战。刘震军长说怎么，多年的仗还没打够，你呀，暂时没有你的份，你带领你的师做好战备。你们师的特种兵大队不是开上去了嘛，据说干得非常好，给你们师争光啊，你这师长脸上不也有光嘛。特别于胜利，像你当年，机智勇敢，将来咱们的机械化部队建设就靠他们了。提到机械化，于剑飞无限感慨地说，在朝鲜战场上看见人家美国的坦克、装甲车，咱是真眼馋啊，这回咱们也要装备成机械化团了，太振奋人心了。刘震军长说，看着吧，在不久的将来，我军的装备就会赶超世界一流水平。刘震军长又说，提到于胜利，我想问你，跟你儿子还较劲呢？你岁数也不小了，浪漫已成为往事了，能和九儿和就和吧。我是看着你们走向革命道路的，九儿也不容易，从扎着一条大辫子起就跟你和雷大夯跑出来，她亏呀，家庭家庭没得到，事业事业没得到，瞎了她的好枪法，可她这个人从来不埋怨，我也了解她，她是多么渴望穿一辈子军装啊。于剑飞说谢谢军长，这么忙还关心我的个人生活。

于剑飞没有打算跟九儿在一起，他心里有丁香。九儿争到现在也争明白了，她争不过活着的丁香，也争不过死去的丁香，她不再追着于剑飞要复婚了。活到现在，于剑飞倒是对儿子于胜利心有所动，毕竟血浓于水，儿子从小到大再没叫过爸爸，跟他说话总是规规矩矩，看不出父子关系。儿子总是称呼他官职，他也没感觉别扭。不知怎么的，这次儿子去南边打仗，他除了首长对自己战士的关心，还多了份父亲对儿子的牵挂。他从来也没喊过儿子，最亲昵的时候也就是叫臭小子。他为儿子捏了把汗，毕竟第一次上战场。

有一天，他接到了儿子的电话，他马上就像个指挥官似的义正词严，问什么事。于胜利说报告师长……就有些哽咽了。于剑飞说别吞吞吐吐，快说。于胜利说子雄和雷小妹牺牲了，哦，不，是失踪了。到底是牺牲了还是失踪了，于剑飞的声音愈加严肃了。于胜利迅速更正，是牺牲了。于剑飞说我知道了，不要影响你们的战斗情绪，特别是你，要坚强，你的精神直接影响战士们，请转告你们大队的所有战士，我代表全师指战员，对你们的英勇顽强提出表扬，祖国人民不会忘记你们的，等着你们凯旋的日子。于胜利那头响亮地回答，是，爸爸！于剑飞听到儿子喊爸爸，他一时哑然，竟有些激动，他还想再说点什么，电话就撂了，撂得太仓促了。这是于胜利这么多年来第一次叫爸爸，是在这么一种情况下，还没等于剑飞反应过来，电话就撂了。于剑飞想，儿子是怕他尴尬？或是怕他说你别管我叫爸爸，我不是你爸？其实儿子是怕牺牲了没法弥补这声爸爸了，儿子没给他反应的机会。于剑飞听到子雄和雷小妹牺牲的消息，他的声音镇静，因为他是师长，可拿话筒的手已经抖了，他放了几次才把话筒放回原处。

于剑飞坐在椅子上有些失神。那个独断专行的赵富，活生生拆散他和丁香的赵富，自以为自己最伟大正确的赵富，四十岁上有的这么个独苗，牺牲了，他能受得了吗？我的老师长，你要挺住啊。还有小辣椒，会扯着怎样尖利的嗓子哭喊啊，于剑飞的心剧烈地痛着，因为他也是父亲。于剑飞开始骂自己的儿子，于胜利啊，你真混蛋，怎么就没看好雷小妹，她是个不知深浅的丫头，怎么向你雷叔叔交代，她可是你雷叔叔的眼珠子啊。于剑飞想，怎么告诉雷大夯，他没有勇气说，他想让九儿告诉他，后来一想不妥，我得自己告诉他，我们是多年出生入死的战友，我不能让他独自悲伤。

他穿上衣服向雷大夯的办公室走去。看见于剑飞来了，雷大夯打着哈哈站起来迎接他。于剑飞脸严肃得就像一块大理石，雷大夯忙问怎么了？于剑飞事先准备的那些委婉的说辞，一句也说不出来，这样委婉的说辞，战争年代他不止一次说过，可今天他一句也说不出来，他无法在雷大夯面前绕来绕去，那种感觉就像自己的女儿牺牲，还用掩饰的语言告诉别人，他做不到，他见到雷大夯就像见到了该诉说的人。他先抑制不住了泪水，说大夯，孩子没了，小妹牺牲了。雷大夯眼睛就瞪圆了，你说啥？于剑飞泪流满面，小妹牺牲了。一个炸雷，天塌了，雷大夯趔趄着，险些摔倒，于剑飞扶住他，雷大夯的眼睛直了，一眨不眨，像尊泥胎，没有了生命。于剑飞拍着他，大夯，你要挺住啊，你还有胜利、小龙啊，他们都是你的孩子。雷大夯和于剑飞抱在一起，呜呜地哭，他俩抱得紧紧的。他们第一次这么抱着，在他们失去共同的亲人之后，两个男人向对方敞开了心扉，丁香是他俩共同的爱，雷小妹是他俩共同的心疼，于剑飞视雷小妹如同自己的亲女儿。两个男人抱在一起，没有语言，只有眼泪和哭声。

（四）

于胜利再回到原部队已是一九八二年了。他的特种兵大队完成使命，荣获集体一等功。他们都以为雷小妹和子雄牺牲了。于胜利又回四连当他的连长，本来说要提的，但由于暂时没有位置。他的儿子已经四岁了，凯旋第一次见到他就拉着他的手说："叔叔你看，你长得跟我爸爸一样。"他指着于胜利的照片说，然后对照片喊爸爸。

李铁梅见于胜利从前线回来还是原地踏步，牢骚满腹，她本以为嫁给一个红色军官，就可以前途无量，没想到这一守就守了四年活寡。地方正值改革开放，挣大钱，他却在前线浴血奋战，他是活着回来了，盼着他能提个一官半职，好位置都让人家占去了。李铁梅对于胜利说："胜利，算了吧，别在部队干了，打报告转业吧，帮我组建个歌舞团，我还唱二人转，现在唱二人转可挣钱了。"

"你让我一个堂堂中国人民解放军跟你去跑江湖？"于胜利反问她。

"你以为你是谁呀，你每月那八九十元钱，还不够我买一套演出服的，你还感觉不错呢。"

胜利说："我除了会当兵，什么也不会，这身军装我还没穿够，我不会转业的。"

李铁梅哭了："你挣不来钱，人家给你出个主意，你还死爱面子，你看咱过得啥日子，我不想跟你过了。"

有一天李铁梅很晚才回来，她对于胜利说她爱上别人了，她要和这个人出国发展，于胜利什么也没说，结结实实打了她一个嘴巴子，在离婚书上签了字。

离婚并没有影响于胜利对部队的执着，他连续被军区树为"连长标兵"，并赴北京参加国庆观礼。一九八三年被提为二营营长，他率领的四连率先改为装甲步兵连。这也是我军装备的一个飞跃。昔日的神枪连，是否车上也神，又一个新的课题摆在了于胜利面前，于胜利率领他的兵又立下了新时代的军令状。

雷小龙始终拗着父亲干，高考一恢复，他就参加了高考。雷大夯说："你考·大学也行，考军事院校呀，你真给雷家丢脸，你妈妈、姐姐和我都是军人，就你这么个杂种。"雷小龙一赌气，考上了清华大学，大家都很高兴，只有雷大夯愣忍着喜悦没给儿子一句赞许。

一切都走向了正轨，一切都朝着人们的愿望发展。雷大夯每晚临睡之前都把女儿的照片拿出来看了又看，唤着女儿的名字，他随身都带着女儿的照片，多忙他也要对着照片跟他女儿说会儿话。突然有一天，他日夜思念的女儿回来了，穿着军装，但没有了领章帽徽，她是战俘，战俘！雷大夯无法接受这个现实，他宁愿她战死在前线，但活生生的女儿跪在他面前，他还是把女儿抱在怀里号啕大哭，一生他只大哭过两次，一次是听到女儿牺牲，他和于剑飞抱在一起痛哭，再就是这次女儿死而复生，跟女儿抱在一起痛哭。他怎么舍得女儿去死，女儿是他的心肝宝贝，特别丁香死了以后，他更疼爱女儿。

　　儿子雷小龙毕业后就再也没跟家里联系过，他只告诉雷大夯，他要去搞科研，绝密，可能要跟家里失去联系。雷大夯没拿这当回事，一个臭小蛋子，爱上哪上哪去，反正你也不听我的话，让你当兵你偏不当，看你能出息个啥玩意。可雷大夯对雷小妹就不一样了，格外地疼爱。

　　雷小妹也想过死，但她为子雄的一句话活下来了。交换战俘时，她得知战友们都以为她和子雄牺牲了，雷小妹也想借此一死了之，永远做烈士，只是因为她知道子雄也回国了，她现在活着的唯一目的就是找到他，哪怕用尽一生的时间，找到他她就嫁给他，然后他们到个偏远的地方生活。她答应他的，她只能嫁给他，但他们早就失去了联系。

　　雷小妹与过去判若两人，再也不是那个大咧咧的假小子了，她变得沉默寡言。所有人都用异样的眼光看她，像看外星人。有人背后喊她鬼子，她什么也不在乎，因为她有子雄，他就在某个地方等着她，她一定要找到他，就像当初活下来一样坚定。她要去找他，现在就行动。她背起行李，也背起了希望。就在她要上车的一瞬间，有人扯住了她的衣服，她回头，是于胜利，这是回来除了父亲第二个人跟她接触。于胜利伸出手，手里拿着一些钱，说："小妹，拿着，路上用得着。"不由分说塞进了她的兜里，"看你瘦的，跟瘦狗似的，拿着路上吃。"于胜利把一大包食品塞进雷小妹的手里。她再也控制不住泪水，一头扑进于胜利怀里，这是她回来后第二次哭了，太多的委屈和无奈无人诉说。于胜利还从来没有看过雷小妹像女人似的哭过，把他的心哭疼了，他拍着雷小妹的后背说："怎么像个女人似的。"

　　雷小妹擦着眼泪说："人家本来就是女人嘛。胜利哥，你来干啥，我再不是你过去的小妹了。"

　　"瞎说，你永远都是哥的小妹，无论遇到什么困难，记着，你还有胜利哥。找不到子雄就回来，这有你的家，快上车吧。"

　　雷小妹先去了子雄的家，家里人说他没回来过，赵富在得知儿子牺牲的消息就突发心脏病，人是抢救过来了，但身体一天不如一天。现在，小辣椒陪着他住在干休所里。听说子雄还活着，小辣椒是又气又哭，你说这孩子，你倒是给家里来个信，你个没良心的，你爸为你都这样了，看起来这孩子是不打算回来了，他怕别人瞧不起他，跟他爸一样，刚强着呢。她没敢把这事告诉赵富，他的身体不能再受刺激了。雷小妹安慰了子雄的妈妈就又上路了，小辣椒一再嘱咐，找到子雄一定让他回来，他爸是活了今天没明天的人了。雷小妹找到了跟子雄一批回来的战俘，都说不知道他去了哪里，她找了一大圈，钱也花光了，一无所获。

雷小妹回到家，把自己锁在屋里，她不知所措，找不到子雄，她失去了方向。她想妈妈，从没像现在这样想妈妈，姑娘大了，有些心事必须跟妈妈说，谁也替代不了，如果妈妈活着就好了，她会懂女儿的心。她从废书箱底翻出妈妈没完成的那本书，从头读了起来，她第一次走进了母亲的内心世界，第一次知道她有一位多么伟大而勇敢的母亲，一位才华横溢的母亲。她走进母亲的书房，这个书房从雷小龙上大学走后再没人来过，她参照母亲写的书，把她各个战争时期拍的照片找出来，还有各个时期的战报，这是一笔多么珍贵的精神财富啊，是我军各个战争时期最珍贵的第一手资料。她有了一个设想，她要让母亲的书和这些资料一同面对读者，她还要给母亲办个摄影展，让全军都知道有这样一位优秀的战地女记者。她的贡献不亚于冲锋陷阵的英雄。那一晚，她彻夜未眠，为自己的第一部小说《一个士兵最后的心愿》写了序言。这一开头，她就再也没停笔，是母亲引导着她走向了文学道路，但她不管怎么写，永远也写不出这个"兵"字。她的这部小说发表后，引起了不小的争议，小说的结尾是这样的：一个战士在战场上快要死的那一刻，他对女护士说：他十八岁了，还没谈过恋爱，他想让年轻的女护士吻他，女护士深情地吻了他，他就这样带着姑娘的吻死去了。有人说有损于英雄形象。有争议说明有创意，这部小说还搬上了银幕。雷小妹用得来的稿费，还有父亲所有的积蓄，当然还有于胜利的赞助，买了一部旧的越野吉普车，为了找子雄。她的车里永远放着京腔："穿林海……"她去得最多的地方就是牡丹江，她觉得只有那里的林海雪原才能配得上这首歌，配得上她的子雄。她开着车奔驰在雪野里，穿梭在林海中。她甚至把威虎山仔仔细细蹚了个遍，她几次都那么真切地看见她的子雄摆着造型在林子里亮嗓，在雪地里翻跟头，她戛然停车，当她冲下车喊："子雄！——"回答她的只有阵阵松涛和茫茫雪原。她就这样一路找，一路写，她的作品像雪片似的发表，可她的子雄却没一点音讯，她在文坛是个神秘的人，她拒绝媒体，不与人交往。一副墨镜，一袭休闲装，五冬六夏都穿着长衣长裤，驾驶着一辆吉普车，居无定所。谁也不知道她要去的地方，今夜会在哪里过夜，她总是来去匆匆，人们只熟悉她的名字和书，不知其人。

雷小妹整整找了七年，她耗掉了七年的青春和钱财，唯独没有耗掉的是她心中的那口气。人活的就是一口气，有气就有明天，就有希望。七年来她第一次怀疑心中的希望，怀疑自己，怀疑明天，唯独没有怀疑子雄，子雄是爱她的，子雄在她心里是唯一不变的爱和向往。她太累了，把车停在路边，闭上眼睛，车里震耳欲聋地放着"穿林海……"。仿佛她的整个世界都下起了大雪，纷纷扬扬，一会儿就把她的车覆盖了。她整个人也封冻起来了，只有灵魂随着大雪飞扬。她的世界干净极了，就连思绪都没了杂念，只定格在两个字上："子雄。"第一个子雄出场了，他摇头晃脑，有字有板地唱着"穿林海……"，她一脚把他踹个屁股蹲，她扑哧笑出了声；第二个子雄出场了，他浑身是血，他唱出的第一句"穿林海"，她就看见了他满嘴的血，敌人的拳头也没阻止他唱，那声音高得直冲云霄。她一辈子也忘不了，忘不了受的酷刑，忘不了那片热土，忘不了啊！雷小妹想到这，一激灵睁开眼，那片生命热土，我忘不了，他一样也忘不了。我转了一溜十三遭，怎么就没想到那呢？那是我们共同战斗过的地方。那里是我最忘不了，也是最不愿想起的地方。每当想起，就好像把伤疤重新撕开一次。雷小妹一踩油门，车箭一般向南驶去，她日夜兼程，终于到达了她为之流血奋战的地方。

车子穿过翠绿的丛林，碾过奔流的小溪，鸟儿歌唱，蝴蝶飞舞，所有的一切都在享受着和平和阳光。雷小妹由衷地赞叹，和平真好！她的心豁然开朗，她驶进一片宽阔的草地，远远望去，一排排的蜂箱掩映在草丛中。有个养蜂人戴着防蜂帽，从蜂箱里提蜂坯，把蜂坯上多余的蜂蜡用小刀削掉。他做得很认真，雷小妹走到他身边他都没有回头。不知道是他没察觉到，还是不愿理睬她。成群的蜜蜂在头顶嗡来嗡去，雷小妹大着声跟他说："同志，你是这儿的养蜂人？"那人看也没看就点点头。小妹问："那你在这待几年了？"那人腾出一只手，做出七年的手势，还是没有看她。小妹又说："那我向你打听个人，他叫子雄，他是当兵的，过去他在这打过仗。"那人摇了摇头，继续忙他的活。雷小妹隔着蜂帽看不清他的脸，她觉得这个人很不友好，她还想问点什么，看那人爱答不理的样，索性拉倒吧。她索然无味地扭头往车跟前走，冥冥中她觉得后背有双眼睛在盯着她。她拉车门时顺势回一下头，她看见那人一动不动站在那里向这边看，虽然他还戴着蜂帽，她这才注意到他穿了一条破旧迷彩裤，她脑子里一闪：子雄。她摘掉墨镜，甩到脑后，快步向那人跑去，跑到跟前她又犹豫了，现在穿军裤的多了去了，特别像一些干重体力活的，现在的军装可不像过去那么金贵了。这时，她瞥见蜂箱有一本她写的书，分开页翻扣在上面，她顺手拿起来看了看，不小心一脚踢到了一个塑料袋，她一看，塑料袋里是她写的所有的书。她不再犹豫，上去一把摘下那顶蜂帽——子雄，是她的子雄！脸上没了过去的稚气，多了沧桑，那双眼睛更深邃了。雷小妹完全失控了，她哭着、喊着、打着，一直追问："你为什么不找我，为什么？你知不知道我找你找得多苦吗，我整整找了你七年啊！"子雄就那么铁塔似的站着，脸上没有重逢的喜悦，甚至是冷漠，任雷小妹打他、踢他。雷小妹这一脚踢在了他的右腿上，好像踢在木头上，觉得不对劲，她蹲下撩起他的裤筒——假肢："子雄，你的腿，你的腿到底没保住啊？"

"没了，给地雷塞牙缝了。"子雄脸上一点表情也没有。

雷小妹抹了一把眼泪说："走，子雄，咱们走，咱们结婚过日子，这里的一切咱都不要了，走。"小妹扯了他一下，他没有动，还是面无表情地说："你走吧，我不会走的，不会跟你走的。"

"为什么？你说过你只要我活着，你说过爱我的，为了你这句话我活下来了，子雄我们活着回来了，和平了，我们一起过新生活吧！"

子雄甩开雷小妹的手痛苦地大喊："你为什么要找我，你根本不该找我，我只想让你记住过去的子雄，不愿你看见现在的子雄，为什么？为什么你非要把我赶尽杀绝。"

"不是的子雄，过去的你，现在的你在我心里都是最高大最英勇的。子雄，你知道吗，没有了你，我无从写起；没有了你，我就坠落了自己；没有了你，我就失去了自己。"

"一切都不可能了，雷小妹你走吧，记住过去的子雄，就当你从来没找过我，走！"子雄别过脸不看她。

雷小妹扳过他的脸说："子雄，你看看我，我是你的雷小妹呀！我日夜思念着你，我快为你耗干自己了。咱们把所有的噩梦忘掉，让我雷小妹跟你过上正常人的生活吧，看在我找你七年的分上，跟我走吧，你就当可怜我，子雄，你听到了吗？我只能嫁给你。"雷小妹趴在他怀里放声大哭，憋了七年，终于找到她要哭的人了。子雄就这么站着，垂着两只胳膊，无动于衷，双眼就那么冷冷地看着远方。就在这个时候，他们的身后有个孩子怯怯地叫："爸爸。"雷小妹抬起头，看见一个农家妇女，一手拄着拐，一手牵着一个四五岁的孩子，孩子的身边跟着一条小狗。

"她们是谁？"这还用问吗？她要让子雄亲口告诉她。

"我的老婆、孩子。"子雄冷冷地答。

真是晴天霹雳，雷小妹呀雷小妹，找了七年就找来了这么个结果。雷小妹的天空塌了："你混蛋！"雷小妹给了子雄一耳光，转身哭着向回跑，她跑了几步又停下了，那卸不掉的情怀让她凄然转身，她正看见子雄一瘸一拐向她跑来。她怎么受得了，又向他跑去，他们跑到了一起。就那么面对面，近在咫尺，相望着、端详着、泪流着。雷小妹近乎绝望地呼唤："子雄——"不顾一切地扑进他的怀里，"子雄，抱抱我，最后抱抱我。我找了你七年。"

子雄闭上眼，两行泪从冷得像石头一样的脸上划过。他仰头喟然长叹，简直是对天长啸："雷小妹！"他张开双臂，紧紧地把雷小妹拥在怀里，用力之大，雷小妹觉得骨头都碎了。雷小妹的眼泪决堤了，她放声痛哭，七年了，释然了，哭吧，七年的寻找，仅仅得到一次相拥的回报。这就是她深深爱着的男人，第一次拥抱她，可笑的是这怀抱不是她永远的归宿，她还抱着一线希望说："子雄，离开她，跟我走。"

"雷小妹，你看到她那条断腿了吗？她是为了这个家多收入点，开荒种地，被遗留下的地雷炸断的，她是无辜的。我要留在这里排雷，把留在我们国土上的雷全部、干净、彻底地排除掉。"

"子雄，你别做傻事了，你一个人的力量是不够的。"

"哪怕一天只排除一枚。"子雄眼神是坚毅的。

"子雄，离开这里，这里的雷不是你的错，排雷也不是你的任务，没有人给你下达这份任务。我只要你跟我走，没有你我活不下去，没有你我怎么办？你是知道的。"

子雄摇着头，无可奈何地说："我是开弓没有回头箭了。"

"那么我就有回头箭吗？"雷小妹沮丧到了极点，"哗"她把领口撕开，把袖口撩开，"你看看，我活着像个鬼。"

"不——"子雄抓住雷小妹的衣服，一下把那些地方盖上，撕心裂肺地大喊着，他跟跄着跪在雷小妹的面前，"小妹，今世我对不起你，来世我早早在路口等着你，等不到你我绝不结婚，哪怕等一辈子，今世你就原谅我吧，就算我对不起你，忘了我吧，小妹。"

雷小妹也瘫倒在子雄的跟前，他们抱着哭在一起："子雄，我只要今世，我活着只为了你，如果没有了你我还要这躯壳干什么？"

"不，不，小妹，你说这话不是要我命吗？我还是那句话，我只要你活着，我才有活下去的理由。你活着就是我的精神，我的灵魂，如果没有了你，我活着也就失去了意义。小妹，你不知道我多么爱你，你在我心里高贵得就像公主，纯洁得就像天使。我不愿意让你看到我的断腿、我的颓废、我的窝囊，更不想让你看见成为战俘的我，还有这片蜂箱。我知道你瞧不起我养蜂，但我爱这些蜜蜂，跟它们在一起我心里踏实。我多么想在你心里永远留着过去子雄的形象。可你比我还傻，找不到我就别找了，我就是不想让你找到我，可你却找了我七年。你让我拿什么偿还你，我无以回报啊！小妹，放手吧，一切都覆水难收了，就让我们这两个瘸子相依为命吧。"

雷小妹懂了，她知道她完了，这个男人永远都不属于她了。她也后悔，为什么找到他，找不到他，她心中还有梦，还有爱，还有活下去的理由。现在希望破灭了，一切都将不复存在了。

子雄说："小妹，走吧，别回头，就当没找到我。"雷小妹还固执地站在那里。孩子又叫了声爸爸，子雄慢慢离开她，先向后退了几步，然后转身，一手牵着老婆，一手牵着孩子。

雷小妹凄然地喊出一声："子雄——"子雄稍作停顿，"你不要你妈妈了吗？她想你，她说让我找到你，就让你回家，还有你的老父亲，他病了。"子雄背对着雷小妹像扔石子似的说："就当他们从来没有生过我，就当我死了，我不配做他们的儿子，替我照顾他们，拜托了。"他头也没回，向山里走去，雷小妹声嘶力竭："子雄——"

这声呼喊，喊得子雄的心剧烈的地疼痛。子雄捂着胸口，稍停了下，他还是迈开步子向前走去。他扬着头，扯着嗓子，像敲破锣，那不是在唱，是号，他刚号出一句："穿林海——"又像破损的磁带，放着放着卡壳了，一会儿又嗞嘎出声了："跨雪原——"一挑高声又卡壳了，接着往出拔，实在拔不上来了，声音横着号了出来："气冲霄汉——"

这是雷小妹第三次听子雄唱这首歌。这一次，每唱一句，都像一把锯锯在她的心上，一点一点地锯，血一滴一滴地流，子雄啊亮出利剑把我的心剜掉吧，它原本是你的，拿去吧。这久违的"穿林海"是绝唱吗？也好！我早就做好了死的准备，是你让我多活了七年，我早就应该在被俘的时刻死掉。她踏上车，车跳跃式地开动了，她开大油门，再急转弯，车轮和地面擦出刺耳的声音。她大瞪着眼睛，眼泪从那眼睛里一股一股地冒出来，她就那么大瞪着，一眨不眨，泪水泛滥了整个面孔，她一遍遍地问：

> 我拿什么感动你我的爱人？
> 如果死能让你回心转意，
> 我愿死上一次。
> 我能听到车轮碾过我筋骨的声音，
> 清脆悦耳，
> 但不堪入目。
> 我是多么爱美的女人啊！
> 那么就让利刃划破我的血脉吧！
> 血一滴一滴……
> 像盛开的红玫瑰为我祭奠，
> 既而汇成一条红色的小河，
> 我像一朵洁白的睡莲漂在上面，
> 漂……漂向天尽头；
> 漂……漂在行云流水间；
> 即使我做不成天使，
> 也不愿再堕入滚滚红尘。
>
> 我真的感动你了吗我的爱人？
> 我看见一滴泪划过你的面颊，
> 我多想为你拭去，
> 但已是天上人间，
> 遥不可及。
> 我听到一声久违的轻唤，小妹，
> 我多想回到从前，

但地老天荒，

恍如来生隔世。

我不再为难着你了吗我的爱人？

我死了，

愿你从明天起，

鹿奔鸟鸣，

漫天桃花红。

　　雷小妹回来后没有回家，她直接去了38团团部。于胜利在1989年当了38团团长，1984年38团改为装甲步兵团。雷小妹见到于胜利第一句话就是我找到他了。她说完这句话舒了口长长的气，她好像很累，于胜利扶她坐下说："找到就好，这些年的功夫没白费，他人呢？"

　　"胜利哥，我饿了。"雷小妹所答非所问。

　　"饿了好，饿了咱吃饭去，你别说，总在这食堂吃，我这胃缺肉的毛病又犯了，走，哥请你吃饭。"正是晚饭的时候，于胜利上了雷小妹的车。他们进了一家酒店，看起来雷小妹着实想宰一次于胜利，她专点好菜，点了一大桌。菜上齐了，服务员拿啤酒刚要启开，雷小妹说给我，她用牙嘎就咬开了，旁边的服务员看了直咧嘴。于胜利笑着说："你还能用这招？"

　　"别忘了，你训练我们野外生存的时候，恨不得让我们吃铁丝，这点小事算什么。"

　　这顿饭雷小妹吃得狼吞虎咽，啤酒也一杯接一杯，健谈，总爱提起过去的事，陈谷子烂芝麻的，说到高兴的地方就开怀大笑，有时都笑出眼泪来，不好笑的地方她也愣笑，笑得前仰后合。还嫌于胜利不笑，不捧场，弄得于胜利咧着嘴跟着莫名其妙地干笑，捧场呗，要不挨批评。雷小妹把以前认识的所有人都提到了，连进营区卖冰棍的老太太都提了，她就没提子雄，子雄好像在她的记忆里消失了。于胜利纳闷，他也关心这事，这个子雄这些年可把雷小妹折腾坏了，子雄一天不出现，小妹一天不能安顿下来。于胜利以前也在埋怨：子雄啊子雄，你是死是活倒来个信呀。雷大夯几次找胜利，让他劝劝小妹，别找了，再找就把这一生搭进去了。可谁敢劝哪，谁劝跟谁急，也就于胜利有时敢跟她说几句。可以这么说，这些年她也就跟于胜利能说上几句话，脾气越来越古怪，整天把雷大夯愁得唉声叹气。他能不愁吗？这样下去可怎么办，子雄这个兔崽子哪辈子能冒出来，他恨不能逮着这小子狠狠揍他一顿。别看雷大夯人粗，但他能看出于胜利的心思，他跟于胜利对脾气，贴着心，他多想于胜利能成为他的女婿。他时常对死去的丁香说，你呀，在天有灵，就保佑咱们的女儿吧！让她嫁给于胜利，不然我死都闭不上眼睛。于胜利这些年对雷小妹好，这种好是掏心窝子的好，特别在雷小妹这种情况下，有些人唯恐躲不及。雷小妹太固执了，挖地三尺也要把子雄找出来，现在找出来了，她倒跟没事人似的了，闭口不提了。这葫芦里到底卖的什么药？

于胜利试探着说："这子雄真不够意思，连饭也不管，看把我们雷小妹饿的。"雷小妹就是不接茬，吃饱了，喝足了，背起包走人。于胜利结完账跟着也上车了，她又说去兜风，于胜利说你都兜了七年风了，还没兜够？喝了这么多酒，回家休息。雷小妹根本就不理他，开起车就走。她把所有的车窗打开，把车开得飞快，风灌进车里，呛得人张不开嘴。突然她把车转180度嘎停下了，趴在方向盘上号啕大哭，鼻涕眼泪一塌糊涂。哭够了，她抬起头，对坐在身边的于胜利说："他结婚了。"

于胜利喘了口粗气，他是谁？还用问吗，子雄，就是这小子，没别人。于胜利心里骂，好你个子雄，尿性，算你狠。于胜利沉默了会儿说："小妹别哭了，你还有我呢。我现在必须告诉你，从你第一次去找子雄，扑在我怀里哭的时候，我就感觉到你是个女人了。以前我都把你当哥们，特别你当兵的那段时间，你比男兵还有刚，让人无法把你与女人相提并论。就那一次，你像个女人似的趴在我的怀里哭，我更证明了一点，我爱上你了。我自己也很奇怪，这么多年我对你的爱不敢说出口，因为你心里有子雄，有时我也问自己，你爱雷小妹吗？你爱就给她一双翅膀吧，让她去飞吧，去找她的子雄，只要她幸福。你知道为什么？因为你不但是我爱的人还是我心爱的妹妹，谁也无法替代。每次望着你远去的车影，我都在心里默念，小妹，哥的臂膀永远是你的港湾，如果你飞累了，这永远是你的归宿，只要你愿意。"

"胜利哥，我累了，真的累了，"雷小妹轻轻靠在于胜利的肩头，泪水还是从紧闭的双眼里流了出来，整个面孔都是泪水，"想回去休息，胜利哥，你来开车吧。"

于胜利开着车说："我知道，我提这个事，你会觉得很别扭，一时无法接受，主要是我们以前太熟悉了，就像亲兄妹，但我们毕竟不是亲兄妹，自然会产生爱慕之情。过去我还总拿你当兵训。只是这几年你懂事了，还管我叫哥，小时候你就管我叫小胜利，越不让你叫你越叫。"

不管于胜利说什么，她都不再说一句话，闭着眼睛，靠在车座上，她宁静平和得让人害怕，她今晚的情绪波动太大。于胜利有些后悔，他不应该这么急着告诉她这些，这么沉不住气，七年都等了，就差今晚了。于胜利把她送到家门口，临下车，雷小妹说把车开到你们团去吧，我用不着了。于胜利说行，你好好歇几天。雷小妹又说多亏你今晚告诉我这些，要不我就听不着了！于胜利说我早晚要告诉你的。最后雷小妹叫了声哥，于胜利说快上楼吧，等你进屋我就走。

雷小妹走到楼口又回过头叫了声胜利哥，于胜利心里很美很甜，他以为她听懂了他的表白，女孩子嘛，不好意思说什么，就一个劲地叫哥呗。于胜利又向她挥挥手示意她快进屋吧。这一次，雷小妹真的走了，于胜利在楼下待了一会儿，见楼上的灯亮了才走。

雷大夯去北京开会了。于胜利早已是这个家的一员了，他和雷大夯谁有时间谁就回到这个家看看，看雷小妹回来了没有，雷小妹早已成了他俩的"雷小妹"。雷大夯说我不在你就是雷小妹的监护人。于胜利对这个监护人尽职尽责。别看雷小妹现在是作家，可她的性格脾气糟糕得像个孩子，只好把她当成孩子来监护。

雷小妹进屋后，放上水，撒上玫瑰花瓣，把自己泡在浴缸里。当她洗好了走出浴缸，慢慢走到镜子前面，她再一次把镜子砸碎。这是她第几次砸碎镜子谁也不知道，反正是镶了砸，砸了镶，这样恶性循环着，如果她爸爸说浴室里别镶镜子了，她会把家里带响的都砸光。

她走出浴室，开始穿衣服，穿得很仔细。里面是一套红色的文胸，再穿一件白衬衫，领子袖口系得严严实实，外面穿了一套崭新的老式军装，穿上一双黑色皮鞋，她写了一份没有牵挂的遗书，说是遗书，其实就是两句交代：我就穿着这套衣服走，谁都不准给我解开一个扣子。她捡起一块碎镜片，割开了手腕……她的灵魂慢慢地飞出了身躯，穿过钢筋水泥飞向了天空。她看到了蓝天下的草地，草地上零星散落着野花。她看到了小时候的自己，穿着漂亮的背带裙，她露在裙子外面的皮肤光滑白皙，她笑着跑着，把胳膊举在太阳底下欣赏，草打在腿上痒痒的。她看见于胜利向她跑来，牵着她的手一起在草地上扑蝴蝶。她看见自己跑着跑着就长大了，于胜利看她脸上流出了汗，伸手给她擦拭，当于胜利的手拂过她的面颊、脖子、胳膊……她突然不寒而栗，她的肌肉抽搐，她整个人都痉挛了。天空骤变，狂风大作，电闪雷鸣，天整个黑了下来。一个炸响的惊雷，仿佛在她和于胜利的脚下炸响，如一枚炸弹。接着道道闪电，像火箭炮一样划破夜空，也划破了她的裙子。她看见了，看见了她那光滑白皙的皮肤到处流着血，那道道伤口像狰狞的面孔在向对面的于胜利挤眉弄眼、张牙舞爪。她惊叫着："不——不——！"用双手护着，但无济于事，她整个身体都暴露在外面，她的手在满身的伤口面前太弱太小了，护住了这，却露出了那。她恐惧极了，害怕极了，又一道闪电，她看见了于胜利因惊愕恐惧而扭曲的脸。她从来没见过于胜利这种惊恐的表情，她的心跌进了低谷，她向后退，向后退……雨终于下起来了，雨大得她和于胜利谁也看不见谁了。她想喊于胜利，但没有用了，她看见自己死了。她躺在地上，流着血……她不再挣扎，她对雨笑了，希望雨大点，再大点，好把她的伤口洗得干干净净。后来她看见于胜利抱着她向医院跑去，她就咯咯偷着笑，我都死了还去医院，去错地方了，她笑于胜利蠢，跑得一头的汗。她看见医生手忙脚乱地给她止手腕的血，血终于止住了。她听到护士说换上医院的衣服，那怎么行，她在医生们的头顶上飞，喊不行，不行，他们就是听不着，她飞低点，对着医生的耳朵喊不行，还是听不着，她越飞越低，落到了自己的身体上喊。这回他们好像听到了，各个脸上都有了惊喜。她听到有个医生说，好！活了，手动了。护士还要给她换衣服，这回她真急了，她喊，不行，就是喊不出声。她听于胜利说，就这么挂吧，护士说行。她觉得她手上插上了针头。

于胜利最了解雷小妹现在的脾气，她说不让换衣服，你非换了，等她醒了还不把天捅下来。雷小妹活过来了，于胜利想想就后怕，如果雷小妹真的死了，他怎么向雷叔叔交代。

那天晚上，他把雷小妹送回家，开车刚回到团部，就接到了雷大夯的电话，雷大夯在电话那头问："胜利，那个疯丫头回来了吗？"

"回来了。"

"那个臭小子找到了吗？"

"找到了。"

"你替我揍他一顿。"

"他结婚了。"

"哎呀！这个疯丫头能受得了吗？"

"看上去还平和。"

"这个傻丫头是不撞南墙不回头，撞了南墙也不回头哇！胜利。"

胜利听了这句：撞了南墙也不回头，心里咯噔一下，他想想临分手时她一声声地喊哥，不对劲！还没等雷大夯说完，他放下电话，开车直奔师大院，他打开门，看到了这一幕……好在师大院离得不远。

于胜利来看雷小妹，雷小妹的情绪低落，出了这事，她更深地把自己封闭起来，不见人。她对于胜利说，你根本就不该来看我，更不应该救我，直接把我送火葬场化了，一了百了。

于胜利说："就为了那个子雄？值吗？"

雷小妹说："也不是，我就是不想活了，你救了我的人救不活我的心。"

于胜利很生气，说："你看你现在这个样子哪还像我们特种大队的兵，你看你，懦弱、胆小，你逃避，逃避爱，逃避阳光，逃避社会。你现在这个样子，就像个老鼠似的整天躲在洞里，你到底想要怎样？"

"胜利哥，我也不想这样，我没有活下去的理由了。"

"那我的爱也不能留住你的生命吗？你真的不知道我的心吗？咱别说以前，那时我们不懂得爱情，我们是青梅竹马的兄妹，现在这颗心为你等了七年，爱了七年，如果你觉得还不够，那你就继续折磨我，这颗心愿意为你碎上一千次一万次。你知道吗？你每次去找子雄，我盼你找到子雄，又怕你找到子雄，这种矛盾心理你能理解吗？"

"胜利哥，我不是傻子，我明白你的心，那个时候，所有人都躲着我，只有你给我安慰，我只是有意躲着你，不想承认，因为我心里有个结，有个解不开的结啊。找到了子雄，无论什么结果，我也就死心了。这个结果也好，总算尘埃落定了，我也算无债一身轻了，我何尝不想象其他女人那样过上正常人的生活，可我不能，我不能了！"

"没什么不可能，天没有塌下来，就是塌下来有我顶着。小妹，挺直腰板，跟我在一起，我们相爱吧！这也是所有亲人的愿望，得到祝福的爱是最幸福的爱。"

雷小妹用最低的声音说："我曾是战俘。"

"没关系，有战争就避免不了，我不在乎。"于胜利没有犹豫。

雷小妹摇摇头，含着泪，痛苦至极地咆哮："你不在乎，因为你不是战俘；你不在乎，因为酷刑没发生在你身上；你不在乎，因为你没有领略过敌人的肮脏和龌龊；你不在乎，因为你不知道地狱有十八层；你不在乎，因为你从来不是女人——耻辱烙在我的心上，粉碎了女人所有的意志和尊严。没了尊严，活着就是一个躯壳，这样还不够，就连这个躯壳也不放过，这个躯壳每天在噩梦中尖叫着惊醒，你还要吗？还要这个伤痕累累的躯壳吗？"

"我要！"于胜利不容置疑地回答。

只听刺啦一声，雷小妹撕开了睡衣，冷笑着说："你还敢要吗？"

于胜利倒吸了口凉气，心脏骤停，头皮发麻，他往后挪了一步，险些摔倒。他的血又像是倒流，怒发冲冠，拳头握得嘎嘎响。呈现在他面前的哪是一具女人的身体？魔鬼看了都会做噩梦，他的心像撕开一样的痛。于胜利对雷小妹的爱是双重的，作为兄长，她是他情深意笃的小妹，作为恋人，她是他魂牵梦绕的爱人。不是什么就轻意打垮他对雷小妹的爱，他张开双臂，不容置疑地把雷小妹抱在怀里，眼泪夺眶而出。他眼前浮现出雷小妹小时候卡破腿那件事，伤口流着血，她顾不得痛，却担心会不会落下疤。现在这满身的伤疤，她要拿怎样的毅力承载，活着都需要勇气。小妹呀，你不说，一个人默默扛了这么多年。于胜利抱着雷小妹呜呜地哭，这个坚强的男人生平第一次这么哭，他是多么心疼他的小妹。雷小妹也哭了，这一次是一种释怀的哭，她把憋了这么多年的话说出来了，她在于胜利面前没有秘密了。压在心头的石头搬掉了，她觉得以前一直在屏住呼吸过日子，现在她舒了口气。在这种情况下，于胜利还敢把她抱在怀里，她没有理由不酣畅淋漓地哭一场。

于胜利觉得此刻在雷小妹面前任何华丽的辞藻和委婉的说教都是苍白无力，如果让他用勇敢和坚强来造句的话，他会这样说：雷小妹是我认识的最勇敢、最坚强的战士。他于胜利在她面前显得太苍白了，他觉得他应该给雷小妹敬个军礼。他抹了把眼泪，正了正风纪，端端正正地给雷小妹敬了个军礼！这久违的军礼，雷小妹一直以为永远没有接受军礼的权利了，这神圣的军礼是对她军旅生涯的肯定，她受宠若惊似的连忙还了个军礼，于胜利还帮她摆正，两人相望一笑，多少青春美好的回忆涌上他们的心头。

于胜利从里怀兜里掏出一个小红盒，打开说："小妹，送给你，这是我送给你的结婚戒指。"雷小妹两手在衣服上擦了又擦，就是不敢接。"拿着呀！"于胜利催促，雷小妹迟迟疑疑地接过戒指，"这个戒指买了七年了，一直放在身上，希望老天能给我个机会送给你，你看老天多厚爱我，来，小妹，把手伸过来，我给你戴上。"雷小妹怯懦地伸出手，于胜利很温情地把戒指戴在雷小妹的手指上，他俩同时抬起头，两双眼睛脉脉含情地相望着，于胜利再一次把她拥在怀里："小妹咱们结婚吧！"

雷小妹激动地试探着问："这么说，我可以像天下所有的女人一样结婚、生子、过日子？"于胜利点点头。"这么说，我可以做你的妻子，凯旋的母亲了？"于胜利更加使劲点头。"这么说，我还是过去你心中的雷小妹？"于胜利也像个兴奋的孩子，"不，你是新生的雷小妹，比过去活得还精彩。"雷小妹一边笑一边流泪，她向于胜利张开了双臂。

"啊！天哪，我太高兴了！"于胜利也向她张开双臂，把她抱起来，欢快地转着圈。雷小妹笑了，咯咯笑着。于胜利七年来第一次听到她这么欢快的笑声。小妹啊，你永远是哥心中的最爱，从今往后哥不会让你受丁点委屈。

雷小妹毕竟身体没有完全恢复，于胜利看她累了，扶她靠在床上，他握着雷小妹的手，听雷小妹给他讲故事："很久很久以前，男人和女人是连在一起的，他们的心也连在一起，他们的智慧胜过天上所有的神仙。天上的王母娘娘知道了，说这怎么得了，她就用她的金簪子活活把每一对相爱的人分开，投到人间。从此以后，人间的男人和女人每天都在寻找自己的另一半。有的人找到了，幸福地过了一生。有的人找错了，很痛苦。有的人一生也没有找到自己的另一半。哥，我会找到吗？"

"你找到了，我就是你前世连在一起的另一半。"雷小妹听了，放心地点点头，她闭上眼，一会儿就睡着了。这一觉她睡得很踏实，因为她一直握着于胜利的手。真的像人们说的那样，当你把幸福告诉你心爱的人，幸福就变成了双份的，如果你把痛苦告诉你心爱的人，痛苦就变成一半了。

于胜利要准备参加师里组织的演习，雷大夯作为师参谋长更忙了。雷小妹还需要人照顾，九儿说你们忙你们的，小妹就交给我了，保管还给你们一个白白胖胖的雷小妹。

雷小妹每次见到九儿都扑进她的怀里撒娇，雷小妹从小就跟着她，跟她有很深的感情。她的母亲丁香从劳改农场回来就住进了医院，更不能照顾她了。她每次去医院看母亲，提到九儿干妈，母亲都缄默不语。雷小妹也耳闻母亲和干妈争一个男人，母亲为了这个男人放弃了回美国，也放弃了美国的恋人，她总觉得母亲不值。不是为了于剑飞不值，而是跟干妈九儿争不值，也不应该，你识文断字的，跟一个没有文化的人争，这叫欺负人。再说也不在一个起跑线上，如果用花来比喻的话，母亲就是玫瑰花，不但浪漫，还是那种天马行空的浪漫；干妈是倭瓜花，是那种花后面就带着果实的倭瓜花。她不敢妄加评论父辈们的事，但她也不理解父辈们在等待什么，他们形成了一个孤立的三角，谁也不跟谁在一起，就这么僵持着。

雷小妹趴在九儿的怀里说："干妈，您又见到女儿了。"

九儿无限疼爱地拍着小妹的肩头说："孩子呀，你还年轻不能做这样的傻事了，你就舍得离开干妈呀，干妈还离不开你哪，我还没得到你的济，还没享到你的福，干妈老了还指望着你养活呢，你这个狠心的丫头，答应干妈，绝不做这样的傻事了，你答应我。"雷小妹点点头。"这就对了，看你瘦的，干妈照顾你，准让你胖起来，这是胜利交给我的任务，如果完不成我可没法向他交差。"

雷小妹抿着嘴笑，九儿又看到了她小时候的影子，疼爱地把她揽在怀里，女儿无论多大都是母亲的孩子，她对小妹又说："小妹，看上我们家胜利没有？看上了就别放手，好男人可不经等啊，你一放手，他就不见了，听干妈的话，看准了就紧抓住不放，别这山望着那山高。你看我，你于大爷，闹运动时，我为了胜利的前途，跟他办了假离婚，到现在成了真离婚，想复婚比登天还难。哎呀，我这后悔呀！这不一撒手，人就飞了。可别犯傻呀孩子。"九儿何尝不希望雷小妹成为她的儿媳妇，因为雷小妹是雷大夯的女儿，她看着她长大的，自从丁香进了劳改农场，这孩子一直跟着她，直到她当兵参军，跟她的孩子没什么两样。

雷小妹说干妈，问你个问题："你还在等我于大爷吗？"

九儿说："我还能等谁？"

"那你认为能等到吗？"

"等不到也得等啊！"

"那你知道我爸爸他在等谁吗？"

"我知道，等我。"九儿承认。

"你们岁数都不小了，就别这么耗着了，如果你们想好，我们做晚辈的绝不拦着，双手支持。你们幸福，是我们做儿女的最大的心愿，特别是通过我自己的事，我觉得有些幸福必须抓住，不然就稍纵即逝。"

"傻孩子，你干妈这辈子就认准于剑飞了，谁也代替不了。"

"干妈，我不是打击你，没有结果的。您去过我于大爷的房间吗？他的床头挂着我妈妈的照片，妈妈戴着军帽，两条麻花辫露在军帽外，扎着蝴蝶结。还有那盆干枯的野玫瑰，也摆在他的床头。即使没有我母亲，他心里也不会有你。"

"我知道，他心里不光有你母亲，他心里还有那个国民党大夫，欧阳鹿。我真是瞎眼睛了，当时就没看出来，我看见他俩在一起挺热乎，但我没往那合计呀，谁寻思他那么没眼光，居然能看上一个女国民党？还有你母亲丁香，她有什么好啊？娇里娇气的，他就看上她。连你父亲雷大夯都看不上的资产阶级小姐，他居然要死要活地跟她结婚。"

雷小妹看她这种神态，扑哧笑了："干妈，都什么年代了你还说这话，你这叫吃醋，于大爷可不是这么说的，他说欧阳鹿是位最优秀的外科医生，有文化，有修养，长了双外科医生修长的手，她救活了许多革命战士，为中国革命的解放事业做出了巨大的贡献，如果她活着，不是军医大学的教授，就是军医院的院长。可惜，她牺牲在朝鲜战场，她牺牲的时候还没有结婚。她希望和于大爷结婚，希望和于大爷有一大堆孩子。我于大爷说，我，胜利，还有小龙，都应该是她的孩子，她就是我们的欧阳妈妈，今天的幸福生活，不能忘了她。"

"我知道，地主少爷都这样，喜欢洋学生，瞧不起穷人。老天有眼，让穷人翻身了。旧社会我是他的童养媳，新社会我是他的战友，他看上谁都白搭，我还是那句话，我生是他的人，死是他的鬼。"九儿就喜欢这样"诽谤"她的亲人，明明知道不是那么回事，她就这样嘴不对心地说。

"干妈都啥年代了，你还提这老掉牙的理论。我是说你们三个这么耗着，都遭罪，你和我爸成个家，也是个照应，我爸可是崇拜你一辈子了。那样我于大爷也就可以和你们正常来往了，他也不怕见到你了。"

"他怕我干啥？"

"不信你看着，他这几天肯定不上我家来，因为怕见到你缠着他复婚。"

"你这个坏丫头，就你懂，就这写东西闹坏了，啥也瞒不住你的眼睛，我是来陪你的，你倒劝上我了。"

雷小妹搂着九儿的脖子说："咱娘俩不是亲嘛，别人谁会说呀。"

"孩子别费心思了，我们最关心的还是你和胜利的婚事，盼着你们结了婚，我也就去了一番心事，也对得起你死去的妈了。你要是真疼我，就劝劝你于大爷，让他回家吧。"听到这雷小妹的眼睛湿润了，她钦佩干妈的执着，更热爱父辈们那烽火铸就的爱情。

当了军长的于剑飞，听说九儿去雷大夯家照顾雷小妹，果然不去雷大夯家了，他怕九儿跟他谈复婚的事。对于剑飞来说，结婚复婚已经没有太多意义了，他想劳改农场的马架子，还有那片火红的野玫瑰。

（五）

38团着眼机械化部队特点，围绕形成整体战斗力这个总目标，始终把合成训练、专业训练摆在首位。由于是刚刚转型，38团在各方面尚未形成全员战斗力。团首长注重抓重点、带全面，决定由团首长机关和二营先行一步，先于1986年参加由沈阳军区A集团军组织的前进"86·2"战役演习。在战役机动、集结、伪装、反空降、阵地进攻、大纵深穿插、撤离战场等训练科目的实践演练中都取得了圆满的成功，锻炼了首长机关组织指挥分队"走、打、吃、住、藏、联、供、修、救、管"的综合能力。在这次演习的基础上，以于胜利为首的38团逐渐摸索出了机械化部队综合作战和保障的经验。又在1991年参加了A集团军在黑水组织的实兵示范演习，更加积累了机械化部队作战的丰富经验。所谓"十年磨一剑"。38团经过改装后近十年的积极探索，已经形成了我军机械化部队作战的拳头，实现了由"步兵神"到"车上神"的质的转变。上级为了彻底检验这支部队的整体战斗力，于1993年冬，沈阳军区在科尔沁草原又组织了旨在检验B师机械化部队整体战役作战能力的著名的"前进93"战役演习。

这次演习是A集团军组建七年来最重要的一次演习，也是对我军拳头部队能否"开得动、打得准、联得上、合得成"综合实力的一次检验。于胜利对这次演习非常重视，先后四次召开团党委会，统一思想，提高认识。只待一声令下，即可千军进发。

于胜利和雷小妹的婚期一推再推，这一次于胜利说等演习一结束就和雷小妹结婚。

上级演习的预先号令一下，B师整个部队全部进入战斗状态。从战役动员、战役集结、战役行军逐一展开。就在这个节骨眼上，查尔斯从美国来了，他现在是位退伍老兵，他是带着使命来中国的，丁香的父母临终前，拉着他的手说，你一定要去中国，找丁香，活要见人，死要见坟，然后到我们的墓地向我们汇报，我们听得到，不然，我们躺在地下也不安宁，拜托了。

查尔斯来了，捧了一束孩提时他和丁香共同栽下的丁香花。花枯萎了，已是丁香花标本了。他来找丁香，找他的爱。经中方多方的帮助，打听到了丁香生前所在部队。

于剑飞和雷大夯接待的查尔斯。坐在会议室，查尔斯像宝贝似的捧着那束丁香花，他在等待丁香的出现。看上去他很紧张，不时用手抚平掺着白发的头发，生怕哪一缕掉下来，影响丁香的视线。还不时正着领带，生怕哪块不妥当，那神态就像没见过世面的小孩子，他发现自己哪哪都没有问题，他开始小心翼翼又很礼貌地问丁香怎么还没有来？于剑飞说查尔斯先生，我们不得不告诉你，丁香她，她死了。查尔斯从沙发上站起来，什么？不可能？这绝不可能，你们就是不让我见她，你们太不讲人道了，我提出抗议。在板门店的时候，就是你把她抢走的。查尔斯对着于剑飞咆哮，像是打架，不像是来探亲，更像报仇。雷大夯拉着查尔斯说，老查，你冷静，这是真的，丁香也是我们的亲人和战友，我们一样痛心。查尔斯手里的丁香花散落地上，片刻，他冲向于剑飞，上去给于剑飞一拳，你是怎么保护她的？于剑飞也给他一拳，她是我的爱人，你管不着。他俩的鼻子都流血了，然后，他俩握着拳头瞪着对方喘粗气，喘着喘着，喘出了眼泪。他俩就这么喘着，泪流着，握着拳向对方走去，走近了，站住，凝望瞬间，他们拥抱在一起。他俩同时问出了一句话，老兵，你还好吗！这句简单的问候让在场的人无不为之动容，是世界改变了我们，还是我们改变了世界？曾经朝鲜战场上的对手，经历了半个世纪，今天相拥，拥抱世界，拥抱和平。全世界人民大团结万岁！雷小妹默默捡起散落地上的丁香花，这是送给妈妈的花，虽然不是鲜花，但它经历了半个世纪，从大洋彼岸，来到中国。查尔斯问丁香还有什么亲人？于剑飞拉过雷小妹说，这是丁香的女儿雷小妹。查尔斯端详着雷小妹，激动不已，说：孩子，你太像你妈妈了，丁香很有福气，有这么好的女儿。他从里怀兜里掏出一个存折，递给雷小妹，孩子，这是你外祖父外祖母留给你的。雷小妹没敢拿，他看着于剑飞、雷大夯还有九儿。九儿说，孩子，你拿着吧，这是你姥爷姥姥留给你的，理应拿着。雷小妹双手接过来，端正地给查尔斯敬个军礼。查尔斯欣喜，你也当过兵？雷小妹说跟您一样，退伍老兵。查尔斯又像想起了什么，他对于剑飞发出疑问，他指着于剑飞又指着雷小妹，不对呀，你姓于？她怎么姓雷？雷大夯小声嘟囔，你这个老查管得倒宽，姓雷姓于碍你啥事啊？查尔斯没听清楚，就问，你说什么宽？于剑飞介绍说，他是丁香的丈夫。查尔斯盯着雷大夯摇头，说，不像，明明你喜欢丁香，怎么跟他结婚？你们中国人真麻烦。雷大夯有点急眼，老查，你瞧不起谁呀？好在查尔斯不太懂他的意思。尽管这样，查尔斯还是一一拥抱了丁香的亲人，他说他要带走丁香女儿和儿子的照片，他回到美国要到老人家的墓地汇报，让老人安息。

他们一同去了丁香的墓地，查尔斯扑倒在丁香的碑前，把脸贴在碑上，泪水长流。丁香，我来了，我来看你了，你看我给你带来什么了，丁香花，我们俩栽的。你说过赶走了日本人就回美国的，你不守信用，我一直等你，我至今孤身一人，我要等丁香，等我的丁香。丁香花开了，我以为你回来了；圣诞节的歌声唱响了，我以为你回来了；太平洋的海风扑面了，我以为你回来了。我的丁香啊，我从小伙子翘首以盼到暮年苍老。板门店一别，竟是生离死别。我那像花一样的丁香姑娘啊，你在中国，我在美国。你在墓地里，我在寒风中。

天气很冷，九儿刚想去拉查尔斯，于剑飞拦住了，让他尽情地哭吧，半个世纪了。天空飘着雪花，大朵大朵的，漫天飞舞。查尔斯伸出双手接那雪花，他说，丁香，你看，飘雪花了，又要过圣诞节了，你听圣诞的脚步近了，它坐着雪橇来了，快听它唱着歌，叮叮当叮叮当，铃儿响叮当，我们坐在雪橇上……

雪飘飘洒洒地下着，弥漫了整个天地，放眼望去，冰砌雪雕的世界巍巍壮观。丁香墓前凭吊的人们融合在这大自然宽广的怀抱中，他们的影子在这白雪世界里越来越远，最终变成了雪的一分子。没有了哀叹和哭泣，只有这"铃儿响叮当"的歌声在每一片雪花上飞扬。乘着这歌声的翅膀，所有人都看到了——看到了一个年轻漂亮的女兵，她骑着战马，飞扬着向我们奔驰而来。那棉军帽外的麻花辫俏皮地翘在肩头，她一脸的灿烂，向她的亲人挥舞着手臂。

她在纷飞的雪花中若隐若现，像战争女神，冲出硝烟，冲出阵地，冲出战争，奔向和平的阳光！

马蹄声碎，记忆中的红颜英姿依旧。历史长河悠悠，谁为逝者的香魂守岁？

第二天，于剑飞说查尔斯先生，我们有个大型的演习，我就不陪你了，我派人陪你。查尔斯说我可不可以去呀？于剑飞说可以呀，我们不保密，不怕别人知道，展示的就是我军的雄风，可以。查尔斯换了套迷彩服跟部队出发了。

仅于胜利的38团就参加了坦克、装甲输送车、自行火炮、物资保障车近300辆。如此大的举动，在于胜利指挥下，于夜间在师指定的集结地域秘密集结，从营房到战役集结地50公里的行军中，全团没有一辆车掉队，在神不知，鬼不觉中全部进入集结地域隐蔽待发。

接到出发的命令后，于胜利率领38团所有演习车辆，兵分两路，相互掩护，一路上行军纵队长达五十公里。头顶着轰炸机轰炸的危险，脚踏着反坦克地雷的随时爆炸。整个行军纵队忽儿隐蔽、忽儿绕道、忽儿疾进、忽儿暂停射击。整个团行军纵队马达隆隆，车辆卷起的风宛如一条长长的巨龙在地上游动，又如万里长城绵延不断。尽管行军纵队遇到了种种预设情况的阻挠，这条长龙还是在于胜利组织下井然有序、首尾呼应、有条不紊。就这样一路上打打藏藏，日夜兼程，历时30小时的行军胜利地到达预定的防御地区，部队发扬我军连续作战的精神，全团官兵不顾一路行军疲劳，于胜利一声令下，在不到4个小时内，全团近300辆各种车辆全部转入地下，做到了空中不可见，近处难发现。

这次演习，师首长决定38团为主攻团，于胜利在地下作战室亲自部署作战方案。于胜利在作战会上，对全团连以上军事主官布置任务时讲："同志们，关于作战的具体部署一会儿由参谋长详细协调，我在这里只强调，我们这次演习的重要性，我们这次演习是上级检验我机械化部队经过十年磨砺是否形成一把锋利尖刀的实际验收。这次的演习是：战备等级转换；摩托化开进；待机地域集结；营团战术合练；机动集结；构工伪装；百公里奔袭；机动防御；对机动防御之敌进攻战斗；反空降作战；铁路运输装、卸、载等课题的综合演练，对这次演习集团军首长非常重视，也是对我们团一次考验，我们只有成功，绝不能失败。"

二十四小时后，上级一声令下，天空中升起数枚红色信号弹。顿时火炮首群覆盖目标，刹那间 38 团所有坦克、装甲输送车、自行火炮越出地面，瞬间排列成战斗队形在直升机的掩护下猛虎下山一般向蓝军阵地发起进攻。于胜利坐在指挥车上思路清晰、指挥若定、处变不惊，根据战场实际情况，及时调整进攻方略。整个团进攻在他手里就像在下一盘有决胜把握的象棋，在他的精心策划和摆布下，主攻营迅速突破了蓝军的防御阵地，紧接着他指挥二梯队及时参加战斗，一路进攻所向披靡……

此时，端坐观摩台上的军区副司令员于剑飞和 A 集团军副军长雷大夯手持望远镜大有三国周郎赤壁"谈笑间樯橹灰飞烟灭"的气魄。雷大夯放下望远镜对身边的于剑飞说："我说大少爷。"

于剑飞打断他的话："你说啥？你个小长工。怎么回事？不让你这么叫你非这么叫，'文革'时不是你嘴上没把门的，我能去劳改农场吗？"

"那你可冤枉我了，我可什么都没说。"雷大夯争辩。

"说到劳改，我想去看看当年和我一起被打倒的李玉，这小子回老家种地也不知咋样了？哎呀，我可能是真老了，总想过去的老战友。"于剑飞说。

"等忙过了这阵子咱们回老家看看，我想家了，那埋着我的爹娘啊。"雷大夯说。

于剑飞也感慨："是啊，我们是应该回去看看了，这些年在外面南征北战的，那也埋着我的爹娘啊。"

"还提你爹呢，我爹娘就是被你爹逼死的。"

"你说谁哪？抗美援朝那会儿，你没吃我爹捐的粮食？他以前是有错误，后来他对革命不是也有贡献吗，最后攒了一辈子的钱也捐给咱买枪了，怎么说也算功过相抵呀。"

雷大夯看于剑飞真跟他急了，他看见查尔斯眼巴巴看他俩打仗玩，就说："你有点高姿态，啊，让国际友人看笑话。"他边说边举起望远镜。"我的副司令员同志，你看见没，于胜利，我的干儿子，干得漂亮，这个儿子可不是我跟你争，是你自己不要的。"

"于胜利他爱管谁叫爹管谁叫爹，我那孙子你咋也霸占去了，凯旋可有日子没上我那去了。"

"你看你这人，既然不认儿子，孙子你还认他干啥？"

"那不行，我大孙子谁也别想要去。"于剑飞一边跟雷大夯争孙子，一边观看前方战绩。他在心里也暗暗佩服于胜利对战役的部署和指挥才能，赞叹我军在向机械化、信息化、智能化的飞速发展，真是"数风流人物还看今朝"。他对雷大夯说："大夯啊，我军发展太快了，我们跟不上了，老喽！"

"我没老啊，我没老，我还能战斗。"雷大夯就怕人家说他老，不服。

"你还能作啥战？你还想一匹马一杆枪闯天下？未来的战争是高科技战争，就我这么有文化的人都自叹不如，你一个棒槌就成精了？什么电子战、信息战，你懂吗？噢对了，关于一些高科技你应问问你儿子雷小龙。"

"这小子是个人才，可惜他不是我军的人才。"雷大夯至今对雷小龙不参军这事耿耿于怀。

"未必，据小道消息，雷小龙大学毕业后特招也进了国防部门，他跟我们玩的可不一样，是高科技，小范围知道，你要保密呀。"

"这小子他根本没把我当根葱，这些年他也不咋回来，回来也不跟我说正事，他说我头脑简单，四肢发达，你们都这么说我。我很生气。"

查尔斯困惑地看着雷大夯问："谁是葱？哪里发达？"

"哈哈……"于剑飞大笑。

雷大夯很无奈地说："老查，这跟你没关系，你看前面，看打仗，这仗打得漂亮！"

查尔斯听话地哦着，他举着望远镜向"战场"望去，望着硝烟弥漫的战场，他突然惊讶地说今天是圣诞节。雷大夯不当回事地说我以为多大事呢，那洋节跟我们没啥关系，我们的任务是演习，OK！他学查尔斯。查尔斯也跟着OK，查尔斯说他想起朝鲜，也是圣诞节，圣诞攻势。雷大夯说你还有脸提圣诞攻势，还提啥呀，那不给你们打够呛嘛。查尔斯摊开双手说，不是的，我想起丁香，她说的话，她唱的歌，让我们那些大兵流泪了，想家了。冰天雪地，我的兄弟们冻死的、战死的，很惨。于剑飞说战争给我们带来的灾难，远远超出肉体，但愿那样的历史将一去不复返。我们有多少优秀儿女也永远留在了朝鲜，是英雄就注定无悔，献出生命也在所不惜。也是这样雪盖大地的冬天，也是这样硝烟弥漫，肖扬站在欧阳鹿的坟前，死亡和悲伤没有压垮英雄，他依然高唱我的太阳，为亲密的爱人和战友送行……也是这样的冬天，他把自己站立成顶天立地的英雄。那震耳欲聋、高亢嘹亮的《我的太阳》，依然回响在人们的耳畔，不，不是他一人在歌唱，而是一群英雄在歌唱，唱响在今天的演兵场……

于胜利指挥全团一直打到天空又升起战役演习结束的信号弹。以红与蓝伤亡1比3的代价取得了团进攻战斗的彻底胜利。

于胜利圆满完成了演习任务，雷小妹终于穿上了婚纱。

雷小妹的婚后生活并没有像人们期待的那样幸福。她的情绪波动很大，于胜利的优秀好像时刻在威胁着她，她心里总想着这样一个问题：于胜利早晚要离开她，他对她的好是怜悯、是迁就、是暂时的。她常常莫名地发脾气，摔东西，她的精神好像出现了问题。雷小妹心里也明白自己这样不好，但她控制不了自己，她看任何人都比她活得好，就她被生活抛弃了，有人建议于胜利让她去精神病院治疗。但于胜利不同意，他说他了解雷小妹，她只是耍脾气，她只是错把耍脾气当撒娇了，小妹会好的。部队忙，于胜利不在身边，九儿不离左右地陪着雷小妹。雷大夯不止一次地说谢谢九儿，小妹多亏她照顾。九儿说你怎么官当大了也学会客气，小妹也是我的孩子，这孩子受的苦太多了，一时半会儿缓不过劲来，小妹是个好孩子，也是个好儿媳，慢慢来，咱要有耐心。

果然奇迹出现了。

这两天雷小妹很安静，专心写书。

这一天，于胜利刚进门，他看见小妹打扮得很漂亮，脸上也挂着笑容。于胜利说哦，小妹可真漂亮！雷小妹二话不说，拉着他往外走。于胜利问她去哪？小妹说不告诉你，跟我走吧。他们走到了一家医院门口，于胜利犹豫了。雷小妹硬把他拉进去，她挂了妇科。可把于胜利吓坏了，问小妹你病了？哪不舒服？小妹笑着说我哪都不舒服。小妹进去检查了，于胜利紧张兮兮地在外面等着。一会儿，医生把他叫进去对他说："恭喜你解放军同志，你爱人怀孕了，她属于高龄孕妇，又是第一胎，一定要特别注意，否则有危险。"

于胜利听了医生的话，不相信地问："医生，我脑子有点乱，请您再说一遍。"医生又重复了一遍，你爱人怀孕了。胜利一拍脑门，噢！天那！他张开双臂退后一步，像从来不认识似的从头到脚把小妹端详一遍，然后又抢上一步，拦腰把小妹抱了起来，回头对医生兴奋地呼喊："我老婆怀孕了！谢谢！噢！"他就这么抱着小妹，不管认识不认识的，见到人他就告诉人家："我老婆怀孕了！"走到大街上，他对天喊、对地喊、对树喊、对花喊："我老婆怀孕了！"小妹咯咯笑着说："把我放下，你真丢人，你认识人家吗？你就告诉人家。"于胜利低下头叭在她脸上亲一口，说："老婆，我爱你！"其实小妹早知道自己怀孕了，这一次检查就是给胜利一个惊喜。

这一次，小妹彻底走出了阴影，即使于胜利离开她一百次，她也不会觉得自卑和孤单，因为她有了孩子，她庆幸自己没有死，她感叹生命的神圣和顽强。她开始用爱去欣赏，用爱去倾听，用爱去描绘。她要用最饱满的热情迎接新生命的诞生。

这一天终于来了，在一所解放军医院，医生为小妹做了剖腹产，亲人们焦急地等在手术室外，一会儿从手术室传来了孩子的哭声，护士从手术室探出头，还没等护士开口，等在外面的亲人都迫不及待地问："生个啥？"护士说："一双军中霸王花。"

有一天夜里，雷小妹又从噩梦中惊醒。从有了孩子，她的天是蔚蓝的，地是宽广的，再也不做噩梦了，今天是怎么了？于胜利连忙抱住她："不怕，小妹，只是做了个梦。"小妹还是惊魂未定，一头的汗，她喘着粗气急切地说，因为太真切了，太恐惧了，说出的话时断时续："我、我梦见子雄了，他……他在排雷，排最后一枚雷时，突然响了，响了，好大的声，子雄！子雄……他被炸死了，浑身的血，那血，那血好大的一片，都是子雄的血……"

"别怕，"胜利说，"梦是反的，子雄是经历过战争的人，和平年代，几枚遗留的地雷奈何不了他，放心吧，他是有经验的，他是死过一次的人了，不会那么容易被炸死的，放心吧，啊。"

"如果那样就好，那样就好，但愿梦是反的。"小妹被胜利这么一说，稍稍定了定神。

"小妹，这些年我知道你一直惦记着那片土地，惦记着子雄，虽然你不说，你是克制着自己不去想，甚至怕去想。今天的雷小妹可不是过去的雷小妹了，是孩子的妈妈，是母亲，坚强、理智、博大。我相信你，到那片土地上看看，回来会写出一篇好文章。你不是总出去采风吗？为什么不可以去那呢？去看看那里新一代的军人，我们国家也正组织相关部队在那排雷，子雄不是单打独斗，他始终和我们的军队站在一起。去吧，去看看子雄吧，他不但是你的战友，也是我的战友，是我们俩人的牵挂，是我们特种兵大队的牵挂。去吧，小妹，也代表我。还有长眠在那片热土的战友，我怀念他们。"于胜利诚恳地说。

雷小妹没再说什么，她静静地靠在于胜利的胸前。她觉得丈夫的胸像山一样让人心里踏实，她听着丈夫咚咚的心跳，心里安静多了，渐渐地她睡着了，那模样像贪睡的婴儿。

雷小妹再次看到子雄的时候是这样一幅情景，她举目远望，映入眼帘的是：子雄和那些排雷战士手牵着手正步走过雷场，同时她也看到一种精神正步走过雷场。虽然子雄那条断腿有些跟不上，但步伐是那么坚毅。在场的老百姓无不欢呼雀跃，再也用不着担心误踩地雷了，好一派太平盛世！雷小妹的眼睛湿润了。她的眼光继续在和平的阳光下寻觅、欣赏，她看见了掩映在鲜花和绿草之间一排排的蜂箱，还有个养蜂人，也穿着迷彩裤，戴着蜂帽。跟上次见到子雄的情景没什么两样，不一样的是她自己，是她的心情。这次的心情，少了悲伤和无助，多了愉悦和欣慰。不管那蜂帽里的面孔是谁，她都在心里为他们默默祝福。

蜜蜂在花丛间飞舞，花儿在阳光下绚烂。雷小妹不禁想起杨朔的《荔枝蜜》："蜜蜂是在酿蜜，又是在酿造生活。"那么，我们世世代代的军人，前仆后继，不也是在酿造蜜吗？是在酿造和平的蜜！

（六）

五年后的一天，也就是 1998 年 5 月的一天来得太突然了，对于剑飞和雷大夯来说是终生难忘——大裁军。根据中央军委的命令，总部确定全军进行编制调整改革，38 团被列入精简调整单位进行撤编转隶。

于剑飞无法接受，现在的 38 团就像一个十八九岁的大姑娘，刚刚出落得有模有样，怎么就撤编了呢？从这个团的前身组建到现在，他就跟着它南征北战。他把自己的青春甚至一生都献给了这个团。38 团所创造的每一个辉煌业绩，都留下了自己的影子和血汗。特别是从 1984 年改装成机械化团以后，经过十年多的积极探索和努力，部队形成整体战斗力，终于可以向世界扬眉吐气了。回想当年朝鲜战场，美军装甲坦克咱看了是多眼热呀，今天咱们有了自己的机械化团多牛啊！唉，说撤编就撤编了？那咋偏偏撤我的 38 团？我们团咋就那么倒霉，不行，我得给老首长打电话。他的刘震老师在电话那边说，剑飞呀，你冷静点，军人以服从命令为天职，你怎么越大越不懂事了，别闹情绪了，剑飞呀，走精兵之路这是历史大势所趋。噢，顺便告诉你，我退下来了，现在在干休所享受晚年呢。

于剑飞放下老师的电话，心里平静多了。他也笑话自己，怎么越老越变得任性了，你于剑飞忘了军人以服从命令为天职了吗？38团咋地，是老虎屁股啊？摸不得呀？服从大局，该撤就撤吧。反过头来他还得做其他人的工作，特别是雷大夯。这老小子工作可不好做，他那犟脾气十头牛都拉不回。为这事两个人又争了个面红耳赤，雷大夯始终转不过弯来。

雷大夯吵吵巴火地说："这咋说解散就解散，这好好的装甲步兵团解散不白瞎了吗？"于剑飞听了没好气地说："你说点术语行不行，我说你这死脑瓜骨咋就不开窍呢，我跟你说多少遍了，这叫撤编转隶，不是解散，我刚才的话白讲了，你没听啊？"

"你少蒙我，你说的比唱的好听，你说出花来，38团不也是没了吗？"于剑飞被他这一问也有点卡壳，得了，不跟他说了，其实于剑飞心里更不好受！

这一天终于来了，是38团最难忘的一天。全团举行了隆重的撤编转隶仪式。主席台上坐着军区、集团军首长和曾在38团工作过的老首长们。整个营区内红旗招展，彩球飘扬。全团官兵列成多个阅兵方队，军容整齐，精神饱满，头上的钢盔和手中的81步枪擦拭得闪闪发光。身后的装甲坦克车威严整齐地排列着，也在接受首长的检阅。

在庄严雄壮的《中国人民解放军军歌》声中，开始了阅兵式和分列式。伴随着阅兵指挥洪亮的"迎军旗"口令，全团官兵庄严地举起了右手，在38团营区内，最后一次向他们的军旗敬礼！全团2000多名官兵，没有谁在当时能够忍受住那份激动、那份别情的撞击，撞击得周身热血沸腾，潸然泪下。军人自有军人的情感！军人自有军人的别情！全团官兵泪如泉涌却巍然屹立。面对别情柔若溪水，迎着未来信心百倍。38团这支英雄的部队是一把"机械化部队利剑"的美誉当之无愧。

38团虽然撤编转隶了，但正如于剑飞副司令员讲的那样：

　　……英雄的38团改编为机械化步兵团的十几年里，积累了机械化部队建设的丰富经验，培养了大批驾驭机械化的人才，这次精简调整38团的编制虽然撤了，但38团的军魂依然存在。你们无论转隶到全军那个部队，都要牢记我是38团的一名士兵，一定要当好38团的传人，把38团的团魂和机械化建设的种子传遍全军、生根发芽、发扬光大、硕果累累。

　　战友们！54年血脉相连，54年风雨同舟，大家不会忘记38团为我军做出的巨大贡献，不会忘记我们曾经的日日夜夜，不会忘记我们情同手足的战友情缘！我相信你们在新的岗位上一定会重新树起38团新的丰碑！

　　于剑飞将军的讲话结束了，将军最后一次向38团全体官兵敬礼！将军仍不失当年气吞山河的风范，他不像是在做撤编转隶讲话，而是在沙场秋点兵。

　　于剑飞、雷大夯和九儿戎马一生，相继退了下来。这样一来，于剑飞、雷大夯有的是时间吵架，九儿有的是时间追着于剑飞复婚。

　　这几天，九儿死活吵着要回老家，于剑飞说你回李子屯看谁去呀？九儿说你爹其实是我活活气死的，我把他攒了一辈子的家底都倒腾光了，他是心疼疼死的。你还不知道，他爱财如命。想想，我对不起他，再怎么说也是他把我养大的，我去给他烧点纸钱，赔个不是。再说我也想那片土地，想那遍地的大豆高粱。于剑飞就跟雷大夯说了，雷大夯牛哄哄地说行啊，咱们一块革命出来的，一块回去。于剑飞感叹，是该回去了，"少小离家老大回，乡音无改鬓毛衰"呀。

　　正值麦收时节，他们的车行进在进屯的路上。遍地是丰收的景象，金灿灿的麦子让他们想起鬼子进屯的那年，也是这么好的麦子，人们汗珠子掉地上摔八瓣收回来的麦子，还没焐热，就被鬼子抢去了，还搭上雷大夯爹娘的命，也拉开了雷大夯当长工的序幕，同时也拉开了他们三人恩怨情长、奔赴革命的序幕。

　　车子刚进屯，远远看见有一群人，好像有打架的，等他们的车开近了，看热闹的孩子们呼啦把车围上了，像看什么稀罕物。他们停车走近人群，只见一个五十多岁的汉子说："给我吧，我不卖了，我把钱退给你。"

　　"那不行，说卖也是你，说不卖也是你，你说话呢还是放屁呢？"骂人的人挺横，这个人像是跑乡串屯做买卖的。

　　"你还骂人，我揍你。"两人打在了一起，一个小伙子上去拉架，于剑飞和雷大夯也去拉架，这一拉架不要紧，于剑飞和雷大夯认出来了，是李玉，他们三人抱在了一起。雷大夯问怎么回事？李玉不说，这时拉架的小伙子说话了："你们就是于大爷和雷大爷吧，我爸总提起你们，我从小就是听着你们的战斗故事长大的。"他低下头说："我爸为了我上大学把军功章卖了，他又后悔了，这不往回要呢。"

"啥？李玉，你把军功章卖了？"雷大夯急了。

李玉抱着脑袋蹲在地上说："穷啊！孩子没钱上大学呀，大丫头去年上大学，借的钱。这不二小子又考上了。"雷大夯转头冲着买军功章的人吼："把军功章拿出来，拿出来听见没有，你想钱想疯了吧，居然敢打军人的主意，军功章也是你买的，你配吗？我们佩戴它的时候，还没有你呢。你小的时候老师没跟你说呀，今天的幸福生活是哪里来的，是无数个英雄和先烈用鲜血和生命换来的，这军功章是用血铸就的，你也敢买？我告诉你，往大了说你这叫倒卖'军火'。"那个人听雷大夯这么说，真被唬住了，他乖乖地退还了军功章。

李玉手捧着军功章呜呜地哭着说："老团长、老营长，我没能耐，唉！"

雷大夯最看不上大老爷们哭，他说："哭啥哭，站起来，你军人的钢哪去了？"

于剑飞拉着老战友的手说："这些年你咋不找我呢？"

二小子抢过来说："前几年我想当兵，我说找你，我爸不让，咱这穷，都想当兵找条出路，所以有头有脸的才能当上兵，像我们这种没头没脸的当不上兵。"

雷大夯说："李玉，你真是死爱面子干吃亏。"

李玉说："我不想给你们添麻烦，我是有错误退回来的。"

于剑飞拉着李玉的手说："你的事不算啥事了，你是对国家有贡献的人，你从那时就没找找自己的事？"

李玉说："没有，我也不明白呀。"

于剑飞叹了口气说："大夯，我们以后又有任务了，我们俩义务为类似李玉这样的老兵查资料找证据，为他们恢复名誉，找回应该属于他们的那份荣誉。"

雷大夯说行，九儿说也算她一个。

于剑飞对雷大夯说："目前先解决孩子上学问题，我供大丫头，你供二小子，怎么样？"

李玉哭着说："老团长、老营长你们还想着我呀？"

于剑飞说："不但我们想着你，国家和人民都不会忘记你，日子会越来越好的。"

老乡们都邀请他们到家里住，于剑飞还是坚持在自己家的老宅子住。这个宅子破败得不成样子，只有大门口那两棵李子树依然茂盛，结满了李子，因为是八月份，李子还没有红，这就足够了，足够引得他们热泪盈眶了。九儿说，还记得那个夕阳斜照的傍晚吗？你们俩，一个拿剑，一个拿棒，看谁打的李子又快又多。雷大夯说时间真快，就像昨天发生的事。于剑飞说如今那把剑陪欧阳鹿留在了朝鲜战场，希望她在异国他乡不觉得孤单。雷大夯说，不会孤单的，那个国民党军官肖扬不在那陪她嘛。于剑飞训他，别国民党、国民党的，他那时候在共产党的队伍里比你干得都冲，要不你这人进步慢呢，嘴上说话总没有把门的。九儿说哎呀，你俩别打了，从十六七打到这一把年纪了，还没打够啊？哎呀，我是想开了，什么复不复婚的，只要我能看见你俩就行了。话又说回来了，这么耗着总归不是个事吧，剑飞呀，你考虑得怎么样了，咱俩到底什么时候复婚哪？于剑飞就有点急了，你看你，又来了，刚才还说想开了，这怎么又提这个问题呀？我再告诉你一遍，目前我不想考虑这个问题。九儿拉着脸，手在挎包里摸索。于剑飞说，我知道，你又要抖搂你那个白褥单，你抖搂吧，我现在不怕了。九儿气得干瞪眼。于剑飞看她空着两手，放心地笑着说，忘带了吧。九儿就一跺脚说，我知道你还想着丁香，她死了也霸着你，我就不知道这小娘们哪来的这本事？九儿说完觉得说漏嘴了，她就拿眼睛寻雷大夯。雷大夯就拿愤怒的眼睛寻于剑飞。于剑飞一甩手，说，我就不该带你俩来。先进屋了，进的还是他过去住过的屋。

　　时光飞逝，转眼跨入了 21 世纪。这天晚上，于剑飞、雷大夯、九儿坐在一起看电视，电视里传来我国首次载人航天飞船"神舟五号"发射成功的消息，当屏幕上出现发射现场的镜头时，他们几乎同时看到了一个熟悉的身影——雷小龙。雷大夯站起来冲到电视机前，他指着电视兴奋地喊："快看，小龙。"于剑飞和九儿也看清了，呀，真是小龙。这时，只见雷大夯一手捂着心脏的部位，看上去很痛苦，但他还是兴奋地说："小龙，小龙……是军人。"他突然趴在了电视前，于剑飞和九儿慌了，叫来了救护车，把他送到了医院。

　　医生说首长的病情是当年那块没取出的弹片在作怪，因为这块弹片离心脏太近，轻易不敢动它，现在弹片已危及到了生命，由于极度兴奋，加快血液流动，弹片在体内移动了。这些年，这块弹片总想到达它的目的地——心脏，但它始终冲破不了心脏的重围。这个手术很危险，再加上病人年岁已高。

需要亲属签字时，孩子们都不在身边，九儿说这个字我来签。手术进行了五个小时，终于取出了在雷大夯身上潜伏了50余年的弹片，弹片砰一声落进了手术盘中，如一锤定音，喻示着战争永远离去了，中国人民渴望和平，永远站在世界和平的一端。

雷大夯被推进了病房，情况很不好，他的身上插满了管子，第二天早晨，医院给家属下了病危通知书。于胜利、雷小妹来了。雷小龙带着媳妇和两岁的儿子也从基地赶了回来。在雷小龙的印象中父亲永远是顶天立地、铁打钢铸般的英雄，怎么突然间倒下了？他站在父亲的床前，握着父亲的手，他很后悔，他应该早点回来看看父亲，不应该跟父亲较着劲对着干。他早就应该把他参军的事告诉父亲，他知道这是父亲毕生的心愿，虽然他按着父亲的心愿做了，但他偏不告诉他，偏不让他高兴。他跟父亲没有交流，更没有沟通，他好像跟母亲丁香一样，跟他没有共同语言。他跟父亲同样是军人，但是截然不同的军人，他完全遗传了母亲的性格。现在他站在父亲面前，他仍然不敢相信，那个跟他吹胡子瞪眼睛的父亲真的倒下了，看着闭着眼睛的父亲，他才知道他还没孝顺这个父亲，这时他才痛彻地感到他们父子竟然也是连着心的。他扑到父亲的身上痛哭，爸爸，你醒醒，我是你的儿子小龙啊，我现在已经是中校军官了，你不就是喜欢军人的吗，你的儿媳妇也是军人。并没有因为雷小龙的哭声挽留住父亲的生命，雷大夯生命的波纹画上了停止符。病房里一片哭声，当医生要把雷大夯推进太平间时，九儿急匆匆地推门进来，他拉住护士说，等等。她轻轻掀开被角，拿出自己为雷大夯做的鞋，九儿没有哭，她一边为雷大夯穿鞋一边说："大夯，姐给你最后穿一次鞋，往后你就得自己穿了，那边也买不到这么大号的鞋，姐给你邮，穿上姐做的鞋，上路也心里踏实。"当她给雷大夯穿第二只脚时，九儿觉得雷大夯的脚趾动了一下，九儿立即停住手，那脚趾又动了一下，九儿激动得手一松，穿了一半的鞋掉到了地上。她大喊："医生——医生——人活了！"

医生们冲进来，一阵忙碌，雷大夯果然有了呼吸。他慢慢地缓了过来，他睁开眼，看见站在身边的九儿就叫："我看见肖扬了，我看见欧阳鹿了。"他喘着气，"他们在金达莱花里跑来跑去，就是不让我追上。"

"你追上她就坏了，就回不来了，就到那边跟他们做伴去了。"九儿数落他。

这时，喊爸爸的、喊爷爷的、喊姥爷的响成了一片。雷大夯的眼光在亲人们的脸上游动，游动到雷小龙脸上不动了。雷小龙喊爸爸，他还是没反应。九儿对雷大夯说："你刚活过来，有点蒙，刚在另一个世界溜达一圈，这是你儿子雷小龙，这是你儿媳妇，这是你孙子。"

雷大夯听了，动了动嘴角，想说啥，还没说出来，两行泪顺着眼角滚了下来，这是雷小龙平生第一次看到父亲流泪。

就在这时，小辣椒风尘仆仆奔进病房，她走到雷大夯的病床前，眼泪就在眼眶里打转，憋了半天说："雷大夯啊雷大夯，没想到啊没想到，你也有老成今天这个样子的时候？你还结一百次婚轮不到我头上，你现在结给我看看？谁还能看上你？你不要我，我小辣椒也没臭到家里。"

雷大夯哼了声说："你也成干辣椒了，还说我呢。"

小辣椒说："那我们家老赵还稀罕得没法呢。"

雷大夯闭上眼睛不屑一顾地说："那好啊，也只有他那么没有水平的人把你当宝贝，换了谁都受不了你。"

小辣椒说："你都这样了还跟我犟。"

雷大夯说："你这些年不是也一直在骂我吗？你儿子都告诉我了。"

小辣椒也不相让："骂你咋地了，我还能骂动，啥时候骂不动了我才罢手。"

在场的人面面相觑，孩子们偷着笑。

小辣椒还想嚷嚷，但被自己的哭声代替了，她双手抓住雷大夯的手，泣不成声。雷大夯也不看她，仍闭着眼睛说："你是被我气哭的吧？"

小辣椒抽搭着说："什么呀，我是心疼你，你有没有良心了。"

雷大夯看上去一点也不动容，仍闭着眼睛，说："别哭了，我死不了。"但他的眼角又流出泪了。小辣椒伸出手，颤抖着给他擦拭着说："到老你也没跟我说句暖心窝子的话。"

雷大夯恢复了一段时间，就坚持出院了。他是想趁儿女们都聚集齐了去给丁香扫墓。雷小妹把一本新出版的书放在母亲的墓前，这是由母女两代军人共同完成的书。

九儿手捧一束火红的玫瑰花站在最后面，只有她的花还捧在手里，她的心在等待……

于剑飞对站在身边的于胜利说："儿子，等我死后，你就把我安葬在这里，听见了没有。"于剑飞指着丁香的墓说。

"是，爸爸。"这是于胜利从出生以来，第一次听到父亲这样称呼他"儿子"。并且父亲还在他肩上轻轻拍了两下，此刻已经是师长的于胜利，就像个不经世事的新兵一样激动不已。对于剑飞来说，胜利就是他今后可以依托的人，这种感觉在于剑飞的心里越老越强烈了。

九儿听了于剑飞叮嘱儿子的话不高兴归不高兴，但看到他们爷俩破天荒地默契了一回，心里也平衡了许多，怎么着也是我生的儿子。当她听到于剑飞说死后葬在丁香的墓旁，她不禁把那束红玫瑰往怀里抱了抱，保持了沉默。随着年龄的增长，她更加思念丁香和牺牲的战友，死者为大。

雷大夯关切地看着九儿，一阵风吹来，吹乱了她的白发，她看上去很平静。风大，她趔趄了下，雷大夯扶住她。她忙说我没事。其实她有事，听了于剑飞的话她很慌乱，因为她心中有个信念，而且这个信念从来就没改变过：于剑飞，你不是还活着吗，只要活着，我就有希望，我一定跟你复婚。她也感叹自己，这么多年了，居然还这样顽固，明知道没有结果，还追求这份爱。

但她不想让孩子们看出她的慌乱，不像年轻时，有什么事都挂在脸上。她不了，她想学丁香的含蓄内敛，但她深深地懂得，她永远学不来那份韵味。这就是她永远不能跟丁香比的地方。她闭上眼睛，吻了吻怀里的红玫瑰。她惊讶自己，居然用嘴去吻，没用鼻子闻，这份浪漫温馨的感觉是否来得迟了些？而且她发现，只有她抱着一大束红玫瑰，在这肃穆的碑前……

往回走的时候，九儿把这一大束火红的玫瑰花敬献在丁香的墓碑上……等他们再回首时，看见满山遍野开满了红玫瑰……看见了，看见了，玫瑰花丛竟然走出一群年轻的共和国军人，有丁香、肖扬、欧阳鹿，还有于剑飞、雷大夯、九儿……